年度散文 50篇 （2023）

陈建功就《年度散文 50 篇（2023 ）》答记者问

问：陈先生，据知由中国文字著作权协会和北京时代华文书局联合打造的"年度散文50篇"项目之《年度散文50篇（2023）》的遴选工作已经完成，即将于2024年初出版。这一项目的第一册，也就是《年度散文50篇（2022）》面世后，反应很好，影响巨大，也就使我们对本项目的第二册，亦即《年度散文50篇（2023）》抱以很高的期待。

答：是的。遴选、出版第一册时，尽管决策匆忙、工作仓促，但经过大家的努力，应该说取得了成功。2023年11月，也就是2023年度的遴选工作开始之际，由该项目的主办方召集评审委员会以及评论界、读者的代表，专门召开座谈会，目的就是总结经验、指出不足，并确认本届年选的推选原则、程序、工作日程等有关问题。应该说，本届推选工作，就是在总结经验的基础上的"再出发"。作为评审委员会主任，我感受到了主办方要脚踏实地建设一个出版品牌的决心，感受到了广大读者的期待，也感受到了每一位参与者的信心和努力。评审委员会委员认为，在第一册遴选中，我们确立"优中取优"的遴选原则以及力保推举程序的公正，其目标是正确的，程序是有效的。而在本年度，针对某些文场风气，更要增强推选者的自律意识以及接受他律的自觉，用以坚守遴选过程的公正。故此，本届选本在推举程序上又做了更具体的规定和尝试。实践证明，本年度推举的50篇佳作，各位评委是满意的。就我个人来说，定稿后重新审读一遍，仍然不时地为再读的作品抚掌称快。2023年，散文创作的收获是丰硕的。数量就不用说了，就创作质量而言，题材之缤纷、角度之新颖、情感之丰沛、语言之曼妙，实在是令人欣喜。应该说，面对官僚主义、形式主义、拜金主义以及享乐主义的风靡，一方面，是我们的读者仿佛都"躺平"在情感的荒漠上喘息，另一方面，读者愈发对真情感、真美文充满渴望与期待。而 2023 年的散文家——不仅这 50 位，而是 500 位甚至更多——对情感的沉醉、对意境的追寻、对语言的推敲、对思想的探索，仍汩汩而出，恰如荒漠甘泉。故此主持完成本年度的评选之后，我的感受是，5 位评选者完成的不只是一次推选，而是经历了一次心灵的洗礼。

问：很被您这一体验所感染，对"50 篇"以及 2023 年度散文家的劳动满怀敬意。随之而来的疑问是：你们 5 位评选者，又是怎样披沙沥金，为我们遴选出这新的 50 篇散文的呢？我相信 2023 年发表散文的，不乏名家甚至大师，也不乏各位推选人的旧雨新知。可以想见，作为选家，你们同当下某些评委和选家所面临的困难一样。我相信我们所关心的问题，在许多人那里也同样会有，就是：你们怎样面对"名家大腕"和"圈子人情"之累呢？

答：谢谢您的坦率。首先，我以为有必要重复一下该项目开始时说过的话——"不薄今人爱古人"。作为选家，我们 5 位评委共同认可这种兼收并蓄的美学原则，以作品质量以及对本年度散文创作的贡献为取舍标准。名家会有"宝刀不老"的佳作，也会有"急就章"；新人会有稚嫩文字，也会有"雏凤清于老凤声"的妙笔。以作品质量为遴选标准，或会有遗珠之憾，但鱼目混珠应是可以避免的。其次，随着第一册年选的成功，无论是散文作者还是读者，将对第二册的选本抱以更高的期待。因此，本届对作品的入选，在遴选程序上，也做了相应的调整。5 位评委都是散文家和散文选家，对 2023 年度的创作是熟悉的，通过沟通与交流，最终分别提出的、可供阅读的作品（重叠篇目不复计），共计 120 篇。5 位评委分别耗时 10—15 天，从中选出各自心仪的 60 篇（个别评委推选数量未能足数）。不记名投票的结果是：有 12 篇作品不约而同地获得 5 位评委的一致推选；有 33 篇作品获得 4 位评委的推选票。大家一致认可，这 45 篇作品可进入 50 篇之列。剩余的 5 篇之缺，评审委员会授权评审委员会主任对本届已入选篇目从题材、风格等方面予以综合考量，提出递补的篇目。我从获得 3 位评委推选票的篇目中选取了 4 篇。还有一篇曾因篇幅过长被舍弃，但两名评委提起复议，认为这是在 2023 年的散文创作中不可不提的佳作。实际上各评委对这一作品的评价高度一致，唯对篇目的字数有所分歧。讨论的结果是，此篇最终以节选方式入选，以尽可能全面地展示 2023 年的散文成果。当然，最终感觉是，"50 篇"对 2023 年的散文成果的展示，仍然是一个有所"遗憾"的选本，仍有不少佳作和我们失之交臂。

问：谢谢您对本次评选过程予以如此翔实的披露。我相信，这种公开，对于文艺界频繁的评奖活动，有很大的启发。

答：聊备一格吧。我倒不主张评奖都走同样的路子，但我认为追求评选程序上的公正与严谨，是必要的。当然，我也不主张"全面公开"，比如谁得了多少票，谁讲了什么话，等等。因为还要保护评委们畅所欲言的环境。我们目前所做的，也未必完美，未来也将不断总结和改进。

问：从第一届（2022 年）"年度散文 50 篇"评选的成功，到第二届（2023 年）年度散文的选篇定型，看得出这一项目的主办方雄心勃勃。您上次答记者问提及，这一项目还有可能产生"衍生产品"，比如可以发展为"××年度大学生散文"多少篇、"××年度中学生作文"多少篇之类。请问：对此您是否有更多的信息可以透露？相关的问题是，第一届《年度散文 50 篇（2022）》出版之后，很多学校、青少年读者将书中的内容当作写作范文或者写作指导，您对此有什么看法？

答：更多的设想是否进行，是主办方考虑的事。我当然乐见其成。很感谢北京时代华文书局的抬爱，也因我当时忝任中国文字著作权协会会长，义不容辞承担第一、二届选本评审委员会主任之职。2023 年 11 月，中国文字著作权协会已换届，会长已由柳建伟出任。我相信，2024 年的评审委员会，会有更胜任的人选出任，这一出版项目会继续下去，而且会越办越好。至于学生们把此书作为学习的参考，当然是不错的。我以为，即使是同道中人，所选很多篇章对大家拓展心胸、开阔视野、活泼笔触、独抒性情，都大有启发。固然，习文之路，还须有一个"得鱼而忘筌"的升华，因此，对于莘莘学子来说，既要读"有字之书"，也要读"无字之书"，才可能开创出散文写作的新境界。

年度散文50篇
（2023）

Fifty Essays of 2023

陈建功 主编

梁衡
谢冕
张抗抗 等著

北京时代华文书局

目录

梁衡

梦回塞上

梁衡

《人民日报》原副总编辑，中国作家协会全委会委员。
曾获赵树理文学奖、鲁迅杂文奖、全国优秀科普作品
奖、全国好新闻奖和中宣部"五个一工程"奖。先后
有 60 多篇文章入选大中小学教材。

开河

二十世纪六十年代末，大学毕业生必须先到农村劳动锻炼。我从北京毕业后到内蒙古临河县（现巴彦淖尔市临河区）劳动一年，然后就地分配到县里工作。想不到，还没有打开行李，就直接受命带民工到黄河岸边去防凌汛。

"凌汛"是指北方河流解冻景象的专用名词，我也是第一次听到。特别是气势磅礴的黄河，冰封一冬之后在春的回暖中慢慢苏醒，冰块开裂，漂流为凌，谓之"开河"。开河又分"文开""武开"两种。慢慢融化，顺畅而下者谓之"文开"；河冰骤然开裂，水势翻江倒海者谓之"武开"。这时流动的冰块如同一场地震或山洪引发的泥石流，你推我搡，挤挤插插，滚滚而下。如果前面的冰块走得慢一点儿，或者冰面还未化开，后面的冰块又急急赶来叠压上去，瞬间就会陡立起一座冰坝，横立河面，类似电视上说的堰塞湖。冰河泛滥，人或为鱼鳖，那时就要调飞机炸冰排险了。无论是"文开"还是"武开"，都可能有冰凌冲击河堤，危及两岸，所以每年春天都要组织防凌汛。我就是踏着黄河开裂的轰鸣声走向社会的。

虽然我在临河县已生活一年，但还未亲见过黄河。在中国地图上，黄河西出青海，东下甘肃，又北上宁夏、内蒙古，拐了一个大弯子，如一个绳套，被称为"河套"。在这里，黄河造就了一块八百里冲积平原。我这一年在河套生活劳作，虽未与黄河谋面，却一直饱吸着黄河母亲的乳汁。每当我早晨到井台上去担水时，我知道这清凉的井水是黄河从地下悄悄送过来的；当夏夜的晚上我们借着月光浇地时，田野里一片"噼噼啪啪"庄稼的生长拔节声，我知道这是玉米正畅快地喝着黄河水。河套平原盛产小麦、玉米，还有一种别处都没有的"糜子米"，粒金黄，比小米大，味香甜，是当地人的主食，也是供牧区制作炒米的原料。在河套，无论是人还是庄稼都是喝着黄河水长大的，片刻不曾脱离。生活于斯，你才真切地体会到为什么黄河叫"母亲河"，是她哺育了我们这个古老的农耕民族。前几年联合国粮农组织在全球普查重要农业文化遗产，在陕北佳县黄河河谷发现了"园龄"1400多年的古枣园，在山东黄泛区发现了6000多亩的成片古桑园，可知我们的先民早就享受着黄河的养育之恩。沿黄河一带的农民说："枣树一听不到黄河的流水声就不结枣了。"

我受命之后，匆匆奔向黄河。一个毛驴车，拉着我和我的行李，在长长的大堤上，如一个小蚂蚁般缓缓地爬行。堤外是一条凝固了的亮晶晶的冰河，直至天际；堤内是一条灌木林带，灰蒙蒙的，连着远处的炊烟。最后，我被丢落在堤内一个守林人的小屋里，将要在这里等待开河，等待春天的到来。一般人对黄河的印象是飞流直下，奔腾万里，如三门峡那样的湍急，如壶口瀑布那样的震耳欲聋。其实她在河套这一段面阔如海，是极其安详平和、雍容大度的。

我的任务是带着二十多个民工和几个小毛驴车，每天在十公里长的河堤上，来回巡视、备料，检查和修补隐患，特别要警惕河冰的变化，与指挥部保持不间断的联系。民工都是从各村抽来的，大家也是刚刚认识，都很亲热。河套是我国传统的四大自流灌溉区之一，黄河水从上游的宁夏流过来，顺着干、支、斗、农、毛渠等大大小小的河道，让庄稼灌饱喝足后，再经排水网络流向下游。因水过沙淤，每年冬春修整河道就成了当地必不可少的工作。在还没有机械施工的年代，全靠人工把泥沙一锹一锹地挑出去，俗称"挑渠"。从另一个角度讲，这也是年轻人欢乐的聚会，类似南方少数民族的"三月三"，不过那是纯粹地唱歌游戏，这却是借走河工而欢聚。民工出发前，会往毛驴车上扔几口袋糜子米，在铁锹把上挂几串咸菜疙瘩，富一点儿的生产队还会带上半扇猪肉。人们难得享受一次大干、海吃、打牌、摔跤、说笑话的集体生活。我现在参与的也属于这类劳动，不过不是"挑渠"而是"护渠"，规模也小，人也少，民工的年纪也略大，气氛就安详了许多。

住下以后，我到堤上的工棚里看了炉灶、粮食等生活用品的安排，就出来和他们一起装土、拉车。这时一个他们叫王叔的中年汉子突然走上前来拦住我说："头儿！这可不行。你是县里的干部，张张嘴、指指手就行，哪能真干活？"这一句话把我说蒙了，我怎么一夜之间就从一个学生、一个在公社劳动的临时农民变成了"头儿"，成了干部？从此就可以只张嘴，不用动手干活了？真是受宠若惊，我还很不习惯这个新身份。就像京剧《法门寺》里的贾桂，站惯了不敢坐，我这双手动惯了，一时还停不下来。马克思说劳动创造人，莫非这一年的劳动就把我改造成另一个人了？我一高兴也吹起牛来，我说："这点儿活算什么，我在村里整担了一年的土，担杖（扁担）都记不清压断了几根。"他们看着我笑道："除了衣服上有补丁，怎么看，也还是个学生娃哩。"大家嘻嘻哈哈，一会儿就混熟了。

因为是上堤第一天，为了庆祝，中午就在工棚里包饺子。当地盛产胡麻油，生胡麻油拌饺子馅特别香。一脸盆肉馅拌好后，王叔提出一把装满胡麻油的大铝壶，就像提水浇花一样，对着脸盆大大地转了三圈，看得我目瞪口呆。要知道那是在物资极端匮乏的年代啊，城里每人一个月才供应三两油。但是生产队自家地里长胡麻，自家油坊里榨胡麻油，吃多吃少谁管得着？况且出工挑河就和当兵出征一样是要格外优待的。那年我在村里，春天派河工时，挑河人无肉不行。队长无奈，就发话杀了一头毛驴为之壮行。今日我们在黄河大堤上吃开工宴，真有点儿梁山好汉初上山来喝聚义酒、大块吃肉的味道。这时大堤内外寒风过野，嘶嘶有声，而工棚内热气腾腾，笑声不断。我内心里怎么觉得，这就是冥冥中给我办的一个劳动毕业典礼，也是身份改变——从此由学生转为社会人——的过门礼。

我白天在河堤上和民工们厮混在一起，晚上就回到自己住的林间小屋里，静悄悄的，好像退回到另一个世界。这林子是一大片与河堤平行的灌木，专为防风、固沙、防止水土流失而栽。树种是北方沙地里一种永远长不大的"老头杨"。护林员姓李，一个50多岁的朴实农民。他的任务是每年春天把这些灌木贴着地皮砍一次，叫"平茬"，促使它们根系发达，平时则看护好林子，防止牲畜啃食。这是黄河的一条绿腰带。这个林间小屋里热炕、炉灶等生活用品应有尽有，老李在这里白天煮饭、干活、看林子，晚上回村里去和老婆孩子一起挤热炕头。他临走时问我："你晚上一个人住在这片林子里怕不怕？"我说："不怕。"心想：说怕又有什么用？他说："我把这条大黄狗给你留下。你现在就喂它一块骨头，先建立一下感情。"在这个半农半牧区，吃肉是平常事，我一进到这个小院就发现半人高的矮墙头上一圈儿摆满了完整的羊头骨，如果是哪个画家来了一定会选一个回去当艺术品。我接过黄狗摸摸它的头，算是我们俩击掌为友。

后半夜一钩弯月挂在天边，四周静极了，风起沙扬，打在窗户纸上沙沙作响，大黄狗不时地汪汪几声。微风抚过林梢掀起隐隐的波涛，我这个小屋就像大海里的一只小船。我怎么也睡不着了，突然想到这是我平生第一次一个人过夜，而且还是在万里黄河边的旷野上。大约这就是在预示一个人将要独立走向社会。上大学之前我从没有离开过家，在大学里条件有限，一间宿舍上下铺八个人，再下来就是来到农村劳动，四人睡一条土炕。而今天，脱离了家庭，离开了集体，像被母亲推出了怀抱，说你已长大，快快出门而去吧。我感到几分孤单，又有一点儿兴奋。人生本是一场偶然，命运之舟从来不由自己掌舵，你唯一的办法就是如鹰雁在空，借气流滑行。我从北京来到塞外，从学校到生产队，再从生产队来到黄河边，被一双无形的手推过一程又一程。

　　我辗转难眠，就去想那些类似今夜光景的诗篇。苏东坡有一首《卜算子》："缺月挂疏桐，漏断人初静。谁见幽人独往来，缥缈孤鸿影。"不好，太凄苦了。我虽分配塞外，但还不似苏轼外放黄州。又想起辛弃疾的《破阵子》："醉里挑灯看剑，梦回吹角连营。八百里分麾下炙"，现在大漠孤烟，河堤上吃肉，倒有几分身在沙场的味道。你看：堤外漠漠层林，堤上车马工棚。千万里大河东去，枕戈静待凌汛……那么，凌汛过后的我又将飘向何处呢？

　　天气渐渐转暖，脚下的土地也在一天天地变软，有了一点儿潮气。按照老河工的经验，今年的开河将是"文开"，不会有太大的麻烦。我作为"头儿"，紧张的情绪也有了缓和。不过，从心里倒生出一丝遗憾，既为凌汛而来，却没有看到冰坝陡立、飞机投弹炸冰，好像少了点儿什么。人生就是这样，又要又怕，又爱又恨。民工们已经在悄悄地收拾行装，我无事可干就裹上一件老羊皮袄在堤上漫不经心地巡走，有时遥望对岸，对岸是鄂尔多斯高原，成吉思汗的发家之地。几千年来，这片土地上曾演绎了多少惊心动魄的故事，而我一出校门就投向黄河的怀抱。中国民间风俗，孩子满周岁时，在他面前摆上各种小件物品，看他去抓什么，以此来卜测孩子将来的作为，名为"抓周"。《红楼梦》里贾宝玉抓到的是女孩儿用的钗环脂粉，贾政因此心中不悦，说这孩子将来必无所成。

现代有类似的新说，小儿断奶后吃的第一口菜是什么味道，就决定了他一生的饮食习惯。我出校门后正式受命干的第一件事就是到黄河上带工，这也是一种"抓周"，而且十分灵验，从此我的后半生就再也没有离开过黄河。几十年的记者生涯，我上起青海黄河源头，下到山东黄河的入海口，不知走了多少遍，采写了多少文字，至今还有一篇《壶口瀑布》被选在中学课本里。这是黄河发给我的最高奖品。

一天，当我又照例巡河时，发现靠岸边的河冰已经悄悄消融，退出一条灰色的曲线，宽阔的河滩上也渗出一片一片的湿地。枯黄的草滩隐约间有了一层茸茸的绿意。用手扒开去看，枯叶下边已露出羞涩的草芽。风吹在脸上也不那么硬了，太阳愈发地温暖，晒得人身上痒痒的。再看远处的河面，亮晶晶的冰床上，撑开了纵横的裂缝，而中心的主河道上已有小的冰块在浮动。又过了几天，当我迎着早晨的太阳爬上河堤时，突然发现满河都是大大小小的浮冰，浩浩荡荡，从天际涌来，犹如一支出海的舰队。阳光从云缝里射下来，银光闪闪，冰块互相撞击着，发出隆隆的响声，碎冰和着白色的浪花炸开在黄色的水面上，开河了！一架值勤的飞机正压低高度，轻轻地掠过河面。

不知何时，河滩上跑来了一群马儿，有红有白，四蹄翻腾，仰天长鸣，如徐悲鸿笔下的奔马。在农机还不普及的时代，同为耕畜，南方用水牛，中原多用黄牛，而河套地区则基本用马。那马儿不干活儿时一律摘掉笼头，放开缰绳，天高地阔，任它去吃草追风。尤其冬春之际，地里还没有什么农活儿，更是无拘无束。眼前这群撒欢的骏马，有的仰起脖子甩动着鬃毛，有的低头去饮黄河水，有的悠闲地亲吻着湿软的土地、啃食着刚刚出土的草芽。忽然它们又会莫名地激动起来，在河滩上掀起一阵旋风，仿佛在放飞郁闷了一冬的心情，蹄声叩响大地如节日的鼓点。

我一时被眼前的情景所感染，心底暗暗涌出一首小诗《河边马》：

　　　　俯饮千里水，仰嘶万里云。鬃红风吹火，蹄轻翻细尘。

时间过去半个世纪，我还清楚地记着这首小诗，那是我第一次感知春的味道，也是我会写字以来写的第一首古体诗。

我激动地甩掉老羊皮袄，双手掬起一捧黄河水泼在自己的脸上，一丝丝的凉意，一阵阵的温馨。开河了，新一年的春天来到了，我也迈出了人生的第一步，明天将要正式到县里去上班了。

挑水

挑水也是一个淡出生活的词了，不但城市里早已密布自来水网，乡村现在也都普及了饮水工程。一拧水龙头，水就流到锅里。扁担和水桶也成了农耕文化博物馆中的收藏品。

我之所以念念不忘挑水，是因为它记载了我初入社会的一段刻骨铭心的生活。1966年"文革"发生，从66届到70届，五个年级的应届毕业生都滞留在校园里，史称"老五届大学生"。我是其中的"68届"，年底才从北京毕业，被分配到内蒙古的临河县，先在村里劳动一年，就与担子结下了难解之缘。

先说一下这个劳动工具"担子"，当地称为"担杖"。在我的印象里，其他地方都叫"扁担"，扁而长。我的家乡是丘陵山区，多梯田，盛产麦子。麦子割倒后扎成捆，用一根铁皮尖头的扁担左右一插，担在肩上，挑回村里的场上碾轧脱粒。如果是挑水的扁担，则不用包铁皮尖头，而是平头带钩。那扁担的制作简直是一门艺术。先选一根笔直的一臂之粗的槐木，更有讲究一点儿的人则不肯取大树上的旁枝，而要取从地上蹿出的独苗，名"独蹿子"，纹路清晰，弹性更好。其意类似蒜里的独头蒜。料选好后去皮，在烟火中煨烤使出汗，再阴干。这又类似古代的竹简制作，先将青竹烤出汗来，使不变形、防虫蛀，才好刻字、书写，就是文天祥说的"留取丹心照汗青"之"汗青"。木料定型后，再刨成长条扁平状。这样处理过后更有柔韧性，挑担上路，两头重物上下弹动，再配合挑担人的步法，不用彩排，直接上台，就是最美的舞蹈。走山里的路，爬高、下坡、拐弯，全靠这纯熟的"舞步"配合所挑之物的律动才稳当。如果走路累了，不用歇脚，只须将扁担在后脖根上轻轻一捻，就实现了左右换肩，简直是在演杂技。它给我留下了美好的记忆，是家乡的温暖，更是生命中不可抹去的乡愁。而当我经历了大城市里的中学、大学生活，再到塞外农村时，见到所谓的扁担则是一根极不规整的柳木棍子，甚至皮都懒得去褪，更不用说煨软、取直、出汗、修扁了，压在肩上硌得肉生疼。可见当地文化的落后和塞外生活的粗糙。肩上的这一根"担杖"让我"水土不服"，有一种身处异乡的孤独。

在农村劳动一年后，我先被分配到县里工作，又调任省报当驻站记者，还是住在县城。虽不再下地劳动了，但过日子还是离不了"担杖"。当时县城还没有自来水，日常生活还得挑水。新盖的土坯宿舍旁配有一口手压水井，三口之家，一天一担水足够吃用。

但天有不测风云，人有未料之事。作为驻站记者少不了下乡，一年冬季正寒风凛冽，我接任务要到边境县去采访，前一天买好了长途公交车票，上午八点半发车。早晨七点钟起来，收拾行装，正要烧水下面，水桶里却没有了水。妻子就赶快把两个暖壶里的水全倒到锅里，我则急忙担杖上肩，到压水井上去挑水。不想昨夜天气骤冷，手压铁柄与抽水井筒冻在了一起，比焊接的还牢，根本压不动。我的头"嗡"的一声炸了。一小时后我就要出远门，妻子带着一个两岁的孩子，母子俩没有水怎么过？我让自己冷静下来，抬起头飞快地扫一眼这周边荒冷的郊野。不远处有一个村庄，村口有一眼水井。河套地区水位高，井水浅，伸下水桶就能提上水，真是天无绝人之路。我心里闪过一线希望，飞快地向井边跑去。当我脱下担钩准备下桶时，顿时傻了！原来天气太冷，众人打水，滴水成冰，井口愈冻愈小，已经伸不进一只水桶。这回可是陷入了灭顶之灾。扶着这根没有出过"汗"的柳木担杖，我头上却冒出涔涔的冷汗，天都要塌了。我摇摇晃晃地挑着一对空桶跑回家里，见一碗热腾腾的挂面正摆在灶台上，上面还卧着一颗鸡蛋，就更羞愧难当。我将一对空桶摘下，把那根丧气的柳木棍子狠狠地摔在门外的台阶上。妻子连忙问："怎么了？"怀里抱着的孩子也"哇"的一声哭了起来。我说："今天老天爷也与人过不去，偏偏这个节骨眼上，两口水井都冻实了，一个压不出水，一个下不去桶！"妻子也倒抽了一口凉气。她在一所中学教书，现在上课铃声都快响了，仅有的两暖壶水都已用光，今天不要说吃早饭，连喝口水都不可能了。她把孩子送到邻居家，回来看见那碗面还在灶台上，就端起送到我的面前说："班车也快到了，快吃两口出门吧。"一边又急着去找她的课本、教案，一股脑儿塞进书包里。我接过饭碗，只挑了一筷子，两颗泪就滚过了腮帮。都说男儿有泪不轻弹，是没有被生活逼到墙角里。

　　我哪里还能咽得下这口饭？看了一眼手表，抓过书包就往车站跑。老远就看见黄风中一辆老爷车正在靠站，我连喊带跑，跌跌撞撞地上了车，找个位子坐下。车开了，刺骨的寒风从窗缝里钻了进来，我能感觉到脸上的泪水冰凉，赶快转过身去怕人看见。一面想着：家里已经没有一滴水，妻子中午回来怎么做饭？估计那一碗剩面就是他们母子今天的午饭。她还得一手抱着孩子到井上去压一桶水，但是如果阳光不给力，到中午压井还不能解冻呢？我不敢接着往下想。都说男人是家里的顶梁柱，柱子一松，家就要塌的。

我看着车窗外，窗外是黄的天、黄的田野、黄的泥房子，北风呼呼地刮。汽车像一头老牛，喘着粗气，顶着黄风往前跑。我心里乱糟糟的，天地一片混沌。

一周后我出差回来，第一件事就是买了一口大水缸，换了一副大水桶，又把那个该死的柳木棒子摔断，填到了火炉里。高贵的槐木，我的乡愁之木，这里是找不到的。我在附近工地上找到一根榆木棍，请木工刨平，又用砂纸精心打磨，两头装上绳索铁钩。我在努力追寻小时候那一种家的温暖，现在已经独立成家，为夫为父，只好尽力苦中作乐，装点一下这苦涩的生活。

一个月后我回太原探亲，顺便联系工作调动。临走前最重要的事就是挑满水缸。这个新水缸足足装下了七担水，直到一周后我探亲回来，缸里的水还没有吃完，母子俩未受一日之渴。

年底我调回了太原。在省会城市当然不用再挑水吃了。但曾经共患难的这两只大水桶我舍不得丢，搬家时带了回来。其中一只用来提煤，当时城里还没有通煤气，每天烧火用的煤要从楼下提到楼上，运水之桶变成了火神的摇篮。另一只桶反扣于地，上面铺上一块三合板，就成了全家的小饭桌，这两只桶与我厮守了十多年，直到我转了一个圈儿又调回到北京城。

狂风知劲草，霜后枫叶红。在北京工作的那几年里，周围许多重要岗位上都是当年的老五届大学生。大家虽不是同校，但是同根，同是在基层摸爬滚打过来的人，见面自带三分亲。我所在的国家新闻出版署，每年开一次各省出版局局长会，这几乎成了我们老五届的"黄埔同学会"。白天议工作，晚上忆旧情。一次我说到当年的挑水之事，河北的张局长立即正襟而坐，也讲了他的一段吃水难。他亦是在北京毕业后响应号召去支边的，但比我走得还远，一直到了新疆。他刚结婚，小两口被安排在一个回民村劳动，环境之苦且不说，没想到在最普通的吃水小事上碰到了一个大难题。因为民族风俗之别，他不能用村里近在咫尺的水井。夏天吃水，要用毛驴车到五里外的水库上去拉；冬天就更麻烦了，要到水库里凿冰，拉回来化水。那时妻子已有身孕，他一个人赶车来到水库，先将毛驴车停在库外的大坝下，再翻过大坝下到库面上去凿冰。坝坡很陡，返回时抱着一块大冰往上爬，经常滑倒，连人带冰又滚回冰面。呼天不应，四野无人，空旷的天地间一个男子汉也不知几回偷偷抹眼泪。赶车回到家里还得强装轻松，说什么今天凿到了最好的冰。天苍苍，野茫茫，相濡以沫唯有两个天涯异乡人。都说一滴水可以见太阳，其实一滴水里也浓缩着一个时代和一个人的影子。后来，老张退休后回到上海，"老支边"终于赶上了末班车，享受到一点儿大都市里的夕阳红。

水是生命的第一需要，它普通得常常被人忘记。"到祖国最需要的地方去"是那个时代最响亮的口号，曾让我们热血沸腾。而当理想变为现实，苦难渐成往事，细思量，最难忘记的却是那些再平常不过的挑水、吃水的故事。

选自《当代》2023年第1期

杨文丰

离家的猫头鹰

杨文丰

二级教授，一级作家，中国作家协会会员。已出版生态散文集《自然笔记：科学伦理与文化沉思》《蝴蝶为什么这样美》《自然书》《病盆景》，生态散文入选高中《语文》及《大学语文》《中外生态文学作品选》等。

猫头鹰亦是人心善恶的一面明镜。

——手记

1

三十年前，六月里的一个黄昏，天奇怪地晴朗而寂寥。我正想下班，晴川小跑着来到我办公室："爸爸，有人想送我一只猫头鹰，快跟我去看。"我半惊半喜，跟着儿子就走过去，右转左拐，迎面见一人，笑吟吟地走过来，手掌上蹲着一只两叠拳高、翅膀下垂、病恹恹的小猫头鹰，双眼却深黑如龙眼，嘴喙脚爪都尖利，正慢慢转着脑袋，忽然小嘴喙张合，"哑，哑"叫出两声。晴川兴奋着，但不敢伸手去捉。那人说：我弟弟前些时在山林写生，刚感觉有冷飕飕的东西扑腾袭来，随即左肩就被硬爪紧抓了，他急用右手一拍摸，就捉到这只小猫头鹰，还不会飞，好几人出高价他都不卖，几天前送给我女儿，女儿养不好，也不太敢养，如果你们要，就送给你们……我听着，觉得这猫头鹰可怜，还病着，不禁心生怜悯，虽也心存些许忌讳，还是感谢对方，收留下这只猫头鹰。

童年时，我听过"猫头鹰叫，有人要死了"的话。在长江、赤水河汇合的四川合江城街头，那天中午，我抱着正牙牙学语的晴川，站在报栏前阅报，猛然一抬头，冷不丁就吓了一跳，一只被细铁链拴了脚、公鸡大小的猫头鹰，正站立报栏上头，圆睁着大眼，睥睨尘世，它离我仅一两尺！那段日子，我才读过一篇名家散文，作者说他人病，文字流露出神经质，云"猫头鹰就是一个神"，还高呼"我的猫头鹰上帝"。

那时我还未与猫头鹰朝夕相处，不知道对凶猛的猫头鹰，你只要不固守惯性思维，爱它，与它亲近，像善待自己的生命一样善待它，一样可以相与和解，爱爱互动，相处和乐。"感情用事"一词，用在人与自然关系上，未必就是贬义词，你只要付出爱，完全可以化为褒义词，当然，在接收小猫头鹰时，我心有忌讳，也自在情理之中。

2

猫头鹰到我家之初，我曾一度想：这只该不是笑猫头鹰吧？如果是，就好，吉祥也……可几天下来，我并未能听到它有什么笑声，仅是"哑，哑"地叫，而天地间，笑猫头鹰是有的，叫起来就像炫耀胜利般大笑，至于笑猫头鹰是否笑自己也笑天下可笑之猫头鹰，却未可知。看来，笑猫头鹰还是习惯固守新西兰南北部岛屿，不愿意飞来南粤。

猫头鹰无疑是思想致远的鸟，所以在我家，常常颇为宁静。白天我在客厅铺一张大报纸，将它轻轻地抱上报纸，猫头鹰是恒温动物，它的身子暖暖的。它是将报纸当成自己的地盘了，总是直直地、坚定地站在延绵的汉字上，独立夏天，难得见它怎么走动，或许它小，报纸很显得空阔。

该是猫头鹰享受了相当级别的待遇，病态很快就消失了，气色日趋正常。家人都很关爱猫头鹰，当然头几天对它的关注不算太高，但猫头鹰毕竟是猫头鹰，擅长受人之善，也善于保重身体，没多久，我们就无法不认真天天"读"它了。我下班回到家，首要任务就是"读"它，我拉来一张小矮椅，靠近它，坐下，人鸟相看，当然是我更专注地"读"

它。"读"它，也成了妻、岳母和晴川的日课，以前一直反对豢养宠物的妻，还比谁"读"得都来劲。可能是猫头鹰要比时尚散文有更强的可读性吧，你或坐或站在楼上看风景似的看它时，它也看你，颇有李白相看敬亭山的意味，不同之处，至少是猫头鹰乃站在汉字之上。想想：除了在蜀地合江城，我什么时候如此近距离地"读"过猫头鹰呢？我们的猫头鹰啊，身上的羽毛多褐色纷披，细斑散缀，稠密松软，钩状的扁嘴和利爪总不忘先端钩曲，而且掩几根羽毛，真有些瘆人！值得一提的是那张鸟脸，还真与众鸟不同，眼周围的羽毛呈现辐射状，似猫的"面盘"，想来这就是何以叫猫头鹰的原因吧。生物学家说，如此的面盘就像卫星电视信号接收锅，可以集聚接收声波，判断声源，这相当于猫头鹰整个脸盘都缀满了耳朵。再细看其双眼，真大得惊人，根本不像其他的鸟双眼是长在头的两侧，而是固定在面盘前方，显然这样利于光线入眼，久闻猫头鹰的视觉极度敏锐，再漆黑的夜，它眼前的"能见度"也比人高出百多倍。

一天，家人在围观猫头鹰，晴川突然发现，猫头鹰的双眼不会转动，它要望不同方向时，总是先转动脑袋的朝向，还说幼儿园的老师讲过，猫头鹰的颈部能旋转 270 度。我听后想：咦，还真是，它经常看我时，都是头颅缓缓地朝一侧先一歪，面盘似时针那样要旋转十五分钟的幅度，"横眼"已成"竖眼"。

我更发现，这猫头鹰虽尚年幼，但举止行为，已尽显山林之气，此鸟非凡鸟也！

一次，它可能瞬间获得了什么大顿悟，突然右腿金鸡独立，左腿用力一下子就朝身后笔直蹬去，左翅贴左腿随之朝后也极端地一伸展，那威势，霎时让我想起大将军猛张飞，这是猫头鹰本有的威猛，这是睥睨一切的大英雄气，它绝非目中无人，而是目无天下万物也！我这时也突然醒悟：只有大自然才是猫头鹰真正的家，它怎适合被宅入我这小小的家天地呢？作为昼伏高山深涧、密树荒草，夜飞阔原沃地、威猛扑食的猛禽，夏山秋漠，冬野春岭，长河落日，松疏月凉，才是它的伊甸园。我家"笼"它，等于在剥夺它的生活天堂……

我开始萌生何时将它放生的想法。

日出日落，人鸟相对，如此这般，又过去几日，天地又转入黄昏，还兼细雨，我在客厅翻阅《羊城晚报》，见报上说：人养宠物，人会向善——我突然就似抓着宝贵无比的稻草，马上向家人传达了文章的大意，家人都认为说得很有道理，还讨论纷纷，说宠养猫头鹰嘛，单一个"养"字，已含"善举"……家庭会议还产生了决议：放生猫头鹰，很有些可惜；纵然放生，也还未到时候；如此小的猫头鹰，放生了它，它又如何生活？我心如明镜一般，这都是人和鸟有了感情，但凡沾染感情的事，都甚难理智处理。

3

斗转星移，光阴易逝，又一个周末到了。我甫入家门，岳母就对我说，猫头鹰下午在客厅突然发出一声长啸，阴风颤颤的，以前夜里在山间，也听过猫头鹰这种叫声。

我很难想象猫头鹰在山林黉夜的叫啸是怎样的恐怖阴森，可是很奇怪，知晓它能啸叫后，我却更敬畏它，更关注它，乃至对它有些着迷了。我和妻一起，将阳台上的榕树盆景搬进客厅，我双手抱起猫头鹰，轻轻引导它稳稳地抓住枝丫，随后，我退后几步，一看，宁静兀立于枝头的猫头鹰，愈加霸气四射，已焕发前无古鸟之势……翌日，堂弟来到我家，坐在客厅高声说话，他偶尔转头，一见到榕树盆景上站立的猫头鹰，登时就沉默下来，好一会儿，才说："这样凶的鸟，你家还敢养？"经他这么一说，我读书人"想法不坚定"的毛病，就像按入水的皮球手一松又浮了上来，遂想："还是赶紧放生吧……只是……"黑白想法，马上进入"相持阶段"，踌躇中，猫头鹰却病了。

文章至此，读者想必也明察秋毫，我们一家都非常爱猫头鹰，而且，对猫头鹰的伙食，我们不仅奉行高规格的计划管理，更施行高质量的落实举措，而猫头鹰还是病了，何以会病？问题是出在饮食上。

猫头鹰天生以鼠为主食，上天赋予其超强的捕鼠能力，据考证，一只成年猫头鹰，不说其能吃多少昆虫、小鸟、蜥蜴和鱼等，单老鼠，它一年就可以吃掉1000余只。猫头鹰吃食物，喜欢囫囵吞枣整只吞入肚，这恐与它具有独特"食术"有关，因为入肚后难以消化的骨骼、羽毛、毛发之类残渣，会被揉成丸子，从嘴里吐出来，此谓"吐食丸"。显然，我们从未见猫头鹰吐食丸，在我家，它压根儿就没有见过老鼠等硕大食物。

这表明，对它的饮食，我们已无法适应，也难以满足。根据食谱，我们每天喂它的猪肉，全是精心选出的瘦肉，还加工成细丝，它每次就餐其实都蛮欢快的，总是伸爪子抓起一团肉丝，悬悬空，上下抖两抖，再低下头，以喙和爪慢慢拉扯着吃，有滋有味地吃，吃得相当用心。出于改善猫头鹰的生活，晴川还专门从楼下的灌木丛活捉来几只禾蝉，猫头鹰每次吃毕，鸟嘴即报以"哑，哑"声，以示感谢吧，晴川也积极性更高了，就陆续捉回金龟子、菜青虫、鼻涕虫等喂它。可能这些都不是它最适合吃的鼠吧，加上吃得太杂，于是消化不良，患了肠胃病，屎稀不成条，尿中泛白，半小时不到就得拉一次。妻急坏了，赶紧喂保济丸、藿香正气丸，没想到这人的药竟没有"鸟用"，一两天下来，猫头鹰又变得羽毛松弛，眼睑下垂，活像写失败的散文，"形神俱散"起来。

妻想打电话咨询，却不知到哪里去找鸟医生，突然情急生智，取出书柜上的《家庭日用大全》，翻到鸟肠胃条目，才明白可用木炭灰疗之，遂找来劈柴，烧木成炭，再碾成粉，用新鲜瘦猪肉丝沾裹喂之，果然鸟病还得鸟药医，吃过两三次炭粉拌肉丝后，猫头鹰果然痊愈了，似乎还长大了许多，更惹人怜爱了。

在这时，它表现出学飞的欲望，妻见状，找了根红色长绳，拴了它的一只脚，没承想绳子才拴住，猫头鹰竟突显人性，以哀眼看人，哀声阵阵，偌大的客厅，弥漫了哀声。妻只好赶紧为它松绑，并回头对晴川说："要善待猫头鹰。猫头鹰可是国家保护动物……"

4

现在回头看，在对待猫头鹰是否马上放生的问题上，我的心态是颇为复杂的，当然，我情感的主基调还是呵护、关爱、怜爱，自然也心含敬畏。敬畏，主要源自它有些吓人，敬畏是离不开惧怕的，有惧怕敬畏才有基础。当然，敬畏与文化有关，没有文化根基的敬畏不可能是自觉的敬畏，只能是盲目、盲从的敬畏，乃无本之木。

即便在动物界，在鸟类中，猫头鹰也是文化积淀最深厚者之一。西方的猫头鹰，其翼翅就披挂着文化色彩。古代的中国人更视猫头鹰为神异之鸟，"天命玄鸟，降而生商"（《诗经·商颂·玄鸟》）。在商代，猫头鹰被奉为军队的"保护神"，是人们崇拜的对象，猫头鹰的造型甚至被刻上祭祀礼器青铜卣。我无从考证从何时起猫头鹰才变成国人眼中厄运或死亡的象征。"不怕夜猫子叫，就怕夜猫子笑"之说，在现代科学看来，并没有道理，因为猫头鹰嗅觉并不灵敏，病入膏肓者散发的腐臭味不可能被它高兴地闻到……

当然，猫头鹰不会知道这些。我敬畏它，以爱心待它，是应该的，而它最需要的，假如不是广阔天地，就是我们必须能够喂养它。我不会想一只鸟会对我有感恩之心，但我能感到它依恋我们……

记得猫头鹰学飞后，客厅就无条件地成为它的飞行"天地"，我还谓妻："要定做一个大鸟笼，做得漂亮些，空阔些。"当时并未想到，家养它，对它再好也是囚养；它也不可能认同"人的家"是它的家……何况，家人已明显觉察，近几天来，但凡夜幕降临，猫头鹰就显得非常兴奋，总在客厅飞来叫去，但我们却未能认真地、深入地去想——室外那无边、无际、无涯的夜，才是属于它的，它的自由是在夜的天地间的。作为黑夜天地间的精灵，只有在无边的夜里，它才能享受自在、快乐和完美，它才能看到其他动物无法看到的一切，捕获自己能果腹的一切。

现在看来，那夜是一个饱含预示的夜，我在卧室灯下喝茶，妻倚床头看书，猫头鹰竟能悄悄顶开虚掩的室门，一摆一晃地步入卧室，边走边"哑，哑"地叫唤，还一偏一扭着脑袋圆盘，轮番细看我们，突然，一张双翅，身子一蹲，双翅朝下一扑，就悄无声息醉酒般一颠一簸地向我们飞来，飞上床沿，甫一站稳，又"哑，哑"地叫了两声，那淡定、可爱的小样，惹得我们哈哈大笑……我后来知道，原来猫头鹰羽毛柔软，翅羽又密生天鹅绒般的羽绒，纵然飞如闪电，其声频也不到1000赫兹，人和别的动物都难以听到。

一直以来，猫头鹰的夜寝，都由我亲手操办，每夜，我都是将它抱入大纸箱，箱盖上再压一把生锈的大铁锤。说不清是何原因，许是冥冥中有什么谕示，就在猫头鹰步入卧室的当晚，我居然没有去操劳这事，由妻代劳了。

翌晨，我和妻都在厨房，突然就听到岳母在阳台上惊异地说："猫头鹰哪里去了？猫头鹰飞走了！纸箱盖开的，里头空空的。"我急急和妻来到阳台，晴川这时也从卧室小跑出来说："我昨晚上做了一个梦，梦见猫头鹰冲开纸箱盖，一飞就飞上阳台的防盗网，站了站，然后扭转头看了看我们家，一会儿就飞回客厅，朝爸妈的房间走去，见门关着，就又走回客厅，'呃，呃'叫了叫后，又飞至阳台的防盗网，稳站了一会儿，最后低了低头，才朝阳台外一跃，飞了！"我一听，就问妻："箱盖压了铁锤，猫头鹰怎么还能冲开？"妻忙说："昨晚我只压了一根小小的竹竿……"妻未想到竹木太轻，还是通山林的。我有些气闷，有些感动，有些醒悟，也有些惋惜，更多的却是解脱，望着清晨阳台外辽阔高远的天空，顿感所有的鸟事都空了，似乎什么都没有发生，这一切，都是天意吧……

假如猫头鹰继续因在我家，既悖逆它的天性，也有违天地伦理——纵然猫头鹰和人相处得再不错，也不能说猫头鹰和人的关系就已臻入和美，何况这也只是人单方面的评价。人与自然也好，人与鸟也罢，彼此的关系，除了相互关联、相互依恋，还须相互尊重，唯有彼此自在，各自独立，均感自由，各美其美，才算真正臻入和美。

猫头鹰飞离我家三十年了。它是在夜间飞回它家的。它飞离时是有些不舍的。它飞回了真正的家……

选自《黄河文学》2023年第1期生态散文专辑

金艺

故乡在他乡

金艺

本名朱干金，在《中国作家》《青年文学》《散文选刊》《人民日报》《光明日报》等报刊发表散文若干，有散文入选《2020 民生散文选》《2021 民生散文选》《扇上桃花:〈散文海外版〉2021 年精品集》《人民日报 2021 年散文精选》。

一

一次十分普通的出差——这样的出差每年都有好几次。

一次十分普通的晚餐聊天，这样的聊天每次工作餐时都会在同事间展开，话题多半离不开饮食与健康。同事熊姐姐说起喝酒对健康不利，好几个熟人都喝坏了身体。我不喝酒，平时也不参与这类话题，当时竟脱口而出：也不一定，我大姑每天喝一小杯白酒，已经活到了近百岁。第二天午餐，话题延续，我又提到了大姑。

连续两天都提到大姑，我自己也觉得不可思议。大姑生活在贵州的小山村，我和她一生只见过两次面，最近的一次是九年前，我们平时也从不联系。

午餐后不久接到贵阳亲戚的电话，说大姑昨晚十点左右过世，享年九十五岁。

我心里猛然一惊，恍惚想起物理学界的一个热词——量子纠缠。

二

学生时代在各类表格里填写籍贯为贵州贵阳时，我都会停留片刻，幻想一下自己是苗族或布依族的小姑娘，穿着漂亮的民族服装，浑身漾着和铁路地区孩子不一样的少数民族的神秘气息，并被赋予从来不曾有过的能歌善舞的本领。

我爸说籍贯是指他出生的地方，而不是我出生的地方，后来我才知道准确的解释是指本人出生时祖父居住的地方。祖父（我们习惯称爷爷）对我来讲很陌生，这个赋予我籍贯的人在我出生前一年便去了另一个世界。

　　我多次好奇地追问爸妈从未见过的爷爷是怎么死的，爸爸只说是"生病死的"；妈妈趁爸爸不在时跟我说，爷爷重病后从床上掉下来，正好摔在烤火的火盆上，自己又不能动，被火烧死了，爸爸因此把和爷爷同住的大伯狠狠骂了一顿。

　　爷爷以这样的方式终结一生，我却没有多少悲伤，就像听书时听别人家的故事。但是听说爷爷重病时爸爸带了哥哥去探望，本来滴米不进的爷爷高兴地喝了两碗稀饭，我又对哥哥充满了羡慕，仿佛这时爷爷和我也产生了关系，他是有血有肉有亲情的爷爷，他如果见到我也会高兴地喝两碗甚至更多碗稀饭。

　　实际上，我只从奶奶那里感受过来自贵州的温情。

　　我曾经在一篇散文《藏在食物里的情感》里写过奶奶。在我一岁多的时候，奶奶从遥远的贵州山区，走了几十里山路，又坐了两天两夜的火车来照顾她这个最远最小的孙女。她每天把我背在背上"幺儿幺儿"地哄着，在物资贫乏的年代变着戏法把各种好吃的喂进我的小嘴。乖巧的我知道投桃报李，看到地上有烟头就会捡起来剥出烟丝，塞进奶奶从贵州带来的长长的烟枪里，看她"吧嗒吧嗒"一口一口地抽。

　　半年后奶奶回了贵州，再也没有来过。

　　这些细节如果不是妈妈帮着回忆，我几乎不记得，但是脑海里一直储存着奶奶穿蓝色土布衣服、裹着头巾佝偻着背的样子。

　　因此在七岁（一九八〇年）的某个夏夜第一次和全家一起挤上去往贵州的火车时，我对奶奶充满期待：见到我她会欣喜成什么样啊？

　　结果，奶奶看到我时的眼神波澜不惊，或许她根本就没有认真看我。奶奶好像不记得我了，曾经的盘子脸、大眼睛、高鼻梁只是升级了尺码，并没有太大变化，她却无动于衷，对千里迢迢来看望她的儿子也很漠然。

也许，年近八十的奶奶记忆退化得难以聚焦，又或许，长期的贫困生活损伤了她的情感表达。

我有点儿难过，又好像没有，注意力很快转移到她住的低矮的房子。厨房土墙上挂着几块黑色带绿毛的熏肉（据说能管奶奶一年的荤菜），门口的菜园子刚浇过水，结挂的黄瓜水灵灵，一朵朵黄花在微风里摇动，清新凉爽扑面而来。

这之后我再也没有见过奶奶，曾经的亲密情谊在我还不懂得铭记和回味时就如昙花一现，然后消失了。

奶奶抽象成了一个在厨房和菜园之间蹒跚的影子，没有清晰的面庞和话语。

爸妈和哥哥姐姐夸我爬山厉害后，我就被哄得越爬越起劲。早晨出发，中途在三姑家的桃树下饱吃了一顿桃子和水煮土豆，下午继续翻山，经过一片野生黑皮梨树林，终于在日暮时分到了大姑家。

村民们听说在江西的二哥回来了，都跑来看，乱哄哄的场景我也不记得谁是谁。仔细观察了一下，男女老少没有一个是穿少数民族服装的，这多少让我有点儿感到幻灭。在这个我籍贯具体所指的麦格苗族布依族乡腊脚村，不仅我们是汉族，目之所及好像都是。

晚上睡觉我们五人被分在好几个地方，我和姐姐睡在阁楼里稻草铺成的床上，早晨起来后妈妈拿把篦子篦我们头发里的虱子，她说昨晚一晚上都没睡好。

大姑比我爸大十五岁，在兄弟姐妹中和我爸最亲，比奶奶还疼他。这次回来，是我爸二十岁参军离家后，姐弟少有的一次重逢。

临别时，大姑从屋里摸出一个小匣子一定要爸爸收下。打开小匣子，皱巴巴又抚平的一角一角纸币叠放得整整齐齐，有二十几元，这是她当时全部的积蓄。我爸不肯收，她一边抹眼泪一边说：给娃儿买件衣服，等下次再见面，我就是个坟包包了。

大姑一辈子都没有走出过大山，江西的遥远让她觉得姐弟俩再见的机会渺茫，每一张纸币都承载着姐姐余生对弟弟的牵挂和疼爱。

离开时大姑在山路上送了一程又一程，眼泪滴滴落，直到转过山脚再也看不见，我还能感受到她目光的追随。

从奶奶的淡漠里失落的骨肉之情，在大姑眼里加倍地涌现。

大伯已经过世。爸爸每年会跟叔叔通几封信，偶尔还会互寄照片。我还有几个姑姑，究竟是几个，我很长时间都搞不清楚，她们谁大谁小也分不清，看见和我爸长得像的就叫姑姑。

从来没有见过河里能长出这么多山，一座连着一座，椭圆形的山顶在河面上形成波浪。叔叔两手拢着嘴巴，扯着嗓子向河对岸大声呼喊："来——船——喽，接——人——喽——"一叶竹筏就晃晃悠悠漂过来，接我们去清镇姜家铺探望大伯母和满姑。

艄公撑一根长篙站在竹筏上，拉我们一个个上筏。天色渐暗，清澈见底的河水在我们脚下哗哗奔跑。绕过一座山时，艄公随口说，前几天有个同村的男子在山脚下落水淹死了，这加深了我对这条河的记忆，对它的神秘充满敬畏。

土豆、玉米、南瓜、黄瓜、豆角、茄子，每天在各家排着队轮流上桌，即便偶尔能搭配一点儿熏肉，我还是感觉肚子里少油，每次吃饭前就期盼奇迹发生。

有天晚餐终于如愿等到一桌子菜并惊喜地发现红烧肉、炖猪蹄、炒猪肝、排骨汤……

哥哥姐姐热烈地小声议论：妈妈说了，那个面相和善的安姑爹，是专门杀猪卖肉的。难怪这么多好吃的，要是所有的姑爹都是杀猪卖肉的多好。

我怀着和他们一样的美好期待，肚子吃得鼓鼓的。

饭后，一群和我一般大的孩子在七月半的暮色里拎着小南瓜灯在街边空地上玩耍，我静静地看了很久。点南瓜灯是他们祭祀祖先的方式，我虽然不知道这些孩子有几个是我的亲戚又是什么亲戚，但我觉得他们是那么熟悉而亲切，似乎我从出生就生活在这里，我想融入他们。

三

单位有两个在贵阳土生土长的大姐，每次遇到我都热情地称呼"小老乡"，并兴致勃勃地跟我谈论贵州的美景美食和风土人情，这时候我就感觉自己像个赝品。除了七岁那年去贵州以儿童的视角看过腊脚村的山和姜家铺的河，我对贵州再无了解。

补上这一课，已经是二十八年后。

本来也许可以更早。奶奶过世，爸爸沉默、犹豫了一天后，还是决定谁也不带独自一人去贵阳奔丧。那天他到了火车站又匆匆忙忙跑回来，说准备带去的二百元钱不见了。哥哥帮他一起找，最后在他穿着的铁路制服最里面一个口袋的深处摸到了。

他从贵阳回来后延续一贯的沉默寡言，除了上班就是更加上紧地种菜钓鱼，我们无从知晓奶奶葬礼的细节和贵州亲戚们的状况。

故乡也不知道我快小学毕业了，不关心我考得好还是不好，更不知道我和同学闹矛盾的伤心，和姐姐划纸船掉到水里差点儿淹死的危险。

现在连奶奶也没有了，我和故乡的关联就像奶奶烟枪里最后那点儿烟丝，在一明一灭里渐渐化为灰烬。

二〇〇九年，姐姐提议全家去贵州探亲旅游，爸爸眼里有亮光一闪而过。那时儿女们都成家立业，他对这样的还乡肯定满怀期待，言辞间却都是顾虑。亲戚们就像一棵藤上结的瓜，大大小小好多家，有亲有疏，怎么带礼物是个问题，我们这棵藤上也有十多个瓜，对方接待也是个问题。

姐姐很干脆，她善于把复杂问题简单化：我们住酒店，租车，礼物不好带就多带点儿钱，长辈们送红包，其他的随机应变。

依然是在夏天，五人小组升级为十人团，父母和我们三兄妹各自一家三口除姐夫公务缠身外全部到齐。

事实表明，爸爸的顾虑显得多余。贵阳的经济就像不断提速的火车飞奔向前，亲戚们的生活比上次来时大有改善，安姑和大女儿小安妹都盖起了楼房，七岁时就是在她们家饱食了一顿猪肉。叔叔和儿子两套房挨着住，他们说住宿不存在问题，出行车辆也不用我们操心。

叔叔的女儿小龙英和安姑的女儿小四妹和我同年出生，我们用手机自拍了一张合影，然后对着照片寻找三人的眼睛、鼻子、嘴巴、额头和下巴哪里有一点儿像。

我们奔流的血脉有同一个发源地，这让我在夜深人散后心头泛起暖意，生出排箫曲《山鹰之歌》那种神秘、悠远、辽阔的情致。

其实这么多年，某个堂哥、几个年轻些的姑姑和婶婶都当过信使。

堂哥到外地打工，在向塘西火车站中转时到我们家落了一夜脚，他挑着被子和一些生活用品，心里全是对未来的忐忑，和我这个中学生无话可谈。姑姑和婶婶们相约一起来南昌，爸妈陪着在我刚参加工作不久的单位宿舍吃了一餐饭。她们不跟我聊贵州的名胜和社会发展，我也没法儿聊她们熟悉的上山砍柴、种植玉米、杀猪卖肉、养儿带孙，话题就停留在"多吃点儿菜，多住几天"的客套里。

爸爸带着一大家人到达贵阳后，第二天就去看望大姑，山路修通，腊脚村可以开车上去。我寻思这么多人要开多少辆车啊——不仅是我们全家，还有陪同我们的大人和小孩，晃来晃去数不清，有辆宽敞点儿的中巴就再好不过了。

一大早起来，门口停了一辆黑色越野车和一辆白色小面包。白色面包车的款式有点儿像当时流行的昌河"面的"，外表油漆斑驳。越野车肯定是可以爬山的，那辆面包车估计用来装行李，待会儿还要来几辆车呢？

出乎意料，没有车再来。

早饭后被招呼上车，越野车前后坐五人，后备厢安排了四个小孩，其他人全被热情地请进面包车。

面包车的内部进行了改装，为了能坐下更多人，拆掉了原来的椅子，歪歪斜斜放了两排长椅，车顶和周边的内饰都翻皮脱落了。

这样的安排让我差点儿惊掉下巴。工作中经常会看到因为超载和车辆改装引发的交通事故，我比其他人更为敏感，对一开动发动机就突突响的面包车尤为担心。

上车还是不上车？爸妈不吭声。我在心里反复权衡，最后还是冒着被认为矫情的风险提出是否能换一辆车或者我们自己租车。

堂弟小黔不以为意地笑着解释：不怕不怕，我们过年过节去亲戚家都是坐这样的车，好坐人又好装货，安逸得很。

协商的结果是既租不了车也换不了车，只能再增加一辆同样的小面包，尽量坐宽松些。

去大姑家的山路九曲十八弯，每到大角度转弯爬坡的路段，小面包就轰鸣着加大马力冲转过去，没有一点儿小心翼翼的样子，好像它就是这山路的主宰。

坊间流传云贵川的司机最过硬，山路狭窄，错车的时候都很难找到缝隙，车子在山道上还是一骑绝尘。

叔叔婶婶姑姑们习以为常，我既没有兴趣对话，也无心看路边的风景，眼睛死死盯着前方，似乎必须把目光和道路焊接在一起车子才不会跑偏，胸腔有一万把琵琶在弹拨。

平安到达后还心有余悸。

昨晚刚燃起的对故乡的热情被迷茫取代。贵阳的兄弟姐妹和我，思维方式、生活习惯就像腊脚村连绵的高山与江西广阔的赣抚平原，一直都不在同一水平线上。

爸爸兄弟姐妹中排行最末的腊姑一直无声无息地跟在最后面，不跟人说话也没有人跟她说话。

我爸对人一贯和善，腊姑又是最小的妹妹，他为什么也不找她说话呢？

妈妈倒不避讳爸爸兄妹间的龃龉，她揭秘说，腊姑家也是以杀猪卖肉为生，几年前爸妈回贵阳探亲时曾到过她家，刚杀的猪的猪血还在地上的脸盆里冒着热气，中午的四个菜里却没一点儿肉星，都是煮熟或炒熟的蔬菜。四个菜管一桌子人，爸妈的肚子都填不满一角。没有水喝，我妈自己烧，刚透凉就被别人端走喝掉了。

腊姑家厨房里炸油饼的纱布又黑又腻，家里脏得就不像人住的地方，第二天早上也没有人做早饭。

爸妈自己到街上买粉吃，碰到一个认识的乡亲，他热情地邀请爸妈和陪同的叔叔婶婶们一起去他家吃中饭，一会儿工夫就做出了二十几道菜，乡亲也知道在腊姑家没法儿吃饭。

自那以后，提起腊姑我爸全身的血就往上涌，恨她不争气，把日子过得皱皱巴巴。

大姑已经八十多岁了，像当年奶奶一样住在儿子大房子旁的一间小矮房里，每天自在地抽点儿烟喝点儿酒自己随便做点儿吃的，不想做就到儿子家吃。三姑摔断了左侧髋骨，手术没做好，骨头露在外面，还一瘸一拐地去田里劳作。姐俩的家隔着几座山，没摔到腿时还会相约去集市。

相比其他兄弟姐妹，三姑脸最圆，姐姐说我老了可能就是三姑这个样子。故乡用同一种遗传物质把我克隆得和一个千里之外的老太太一样，她常年生活在深山，一盏灯照亮左右两间四处漏风的木板房。

银色的头饰和项圈，红色镶黑色花边的上衣，五彩长裙，我背着插满鲜花的竹篓走在以黄果树瀑布为背景的山间小路。

旅游景点租衣拍照这样的收费项目我本不感兴趣，但这里是贵州，是我从小就梦寐以求能穿上少数民族服装的故乡。

这套苗族服装很衬我的身段和面庞，气质也相符，可是镜头下移到我穿着的棉袜和白色运动鞋，瞬间格格不入，就像我对故乡的深情总是在兴味盎然时露出难堪的小马脚。

这次我才知道，七岁那年去姜家铺经过的河名叫百花湖，现在已成为旅游景点，小竹筏换成了大游船，神秘和敬畏感消失，取而代之的是在船头吹着湖风，看千山竞过的惬意。

湖边偶遇一群统一着装的布依族大妈，年轻一些的是浅蓝色上衣配黑肚兜，年长一些的是深蓝色上衣配黑肚兜，清一色的黑色包头巾，以她们为背景来拍照，好似又圆了我一回梦。

酸汤鱼、丝娃娃、花溪牛肉粉、清镇黄粑，还有早上做配菜吃的凉拌折耳根（我们叫鱼腥草），这些美食在味蕾上留下了美好的记忆。

贵阳山多，田地多在山坡上，亲戚们最多种一季水稻，有的只种土豆、玉米。七岁时吃得肚里缺油的高山土豆，清水煮或文火煨，又粉又香；玉米甜糯；在大伯母家吃的自家炒葵花籽，用大簸箕装，颗粒饱满，清香脆酥，那以后我再也没有吃过那么好吃的葵花籽。

第二次回故乡，美食的记忆覆盖了其他许多内容。

临别之际，我完成任务似的给全家和亲戚们拍照，有的框在照片里的也不知是哪位亲戚，不过姑姑们倒是认全了。

大姑家的门边，爸爸和叔叔、大姑、安姑、腊姑坐成一排聊天（三姑因为行动不便没有上山），这是父亲现在所有的兄弟姐妹。

我用手机给他们拍了一张合影。

四

刚下过雨，滚滚乌云由远及近渐渐泛青，露出光亮。叔叔家厨房的不锈钢架上挂着几块长条形熏肉，皮色焦黑，侧边长满绿菌。厨房外一片野地，雨水滋润后的小草和嫩叶绿得晃眼，恍若七岁时奶奶的厨房和菜地重现。

没想到故乡会以这样的场景迎接我的第三次归来，时隔九年后，我和哥哥一起来到贵阳，代表全家送别大姑。

从叔叔居住的清镇市区到腊脚村，车程约一个半小时。这条山路我曾经走过两次，一次只记得爬山的累，一次只担心行车的安全，这次不会累也不用怕，就准备在堂妹新买的车上好好打个盹儿。

车开上山路后，沿途仙境般的风光立刻让我睡意全无。一会儿以山为主细水环流，岸边黄花点缀；一会儿宽阔的水面倒映天上鳞片状的云，水天之间山山相衔；转一个弯又见鲸鱼状的独立山包稳踞湖心，四周馒头状的山峰高高低低卫士般环绕守护；再转一个弯，两条小舟泊在岸边，岸上绿意葱茏，幽深静谧。

靠近腊脚村后，稻田要么一小块一小块地窝在山谷，要么像楼梯似的排成整齐的一层又一层。

哥哥目不转睛地看着窗外，感叹老爸出生的地方太美了，上次来怎么没注意到呢！老听他说小时候过得特别苦。

我突然从心里漾出笑意，这个不声不响的老爸，他生活了二十年的穷乡僻壤，原来美得出奇。这些山轮廓敦厚，但重重叠叠，没完没了，好似一种温柔的围困。爸爸是当地极少数走出这围困的人，如果他也像叔叔和姑姑们一样安于天命，就不会遇见两千多里外的妈妈，也就不会有我了。

爸爸早大姑两年变成了坟包包。他生前未和故乡好好告别，我们这次来，也许是借着送别大姑，替爸爸完成魂归故里的心愿。

爸爸病重时，我们曾问过他，想不想再回一趟贵州，是不是要请贵阳的叔叔姑姑们来一趟。他眼望天花板，犹豫良久，从胸腔呼出一口气，轻轻摇摇头。

时常和我们保持联系的是叔叔的养子，他和婆娘代表贵阳的亲戚来探望了病重的爸爸，包里带着自己卤的两块牛肉和一罐油炸红辣椒。

他一口纯正的贵阳话和爸爸一生未改的乡音一碰撞，房间的空气里就浮现出贵阳的山山水水、腊脚村的木屋、姜家铺的河，升腾起蒸煮后的玉米、土豆和熏肉的香。

爸爸看上去挺欣慰，临别时，他托叔叔的养子带给了叔叔三千元钱。

大姑的白喜事办得很热闹，一幢瓷砖墙面楼房正中贴着一层楼高的黄色挽联，两边垂挂着黄色方块草纸和蓝色、绿色纸纱幔，房前的平地上支起黑纱天棚，白色、红色、蓝色、黄色的挽幛在高空四角拉起，拉到中间打一个花结，黑纱棚下摆放了很多张桌子和塑料椅子，丧葬乐队吹吹打打，来来往往的人络绎不绝。

没有悲伤，全场除了吹奏的流行歌曲，都是吊唁人之间的大声寒暄和欢声笑语。几位老太太安静地坐在墙角，她们头顶的墙上挂着几床送礼的新被子。

我的目光大部分时间都停留在叔叔身上。

上次我们全家来的时候，他陪我们一起去黔灵公园。叔叔面庞消瘦，总有几绺头发向外支棱着，就像长出了刺，一件灰色衬衫大敞着扣，露出胸前几根肋骨。他拎着个啤酒瓶边走边喝，门口的工作人员向他要票，他就说是公园里干活的工人，用这样的方式免费游览他屡试不爽。

这次见着叔叔，模样没有太大变化，只是苍老了些，没了牙齿说起话来就显得温糯。

叔叔是爸爸最谈得来的兄弟。他和爸爸长得太像了，也像爸爸一样不爱吭声。

我不明白爸爸临终时叔叔为什么不来看望，过世后又为什么不想送别，听说还是堂哥劝他："二伯都给了你三千块钱作为路费，你怎么能不去呢？"他才改变主意。

这三千块钱，到底是哥哥对弟弟的牵挂，还是作为路费，希望弟弟来送别他？

眼泪忍在眼眶里。

叔叔转头望过来，我无法直视那双干涩的眼睛，慌忙将目光投向别处。

叩拜完大姑后离午饭还有一段时间，堂哥堂妹带我和哥哥去后山祭拜先祖。

先祖三兄弟清末从江西九江逃难来到这里，那时究竟发生了什么，让他们不远千里从鱼米之乡来到荒僻的山区？这个秘密和他们一起葬在了高山密林中。

后山的树林以马尾松、杉树、柏树为主，阳光透过密密匝匝的树叶星星点点地洒下来。没有一点儿人工打理的痕迹，路上都是杂草，小火球似的蛇莓在草丛中跳跃，皱叶荚蒾（大糯米条）在路边高举起一簇簇白里透红米粒状的小果实。

奶奶的人生使命似乎就是生孩子，一口气生了十六个，我爸排行老七。他能享受到母爱的时间可能只有出生后那么一会儿吧，家里唯一的被子只够给生产的母亲和刚出生的孩子盖，下一个弟弟或妹妹出生后，他就被挤出被窝，自己铺玉米秆当床睡。想到这个我就开始心疼，他一定哭喊过要回到妈妈身边，也一定在玉米秆上幻想过破旧却柔软的被子能重新回到自己身上。

他只是众多不被惦记的孩子中的一个，很小就和大山成为朋友，饿了上树摘野果，渴了下溪饮山泉，困了就蜷在草丛睡一觉，闲了就学各种鸟鸣和鸟说话，还曾经和一只老虎对峙后各自走开。

站在村前，我出神地望着羊群般连绵起伏的群山。

哥哥陪在身旁，他也像爸爸一样不爱说话，不知道他是不是也和我一样在想，那个父母双全却孤苦无依的少年，夜幕降临后会依偎在哪一只羊的身旁入睡呢？

　　长大成人后只有大姑继续留在腊脚村生活，其他兄弟姐妹都陆陆续续搬下山，去了清镇，或是周边，或是更远的地方。

　　大姑的离去，替故乡完成了对我的又一次召唤。

　　村庄还残留了几幢老屋，木瓦结构，人字形屋顶，很早以前大姑就住在这样的房子里，再早之前我爸住在比这还破旧的房子里，我在他的档案里看到过家庭经济状况填写：土改前草屋二间，土改后草屋三间，耕牛一头。

　　一定是故乡在我的基因里植入了某种生物芯片。我虽然没怎么在农村待过，但这样的房子比起宽敞的楼宇更让我心安，一走进去整个世界都能迅速安静下来。这芯片也让我这个出生并成长于赣江边的人，爱大山甚过江河湖海。

　　午宴上吵吵嚷嚷，我希望能找到一个仍生活在腊脚村的大姑的儿子，通过他和故乡建立长久的联系。那几个头戴白孝的男子在桌子间穿梭忙碌，端菜递烟倒酒寒暄，一张张陌生的面孔让我多次试着张嘴却无从开口。

五

　　清明小长假的一天傍晚，夕阳正从远处的树梢上一点点坠落，我在单位后面绿毯般的小山坡上捡拾雷雨过后长出的地衣。

　　手机响起，是贵阳的堂妹小龙英发来微信视频，问我清明节有没有去祭奠父亲。他们一大家每年清明祭扫后都会聚在一起。手机摄像头扫过在场的每一个人，我迫不及待地只想看到叔叔。

苍白的头发和消瘦的脸，他在镜头里用无牙的嘴微笑向我点头，手机这头的我顿时泪流满面。

见叔如见父，南昌有疫情，不能到公墓扫墓，堂妹出其不意的问候给了我很大的安慰。

爸爸走后，很长一段时间我都放不下，深入骨髓地理解了什么是睹物思人。一首普通的民歌小调《我在贵州等你》都让我在上下班的路上单曲循环播放一个星期，每一句歌词都让我想起爸爸的影子，每一段旋律都让我想起那陌生又熟悉的故乡。

和哥哥一起送别大姑后，我绷紧的心才松了许多。

只是，最疼我的爸爸不在了，最疼爱爸爸的大姑也不在了，那个与我有着神秘联系的腊脚村，我还会满怀期待地再一次回归吗？

选自《星火》2023 年第 1 期

安然

万鸟岭上

安然

中国作家协会会员。曾获第三届、第五届老舍散文
奖等若干文学奖项。作品被收入多种选刊、选本。

1

一直以来，我有一个梦想，希望能和鸟儿一起飞翔，最好是能伴飞一只漂泊信天翁。寂静的暗夜里，我常在梦里任由双臂变成翅膀，带着自己在浩瀚星空巡游。

星月升了又落，春秋来了又走。此刻，我置身万鸟岭的鸟场上，蜷缩在一个避风窝棚里。我依旧没能变成一只鸟，漂泊信天翁依旧长年在孤身飞翔。但是，我变成了一个怀抱深情夜夜等鸟的人。很可能，我等的不仅是鸟，也是另一个古老的自己。

棚外，竖着两张高大的鸟网。几盏射灯，在云雾中投出几道雪亮的光束。这是一个诱鸟基地，归属全国鸟类环志中心营盘圩环志站。前几夜，还有许多虫蛾扑灯，今夜一只也没有了。营盘圩山区地处罗霄山脉西段，属于江西南风面国家级自然保护区。万鸟岭坐落在群山环抱之中，海拔一千三百米。

农历九月十一，"寒露"已过九日，天气很冷。深夜十一点，岭上星月皆无，除了射灯的光，远近山野皆是茫茫，如同一个乌黑如磐的大海。几阵斜风吹过，雨声骤紧，今夜，风和雨如此呼应多轮了，峭寒又一次从板缝咝咝灌进窝棚来，湿寒沁骨，我倒吸一口凉气，抽了抽鼻涕，用发僵的手紧了紧军大衣，跺了跺冰凉的脚。

那些藏身于密林的鹭鸟，低哑困饿地又呱啼了几声。竹竿搭的窝棚上，十几只装在白布袋里的鹭鸟，呼应着扑腾了一阵，瞬间鸟味四起。棚外林中，鹭声短促而沉闷，可惜，我看不见这些落魄的精灵。迁徙之路漫漫险峻，自远方而来的它们，不是每一只都能安全抵达越冬之地。在长空中，老鹰是最大的天敌；在旅途中，给养不足是最大的困难；在陆地上，还要百倍提防人类的加害。不过，这第三点，在当下，正在慢慢解除威胁。人类对生物多样性的认知和保护，已经形成共识。"鸟叔"曾昭富告诉我，他和堂兄昭明，已经二十年没有打过一只鸟了，相反，经由他们救治放飞的候鸟，多达数十只。昭富和昭明是本地山民，从前以打鸟为生，现在他俩高超的捕鸟技术，正好用来为环志站服务。他们的变身不奇怪，在营盘圩，从前的"打鸟岗"早变身为"万鸟岭"了。

"哎呀，水越落越大了。看，这是什么？"

昭富举着一只体形小巧的鸟进来，他很兴奋。雨衣帽檐滴下的水，把他额头上的一缕头发淋湿了，他的脸上也在流水。个子不高，一双中筒雨靴，看似套紧了他小半个身躯。落水？"落雨"是"落水"？来不及细品其中妙意，昭富又相告：

"夜莺！我好几年没见过夜莺了。"

他神色愉悦明朗，一开笑，像个小少年。

哈，夜莺？今夜居然有夜莺过境呀！近年，欧洲夜莺为适应气候异常已将翅膀变短，这是非常不利于迁徙的。夜莺这种鸟，正面临着绝灭之忧。

暗黢黢的窝棚里，我"腾"地站起，急切地将头凑到昭富的手电光里，一只瑟瑟发抖的夜莺，忽然变成一团火，一下把我照暖。对夜莺的印象来自文学作品，一个被爱火点燃的青年无助地徘徊在姑娘窗下，窗前小树上，善解人意的夜莺总是替他唱出心声……

人类以鸟寄情，把它当作吉祥又神秘的信使，交付了多少深情和爱梦。夜莺该是一只多么好看的鸟啊！

然而，夜莺的文化意义不止于此。第一、二次世界大战期间，多少夜莺之歌借助于军人的家书、日记，带着和平的祈愿，一直在世间流转。

没有哪一种野生动物能像飞鸟，和人类发生密切的情感牵连，夜莺之外，大雁、燕子、天鹅、云雀、黄鹂、信鸽、白鹭、画眉等鸟儿，世上的多情人总是舍得笔墨和情感，让它们从一个人的内心飞往更多人的内心。

现在，沉沉山雨里，一座陌生的高山岭上，一只真实的夜莺正在和我对视，被我真切打量。说实话，它的颜值不高，远低于我想象中的样子。它体形不大，喙短而宽，眼睛大而亮，毛色如同树皮，暗褐而有斑点，嘴口两侧各有六根硬须。经得昭富允许，我摸了摸它的羽毛，毛质柔柔的，软乎乎的。可能是不高兴我的抚摸，它突然嘴一张，眼一瞪，形凶色厉，把我惊退。而后，它在刺眼的电光里合起双目，装成了一只委顿憔悴的弱鸟。即便如此，我依旧觉得它的神色里，有几分对我的轻蔑和不屑。嗯，这是我第一次处理人和鸟的关系，远不够和谐。我有些尴尬，又有点儿沮丧。

我稍有生疑：这样子一只形容丑陋脾气又很坏的鸟，竟能唱出那些打动世人的美妙天籁？人类总是喜欢仰望鸟。鸟的自由和歌声里，藏着人类的亿万双无形翅膀，藏着我们想要挣脱重力遥遥高飞的梦幻。我尽信文字，对一只夜莺持了半生仰望，它却是如此凶冷无情。

事情好像哪里不对呀。我收回了投给它的深情目光，来不及细思量，昭富已经麻利地把它放进了雪白干净的鸟袋里。"稀客，要给它住新房子。"

时近子夜，昭富挑起鸟袋，路滑，我们小心下山。走近坡底窝棚，喊上昭明同归。高大的昭明关了射灯，岭上雾时黑黢黢的，群山皆墨，万鸟岭就此融入了更大的黑暗之中。天地无声，唯有夜雨不大不小地落着。林中鹭鸟的哑鸣也歇了许久，疲惫的它们早睡觉了。我避开顶灯光束，把蜷在雨衣宽袖里的右手伸了出来，咦，看不见五指。这种至极之黑，童年在没有电灯的乡村多有经历，每一次经历，都是拎着胆儿踏入一个异样的世界，那世界里有众神穿行其中，遍地流淌着万物的秘密。后来，满世界的人造光无孔不入，人烟繁盛处，夜已不再像夜。

没想到，今夜穿行在群山深处，和夜的真魂劈面相遇，在夜的翅膀上踏步而行。草木在正版的暗里入眠，动物在正版的黑里打盹儿，黑夜像一张温柔的巨毯，包裹万物的秘密，哄万物安心休憩。却也有例外，我能知道，今夜万鸟岭上空，会有巨量的候鸟飞过，它们从遥远的西伯利亚来、从风吹草低的蒙古草原来、从我国的华中平原来，循着造化基因的安排，沿着内置罗盘的指引，往金鸡版图的南方去、往澳大利亚去、往新西兰去、往非洲去、往这个星球能够越冬的各个地方去。那些掉队的、受伤的、飞累了下来歇脚的、饥饿了下来觅食的候鸟，它们会不会稍事休整即再度连夜启程？候鸟没有固定的家，天空是它们永远的居所。

古往今来，这里到底迎来送往了多少位天空的精灵和信使？万鸟岭的夜空中，盛开过多少鸟翅的花朵，荡起过多少鸟队的涟漪？一个又一个遮天蔽日的鸟阵，在地球候鸟迁徙的史诗中，写下了多少页精彩的诗行？

昭明很快赶上，他也挑了一担鸟儿。"十九只！有一只红嘴相思鸟，两只灰头麦鸡，三只黑水鸡，别的都是鹭鸟啰。对了，还有一只小鸦鹃。"昭明乐呵呵的。昭富抓了三十四只，今夜共五十三只，计六十斤左右。昭富问他有没有黄苇鳽和噪鹃，昭明说没有。昭富说他自己抓了好几只呢。昭富还抓了丘鹬和虎纹伯劳呢，还有蓝胸秧鸡呢，对了，还有一只夜莺呢。昭富告诉我，九月份还抓到过蓝翡翠、火斑鸠、仙八色鸫和太阳鸟……"仙八色鸫，是我见过的最漂亮的鸟。"他余韵深长地回味着。

2

这是鸿蒙之始，天地间唯有洪水茫茫。贝努从洪水上空飞过，一声孤鸣，啼开了世界万物存在的秩序。洪水退去，贝努在泥地上下了一个蛋，这个蛋名"宇宙之卵"。光阴推移，神鸟贝努化身为各种形态和世人相见：美丽的黄鹂鸰、东方少僧般好看的鹭、凶猛狂暴的老鹰……最后，贝努飞出埃及神话，化身为凤凰，在东方文化的浩荡星空里盘旋几千年。

故事真是很好：一只鸟儿，借助一对神赐的翅膀，深得造化恩宠，可以飞往自己想去的任何地方。人就不同，人的脚力有限，很难随性抵达心之所向。比如我，任凭心中的翅膀怎样扑打，五百里外的"千年鸟道"，总是不曾抵达。一个深秋，当我终于站在万鸟岭下，淋着纷纷暮雨，大口呼吸山林空气时，距那初时动念，时光之轮已转过十五度春秋。

一条山溪自岭上汩汩而下，我站在过溪的青石板上，眼前是进山的路口，耳际是四起的鹭鸣，天光尚在，看得清溪边几棵油茶树开着白花。油茶的特性是籽熟花开，这是它的天命。鸟儿也有它的天命。在万鸟岭，油茶开花前后，巨量的候鸟就来了。这里海拔高、地势险、气温低、云雾浓、空气稀，候鸟自远方来，常常选择在此休息觅食，得到充足给养后再度启程。因此，也多有掉队迷路的老弱伤鸟。

暮色由浅渐浓，山中骤然寒气逼人，林木森森，万籁皆寂。唯有绵绵鹭鸣一会儿在树梢高处，一会儿又在林下低处，近了又远了，远了又近了，一声声皆是孤独，埋着深深的倦意。鹭鸟依水泽而生，此时它们成为高山深处的特殊访客、神秘隐者，我也是另一类访客，有心造访它们却找不到一点儿踪迹，山林太茂密了！也罢，我再是多么爱鸟，却总是惊飞身边的任何一只鸟。想和一只鸟结伴游玩，除非也变成它的同伴。

应一个悠长召唤，我张开一双无形翅膀，穿越五百里红尘，奔抵"千年鸟道"。我来干什么呢？地球上有三千亿只鸟，没有一只会认识我。我再怎么仰望天空，也无法亲近任何一只鸟。我不记得此生见过的第一只鸟的模样，不记得听过的第一声鸟鸣。然而，鸟类的飞翔和歌声总是令我深深着迷。快乐时我想像鸟一样唱歌，悲伤时我想像鸟一样展翅。现在，深秋的暮雨里，我站在万鸟岭山下，乘着鹭声终于也变为一只飞鸟，冲向了茫茫天际。那一刻，自由的风鼓满了胸膛，激动的泪水濡湿了双目，我按了按胸口，深呼吸，再深呼吸，不要决堤，不要让深情的浪花将自己淹没。

原来，我来到这里，是为了把自己化身成一只能飞天的鸟！

不知过了多久，有低沉的鸟声将我唤转。这才看见，离有几步远的溪水口，一只大鸟拢翅、躬身，雕塑般立在面前。它颈短、粗胖、嘴长而尖细、鸟喙黑色。头顶至背脊，羽色黑绿有金属光泽，上体余部灰色。下体和腿胫藏起而细节莫辨。斜风冷雨中，它神色哀矜，似语不能。

来鸟道之前，设想过种种和候鸟首遇的场景，最向往的，当然是邂逅群山上空繁花一样盛开的巨型鸟阵。事实却是，一只受伤的鸟，拦在了万鸟岭路口，像是神明张布的一张高难度考题。

它急需救治，我却难施援手。一是它体形不小，怕抓不住；二是没有经验，恐下手不对加重伤势。我无助地和它对视，几番欲语还休。它失望了，迟疑间，它艰难地动了动，躲进了水涧草丛里。我急了，喊来往岭上走去的雷达。雷达也不敢下手。它又往水草深处走了几步，雷达一急，壮胆在水里抱起了它，说了一番好话。

把它抱进环志大楼。大楼里灯火通明，就这样，一只受伤的鸟儿，领着我们相认了"鸟叔"昭富和昭明。

昭明走过来，说是夜鹭。看了看，摇摇头，说是打架受伤了，"没得救"。我心一沉，好像是自己接到一张宣判书。

昭富闻讯也过来了。他扒开夜鹭的背颈处，一道刺目伤痕赫然眼前。它的右目挂着一滴"泪珠"，松脂一样透明。昭富也摇摇头，神色和鸟伤一样沉痛。他什么也不说。好奇心令我追着发了几个问，每个问皆谦恭又小心。昭富这才徐徐作答：

"不是打架受的伤，是自己撞到树或石头上了。这种事经常有的，有些鸟儿撞到树上直接就死了。"

说着话，他拎起夜鹭，找来一只纸盒，又找来碘酒、棉签，他小心地用棉签挑掉鹭眼上的"泪珠"，换一根，又沾碘酒小心地涂抹伤口。做完这一切，他轻松下来，脸上有了笑意："我来养养它。它冷坏了。"他把夜鹭放进了笼子里，盖上一张灰色笼布："不要让它受惊。"

这夜随昭富、昭明上山，在羊肠山径边瞥见了一座老坟，坟茔掩在深深的草木里。心头一凛，生了害怕：这可怎么办？往后还有一段日子呢！后来，不论天晴下雨，我有意走在昭富、昭明中间。深山夜行，头顶矿灯，手握电筒，身披大衣，盘羊肠山道上岭下岭，明知前没有虎后也不会有狼，却依旧百般不安。有时请爱玩抖音的昭明唱个歌，有时又请昭富讲个故事。有时一言不出，像夜行侠仗剑山林。我不提老坟一字。不提，就不会有惊，不会生怖。我假装忘记它，才能夜夜安心地奔赴万鸟岭，那里是一个好梦的边沿，离日常很远，离自由很近。

3

地球上有八条候鸟迁徙路线，我国有三条，"营盘圩千年鸟道"是其中一条。谁也说不清，这条全球鸟类的重要迁徙通道，是何时由先驱候鸟们拓开的。人类对候鸟迁徙这个自然现象，直到近代两三百年间才结束存疑争论，达成认知共识。燕子在秋天就消失不见，它们是结团藏在泥塘里，在水底下越冬。听起来可笑对吧，然而西方人直到十七世纪中叶，对这个说法依旧深信不疑。

昭富、昭明世居营盘圩，他们的祖辈源于客家历史上几次大迁徙。这里山高路险，人烟稀少，风水宜居。客家先民选择在这里筑庐生息，从此结束了候鸟般的迁徙命运。

同样，这样的风水生态，也适合迁飞的候鸟停歇觅食再征天途。植被完好，水系发达，湿地丰富，能提供充足的补给是其一；其二，南、北、西方向各有齐云山、南风面、八面山，海拔皆高达两千米，能够为候鸟提供导航参照；其三，三座高山之间形成了一条四十六公里长、三十九公里宽的"高山隧道"，"隧道"中气流强劲，秋天自东北向西南，春天自西南向东北，颇有智慧的候鸟们正是利用这股省力省时的气流，南迁北徙，跨越洲际。

中国营盘圩山区，年年由几十万甚至上百万只候鸟上演着地球上最壮观的自然史诗大戏。

六十岁的昭富说起一段"捡鹌子鹑"的神奇经历：

　　打鸟最难忘的是我八岁的一天。

　　那天有好多鸟，鸟网上到处是鸟，我和二哥就随便抓啊。后来到处都是鸟，我们也不抓网上的了，就捡地上的鸟。对，捡鸟！不是抓鸟！捡鸟，捡得去就是。

　　满地都是鸟，只要有火的地方就到处有鸟。你只要捡得过来。

它们也不飞也不跑，尽我们捡得去。鸟多的时候就是这样啊，鸟多的时候就不会跑，你跑掉地上又有，又有鸟掉下来。这种时间不长，只有一两个小时。这种情况四十年才发生一次。我这一辈子就遇到过一次。我们那回捡了六百四十多只，吃都吃厌了，扒皮都扒怕了。

4

营盘圩山高林密积温低，粮食难种，三年两不收。好在山林有出产，蕨苗、蕨粉、山花、草药，都能掺入米中当粮吃。想吃肉，那就捕鸟去。秋天那铺天盖地而来的鸟，祖辈们当作是老天的恩赐，冬天家家户户挂满腊鸟。昭明说他吃过各种各样的鸟，清蒸、打汤、腊味，短颈的好吃些，长颈的不好吃，又腥又臊。现在，他总说："很惭愧，对不住那些鸟朋友哇！"

也卖鸟。昭明回忆，二十世纪六十年代，向国外卖红嘴相思鸟。那时集体出工，一个工一块钱，抓一只鸟卖五块钱，相当于五个工。只卖公的不卖母的。同理，打鸟也有规矩，春天的鸟是绝不能打的。日子虽穷，但对大山也要执礼，要取之有度。祖先们其实是守住一条生态底线了。其规其矩，正合了夏代著名的"大禹之禁"："春三月，山林不登斧斤，以成草木之长；夏三月，川泽不入网罟，以成鱼鳖之长。"

很难回头去指责营盘圩艰难困顿的生存史。我们需要记住并永远感恩的，是这个星球的万千候鸟，成为一代代昭富、昭明们的重要生存补给。在这个意义上，候鸟是养育营盘圩的自然功臣。如今，山民们早已烧毁了祖传的打鸟工具，走在了爱鸟护鸟的大道之上。他们的转身，更像是代替先民对候鸟做出恳切忏悔，在向大自然鞠躬的同时，他们也从大自然学会了更博大的爱。他们的行为，恰如《地球四季》导演所言："动物们在几千年前学会了与人类和解。现在，轮到我们重新学着更好地认识它们，给它们留出一席之地。"

5

"和人一样啊，鸟也有自己喜欢走的路。它们在这条路上走得舒服啊，自由啊。山里动物也有自己喜欢走的路。野兽是用自己的脚在山林里走出一条路，鸟是用翅膀在天上划出一条路……"

有一夜，蹲在窝棚里，昭富拎着酒瓶接过两片柚子，对我解释"鸟有鸟道"。我夸他讲得像诗文一样好，他脸一红："我偶尔也写几句打油诗，就是写得不好。"

和昭富慢慢处着，他开始把更多故事慢慢说着。有一夜，在忙活完几只撞网的鸟后，他笑盈盈地对我说："我有一个秘密……"

刚启口，鸟场上传来大动静，又有几只大白鹭挂网了，他忙忙跑出窝棚。我也跟进网场，伸手想抓一只。昭富大声呵斥："我没教过你，你不可以抓！"等他回棚，我快快地问："为什么不让我抓？"

昭富不答。其时，他拎着几只白鹭正一一归袋。手上被抓出了血，鸟袋子上蹭着了。他一看紧张起来，以为鸟受伤了。"我受伤了不要紧，鸟受伤了就不好了。"最后一只，他一眼看见其翅膀上掉了两根羽毛，遂喃喃自语，细细叨叨："不是在这里受的伤，它是在哪里受的伤呢？"

如此几遍。

大概是想起要教我点儿什么，他又把布袋解开，掏出鸟来讲解示范：

"抓鸟是有技术的，右手先抓脚，左手食指中指轻轻卡住颈脖，这样鸟不易受人伤，人也不易被鸟伤。千万不要和鸟对视，鸟喜欢啄人的眼睛。"我接过鸟，"慢慢抓，不让它们受伤。它们好好的，我心里就很高兴。如果让它们受伤了，哎呀，心里就很愧疚。鸟要是受伤了，治伤又都是我的事。"

于是我记住了：面对一只鸟，必须庄重以待，不可以任性妄为。

昭富又教："白鹭全白，夜鹭带麻点灰色，池鹭背黑腹白翅白。苍鹭高足体大，颈腹部有两道漂亮的豹花纹。苍鹭颈腹部的花纹是橙红色的。噪鹃，叫声凄厉难听，乌的是公鸟，花的是母鸟，我们今天抓的是公鸟。"

次夜，岭上明月高照，洁白细腻的云海在四面山谷里起伏，天空暗蓝，星星闪烁而出。虫声叽叽，无有鸟鸣。中国科学院小杨博士看了看天，说月光太强了，比岭上的灯光强，会干扰鸟的飞行，它们会飞得更高，不会朝着弱光的山冈下来了。他进一步解释：除了高山和海岸线，日月星辰也是候鸟迁徙路线上的重要导航参照。

今夜看来诱不到鸟了。昭富提着一瓶"章公酒"，在岭上转着圈儿看脚下的云海。他喝了几口酒，停下来，对着山林发出鹭叫，听到三两声回应。我忍不住，也学了起来。居然和东边灌木丛中的一只鹭鸟，来往应和了十几声。呵，再待下去，我也要变成鸟人了。昭明拍完抖音走上来，他学鸟叫给我听：有两种红嘴相思鸟叫，一种噪鹃叫，四种猫头鹰叫。他一停，一只猫头鹰，在山林里任性开啼，直啼破了群山里的万古静穆，一声一声很是悚人。众人忽地安静下来。未几，昭明张开双臂扑扇几下："这里最大的猫头鹰，我们叫虎 AI（方言音），翅膀张开来有这么大。有一次我爸爸种药时在山棚外洗澡，天还没黑，一只虎 AI 冲下来，直接把他的桶都撞翻了。虎 AI 只有大山里才有。"

昭富一直在喝酒，他忘了接讲昨天中断的话头。我却始终惦记着他欲言又止的"秘密"。我猜，他是想要抓到一只从这里环志放飞，又万里归来的鸟。

6

我的手心里，现在还存留有两只鸟儿的温柔，一只小杜鹃，一只小猫头鹰。

一早，小杜鹃环志后，我放它飞，它竟不肯，赖在我手上拉了一泡屎。刘博士忙喊别动，拿来棉签取了两份样，说幸亏你戴了手套（怕鸟便带疫病）。后来小杜鹃团在桌上的盘子里，就是不走。嗨，一只盘子，可不是你的归途。昭富走过来，打量说小杜鹃并没受伤，可能是吓到了。他用手抚摸它的头，安慰它，让它别害怕，他向它吹了一口气……奇迹出现了，小杜鹃从盘子里起身，飞走了。昭富解释："我每次喂鸟都会吹口气，使它感到人的温暖，让它安心飞走。这是最后一招，如果这招不灵，那我也就没办法了。"

小猫头鹰，大名"领角鸮"，国家二级保护动物，昭明抓的。环志过后，他让我来放飞它。它小小个子，双目溜圆晶亮，眼周的羽毛呈辐射状细羽排列，形成脸盘，面形似猫，憨萌萌的，咖啡色羽毛软绒绒的，令人忘记了它是当之无愧的猛禽之一。千万年来，它在山林里的叫声极不讨人喜。但照面它的那一刻，我竟照见了彼此的温柔。领角鸮是留鸟，禁不住灯光的诱惑也被捕了。我举着它，久久不舍。难以置信的是，它对着我把头旋转了二百七十度，发出了一声孩子般的轻啼。我手一松，它翅膀一张，隐进了密密竹林。

本文开头写到的那只"夜莺"，一年后的某日，我突然如获神启，谨慎认证为"夜鹰"。我无知，彼时犯了同音误听。在同一天，它也环志放飞了，昭富本想多养几天，但没办法，抓不到它吃的蚊子。

夜鹰起初飞不起来，细看左脚受了伤。环志人员发慌了。昭富过来，往其腿上吐了口水，帮它止疼，再捏吧捏吧骨头，并用餐巾纸缠了十几圈帮它固定。用纸，是因为以后会湿化脱落不致影响长路飞行。一番侍弄，飞走了。后来昭富悄悄相告："我用了术法，抹口水时心里念了咒。"问他念的什么咒，他笑而不语。

给一只白鹭取鸟茸，昭明发现其身上有一道旧伤，伤口上敷了药。昭明说这是它自己涂的药。长颈类鸟受伤后，都会啄身上的鸟茸给自己涂抹治伤。"小时候我们身上有伤，也会取鸟茸治伤。这事从老祖宗就知道的，一代传一代。"

这天辞飞而去的，还有一只苍鹭。它和一只白鹭养伤五天了，吃的是山里当圩时买来的泥鳅。它们高大的身姿，总是蜷缩在平台一堵水泥人字坡顶下。我每天经过，总忍不住多看它俩几眼，还为它们写了几行断句：这事很奇怪／你的站姿／令我想起英国城堡里的一位老绅士／其实我又不认识他。

事情发生得有点儿突然，昭富并没料到它要辞行。那一刻，苍鹭在大家的注视下，飞上了近一米高的平台檐墙。它没有立即飞走，而是停驻了几十秒，神色依依把众人扫视一遍。大家紧张而期待地盯着它，忽地一下，它展翅冲天，孤勇地追赶它的大家族去了。它的告飞，令众人心有戚戚。最落寞的是那只白鹭，现在，只余下孤单单的它了。

有必要交代一下，来万鸟岭第一天，我和雷达抱给昭富的那只夜莺，三四天后，终因伤势太重，不治。我在日记里写下悼词：如果你来生还是一只鸟，希望能留在生你之地，永不受那迁徙之苦。

7

辞别万鸟岭后，我不断思念会过面的一只又一只鸟儿……不知为什么，我总是从它们身上，看到一只恐龙的背影。而它们的鸣叫里，同样藏着恐龙们的声声低语。我忘不了那只辞行的苍鹭，它总是在我的梦中振翅冲向天际。而我到底是谁？我终究身处哪里？是否，我只是在梦里变成一只鸟儿，飞过了那片高高的山冈？

选自《广西文学》2023 年第 1 期

徐
剑

记忆像米轨一样长

徐剑

火箭军政治工作部文艺创作室原主任，中国作家协会
第八、九、十届全国委员会委员，中国报告文学学会
会长。出版"导弹系列""西藏系列"文学作品 30 余
部，获首届鲁迅文学奖等奖项。

归来

西南联大旧址，离他老家昆明城东大板桥仅二十六公里。于他，却隔着六十余个年轮。他心存惶恐，一直不敢去拜谒。西南联大学府当年高人云集，韵士风流，一代大师环昆明城郭而住，上课时，或西，或北，或东而来。有骑马者，如周公培源；有步行者，像沈从文先生过集市，不时在地摊上捡漏。北国已是寒冬，昆明天呈瓦蓝，东风起，碧水落彩云，梳裹尽无限风流。如果不是天空掠过日本轰炸机，或会让人疑惑今夕何夕，岁月静好。

他少年、壮年、中年，一次次登临圆通山，西北望，烟树楼台，西南联大隐于红尘中。滇池二月天，迎春、海棠、樱花怒放，一片红云落于圆通寺大雄宝殿上，风铎裂帛，划破岁月的宁静。"蘋香波暖泛云津，渔枻樵歌曲水滨。天气常如二三月，花枝不断四时春。"明代状元杨升庵诗涌入脑际，庙堂依旧在，故人早已四散。诸公游春，可是他却不忍向大师之魂投去一瞥。

忍将功名苦苍生，却步久矣。那天，他飞回昆明，与作家同行重走西南联大之路，这一程采风，终是躲不过去了。从板桥人家入城，至西南联大，二十六公里，他却走了戎马半生，解甲归来时，鬓染霜雪。放眼看过去，儿时记忆中，故园十里稻香，几载秋风掠过。

多少年了，他一直在想，吴有训、周培源、梁思成、林徽因、陈岱孙、闻一多、李公朴，还有郭永怀、邓稼先、林家翘等一批才俊，是如何从幽燕之城，一步步走向云南的。

天空半阴半晴，夏雨欲来。延搁大半生，终于驶向西南联大纪念馆。在那些故纸旧照中，他俯首细看，默默寻找他们走向云南的履痕。

　　遥想当年，国将不国，南京失守，武汉吃紧，长沙危急，唯有南渡，一路向南。闻一多与步行团的师生们，涉江，过三湘四水，出楚地，翻越雪峰山，向着云贵高原跋涉而来。而更多的人，则是从长沙辗转到广州、香港，登船，从海上驶往越南海防港，再换乘滇越铁路的小火车，往昆明驰去。

　　纪念馆里，穿过纸张发黄的岁月，恍若隔世。终于，走到了两弹一星元勋郭永怀面前。一座中华先贤祠，他心中挥之不忘两个人，一位是邓稼先，另一位就是郭永怀。共和国倚天长剑奠基石啊！一张发黄的研究生入学登记表，填于 1938 年 10 月，一寸免冠照上，玻璃镜片后的那双眼睛，如秋潭清澈澄明。他的心被猛然一撞。俯身于展台上，凝视着，交流着，互动着，似乎要将远逝的岁月，从那双深井般的眼睛里打捞出来。

　　考上北京大学物理系研究生那一年，郭永怀二十七岁。国破山河碎，浩浩神州，放不下一张课桌。郭永怀不在步行的队伍里，他跟着师生南行，千里漂泊，到彩云之南，寻找一张课桌。

乡愁

　　大师们来西南联大，除步行者外，多经滇越铁路坐小火车而来。法国当年修的小火车道，纵贯哀牢山，成为西极美陲云南走向海洋的一个重要通道，也为云南留下了一页斑驳的历史场景。他少年时代，曾追风而去，亦在这蜿蜒米轨上，滑翔梦的双翼。

　　他有一种化不去的小火车情结，深深烙印着少年的乡愁与记忆。

　　板桥古镇的南边坝子，横过一条小火车路，相传为法国铁路工程师所建。后据考证，乃云南王龙云所肇始，他要仿制滇越铁路，修一条米轨至昭通，某一天衣锦还乡，可以坐小火车回昭阳。可是连年征战，财力不逮，修至曲靖沾益，便搁置了。这昆明开往沾益的小火车，在大板桥有一站，站点就在彝人阿依村旁边，离他家不过两里地尔。

列车东行，米轨逶迤。过宝象河时，因水流湍急，在河上建筑一座大花桥。石墩砌桥，两边引桥加中间四个石墩，巍巍壮观乎，深嵌他童年记忆里。五六岁的他随表姐去河中游泳，落入河床漩涡里，呛过一回水。吓坏了表姐，让他在河滩上晒太阳，缓过神来，他踽踽向南，寻至铁路桥石墩下，仰望米轨铁桥。桥墩好高呀，像白袍武士，钢梁横亘，钢梁之上，小火车跨越而过。每个圆圆的铆钉，犹如记忆之结，记忆如轨道一样长，入云间。一个小童站在石桥墩间，显得好矮哟，宛如小矮人与金刚之比对。及至学童，他可以走上大花桥，鸟瞰铁道桥宝象河，仍有眩晕感，提心吊胆行走在双轨木板上，最怕小火车突然驶来，唯有桥上花栏可躲避。列车驶过的瞬间，地动山摇，桥颤水湍。

他的第一次小火车之旅，在十岁那年的国庆前夜。听说庆祝中华人民共和国成立二十周年，昆明检阅台大游行，他想去看彩车驶过。邻家十五岁大哥孙勇，带上他及另外两个少年入昆明看国庆游行。口袋里没有一个钢镚儿，他们计划扒火车。从古驿大板桥出发，走到西边阿依村小火车站。站在米轨间，等拉货拉牛羊的小火车驶来，停稳加水时，迅速抓住黑色车皮梯形抓手，艰难往上爬。他个子小，越往上走，越是脚抖心慌。邻家大哥转身，拽住他的小手，一步一步拉着他往上走，最终爬到火车顶篷。那是很陡的篷顶，三四十度斜面。小火车一声长鸣，缓缓启动，向昆明城方向驶去，颇像与小火车并行流淌的宝象河水。

列车驰骋，宝象河在走，天上的流云在飘。起初，他很害怕，怕坐不稳，一骨碌滚下去，就紧紧攥住邻家大哥的手。西行列车，向昆明城郭驶去，车走，天上的云也在走。云上的日子，他发现小火车的顶篷变成一只巨大的鲲鹏，展开黑色翅膀。

从黑土凹下车，沿一条路走进南屏街。晚上露宿街头，四个人蛰伏在南屏电影院门口，坐地等天晓。那个漫长秋夜，时间仿佛停止了。他们枯坐于南屏街，抱团取暖，度过了一个不眠的寒夜。

南屏街两边站满了人，却迟迟未见国庆游行队伍走过来。他穿梭于人群里，昆明城冷漠地拒绝了他。傍晚，依旧走回黑土凹，爬上小火车返回大板桥。金马坊、状元楼在身后渐行渐远，蓦然回首间，他觉得，昆明城郭并不属于自己。

或许因为这段儿时经历，他心中有个梦想：某一天，能够背上双肩包，徒步走过停运的滇越铁路，沿着米轨，从昆明走到河口，为滇越铁路和刚开通的中老铁路写一部书，书名就叫《春城万象》。

入梦

是罗布泊东方巨响的余波未散，还是瀚海风掠，抑或是滇池水花拍岸？一梦到了西极美地，众神列列，皆为师表，背影就在正前方，渐行渐远，落成青山夕照，褪色为西南联大纪念馆的一组老照片。

入夏了，衔梦的红嘴鸥飞回贝加尔湖，他亦北回幽燕。梦里不知身是客，北京秋浓，可是复兴门下的清晨仍有几分燠热。晓色中，背上出汗了，窗外鸟儿在叫。沙鸥梦影，魂归何处，自然是中国科学院力学研究所办公楼下的翠柏苍松间。郭永怀、李佩夫妇合葬墓就坐落于北四环边上，车喧人攘，红尘难离，英魂未走远。

他想去为郭永怀扫墓。

那天，向北四环中国科学院力学研究所驶去，过阜成门，左拐，他一直观察马路两边，望尽秋水无觅处，四十分钟车程，仍不见一个花店。无花则不祭人。在力学研究所大门前下车，手机搜索花店，离此地八百米。步行，原路返回，过北四环，再左拐，终于找到一家小花店。天遂人意，丹心一瓣敬英雄，买了黄玫瑰、香水百合和满天星。再返至中国科学院力学研究所，北京秋空阴沉沉的，西山冷云摧城，天公欲垂泪，恰与那天他在西南联大旧址的天气一模一样。天若有情亦挥泪，哭一个壮士，一对天上人间的神仙眷侣。

彼时，秋风起，傍晚天空再无青鸟盘旋。沙鸥梦断，一只远行，一只形单影只，叫声好凄清，只有那一辆疾驰的车驶过，连成一条人间天河，画出一条郭永怀入滇出滇的生命轨迹。

记忆像米轨一样长。郭永怀在西南联大读研究生的时间，满打满算，也就两年光景。因为英年早逝，未给西南联大留下只言片语。仅有一张褪色发黄的入学登记表，镶着一双如云南天空一样明亮的眼睛。

1938 年夏天，郭永怀参加了中英庚子赔款基金会留学生招生考试，在 3000 多名参考者中，力学专业只招 1 名，竞争激烈。郭永怀与钱伟长、林家翘，以超过 350 分的相同分数并列第一。老师吴大猷、周培源出面，与欧美诸国大学协调，郭永怀入加拿大多伦多大学。1940 年夏天，郭永怀依旧坐上小火车，出云南，到越南海防上船，朝大洋彼岸驶去。

加拿大多伦多港上岸，郭永怀先在多伦多大学应用数学系学习。后来，又到美国加州理工学院，成为世界著名气体力学大师冯·卡门的弟子，和钱学森成为同门师兄弟。学习之余，钱学森最乐意亲自驾车，载着颇有几分书呆子气的师弟兜风，而擅长摄影的郭永怀则用省吃俭用的钱，买了一台徕卡相机，为钱学森留影。郭永怀凭借"跨声速流动不连续解"的出色论文，获博士学位。冯·卡门大弟子威廉·西尔斯教授在康奈尔大学创办航空工程研究生院，邀请郭永怀去任教。钱学森亲自驾车，送他到康奈尔大学。彼时，他遇到了一生挚爱、当年西南联大的小师妹李佩。

两眸相对时，陌生而熟悉。滇池陌上花，开在康奈尔。两人由西南联大忆旧而恋爱、结婚、生女，康奈尔十年，是郭永怀最浪漫的时光。

1955 年，美国海军次长金贝尔叫嚣着称其为"抵得上五个海军陆战师"的钱学森，被幽禁五年后，回到祖国。次年，国庆节的前一天，郭永怀夫妇追随师兄的背影，朝着五星红旗升起的地方，归来。

中国时间开始了，千只凤鸟归巢。

英魂

伫立力学研究所大门前，放眼看过去，一条中轴路，路分两个所，东为热物理研究所，西为力学研究所，时有年轻学子进进出出。进大门，向左，便是郭永怀夫妇的墓地。松柏梧桐树影中，他看到了郭永怀的汉白玉雕像。沿着花岗岩镶嵌的小径，一步步走近，轻轻地，他生怕自己的脚步声，惊扰了一个伟大的灵魂。

郭永怀埋在这里已经半个多世纪了。

中国核武器研制工作的开拓者和奠基者、著名核物理学家邓稼先罹患绝症，第一次，也是最后一次坐公家配的红旗车，驰过十里长街，环天安门广场一圈儿。摇下车窗玻璃，见广场上游人如织，他仰天嗟叹，对夫人许鹿希说：再过三十年，不知道还有人记得我们吗？

　　他记得他们。他的老首长李旭阁中将曾是中国首次核试验办公室主任，在罗布泊核试验场与邓稼先、郭永怀、王淦昌、彭桓武朝夕相处。他在首长麾下当小秘书时，曾经 N 次听过郭永怀的故事，尤其是生命最后一刻那壮烈的一幕，并写进了《原子弹日记》。

　　钱学森力荐，归国后的郭永怀被委以重任。他和钱学森、钱伟长等投身刚组建的中国科学院力学研究所的科技领导工作。随后，我国将研制发射地球卫星提到议事日程上来，郭永怀负责人造地球卫星设计院的领导工作。1958 年 9 月，中国科技大学创立，郭永怀出任化学物理系首任系主任。随着核武器研制步伐加快，中央开始在青海进行试验，郭永怀经常辗转北京、青海等地，一个点上工作几个月，再飞向别的地方。

　　1968 年 12 月，在青海基地已整整待了两个多月的郭永怀，要将一组原子弹绝密试验数据带回北京。路经西宁时，郭永怀还特意叫杨家庄招待所女服务员跟他去百货商店，为在内蒙古插队的女儿买双棉鞋。塞外高原太冷，女儿写信给爸爸，希望他帮着买一双棉布鞋。郭永怀是位出色的科学家，却不是个称职的爸爸，他根本不知道女儿穿多大码的鞋子。

　　棉鞋终究没有寄走，饮憾而去，今生再无法弥补。任凭郭永怀的力学算法多好，父女在人间已无交集。

　　傍晚抵兰州，郭永怀和警卫员牟东方登上安 -26 系列的小飞机。寒冬夜航，气流滚滚，颠簸得厉害，航程漫漫，凌晨时飞到首都夜空。飞机近地时，也许夜雾太大，能见度不高，在距离地面 400 米时，一个风切变吹过来，小飞机突然失去平衡。夜鸟惊啸，小飞机歪歪斜斜，朝一公里外的农田歪斜扎下去，落入旷野。"轰"的一声巨响，飞机前舱碎裂，烈焰腾空，英雄涅槃火海。

接机的人赶至现场，救援人员拆开机舱后，发现壮烈一幕。两具尸体紧紧抱在一起，人们小心翼翼地将他们分开，发现是郭永怀与警卫员牟东方紧紧地搂在一起。郭永怀穿的夹克服已烧焦一大半，一只公文包从他的怀中掉落下来，因为血肉之躯相掩，并未被烧着。

这不是普通的公文包，里面装有绝密文件，记录了郭永怀在试验基地研究两个多月的重要试验数据。

李佩坐夜车赶回北京。踏进家门时，小屋里挤满了人。见她进来，人们纷纷站了起来，茶几上，放着被烈火焚烧过的眼镜片和怀表。李佩身体倾斜了一下，灵魂坠落万丈冰谷……

命运多舛，岁月玄黄。

这一幕，李佩的外甥女袁和回忆，得知失事消息后，李佩没掉一滴眼泪。"姨妈一言未发，就站在阳台，久久望向远方……"

郭永怀牺牲后二十二天，中国第一颗热核导弹试验获得成功。"两弹一星"元勋中，郭永怀是唯一一位获得烈士称号的科学家。

郭永怀坐着滇越铁路上的米轨小火车走远了，一去就是五十多载。李佩亦然。丈夫走了四十九年之后，这位被誉为"中国应用语言学之母"、一生都在为教育事业而奋斗的老人，走完九十九岁的生命历程，与苍松翠柏中的丈夫相会。

将那束插着黄玫瑰、香水百合和满天星的鲜花，放在郭永怀雕像前，献上心香一瓣。他伫立在小径上，仿佛听到岁月深处传来小火车的鸣笛。郭永怀去世一年后，他十一岁，考入昆明第十七中学读书。第一个寒假，到宜良大荒田陆军师学军，去时坐的是小火车，半个月后返回，依然在大荒田月台候车。那晚小火车满员，学生们潮水般涌进小火车车厢，车中如插筷子，无座，宜良至昆明，不过七八十里地，小火车却走了一夜。

小火车在老爷山盘旋，气喘吁吁，哈哧哈哧。他坐在大个子男同学腿上，从车窗眺望夜空，一条天河坠落人间。亮着车窗的小火车，仿佛融入无数人的生命之河。

今夜星光灿烂。英雄归来，辉煌记忆，如同滇越铁路上的米轨一样长！

选自《光明日报》2023 年 2 月 10 日

谢冕

登楼记

谢冕

文艺评论家、诗人、作家，北京作家协会副主席，中
国当代文学研究会副会长，中国作家协会全委会名誉
委员，《诗探索》杂志主编。

　　我骨折后需要手术，关闭了手机，电脑和座机也不用了。为了康复和静养，我断绝了与外界的联系，包括亲友的询问和关切。因为这突然的灾难有点儿特殊，说严重点儿，安危未卜，未来难料！我无心也无力回应关心我的众人。手术获得成功，伤情渐趋稳定，为向亲友通报病情，我先后写了两篇短文：《换骨记》和《学步记》。这些文稿，因为伤后不能启用电脑，是以手书的方式写出，再请远方的朋友转换成电子文本发到报刊的。随着手术的成功，我对康复有了信心，当时为自己定的目标不仅是重新站立，也不仅是重新学会行走，最终的目标是：登楼。这有点儿难，但再难也要争取。于是萌发了写第三篇伤痛记即《登楼记》的想法。

　　我们两个老人长期都是独住楼房，是"空巢二老"，身边别无他人陪护。手术后，我思考再三，决定不按照医生的建议进康复医院。当时我已满九十岁，老伴素琰也近九十岁了，我若再进康复医院，她单独一人在家，我又怎能放心！为图清静，也决心不再请护工和全日制保姆。住屋就是我的康复医院，我们争取做到生活自理——这当然有点儿难，甚至有点儿冒险。于是当时就定了如今的格局：她住原先的二楼不动，我因为不能上楼，改在一楼客厅临时搭了单人床。一楼有卫生间，新安装了淋浴器。我在医院时已经能够简单走动，也能自行梳洗、刮胡子，后来是独立沐浴。我决定居家康复，不再折腾了。遵医嘱，在家中继续做康复运动。

　　这种复杂艰苦的康复运动，我在《学步记》中亦有叙述，这里不再重复。重新学会行走有难度，我在逐渐地进步。医生怕我过度依赖助步器，要我逐渐摆脱这种依赖，我努力做到。有一天学行走，我高兴地把助步器举过头，像是举重，以示庆祝。医生见我如此，也是不离不弃地步步"紧逼"——他担心我满足于平地行走，不再前进，他进一步要求我学登楼。家里上下有三道楼梯，伤后康复中，我一步也未登过楼。有过手术经验的人都知道，术后首先是站立难（有的病人是手术后站不起来，卧床，坐轮椅），站立后，接着是走步难，最难的是重新学会行走后的登楼，即登高难。

我的手术主刀医生"心狠"，对我是绝不马虎。医生指着楼梯，要我在一层第一、第二阶的楼梯前后上下踏步。当初在医院，我被医生"强迫"着（半扶半抱地）离床站立，已是相当艰难了，如今要我用体内新植入的人造骨承受全身的重量上下挪动。我强迫自己做了，只一步，就是刺骨痛，就是一身汗！每天，我练习行走的最后一个节目，就是这样上下挪动以锻炼我的腿。我只能是忍着剧痛勉力为之，出汗即止。这是术后康复最难的一关。我坚持了，但进展缓慢。几天下来，也就能在楼梯底层的一步之间上下挪动。

直到有一天清早，老伴下楼后给我留纸条："我不舒服，上去休息了！"我见了纸条心里一惊，怕她出事。在平日，她"眼瞎"，我"耳聋"，两人不能用手机，也不靠电话，全凭直接沟通。遇此情景，我要弄个究竟，除了上楼，别无他法。奇迹就这样于不经意间发生了。平时视为畏途的楼梯，顷刻间被我征服了。从一层到二层，上下约二十步的台阶，一下子被心急如焚的我踩在了脚下。我梦寐以求的、极难的康复第三关——登楼关，居然被我不经意间做到了。

在《学步记》的最后，我忐忑地说过我预期的目标：登楼。我还说，登楼不敢写赋，而只是读赋。这里我埋下了伏笔。我未曾明说，其实我想到了已是经典的王粲的《登楼赋》。我可以读赋，但不可以写赋。"眼前有景道不得，崔颢题诗在上头"，这是坊间流传的李白在黄鹤楼不敢吟诗的"八卦"。古人尚且如此，我何德何能？所以，我给自己留下了台阶。关于王粲，这里不妨啰唆几句：王粲（177—217），字仲宣，东汉末年文学家、诗人，少时才思敏捷，在"建安七子"中，又与曹植齐名，因写《登楼赋》而名满天下。因为王粲有赋在先，故我也是"眼前有景道不得，王粲有赋在上头"。

公元 2022 年某月某日，我伤愈后登二楼看望同为病人的老伴，不经意间竟完成了视为畏途的、骨折康复的最后一道关口——以新植入的"他物"承载我全身的重量，登上了居室的顶楼。我为自己欣喜。我于是能够静下心来，检点自己的过失，为自己雪后晨练的失足、为给家人和朋友带来不安和烦恼而自责。此时此刻，诵读前人的经典名句，仿佛是前贤在为我咏叹："登兹楼以四望兮，聊暇日以销忧。览斯宇之所处兮，实显敞而寡仇""心凄怆以感发兮，意忉怛而憯恻。循阶除而下降兮，气交愤于胸臆""夜参半而不寐兮，怅盘桓以反侧"。

我拟议中的"伤痛三记"的第三记《登楼记》，今日终于"杀青"。我于是放下了心中的块垒。我是一个不愿而且很少谈论自己的人，此文我本已放弃写作。初衷是我不愿浪费自己和他人的时间，再来絮叨自己的"不幸"遭遇。世间万事万物，从宏观上看，个人总是渺小。在你是天大的事，在别人却如同草芥。何况人类如今面对着更多的，甚至是无穷尽的灾难。《登楼记》的写作就在这样的大背景下被我强制地放弃了。

春节期间，友人来访，告以近期写作计划。友人力劝曰："务必写出。"不可违，于是命笔。

2023 年 2 月 4 日，癸卯立春，于北京昌平北七家

选自《光明日报》2023 年 2 月 24 日

卜毓方

张四维先生小记

卜毓方

学者，作家。先后毕业于北京大学东语系日语专业、
中国社会科学院研究生院国际新闻专业。五十从文。
有《长歌当啸》《千山独行》《寻找大师》《日本人的
"真面目"》《天马行地》等作品。

归来

出狱当日，张母把他径直带到我家。年纪，比我大哥稍长，在三十上下。那时我五岁半，在念私塾，他的衣衫鞋帽，毫无记忆，啊不，可以肯定地说，没戴帽子，就一个光脑壳，锃亮。那时小孩子和老人多剃光头，青壮年一般是分头，所以我入眼不忘。脸是白净的，鼻梁尖尖，眉毛乌黑。进门就给祖父磕头，泥土地，磕得"咚咚"响。

我家堂屋摆着一张八仙桌。祖父设宴，庆贺他平安归来。在座的，有塾师陈老先生，有邻居周大汉子，有他的母亲，另外四位，也都是街坊，有做豆腐的，有开磨坊的，有经营旅社的，有摆杂货摊的。姓名，原本叫不出，现在更是连面孔也模糊了。

席间，祖父讲起四维先生幼时如何聪明，是街上数一不数二的神童，读复兴小学，被教他的唐老师看中，认为孺子可教，精心栽培。而后，陈洋大地主陈伯盟相中唐老师，聘他为家庭教师，唐老师提出的唯一条件是带学生张四维同去，陈伯盟答应了。唐老师没有孩子，就认四维为义子，两人一起去了陈洋，同吃同住。这唐老师是他的贵人，一直把他培养到读大学。

祖父又讲到四维先生的父亲张之彩，是他几十年的好友，在合德开个小吃店，通文墨，讲义气，彼此很合得来。民国二十八年（1939 年）日本侵略者到合德，他和张先生一起避难，临时抓了他店里两瓶烧酒、一坛咸鸭蛋。后来，又一块儿带头集资，优抚抗日战士家属。

民国三十四年（1945 年）日本侵略者投降，他却不幸过世。

说到这儿，满座皆叹。

话题兜转，周大汉说："四维参加了傅作义部队，担任文化教官，这一步大错特错，一失足成千古恨。不过，傅作义主动投诚，北京和平解放，四维没上过战场，没放过一枪，论理，也没有多大的罪，是不？"

陈老先生接话："是没有多大的罪，所以才仅仅关了一百天。听我家老二讲，政府有人发话，将四维关起来，半是惩罚，半是保护。大家晓得，改朝换代，在这转折的当口，政权尚未巩固，政策尚未到位，老百姓热血沸腾，情绪激动，矫枉过正，是免不了的。四维要是留在外面，难保没有生命危险。"四维先生站起来，一个劲儿地向众人拱手："我参加了反动派的军队。我有罪！我有罪！"

我在里屋翻书，大人的讲话似听非听，似懂非懂。过了一歇，他的儿子长庚——小我一岁，圆头圆脑——探头探脑找了来，儿童与儿童天生亲近，没一刻，我就与他在门外的小花园玩起抓蝴蝶。

近邻

小洋河扩宽，桥南街许多靠河的住户迁移，我家向南挪了六七十米，名西兴街，西边有一条小河，选择沿河而居。四维先生搬在我家斜对面，隔着一条五六米宽的土路。

成了近邻后，四维先生三天两头来我家坐坐。

在祖父，既是世谊，又是看着四维先生长大的。

在四维先生，周围俱是做工务农人家，缺少共同语言，唯有我的祖父、父亲、大哥是知识人，聊可做一夕之语。

四维先生来了就拣门口坐，门是敞开的，碰到祖父，就聊前朝后汉；碰到父亲，就讲乡下奇闻；碰到大哥，就谈古今话本。

那一日晚饭后，四维先生带着他的儿子长庚过来。祖父从长庚之名谈到李白，谈到白居易，谈到唐明皇，又谈到大清朝。祖父说，风水学讲究望气，事实上，国家有气数，人也有气数。祖父举例，清朝初起，横扫中原，气吞万里如虎，这就不说了。当其鼎盛之秋，康熙帝活了六十八岁，生下五十五个子女；乾隆帝活了八十八岁，生下二十七个子女，气数正旺。而到了末期，同治、光绪、宣统三朝皇帝，竟连一个子女都生不出，可不是气数已尽？

我在一旁做作业，听到谈皇帝，来了精神。那晚放学，一个高两级的男生跟我炫耀学问，他说："有本书上讲，皇帝身高三丈六尺。"

"这怎么可能？"我表示反对，"书上说过'三尺童子'，我是三尺多一点儿，皇帝倘若有那么高，是我的十倍呢，比楼房还高（我见过的楼房只有两层）！"

"皇帝是人上人嘛，"对方强调，"所以长这么高。"

"皇帝长这么高，那房子得有多高？"

"金銮宝殿啊，要多高有多高，高耸入云。"

"椅子呢？"

"配套的啦，普通椅子约是人身高的三分之一，皇帝坐的是龙椅，齐腰高，足足两丈，凡人爬不上去的。"

"照这么说，皇帝骑的马得有大象那么高大。"

"比大象还高大，龙马。"

"那皇帝身边的官员呢，有多高？"

"官愈大，人愈高，这是原则。"

"那老百姓呢？"

"老百姓永远是老百姓，就像你看到的小镇上的居民。"

"我不信，皇帝再高，也高不到三丈六尺。"

但我只见过戏台上的皇帝，那是老百姓扮演的，不算数，真正的皇帝长啥模样，不知道。

结果是，我无法说服他，他也说服不了我。

趁这机会，我向四维先生请教，他去过北京，也许见过皇帝。

四维先生笑了，说："我真的见过末代皇帝溥仪，是照片，不是本人，看上去，和我们普通人一般高。"

我的观点得到支持，很高兴，接着问："那个四年级的男生硬是说，有本书上写皇帝身高三丈六尺？"

"如果有书那么写，一定是写书人的信口开河，散布封建迷信。皇帝、大臣，高的是地位，不是身材。"

这是个见过大世面的人，也是个有大学问的人，在我的心里，从此就成了祖父之外的第二大权威。

启蒙

又一日，四维先生来串门，见我在翻《封神演义》，问："你都读完了吗？"

"翻了无数遍了。"我说，颇为自豪。

"那你记得方弼、方相吗？"

"记得，保护殷郊、殷洪的两位镇殿大将军。"

"他俩是多高？"

"这个，倒没留神。"

"你翻翻看。"

我翻了，天啊！方弼居然身高三丈六尺，和那位四年级男生说的皇帝一样高。他的弟弟方相矮他半头，也有三丈四尺。

“这是小说，不靠谱的。”四维先生讲，“但也不妨当故事看。身高力大，这是一般规律，纣王用其所长，让他俩看守金銮殿的大门。

“不仅力大，勇气也惊人。你都看到了，纣王无道，听信妲己谗言，要加害两位王子。满朝文武，敢怒不敢言。关键时刻，只有方弼、方相各自背负一位殿下，反出朝歌。

“力大是力大，豪勇是豪勇，只有这两点，还不足以成大事。方弼、方相救人没有救到底，半路与两位殿下分手，跑哪儿去了？

“到黄河渡口，干起打劫的勾当。后来被黄飞虎劝反，投奔姜子牙，闻太师摆十绝阵，方弼兄弟俩初次出战，就死球了。

“你再翻后面，《封神演义》还写了一位大汉，叫邬文化，身高数丈——究竟是几丈，没有明说，反正不会矮于方弼，他代表纣王军队出阵，书上形容说恍似金刚一般撑在半天里。姜子牙派出的是龙须虎，邬文化嫌他矮小，嘲笑说：‘哪里来了一个虾精？’龙须虎大怒，抖手发出一块石头。邬文化挥起排扒木，狠命打将过去，没有打到龙须虎，扒钉却插入土中，足有三四尺深。邬文化急待拔出钉扒，大腿连腰，已着了龙须虎七八块石头；好不容易转过身，又被打了五六下，招招都直奔他的下三路。邬文化长那么高，打仗又不是打篮球，光高没用，不一会儿，叫龙须虎打得遍体鳞伤，狼狈逃跑。”

四维先生没有忘记上次的话题，他是借身高发挥，告诉我，身高力大，仅仅是相对优势，绝对优势还要仗功夫和法术。

我脑瓜“哐啷”一声，开了窍。大人常说“人小鬼大”，同样的道理，人矮也必有奇术，否则上不了阵。《封神演义》就写了个土行孙，身高不过四尺，和我差不多，却仗着捆仙绳，擒了身高一丈六尺、拥有一大堆法宝的哪吒，又仗着土遁，胜了长着三只眼又会七十二变的杨戬。

回想起来，这是四维先生给我上的第一课。

一语师

二十世纪五十年代初，夏日晚间乘凉，流行讲故事。

地点：我家门外的一处空地。主讲者：四维先生的母亲，俗称张四奶奶，以及我的大哥，名玉阶。

我曾经误以为张四奶奶是大家闺秀，她是典型的瓜子脸，配上一双会讲话的杏眼，一个挺直的鼻梁，一张古人比喻为樱桃的小嘴，而且还识文断字，出口成章。听她讲了几晚故事，清一色的荤段子，比下里巴人还下里巴人。问祖父，方知是小家碧玉，原在穷人堆里长大，因系独生女儿，家里拿她作男孩儿养，供她念了几年书。又因为丈夫开小吃店，交往的多数是三教九流，满耳灌的尽是江湖俚语，飞短流长。

大哥完全是书生的路子，凡讲必有本，不出他平时读过的闲书。比如《隋唐演义》《济公全传》《彭公案》，并非从头讲到尾，而是挑着说，拣吸引人的故事。这晚，他讲的是姜子牙在渭水钓鱼，见着樵夫武吉，姜子牙给武吉看相，说武吉左眼青，右眼红，今日进城会打死人。

武吉担柴进城，遇着文王出行，路窄人挤，将柴换肩，一头塌了，扁担翘起，恰恰打死一名军门。文王判其杀人偿命，遂"画地为牢，竖木为吏"。武吉以寡母在家、无人照料为由，打动大臣散宜生，而后散宜生又说服文王，暂时放他回家，待处理好老母后事，再来服刑。老母给武吉出主意，姜子牙既然能断生死，必然另有免灾之术。由是引出姜子牙帮武吉改运、文王惊遇高人、渭水亲访姜子牙并聘姜子牙为丞相等出大戏。

是晚四维先生在场，此等场合，他只带耳朵，不带嘴巴。当大哥说到子牙拜相，年近八十，他破例插了一句："大器晚成。"

我不熟悉这个成语，唯本能地心神一凛，觉得这四字很有斤两，像铜鼎，像泰山石，像滚地雷。

数日后，再见四维先生，请教"大器晚成"的含义。

四维先生说，语出老子《道德经》。他当即掏出钢笔，在一张白纸上写下原文：明道若昧，进道若退，夷道若纇，上德若谷，大白若辱，广德若不足，建德若偷，质真若渝，大方无隅，大器晚成，大音希声，大象无形，道隐无名。

老子的话，不同于我以前读过的孔子、孟子，有一种俯瞰世界的超然，似乎他站得特别高，特别高，在云霄之上。

顺便插一句，几十年后见到三星堆出土的铜人，我的第一反应就是他像我心目中的老子。

成语有"一字千金"，我觉得老子的话就值这个数。

成语又有"一字师"，我觉得四维先生就是我的"一语师"。

鲁迅之外

小学五年级，开始有作文课。

一次描写"你最熟悉的人物"，我写的是四维先生。

我写他的外貌：中等身材，国字脸，目光清亮，鼻直而尖，方口，处处透出聪慧。

行为举止：日常蓝衣蓝帽，走路低头弯腰，默默无声。因为从前走错过一步路，以后的步子，总似趔趔趄趄，摇摇晃晃。

学问：上知天文，下知地理，仿佛什么都懂，写得一手漂亮的毛笔字，会刻印章。

刘老师上课讲评，提到我的作文，指出：题目是"我的邻居"，但是交代得不清不楚，邻居姓什名什，家庭出身是什么，社会地位是什么，都没有写，显得云山雾罩，让人摸不着头脑。

自打写作文以来，四维先生总是不吝指点，比如文章要作三段论，最好四段，即古人要求的起承转合。比如开头要别出心裁，引人入胜；结尾要统括全篇，令人回味。

这一篇《我的邻居》，他自然也看了。

我面红耳赤。

为什么不写主人公的姓名？这个，我想他比我敏感，他属"四类分子"，名字见不得光。

"那么，您的成分是？"我小心翼翼，唯恐戳痛他的伤口。

"家庭出身贫农，本人成分学生。"他答。

"参加过国民党吗？"我避开他的目光，等待他出汗。

"没有。"他爽快回答，"那时年轻，起先想的是打日本，后来内战，一开始就站错了队，退不回来了。我有罪，对不起国家，对不起人民。"

对于相互间的频繁交往，我有过犹豫，政治运动日紧，怕给自己带来麻烦。

父亲说："他肚里还是有文水的，你是买他的猪，又不买他的猪圈。"

又说："也幸亏有他这个人，让你懂得时势比学问更重要，走路要抬头，向前看，向远处看。"

唯唯。

下一次四维先生来，还是谈作文——

只要祖父不在，他总是跟我说话——其间谈道："民国时期的作家，我最喜欢两位，一男一女。男的是鲁迅，真正的斗士，敢讲话，看问题，一针见血，痛快淋漓。女的是……"话到喉咙，又咽了回去，他没有说出名字。

那女作家究竟是谁呢？既然与鲁迅并提，一定是出类拔萃的，他既不说，必然有疑虑，以后，等机会再问吧。

事实是，直到高中毕业，离家，去北京读大学，我也没有再问。心想，作家属于社会，真的好，他不说，我迟早也会碰到。

"文革"中，四维先生遭遇抄家，被抄走两百多本书。那里边，应该包括鲁迅和那位我尚猜不出名字的女作家吧。

后来，我就遗忘了这事儿。

近来动笔回忆四维先生，到处查找资料。

几经周折，终于在合德镇档案办查到一份《关于张四维同志落实政策的决定》（1985），文件载明：在两次"破四旧"运动中，抄走张四维同志古书六十四种计二百五十一本，字帖二十八张，字画四幅，印章料五十至六十小方，以及照片等物。均已损失，无法查找。根据有关政策，并征得张四维同志同意，研究决定，补偿人民币二百元。

呜呼！那位他没有吐露姓名的女作家，也就成了我心头永远的谜。

蓬荜生辉

吾国习俗，春节，家家都要贴春联。

有钱的，上街买印刷品。

有文化的，自己编词，自己书写。

没钱又没文化的，有人干脆贴一副红纸，不着一字，自有春色盈门；也有人拿茶盅盖当模具，在红纸上印出一溜黑圈，状若祥符。

祖父、父亲皆善楷书，写春联是分内的事。大哥后来居上，楷书更见风范。印象中，我读小学后，每年写春联的活儿，都由他包干。

四维先生加入五金社，在街上为人刻章，书法是其擅长的。若要比较，大哥的楷书中规中矩，古色斑斓；四维先生的楷书奇正相生，亦炫亦雅。

寻常百姓哪管书法技艺，只要看着顺眼就行。每到年底，请大哥写春联的络绎不绝，有红纸的拿红纸来，没有红纸的，吱句声就行，大哥是来者不拒，有求必应。人间最乐的事儿，莫过于为别人添喜，大哥逮到这机会，自是当仁不让。

小可不才，自打上了初中，居然也有人请我撰写春联。中学生，在小镇人眼里，就是秀才。秀才的字，当然是作得门面的。

老实说，四弟的字，比我更好，只是他还在读小学，属于童生，暂时轮不上。

四维先生怀才不遇，独守寂寞，他的书法再好，也没人问津，恐怕白送，也没人敢贴吧。我很纳闷，四维先生日常为单位刻公章，为私人刻印章，名正言顺，堂而皇之，怎么到了写春联，就划出楚河汉界了呢？

四维先生住在我家斜对面，房子坐北朝南，后墙对着小街的马路，开两扇小窗，这是很别扭的。西兴街不长，三百来米，他家是西首第二户，从他家向东，临街三四十户，除淮剧团宿舍是围墙格局外，其他人家都开有北门，一是有头有脸，眉清目朗，二是气流畅通，光线敞亮。

他的家，不仅以后墙朝街，连向南的门，似乎也比别家的小，走进去，幽闭，昏暗，滞闷，让人喘不过气。

有天，父亲打量四维先生家的后墙，跟我说："张先生哪，小时候叫张福基，一个本分的名字，后来书念多了，志向大了，改成四维。你不懂吧？出自管子的话，'礼义廉耻，国之四维'。这名儿当然好。无奈命薄，压不住。到头来，维字变成本来的含义：绳索。四维就成了四面罗网。"

这是父亲的感慨。

某年春节，一大早，四维先生登门给祖母、父母拜年。午后，我代表家人回拜。进得门，我一下子惊呆了。但见四壁，包括内室，包括梳妆台，挂满了春联，一派红光弥漫，阳气蒸腾，恍如搞春联展览——好多年之后，每一想起，都会连带想到某位国画名家笔下的"万山红遍"。

真个是蓬荜生辉。

再看，书桌上，长子磨墨，次子裁纸，妻子怀抱幼儿在旁观看，四维先生一手端着酒杯，一手拿着毛笔，大有"兴酣落笔摇五岳，诗成笑傲凌沧洲"的气概。

一家人欢欢喜喜，一笔一浮生，一联一世界。

即便是有污点的人生，也同样有权享受万象更新的天宠。

见我痴痴出神的样子，四维先生开口："你喜欢，就挑一副。"

我巡视一周，挑的是"玉宇祥和春煦煦，华堂吉庆乐融融"。

因为，"玉"字和"华"字，正应了我家两代的辈分。

二次启蒙

一九六四年我上北京读大学。"文革"期间，曾回乡一年，逍遥复道遥。彼时，四维先生已被冠"牛鬼蛇神"，擦肩亦只能佯装不识。

二十世纪七十年代我在长沙工作。一次回乡探亲，形势松动，特意夜访四维先生。叙旧之余，告诉他：长沙马王堆汉墓出土了帛书本《老子》，在原本"大器晚成"的位置，显示的是"大器免成"。

"你怎么看？"他问我。

"没研究。"我老实回答，"报上有争论，有人推测，免是晚的笔误，少写了一个日字旁；有人解释，免是晚的通假，正确的写法还是大器晚成；有人强调，晚是免的通假，老子的本义就是大器免成。说来说去，还是认为'大器晚成'是正本。"

四维先生没有表态，他说："我琢磨琢磨。"

或是四天后，四维先生来找我，说："根据老子讲话的前后文考虑，还是'大器免成'正确。"他把老子的全文念了一遍，解释："每一句讲的都是对立统一，相反相成，唯有'大器晚成'四字例外。你没看出来吗？按行文逻辑，此句应为'大器天成'或'大器浑成'，借一个'天'或'浑'，搭配前句中的'无'与后句中的'希'，'免成'是'天成''浑成'的同义。"

有道理，大有道理。

四维先生继续剖析："纵观老子的学说，'故道大，天大，地大，人亦大'，他是把人这个'器'，排在了'四大'的末尾。'人法地，地法天，天法道，道法自然'，他指出自然又大于位列'四大'之首的道，是时空中最大的'器'。'大直若屈，大巧若拙，大辩若讷'，这是老子惯用的修辞手法，体现了他擅长的正亦反、矛亦盾的辩证思维。'天地无人推而自行，日月无人燃而自明，星辰无人列而自序，禽兽无人造而自生，此乃自然为之也，何劳人为乎？'这是老子对自然，也即宇宙规律的直观性诠释。"

据此推断，老子的原文是"大器免成"。

四维先生又大大发挥了一下——提醒读者，这之前和之后的叙述，都是笔者根据记忆归纳整理，不可能是原话，他说："大器晚成，说的是大才的晚熟，落脚点在时间。大器免成，说的是真正的大器，天造地设，鬼斧神工，以其不自生，故能长生，以其无成，而无不成。

"大器晚成，是着眼于人的有限视角。

"大器免成，是着眼于宇宙的无限视角。

"一字之差，失之毫厘，谬以千里！"

"落魄居尘迥出尘"，四维先生讲话的口吻，完全像一个才高八斗的老教授在给愚笨的学子抽丝剥茧，条分缕析。

四维先生是真正有学问的，可惜，落在了敝镇的小小五金社，"天荒地老无人识"。

——这是对我的第二次启蒙，也是给我上的最后一课。

备注

最后一面，是二十世纪八十年代初，我在中国社会科学院研究生院读研，趁假日回乡。

四维先生已经"摘帽平反"，调到合德镇编史办公室，并当选为县政协委员。

人逢喜事精神爽，他老人家诗兴大发，多年的积愫倾囊倒箧。印象最深的，是一组《寄海外黄埔诸友》。

录一首如下：

怀仇藩同学

钟山风雨罢东瀛，往事如烟忆旧情。

野猎雪原朝试马，挑灯甲帐夜谈兵。

是非已列千秋史，胜负休争一局枰。

松柏不剪衡宇在，回来乐聚庆升平。

其注释曰："仇藩与我为黄埔军校同学，上海解放后调去台湾，现任台某部司令。"又注："1946 年，我们奉命去南京国防部，听候改编分配，拟参加联合国日本驻军，后因局势紧张，不果，转调东北。"

据此可以判断：四维先生读过黄埔军校（在政协委员的登记表上，文化程度一栏填的是大学），曾服役于东北，之后转调北京（此为推测）。

我的邻居，没有施耐庵，没有吴承恩，没有曹雪芹，虽然前两位是我的苏北老乡，后一位也是南京生、南京长，毕竟离我太远，像天外的云——天地不仁，好歹给我送来一位四维先生，他破帽遮颜，半生落拓，微贱如蚁，但正是这样一个不在册的潦倒汉，在我求知求学的途中，至少有两次引爆了我思想的火花，源于《封神演义》，终于《道德经》，起于优势的相对与绝对，止于"剑拔沉埋更倚天"的大器免成。这样说吧：没有我，他还是他。没有他，我就不可能是今天的我。我的气质、眼光、味道，一定在某种程度上——当然不可能是全部——潜移于他的默化，顿悟于他的醍醐，想赖都赖不掉。

他是一部大书。

回到当日，我口拙，不善表达，勉强蹦出一句："祝贺您大器晚成。"

"哪里，"他摆手，"也就是枯木逢春。"

"在这儿能用大器免成吗？"

"绝对不能，那是圣人的境界，高不可攀。"

我却来了兴致，请他刻一方闲章"大器免成"。

四维先生改天就刻好了，是篆书。

闲章嘛，就是给生活松绑，赋予一己暂时的自如自在。放着四维先生这等篆刻高手，我一直想着请他刻一枚图章，至于刻什么内容，始终未定。那天福至心灵，斗胆提出刻"大器免成"，既感恩他对自己的两次启蒙，也提升个人的生活品位——果不其然，在之后的日子里，每当工作劳倦，烦闷纠结，我就把这枚闲章拿出，在书籍或纸张上"啪啪"钤它一通，心情顿时宽泛起来，天地间一片亮堂。

选自《胶东文学》2023 年第 2 期

杨全强

兵器十八般

杨全强

南京大学文学博士，河南大学新闻与传播学院教师。
曾从事出版二十余年，兼事写作。

好快刀

关于刀的初次印象，来自小时候所听的刘兰芳的评书《岳飞传》，岳云的好友关铃，使一把青龙偃月刀。"青龙偃月刀"这五个字从刘兰芳口中说出，其节奏，其气势，对于少年的我来说，具有一种无法抗拒的夺人魅力。后来才知道，所有姓关的武将使的都是青龙偃月刀，这把刀传自他们这个家族的第一位名将：关羽。

除此之外，我对刀的印象就很一般了，尤其不能接受一种"金背砍山刀"。"金背"二字，就像暴发户手上戴的大金戒指，上面刻着个"发"字，"砍山"二字又显得是只知道用蛮力的莽汉所为。"立劈华山"这种全靠力气与刀锋之利的招式，太不飘逸潇洒，基本谈不上什么艺术性。

使刀的武将，作为正面角色，一般是强调其威武。与大刀相匹配的相貌，多是三绺或五绺长髯。关羽就不用说了，《水浒》里的大刀关胜、美髯公朱仝，《说唐》里的大刀王君可，走的都是这种威武路线。其气质不涉英俊与否。

风靡万千青少年的白袍小将的武器标配是枪：马超、罗成、杨延昭、高宠、杨再兴等，他们共同的特征是白盔白甲白袍白马，枪法超群，英俊非凡，一般都性格骄傲、遗世独立，但又万千宠爱集于一身，尤以罗成为典型。他们的气质跟威武也不是一回事。

我对刀的印象的改观，来自当代武侠小说。当代武侠小说的世界，与传统的《说唐》《说岳》等评书性质的世界相比，完全不同。后者是"将"的世界，将是国家社稷的重要支撑。将需要马的支持，将与马与兵器，是一个三合一的装置，缺一不可（步将除外）。对于这个三合一装置的描述，最酷的莫过于"于百万军中取上将首级如探囊取物"，孟子说"虽千万人，吾往矣"差不多就是这个意思。没有马，这种描述就是不可想象的（金庸写乔峰在聚贤庄一战用到这句话，只是气势上的移用而已）。绊马索这种工具，为的就是从马下手，破坏这个三合一的装置，让这个装置失效，杜甫诗云"射人先射马"也是这个意思。武侠的世界则是国家系统之外的江湖。武侠的世界里没有马（作为交通工具的马除外），作为作战装置之一部分的马被主体的轻功所替代。

我们还是说回刀。

把马置换成轻功的武侠系统里，刀基本上是仅次于剑的一种武器。在传统评书系统里与马相配的长（大）刀，被与人的身体相配的短刀所取代。

刀的使用方法一般而言有两种。一种是面对实体，战胜实体，其基本的招式是"切割"。这是以自我为主，不管对象是什么，都只管一刀挥出，所谓"一刀切"。就此而言，刀刃的锋利是必须的，所以，就有人追求宝刀。宝刀，直白地说，就是极其锋利的刀，吹发立断是检验宝刀的常用方法，著名的例子是《水浒》里的"杨志卖刀"。而对挥刀速度的强调，则是用主体的力量来换取客体的锋利。武侠系统里的刀客，一般都不追求客体——刀的锋利，而只追求挥刀的速度，这是对主体的无限强调，是主体的自我要求，属于福柯说的"自我的技术"。这有点儿像初学降龙十八掌的郭靖，不管对方是什么招式，都是一招"亢龙有悔"。金庸写《九阳真经》的要诀时也说，"他自狠来他自恶，我自一口真气足"。这都是只强调自我的技术，而不管客体（对象）的实际情况。我们可以把对刀的这种使用，称为自我的技术之刀。

另一种对刀的使用，来自庄子的庖丁。庖丁也许是中国最早的名刀客，他的刀是解构之刀，用让·鲍德里亚的说法就是"完美的分析"之刀：“这把刀随着分析思路而行动，它不切割这头牛占据的空间，它依照节奏和间隙的内在逻辑组织而行动。它之所以没有磨损，这是因为它没有要求自己战胜一种骨与肉的厚度，一种实体……这里是在分解一个身体……这种操作……不是力量关系的经济学，而是交换结构的经济学：刀和身体相互交换，刀在陈述身体的缺失，并且通过这种方式本身，依照身体的节奏解构身体。”这种刀法以客体为中心，需要认识客体，分析客体，因应客体，从而解构客体。

庖丁的刀法在当代武侠文本的刀客体系里没有传人，倒是《笑傲江湖》里令狐冲跟风太师叔学的独孤九剑的剑法，与之差堪类比。独孤九剑也是分析之剑，是解构之剑，是以对手的招式为分析对象的剑法。“破剑式”“破刀式”“破枪式”“破掌式”等九剑，所谓“破”，就是分析与解构。

当代武侠文本系统，对于刀法的想象与陈述，几乎都集中在第一种。拔刀、出刀的速度几乎是评判一个刀客是不是高手的唯一标准。《边城刀声》里的傅红雪，光是拔刀的动作估计就重复训练过数十万次，而且是童子功，从小就苦练，成名之后，拔刀仍然是每天的功课。到了《天涯·明月·刀》里，燕南飞要对付傅红雪，也学样练拔刀，但就像成人学钢琴一样，晚了。（吴宇森的《英雄本色》之二里，发哥与戴墨镜的对手比拔枪——手枪，是拔刀的翻版与移植。）张彻的《新独臂刀》里，姜大卫最后为好友狄龙报仇，同时也是为自己报仇，杀了自命仁义大侠的谷峰，靠的也是速度。徐克的《断刀客》里，定安与飞龙比刀时，秋风扫落叶般令人眼花缭乱地出刀，配上嘴里 rap（说唱）一样的“太慢了太慢了太慢了太慢了再快点再快点再快点再快点”，几乎比埃米纳姆的 MV 还刺激人的肾上腺素。

古龙的小说《圆月弯刀》里，那柄"圆月弯刀"刀身上刻的"小楼一夜听春雨"，则是围绕"刀"讲述一对男女的爱情故事，倒与刀法有些疏离了。这七个字，来自陆游的诗《临安春雨初霁》，后面一句是"深巷明朝卖杏花"。

所以，最鬼魅而飘逸的刀法之精髓，终究还是一个"快"字。《聊斋志异》里这样写快刀：

> 明末，济属多盗，邑各置兵，捕得辄杀之。章丘盗尤多。有一兵佩刀甚利，杀辄导窾。一日，捕盗十余名，押赴市曹。内一盗识兵，逡巡告曰："闻君刀最快，斩首无二割。求杀我！"兵曰："诺。其谨依我，无离也。"盗从之刑处，出刀挥之，豁然头落。数步之外，犹圆转而大赞曰："好快刀！"

零度的剑

在少年时代的信息接收记忆中，至今印象依然深刻的两种兵刃，一种是锤——《岳飞传》里的八大锤，《说唐》里隋朝第一条好汉李元霸和排名第三的裴元庆比锤（小学时看《兴唐传》，李元霸没出场前，宇文成都的御赐称号曾让我神魂颠倒，我曾让同桌在我额头到鼻梁处用灌了"鸵鸟牌"炭黑墨水的钢笔写下"天宝将军第一名"七个字），都是令人心旌摇荡的情节；另一种就是剑，具体地说是一把宝剑，这把宝剑的主人是黄凤仙。在那个遥远的聆听刘兰芳播讲评书《杨家将》的傍晚，这把宝剑在当晚的评书结束后相当一段时间，都留在我脑海中挥之不去。

如果说刀坦率豪爽，锤霸道蛮横，戟阴鸷自负，那么剑真称不上有什么鲜明的性格。也许是它太完美了，无论从形式、材料，还是从气质上来说，剑都是兵刃中的贵族。没有哪种兵刃像剑这样有那么多瑰丽而近于神话的传说：干将莫邪传说的再演绎版本说干将为楚王炼剑，三年不成，最后莫邪跳入炼剑炉，终于成就雄雌两把绝世之剑——似乎也只有剑，才值得人们去书写和演绎这样的传奇。在传统文本中，被一而再，再而三地人格化、仪式化的兵刃，也唯有剑而已。

剑有那么多神秘高冷的名字，其实就是它被人格化的直接证据，除上面我们提到的以炼剑人的名字命名的干将、莫邪外，还有湛卢、鱼肠、太康、巨阙等，都有着不凡的身世与举世无双的气质。（刀的名字和性格的文艺色彩则几乎全来自当代武侠小说作者古龙，但其小说中令人印象深刻且成为数代江湖豪杰命运与爱情所附着的能指的，似乎也就一把"小楼一夜听春雨"而已，而且这种名字无论如何也入不了正史，只能流传于江湖。）

古龙对刀的性格与文艺气质的塑造，主要在于他塑造了一干有着文艺气质的用刀的江湖人物，傅红雪当然是其中最耀眼的一个，尔冬升主演的《三少爷的剑》里，谢晓峰在寻求医治的途中被一砍柴的樵夫搭救，问对方姓名的时候，对方说："当年我带刀的时候，叫傅红雪。"

只有剑，与那么多盖世英雄的性格与命运紧紧相系。

剑也许是最完美的一种武器。它的对称的形式，它的相对于手臂和身高的妥帖长度，它的宽度，它相对于人的手臂（身体）力量的重量，几乎在每个指标的考量上，剑都堪称完美。现存历史最久的名剑之一"越王勾践剑"，剑身长 55.7 厘米，宽 4.6 厘米，柄长 8.4 厘米，重 875 克，在尚属青铜的时代，这样的剑的形式已经接近完美。

虽然号称"短兵之祖，百兵之君"，但实际上剑很早就摆脱了实用的功能，因为它确实不实用。它不像长枪那样可以控制与对手的距离，从而兼顾攻击和防守；也不像刀那样朴实经用，武松在鸳鸯楼杀了十几口人之后，刀口都卷了，要是换成剑，这样的场景风格会立刻变得很古龙。剑更不像锤那样，靠重量磕飞对手兵刃以让对手失去攻击能力为取胜手段，更不像戟、钩这样的兵器带着各种心机。

剑有难度极高的使用方法。邵氏老电影《叛徒》里借主演陈观泰之口说："剑有双刃，中部有脊，刃薄易损，故不可生格硬拦。剑之为用，全在数寸剑锋，必须全力贯注于此，才足以称为剑术。"正因如此，在所有的兵刃技术上，剑术是最讲究的。武侠小说里，除了蛤蟆功、降龙十八掌、乾坤大挪移等各种各样的独门功夫外，剑术也许是武侠小说作家最可发挥想象的一个领域，在武侠的江湖世界里，名家剑术就相当于如今风行全球的法国（西方）理论，西门吹雪与叶孤城在紫禁城的巅峰对决，其美学精神的规格只有剑才当得起。而《笑傲江湖》里的"独孤九剑"，则不由得让我想到罗兰·巴特的写作观，可以拿"独孤九剑"与"写作的零度"相对比吗？我们来看一段金庸对令狐冲使用"独孤九剑"的描写：

令狐冲眼见对方剑法变化繁复无比，自己自从学得"独孤九剑"以来，从未遇到过如此强敌，对方剑法中也并非没有破绽，只是招数变幻无方，无法攻其瑕隙。他谨依风清扬所授"以无招胜有招"的要旨，任意变幻。那"独孤九剑"中的"破剑式"虽只一式，但其中于天下各门各派剑法要义兼收并蓄，虽说"无招"，却是以普天下剑法之招数为根基。那人见令狐冲剑招层出不穷，每一变化均是从所未见，仗着经历丰富，武功深湛，一一化解，但拆到四十余招之后，出剑已略感窒滞。他将内力慢慢运到木剑之上，一剑之出，竟隐隐有风雷之声。

很多剑法，不管是辟邪剑法，还是两仪剑法，都是在创作一种独树一帜的风格，深刻提炼一种经过反复印证的系统理论。在用这类剑法对敌时，初学者很容易沦为理论的机械阐释者，高手则可以自如引用，用理论针对世界现象与社会问题，写出一篇篇文章。"独孤九剑"不是这样，"独孤九剑"并没有建构系统的理论，它毋宁说是一种句法。所以令狐冲在跟任我行比剑时，其实是在写诗，而他跟小师妹自创的冲灵剑法，则相当于一种青春抒情散文，估计风格有点儿像十年前的安妮宝贝。果不其然，金庸接下来的描写几乎就是文学批评了：

　　"独孤九剑"是敌强愈强，敌人如果武功不高，"独孤九剑"的精要处也就用不上。此时令狐冲所遇的，乃是当今武林中一位惊天动地的人物，武功之强，已到了常人所不可思议的境界，一经他的激发，"独孤九剑"中种种奥妙精微之处，这才发挥得淋漓尽致。独孤求败如若复生，又或风清扬亲临，能遇到这样的对手，也当欢喜不尽。使这"独孤九剑"，除了精熟剑诀剑术之外，有极大一部分依赖使剑者的灵悟，一到自由挥洒、更无规范的境界，使剑者聪明智慧越高，剑法也就越高，每一场比剑，便如是大诗人灵感到来，作出了一首好诗一般。

与高手用剑法写诗这种规格可以相配的另一个关于剑的小故事是这样的：据说陕西历史博物馆有一把秦代宝剑，在被发掘出来的时候，有块大石压住剑身，剑弯曲着，很可能它在地底下泥土中保持着这种弯曲的状态已近两千年，一俟考古人员把大石移开，剑身立刻"腾"地绷直。

枪无声

詹姆逊说，每一种文体都是一种意识形态，或者具体地说，小说、诗歌、戏剧等的写作者在写作时调动的意识形态机制是不同的。这里说的意识形态并非我们通常以为的国家层面的政治意识形态。这么说吧，它可以是一种较稳定的认知习惯、观念态度、情感状态和表达习惯。说到表达习惯，就涉及文体，概言之，不同的文体首先就体现在不同的文学体裁上。比如说，写小说跟写诗歌，就来自不同的意识形态，这种意识形态也体现在写作者的个人气质与行事风格上。萨特论小说时说的"一种小说技巧总与小说家的哲学观点相关联"，表达的是同样的意思。

比如波德莱尔、兰波、拜伦、李白等，这些写诗的，多多少少都有点儿放荡不羁。波德莱尔在诗中更是首先为我们贡献了"浪游者"（flaner）这个形象，经过本雅明的阐释，这个形象更成了西方现代主义文学史上流传至今的经典。兰波在彼时的法国诗坛爆发了两年之后，干脆连诗都不写了，直接搭"醉舟"浪迹天涯去了。拜伦就不用说了，李白也是"一生好入名山游"。总而言之，不管是自愿的还是被迫的，写诗的人都有点儿漂泊和游荡的风格，都带有波希米亚的气质。写小说的就不一样，想想托尔斯泰、哈代、福楼拜、福克纳、莫言吧，都是老老实实待在一个地方，实在不如写诗的潇洒。

而在兵刃的世界里，我们完全可以移植上面说的这一理论：每一种兵刃都有着自身的意识形态，而用不同兵刃的人性格特点与精神气质，显然也都各自有别。枪所代表的意识形态，可以是人民群众喜闻乐见的白袍小将。

古代历史演义故事里使枪的人物，有相当比例会以白袍小将的形象出场。白袍小将需要符合几个条件：年轻、英俊肯定是必备选项，兵刃最好是枪，并且穿白色战袍。

《杨家将演义》里，力杀四门之后的杨七郎，盔飞甲歪，人困马乏，眼看就要伤在辽国大元帅韩昌的三股叉下，这时"从对面奔来一骑战马……马上一位白袍将军，手端金枪，眨眼工夫到了韩昌近前，说时迟、那时快，正好韩昌大叉要扎七将军的时候，这个人马到近前，用大枪'当'往外一磕，大叉被磕开了。然后一抖大枪，'噗噗噗'扎了三枪。韩昌吓坏了，一扭头，'呛啷'一声，左耳金环被穿掉了。韩昌魂都要吓飞了，带马观看：见此人身高八尺，金盔金甲素罗袍，白龙驹，蟠龙金枪，双眉倒竖，二目放光，鼻似玉柱，牙排似玉，一表人才"。这是当代流行度比较高的刘兰芳评书版的白袍小将。但白袍小将作为一种审美形象的传统最晚也是从明人开始的。

《三国演义》里，使枪的最有名的当然是常胜将军赵云和锦马超。赵云是常山人，在今天的石家庄附近，燕赵自古多慷慨悲歌之士，但人们似乎不怎么把赵国男子跟英俊联系起来。马超是西凉人，在今天甘肃一带，汉胡杂处，想必带点儿高鼻深目的人种气质，应该属于英俊类型的。今天中国的导演找英俊型的演员，一般也都把目光放在东北、新疆、陕甘一带，看来这几个地方是有美男子传统的。《三国演义》第十回，写马超出场："言未绝，只见一位少年将军，面如冠玉，眼若流星，虎体猿臂，彪腹狼腰；手执长枪，坐骑骏马，从阵中飞出。"从身材到肤色到体型乃至目光，应该是极具有代表性的白袍小将形象了。

如果要在白袍小将这个审美形象序列里找一个能略胜马超一筹的，估计就是《隋唐演义》里的罗成了吧。俗话说，锦马超、俏罗成。而对罗成作为白袍小将魅力的描写，是通过女性敌将马赛飞一对阵就动了春心来确认的。不幸的是，她紧接着就认识到了白袍小将武力值的那面。

年轻、英俊、武力值高，（所以）骄傲，偏爱高冷的白色。最重要的，是使枪。无论从武力值还是从形象上说，枪与白袍小将几乎都算是二位一体，古龙常写到的人物形象就是"像标枪一样站立"。

首先，枪不像刀那样把威慑力摆在脸上，也不像锤更多依赖于力量。枪是含蓄的，其伤人在于一点；枪是全神贯注的，枪扎一条线；枪是难练的，它的进攻方式只有一个动作：扎。但这个动作需要练一辈子，它对速度、角度与距离的控制都要求极高。常言说月棍年刀，意思是练棍只要有把子力气，一个月就差不多了，刀需要一年可以有成，枪则是一辈子的功夫。《兴唐传》里的雄阔海仗着块头和力气，一条棍也混到了第四名好汉的地位，但碰到排名第一的李元霸一点儿用没有，棍被震得不知踪影之后，坐地大哭，后悔自己当初没跟师傅学枪。但他根本不是使枪的性格，形象上更与白袍小将没有关系。

使枪的白袍小将正是标准的弗洛伊德的菲勒斯。枪扎一个洞，菲勒斯的对应形象是"像标枪一样站立"，而其对应的目标，正是找到或创造一个洞，一种"无边的空虚"，用法国作家瓦莱里更高级的说法，则是"神明的宁静"。

兴安

在普者黑看见
一匹马

兴安
———————————
蒙古族，作家、水墨艺术家、编审，北京作家协会理
事。出版散文集《伴酒一生》《在碎片中寻找》及评
论近百万字。曾获北京文艺评论 2022 年度优秀评论
奖。举办过多次个人水墨艺术展。

马在蒙古人的心目中，就是家庭成员之一，是不会说话的亲人。这句话道出了蒙古人与马的关系。

我虽然生长在城市，但对马的感情似乎是与生俱来。那个年代，马车或者牧民骑马，还被允许走在我们那个小城的马路上。看着酒后的牧民歪坐在马背上打盹儿，随着马蹄踩踏石子路的声音，前后摇摆，我会"咯咯"地笑出声来。让我记忆深刻的是马的眼睛，在"蒙古五畜"中，马的眼睛是最接近人的眼睛的，羊的眼睛过于含混，牛的眼睛过于呆滞，骆驼的眼睛过于缥缈。只有马的眼睛，让人感到亲近、熟识和生动，就像是蒙古女人的眼睛，充满了温情和善意。我当时看到那匹马的时候，发现它的眼睛像极了我在西索木草原上的一个姐姐的眼睛。这只眼睛深深地印在了我的脑海，伴随着我进入了当晚的睡梦中。后来我把我的这一发现告诉了那个姐姐，她神秘地言道："马的眼睛就是人的眼睛变的，小心呦，少看它，它会让人上瘾的。"她的话果然没错，我之后多次被马的眼神吸引，并且不自觉地长时间驻足观看。其中一次是在鄂尔多斯的苏泊罕草原，同行的朋友都在屋里喝奶茶吃羊肉，我一个人跑出来，来到一匹被拴在木桩上的马的跟前，看了许久。马都有些害羞了，不停地绕着桩子转圈，逃避着我，我则一直跟随它，盯着它的眼睛，当然也包括它的臀部、四肢、马鬃和马尾。我后来用水墨画马，用心最多的就是画马的眼睛，眼睛画好了，整个马的气象也就呼之欲出。

不久前，我在云南文山县（现为文山市）的普者黑[1]，一个彝族山寨，看见了一匹马。那天早上，我吃了早餐，一个人在村子里闲逛。这是一座经过旅游开发的山寨，时尚民宿与古老的房舍并存，彼此相连，新与

1　普者黑：彝族语意为盛满鱼虾的湖泊。

旧，现代与传统，在这里得到巧妙的融合。寨子被水塘三面环绕，水中绽放着无数株鲜艳的荷花。四周没有人，水雾飘浮，仿若仙境。我走着走着感觉像走进了《桃花源记》，迷失了方向。我恍惚拐进了一条小巷。小雨刚过，巷中空无一人，除了远处传来的鸟鸣，一片寂静。冷不丁，在我前方的一个窗洞里伸出了一只马头。马向外拉伸着脖子，眼眸盯着我，像是一种召唤。我赶忙迎过去。这是一匹北方马，不是云南的"滇马"，颜色接近棕红色，虽不如西洋马高大，但是很结实，头颅健硕，胸宽鬐长。这一系列特征，尤其是它的眼睛，告诉我这是一匹蒙古马，而且应该是一匹漂亮的科尔沁蒙古马，因为在那熟悉的眼眸中我又看到了那位姐姐的眼神。我的心头一热，感觉在遥远的异乡见到了久违的亲人。在内蒙古草原上，马几乎是半野生状态，马群撒出去几天甚至一个月也不用管，它们成群结队，自由地游荡在草原上，觅食撒欢，即使在白雪皑皑的严冬，它们也会用蹄子刨开厚雪，吃上被雪滋润的枯草。如果遇到狼的袭击，它们会用坚硬的蹄子，将狼的脑壳踢碎。而眼前的这匹蒙古马，却被关在空间窄小的楼洞里，只能从窗口伸出脑袋，呼吸新鲜的空气。窗洞原本是一个窗户，被主人卸掉了窗框，为了防止马越窗而出，窗沿还摞了几层青砖，马只能下颌抵在青砖上，翕动着鼻翼向外张望。我有些心酸，想象它如何从几千里之外的草原，背井离乡来到这里。它的心境如何？它想念不想念它的故乡？那渴望的眼神，明明是希望有人将它解救出来。可是我只能呆呆地看着它，看着旁边大门上的锁头，无能为力。马似乎觉察了我的怯懦，无望地缩回头，转过身，咀嚼起马槽里的草料，将浑圆的臀部朝向我，浓密的马尾向我怄气似的甩动两下。可是，它一边吃着草料，一边还转过头，偷偷地瞄我一眼。那眼神在黑暗中只是微弱的一闪，只有我能觉察到。

雨又下起来了。我准备离开，嘴里本能地冒出了一句告别的蒙古语"拜日泰"。可是当我走出差不多十米远的时候，突然听见身后一阵响鼻。我回过头，只见那匹马伸长了脖子，张开鼻孔，睁着溜圆的眼珠望着我。我急忙回身又来到它的面前。马见我回来，几乎将整个脖子伸出窗外，张开黑黝黝的鼻孔翕动着，喘着粗气，然后又深深地打了两个响鼻。我伸出手，试图抚摸它的前额，可是它下意识地躲开，用那只没被鬃发遮住的眼睛，哀怨地看着我。此时那只眼睛，比刚才更亮，也更湿润和晶莹。我的眼睛也开始潮湿了，我捋了捋它的鬃发，感觉鬃丝很涩，油腻腻的，已经粘连成一片，就像是很久很久没有洗头的流浪汉。它晃动了几下耳朵，侧过身去。它大概是想让我给它捋一下整个马鬃，或者抚摸一下它的腰背。但是，隔着窗洞，我无法伸过手去，这时，我看见它的背部，一直到两边的肚子上，有两条很深的疤痕，这是长期驾辕拉车留下的印记。

雨下大了，我的衣服已经湿透，我不得不离开。趁它还没回过身，我悄悄地挪动脚步，但我的头侧着，用眼睛的余光观察那个窗洞。马的听觉是非常灵敏的，它能觉察任何风吹草动。我隐约看见它又伸出了头，和刚才一样的姿势，张大鼻孔，溜圆的眼珠望着我。我没停下脚步，拐进了一家烟酒小店。老板娘是一位彝族中年妇女，肤色黝黑，面容俊秀，目光明亮而热情。我买了一包香烟，然后向她打探那匹马的情况。老板娘告诉我，这匹马被主人买来已经很久了，具体多少年，她也记不清了，主要是用来拉花车的，就是那种旅游马车。可是这两年因为疫情，来这里旅游的人少了，所以马几乎天天被关在屋子里。我问：主人不常领它出来遛遛，或者代步骑行吗？在来这里之前，我查过资料，彝族人在历史上与马的关系，和蒙古人有很多相近之处，彝族谚语里就有"上山赶牛群为乐，出门骑骏马为荣"的句子。他们从小就练习骑马，每年都要举办火把节和赛马会。而且他们制作黑漆马鞍的技术也非常独到。刚到文山的时候，接待我们的天保出入境边防检查站的陈警官，他的老家就是普者黑。他向我介绍了家乡的草马节。每年的农历八九月的属马日，村里的每一家人都要用茅草扎一匹马，摆在村口，以此祭奠祖先神灵。可老板娘的回答让我有些失落。她说现在我们这里的人很少骑马了，家家都有摩托，或者汽车，如果不搞旅游花车，马真是一点儿用处也没有了。我沮丧地告别老板娘，感觉她说的马的遭遇就像是在说我自己一样难以接受。我这几年画马，对马的历史、形态和现状都有过研究。我喜欢画非常态的马，奔跑中的马我画得很少，一个原因是这种姿态的马已经被前人画得太多了，没了新意，也没有挑战性；另一个原因是我发现，马其实更多的时间是静态的，或在低头吃草，或在河边饮水，或者缓步行走。还有我喜欢卧马，尤其喜欢在草地上打滚的马，这是马最自在、最生动，也最难把握的姿态，古人称之为"滚尘"，我觉得特别有境界，它隐喻了中国文人蔑视权贵和世俗的性情，也表达了他们追求自由和洁身自好的理想。古希腊的色诺芬说过："马是一种美妙的生物。只要它展示出自己的光彩，人们就会目不转睛而不知疲累地看着它。"这句话契合了我对马的偏爱。但这句话是两千年前的古人说的，它在今天还有意义吗？有人曾预言，二十世纪是马的最后一个世纪。这是基于现代工业革命后，机器代替了马的很多功用，马的速度和高效的优势失去了，人与马的相互依存的共同体关系开始分离。马成了社会和历史进程中的"失败者"，就像文学史上的"多余人"一样，这是马这个物种的悲剧。但是，我还是要重复我在《风鬣霜蹄马王出》一文所引用的意大利人费班尼斯的话：既然我们已经不再需要马来确保我们的日常生存需要，那我们就去爱它们，了解它们。

临走，老板娘告诉我："明天是我们彝族一年一度的草马节，一定有不少游客会来，这匹马该派上用场了。"我有点儿半信半疑。在走出小店的时候，我向不远处的窗洞看过去。窗洞空空，马再没有露头，但我隐约听见马蹄刨地的声响。

第二天，我早早就来到村口，看着村民们将扎好的草马有序地立在路边的草丛里。草马的背部驮着用瓜叶做成的马篓，里面撒了灶火灰和野草籽。马身上插满了五颜六色的野花，有个头大的草马身上还插上了荷花和莲蓬。村民们互相打着招呼，比试着各自扎草马的手艺，昨天还寂静的普者黑终于人声鼎沸起来。小孩子们淘气地在草马之间穿梭、奔跑、嬉闹，有的还想趁机骑在草马上，被大人嗔怪后跳开。我心不在焉地浏览了一圈儿这些草马，不得不赞叹这些村民的巧手和想象力，但是我更想看到真实的马——那匹被关在楼洞里的马。我站在路边，期待着马拉花车的到来。不一会儿，前方一阵喧哗，接着是一阵吆喝和马蹄声，我挤过人群看去，原来是一匹黄栗色的矮脚马，也就是我前面提到的滇马，拉的车是双轮马车，车上坐了五六个游客，车棚的顶部缀满了五颜六色的野花。这就是普者黑山寨远近闻名的旅游花车。我没画过黄栗色的马，这种颜色的马不多见，在内蒙古草原也偶尔才能见到。蒙古民歌中有很多关于马的歌，但多半是白马、枣骝马或者黑骏马，我记得有一首《扎鬃花的黄马》中唱道："扎鬃花的黄毛马，缓缓迎面跑过来，呀——嗬咿。瓷碗美酒要斟满哟，欢聚赞歌唱起来，嗬咿。"这是一曲长调，在我几年前的画展闭幕式上，蒙古长调传承人乌仁其木格曾经现场唱过这首歌，歌词也只有用蒙古语唱才能品出它的韵味。眼前这匹栗色矮脚马让我想起了这首民歌，但是我有些不解，这匹马的鬃毛为什么被剪得整整齐齐，连刘海都是平的，像一匹骡子，没有了野性，甚至还有点儿滑稽。正在这时，前方一片喧哗，人群两面散开，站在路边翘首张望。只见一匹高大的红棕马，扬着长长的黑色鬃发，缓步而来。最夺目的是马颈下的圆球形的红缨和胸前的金黄色的套包，在阳光下熠熠生辉。这种装饰和红色、金黄色的颜色对比，我以前只在唐代的绘画中见过。套包是马驾车的实用配件，有固定车辕的作用，而红缨在古代绝对是身份尊贵的象征，唐代人为它起了一个奇怪的名称"踢胸"[2]。红棕马步伐迈得很大，速度也不快，仿佛就是为了让两边的人检阅、拍照，甚至欢呼。我终于认出来了，它就是我昨天还为之牵肠挂肚的那匹蒙古马。它似乎也在人群中看见了我，头稍稍往我的方向侧偏了一下，溜圆的眼珠看了我一眼，打了两声响鼻，一晃而过。我看到了它身后的四轮马车，还有坐在车内招手欢笑的人们。这真是一辆我在国内见过的最漂亮的花车之一，辕和车厢全部由金属制成，包括车轮的钢圈都被主人涂上金黄色，上面还绘着吉祥花纹，车棚是翠绿色，里外都挂满了粉红色的鲜花，花瓣还有绿叶映衬。花车匆匆而过，可我的脑海中依然闪现着那匹马的光彩和豪迈。在它的眼神中，我看到了自信和骄傲，而昨天窗洞中的哀怨和孤独，已经一扫而光。这一刻，我感到释然。马作为被人类驯化最晚的一种牲畜（牛被驯化差不多在 9000 年前，羊大约 1 万年前），伴随我们已经 6000 年。专家曾对比马与牛羊的饮食和消化系统的差异，还有身体构造及生活方式的优势，确定了它与人类一样具有很强的适应能力。艺术理论家阿尔布莱希特·萨弗尔在《雕塑艺术：骏马和骑手的形象呈现》一书中写道："在所有的动物中，只有马有着悲伤的外表。"而"马

2　中国古代的一种马饰，表示马主人的尊贵。古语有"所骑之马悬踢胸者贵"一说。

之所以悲伤，是因为它不得不放弃了它自己的意志和自由。"萨弗尔对比了狗的驯化经验，虽然狗也同样没有了意志和自由，但是它对此完全没有感知，它心甘情愿地为主人效劳。相反马是清醒的，天性想让它无拘无束、自由自在，但是宿命又让它囚禁在永恒的奴役之中，无休止地听从于人类的支配，这种状态颇似阿尔贝·加缪解读的古希腊神话中的西西弗斯。假如西西弗斯每次推巨石到山顶之后就会失忆，忘记巨石将滚落下来，那么每一次推巨石对他来说都是第一次，这就变得毫无悲剧可言了。而在马的存在中，叛逆、对自由的坚持和逃脱的欲望已经失去可能性，只能成为一种遥远的记忆，或者命运轮回。这种悲剧的循环比我前面说到的马在现代历史中的退出和被抛弃，更具有存在意义上的悲剧性。科学家弗雷德·科特莱尔在《能量与社会》一书中提出了"能量转换器"的理论，他认为，马天生就是能量转换器，它吸收植物中所储存的能量，然后将其转化成为动能（奔跑、牵引、驮载），为人类所用——这确实是个有趣味的观点。而从自然和生态主义者的角度，我忽然感觉现代社会人与马的分离，不光促成了农耕社会占主导地位的旧世界的终结，同时客观上也开启了新世界全球性的生态危机的魔瓶。从这个立场，我想到了马与自然和生态的关系，作为"能量转换器"，作为动物界的素食主义者，马同样也是环保主义者。它吃的是牧草，而牧草是可再生资源，但是现代工业革命以来的所有机器和动力机械，无一不消耗着我们地球上有限的不可再生的资源。这当然是我关于自然与生态主义理念的一个遐想，但由此我更进一步地理解了马在人类历史进程中的象征性价值。

回到北京已经两个月了。普者黑的那匹红棕马一直占据着我的记忆，挥之不去。逐渐地，它已幻化成为两个影像，一个是从黑暗的窗洞里伸长了脖颈，眼眸哀怨忧伤；一个是高昂着头颅奔走，气宇轩昂。我无法确定哪一个才是真实的它，但直觉告诉我，我与那个眼眸哀怨且忧伤的它在情感上更能惺惺相惜。于是，我把它画了出来。

选自《散文海外版》2023 年第 2 期

叶浅韵

河流之上

叶浅韵

中国作家协会会员，中国自然资源作家协会第六
届主席团成员。作品发表于《人民文学》等杂志，
获《十月》文学奖、冰心散文奖等，已出版《生生
之门》等7部文集。多篇作品被收入中学生辅导
教材。

　　我每天从宝象河边走过，看一场又一场鸥急鱼怒的游戏。一只海鸥从天空俯冲下来，迅雷一样抓住一条小鱼儿，飞到岸边的草丛里。海鸥放下小鱼儿，又叼起它，又放下，如此往复玩弄数次，才把小鱼儿吞下。然后，它若无其事地飞向对岸，继续寻找新的目标。

　　海鸥们从冬天飞到春天，为一座城市的灵动增添了最动人的黑、白、灰色，永恒而经典。有穿着黄色衣服的喂鸥人，每天早晨准时站在桥上，一把又一把的鸥粮投出，海鸥们争抢得欢畅。吃饱了，它们凌空飞舞，绕河练习飞行。当天气渐渐回暖后，海鸥们就要回家了。它们的故乡，在遥远的西伯利亚。

　　水上和水下，看不出什么离别的情愫。宝象河静静地、静静地流淌或者停止。很长时间，我分辨不清楚这条河的流向。它安静得不像一条河，更像一个懒长虫似的潭，蜿蜒而行。我沿着岸边，往前走，又回来。从春天柳树的鹅黄到夏天的浓荫，它们都静悄悄的，像在等待一场又一场盛大的相逢和离别，抑或是所有的相逢和离别都与它无关。

　　下了一夜的雨，街道上横流四溢，宝象河涨水了，浑黄的水流向前奔涌，岸边的水草匍匐，顺着水的流向倾倒。这是我第一次弄清这条河的流向。它流向滇池，滇池在我住所的左后方。选择在这里居住的很大一部分原因，缘于这条河流的存在。我来的时候，有海鸥在黄昏的夕阳中飞舞，彩云晚霞，片羽凌空。世间的美就在那一个时空里停摆了，我执意要在这里寻一处居所，安置漂泊的身心。

　　我沿河而行，另一条河流的往事，便顺着我的思绪铺张。我的村庄，我的亲人，关于他们的记忆正在我血脉深处律动。

　　在我的家乡，也有一条河流从四平村前流过，由北到南流进牛栏江。它叫石城河，夏天涨水，冬天干枯。我的童年与这条河流有密不可分的联系。离开家乡许多年，对一条河流的依恋却从未减损过。从马家山小河到宝象河，我总是居住在一条河边，仿佛这样，我就能迅速回到我的出生地，钻进护送我来人世的衣胞里，与妈妈继续亲近。

我知道，这世界上有无数条河流，每一条河流都有自己的名字，每一条河流都养育了众多的子民。宝象河、石城河、马家山小河，以及许许多多在群山之间奔腾的我叫不出名字的河流，它们流进人类的血脉里。长大后，我们操着各自的乡音，离开家乡，又花一生的时间去回望家乡。

昨夜又有雨，这个夏天像是漏了一样，接连下雨，我妈说，地里的庄稼都不生长了。树上的桃子，依了往年，三月底就熟了，今年都到四月底了，还生格格的。往年的六月，杨梅都红透了，今年七月了，我们家树上的杨梅还是死铁铁的绿疙瘩。这天啊，怕是下得忘记了。在我妈这里，天地都是有人格的。他们是大人物，但也会有小人物的庸常情绪。他们生气了，笑歪了，忘记了。

我姐姐来电，她家门前的河水涨得平河满岸，汹涌恶煞的水让她害怕。她又做梦了，梦里又回到四平村，我们都在团山小学读书，上学的路上要蹚过石城河。村前的河口被河水冲成急流弯道，我们只好往北一直走，走到相对浅滩细流的地方，才脱下鞋子小心过河。脚底的细沙子一溜儿一溜儿地移动，一不小心就要摔倒。我看着气势汹汹的河面，好一阵眩晕。我姐姐说，别看水，拉紧我的手，拔脚要快，一直看着对岸。

对岸是明媚的青山，有几缕白雾像仙女的飘带缠绕在山腰，它们多情地看着我们。有时，过河很顺利，几个斜插的大步子就过去了；有时，水流湍急来势汹汹，仿佛要席卷我们的身体。我能清晰地感觉到脚底移动的沙子，每走一步都是陷阱。有一次，我险些就被河水冲走了。放学后，姐姐拉着我的手过河，快到河中央时，我的伞掉进河水里，我挣脱姐姐的手，去追赶我的伞。我姐姐拼命地拉着我，我一边哭一边看着那把伞在激流里漂荡，一转眼就没了。我坐在河岸边哭了很久，为失去珍贵的物件，也为将要到来的责骂。

从此以后，这件事情就成了我姐姐的噩梦。尤其是人到中年后，我姐姐的梦里总是有无边的恐惧，她害怕我被河水冲走了。她在电话里向我叙述她的梦境，一次又一次把我拉回那个可怕的场景。说完，我们又彼此安慰对方，我们都要长命百岁，好好护持我们的家族。我们说得沉重，却又无比开心。仿佛我们终于从重男轻女的封建思想中赢得了好大一张饼，只要我们挂在脖子上，就一生不会再有饥饿的感觉。

在四平村，嫁出去的姑娘是泼出去的水。这是从祖辈就传下来的陈旧观念。从我的姑奶奶、姑妈到我们，毫无例外。我们都只是石城河中舀起的一盆水，打泼在大地上，转眼就没了踪影。长大后，我们各自奔向自己的命运，南山北山，东市西市。我们在特定的时候回到四平村，参加长辈们的葬礼、生日，参加子侄们的婚礼、喜事。无论是添丁，还是起房，或者是失去、失败，都会与我们的生命息息相关。这个村子，是俗语中称谓的我们的"后家"，是我们的靠山。娘家子侄后辈人中若是有了厉害的人，嫁出去的女儿们就有了硬朗的后家，再无人敢欺负。有一个嫁到我们村的婶子，因为没有兄弟子侄撑腰，自身又不硬气，时常受丈夫的欺凌，一不小心就要贴赔爹娘给人骂，骂着骂着就骂到了人家的祖坟上。可怜的婶子，除了痛哭，再无什么武器。她哭一句，占不着人了，悲伤的眼泪落下，再哭一句，前世不修了，算是真与自己和解了。后家，仿佛成了一个女人最后的底牌。我们的命运太像石城河中的水草：水清时，生长茂盛而清秀；水浑时，这柔弱的身子骨就要被大水冲走了。

那些年，南山北山的长辈们忙于自己辛劳的日子，没有余力来顾及身后的娘家。到了我们这一代，却是变了。一个家族的姐姐妹妹们，不再嫁往山上，而是跟随打工大军进了城里。她们通过自身的勤奋努力，从城市的客人变成主人，生活条件比四平村好多了。于是，她们的目光就久久地停留在四平村。亲人的苦痛，家族的兴衰，都跟她们相联系。有时，兄弟们懒散不成器了，爹爹妈妈身上的冷热疼痛就只跟女儿们有关系了。可是，一旦到了重要的节日，那些残存的陋习就无由地钻出来。比如清明节，他们会明明白白地阻止姐姐妹妹回到祖坟前上炷香，说这是习俗，要听老祖宗的话，生怕老祖宗所能奖赏的福气被女儿们分了一杯羹汤回去。

宝象河的水清了，又浑了。雨，像个缠绵的老亲戚，有多年未见之后诉不尽的情谊要倾诉。四平村前的河面上也架起了一座大桥，车来人往。架桥的时候，为选地址吵架不休。又是依了古老的习俗，不能架在村口。据说这会破坏村里的风水，万万使不得。为此，他们列举了若干例子，波及远近。终于达成了一致，在村口的下游选一个河面相对狭窄的地方，架起了高桥。此事，由我爸主持。佛说，修路架桥是在人间积攒功德。可是，爸爸也没等到功德簿上的奖赏，就英年早逝了。

许多年后，我姐姐活得像霸王一样，她在四平村操心父母的住房，操持兄弟们不顺的诸事，样样安排得妥帖稳当。尽管我的伯父只生了我姐姐一个女儿，但只要有我姐姐在，我伯父就觉得他拥有了比兄弟们都多很多的儿子。事实上，伯父也是他的兄弟中儿子最多的人家。可是，他们大都让伯父骑上了一只老虎，险些就要从虎背上摔下来了。还好，每一次都有我姐姐的托举。这样，我高龄的伯父伯母就还能一脸的笑容，缺着牙齿问远方来客们的安全。

伯父年老后，常常满脸悲戚地对我说："自从你爸爸走后，我们家族的运势就一直在衰退。别的不说，连我们出去讲话的声音都小了很多。那些年，你爸爸当村长，有大公心、大魄力，我们都听他的。他这一走，这村里又哪里去找这样一个人呀。"伯父说这话的时候，声音越来越微弱，直到我们在彼此的眼睛中看见一缕缕闪烁的光。我们都沉默了，伯父继续吧嗒着嘴里的旱烟袋。若是爸爸安在，老兄弟们在一起，那是一屋的笑声啊。我想起了爸爸走时，伯母扶在棺木上，她哭这世间为何容不下一个好心人。我是愿意相信有另一个维度的世界存在的，这样，我终将能与我的爸爸相聚，伯父也能与他的兄弟相聚。

我总是这么安慰伯父：我爸爸在另一个世间保佑我们家族呢。你看子侄们一个个考上了大学，正在延续我们家族旺盛的香火呢。掐指一算，在我们的下一辈人中，每一个都拥有上大学的资质。只有这个时候，伯父才露出了满意的笑。可是，一瞬间之后，他又黯淡了。我知道，他又想起了他年过四旬的小儿子晃荡于人间，啃老，活得还不如门口树枝上的鸟雀们。伯父说：鸟雀都知道垒个窝、下个崽啊。这时候，我姐姐铿锵的声音就会响起：儿孙自有儿孙福，莫为儿孙当马牛。我知道，我姐姐已经省略了她操过的一百八十丈的老心肠，才这么痛下决心不管不问的。

恰好村子里有新添了人丁的人家来寻家谱，要按辈分取个名字。伯父默默地递来一本发黄的书，棉质的线装本。上面记载着这个家族迁徙的故事，每迁徙一个地方，必须要有一条河流，这样血脉的依存才有了源头，这是生命之源。我一遍又一遍地抚摸过那些文字，在它们无声地诉说中，我知道能成为一个小小的我，要经历多少艰险，以及各种偶然。祖先们从内地来到边疆，带着被贬谪的凄惶，找一个安身的地方。一次又一次的迁徙，都是为了活命。

最初的荣耀，只能在供奉祖先牌位前的一张红纸上找到一点儿印记。钜鹿（古县名，今作巨鹿）堂魏氏，那是一个多么显赫的家族啊。历史上的钜鹿，一定发生过许多重要的事。在风烟俱寂的历史深处，再多的丰功伟绩都抵不过当下口渴时要取的一瓢水。水，在世世代代栖居的地方，养育着我的亲人们。

关心自己从哪里来，在父系的村庄中，向来是男人们的事儿。可是，他们大多在生计里忙得焦头烂额。因为我多识得几个字，伯父便放心地把他收藏的宝贝交到我手里，任由我拿去复印、分发、保管。写下这本书的人是伯父的父亲，我的从祖父，我祖父的弟弟。在他们那一代人中，兄弟四人，竟有两个会作诗、填词、写对联，我想这是四平村的荣耀。他们在喝酒时高声吟诵的样子，没有影响到其他人，但深刻地影响了我。他们兄弟俩，一个留下一部经书，一个留下一部家谱。其他的皆毁于一场运动。我一直记得从祖父临死前都在高声吱吱地念着一副对联：千山之地千山美，万水扬波万水情。我想，这或许是他自认为最得意的作品。

在他们的口中，时常怀念一潭水。这个故事传到我的伯父这里时，已经饱经风雨。我听得触目惊心。那是从城里搬到乡村的第一站，村子旁边有一个白龙潭，无论干旱还是暴雨，龙潭里的水不增不减，不浑不浊。家族人丁兴旺，家业发达，在小镇上占了半条街，人称魏半街。后来有好事者破了龙潭水，家族的青年子弟接连病死一百多人。由于害怕疾病的传播，又四处搬散，才找到了四平村。初到时，以窝棚安身。但耕读之风从未间断。我的从祖父坐在一个看庄稼地的窝棚里读书的样子，我一直记得，他戴着黑框眼镜，摇头晃脑，有人经过，一对白眼珠从镜框上面斜射过来。他看不起女娃子，爱与兄弟们比谁的儿子更多。

从祖父们大概没想到，这读书的衣钵首先要在一个女娃子身上远行。

若是早知，一定要痛饮大骂：姑娘家家坐了上房，家风日下呀。他也一定要骂我出嫁了的姐姐，还敢回娘家指手画脚，擅作主张。我们，都是他的世界观所不能容忍的怪异产物，不符合一条河流的流向。他们的肉身已化为泥土，再也指点不动他们想要的江山。读书人的苦乐，他们尽知，或许，在得以睁开眼睛看世界的那一时刻起，他们的世界就连接了另一种使命。我不知道，他们站在河岸边，看着汹涌的河水，有没有想过他们生命的源头来自哪里。从他们亲修家谱的事实来看，他们应该深刻地想过，但他们未必想过他们将要抵达的地方。山的尽头，看不见更遥远的路。饮酒、读书、对联，他们活成了乡村的另一种版本。

悲欢离合的故事，轮番在四平村上演。那一年，沿着这条河流寻觅生活的祖父的大哥，一去不回。祖父也沿着这条河流，找寻三个月，终于在另一条河流的边上，遇见对生活失去信心的大哥。他没有力量说服心死的哥哥回到四平村。兄弟之间的懂得，在用脚丈量过的地方各自捂紧了。他们用一生来怀念彼此，再无相见。兄弟子侄们长大后，曾多方寻访，却毫无结果。从祖父的生命，也像石城河中的一滴水，无法分辨，不知所向。

命运多舛的祖父，一生三娶，还要照顾哥哥留下的孤儿寡母，日子有多艰难，实在难以用文字来记述。爸爸不满一岁就失去母亲，村子里的孩子们在惊惧之间那一句"哎哟妈耶"，到了爸爸这里就变成了"哎哟爹耶"。没有娘的孩子，太像一棵无根的小白菜。体弱多病的祖母望着滔滔河水，心里想的却是如何延续这家族的香火，为此，哪怕失去自己的生命。他们活得有多卑微，河流与青山都曾见证过。

有一年，石城河的水早早就枯了，天上不下一个雨星子，地里的庄稼都卷起了叶子。每一天都在盼望着下雨，太阳却每天都热辣辣地照在大地上，再这样干旱下去，地里的庄稼就要颗粒无收了。村子里有人坐不住了，他们又回到过去的原始取水方法里，从山洞里挑出水来，小气地浇到土地上，像是干涸的土地悲伤地滴下几滴眼泪，庄稼们得了点儿雨露，顿时就鲜活起来。山洞里有祖先们找到的地下暗河，暗河里有种不见天日的浑身发白的小鱼儿，有好事者把它们带出黑暗，一见阳光，它们就死了。涨水的时候，看着滔滔的浑水，看着被冲毁的庄稼，他们埋怨老天的涝灾。这会儿又怀念一场大雨，赶紧把庄稼浇个"透心凉"。

如果再不下雨，四平村的人就要按古老的传说，做一场求雨的法事了。就在这个夜晚，雷鸣电闪，风云满天，这是一场大雨来临前的征兆。天空丢下几滴大大的雨星子，打在瓦檐上，叮咚作响。人们心房上的欢喜未退时，这雨就跑了，太像一个不靠谱的人。四平村的唉声叹气在屋檐下接成未下的雨帘，冒着火一样的炙热，滚落在一句话里：天做的天会收。人世间损余相补的自然哲学，跌落在某种宿命里。

我站在河岸边上，想念清水冽冽的季节，我们与鱼儿一样欢畅。历经世事艰辛，忽然就悟得一个道理。每一个家庭的财富，就像四平村前的这条河水，有时充沛，有时拮据，有时甚至干枯了，像是河床上无水的日子。纵然我们拥有长长的流水，也只能汲取自己所用的那一部分，洗衣、做饭、喂牲口，其他的都要流走，流到别人的田地里，成为别人的财富。如此一想，心便豁达宽敞了许多。而诸多的人，为这阿堵物堵住了出气的通道，一命呜呼，所有的财富，连病床前的一张手纸也不及了。

事实上，我和我姐姐大概是受了一条河流极大的恩惠，这个道理早就种植在我们的身体里了。那一年，城市拆迁时，我姐姐分得好几套新房，她的婆婆为了平衡几个儿子分房子的数量，来跟我姐姐商量，请她让出一套房子。这样，她的三个儿子所得数量就是一样的了。一个想端平一碗水的老母亲，跟我姐姐说出这话时，有些艰难和无措。我姐姐也有些无措，但她马上就愉快地决定了，拱手让出一套房子。可当这样的事情在她的朋友间传递时，所有人都骂她是个傻子，那可是价值上百万的房子呀。我姐姐在电话里让我帮她拿主意时，我只有一个字：让。我说：打虎亲兄弟，上阵父子兵，可别为这事让一个家庭产生矛盾，再说，钱财到了一定时候，那不就是一个数字吗？谁不是只睡一张床呀。那么好的婆婆，值得你尊重她。我姐姐的眼泪像是要顺着电话线流到我眼睛里，她说：我就知道，只有你会跟我站在一起。

我们沿着一条河流走向远方，又在另一条河流之畔居住时，就决定了我们与水的关系。它们长进我们的筋脉里，成为另一种看不见的向度。每当我与姐姐谈天说地时，她总是要羡慕我读书多，可是我知道，只有小学文化的姐姐，她读懂了人生这部大书，并成为最勇敢的实践者。

伯父又开始讲故事，干瘪的上唇和下唇在一根旱烟之间，吧嗒出另一种苍凉。他说："你们本来还有两个孃孃的，因为养不起，都做了童养媳，小小年纪就送出去了。一个送到扯卓河边，生病死了。另一个送到下河边，因婆家虐待，在一个大雨滂沱的夜里逃了出来。跨过下河暴涨的水，来到扯卓河边上，她徘徊很久，因为害怕婆家来抓人，自己找了一根竿子，想要强渡扯卓河，过到河中央时，大水冲走了她瘦弱的躯体。"我睁大了眼睛，听着这个与我血肉相连的故事。也许是太疼痛了，这么多年来，亲人们都刻意绕开身上的伤疤。那一年，她 12 岁，也许是 13 岁，或是 14 岁。

我不知道一个被毒打之后想要逃离魔爪的女娃子的求生意愿究竟有多强烈，她以为蹚过一条河，再蹚过另一条河，就能到达家门口的石城河边。她只要对着河岸呼救，她的亲人们就会看见她。可是，她没能等来她想要的任何一丝温暖。浑浊的河流席卷了她冰凉的身体，没有人知道她最后的归宿在哪一个河流的弯道里。鱼儿，鸟儿，花儿，草儿，它们都看见过她的绝望。唯有她孤寡的母亲，再也听不见她的呼喊。

我问伯父："这是一条人命，就没有一个说法吗？"伯父说："那个吃不饱的年代，人命不值钱。"死去的孃孃的后人，他们的声音被河流淹没了。活着，这两个字已让他们耗尽毕生的精力。那些年，这村子来过许多讨饭的男人、女人和孩子，他们操着异乡的口音，只为吃饱肚子。逃荒的人中，大多是因为水灾，大水越过河道，冲毁了他们的家园。他们翻山越岭逃难到边疆。他们用脚丈量过的河流，有千万条。濯足的水清啊，濯足的水浑呀，这爱恨不分的水呀，这相生相克的水呀。满面的尘土，看不见他们的悲喜。每逢这样的时刻，奶奶总是把甑子抬出来，奉上食物，笑问来去。黑了晚了，还留人住宿。

每一次回家，我都要路过扯卓河。大多时候，我忘记了家族记忆中疼痛的那一部分。有一次，我站在河边，想象那一个惊心动魄的场景，面对一条正在发怒的河流，一个悲痛的女娃子毫无对抗的可能。而她却甘愿铤而走险，这是怀着多么深的恐惧和绝望啊。我想穿过时光的手，紧紧地拉住她、抱住她，像我姐姐那样，救我于河流的中央。当我颤抖的手拉着姐姐同样颤抖的手时，河流的怒吼仿佛一时温柔了些，我们才得以逃脱被冲走的命运。而我那个小孃孃，却永远消失在一条河流里。

河流之上的悲伤，像一条永远不会断流的河，从未停止过。

雨水下涝的夏天，像是忘记了季节。好不容易有一个晴日，庄稼在一夜之间，就受到了太阳的恩泽，"噌噌"拔节。河道里有一个浅滩，水清石亮，傍晚时，我遇见几只欢畅的虫子，它们用大手笔在水面上写着神仙般的文字，我们叫它们为写字公公。难道人类文明时代的开启一定与河流有着密切的关系吗？在这几只黑色的虫子身上，我像是看见了人类文明书写的开端。也正是河流孕育了人类文明，是它们开启了人类书写艺术的文明时代。真是奇妙啊，大自然总是以自己的方式来通达人类，给他们生命，给他们智慧。

在云南众多的河流之间，群山分割了人与人之间的交流联系，各个族群便形成了各自不同的生活习俗。在天气、地气、灵气与巫气纵横的地方，我们听得见河流说话的声音，看得见会生长的山脉。我们中的任何一个，都有可能是某一条河流的遗民，在行走之间，有时我们会忘记肉身中那些痛苦的记忆，愿意去做一个乐水的人。或许，这正是河流给予人类的美意。

夜晚的宝象河，安静得像一个处子，我沿河而行，遇见不同的垂钓者，饵在足边，他们起钩、放钩，钓起的都是一条条小鱼。比起海鸥们，这些都是拙劣的技艺。岸边的一些角落，摆放着禁止垂钓的牌子。这些心照不宣的提示，总是会让人误会一条河流的本意。

无论是发怒的河流，还是温顺的河流，在这一时刻，都只有垂钓者的乐趣，在柳树之间荡漾。来来去去的生灵，都不过是在河流之上寻觅自己的食物。时间之河亦在无形之间流淌，更或者是，流淌的是我们，而不是时间。想起了《圣经》中读到的一段话：江河都往海里流，海却不满；江河从何处流，仍归往何处。万事令人厌烦，人不能说尽。眼看，看不饱；耳听，听不足。已有的事，后必再有；已行的事，后必再行。日光之下，并无新事。

选自《莽原》2023 年第 2 期

凌仕江

微尘大地

凌仕江

中国作家协会会员，国家一级作家，四川省作家协会全委会委员。曾获第四届冰心散文奖、第六届老舍散文奖、第十届四川文学奖。有多篇作品被收入多省市中、高考语文试卷及大中小学语文教材。

蝉自故乡来

背着故乡上路的人，身上总脱不掉一枚"蝉"的胎记。

蝉是年少无知的玩伴，是我进入青春期之前，喉结喑哑的妙音伴随。喑哑是同频共振的忐忑和狂喜，是渴望理想长大，幻想独自远走高飞的呐喊和隐喻。这时，山坡上顶着天空的玉米，正在阳光下以秒为计时单位的速度撒金、扬花、结穗，大豆、高粱也在争先恐后地看谁最快滚进农家晒坝，而多声部的蝉已集结绕过炊烟的痕迹，攀缘到高高的槐树和苦楝树之上。它们一个个"这树望着那树高"地唱个没完没了。以我现在的审美能力，绝不吝惜将"唱诗班"的美名，赋予蝉的抒情与咏叹；它们唱完了被风吹过的初夏，接着又唱传说老虎要被晒死的伏天，声声悲秋，却不肯罢休。

这让路边无人问津的桉树情何以堪？

桉树抖落一身风尘，最终还是沉住气，决定对蝉一言不发。桉树有的是温柔的耐心，面对一只白蚁钻进自己的皮肤，桉树依然保持一脸慈悲的微笑。桉树知道所有树木都是生灵的依靠，蝉不要命地吹响冲锋的号角，是为了早一天带着成熟的灵魂，抵达风调雨顺的家园。在一棵露水草的认知里，不是每种树都招惹蝉，蝉愿意到哪种树上歌唱是蝉的选择，与树无关。

忆念中的蝉，总是在晌午成堆地扎在村人赶场经过的那棵苦楝树上。有时，一个村人经过开满紫花朵朵的苦楝树下，蝉会突然关闭高音喇叭，顿挫地将频道扭到低音部位置，试探人的危险系数；若是一伙路人嘻嘻哈哈经过树下，蝉就加大音频震慑人间，这时它们对人的反击不顾一切，玩了命的火力全开，齐声高唱，让声势浩大的喧嚣盖过人声鼎沸。

午后，晒坝里的粮食烫脚板心，打瞌睡的大人们停下手中翻转粮食的推耙，窝在屋檐下的竹板躺椅里，将蒲扇摇个不停，而我的兴趣早被嘒嘒蝉鸣带走。于是，轻手轻脚地避开大人们半睁半眯的眼睛，悄悄地从丝瓜藤栅栏里抽一个长竹竿，再抓一根父亲的竹篾条，两头网一个球拍，插入竿尖，兴高采烈地跑到柴房的亮瓦下网蜘蛛网。若发现球拍上的网还有漏洞，就从竹林遮盖的后屋檐再网一些蜘蛛网，直到一张缜密的网完美无缺，我便卷起裤管，戴上草帽，光着脚丫，踩过铺满金黄稻谷的田埂，用仰望的方式抵达那棵蝉歌声声的苦楝树下。

蝉们似乎已远远闻到我身体的气息，歌唱戛然而止。我只好蹲在离蝉身后几米的红苕堆里，待它们重又忘乎所以歌唱的时候，才探出头，缓慢地移动身子，瞅准蝉密集的树枝，伸出网拍猛地一戳——蝉必定挣扎，它越是挣扎，翼越是容易被蛛胶粘紧。蝉在胡乱翻身，蝉丧失平衡地扑颤着，蝉甚至已失去理智，蝉在惊天动地地哀叫，蝉向世间万物发出求救的信号，蝉用尽全力从肛门喷射出一股水状的雾，却依然脱不开身。

我喜出望外地收回颤抖的竿，心花怒放地从网拍上取下一只只蝉，像是从树上摘得一粒粒饱满的苦楝子，它们全被两个裤袋满满收容。

此时，蝉们的高音喇叭像是关不住的破音响，一声高过一声，一浪盖过一浪，如同一部绝唱的史诗，从一个少年身体的某个器官发出，响彻大人们惊恐万状的眼窝里。大人们将我团团围住，要我把蝉交出来，他们将蝉抛在火堆里烧得吱吱作响，发出甘美异常的味道，然后唤来自家尿床的孩子吃香喷喷的蝉，说这是治病的良方。我把剩下的蝉默默地装进透明的玻璃瓶中，偶尔捉一只出来，用母亲缝补衣服的毛兰线，牵着蝉的手，在土木窗前看袅袅炊烟和云卷云舒。

…………

　　离开故乡几十年之后，蝉与我似乎都成了故乡遗忘的"胎记"。我不知虎榜山下是否还有像我一样恋蝉的孩子。出门在外的世界，瘦小的记忆早已被旧人闯过的大江大河，马不停蹄地覆盖。生命的流程如同一往无前的流水，挡不住，收不回。雪线，带来了塔黄圣洁的气息；雪山，奔袭着鹰的诡异与张狂；雪地，冬虫把安全的梦托给追逐夏草的斑羚，于是心领神会的斑羚便将挖虫草的人，引到山的那一边。河流，送走了一滴水的梦想，却覆盖不了一块石头原地不动的惦记；而城池里车水马龙的日常风景，周而复始地覆盖着暂居者过往的一切，边地百年老树上的乌鸦，把黄昏撕碎了唱给斜阳的虚情假意，被红尘碾得粉碎。

　　停在岁月枝头的蝉，不经意被一个回不去故乡的人，淡忘得一干二净。

　　然而，辛丑年立秋后的一个黄昏，我在藏朵舍工作室却被一只蝉给深深地吸引了。玻璃窗前的华灯渐渐初上，在开放式的厨房里，我慢悠悠地张罗着一个人的晚餐，忽然大阳台上传来几声亲昵的蝉声，像是谁猛然扭开了那台滞留在博古架上的半导体收音机。我转头一看，纱窗青丝密缝地关着，这十五层的高楼，蝉怎有力气和勇气飞得上来？可想到大阳台上花草植物弥漫的清香，也就不难理解蝉的奋起直追了。又想：蝉是否像某些人一样恐热？是不是藏朵舍的中央空调引得蝉来乘凉？但这个愚蠢的想法，很快被故乡正午阳光下巨响的蝉鸣打了一记响亮的耳光。当眼睛直视着阳台角落那株快要伸到屋顶的鹅掌柴，和那一株伞形的平安树，以及电脑旁天天泛绿的琴月榕，我想若有一只蝉附在树身上，不正是一种相得益彰的美吗？于是我便从厨房走到了大阳台。

　　蝉正死心塌地趴在纱窗上。

　　从蝉时不时发出的"嗯"声里，不难猜想它的愿望，一定是想进入藏朵舍，与平安树、鹅掌柴、琴月榕做伴吧。习惯了独处的我，当然无怨无悔地接纳这诗意的恩赐，接受蝉意的布施和蝉灵隐秘的感召，可转念一想：这只蝉若是进了藏朵舍，不分白天黑夜的蝉鸣，吵着邻居们怎么办？于是只好收敛对它的热情。

可它果真是一只通灵的蝉，在我转身朝厨房走去时，它又开始了蝉鸣嘻嘻。似乎是在恳请我为它打开纱窗，可我不知道它从哪里来。它整体黑色的身子，如一具小小的航母被长长的翅膀笼盖。那透明的翅膀，如森林里风化成翼的树叶，纹理唯美，清晰可辨，仿佛夹在古书里的两枚会飞的书签；背脊凸出的黑壳似一块黑得发亮的煤。除了黑，它的腹部还有几丝血褐色的光泽。它在纱窗上冥思苦想：如何才能突围进入神秘的藏朵舍？我不假思索伸出手去推窗，我以为它吃尽苦头飞抵窗前，完全会听从我的摆布。我一心想帮它实现梦想，让它进入一个奇幻的世界，随意选择它钟爱的花树攀缘，可是它没有，在我的指尖快要触及它身体的时候，它忽然扇动翅翼扬长而去，一点儿商量的余地也没有。

我的心猛烈地颤抖了一下，随着它极速的影子垂直而下，仿佛一块琥珀玉石从十五楼高空坠落大地。背后有万箭穿心的疼痛，眼前是山呼海啸的悲壮；我看见一个历尽千难万险的攀登者，为了见识高空世界里的三棵树，一路翻山越岭却无心看风景，它身子小小却背负着极端的探险精神。我不知高楼之下迎接它的是风情万种的银杏，还是铁石心肠的水泥地；是绵柔的海水，还是汹涌的火焰。停下手中切割的比萨，我满脑子都是疑问。

原以为它会回来，可是它没有。

一只一去不回的蝉，与一个人久别的故乡有着怎样的关系？说有关系一定也有，说没关系也没什么不可以。可我宁愿相信，这只蝉来自久违的故乡，它带着"莫问故乡秋光好"的安慰探访故人，然后迅即提着易碎的灯笼昼夜返回故乡。它停在纱窗上的几次鸣叫，是否可以翻译成这样的句子——

你不能眷恋高处的寒，

你是有故乡的人，

你的尘在大地上。

我不知这只蝉是不是年少玩伴的那些蝉的化身。不管它是与不是，我想作为蝉的叙述者，都有必要在本文里给蝉一个郑重道歉——其实，这也是我对故乡的歉意，毕竟离乡越久的人，知晓故乡事已越来越少；为自然季节和游子思乡传递消息的蝉，本应获得人类至高无上的敬畏，却不幸任随人捉来吃喝玩弄。之于旧年蝉事，我试图有一天能将蝉心刻在苦楝树上，作为出走一代供奉精神故乡的图谱，这童年的苦蝉游戏，值得我如此忏悔。

此刻，它的触角与轮廓已被我手中的小毛笔勾勒在清新的宣纸上；它灵敏的眼睛正对视着我沉默的眼眸，但它背上的黑壳和它发声的机器，始终让我的愚笨难以企及，我在白石老人的蝉世界里反复琢磨，真是赏蝉容易画蝉难。后来，看过不少画家大同小异的蝉，唯发现蝉音最难捕捉。在单调而贫乏的日子里，常常坐于案几，手握狼毫发呆，想着那一片我尚未描摹出的蝉音，手中就像捡到了一块发亮的煤，它足以照亮归乡者的万水千山！

与蛙共鸣的人

写作或过日子，嫁祸乡愁，的确是矛盾又痛苦的奢侈品。

作家阎连科说，拥有乡愁的人，对于写作是一笔财富。然而过日子，人们宁可要铺盖面填满碗缺口，也不愿接受肥得流油的乡愁泡沫，或瘦得长包的精神肿瘤。

当蛙鸣在夏日住进耳蜗的时候，我已在别人的城市生起乡愁。不只是这一年，而是年复一年的盛大夏日，我都在绕不过的高楼大厦与生长不完的社区林荫潭水角落，向清脆悦耳的蛙鸣致歉。因为我至今也没听懂蛙声一片，尽管稻花香里的丰年住着我的亲人。很难排除多年以前那个叫辛弃疾的乡愁主义者，他伙同无所事事的文人墨客聆听蛙鸣，并且把蛙鸣种进唐诗宋词，从而影响了后来不少追梦流离失所的人对蛙鸣的误解。从某种意义上讲，我和蛙都是城市的寄居者。

蛙和我出自同一片田野，我家就在蛙的岸上住。

在浩大的城市里，没有一个我的原住民亲戚。蛙鸣的出现，在许多写作者大惊小怪的笔下，都是不合时宜的兴奋剂。在他们发达的想象意识里，蛙鸣同蚊虫一样，只属于稻田、水塘、沼泽、草棵、粪坑、芦苇、菜畦这些与城市格格不入的乡野范畴。

其实，在城市里听蛙鸣，早已不是什么奇闻，也算不上什么诗意的命题，我想我应该尽量回到平常的叙事状态。蛙不过是人类生活不请自来的参与者，它以旁观者的身份，见证了城乡抱团取暖的胴体亲密相拥的实事，它让倦了累了的飞鸟，可以真正舒下心来，接纳一个金贵的"静"字慢慢抚摸。习惯枕着蛙鸣入梦的人，更能真切体味心静自然凉、褪去浮世见天然的自在。毕竟我们理想的城市生活，已从世界现代田园城市，跨越到美丽宜居的公园城市，这里面当然少不了青山绿水的养德泽福，人类栖息美学价值的追求，以文化人和绿色低碳的健康体系检测标准。我想，有蛙鸣相伴的城市，实在是生态发达与人共情的家园向往所需。

　　无聊雨天，在有伞不愿打的天空下，一个人总会止不住地产生欲念，要是这城市有我的亲戚，该出现多么恰当又放松的理由——这样我就有温暖的去处。可遗憾的是没有。徘徊在十字街头，无论雨下多大，怎么扳着指头细数，脑海呈现的大多数皆是不值得打扰的熟悉的陌生人。

　　因为蛙鸣"敤敤""呱呱""踽踽"的牵引，我必须利用失眠的夜晚，扯出大片大片的乡野生活，像遮羞布那样盖住现代文明城市激荡人心之后的空空如也。

　　茫茫幻幻汹涌的空。

　　科技闪烁迷离的空。

　　邻居多年却不知对方姓氏的空。

　　这满城繁华的"空"，如同空气里大面积的虚，看不见，也抓不住。而地面上出现残局般的坑，与空刚好形成对应。坑比空更为丢人现眼。有的坑，像城市撕裂的一道伤口，不知在原地躺了多少年，也无人去填。它被绿色防护网和一些挡板屏障遮掩着，可它们终究未能遮住城市长满蜘蛛网的瑕疵部落。每次路过，我都会伸长脖子，去看看那坑到底有多深。我以为我可以看见蛙的身影，可我看见的只是坑的贪欲——它的野心远不止深造海市蜃楼。有人说，挖坑老板，卷走城市的钱，早已远渡重洋。又有人说，那人已被秘密捉进另一个"坑"里，出不来了。每座城，或多或少都能发现一些岁月无法尘封的坑，它们是城市关节容易生锈的缺口，也是经济断裂带的纠纷和物证，它们需要大量人工和无限量的物质去填补，最终它们还要成为钢筋水泥的产物，然后成为包罗万象的大厦、商场、住宅、超市。它们的高高在上让不知"坑"历史的人去仰望。

历史的"坑"被高楼填满，看不见历史的高楼，如同看不见的城市。没有乡野生活经验的人，不足以体味身处泥泞，仍能遥看满山花开。身居乡野的人，从不拿蛙鸣当谈资，那不过是日不落的农人生活可有可无的轻音乐伴奏。好比暂居城市的人，不知季节变化，也不知眼皮子底下的高楼，早已疯长出"翅膀""眼睛""大脚"，还有植入长空的"天线宝宝"。即使真正的城里人，也不大理会蛙鸣的造访，但凡从乡村奋进城市的人，还能被一缕蛙鸣牵扯神经。

十七岁之前，我的乡野生活已告人生段落。从他乡辗转城市，于我来讲，绝不亚于一个人的长征，"哒哒"的马蹄经过雪山、草地，绕过红尘，好像时光剜了人几眼，便是几十年。直到有一天，月光与蛙鸣在耳边同时升起，循声望去，我这才如梦初醒般地停下来，揉揉眼，开始审视周遭的生活。

究竟我身在何处？每天目及之处，围城的高楼如马赛克般密密麻麻，外部看不见的建筑还在不断扩张延伸，内部地下的铁轨一条条像蛇一样潜伏，不时宣告苏醒启程，一条条绿道已连接到居民楼下，越来越多的健身运动场，不再让人产生走不出围城的捆绑感，也无须刻意去远远的郊外，陪蛙鸣看星空。

忽然之间，这城市似乎能聆听蛙鸣的地方不觉多了起来，除了居住的社区院落，上班的园林式办公区，再远一点儿的三圣乡荷塘月色，更是聆听蛙鸣的好去处，它们或多或少填补了城市之心的空。因对蛙鸣的敬畏，今年六月的某一天，我专程驾车来到荷塘月色。可眼前的荷塘，早已不再是十年前人山人海的赏荷之地，它几近成了一片废弃的荒野和沼泽。有垂钓者带上先进装备，强制突围禁区开始对鱼儿诱导。几只残肢断腿的狗，坐在路边的苹果树下，望着路人半天挤不出一滴泪花。许多路径都被石头和木板做了禁止通行的告示。如此境地，让人唏嘘，甚至震惊，昔日标榜五朵金花的城市示范休闲地，不知何时已夭折一片。好在，蛙鸣并没有缺席。地面上随处疯长的野花，平添了几分自然的野趣。几只活脱脱的蛙，站在露珠晶莹的荷叶上，与稀落人群中的我悄悄对视，它的表情像是有话一定要说。不虚此行的我，从水边带走几株凤眼莲，种进工作室的水缸。

我陪着它盛开，它陪着我怀念一个淡出记忆的地名。

原来，我并未走出故乡多远，原来这乡村的景致，一路都在跟随我的行程演变。只是城市膨胀太快，让我们无法停下脚步，静下心来聆听自然的赋予。只不过乡村田埂里的蛙鸣"大合唱"和"交响乐"，已变成穿过城市亭台楼廊、小河流的长吁短叹，有公园的地方就有水和草，大自然里的好声音变了，蛙鸣出场方式也多了自由的选择。只不过我们眼前少了几个提着蛇皮口袋、手持长杆挑逗青蛙的孩童。那时我们不仅把那翠绿披肩、白色肚皮、鼓起两只眼睛、张大嘴"呱呱"乱叫的可爱之物叫青蛙，也把那一身泥色、体积略小于青蛙一半的同类叫黄鬼。青蛙与黄鬼，它们掩身的方式各有优势，青草植物很容易与青蛙混淆一色，而黄鬼则借助大地颜色，让人难以觉察它的存在。青蛙的歌声果敢明亮，很多时候，仔细聆听得到的答案是——胡豆果果。父辈对此的答复千真万确，他们说蛙声的大小，牵涉着这年胡豆果果的收成。黄鬼的声音则更加轻微、细嫩、隐秘，像是被水呛了鼻子发出的闷声，在万千夏虫拼命嘶喊的田野草棵中，它很久才发出一声呢喃，生怕暴露了自卑者的身份。

秋收后，田埂上的稻草人是蛙们最爱的栖居依靠。因为拮据，久未打牙祭的农人，想出种种办法皆是蛙们的致命弱点——他们用手电光远远地照射蛙们的眼睛，让蛙们无处可逃。一只只蛙，束手就擒。一个夜晚的收获，便成了第二天饭桌上满满的一盆美味。

相对于孤独的庄稼汉捕杀生物的蛮横，城市反而成了蛙们寄居的安全之地。反之，为城市输送蛮横的往往又离不开乡村。城市的文明与丰富，让蛙们免去高效农药、化肥这些足以致命的东西，蛙们不再害怕找不到肉吃的人打它们的主意，进城的蛙们尽可以在城里选择与人共生共鸣的恰当居所，只要蛙们的声音不足以扰民，那何不同城共美呢？

人生至此，世间最动情处，于我不再是人与人的相遇，而是人与野趣的重逢。

但遗憾的是，不是每个人都能尊重一只蛙的生活习性。

无意中，发现网上一则报道，某社区有位年轻人，嫌居住环境里的蛙鸣太吵，影响了他的睡眠，一纸诉状将物业公司告上法庭，并要求物业公司将小区一池清潭填平。几经周折，后来的结局，清潭倒是没有被填平，但蛙鸣通过各种人工和科技办法的整治，确实减去不少。据走访调查，那个小区的多数人还是乐意与蛙共鸣，抗拒蛙鸣者只是少数。

在这之前，有位居住城中别墅的兄长，久未联系却突然驾车来接我。原以为对方有急火火的紧要事，结果得知他干了一件蛙事。缘由是他靠水而居的后窗，夜夜都有蛙鸣高一声、低一声，紧一声、慢一声，抑扬顿挫像是乡下来的亲戚找他唠家常。比起那位状告物业公司的年轻人，他的手法确实要稳妥、智慧得多。想必他的前世或祖辈，总有人抹不去乡野生活的痕迹。他懂得蛙是人类的益友。在一个黑漆漆的夜晚，他将蛙们统统请进一个口袋，然后开车将它们送至十里之外的公园湖泊。他边说，我边笑，他以为我发现了他的不妥，我半开玩笑道："你不怕它们原路返回吗？"我们促膝长谈的笑声，仿佛成了蛙的旁听。

一个风雨飘摇的周末，手上正捧读着莫言的《蛙》，朋友忽然来电，说他陪一位我认识的诗人，在离我住地不远的沙河边等我一起吃晚餐。到达地点，才发现那是一条骑自行车多次经过的大排档街，只是好久没有路过这地方，有时越熟悉的街，越不会在意街的名字。眼下家家吃烤鱼的场面，吸引着各等消费人群。其中川流不息的外来务工人群，甚是引人注目。他们三五扎堆，结伴成席，酣畅淋漓地喝歪嘴[1]和冰酒，十分洒脱。

年届七十的诗人，举杯与我同欢，他满脸红润的气色，尤其谈起诗来的激情四射，无不令人咋舌。因为多年不写诗的缘故，我心不在"诗"地把脸侧到一边，看那些工友之间的交谈，说来说去，其中几个居然是老乡。那个一直没有脱掉安全帽的女子说，家乡一起的有二十多人在这附近打工，一年回不了一两次家，反正田野里早就不种庄稼了。遇到生产队哪家红白喜事，统统通过微信转账。还有工友已经在大丰买了房子。都是一个地方出来的，大家有事无事就爱吼一声，聚在一起，喝上一杯，说说城里城外的事。说话中，她的眼神一亮说："你发现没得，这个有蛙声陪伴的城市，与我们乡下老家差别不是很大，至少它不会让你产生不习惯的想家感觉吧，这里的人不管你是哪里来的，都一样包容！"

诗人听了，昂起脖子饮尽一杯，豪爽地笑了。各路诗仙在这城里的踪迹，诗人无所不知。随便点一位，他都如数家珍。突然，诗人话锋一转，说自己有个心愿，有待明年才能实现了。我急着问："啥心愿不能今年实现？"他摆摆手说："不行，今年的荷花骨朵已经开完了。"我说："应该没完，还有晚荷嘛。"他一直想邀一拨诗人，不分性别，不论大小，在

---

1 歪嘴：一种白酒名称。

城里选一个有河流的地方，大家席地而坐，把光脚丫放进水边，然后一人摘一朵荷花，把比月光更白的酒倒进花瓣里，听着蛙鸣，念着诗，各自一饮而尽。

我睁大眼睛，差点儿喜极而泣。这不正是我二十三岁写诗时的天真想法吗？为何多年以后，相遇在一个诗人的暮年里，才得以实现？这是艳遇，还是重逢？屋檐下，淅淅沥沥的雨滴，此时落在雨棚上发出笨重的弹跳声，不远处传来一片急速的蛙鸣，在亮光一片的晚景中，我从烟火人间中站起身，像是看见了从灯火中走来的亲戚，如蛙一样，愉快地同我生活在这里。

节选自《湘江文艺》2023 年第 2 期

杜卫东

我寄愁心与明月

杜卫东

自 20 世纪 80 年代开始写作，出版小说、散文、报
告文学和剧本近 50 部。有《杜卫东自选集》四卷，
由作家出版社出版。多篇散文被收入中学课本、年
选和辅助教材。另有编剧作品《江河水》等在电视台
播出。

1

寅虎之尾，日子有些悲凉。刚进 11 月，就有青鸟破窗而入，带给我一个沉痛的消息：程树榛老师走了。

虽然有心理准备，但依然无法面对。祝福和岁月连在一起，总是渴望奇迹发生。可是，奇迹每每是一声无奈的叹息，有几次能在现实中盛开呢？

程老师退休后，我每年春节都去看望老人。他一米八几的大个儿，身材魁梧，仪表堂堂，即使患上重度肾病，也未见明显的衰老和病容。后来，他的头发全白了，像一层皑皑的霜雪，梳理得仍一丝不苟；再配上那一副黑边眼镜，气宇轩昂，自带气场，很有一股风流雅士的范儿。每次进门，程老师都会亲切地叫一声"卫东"，招呼我在沙发上坐下，然后，天南地北、文坛内外，聊上个把时辰。他是一个心地纯净的人，总是以宽仁对待生活。这么多年，我从未听他在背后说过任何人坏话，唯一一次是"诟病"柳萌先生："这老兄，胆子大，管不住嘴。"那一刻，他脸上的笑容矜持而清澈，一道道笑纹全被善意填平。每每这时，程老师的老伴就静静坐在一边，含笑注视着我们，时而插句话，声音很轻，像是呢喃的燕语，让你觉得仿佛被春天包围。起身告辞时，程老师会指着地上的纸箱，感慨地说："卫东真是有心，知道我爱吃石榴。"我便一笑，打趣道："我还知道您爱吃鲈鱼，只是不好带。"2013 年底我退休后，成了冬天飞到三亚的候鸟一族，每年春节会给程老师寄几罐海南咖啡，地方土产，不值钱。不过，秀才情意半张纸，真正的友谊从来素面朝天，再轻薄的礼品只要传递的是真情和牵挂，也会被精心收藏。

新冠疫情暴发前，收到程老师的短信，问我最近忙什么。我忽然醒悟，因为春节不在北京过，有两年没有登门了，便和妻买了石榴去看他。

没想到，印象中气宇轩昂的程老师不见了，取而代之的是一位连眉毛都已经花白的耄耋老人。他腰弯背驼，一脸病容，目光不再清澈，说话也有些中气不足。岁月真是无情，风流倜傥与菊老荷枯，只在转身之间；流年似水，留不住曾经的意兴盎然。告辞时，程老师执意送我和妻到电梯，怎么拦也拦不住。电梯关门的一瞬间，程老师伛偻着身子，扶着墙，挥手向我们告别，目光中满是留恋，笑容也有些凄凉；昔日一丝不苟的银发，在楼道昏黄的灯光映照下，像一蓬荒野中的枯草。顿时，一股酸楚涌上心头。走出电梯，我的心情像是灰暗的天空，有点儿抑郁，对妻感叹道：两年不见，程老师真的是老了。后来疫情暴发，大家困居斗室，没了见面的机会。我一直在默默为程老师祈福，万万没有想到，那一次告别，竟成了他留给我的最后身影。

程鬈眉是程老师的女儿，中国青年出版社资深编辑，一位很优秀的散文家。她从作家杨晓升那里要了我的联系方式，微信我："卫东兄，知道你对爸爸最好，因为当时忙乱，没有你的电话，爸爸的手机我又不敢打开。对不起，没有在第一时间联系到你。"

鬈眉还说："回家看望父母，时常谈起你。你对父亲的好，他知道，母亲知道，我知道，上帝知道，我无法言谢。父亲在天之灵会佑护你，鬈眉泣谢！"

真是惭愧。程老师是我生命中的贵人。何为贵人？就是眼光和格局远超于你，可以给你全新信息，并改写你的人生轨迹的人。从这个角度说，遇到程老师，真是人生之幸。佛说，前世五百次的回眸，换来今生的擦肩一过；那么今生的相识相知，该是在菩提树下乞求多少年的结果？我珍惜和程老师的相遇，因为那一次相遇，收藏了生活中太多的感动。相对于他对我的帮助和提携，我对老人的一点点关心何足挂齿？

　　我回复黛眉："程老师对我有知遇之恩，他的仙逝，让我有失去家人之痛。"

　　这确是我的肺腑之言。人生中，有些相遇如风过长空，有些相遇却刻骨铭心。故人已去，如果他曾走入你的内心，相遇也会成为一种"劫难"。因为不知什么时候，他会像逝去的亲人一样，走进你的梦境，和你攀谈、倾诉，你一旦上前与之相拥，它已化作一朵彩云飘然而去，伤感和失落就会像潮水一般涌来，让你的心立马变成一座孤岛。

　　黛眉还告诉了我一个"秘密"："卫东兄，每年收到你寄的咖啡，爸爸都很高兴。本来，医生不让他喝咖啡，可是我回去看他时，就会和他偷偷喝一点儿。爸爸一边喝，一边会很欣慰地说，这是卫东从海南寄给我的咖啡。"

　　我能想象出程老师的样子。他的目光肯定是柔和的，柔和得像早春的朝阳；嘴角呢，挂着浅浅的微笑——那笑容我太熟悉了，每次相聚，他都会绽放这样的笑容，温暖而又略显矜持。我不知道他不能喝咖啡，他也没有和我说过不能喝咖啡。之所以没说，是因为他知道咖啡里装的是我对他的牵挂与祝福。

　　泪水，一下盈满眼眶。

2

　　忘不了，1996 年那个枫叶渐红的秋日。

　　亚运村的一家小饭馆里，我和柳萌先生坐在靠里的一张方桌前，向门口眺望。门帘一挑，一位男子侧身进来。他约莫五六十岁，身材高大，目光平视，一头乌发打理得有板有形。见到柳萌招手，脸上露出微笑；

一抹夕阳正好透过窗棂照在他的身上，仿佛为他的笑镀了一层金。那是令我一生难忘的微笑，非心地清澈的人难以绽放。之前，我没有见过程老师，这次还是柳萌先生做东，请我和他见面，推荐我到《人民文学》杂志社任二编室主任。我本来有些犹豫和忐忑，是那一抹微笑让我产生了一种预感：我今后的人生，或许会与这位壮年男子发生某种交集。生活中有太多的不确定，茫茫人海，浮华世界，多少人与命运擦肩而过？而你的人生能在某一个紧要处停留甚至转向，背后肯定有着某种机缘。

果然，小聚后第二天，我接到柳萌先生的电话，语气中充满欢乐，像是窗外飘飞的蒲公英："卫东，老程对你很满意。他和社里其他领导沟通了，可以马上办理调动手续。"

这次调动，柳萌先生比我还要上心。他不愿意我总是飘在体制外，希望我回归文学，有一个比较稳定的人生归宿。我对级别、编制、待遇历来看得不是很重。在中国青年出版社，我曾是最年轻的副处级干部，可是当工作和内心的意愿发生冲撞时，还是毅然选择了离开。后来工作的杂志社虽然没有正式编制，无法解决级别和职称，不过，我的办刊理念可以得到充分体现，刊物又正处在爬坡阶段，犹豫再三，还是不想动了。

次日，柳萌先生来到我的办公室。听了我的决定，他咂咂嘴，摇摇头，一脸惋惜地走了。

程老师的反应要比柳萌先生激烈，他打电话给我，说调我是经过慎重考虑的，问我的决定是否草率了；《人民文学》有国刊之誉，不是谁想来就能来的——言外之意，有点儿责我不识抬举的意思。言辞有点儿生硬，但诚意满满，我明白，他这是器重我。他本来无须打来这个电话，我不去，多大点儿个事，悠然一笑而已。可是，他不但立马打来电话，还苦口婆心地说了近半个小时。真的，天空因为有了云朵才美丽，生活也因为有了这一份真诚才值得珍惜。

原以为事情过去了。不过是人生路口的一个短暂逗留，如同一条小河，打了个旋儿，依然按既定的河道流走。不承想，就在我把此事完全淡忘的时候，意外接到程老师电话，告诉我，中国作家协会要向全社会公开招聘副局级管理人员，其中有一个《人民文学》副社长的职位，希望我能应聘。他的语气透着兴奋，像是一瓢水浇在生石灰上，"吱吱"冒起热气："卫东啊，这次机会难得，应聘成功就会破格提拔。我们都期待你能顺利通过！"

几天后，程老师又打来电话，劈头就问："我看了应聘名单，怎么没有你？"

我有些歉然，因为我没有报名。我内心对这种招聘方式有点儿抗拒；另外，我所在的杂志邮局订数上涨了好几倍，其中有我的付出，一下离开，也心有不舍。

后来的结局峰回路转：程老师找到柳萌先生，请示党组，对我采取了另一种考核方式，即作协领导和招聘小组成员约我单独谈话。跟我谈话的有陈昌本、郑伯农、张胜友等，在作家协会的一个小会议室里，问了问我的人生经历，让我谈了谈办刊理念，气氛轻松而随意。

今天，站在古稀之年的门槛上回望当年，真是感慨良多。那时，我虽步入中年，却仍然青涩未褪，张狂而不自省。生活不易，何必要让你敬重的人为难？心若淡定，风过便是万里晴空。那次招聘，我是唯一一个由副处直接提拔为副局的应聘者。接过《人民文学》副社长聘书的那一天，成了我人生的高光时刻。这背后，是作协党组的信任；当然，离不开程老师和柳萌先生的鼎力举荐。生命的意义，在于一生中会经历许多不同的风景；每一次难得的相遇，都是一份生活的珍贵馈赠。红颜暗老，生命之树会逐渐凋零，留在枝头的是不舍、难忘和遗憾，而其中最饱满的果实，应该是感恩。

感恩是一束炬火，能点燃我们的来路，照亮人生的归途。

3

程老师是任职时间最长的《人民文学》主编。

这之前，他是黑龙江省作家协会主席，在文学创作上硕果累累，报告文学《励精图治》曾获全国报告文学奖，长篇小说《钢铁巨人》是工业题材的扛鼎之作，还拍成了电影。诗人华静得知我和程老师的关系，很是激动，说她就是读了草明的《乘风破浪》和程树榛的《钢铁巨人》才走上文学道路的。她迫不及待地让我领她去见心中的偶像，我自然乐意。听了华静表达的仰慕，程老师并没有表现出我预想中的兴奋，点头微微一笑，云淡风轻，心如止水。随着接触的加深，我感到程老师确是一个宁静淡泊的人。鬓眉说，幼时给她留下最深印象的，是父亲伏案写作的背影，还有就是家里门庭若市的场景，电影厂、出版社、报刊社约稿的编辑络绎不绝。我相信此言不虚，否则，他也不会被调进京出任国刊主编，而且一干就是十五年。可是相交二十多年，我很少听到程老师谈及以往的辉煌时刻，即便我偶尔问及他的作品被人剽窃改编成电视剧，而他并未诉诸公堂讨回公道的事，程老师也淡然一笑，说："我哪有那么多时间在这种无聊的事情上纠缠？""也笑长安名利处，红尘半是马蹄翻"，所幸，名利场上也有程老师这样的人，去留无意，荣辱不惊，痴心文学，甘守清贫，正所谓："谁知将相王侯外，别有优游快活人。"

印象中，程老师一上班，如果不开会布置工作，就会静静地坐在主编室审稿，饮一盏清茶，拥半室阳光。偶尔出来到各部门走走，也是挺直腰板，目光平视，一副不苟言笑状。有胆儿大的下属，比如李玲修和杨芸大姐，会和他开个玩笑，说他抠，从来不请大家吃饭。他也不急不恼，一般会报之以微笑，然后一个转身，潇洒离去。

最初走近程老师，他给我的感觉就是这样：刻板，严肃，有点儿不怒自威。

其实，程老师的文学观念一点儿也不刻板，待人更是非常热情，只是像蛰伏的火山，不轻易喷发而已。1996 年夏的一天，我接到柳萌先生的电话，问我是不是给《人民文学》写东西了。那之前，我刚刚送审了一篇反映艾滋病现状的报告文学《世纪之泣》，有近七万字，正担心题材敏感，不知能否顺利通过终审。其时，我尚未调入作协，听人说起《人民文学》主编，感觉那是一个比较刻板的人，心中不免忐忑。忽然听柳萌先生提及，有些惊诧，忙问："您怎么知道？"柳萌先生哈哈一笑，话语中充溢着喜悦："今天上午在作协开会，遇到老程，他主动说起的。他对作品很认可，已经发稿。"我听了，如释重负。后来，这部作品被《中华文学选刊》选发，《南方周末》每期用半版篇幅连载了半年，还获得了《人民文学》报告文学奖。

程老师的热情与真诚，我在 1997 年调入《人民文学》后感受尤深。

2004 年，我完成了第一部长篇小说《右边一步是地狱》（又名《吐火女神》）。犹豫再三，决定请程老师作序，多少有一点儿挟名人以自重的心思。程老师欣然允诺，很快写来一篇热情洋溢的序言:《一篇厚重的现实主义力作》，对初次涉足长篇小说创作的我给予了热情的肯定与鼓励。之后的一天，我们同乘一辆车参加一个会议。路上，他主动和我说起，写长篇有两个审美的表现手法不能忽略：一是闲笔。所谓闲笔，是指表面与正事无关，实则与主题、人物、情节有着内在逻辑的生活片段。闲笔不闲，它可以拓展作品的思想疆域，深化作品主题，帮助作家完成作品的人物造型。二是景物描写。他说，现在一些作家忽略景物描写。事实上，古今中外的文学名著都会在景物描写上着力，它既可以对作品的时代背景和社会环境进行烘托，也有助于推动叙事，挖掘人物的内心世界……

那一路，我们谈得很尽兴。我面对的仿佛不是长我二十岁的师长，而是可以敞开心扉、无所不谈的挚友。日月交替，过往成空，我和程老师的每一次交往，都会留在我梦中最温馨的角落，如花盛开。

2014 年的一天，退休多年的程老师突然打来电话。尽管隔着电话，仍可以想象出他的兴奋，每一句话都像一串欢快的音符，在真情的五线谱上跳跃："卫东呀，我读了你发表在《中国作家》上的长篇小说《江河水》，写得好，写得真是好！"我有些发蒙："七十万字啊，您居然看完了？"当时他已年近八十，身患重病，每个礼拜要做三次透析，怎么能读完一部这么长的纸版小说？接下来，程老师对小说的人物和情节如数家珍，我才确信他并非虚言客套。尽管受之有愧，很是汗颜，但这一份对后进的提携之情，怎一个"谢"字了得！他听说小说的单行本已经三校，忙问："谁写的序言？"我回答时间仓促，没有请人作序。程老师又说："卫东，我来写这篇序言吧！感慨良多，不吐不快。"我本有此意，只是不忍心拿一部这么长的作品去叨扰一位重病中的老人。

既然程老师主动提出，我忙通知责任编辑简以宁女士，设法在目录前留出六个空页。小简有些为难，说马上开机，问我要等几天。我想了想说，一周吧。以程老师的身体状况，我估计不会一挥而就。谁知第二天下午，程老师就打来电话，说序言已经写好。一开篇，他的喜悦之情就溢于言表："就在近日，我极为高兴地读到卫东发表在《中国作家》上的新作《江河水》（杜卫东、周新京著），与上一部作品《右边一步是地狱》（又名《吐火女神》）整整相隔十年。十年磨一剑，卫东此次确实出手不凡。我几乎是一口气读完了这部洋洋七十余万言的长篇小说，喜悦之情难以抑制，马上向他打电话表达了我的阅读感受，很高兴他这一次剑出偏锋，为当下良莠纷杂的文坛，贡献了一部与众不同的厚重之作。"他还敏锐地指出，这部小说极具影视剧的美学元素。果然，有影视制作公司很快买断小说版权，并由我执笔把它改编成了四十集同名电视剧，作为国家广播电视总局纪念改革开放四十周年重点剧目，在江苏卫视播出。有人说，人生就像考古，只要不断地探索和寻觅，就会有意外和惊喜出现。人和人之间亦是如此，只要以心相待，也会有意外和惊喜在路边守候。

2021 年，我出版了第三部长篇小说《山河无恙》，同样在《中国作家》首发。程老师重病中打来电话，又是一番勉励，让我既惭愧又感到温暖。听说作品的改编权已被影视公司买断，他由衷地高兴并表示祝贺。文学是一场艰辛的跋涉，你的努力，始终被一道睿智而温暖的目光关注，作为一个文学写作者，何其有幸！我本想请他为小说单行本作序，但想到疫情前和妻看望他时，老人一副病骨支离的样子，终未开口。还是程老师主动问起小说出版的事，我不忍再劳烦他，就推说单行本已经付印。老人听了略显遗憾："我的精力已经大不如前，你的小说刚刚才看完。"说完，一声叹息。那是一个人面对人生暮年的感慨，有无奈，有牵挂，更有深深的眷恋。岁月就是这样残酷，春花秋月，几经轮回，十指紧扣，谁也留不住似水人生。

　　想起一件往事。程老师退休后参加过一次《人民文学》组织的采风。游览贵州凤凰山的时候，我们相伴而行。置身于如画的风景中，他兴致盎然，一路不停地和我谈古论今，说起文人间的友谊，还吟诵了一首绝句："杨花落尽子规啼，闻道龙标过五溪。我寄愁心与明月，随君直到夜郎西。"我知道，这是李白得知王昌龄被贬龙标尉而作的一首送别诗。前两句渲染了环境、气氛的暗淡与凄楚，表达了对诗友远谪的关切和同情；后两句则直抒胸臆：我把忧愁的思念寄托给皎洁的月亮，希望它能随风一起陪你到夜郎的西边。这个"夜郎"在今天的贵州东部还是湖南西部，尚有争议。估计程老师是来到贵州，触景生情，想起了这首名作。当年，王昌龄被贬边地，有挚友为他赋诗送行；今天，您魂归仙山，我望着当空一轮皓月，借用诗仙的诗句表达心中的不舍，希望它能把我的思念，随风一起捎给天堂中的您。

　　行文至此，窗外传来一阵噼噼啪啪的爆竹声。不知不觉，兔年的春节来了。

　　程老师辞世于寅虎之尾，算起来已有两个月。特别令人心痛的是，程老师的老伴一个月后也随他而去。携手走过一个多甲子的老夫妻，同声若鼓瑟，合韵似鸣琴，终是不忍别离，化作了天堂中的一对比翼鸟。"流光容易把人抛，红了樱桃，绿了芭蕉。"其实，最让人伤感的事情莫过于——风景依旧，却不见了一同寻春的人。

　　今年的咖啡已经买好，只是不知道天堂可有地址签收。

选自《文学自由谈》2023 年第 2 期

淡巴菰

总有个地方
现在是五点钟

淡巴菰

本名李冰。一级作家，曾为媒体人、驻美外交官，
现供职于中国艺术研究院。出版散文集《下次你路
过》、随笔"洛杉矶三部曲"、小说《写给玄奘的情
书》等 12 部图书。在《人民文学》《上海文学》等
刊物上发表作品若干。

　　前几天一直刮大风，车库上方的那架风车茉莉被吹得像团乱发。我搬了梯子，踩上去正理顺着，听到身后路边传来小狗清脆的叫声，不用扭头我就知道是邻居格瑞正在遛杰克，那特别爱叫唤的小黑狗本不招人喜欢，可最近剪短了毛，穿上了小红背心，居然跟人理了发一样，一下秀气可爱起来。

　　打了个招呼，格瑞本来都走过去了，又折回来，语气带点儿犹豫地说："你一会儿干什么呀？我们订了几张露天音乐会的票，在老年活动中心，有兴趣可以一起去听听，那是一支 cover band（模仿乐队），今天唱的是 Jimmy Buffet（吉米·巴菲特）的歌。你知道 Jimmy Buffet 是谁吗？"格瑞年近七十了，仍有一头浓密的头发，尽管花白了仍根根得体地直立着，显得很有律师的派头。

　　我还真不知道这乐队，但听说是在露天听老歌，便毫不迟疑地说想去看看——室外，至少不用担心病毒，而且，许多美国老歌着实好听。房东杰伊刚好也闲着无事，说可以给我当车夫同行。既然六点钟就开始，还真得抓紧时间。我立即回屋发挥快速烹饪的特长，在十五分钟之内，烤了根已经解冻的法棍面包，煎了两块在冰箱腌好的去骨鸡腿，用开水焯了一袋菠菜，加入泡好的核桃仁做了凉拌沙拉。吃罢洗了碗，正好五点一刻。

　　"是不是应该请格瑞他俩搭车同行？"我坐进车边系安全带边问。

　　"我倒不介意拉着他们。虽然都打了疫苗，能分开不挤一辆车也许更安全。"杰伊思忖着说。

　　这露天音乐会之所以吸引我，除了可以听美国老歌，还因为我喜欢格瑞和米琪这对老邻居。我忘记了最初搬到这一带来住时是如何跟他们有了交往的。"别误会，我们不是夫妻而是室友，他从我还住公寓时就分租一间卧室，二十年前我买了这个带院子的房子，他也跟着搬了过来。怎么说呢，我俩就像结婚太久了的夫妻，互相早就看不顺眼了，可还是凑合着住一块儿。这个格瑞是个老混球，特别不通情理，你说他明明可以在 HomeDepot（家得宝，美国家居建材城）办一个免税卡——人家有政策凡是退伍老兵都可以享受免税待遇，我让他办一个，毕竟我们经常去那儿买材料维修房屋，可他偏不！"米琪是个面相透着精明的富态老太，一头很短但蓬松卷曲的白发顶在头上，像养尊处优的"第一夫人"。她比格瑞小两岁，在一家法务公司做行政。这场疫情让她既害怕又感激。疫苗还没问世时，美国死于病毒感染的人数多得吓人，她忧心忡忡地跟我说："但愿我能活到领退休金那一天。"后来人们普遍接种了疫苗，温水煮青蛙一般，对这场疫情也逐渐习惯或接受了，仍然无恙的米琪嘴上没说，心里似乎有点儿感激这场疫情，因为她被允许居家办公。"谢天谢地，我终于可以不用每周五天在高速上奔命了。你不知道，好几次我都差点儿被那些玩儿命的司机追尾！"我没见过她在高速上的险情，可知道她不是一个好司机，甚至身为会员她轻易不敢去 Costco（开市客，美国最大的会员制超市）购物，"车停得太密集了，我怕把人家的车剐蹭了"。于是，杰伊有时候帮她捎带些东西。

不同于年轻时离异的格瑞，米琪从未结过婚，倒是有过一位未婚夫，可五十岁就患癌去世了。"他可是世界上最疼我的人，总给我送礼物。那年我们去夏威夷度假，太开心了……"说到此，米琪红了眼圈。我看到过放在她壁炉上的那位未婚夫的照片，一位胖而温和的军官。问她为何当年没结婚，她说因为对方在偏僻的兵营，她不想离职去那儿成家。而格瑞对此却给出了不同版本的答案。"她有时拿我当借口，说我跟她同处一个屋檐下让她没结成婚。"有一次格瑞请我们去吃日本菜，趁米琪没到，他红着脸说。我发现虽然米琪是房东，可到了大事上还是指着格瑞拿主意。格瑞若是飞到外州去参加同学聚会，她会吓得赶紧找个女伴来家里住几天，连狗都只在后院遛。格瑞不时善意地嘲笑米琪是个 worry wart（杞人忧天者），还无奈地摇着头说她太懒，"嫌自己胖，她宁可去医院挨一刀，把胃切除了三分之二，说是那样可以少吃少吸收。我跟她说过多少回，每天别窝在屋里，该出去走走路……"格瑞早年曾去越南服役，退伍后靠军人补贴去大学读了法律，可是做了没几年突然的婚变让他消极避世，除了偶尔接个熟人的案子，早就不当职业律师了，熬到六十岁后，每个月仅靠政府发的九百块钱的退休补助生活，我有一次听米琪说格瑞每月付她的租金是六百块。即便如此，偶尔一起出去吃饭，格瑞总抢着付账单。

相比于"地主婆"米琪，邻居们显然都更喜欢格瑞。东邻家的女人有了胎动，慌里慌张地叫车去了医院，留下屋门四敞大开着。是遛狗的格瑞看到了，各屋查看一遍，替他们把前后院门能关的关、能锁的锁。西邻家女儿参加派对夜归，大冬天的醉倒在车里。是格瑞去敲她父母的门，把她唤醒扶进屋。名义上是米琪有两条小狗，可每天早晚去旁边小公园遛狗的总是格瑞。米琪还总抱怨格瑞不够随和，因为他拒绝割草坪。"如果你想省下每月付给墨西哥园丁的八十美元，我愿意出。可我不想割草。"跟这位温和又倔强的格瑞大叔在一起，我总忘记自己是外乡人。

夕阳把天上的一抹云染成了虾粉色，那透明的粉是草间弥生这画家老太也调不出来的，让人想飞过去贪婪地深吸一大口，那味道，我想一定比半开的栀子花还香甜。那个位于半山腰的新建社区很容易被人忽略，因为米灰色的房子和不宽的街道都太不起眼了。生活在洛杉矶的一大好处是：停车场不仅车位充足，且几乎都免费。我们卡着点儿到了。

"我们是格瑞邀请来的，他应该已经到了……"因为没有门票，杰伊跟一位工作人员模样的妇人解释。"啊，没问题，既然是格瑞的朋友。"她话音未落，格瑞已经微笑着从门里闪出来。随他往里走，他熟络地轻声告诉我们，可以在前台免费领一瓶饮料和一袋土豆片儿。依言领了，走进去，找到了在藤编长椅上占着座位的米琪。

说是音乐会，场地不过是几栋建筑围起来的一块空地，一排排稀疏摆着的椅子和沙发组成了临时的观众席。水泥地面上有许多半人高的花盆，里面栽着一人多高的橄榄树，正开着小米般淡黄的花。一些彩色小旗子也插在花盆中迎风飘着，上面印着一只红绿相间的鹦鹉，一行醒目的字让我感觉有些莫名其妙：It is 5 o'clock somewhere.（总有个地方现在是五点钟。）

我有点儿失望，我们的座位是最后一排，离舞台有点儿远。虽然场地并不大，但我还是觉得看热闹要坐近点儿才过瘾。

临时搭起的舞台上，有两个老男人在摆放麦克风和乐器。舞台背景则有些怪异——高处的山坡上有一条不宽的公路，不时有装着货物的卡车轰隆隆地驶过。

看着许多人的后脑勺，我发现无论男女肤色，那头发不是纯白如雪，就是salt and pepper（直译为盐和胡椒粉混合，意思是黑白相间的发色）。而且无一例外，人人手里都拿着一小袋炸薯片，"咯吱吱"地吃着，不时喝上一口矿泉水或饮料，像一群正在山坡的树荫下休憩的老羊。

杰伊问我们该付多少钱，格瑞微笑着说不要钱，"这是政府为老年人搞的福利。只要你过了六十岁，都可以在这个中心的网站上注册，能随时看到演出和活动信息，报名就行，免费的！"格瑞有些自豪地说。他一直不看好目前执政的民主党，把一切好都归功于共和党光辉的过去。

"我们本来预订了四个座位，可有一对夫妇朋友来不了，就临时请了你们来。"

米琪很有风度地微笑着，把目光从手机上移开望向我，说很高兴在这儿看到我，随即把那系着绳的花镜推在头顶上，歪着头有些神秘地问："你们街对面的格兰特怎么样了？我看他比以前'薄'了一半！癌症四期，真让人担心。术后感染？那可不是好事儿。要是我也许就放弃治疗了。好在他有两个儿子带他跑医院。"她知道我与亚美尼亚邻居格兰特一家走动较多。说罢她给我看她侄女的照片，一位刚从医学院毕业的大学生。米琪这当姑姑的对侄女非常好，跟我说她未来身后的一切都归侄女，"当然，她得跟我亲才行"。

我则问她最近是否看到了詹妮弗。"那次在她家门口守夜之后我见过她两次，一脸憔悴。才三十多岁，丈夫就开枪自杀，还在自己家的阁楼里！我想那一阵连阴雨没起好作用，一下就是半个月，我都快抑郁了！我想这辈子她都不可能彻底走出那个阴影的，听说她带两个孩子去接受心理治疗了。所幸她妈也在加州，每个月都开四五个小时的车过来陪她一阵儿。"米琪鲜少与邻居往来，这些我猜都是从格瑞那儿获得的二手消息。

我们俩正聊着邻家的各种不幸和物价之高，台上的男人开始对着麦克风说话了。那话筒效果不太好，嗡嗡的，我得竖着耳朵仔细听。

在路上我已经查到 Jimmy Buffet，今天乐队要模仿的这位音乐人仍然健在，已经七十六岁了。乡村民谣之于美国百姓就像他们的腿和牛仔裤一样贴合，那个把歌词写得像散文的伍迪·艾伦，那个扭着胯唱得女人们神魂颠倒的猫王，那个用大鼻孔哼哼叽叽的吉米·杜兰特，都是让美国人感觉舒服自在又酷劲十足的"牛仔裤"，只不过有的是海一般深情的蔚蓝，有的是沧桑尽现的浅蓝，有的是被岁月漂洗后的脏白。他们让人着迷，让每个听歌的人都以为他们唱的正是自己的故事、自己的回忆、自己的昨天。

"这位 Jimmy Buffet 可不仅是歌手、作曲家、作词家，还很有生意头脑，几年前就听说拥有 9 亿美元身价。有两家以他的歌名命名的餐饮连锁店，他还经营夜总会，写畅销小说……"格瑞看我掏出手机上网，轻声说："你查一下，看他和 1977 年结婚的第二任太太还在一起生活吗？"

我不禁笑了，看来美国老人也追星，也八卦。在维基百科上找到他的主页，递给格瑞。"这些老歌真好听，唤起我们这代人的回忆。不瞒你说，我特别喜欢他的 Come Monday（星期一来吧），那是我二十多岁时最喜欢的歌……"格瑞微笑的脸上有一丝难为情，好像说到的不是一首歌，而是当年他暗恋着的女孩。

歌声响起，格瑞指指树下插的彩旗，告诉我现在唱的正是这首歌《It is 5 o' clock somewhere》。

> Pour me something tall and strong
>
> Make it a Hurricane before I go insane
>
> It's only half past twelve but I don't care
>
> It's five o'clock somewhere
>
> （给我倒一高脚杯的烈酒 / 在我发疯之前把它变成"飓风" / 现在才十二点半，不过我不在乎 / 总有个地方现在是五点钟。）

"你知道为什么是五点钟吗？那是饭馆的 happy hour（乐享时间），酒水打折，人们趁机喝上一杯的时段。有时候在中午或晚上想喝一杯，又感觉不是喝酒的时候，人们就会自我安慰着倒上一杯，说一句 it is 5 o'clock somewhere——总有个地方现在是五点钟。这其实就是美国文化，及时行乐，自我放松。"左耳听着歌，右耳听着格瑞的轻声解读，我连声说太棒了，看到杰伊和米琪也都开心地随节奏晃着脑袋。

见我由衷地喜欢这通俗实际的美国文化熏陶，格瑞透着笑意的脸粉扑扑的，上唇修剪整齐的短须也翘起来了。

"为什么那小旗子上有只鹦鹉呢？"我追问道。

"Jimmy 多数时候住在佛罗里达，那里气候和夏威夷相似，林间有许多鹦鹉，人们也爱穿夏威夷衫。他的许多歌迷听他的演唱会时都穿着夏威夷衫戴着鹦鹉帽。另一位同时代的歌手 Timothy 就脱口而出，叫 Jimmy 的粉丝 parrot-head（鹦鹉头），当时另一支乐队 the gratefuldead（知足之死）的粉丝自称为 dead-head（死亡之头）。"格瑞说这些时那笑温吞吞的，声音慢吞吞的，像不好意思在不懂的人面前显示自己的懂。因为我们四个人坐在同一把长椅上，挤在中间的我俩离得特别近，我留意到他的门牙不仅很细小，而且颜色比其他的牙齿要深，有点儿棕褐色。它们像松动了一样往前突出来，让我想到小狗杰克那稀疏而向外突的牙。可我并不觉得讨厌，因为格瑞是对猫狗都不会大声呵斥的好人。在我看来，好人的一切都可以被接受。我听米琪说格瑞之所以最近开始在上唇蓄胡子，是因为他要帮一位朋友出庭，自知牙齿有问题，他留着胡子遮丑，说等攒够了钱去看牙医。

"……哇，这个可不好，他居然支持民主党，还曾在希拉里竞选总统时捐了一大笔钱。"格瑞仍握着我的手机在看，即使说这话，他的语调仍是轻柔的。米琪同意我的看法，说格瑞是个外貌好看的男人。"要不是看他顺眼可以搭个伴儿，我早把他这倔驴赶走了。可是我要不收留他，他去哪儿住呀？他前妻是菲律宾人，嫁给他时就已经有两个孩子了。虽然后来他还很热心地去看孙子辈，可他们好像跟他并不亲。"是为了不讨人厌吗？格瑞尽量把自己捯饬得干净利索。不管是去草坪遛狗还是骑着自行车去超市、去健身房，他总把灰白的头发整齐地梳成三七分，戴个草编礼帽。洛杉矶一年四季阳光灿烂，多数时候他都穿一条卡其色短裤，上面配 T 恤罩长袖棉衬衣。我喜欢格瑞，乐于清贫却体面有尊严地活着，即使时有不满政府的言论。

　　乐队一共就四个人，银发飘飘像个侠客的键盘手，微胖的鼓手，两位吉他手。他们都是七十岁左右的年纪，都穿着花色不一的夏威夷衫，边演奏手中的乐器边放声唱着，好像这不是什么音乐会，而是在谁家后院自嗨。当然也有主唱，是那位穿着粉色沙滩裤、戴着棒球帽的吉他手，年华老去丝毫没影响他的自信，似乎年轻时女人和朋友的宠爱让他早积攒了足够的底气。台下的银发族显然把他们又拽回到了昔日的好时光，四位老男人唱着、弹着还扭起来、跳起来，开心得像四个活力四射的老男孩。"这边的听众好像表现最好，喜欢跟着唱。我爱你们！"

　　　　Come Monday, it'll be all right
　　　　Come Monday, I'll be holding you tight
　　　　…………
　　　　（星期一来吧，一切都会没事 / 星期一来吧，我会将你拥紧……）
　　　　…………

唱到一半，音乐戛然而止，他们和台下听众一起大声清唱着。每个人心中都有属于他的那个星期一！

　　我听着那整齐的和声，望着一张张动情的脸，莫名的感动，甚至，想落泪——谁没年轻过！谁能不老去！

　　"我想到前边去站着听。"格瑞说罢自顾自地起身往台子那边走去。我也跟米琪和杰伊打声招呼，脚步轻快地跟随上去。我们立在房屋廊下，靠着那巨大的青砖柱子，斜望着近在咫尺的乐队和在台下那小块空地上起舞的对对男女。

　　"你看那对老夫妻，跳得多好！"音乐太响，格瑞凑近我的耳朵大声说。

　　那是一对衣着和相貌都很体面的老人，目光温暖、笑容和蔼，他们互相挎着胳膊与其说是在跳舞，不如说是互相搀扶着随着鼓点晃动身体。我望着、听着，情不自禁地在心底感慨——年轻时尽情尽兴地爱过、痛过、活过，当青春不再，就从容放松地老去、死去。这样的人生，其实也真不坏。

　　It is 5 o'clock somewhere，没错，总有个地方现在是五点钟。

选自《上海文学》2023 年第 2 期

马小起

独留明月
照江南

马小起

少习岐黄，从医数载。后游艺于北京琉璃厂，从事
传统书画艺术创作。爱好写字，喜欢读书。

七

朋友中有很多敬重、喜欢老爸的，有机会我也会安排他们见个面。他也很高兴跟年轻作家们交流，或者与我有趣的朋友聊上几句。但有一次，一个傻哥们儿对他崇敬的热情让我也有点儿感动，问我能不能见见老爸时，我也给安排了。没想到，那哥们儿会逮着老爸问上一大堆蠢问题，老爸开始也认真给他讲两句，一会儿也受不了了，却并不教人尴尬，顾左右而言他，装糊涂，我暗自偷笑。等那傻哥们儿一走，我不好意思地说："老爸，我还以为让你多接触人，过得热闹些。"老爸说："我对他们的世界不感兴趣。"这句话说得语气轻、分量重，他绵里藏针，不使人难堪，也绝不勉强自己迎合他人，包括我。

老爸的谦逊真是够可以的，我对他的名望并无多大了解。偶尔从朋友那听说他对中国当代文学的影响力。回家转达询问他，他总强调自己只是最普通的人物，尽力认真工作而已。有一次，我无意中听了许子东教授的一个音频节目，说当代一些作家的文字风格受李文俊、傅雷等翻译家影响太大，文字中带着一种翻译腔。我当时很惊奇，许子东教授提及我老爸时竟把他的名字讲在傅雷前面。当然，这肯定是不经意的，可是越不经意越说明老爸的影响力大呀。我见到他，把许子东教授的音频文稿截图给他看，问他："这是在夸你吗？"他立即说："不敢当！不敢当！"答得巧妙。我说："你不敢当，谁敢当呀？以后就叫你李敢当了。"他笑，不理我。有几次因为他总买假古董，气得我在他身后一米远扯着嗓子拖着长腔喊他："李文傻，李文傻。"他假装听不见。对自己这个顽皮儿媳妇的欺负也常常很无奈。

2018 年元旦那一天，我邀请老爸的两位好朋友、老同事——翻译家罗新璋和薛鸿时先生来家里一聚。下午喝茶，晚饭我给他们做了一桌菜。罗新璋叔叔还带了新年蛋糕。他们都太老了，难得相聚，有这样的机会实在是开心。三位老学者忆往事、聊学术，我在边上看着、听着，也是幸福得不得了。

整个过程竟然就数老爸最活跃，罗新璋叔叔温文尔雅，薛鸿时叔叔谦逊内敛，老爸神采飞扬讲东讲西停不下来，诙谐戏谑，豪气冲天。那是我唯一一次领略他谈笑风生的风采。

原来，在信任的老友面前老爸是这样一个有激情的人，不禁想我这要是早投胎个几十年也许要爱上他的。

八

我认识老爸的时候他已经八十五岁了，身体衰老，各种老年人常见的疾病都有。他心态乐观豁达，也坚持规律服药，没出过什么大问题。生活很独立，从未累过人。但 2019 年初，老爸整条右腿都水肿起来，很严重。我们带他来回跑医院，挂不上号，找不到对路的医生，费尽周折也查不出病因。老爸就那样乖乖地跟着我俩在医院东跑西颠，一点儿不叫苦。对我说得最多的话就是："谢谢！给你添麻烦了。"完全没有在病痛折磨下病人多见的失态、失言，这使我想起他在文章中记下的他母亲晚年写的一句话："无病而终倒也十分痛快。聊尽人事，以俟天年，对生死等闲视之。"老爸很佩服、很爱他的母亲。我在他病重的时候，见识了那位传说中的祖母遗传给他的品格。"纵浪大化中，不喜亦不惧。应尽便须尽，无复独多虑。"他多年前为自己的散文集《纵浪大化集》取这个名字的时候，对生死之事早已彻悟达观。

可我眼看着老爸受苦，自己又孤立无援，真是焦急啊！问了几个朋友都没找到妥实关系。幸亏这时候傻天使想起他这一生唯一的朋友——他的发小三十年前考上的大学就是医学院。他从网上把人家搜出来，发小正好在北京很有名的医院已经是外科手术专家。我一听就带着傻天使和老爸的病历，硬闯发小的专家门诊。果然，能和傻天使玩到一起的发小也是天使。三十年不见，认出彼此的瞬间，一切都回到少年。第二天我们带着老爸去了他的医院，不到一个小时的时间他就帮助我们全部检查清楚，处理完毕。

老爸的腹腔发现一个不小的肿瘤压迫了周围血管导致血液循环受阻，引起整条腿的水肿。再加上他糖尿病、高血压都全乎，年近九十岁，医生根本没有办法。发小医生也只好安慰性地给他开了一些疏通血液循环的中成药。

从医院回来，我就绝望了，以为我的老爸这下完蛋了。在心中做好了一切告别的准备，哭过，痛过，反复宽慰着自己。试探性地和老爸聊起对待死亡的态度，他没有丝毫不安、恐惧，只是笑呵呵地说："我早就活够本儿了。不要紧，不要紧。"让他搞得好像是我在小题大做不扛事儿。所以我难过归难过，他的状态始终使我安心。因他豁达朗然的天性，生死之事等闲视之的心态，重疾竟然奇迹般地痊愈了。从医院回来，腿一天天消下肿来，不到两个月又活动自如。我惊奇得不行，问发小医生，发小医生也是一脸蒙，无从解释，笑着摇头。

九

康复后的老爸继续和我们过着安稳而规律的日子。直到疫情各种封控，我们相聚次数明显减少。但傻天使陪他们的日子更多了，一封控我就给他撺回家陪老爸老妈。有时候一封一两个月，他们仨在一起，我教会傻天使几个简单炖菜，他又会叫外卖，这样我不大过去倒也放心。解封的时候我会每天早晨做三四个小菜，傻天使中午带回家，晚上陪他们吃完饭再回来。基本是这样应付着。

最后这一两年，老爸的身体还好，但记忆力明显衰退，说过的话一会儿又说一遍，饭量也很小，生活倒一如既往的规律，什么都能自理，每天坚持自己洗澡，身上没有一丁点儿老年人身体的腐朽气味，九十岁还能骑自行车上街。我一听说又骑车上街了，就心惊肉跳地脑补各种他摔跤的画面。但人家每次都能拎着菜篮子，里面盛着他买来的面包、水果，毫发无损、美滋滋地回来。次数多了，我也皮了，他就这样如有神助地活着，让我也误以为我的老爸永远不会病、不会死。

疫情这三年，尤其去年，我的心情一直很糟糕，没有经济来源，看不到希望，心里没什么安全感，整个人常常处于一种颓唐、苦闷状态，沉浸在自己的情绪里，和老爸聚得更少了。就算聚也是听他反复讲他儿子幼儿园的故事，我礼貌性地哼哼哈哈应着。少有什么话题，唯一的乐趣是看着老爸那张脸越来越好看，有老者的慈祥，又有小孩儿的纯萌。他的动作也越来越迟缓，我很容易给他抓拍到一些好看的照片。饭桌上我吃饱了就忙着给他挑照片，时间长了，他有点儿不高兴我不陪他玩儿，说我光玩手机，我赶紧给他看正在给他选的照片。他接过手机看着自己说："哎哟，我竟然这样老了啊！我自己都不知道。"

十

2022 年 12 月 8 日是老爸九十二岁生日，傻天使把他们接到家里，那天老爸还是精精神神的。生日蛋糕点上蜡烛，让他许愿，他总讲着跟往年一样的话，感谢我为他辛苦，祝我和他儿子生活得开心健康。老爸没有酒量，酒兴却极高，他喜欢大家说说笑笑的好气氛。最后一个生日我们和往常相聚一样开心圆满。

结果第二天晚上我就发烧了，那时候疫情已失控，我感觉自己是"阳"了，但测抗原一直是阴性。打电话问傻天使，他说他也觉着自己在发烧，我让他量体温、测抗原，他说不用，他会待在自己屋里少出来，给老爸老妈弄饭时戴上口罩就行。我当时自己已经很难受，烧了三天三夜也顾不得太多，只嘱咐他好好观察着老爸老妈。第三天，他告诉我老爸也不太好，问他有什么症状，说不发烧、嗓子不疼，就是虚弱、没精神、很少说话，我感觉可能老爸是"阳"了，只不过症状很轻，让傻天使好好护理他。每天打电话问都是同样的情况。几天后我觉得自己康复了，测抗原还是阴性，傻天使说他也早好了。我赶紧去看老爸，一进门就看到老爸拄着拐杖艰难地站在走廊里想去厨房，几天不见他一下子消瘦了许多，虚弱到几乎不能走路。我一下子忘了控制情绪冲过去抱住他，哭着问老爸怎么一下子瘦了这么多！老爸被我从背后拥抱着，拍拍我的手，我扶他坐好，他见我满脸是泪安慰我："不要紧，不要紧。我不怕死，这么大年纪也该走了，你别哭。""我给你们留下的钱，吃饭够了。"我愈发受不了了，抱着他流泪："老爸不会死，老爸不会死。"

情绪平复一些后我去厨房给他蒸了鸡蛋羹，他开始吃不下，我一勺一勺喂他，他就乖乖地使劲儿往下咽。鸡蛋羹全吃下去了，我放心了很多，量体温也正常，没有任何症状，就是虚弱。当时正值疫情高峰期，老爸没太大症状，我不想送他去医院，怕去了更危险，何况我们在北京没有任何关系，就算严重估计也住不进去。我决定自己照顾老爸，当天晚上我一直陪着他，扶他上床盖好被子。因为家里只有三张小单人床，我没地儿睡，十点多又让傻天使送我回了自己家。

结果一回家我就不行了，净往坏处想，越想越痛苦，心脏像被铁锤砸了，砸得前心后背剧痛，着了火一样坐不住躺不下。一会儿一个电话问傻天使老爸的情况。他说老爸睡得挺安稳，没事。可我就是掉进悲痛焦急的深渊里出不来，折腾了一整夜。

第二天早晨五点我就打电话把傻天使叫起来，让他接我过去。虽见到老爸还是弱弱的样子，但我安心好多。他起床后自己洗漱，和往常一样吃他的早餐：杂粮面包加酸奶——二十多年简单到极致的固定早餐。我见他用手撕着面包一口一口努力地嚼，喝着凉酸奶往下咽，心疼又感动，他这一定是不忍我那么悲伤，要努力让自己活过来！

当天傻天使找到一个小钢丝床，我也能住下了。我们陪着他，他竟然一天天好起来，三天后基本康复。有精神了，又能自己走路了，甚至还扔掉拐棍，又开始和我讲车轱辘话。我亲历奇迹，那些天真是开心死了，各种感恩，逢人就讲老爸闯"阳"关的经历，发朋友圈让大家和我一起庆祝我几乎失而复得的老爸。

康复后的老爸明显又糊涂了一点点，但是愈发可爱得不得了，他忘掉了那些客套虚礼，和我更亲了。我总忍不住要去摸摸他的脑袋，亲亲他的脸，握着他的手。他成了我的小乖宝，笑眯眯的，慈爱风趣，愈发萌萌地乖巧。只要我在他身边他就不停地和我聊天，表情生动俏皮。我依偎在他身旁，他也不怎么看我，父女俩就像两三岁的小孩儿，咿咿呀呀不着边际地说笑着。他看上去糊涂，反应却更快了，我调侃他，他瞬间就能给我还回来。风趣诙谐，愈发机智，我笑死了，甘拜下风。

2022 年 12 月 20 日，我在微信朋友圈里记下一段文字："老先生这次闯过'阳'关，变成了个两三岁的小乖宝，调皮乖巧，话也多了很多，不停地给我讲他小时候的事情，满脸暖暖的快活。一件事情差不多连续讲八百遍，我每次都要假装第一次听，'嗯''啊''哈'地陪着他'单曲循环'。我这演技可以混个金马奖最佳女配角了。"

瞥一眼他身边一堆堆的书，问作者是不是他的朋友，他也会被我带偏一会儿，聊聊与他的老友们的交际。问他和季羡林熟吗？他答："季羡林喜欢我，我们是可以讲心里话的朋友。"冯至，钱锺书，朱光潜，季羡林，巫宁坤……这些书上的、在我眼里发光的名字，他提起来都是拉家常的样子，讲得温情朴素。

只是没一会儿又回到童年的"单曲循环"中。开头总是一句"我年轻的时候可真蠢呀……"接着就爆料自己那些我听起来比我明智一百倍的糗事儿。

我给他显摆我的小音箱，问他要听什么音乐，他说莫扎特、肖邦。他要听他姐姐每天在楼上练习钢琴弹的曲子。给他放莫扎特的摇篮曲，他就跟着唱英文歌，可爱到我抱着他的胳膊傻乐。他也高兴，问我可不可以给他买一个这样的蓝牙音箱，我说这个送给你了，他笑得眉飞色舞，夸我大方，说那得给我钱。他说他灰（非）常有钱，可能马上就又有稿费了。还说他的张家大小姐张佩芬更有钱，都存在香港银行里了。好像他病这一场只是出去发了个财，身价倍增地回来了。他小时候家境不错，这下一回到过去，又成了那个衣食无忧的小阔少。原来小时候拥有的，才会一辈子不缺。照此推断，我老了糊涂了岂不是要天天担心没人管、没钱花，好怕怕。

一起吃饭的时候又开始讲张佩芬小老太太当初为什么没评上职称的旧事。他说人家是大资本家的小姐，看不上那点儿名利，不和别人争。但冯至先生很为张佩芬鸣不平，冯至先生一直认可张佩芬的人品才学，把她当自己女儿一样看待，说张佩芬发掘、介绍给中国人一个德国作家，比别人有贡献，为什么反而不如别人有好处。反复讲到第八百遍，人家娘俩都吃完走了，我还在当听众。趁他稍一停顿，我问他："喜欢张佩芬这性格吗？"他一下子转过脸来，无比清醒笃定、一个字一个字地对我说："我不大喜欢！"同时满脸痛快地坏笑，好像把憋了一辈子的一句真话讲出来了，又轻轻补充了一句："她不听我的。"顿了一下叹息道："我脾气好啊……"满脸惘怅。

然后，我俩终于陷入沉默。

我就在想，到底是他糊涂了，还是我糊涂了？为什么我一巴巴儿地问他个自以为好的问题，他都能瞬间顶我个大跟头？毕竟我也是"阳"过的人，前两天那脑子也跟被驴踢过似的昏胀胀的……

12 月 23 日，我见他在书桌前听音乐的样子好看，偷拍他，记下：世上竟有如此可爱的老糊涂，每天来陪陪他，听他讲讲车轱辘话。俺俩好得那叫一个"一日不见如隔三秋"。

这两天又老给我说起他在"文革"中的经历，以前很少讲。他讲得平淡，我听得灼心。只是往事里那些人的名字我都记不住，也许名字不重要，那些故事我会悉心保存……

讲着的时候还会拍拍我的胳膊："你这个脾气要是在'文革'……"我赶紧附和："对对对，一定是第一拨被枪毙的。"他又说也有混得好的，我赶紧说："对对对，说不定我枪毙别人。"他就笑得挺无奈，大概也明白我这种人需要有一个温和睿智的人护着……他什么都看得透。

　　他知人论世举重若轻的样子，化解着我内心的波澜。等我老了，能记起来的，或许也只是自己依偎在他身旁的一个场景吧。

　　他说那些年动不动被人叫去改造，都靠装傻过关，当时唯唯诺诺，战战兢兢，听训话、做笔记的样子自己讲起来还笑。他能渡劫是心里清明，他洞察到那罪恶洪流的源头，于是面对苦难少了一些错愕与费解。我想，一个人只要不在心里给自己罪遭，外来的苦都可以安之若命，老爸就是这样。

　　他可真好，历尽沧桑，白璧无瑕。我乖乖陪伴，默默景仰，够我学习一辈子了。

节选自《收获》2023 年第 2 期

陈漱渝

生有确时，
死无定日

——关于死亡的断想

陈漱渝

北京鲁迅博物馆二级研究员，中国作家协会全委会
原委员。曾任 2005 年版《鲁迅全集》编辑修订委员
会副主任。著作有《搏击暗夜——鲁迅传》《我活在
人间——陈漱渝的八十年》《血性文章——鲁迅研究
序跋集》等 10 余种。

思考死亡问题可以释放"正能量"

只要不是猝死，老人总会在临终之前思考关于死亡的问题。这并不是一种消极的精神现象。人始于生而终于死，这是一条完整的生命链。我们可以回避死亡的话题，但绝对回避不了死亡的现象。能够正确对待死亡的人，才能正确对待自己的生命。对死亡的正确阐释，释放的是"正能量"。

我如今已逾耄耋之年，被医生诊断为"三级，极高危"患者。眼下有病毒肆虐全球，这就更促使了我对死亡的思考。据说，剧作家莎士比亚的一生就是在瘟疫中求生和写作的，瘟疫成了他作品中的一种意象和重要的情节因素。我写这篇随笔的灵感，既是由年龄激发的，也是由当下情况引发的。

中国有一句老话："五十岁以前人等死，五十岁以后死等人。"说明在二十世纪之前，五十岁是一个年龄界限。按照孔子的说法，五十是知天命之年，也意味着进入老年。人满五十即称"翁"，也即眼下所说的"老头儿"。如能再活二十年，那就成为古稀之人了。而如今，随着人类生存条件——特别是医疗条件的不断改善，六十岁才被确定为国际公认的老年年龄标准。中国是一个有着十四亿多人口的泱泱大国，其中，符合老年标准的共有两亿八千多万人，占总人口的 19.8%。也就是说，如今每十个中国人当中就有两位老人。实施积极应对人口老龄化的国家战略，已经成了迫在眉睫的重大议题。

"形""亡""神"安在？

死后是否万事空？躯体消失了灵魂安在？这些问题从古至今争论

不休。中国南北朝时期的思想家范缜有一篇著名的《神灭论》，认为人的"神"（精神）和"形"（形体）是统一的整体。"形"存则"神"存，"形"灭即"神"灭。而宗教信徒却坚信有神灵的存在。亡者通过自身修炼，或得到生者的祈祷就可以得到超脱，直至升到天堂或极乐世界。《祝福》里的祥林嫂极秘密地问："一个人死了之后，究竟有没有魂灵的？"作品中的"我"背上如遭芒刺，只能吞吞吐吐地回答："实在，我说不清……其实，究竟有没有魂灵，我也说不清。"英国诗人雪莱离开英国后定居意大利，他生前最喜爱思考生死的问题，但他也始终没有找到答案，如同双眼被阴霾笼罩，觉得只有灵魂从肉体解脱之后，关于生命的秘密才能揭晓。一八二二年七月八日，他跟两位友人乘小艇去斯培西亚海湾，突遇风暴，坠海身亡，十天后尸体才被人发现。他临终前是否悟出了生死之谜，只有他本人才能回答。

在这篇随笔里，我自然也无法回答这一终极性的问题，不过忽然想到了鲁迅《南腔北调集》里的一篇杂文《家庭为中国之基本》。文中写道："一个人变了鬼，该可以随便一点了罢，而活人仍要烧一所纸房子，请他住进去，阔气的还有打牌桌，鸦片盘。成仙，这变化是很大的，但是刘太太偏舍不得老家，定要运动到'拔宅飞升'，连鸡犬都带了上去而后已，好依然的管家务，饲狗，喂鸡。""拔宅飞升"，这一成语出自宋代类书《太平广记》，表达的是道家思想。然而在佛学看来，这就叫执念，也就是没有"看破放下"。如果人死后真能升天，而又舍不得抛弃那些尘世俗物，那理想中的天堂会被祸害成什么样子呢？

在我看来，眼下讨论灵魂的有无并没有什么特别的意义。但人类科技发展到更高阶段，也许目前一些不可思议的问题也能找到科学的答案。不过，我认为人只要活在生者的记忆里，他的精神生命就能得到长存或永生。无怪乎老子说"死而不亡者寿"。此刻，我正在灯光下断断续续地写这篇随想，而谁都知道碳化竹丝电灯是爱迪生在一八七九年十月二十一日改良成功的，从此人类开始告别煤油灯和煤气灯。一九三一年十月十八日，爱迪生死于尿毒症。当年十月二十一日，美国东部曾停电一分钟表示哀悼，纽约自由女神手中的火炬也于九点五十九分熄灭。人们在黑暗中共同缅怀这位"普罗米修斯"式的发明家。毫无疑义，人间只要还有光明，爱迪生的事业就还在延续。从这个意义上说，他是永生的。同理，古往今来一切自然科学经典、社会科学经典、艺术经典的创作者也都是永生的；一切将"小我"融入"大我"的人也都是永生的。所以，死亡并非他们生命的终点。他们会在人们的记忆与怀念中获得一种"死后的生命"。作为自然的人，他已经消失了；作为社会的人，他仍然存在。只有从人们的记忆中消失，"死"与"亡"这两个字才能真正联系在一起。

让人死不瞑目的憾事

易卜生诗剧《勃兰特》里有一句台词，表达了他的意志哲学，就是"非完全则宁无"。但在实际生活中，哪有百分之百完美的事物？有人说，人生是一个苏醒的过程，是一种漫长的告别。到了老年，特别是垂危之际，人一定会感受到此生充满了不少缺憾。甚至想重活一次，改写自己的一生。南唐李后主《相见欢》有一句"自是人生长恨水长东"，讲的就是人生中总会有事与愿违的遗憾，恰如水向东流之必然。不过，人生的有些遗憾是可以弥补的。

临终前有的遗憾可以用"死不瞑目"四个字形容。这个成语最早见诸《三国志·吴书·孙坚传》。孙坚是东吴政权的奠基者之一。他认为董卓"逆天无道，荡覆王室"，扬言要灭董卓三族，悬示四海。后来讨伐董卓的关东群雄内部分裂，孙坚于东汉献帝初平三年（公元192年）中箭身亡，所以"死不瞑目"。古人中以"死不瞑目"著称的还有南宋爱国诗人陆游。他在《七月下旬得疾不能出户者十有八日病起有赋》中写道："著书殊未成，即死不瞑目。"表达了他在创作上的执着追求。陆游的绝笔诗《示儿》更是家喻户晓："死去元知万事空，但悲不见九州同。王师北定中原日，家祭无忘告乃翁。"更加强烈地表达了他对抗金大业未成的遗恨，以及对收复失地的坚定信念。

人在濒临死亡之际的精神状态确如一面镜子，能够展现人性的丰富性和复杂性，明显区分出人品的高下。《儒林外史》中的严监生虽富裕却吝啬，咽气之前伸出两个指头不动，满屋的人均不解其意，只有他的小妾懂得，是因为油灯里用了两茎灯草，严监生觉得费油；挑掉一根，这才咽了气。《红楼梦》中林妹妹临终之时，正是宝玉与宝钗成婚之日。林妹妹只留下一个千古哑谜："宝玉，宝玉，你好……"弦外之音，恐怕只有她本人才能提供标准答案。当然，以上都是小说家所言。

曾在南京国民政府担任"监察院院长"的于右任先生也是"死不瞑目"。他渴望中国海峡两岸早日实现统一，曾写下了一首广为人知的千古绝唱《望大陆》。临终之前杨亮功到病榻前探望，于右任此时已不能说话，只是先伸出一个手指头，接着再伸出三个手指头。经友人解释，他是希望中国统一之时，能将灵柩运回大陆，葬于他的故乡陕西三原县。正如他《望大陆》中所云："葬我于高山之上兮，望我故乡；故乡不可见兮，永不能忘！"中国的统一是大势所趋，人心所向。可以乐观预言的是：于右任老人的临终遗憾，在不久的将来会有得到弥补之日。

他杀与自杀

这是一对反义词。他杀是用违背他人意愿的手段结束他人的生命，通常是指谋杀，是犯罪行为，但也包含误杀。自杀则是自愿提前结束个人生命的行为，导因非常复杂，动机和社会效果也各有不同。在非常岁月中，自杀往往是为维护生命尊严而采取的一种抗争手段，如作家老舍自沉于北京太平湖。巴金认为这是受过"士可杀不可辱"教育的知识分子有骨气的表现。更有人想用自杀的方式唤醒民众，其中最典型的是清末留日学生陈天华。一九〇五年十二月八日，为抗议日本政府颁布的《清国留学生取缔规则》，年仅三十岁的他在日本东京大森海湾蹈海殉国。陈天华认为这一《规则》是"剥我自由，侵我主权"，而日本报纸仍嘲讽中国人是"乌合之众""放纵卑劣"，故以死激励同胞"坚忍奉公，力学爱国"（《绝命辞》，载同年《民报》第五号）。不过，导致自杀行为的还有健康原因、心理原因……这些则应该予以及时治疗和积极引导。

自杀者中让我灵魂最为震撼的是翻译家傅雷。他一生译述达五百万言，使中国读者得以认识罗曼·罗兰、巴尔扎克、伏尔泰、梅里美等世界文学家。他感到，含冤不白的日子比坐牢更为难过。一九六六年九月二日，傅雷夫妇在留给亲戚朱人秀的遗嘱中，首先关怀的是他们的保姆周菊娣，将存款六百元留给她作为过渡时期的生活费。因为周菊娣照顾过他们的生活，而且"她是劳动人民，一生孤苦，我们不愿她无故受累"。其次，他们还留下了五十三元三角作为火葬费，五十五元二角九分支付房租。姑母和三姐寄存之物，傅雷也拜托朱人秀一一归还。自杀行为往往是在情感冲动、失控的情况下发生的，而傅雷的遗书写得如此冷静、理智，字里行间都洋溢出人性的至美。

自杀者中最不可取的是诗人顾城。一九九三年十月八日，顾城在新西兰激流岛的家门口上吊，上吊前却先用斧头劈死了他的妻子谢烨。顾城在朦胧诗创作领域的成就是可以肯定的，也听说过他曾患有精神障碍，此前自杀过多次。顾城觉得"生如蚁，去如神"。为爱情自毁，这原本是令他的读者十分痛惜的。他再把一个跟他同甘共苦，替他抄稿、校稿，并把稿子译成外文的妻子砍死，这种做法更令人发指。因为这不仅违背了谢烨本人的意愿，而且更伤害了谢烨的亲人。谢烨的母亲谢文娥因此心脏病几度复发。老人家说："我凝聚一生心血含辛茹苦抚养长大的烨儿就这样冤屈地走了。顾城口口声声地说爱她那么深那么深，可是他最爱的是他自己，为了自己的想法，他可以牺牲别人。自己不想活，还要别人陪他去死。如果说谢烨有什么让我遗憾的话，那是她的过分宽容和对顾城的依赖。结局竟是连生的权利的回报也得不到。"

有一种做法不知属于"自杀"还是"他杀"，那就是"安乐死"。说是"他杀"，但又出自本人意愿；说是"自杀"，但又需他人帮助。"安乐死"这个词源于希腊文，含义是"幸福的死亡"。我所接触的老年人中，单纯长寿并不是首选，首选是健康和尊严。离开健康的长寿只是苟活，对自己是痛苦，对亲人是折磨。特别是通过人工的方式有限延长寿命，在我看来是对稀缺医疗资源的浪费，并不是上策。但"安乐死"是个十分复杂的问题，既牵涉患者本人的真实意愿，也牵涉家属认同、医生诊断、司法公正，在医学伦理和道德原则上引发了无数的争论。

日本小说家森鸥外有一篇名作叫《高濑舟》，主人公是一对在贫困中相依为命的亲兄弟，弟弟得了绝症，不愿拖累哥哥，使用剃刀插进气管，以求解脱。不料一刀并未即死，必须拔出刀刃才能断气。弟弟恳求哥哥帮忙，哥哥无奈地抓住剃刀把时，正被邻居一老妪看见。于是哥哥成了杀人疑犯，被放逐到荒岛上禁锢，服刑赎罪。这就在文学作品中提出了实施"安乐死"的两难问题。当下只有个别国家通过了关于"安乐死"的立法，大多数国家仍然议而不决。作为一个老人和病人，我最大的心愿是不要过度医疗，只祈求减轻痛苦，安详辞世。望我亲人照此办理。

回光返照那一瞬

日落西山之前天空可能呈现短时间的发亮，人临死前也可能有忽然兴奋、忽然清醒的时候。据说这时大脑会发出一道指令，把最后那百分之五的肾上腺素全部分配给神经系统和声带肌肉，使人能得以交代后事。

我工作的单位隶属于文化和旅游部，因此我对中外文化名人的临终状况比较关注，其中很多细节一直铭刻在心灵深处，让我时时为自己的渺小而愧疚。

雨果是一位关注社会底层的法国作家，早在一九〇三年鲁迅就节译过他的《哀尘》，也曾戏言自己想写《悲惨世界》的续集。雨果的遗言是："我捐五万法郎给穷人。"鲁迅也很惊叹法国小说家巴尔扎克卓越的写作技巧。这位《人间喜剧》的作者临终前喊的是作品中人物的名字"比安松"。鲁迅是在中国最早介绍德国诗人海涅的生平和诗作的人。海涅临终前说的是"写……纸……笔"。音乐家的情况也听说过一点儿：奥地利作曲家莫扎特临终前拼尽全力用口哨吹奏他的《安魂曲》，波兰作曲家肖邦临终前要听他自己谱写的《钢琴和大提琴奏鸣曲》。这些都是以生命殉事业的人：生命即事业，事业即生命。

在中国，这类文学家、艺术家和学术大师也大有人在。著名喜剧理论家、北京人艺总导演焦菊隐，一九七四年被诊断为肺癌晚期，临终前思考的是《论民族化》与《论推陈出新》这两篇论文，并亲拟了两份提纲，希望女儿焦世宏能替他完成。著名表演艺术家赵丹感到死神已经来临时，喃喃地说："我不愿意老躺在病床上啊！我只希望在电影摄像机前面拍完最后一个镜头，然后含笑而死！"著名作家叶圣陶的临终绝笔是"老有所为"四个大字。长篇小说《创业史》的作者柳青的遗愿是"让我把第二部写完，让我把第二部写完"。文学评论家、诗人何其芳留在人间的最后一句话是："拿校样给我看……"长篇小说《死水微澜》的作者李劼人，临终前对医生说的是："我那小说《大波》只写了十二万字，还有三十万字呀。"台湾小说家钟理和死于贫病，他的遗言是："《笠山农场》不见问世，死而有憾。"所以，这些人的死是一种教示、是一种震撼！让人们更加懂得"生命诚可贵"这一人生哲理！

临终前的忏悔和自省

鲁迅在杂文《死》中写道："欧洲人临死时，往往有一种仪式，是请别人宽恕，自己也宽恕了别人。"鲁迅所指的是基督教临终关怀的语言："愿上帝宽恕你，如同你宽恕他人。"其实"忏悔"一词源于佛教。佛教有专门的《忏悔文》，让信徒认识到往昔所造其恶业皆源于贪嗔痴。道教也有许多忏悔仪式，目的是除罪断障，罪灭福生。儒家的修身之道叫"自省"，即"反求诸己"。能否"自省"是"君子"与"小人"的分水岭，不过判断是非的标准是"圣人所言"。临终前的忏悔或自省之词，可以检验不同人灵魂的深度和纯净度，也可比喻为"上天堂的阶梯"。

著名报人王芸生是《大公报》的核心人物。一九八〇年五月三十日逝世前，他有一个遗憾，就是一九五七年他在诱逼下错误地揭发过同人李纯青。但当李纯青表示谅解时，王芸生已经陷入了昏迷状态。王芸生生前沉痛地说过："朱自清留给后代的是他写的《背影》，而我，留给你们的却是永远难以抹去的阴影。"不过，这类事情都是在特定环境下发生的。当事人不谅解自己，受害人却谅解了对方。所以，在当下反思历史，不应该苛责于个人，而应该认真总结产生这种情况的历史教训。

在我所读过的遗书中，篇幅最长、最为坦诚也最为深刻的是瞿秋白烈士的《多余的话》。这篇文章在非常岁月中被某些人作为质疑作者革命坚定性的证据。但一九八〇年十月十九日中共中央办公厅正式转发了中纪委的文件《关于瞿秋白同志被捕就义情况的调查报告》，明确指出："《多余的话》文中一没有出卖党和同志；二没有攻击马克思主义、共产主义；三没有吹捧国民党；四没有向敌人乞求不死的意图。"相反，瞿秋白在文中明确表示："我的思路已经在青年时期走上了马克思主义的初步，无从改变。"烈士在文中还乐观预言："一切新的，斗争的，勇敢的都在前进。那么好的花朵，果子，那么清秀的山和水，那么雄伟的工厂和烟囱，月亮的光似乎比从前更光明了。"瞿秋白是一个革命者，但气质上近乎文人，受传统文化中"自省"的影响太深。"自省"是一种修养，除开应该发现和承认自己的不足之外，其实还包括了自我肯定。但瞿秋白在撰写《多余的话》时，却把"自省"变成了过度的自我"苛责"，这可能是造成某些人对此文曲解或误解的原因之一。瞿秋白烈士是唱着《国际歌》走上刑场的，哪个叛徒和没有气节的人能做到这一点？《诗经》中有一名句："知我者，谓我心忧；不知我者，谓我何求。"我想，只有精神达到一定境界的人，才能真正读懂《多余的话》，并与之共鸣吧。

殡葬的方式

中国的殡葬文化跟中国的历史一样悠久，有土葬、火葬、天葬、水葬等几十种葬法及遗体处理方式。儒家重殓厚葬，形成了葬前丧仪、五服制度、居丧守孝、祭祀亡灵等繁文缛节。儒家思想跟佛、道等宗教融合之后，更增添了不少迷信色彩。相比之下，道家的殡葬观念更加洒脱。庄子将死，弟子想厚葬他，但庄子反对说："吾以天地为棺椁，以日月为连璧（按：两块合并的美玉），星辰为珠玑，万物为赍送（按：赠礼）。吾葬具岂不备邪？"庄子的妻子死了，他也不拘礼节地坐着，还"鼓盆而歌"。因为在庄子看来，死亡只不过是一种气形变化，自然循环，对遗体可随便处置。

鲁迅的原配朱安是一位没有文化的旧式妇女，死于贫病之中。但她的遗嘱是希望土葬，而且将灵柩南迁葬于鲁迅墓旁；死后"每七须供水饭，至五七日期，给她念一点经"（一九四七年七月九日宋紫佩致许广平信）。后来由于战乱，宋紫佩跟周作人之子周丰一商洽，将她葬于西直门外保福寺——这是周作人家的另一块坟地，一九四八年曾被当作汉奸财产没收，"文革"破"四旧"期间墓地荡然无存。所以，死后的厚葬远不如生前的厚待，只是朱安想不开这一点。

关于土葬与火葬的优劣问题，至今仍存争议。在目前的情况下，当然首先应该尊重逝者本人及其家属的意愿。我们所能做的，只能是限制墓穴占地，守住耕地红线，特别是反对薄养厚葬。至于冰葬、花葬、树葬、海葬等新的殡葬方式，都是移风易俗的举措，值得尝试。对于遗体的处置，周氏三兄弟的观点大体相同。二十世纪三十年代还不兴火葬，所以鲁迅的遗言是"赶快收敛，埋掉，拉倒"。二弟周作人的遗嘱是"死后即付火葬或循例留骨灰，亦随即埋却"。三弟周建人的遗言是"尸体交给医学院供医生做解剖，最后把骨灰撒到江河大海里去"。著名作家巴金的妻子萧珊，也是一位翻译家，巴金的遗愿就是把自己的骨灰跟萧珊的骨灰掺和在一起，全部撒入大海。这都是对遗体应取的唯物主义态度。

若干年前，我曾去河南安阳参观中国文字博物馆，顺道也看了占地一百三十九亩的袁林——这是一九一六年耗资七十多万银圆为袁世凯修建的墓地，明清皇陵的格局，中西合璧的构筑。我去时参观者寥寥。我想，袁林也许在中国陵墓建筑史上有一定的价值，地方政府也可以将其列为旅游景观，但凡有历史常识的人到此都会自然而然地想到袁世凯复辟帝制的罪恶，再豪华奢侈的墓地都改变不了他令人唾弃的生命格局。

最令世人敬仰的是俄国文豪托尔斯泰的墓地。一九一九年十一月七日，托尔斯泰安葬在距莫斯科市区约二百公里的波良纳庄园。在俄语中，"亚斯纳亚—波良纳"意思是"明媚的林中空地"。二〇一六年九月七日，我忍着腰椎间盘突出的剧痛走到这里瞻仰。我从没有见过如此简陋的名人坟墓：既无雕像，亦无墓碑。文学界的一代宗师就长眠在一个棺木形的土堆里，土堆上覆盖的是青草，周边是凭吊者插上的松枝和白花。墓地周围朴素、安谧、祥和，被誉为"世间最美的坟墓"。

魂归故里，情系人间

这篇文章即将收尾，当然必须回答我将如何面对死亡的问题。二〇二〇年十二月，《名作欣赏》杂志免费替我出了一本画册，名为《我亦轻尘：陈漱渝画传》。既然我轻如尘埃，那将来就应该随风飘逝，潇潇洒洒远走天涯。我此生得到了无数好心人的帮助，无论帮助大小，我都怀感恩之心。如果死后有知，我心中也会长存他们亲切的面影。不过，不需要举行什么遗体告别仪式。老同事大多走不动了，新同事大多没见过。除了亲属不得不亲临火化现场之外，谁会真心实意感受那种悲悲戚戚的气氛？再说，遗体美容师的水平再高，人死后的模样又怎能跟生前相比？还是把比较美好的一面展现给亲朋好友为佳。

我母亲去世之后，我是专门雇了一艘轮船，将她的骨灰沉入了故乡的母亲河——湘江。老伴知道我母亲畏寒，所以在原骨灰盒外又套上了一个大理石的骨灰盒。我当时的真实想法是："孝不过三代"，修一个土坟，会给后人添一份负担。再说，公墓也要收费、拆迁，说不定什么时候就可能被夷为平地。我离开人世之后，也希望后人把我的骨灰撒入湘江，跟含辛茹苦将我培养成人的母亲相依相伴。

我老伴是四川人，她表示身后愿意跟我的骨灰搅拌在一起，跟我去湘江陪伴我母亲。至今为止，老伴跟我已结婚六十年。古代有一首《我侬词》，据说作者是元代赵孟頫之妻管道升，写的是："尔侬我侬，忒煞情多，情多处，热似火。把一块泥，捻一个尔，塑一个我，将咱两个，一齐打破，用水调和。再捻一个尔，再塑一个我。我泥中有尔，尔泥中有我。我与尔生同一个衾，死同一个椁！"我跟老伴如果能在孩子的支持下这样处理后事，也就基本上达到了《我侬词》中的那种境界。

这里又牵扯到乡情这个问题。我祖籍是湖南长沙，但却在战乱年代出生于重庆。八十年中真正生活在湖南的时间至多不过十六七年。我应该怀念天津，因为我在南开大学求学五年。我更应该怀念北京，它为我提供了许多事业机遇和施展才智的舞台。除老家之外，我在北京还建立了一个新家。我在北京生活了六十年，确实是"从故乡到异乡，从少年到白头"。但不知为什么，故乡总是我一个解不开的情结。我明明在故乡经历了很多苦难，却一直以身为湖南人而自豪。我永远不会忘记晚清杨度在《湖南少年歌》中写的那句话："若道中华国果亡，除非湖南人尽死。"对于国家、民族，湖南人是有担当的。我是一个无党派人士，也是一个无可救药的爱国主义者。虽然故乡安置不了我的肉身，但他乡依然容不下我的灵魂。所以，我百年之后，无论如何还是要魂归故里。

除开湖南人的爱国救亡意识，故乡让我割舍不了的还有长沙米粉，无论是肉丝粉、牛肉粉，还是酸菜粉、寒菌粉，一想起就让我馋涎欲滴。我家穷困时，母亲只买了一碗米粉给我解馋，而她坐在旁边看着、笑着……那痴痴的怜爱之情至今仍灼热着我的心。鲁迅在《朝花夕拾·小引》中说："我有一时，曾经屡次忆起儿时在故乡所吃的蔬果：菱角，罗汉豆，茭白，香瓜。凡这些，都是极其鲜美可口的；都曾是使我思乡的蛊惑。后来，我在久别之后尝到了，也不过如此；惟独在记忆上，还有旧来的意味留存。他们也许要哄骗我一生，使我时时反顾。"即使是"哄骗"吧，我仍然要礼赞长沙的米粉。

长沙米粉，世界第一！

选自《随笔》2023 年第 3 期

李亚强

若隐若现

李亚强

作品散见于《散文选刊》《美文》《青年作家》《湖南文学》《草原》《朔方》《鹿鸣》等刊，曾获内蒙古"索龙嘎"奖、汨罗江文学奖、许淇文学奖等，出版散文集《我另外的一条路》。

1

风从很远的地方吹过来，带着一场秋雨后的泥土的味道，有气无力地、轻飘飘地拂过，从一棵草到另一棵草，从一片田地到另一片田地，从一座山梁到另一座山梁，一直吹到我身边。脚下的小草微微俯了一下身子，泛黄的草叶上露珠摇摇欲坠。风并没有停留，在一个虚无而又现实的空间里继续前行，直到那些风经过"帽帽顶"，钻进一大片云雾里，那些雾似乎动了一下，又似乎没动。

这是初秋的风，在夏与秋之间并不明晰的时空里穿行。这也是秋天的第一场雾，但是它没有给我展示雾起的过程，像一张定格的相片一样，它只给我展示了局部的细节。就是这一个细节，让我在看到它的那一刻，与身边的万物融为一体，我也成了小草中的一棵，微风中的一缕，甚至山梁的一部分。

这个叫"帽帽顶"的小山梁，只是这道山梁上地势相对较高的小山梁而已，山梁上只有十几垧梯田，其中就有我家的两垧地，种着小扁豆，我和二弟就是要去这两垧地里拔豆子。我一直不明白这里为何叫作"帽帽顶"，直到我看到那些洁白的雾，它们并没有完全笼盖住小山梁，而是让小山梁最高的地方显露出来，像大海中的一个小岛，更像一顶没有顶的草帽，夏收的时候，村里人都喜欢戴这样透气的草帽。"帽帽顶"真是一个再恰当不过的称呼，相比于其他山梁的普通称呼，这个山梁因为这样一个名称，显得与众不同起来。

站在雾中的"帽帽顶"面前，我甚至能想象到，是这个村子的某一位先民，也是在这样一个天气里，站在我所站立的位置，看到了一场雾里的这座小山梁，像一顶扣着的草帽，于是给它起了"帽帽顶"这个既普通又形象的名字。

雾还在"帽帽顶"上环绕，似乎就长在上面，像电视中看到的仙境一样缥缈虚幻。我已经在这个黄土高原上不大的村庄生活了十多年，对这里的一切早已熟视无睹，春天来了就该冰雪融化、苜蓿长出新芽，冬天到了就应该万籁俱寂、冰雪覆盖原野，雷电在夏秋季节频发，浓霜悄悄落在深秋的凌晨，眼前的村庄无外乎一年四季鸡飞狗跳又如一潭死水几乎没有微澜。

人们在大雾来临的早晨出发，在影影绰绰的、高高低低的梯田里劳作，收割着大地上最后一茬庄稼。如同风雨雷电一般，雾在人们的生活中如它的本来面目一样，若隐若现、似有似无，除了对人视觉上的遮盖，几乎对人的生活产生不了影响。直到我看到这样一场特殊的雾——它甚至都不是一场完整的雾。或许就是这样的不完整，带给我深刻的震撼，那是大地的美学，也是村庄的美学。

我手中没有画笔，也没有相机，无法定格那个瞬间。物质的、外在的辅助没有介入的时候，全身的感知器官被调动起来，于是我能准确记得那一刻风吹拂过的感觉。秋风里已经有了衰败的味道，夹着小草俯身的声音以及远处村庄里此起彼伏的鸡鸣犬吠，远处的梯田里已经变得有些空旷，夏粮早已颗粒归仓，为数不多的秋粮点缀着初秋的田野。如果湛蓝的天空是一张画板，从上往下俯视，那一刻的村庄和我，肯定因为这样一场雾被定格了，于是飘荡在村庄上空的烟停止了上升和缭绕，走在山间的一头驴和它身后的主人停下了脚步，两个准备去"帽帽顶"上拔小扁豆的少年伫立在山梁上。

许久，我回过头问二弟："你看'帽帽顶'美不美？"

二弟说："美。"

　　然后我俩相对无语，低着头往"帽帽顶"上走去。

　　我们走进一场不完整的雾里，还是像往常一样，各自负责一头，我从西往东，二弟从东往西，最后在中间位置集合的时候，整片地里的小扁豆都将被拔完。与往常不同的是，我们身处雾里，相互看不到对方，那些细小琐碎的雾气笼罩了我们。我并没有着急干活，而是观察着内部的雾或雾的内部，它们并不是相对静止的，而是不断翻滚着、碰撞着、升腾着又坠落着的。它们从内部包围着我、裹挟着我，又似乎吸纳着我，我正在成为雾的一部分——我的全身已经湿漉漉的，与匍匐在地生长的小扁豆一样，抗拒一场初秋的雾，又不得已被一场雾笼盖。有谁知道在这油画一样美的"帽帽顶"的雾气里，有两个少年正在拔小扁豆呢？

　　在我看到这场雾的前一天，远在新疆石河子打工的父亲寄来一张汇票，那是我们弟兄三人的学费，并不识字的母亲将汇票压在炕上的篾席下面，等到逢集的时候去镇里的邮政所兑换成现金。但是我们都知道，汇票上的那些钱只够我们的学费，家里还有开销，日子并不好过。整个暑假，我们弟兄三人做了分工，三弟跟着祖母去放驴，我和二弟先帮着母亲夏收，夏收后给别人家拔小扁豆挣钱。小扁豆植株较短，没法儿用镰刀收割，只能徒手去拔。小扁豆生长在两个季节的缝隙里，繁忙的夏收正在收尾，长在地里的小扁豆一天天变得枝叶枯黄，腾不出人手的村人有时候会雇人来收割。

　　实际上，我们家的小扁豆几乎是最后收割的。在最适合收割的那段时间，我和二弟帮别人家干活挣钱，其实也干不了多少，并不是我们不愿意干，而是能雇得起人干活的人家毕竟是少数。

　　村庄天空中的飞禽只剩下乌鸦和麻雀，标识着已经到了深秋时节。

秋雨一场接着一场，似乎积攒了一年的雨水要在这个时节全部下完，河槽里的雨水还没完全流走或蒸发，另一场雨便将它覆盖，一场场秋雨堆积在河槽里，堆积在田野里，也堆积在人的心里。

连绵的秋雨带来一场接一场的大雾，村庄西北角的玉狼山顶上常年云雾缭绕，但是低处的村庄只有在一场场秋雨后才有大雾形成。不像雨雪那样影响我们的求学之路，雾只会让我们上学的路变得虚幻起来，我们走在雾里，只是一个个形容模糊的剪影。于是在一场接着一场的大雾里，有的同学突然便决定不再上学，教室里空下来的板凳越来越多，我相信他们都迷失在了雾里。

母亲在天没亮时就起床了，给我们做完早饭，不等我们吃完便出了门。深秋了，树上的叶子开始片片凋落，堆积在大地上，像大地的棉被。家里的麦秸秆有限，既要喂牲口，偶尔还要烧火做饭，烧炕成了问题。母亲就是冲着这些树叶去的，先扫自家树下的，再扫稍远一些无主的树下的，我们还没出门前，母亲就能背回几尼龙袋子树叶来，倒在打麦场的角落里，那些形状、颜色各异的树叶挨挨挤挤堆成一座小山头，远远看一眼都觉得温暖。

母亲走进屋，打发我们兄弟去上学，她摘下头巾，头巾上湿漉漉的，像细小而琐碎的露珠。我们出门的时候，一场连天接地的大雾还在太阳升起之前弥漫。

2

我欠儿子一场雾，什么时候可以兑现，我俩心里都没底。

国庆节的时候，我们一家从遥远的城市来到农村，这是儿子第一次回到他户口簿籍贯上标注的老家，临行前，我和爱人对儿子可能出现的各种不适应情况都进行了充分的分析和准备。出乎我们意料的是，儿子第一次来到老家，并没有任何不适，反而像出笼的小鸟一样兴奋不已。

下午我们去村西的地里挖土豆，儿子连午觉也不睡了，吵闹着要跟我们一起去。其实小小的他对劳作没有任何概念，他只是觉得新鲜好玩，与其说是去帮忙不如说是去捣乱，一会儿跑到田埂边摘小野果，一会儿跑到坡地上抓蚂蚱，"咯，咯，咯"的笑声回荡在土豆地里。

天阴着，好像要下雨，远远近近的山头上云雾缭绕。爱人在前面拔出干枯的土豆茎叶，我握着锄头刨出埋在地里的土豆，小小的儿子跟在我身后，捡拾着或大或小的土豆。离开家乡已经近二十年，曾经熟练的劳作竟也生疏了，一个锄头下去，往往刨坏好几个土豆。不一会儿，我的手上磨起两个血泡来，爱人和儿子也累得气喘吁吁。儿子双手举着一颗大土豆让爱人给他拍照，说晚上要吃自己捡起来的土豆。我让他们坐在杏树下的土豆堆上休息，又找来干土块，像我童年时那样，搭建一个小小的火炉，点燃干树枝烧红土块，将一些较小的土豆焖在里面，拍碎土块，盖上虚土，等上半个小时，就能吃到外焦里嫩的烤土豆。

等儿子吃上烤土豆的时候，已时近傍晚，毛毛细雨终于落下来了，似乎也就是一抬头的工夫，我们已经被笼罩在一片雨雾中，山头上的云雾也慢慢开始下沉，最终将我们严严实实地包围。远远近近的山仿佛隐身了一样，近处高大的白杨树也只是影影绰绰的模样，就连堆在几米远的地头的一堆土豆，也已经看不真切。儿子也注意到了身边的变化，他抬头看看天，又看看不断模糊的远处。"爸爸你看，白色的，这是雾吗？啥都看不见了，好神奇啊。""是呀，这就是雾，纯洁的雾，像天上的白云一样。"我牵着他的小手走在雾里，他蹦着、跳着，哼着含糊不清的儿歌，一只手在空中摸索着什么，像是在抓什么一样，然后塞进嘴里。我问他在干什么，儿子说他在吃棉花糖，白色的雾做成的棉花糖，还示意我张开嘴，也要给我吃一个。我俩就在一场大雾里，大把大把抓着虚空的雾，大口大口吃着雾做成的棉花糖。

是的，我让他看到了一场真正的雾，更加准确地说，是一场雾迎接了他，一场不期而遇的雾完成了我之前给儿子许下的承诺。我在童年时期看到了一场笼罩了一切的雾，那是几乎定格的雾，并没有看到一场雾的升起，儿子却在比我更小的时候看到了更加完整的雾，我们一起看到了一场雾的到来和笼盖，虽然我们没有等到这场雾最终的消解，但是这已经足够。谁又能真真切切看到一场雾消解呢，谁又不是在用一生消解一场雾呢。

我至今记得三年级的那个没有雪的冬天，祖父在一个伸手不见五指的冬夜咽下了最后一口气，而就在那天的下午，祖父还在门外的阳坡地里晒太阳。睡梦中的我被叫醒，摇摇晃晃的灯光、一屋子忙乱的人影、撕天裂地的哀号，都成了我第一次见到死亡时的印象。其实这也都是死亡外在的表象，真正的死亡降临在祖父身上时，那一刻祖父就是死亡本身，但是记忆却如受潮的胶片，记住的只是那场慌乱的轮廓。那时候我并不懂死亡的意义，处理丧事期间，外婆来到我家照顾我们弟兄三人，外婆问我："你知道爷爷死了吗？"我点头。她又问我："你知道死了是什么意思吗？"我摇头。外婆说："你爷爷去了一个没人打扰的地方。"

院子里搭上灵棚，亲戚朋友从四处赶来吊唁，往往都是胳膊下夹一卷纸，在灵堂里点一炷香，烧几张纸。灵堂设在正房中央，白纸糊成的一个封闭空间里安放着大红的棺材以及咽了气的祖父，我们就跪在灵堂旁边铺着厚厚的麦秸秆的脚地上。燃香味、烧纸味在屋内回荡，时有时无的烟雾笼罩在屋内，呛得人直流眼泪。

经过好几天冗长的仪式，祖父被埋到了村西苜蓿地上面的玉米地里，那时候玉米地里已经干干净净，只有白色的地膜还没有扯去。一方长方形的墓穴，成了祖父最后的归宿，我们跪拜在坟前，用最痛心的号哭表达着对祖父的留恋，纸火冥币在熊熊大火中燃烧，升腾起青灰色的烟雾。大人们常说，阴间与阳间隔着一张纸，活着的人用纸祭奠亡人，用纸做成金银房屋、车马侍女，烧给亡故的亲人，那些烟雾则是一条通道，通向另一个未知的而人们确信存在的世界。

我抬头看着天空，灰蒙蒙的天空似乎正酝酿着一场大雪。等我们将祖父安葬完毕返回家的时候，鹅毛大雪开始纷纷扬扬，天地之间混沌一片，玉米地下的一孔闲置多年的瓦窑门口，一堆大火依然在热烈地燃烧。这也是故乡的规矩，亲人亡故后，生前所穿所用的衣物被褥等绝大部分都要在出殡那天烧掉。我驻足看了看，确实是祖父生前穿过的衣物被褥，黑灰色的中山装、青蓝色的毛衣、黑色的圆顶毡帽逐渐被火焰吞噬，浓黑色的烟雾翻滚着、在风中左右摇摆着升上天空，与灰暗的、飘着大雪的天空逐渐融为一体。

祖母经常说，人一辈子是假的，稀里糊涂就过去了，来时一声哭，风风火火几十年，最后还不是一堆土、一缕烟。那时我几乎可以确信，祖父是乘着这些烟雾去了一个没人打扰的地方，我朝着那些烟雾挥了挥手，不知道祖父有没有看见。后来，身患癌症的外婆也这样乘着烟雾去了没人打扰的地方。

年纪越大，经历过的生离死别越多，我越确信，人肯定是雾的一种形态，如若不然，为何生命过往中那些曾经熟悉、亲密的身影，有的只是一个模糊的剪影，有的则消散得无影无踪，似乎从来没有存在过一样？这消散的过程何尝不是雾的本身呢？我们在人间行走，只是形形色色的雾而已，他人在我们的旅途上逐渐模糊、消散，我们也在他人的旅途上逐渐模糊、消散，谁不是在雾里独行，谁又不是独行的雾呢。

选自《草原》2023 年第 3 期

葛水平

走过时间

葛水平

中国作家协会全委会委员，山西大学文学院教授，中宣部文化名家暨"四个一批"人才，国务院特殊津贴专家。创作有长篇小说《裸地》《活水》，中篇小说《喊山》获第四届鲁迅文学奖。

壹 记忆是从气味开始的

文字斑驳地记录着老时光。北方的麻头纸，再生环保。我还记得童年，植物的纤维，每次被平筛托起，即成一张纸。纸，有厚、有薄、有舒散、有凝聚。码放在窑洞里的炕箱上，墙皮一样的纸，粗糙里蕴含细腻，细腻里潜藏豁达，和风丽日中晾干，既浴着明媚干净的阳光，又把光照消减在了荫凉之外。

乡人叫黄草纸。

冬天的黄草纸糊在窗户上，整个村庄都很怀旧，镰刀似的月亮挑在树梢，猜不透，窗外雪地上一长串狐狸脚窝，它的"三寸金莲"盛满了各种故事，与生活有关，与风霜有关，与情感有关。

糊窗纸没有捅破之前，我听一个女人喊：

"雪啊，凉啊，屁股蛋子挂了霜啊。"

空空荡荡的，站在千年文化的凝结点上，只要生活语言仍然沉浸在泥水里，这种一脉相传的生活，总是牵掣人既温馨又心动。山风不时扑打着窗格子"噗，噗，噗"，一股岁月沉淀的气味冉冉飘起，惊异之外，我感到迷醉。风携带着雨水，那雨滴声是那么的清泠和圆润。

"雨来了。"

雨把屋子里的人想开腔说话的念头压了下去。雨让暑气消减下来。天光在窗户前放下心事，屋檐下的鸡、狗们团成蛋，空气里是泥巴被雨水濡湿的、清冽的味道。有一滴雨打在黄草纸窗格上，弹走了一只苍蝇，雨声隐去了苍蝇的拍翅。野外赤脚就着石板桌凳写作业的少年干号着跑回窑，黄草纸装订的作业本被雨淋得湿漉漉的。一个性燥又顽皮的孩子，听不得大人的骂，吸着清鼻涕，恼上心来，跑进雨中，大人说："叫他去吧，驴脾气，躲着，不招他。"

雨水渗漏在窗户纸上显出斑斑点点的漏痕，甚至在窗棂上，如果说一个人不需要所谓的远大理想，守着旧屋，生命最天然的进程，也许最符合自然的生息、吐纳、藏露，醒着，又糊涂着，不在乎那山外的世界，多好。

从前的黄草纸在窗格上，透过阳光能够照见那些浮动的麻皮或者桑皮经络，亲切得让你觉得如体内的血液流动。

似乎总是想起从前，从前的心爱之物，阳光裹起密集的尘土，慢慢涌动着，亲人们穿梭在中间，有一点儿生存的荒凉味道，风吹动他们的衣襟，而笼罩在这一切之上的是一股扩散开来的牲畜味儿，那一瞬间人们惶惑了，最好的命运被篡改了，是什么样的魔术手破坏了原有的秩序？

事隔多年，我站在故乡山神凹的山脊上，村庄里的一些人和事，或是由各种关系将我的从前联系在一起的理由，或许不曾有过任何生活的记忆，或许因为不曾记得的矛盾，甚至一场单纯的口角，彼此那么多年过去了，依旧记得他们在黄草纸张满窗格的天光下扭腰吊胯时妖娆的身姿。

这些记忆是扎了根的，在心里，有时候做什么事情，也不知为什么就感觉从前非常熟悉地来了。

贰　岁月轻得像逝去日子的旁白

那些清新的、人间柴烟味道的生活，让我再一次回到尚不算遥远的青春时代，回到那些已经在无数次的回忆中经过过滤留存下来的明月当空的日子，那些日子里有我们共同的卑微。

蝉鸣柳梢，一条清溪映月，时间似乎抹去了我的现在。站在山神凹河边，河里没有了沤麻的清溪，蜿蜒的河流用温柔的力量引导着山脉并朝不同的方向奔涌。我问河柳，你在守望什么？时间把你顽固地留守在这里，你的叶片如竹，我一直认为你是北方的竹子，北方的，有秋的意绪，夏的纷乱。蝉在许多年前落在柳树枝梢，可知觉，蝉鸣时夏已经深了。

那时的土地并不荒凉。在灰色的秋光里，在渐渐强劲的北风中，柳树因失去水分柳叶将变得枯黄腐朽，风一吹如零零散散的日子纷自落下。很多年前我和活在人世间的父亲去河道里看过沤着的麻，麻上浮着绿茸茸的绿藻。故乡人叫"蛤蟆咦"，麻如细蛇，中气十足的蛙在沤麻中摇摇曳曳鸣唱。

在暧昧的黄昏与白昼的边缘，在迷蒙的、晚夕的幻觉中，时光异常短暂，河流如同针线一样串起了我的从前。

二十多年前，小爷葛起富从山神凹进城来，背了一蛇皮袋子鸡粪，卷了两刀黄草纸。小爷进门的影子给阳光蒙上了一层忧伤的情绪，屋子一下陷入一种迷蒙的绛黄中，让人惋惜所有的失去是从看见时就开始了。

那一袋子鸡粪随小爷进得屋子时，臭也挤进来。小爷进门第一句话说："山神凹河细了，细得河道里长出了狗尿苔。"

吓我一跳。几辈人指望喝河水活命，河断了。小爷说，凹里人陆陆续续搬走了，河水断流，人脉也就断了。这两刀黄草纸是等我和你爸爸百年后用来剪"门头才"的，黄草纸比粉连纸耐风刮。

故乡人去世，都要择白纸剪成条状，条数与死者年龄相同，砍斫一根鲜柳木棍，将其缚于棍上，悬于大门外，男悬于门左，女悬于门右，出殡日，与棺木同葬。有些地方称之为"纸骨朵""岁数纸"，有些地方则称之为"灵幡"。

几年后小爷和父亲相继去世，两刀黄草纸派上了用场。有一种无法形容的情绪攫住了我，那是忧愤和伤感，更是神秘。"门头才"昭示着土地上生长的人的一些简单的想法：黄草纸比粉连纸耐风刮。人生，痛苦似乎轻而易举，实际上却万分艰难。岁数也许是一个人活着时化解痛苦的胜利，生死攸关的事缩减为一"骨朵"纸的存在，下葬时，亡者带走了自己的岁数，带走了人世间最后一串被遗忘了的乐天知命的数字。

窗户上的窗花褪去了红色，桃花在窗外粉白成一团，一只壁虎爬在窗棂上机警着眼睛，因为没有见过屋子里有太多的人出入，它像一个充满好奇的孩童，认真打量着躺在炕上的陌生的熟悉人。

一场雨过后，我看到院子里用了几辈的破水缸，聚集了雨水，风过时泛起一轮一轮的涟漪，我的心一下就起了难过。"个人即使等得及，时代是仓促的，已经在破坏中，还有更大的破坏要来。有一天我们的文明，不论是升华还是浮华，都要成为过去。"

张爱玲的话，总是触动我内心的哀婉，尽管一切都会成为过去。

惶惑之间又想起和小爷、小奶面对面坐在炕上说话，灶台上铁壶里的水冒着白气。

小爷讲当年制作麻头纸的记忆："工序有十八道。"

二尺半长、一尺二宽的黄草纸，"水中银花现，帘上白云升"，可知，"古时候，朝中重臣向皇上进谏的奏折、民间向官府申诉冤情的状纸，或制作鞋底、糊窗、裱房屋、订账簿等，用的都是黄草纸"。为你遮过风挡过雨收留过浪迹心情的住处，一年一年糊窗时总是把那些纷至沓来的人与事牵引到眼前。

叁　时间带走了一切

山神凹后来只剩下一户，我喊他叔。叔的一只眼睛害病，核桃大的包块，脸上表情忧郁，落落寡欢。我坐在叔对面的炕上，天光映照得人脸有点儿煞白，叔难以消弭内心巨大的悲凉，定定地看着我，弥漫在空气中看不见的气息，似乎被我捕捉到了，它唤醒了我对眼前人一再走失的惆怅。

叔说："一辈子没有求过你啥事，我这眼睛，去年秋天收罢粮，眼疼，以为是秋虫招了一下，生疼，慢慢就肿了核桃大，生脓，脓把眼睛糊了。娃领我去大医院看病，大夫说是眼癌。癌就是绝症啊。"

我轻描淡写地说："叔，世上的癌，数眼癌好，剜了它，有一只眼，山神凹的地盘不大，够你照见。"

叔说："你在外真是长了见识，我就是想求你保住我的眼，一只眼看路，挑水都磕磕绊绊，一桶水洒了半坡。"

一只眼肯定会影响生活，正常日子中整个视力对方向、动作会产生很大的影响，失去了一只眼睛，就失去了双眼单一视力，看东西没有立体感，那种痛苦时时会提醒曾经有过的昨天，有过的从前。

叔说："都说眼病是双眼病，一只眼睛得病了，另一只眼早晚也会得。"

我说："叔，人到了一定年龄就得睁一只眼闭一只眼。睁一只眼谋生活，闭一只眼保平安啊。"

叔的一只眼睛里流露出几分戏谑的神色，在我的脸上停留了一会儿，然后佯装咳嗽。我的脸一下红了。

那一天终于到来了。"门头才"在院子里的枣树上，粉连纸剪出叔的岁数，风"沙，沙，沙"地穿过粉连纸的缝隙，把"门头才"一律压向一边。一个人不再活着，他的名字留在了墓碑上。我看见风撕走了一条"门头才"，减去了叔一年的岁数。一条一条的"门头才"被风撕走，岁数里布满了痛、沟壑、贫穷、丰收、四季，还有埋入深土中的深度和厚实。无可名状，饱含辛酸的泪水，我的亲人们黑衣黑裤坐在碾道旁，没有谁能让时间回去，风同样撕走了他们的岁数，他们隐去时，我突然理解了"黄草纸比粉连纸耐风刮"的话，那是一种寓意啊，是亡者在活人面前露出的自卑之相。

我在冬日稍显和煦的阳光里，走进空了的窑洞，黄草纸，石板地，泥墙和灶台，梁椽清晰地发出活动筋骨的声音。多么好的村庄，沉静细碎的阳光洒满了每一眼窑洞，多么不寻常啊，那热闹，那生，那死，那再也拽不回来的从前。时间悄然流逝，倏忽间，窑洞成了村庄的遗容。

时间带走了一切。

如同日与夜交替形成力量关系。记得换窗户纸时，小奶脸上皱纹成片爬着，像揉皱了的一团黄草纸。

小奶说："皱纹上了脸的人离死亡就近了。"

曾经我不知道死亡是什么。死亡是一个朝代的结束和另一个朝代的诞生吗？是祖父的死亡，孙儿的成长吗？积灰的老窗在暮色中合拢，深远的回忆在我的脑海里涌现，当河水断流，黄草纸被风刮漏，老窑塌落，生活的意义再次变得恍惚。

没有什么比河流的消失更动人心魄。它的消失没有挣扎，没有难过。正如彭斯用诗的语言描述的那样："我从未看到过野生的东西自怨自艾 /

小鸟冻死了，从树上掉下来／也没有自怜。"

河流在人的眼皮底下，谁也记不得它的消失，只知道长流水变成了季节河，当雨水再一次从天空降落时，河流的季节没有了。

黄草纸之后是粉连纸糊窗，再后来有了玻璃，明亮让单调的生活减少了想象。冰凉的内质和细腻、光亮的肌理，不知为什么我惧怕清晰，它阔大了人间的距离、忧伤、悲欢和离合。我希望黄草纸蒙住我苏醒的眼睛，让每一种生命都能获得动情的想象。书上说："人世间的物事在它消失的地方必定会重现。"会吗？亲爱的文字，你一再欺骗这个世界！

许多物事已经消失。记忆潜入时，山神凹的土路上有胶皮两轮大车的车辙，山梁上有我亲爱的村民穿大裆裤戴草帽荷锄下地的背影，河沟里沤麻上有蛙鸣，七八个星，两三点雨，如今，蛙鸣永远响在不朽的辞章里了。

肆　在半生半熟的黄草纸上行走

纹理粗犷但行笔却不涩不滞，绽开来，仿佛颓败的美好越来越大地颟洞开去，我把从前框在黄草纸上。

感觉行笔实在舒服流畅，黄草纸吃墨快，墨汁迅速地浸入纸张纤维，因为墨汁加了水，纸张有少许的洇润感，但不是很强烈，应该是因为半生半熟吧。

半生半熟是人世间最好的情爱，最好的水墨。

"意翻空而易奇、言征实而难巧"（刘勰《文心雕龙·神思》语），用什么样的"意"才能表达心中的"言"？一切事物安静到虚无的表象里，与土地一样呈现于眼前的总是植物的麻和桑，斑驳翘落的窗格前，我的心中不由得就衍生出一个倘若能将岁月捕获的假设，就是这个转瞬即逝的臆想。

窗格子如年轮一样开裂了，晕染的水墨如同黄昏的道理和法则。明亮的电灯，单调，苍白，一味缺少表现力，再清楚不过的结果：生长的生长，败落的败落。

这实在是一件没有办法的事啊，夜的旷野覆盖了一切，我多么喜欢在月辉朦胧如银雾的窗格前，听低语悦耳，浪荡与冒失泛滥的言语。无穷的、深渊般的尖声浪气，还有扑打窗棂的露水，全都是夜的内容和表情、夜的呼吸和生命，还有夜的亲爱。

每个人都有自己灵魂的行走，时间意义上的行走可能千差万别，而行走意义上的精神依托却是最为重要的。

面对河流，我停下来，我从它的水波流纹里读出了精神行走中的丽日天光。走过群峰，遥想造山运动时，岩浆奔涌，地壳急剧强劲的自我搏斗之后，地质史终于迎来了一段珍贵的、平静的时光，自然过渡到了它运动的、没有目的的合理目的性，找到了秩序。秩序具有了更强的生命力和无限的可能性，更让我，一粒细小的微尘，可以在浩渺的天地间自由舞蹈。

成长和人生阅历、审美经验甚至生命态度因水墨留下痕迹时，宛如回应了我平庸生命中的贵族气质。潜在的目标，没有功利，没有矫饰。

时间迅疾而过。有多少生命骨殖深埋于时间中，亲情、友情、爱情，终于待在了一个安全的地方，那个去处直叫人呼吸到了月的清香、水的沁骨。时间如中国画缥缈的境界，明知道一切不可能出现，却还愿意在疲倦的时候沉溺其中。逝去的以另一种方式活在现实中。我看到了时间尘埃掩盖下的一些浓厚背景，无论轻贱卑微的生命还是辉煌伟人的喧嚣，一切都在时间的行走中验证了一条真理：在已逝的历史里，在别人的转述中，歌哭笑骂，述不完的无奈与辛酸，有我无法穷尽的多样人生。

还记得去冬的一领苇席，来年的夏日在院中央一铺，就等于给梦的窗格找了一个憩身之地。不远处的玉米地里，蛙鸣声弹着青玉米的叶子，明丽的月影朗照一切，我不敢大声喊叫，怕一不留神碰落了玉米的香气、青草的香气。老窑花纹繁复的窗栏板上的黄草纸，一棵树宽的门扇，紫铜的门环，铁葫芦锁，还有那年节时的甩鞭，我的先祖们进进出出的背影，在我的生命中显影。从前的人对生活绝不是敷衍的，他们寻常日子具备了音乐的韵律，他们过着世界上最平淡本分的光景，无拘无束，他们也滋生一些死去活来的故事，但他们不屑与人表诉。星光下那旱烟锅粗大明灭的情怀，成为我作品中最丰满的细节。

当我再一次回到村庄时，我看到了时间消逝的光芒，我和我先祖的脚印重叠着，在荒凉、萧瑟的坡道中走来走去。那棵枣树早已在追逐时间中高过窑顶，然而坐在它的叶子下守望幸福和丰收的人，已经不在人世。他们的坟墓在对面的山坡上，夕阳落了，晚霞退了，在一切都可以颠覆的时间中，怀恋被放置在多维的记忆上，时间同样给了我精神的薪火传承。

走过时间。

我把行走的味觉写成文字，历史、现实、存在或存在过的生命，一切都始于行走，也在行走中结束。我想生命的价值仅仅在于：是否向真、向善、向美，即使目的地并未走到，但是朝向这个目的行走。

致敬：那些走得认真，摒弃了种种诱惑，走得执着的人！

田 金 鑫

城市变奏曲

田鑫

中国作家协会会员，鲁迅文学院第三批培根工程入选
作家。在《散文》《散文海外版》等刊物发表作品 60
余万字，出版散文集 2 部，作品曾获百花文学奖散文
奖、丁玲文学奖、宁夏文学艺术奖等。

出生

妻子分娩的那个下午，我在这座城市最有名的妇产医院三楼等待着神圣时刻的到来。我一会儿坐在椅子上发呆，一会儿走到楼道尽头看看窗外的风景。初为人父的惶恐和无措，让整个过道都变得焦躁不安。

从待产区楼道尽头的窗户看过去，是新生儿外科大楼的建设工地，三五个工人正在钢筋之间传递着水泥、砖块和木头，他们动作连贯，让我想起产床上的妻子，医护们也应该在不停地传递着手术刀、胎心检测仪和助产器械。

在水泥输送车的帮助下，水泥包裹了钢筋骨架，并且迅速填满了它们。一层楼很快就成型了，这座城市的局部区域，再一次被抬高。而产房里的妻子，还在努力着，等待着。出出进进的医护人员，对于出生的进度闭口不言，她们严肃的表情让我愈加烦躁，呼吸也开始急促。索性将头伸出窗户，吸一点儿新鲜空气。

这才发现，妇产医院楼下的小花园里，几个孩子正趴在草丛中玩游戏，他们可能在观察蚂蚁搬家，手里的小棍子，应该在不停地干扰着蚂蚁；他们也可能在玩别的什么，在一块草地上，他们兴致勃勃。和他们比，我心不在焉，远处工地上工人敲击建筑物的声音，钢筋相互碰撞的声音，工人们彼此逗乐的声音，都能吸引我，却都得不到我长久的注视。

我一会儿看看孩子们，一会儿看看建筑工人。在孩子们眼里，整个城市就像花草一样，是从大地上冒出来的，远处那些手持电钻的工人，只不过是修剪师，他们的工作是让城市更像城市，而不至于野蛮生长。

城市始于建筑物，建筑物构成了最终的城市。城市管理者规划了这座城市，设计师拿出了决定城市长相和功能的图纸，建筑工人们模仿着蚂蚁，参与了建筑物的"出生"，亲手帮助它们长大。生活在城市里的人们，继续模仿蚂蚁忙忙碌碌，并以一己之力让城市一点点变老。

城市不像植物那样有规律地成长，它更多的时候像孩子们手里的积木，随时可以形成，也随时可以倒塌。城市的管理者，规定它在白天长高，当然，有时候它也会在夜里悄悄长大。

建筑工人们像栽一棵树一样，把楼房种在大地上，然后添枝加叶一寸一寸抬高它，它成长的速度太快，以至于都没办法总结规律，只有密密麻麻的工程进度表和竣工验收单，像孕检报告和出生证明一样，见证着某个建筑物的出生。

就在我将妻子的分娩和建筑物的出生联系到一起的时候，产房里传来"哇"的一声，嘈杂的楼道一下子安静下来，妇产医院用片刻的宁静迎接一个孩童的出生。与此同时，新生儿外科大楼的建筑工地上，新的一批水泥正在倾泻而下，它们包裹住的那批钢筋，前一刻还在夕阳的余晖下散发着光泽，后一刻就成了建筑物的骨骼。

新的生命出生，新的建筑物出生，新的城市出生，三种不同状态的出生，在同一地点、同一时间完成了融合，孩子出生的证据是《出生医学证明》，建筑物出生的证据是第二天晚报上的一张图片新闻，而新城市的出生，无法准确定义，有时候是落日熄灭了城市的光，路灯又一次将它点亮，有时候是哈欠声里，噼里啪啦的鞭炮响彻云霄。是的，出生这件事，在城市这里，显得机械而缺少仪式感。

变化

变化是城市不变的特征，从它出现的那一天开始，就一直持续着。

进入一座新的城市，你对它的认知，就随着你脚步的不断深入，唇齿之间对饮食的感受，以及双目所及，开始发生变化。从陌生到熟悉的过程，与其说是你在不停地探索和了解城市，不如说是城市变着花样让你看清了它。

在车站广场，你看到的是密密麻麻的宾馆和门头一致的土特产商店，你就觉得，这座城市的样子就是宾馆和千篇一律的土特产商店的样子，你为此而感到失望；而当你拐出广场到达街道，路两边的树和阳光所组成的斑驳，让你恍惚之间以为这座城市就是斑驳的，这时候你觉得城市又与众不同；可是等你穿过人群，到达了这座城市的某一间房屋时，你才发现，你抵达过的所有的城市都是一样的。

其实，任何外表都是障眼法，不管城市多大，我们需要且能拥有的，只有一间房屋的大小，有时候仅仅是需要，有些人穷尽一生，根本没办法拥有一间房屋。当然，上天最终会让他有固定的场所永眠。

即便如此，城市还是在不停地变化着。它在长高，也在长胖，像个孩子一样成长着。不过，城市的成长明显比一个孩子的成长要快很多，快到它直接忽略了胎儿期、新生儿期、婴儿期、幼儿期、学龄期和叛逆期，直接进入暮年。

于是，城市的管理者就需要不停地让新的建筑物出生，以维持城市的崭新程度。这时候，在女性之间盛行的美容术，同样也适用于城市，人们通过重建和装修，实现了某种意义上的"新"。而与新对应的旧，就没有那么容易形成了，没有人愿意把新的东西一开始就装扮成旧的。一座城市想要变旧，需要沉淀，需要时光和历史缓慢地经过，并在它身上留下痕迹。

曾经有一段时间，我在这座城市的两个不同区域的同一类型老旧小区租住过，和那些老人们共同享用老旧小区破败的环境，有机会深入了解一座城市的内部，这些和城市几乎同龄的老房子，藏着这座城市的秘密。它脆弱，敏感，弱不禁风，它收藏着老年人的记忆和流浪者们廉价的无处安放的梦。

一座城市新与旧的变化，似乎并不由城市自己来决定，城市管理者经常会根据自己的标准，判断是否可以把一个建筑物划定为老旧建筑物，因为一旦认定，管理者就不再去维护它，并且随时准备去改造它，让内部已经衰败的建筑物改头换面，或者直接拆除重建，然后用高密度的建筑群来替代腾出来的地方，以达到让城市变新的目的。

拆迁，宣告了一个建筑物的死亡，而装修让建筑物暂时起死回生。有人在已经破旧不堪的楼外表层刷上新的油漆，或在裸露的砖块上添上防寒棉，让它看上去并没有那么老，这时候，往往会给住在里面的住户和偶尔经过这里的人们造成一种假象，以为这里变成了新的，或者原本就是新的。

这种新，虽然以旧的方式存在着，但建筑物的内里，还是不保温，暖气管到了冬天就滴水，厕所里的水龙头不使用的时候也在不停地滴答着，在暗夜里演奏小型交响曲。于是，人渐次从建筑物里退出来，城市管理者通过彻底做旧的形式，让一条街或者一个小区营造出一种旧的风貌，并将其称为"老街"，以佐证崭新的城市有着古老的历史。

就这样，在新和旧之间变化着的城市，通过外表不断试探着人的喜好，从而填充起每一个生活在这里的人们的城愁。

陌生

城市真是一个矛盾体。它的路越修越密集，房子越盖越紧密，它建成的速度变得越来越快，按理说，人与人之间的距离也就越来越近，可是生活在城市里的人，却越来越怕接触彼此。

于是，陌生就成了一个更为矛盾的矛盾体。每一个进入城市的人，总想着尽快和这座城市熟悉起来，可是等熟悉了这座城市或者被这座城市所熟悉的时候，却发现，自己想要的，可能仅仅是陌生。

陌生让人觉得踏实，出门不担心遇到熟人，为生活熬夜熬出的黑眼圈就没必要去遮挡；挤在人群里，每一个面孔都是孤独的，于是，你的孤独混在其中，就没有人能察觉到。这是陌生带来的好处，可陌生带来的并不是只有好处，还有压力。

我的意思是，陌生人和陌生的环境，总是给人一种莫名其妙的压力。当你坐上一个陌生人开的出租车，车厢里陌生的环境已经让你浑身不舒服了，此时，广播中循环播放的健康广告里，演员专业而夸张的语气让你觉得他们说的就是你自己，似乎上一刻还元气满满的身体，一瞬间就气血不足了，甚至身体的每一个部位都出了问题。于是，再次出行时就选择了坐公交车，可是当挤上车站定之后，在清晨拥挤的车厢里，那些陌生的、精神饱满的老年人，又让你觉得自己似乎没有未来，年轻的时候挤公交车，等老了还要挤公交车，人生难道要在公交车上完成？接下来的故事是，你下定决心买了一辆车，可是紧接着更大的恐慌扑面而来：不断攀升的油价让你觉得每一个陌生的加油员都心怀鬼胎，而你的每一脚油门都踩得小心翼翼，这让你走的每一步路都显得很珍贵。可是到头来才发现，不管怎样的一段路程，被你走过之后，路没有变化，你的生活没有变化，要命的是，你还要不断地走。

这时候，就怀念乡下的日子。乡下不大，几乎所有人之间都是熟悉的，陌生这个词就显得陌生，人们在相同的语言和道德体系之下生活，即便是发生不愉快或者更为可怕的事情，那也是在熟悉的情况下发生的。而在城市里，陌生会让你成为受害者，或者加害者。脱离了共同体系的束缚，人变得愤怒、妒忌，甚至暴躁。

我在报社负责突发新闻报道的时候，采访过一个极端案例：一男子到银行取钱，当他走出银行大门的时候，一个陌生男子朝他的胸膛就是一枪，两个陌生人以这样的方式相遇，换来的是当天的头版新闻。写稿子的时候，我一直琢磨一个词：陌生。

陌生人的凶残，其实不仅仅出现在刑事案件里，有时候还藏在手机里。有那么一段时间，我很怕手机响，不管是电话还是微信，如果静悄悄，整个人就会放松下来，一旦手机有了动静，就会神经紧张。

更为夸张的是，手机不知道什么时候让人变得陌生得自己都不认识自己了。

消失

毫无疑问，很多东西正在消失，这是大家都能看到的情形，但是没有人会因此而感到焦虑，大家忙得压根就没有时间去管这些事，或者说即便是去管这些事，也根本没有任何作用，谁都挡不住城市的变化。更为有意思的是，人们还乐于接受消失后新出现的替代品，因为他们需要这些新事物。

报刊亭是我认识这座城市的最早入口，那时候，我面对错综复杂的建筑群和街道，手足无措，我不知道如何从车站到学校，更要命的是，从来没有说过普通话的嘴巴，根本没办法张开去问路，只能学着别人到报刊亭买一份本地的地图。

一座城市就这么摆在我面前了，明确标注的公交车信息，带我从一个区到另一个区，从一个街道到另一个街道，我得以从报刊亭开始进入这座城市。我有一个习惯，不管是到哪个城市，都要去买一张本地地图，有一种打卡的感觉，但主要用途是指引我了解和进入这座城市。后来有了百度和导航，地图就换成了本地的报纸，我买过地图和报纸的每一个报刊亭，似乎都跟着地图和报纸被收藏到了我的书架上。

似乎没有几年的时光，报刊亭就从街道上消失了。替代它的是小型的快递店，它们把"报刊亭"三个字改成了"快递驿站"，把报刊亭的绿色油漆换成了快递广告，报刊亭就变成了快递店，里面堆满了来自各地的快递，它们跟以前整齐摆放的报刊一样，等着它的主人来认领。

报纸满足过的需要，已经被快递所替代，并且，快递能满足的需要，是报纸所无法替代的。如此的话，你就不会因为报刊亭的消失而觉得遗憾，或许还能通过这两者的替代关系，发现这座城市的发展细节，越来越多的传统行业，在悄然发生着变化，它们在消失之前，让自己尽量适应城市的需求，时间一长，它们面貌一新，你不注意观察的话，还误以为它们彻底消失了。

有一种事物真的就从视线里消失了，它的名字叫电话亭。十八年前，我刚到这座城市的时候，街边有两样东西让我感觉不可思议。招手就停的出租车和插卡就能打的公用电话，都是乡下所没有的。那时候要去镇上必须步行，只有到县城才有中巴车，并且还固定时间发车。而电话，只有村主任家有，那红色的固定电话，在村里象征着权力和权威，每一次有电话来，村主任都会用大喇叭通知去接听，谁家接了电话，跟上了新闻联播一样一下子就传开了。在城市里，这一切变得容易起来。那些年，我站在路边给村主任家的座机打过好几个电话，不知道父亲听到通知的时候，有没有感到压力，因为每一次打电话，无非就是要生活费。可以说，公用电话曾经养活过我，要不然隔着五百公里，我真不知道该如何把缺钱的消息送到村里去。

手机的出现，让联系变得更为便捷，随时随地的电话，或者视频连线，让人与人的距离越来越近，却让电话亭的影子越来越远，我已经很久没在我生活过的城市看到插卡的公用电话了，它们没落地消失在记忆中。

城市内部的很多东西，消失之前，总会大张旗鼓地做一番宣传，或者以通告的形式证明其消失的合理性，这跟人死后发的讣告一样，都有缅怀的意思，不过这些宣传和通告，只是例行公事，没有任何感情色彩，而看到它们的人，也只能在嘴上表达一下遗憾，或者调动一下关于消失物的相关记忆，这样就相当于哀悼了。

弗朗索瓦·雅各布说："既然有通过性而进行的繁殖，个人就必须消失。"所以，死亡就成了人类进化过程中的可能性条件，而作为城市的管理者，人也将自己的消失属性赋予了城市。因此，城市里的很多事物，一直处于消失的生物链当中。它们不断消失，它们不断出现，城市就这样获得了生生不息的能力。

新的城市

据说，城市的问题越来越多。这是喜新厌旧的结果，它在很多大型城市已经成为亟待解决的难题，而在我生活的西部城市，问题似乎并不明显。但这不意味着问题永远不会出现，那就思考一下城市的问题吧。

为弄清所在城市的问题，我专门去本地的新闻网站做了查询，得出的结论如下：城市房价过高，导致有些人居无定所，解决方案是建设保障性住房，房价还是过高，地皮和建设成本是一部分，买到它的人大多都希望它能持续上涨，以确保自己的资产；医疗资源不足，总有人看病难，难在排不上专家号，难在交不上高额的治疗费用，甚至医院停车难也在媒体关注的范畴，解决方案是无法解决，除非人不得病；教育资源不均衡，有些孩子学习一般，却进了重点学校，有些孩子成绩很好，却只能在家门口的片区上学，资本和分配机制总是让人看不明白，解决方案是摇号，可是摇号之后，问题依旧……

诸多的问题，让城市变得越来越不可爱，于是很多人就决定，是时候解决城市的问题了。因此，美国汽车工程师与企业家亨利·福特说："现代城市可能是地球上最不可爱、最矫揉造作的存在了。最根本的解决办法就是遗弃它……我们应当离开城市，以此解决城市的问题。"

有一段时间，我被这句话所困扰，难道只有离开城市才能解决城市的问题？这不是在逃避问题吗？离开城市，问题难道就不存在了？其实，当城市的便利已成为人们赖以生存的基础之后，离开可能并不是解决城市问题的最佳方案，而新的城市或许能代替这个方案，人们完全可以根据自己的喜好，以及城市所表现出来的各种问题，重新设计并建造一座城市，让它适应更新的需求，最终让城市成为人们最理想的家园。

这是法国作家米歇尔·德·塞托的《日常生活实践》给我的启发，他的观点是：城市有了自己的名称之后，就有了依靠有限的彼此独立而又相互关联的固定财产来构思和建设空间的能力。

重新构思和建设新的空间，是完全可以在一座旧的城市之上完成的。如果不想做长久的规划，也只需等待，城市就会变成新的。因为城市每天都在更新，不管是大面积的新建或重建，还是小范围的局部改善，都改变着城市的样貌，因此，每一天看到的城市，都和前一天看到的不同。

　　新的城市在不停地诞生，旧的城市被变成记忆，留在人们的脑海中。和乡愁对应的乡村记忆不一样，城愁之下的城市记忆显得不是那么可靠，具体表现在，乡村记忆随着时间变化会越来越清晰，越来越稳定，而城市记忆一直处于变化中，即便是稳定的记忆，也会在时间流逝的过程中慢慢稀释，成为碎片，最后索性消失。这或许是许多有乡村生活经历的人，在城市里工作到退休之后，就会想办法回到乡村的主要原因，乡愁紧紧拽着他的脚步，而城愁对他毫无吸引力。

　　新的城市，永远不在城市之上，而是在规划图纸上，在人们对城市的期待中，甚至在梦里。现在，我们看到的城市，只是新的城市的替身，它以具体的形象，给每个人一座城市的记忆，等待新的城市诞生之后它就自然消失了。它明白，人们对新的城市的期待，远远超过对一座旧的城市的喜欢。城市就是这样，用缓慢的变化培养着人的喜新厌旧。

选自《满族文学》2023 年第 4 期

江少宾

大师傅

江少宾

供职媒体，业余写散文，作品曾获人民文学奖、老
舍散文奖、西部文学奖等。著有散文集《回不去的
故乡》《大地上的灯盏》等6部。

胡师傅胡福来之后，到牌楼来剃头的，还有两个人：一个叫胡亚明，我们叫明师傅；一个叫胡大地（或是"大弟"），年纪大了，牌楼人都喊他"大师傅"。明师傅差不多一个月来一次，大师傅却没有固定的时间，但两个时间他是必来的。一个是过年前。按照风俗，正月里不剃头，大人孩子得在过年前把头发给剃了。正月里怎么就不能剃头呢？这话说来就长了。汉族男儿自古蓄发，"身体发肤，受之父母"，不能妄动的。满人入主中原后，强迫汉人理发，"留头弗留发，留发弗留头"，汉人誓死抗争。胳膊终究拗不过大腿，见大势已去，汉人只好退而求其次，立下了"正月不剃头"的规矩。正月是一年的开始，正月不剃头意味着一年不剃头，汉人以此来缅怀祖宗，寓意"思旧"，渐渐以讹传讹，变成了"死舅"，这就是"正月剃头死舅舅"的来历。另一个日子是固定的，"二月二，剃毛头"，剃完毛头，大人就该准备春耕了。这天大师傅必风雨无阻，一大早就晃着剃头挑子，笑容满面地出现在村口。

大师傅已经谢顶了，脑门光秃秃的，每次来，总是戴着一顶深黑色的皮帽子，帽檐两边甩着两只兔子一样毛茸茸的大耳朵。他口吃，一个字一个字地用力往外吐，"坐、坐、坐好，板凳长、长、长刺了啊？"话音未落，我们已经笑成了一团。他并不恼，悬着残月一样的剃刀，轻言巧语地哄着那个不安分的孩子，密密的褶皱里铺满笑容，像一个佛。

民间艺人吃的是百家饭，端的是东家的饭碗，不会轻易染指其他人的地盘。虽然做的都是剃头生意，但明师傅负责给大人理发，大师傅主要给孩童剃头，井水不犯河水。旧时剃头收的是"年费"，一年内不计剃头的次数，大人如此，孩童也如此。同样是收年费，大师傅的收入却比明师傅高，孩童的头难剃，尤其是第一次给襁褓中的婴儿剃"落胎头"。在婴儿的啼哭声里，东家把剃下的胎发喜滋滋地揉成小"发球"，宝贝一样收着，再毫不吝啬地封给大师傅一个红包。这是"落胎头"的喜钱，年费之外的，大师傅微笑着接过来，一面称谢，一面道喜。

剃头是纯手艺活。老一辈人常讲，要学剃头，至少要当三年学徒，其实很多工夫都花在了剃、掏、捏的练习和揣摩上。剃头师傅可不单单会剃头，尤其是那些常年走村串巷的老师傅，让他们闻名遐迩的，往往不是剃头的手艺，而是经年累月练出来的绝活。

明师傅的绝活是治落枕。有一年农忙，二哥落了枕，一路歪着脖子，满头大汗地找到明师傅。明师傅让二哥把脑袋搁在他躬起的大腿上，然后，他用两手扶着二哥的下颌，轻轻两下，"咔叽"一声响，已经扳正了。

我问二哥："痛吧？"二哥左摸摸右摸摸，大惑不解地说："奇怪，我怎么一点儿感觉也没有呢？"

大师傅的绝活是掏耳朵。掏耳朵谁不会呢？同样是掏耳朵，大师傅却技高一筹，老人彼时眯眼享受、过后神清气爽之态，便是明证。牌楼有几个老人已经掏成了瘾，只要大师傅一来，他们便在剃头挑子四周转来转去，眼巴巴地瞅着大师傅。大师傅心知肚明，脸上挂着笑，"等、等、等一会儿"。老人当然愿意等，等一会儿又有什么关系呢，他们有的是时间，太富裕了，用不完的！但大师傅很少让老人久等，他总是在给孩子们剃头的间隙，见缝插针地招招手，示意某一个候着的老人。

在牌楼，掏耳朵并非男性的专利，这自然也是因为大师傅。他太好说话了，不拘是谁，只要开口，他从不拒绝。后来，连那些弯腰驼背、步履蹒跚的老妪也捻着耳郭，逢人便说，"帮我望望哉，不晓得里面进了么东西"，听的那个人笑了，"我望么东西，叫大师傅帮着掏掏呗！"说的那个人也笑了。这一笑，就有些名正言顺的意味了，下回见到大师傅，便慢慢凑到跟前，请他得空帮着掏掏。

"托子空（方言，意为罕见、稀奇），哪有妇女掏耳朵的呢？"

哪里都有"老顽固"，牌楼也有，他们看不过去，站在一边戏谑，"那、那有什么要、要紧的呢？"大师傅头也不抬，专心致志地，慢慢掏，掏完了，又说，"你痒，她、她不也痒啦，有、有什么要紧的呢？不、不、不要紧的！"

"她痒不痒，我不晓得，你怎么晓得呢？"这自然是双关了，风里来雨里去的大师傅焉能不知？他笑着骂了一句，抽出残月一样的剃刀，迅疾转过身去。

掏耳朵，既要大胆，又要心细，最重要的还是手感，好比烧菜的火候，这个分寸的拿捏，最考验功夫。掏耳朵时，肩不能晃、臂不能摇，轻重幅度不能过大，深浅更要恰到好处。等大师傅剃完头，早已候在一旁的老人立即落座，气定神闲地等着。便见大师傅从工具箱里拿出一个竹筒子，打开筒盖，往手上一倒，六种不同用途的掏耳工具便滑落在手心，掏的、刮的、取的、刷的……他神情专注地将工具伸进老人的耳郭，在里面探来探去，轻轻刮动，再用镊子夹出耳垢，最后用棉签在耳道里快速捻动，清除散落在耳道里的垢屑。临了，再取下挑子上的毛巾，掸掉老人肩上的耳垢，这最后一道工序多年未变，虽细微，却暖心。

前后不过五分钟，老人的脸慢慢舒展开了，像春风拂过一层层梯田。心醉神驰之态，那么明显！

掏耳朵归掏耳朵，好说话的大师傅也有自己的原则，他从不给妇女剃头，甚至不借给妇女剃刀。木匠出工总要随身携带一把惯用的斧子，剃头匠也是如此，只不过，剃头匠左右不离身的，是他们赖以安身立命的剃刀。

古人信奉神灵，认为天道有轮回，世间万物都在神灵的监视下，于是各行各业都有一套防止惹怒神灵的规矩。剃头这一行，就有"女人不剃，和尚不剃，乞丐不剃"的禁忌。旧时剃头匠都是男性，"男女授受不亲"，所以女人不剃；和尚剃度一向是在寺院内由住持执刀，为了一点儿小生意弄僵人佛之间的关系，不值得，所以和尚不剃；乞丐怎么也不剃呢？很多人对此无法理解，其实，我们今天见到的乞丐和过去的乞丐是不一样的。过去乞丐是一份职业，作为执业者，首要条件就是要像乞丐，而剃头匠是专门让人不像乞丐的，为了防止职业冲突，所以乞丐也不剃。

除了"三不剃"以外，剃头匠还有"三不鸣"：过庙不鸣，怕惊扰庙里的神明；过桥不鸣，怕惊动江河水神；过剃头棚不鸣，怕惊动同行的生意。

规矩是死的，人是活的，残月一样的剃刀亦有阴晴圆缺。

有一年腊月，英大娘颤颤巍巍地拄着拐杖，扶住剃头挑子，上气不接下气地说，"你帮我剃吧，你要是不剃，我死了都不闭眼睛……"人之将死，其言也善，大师傅为难地看着英大娘，欲言又止。

英大娘是牌楼当时最年长的老人，牌楼人都知道她很老了，老得不知道她的具体年龄。她老伴英大爷，个子不高，力气大，农闲时经常进山砍柴。他一生节俭，不舍得吃，不舍得穿，长年累月一双黄胶鞋，脚后跟都磨烂了，一直穿，一直穿。那年腊月，苦寒，英大爷挑着一捆柴火，说说笑笑地，和结伴打柴的两个老邻居一起下山，没想到脚底打滑，一个踉跄，一头撞上一棵野板栗树。乡下人，跌跌撞撞太平常了，两个老邻居都没当回事，英大爷自己也没当回事，他只是自嘲似的骂了一句，接着便拾起扁担，站了起来，挑起柴火，继续下山。大约三分钟之后，谁也没想到的一幕发生了，不声不响的英大爷突然"哎哟"一声，接着便烂草垛一样慢慢瘫了下去。当两个老邻居合力把双眼紧闭、不省人事的英大爷背下山，再用板车拉到 5 公里之外的卫生所时，英大爷的心跳已经停了。

英大娘哭死过去，又在邻居们的大呼小叫里，慢悠悠地活了过来。

重新活过来的英大娘仿佛突然了悟，她在邻居们的帮衬下，以"九领六腰"的最高哀荣安葬了老伴。那个年代，大家生活都不宽裕，连活人都顾不过来，哪还有精力顾亡人呢。老人们的羡慕溢于言表，英大爷的一生虽然短暂，但他走得轰轰烈烈，值了！

腊月皇天，就要过年了，因为英大爷猝然离世，牌楼人过了一个冷冷清清的春节。一道砍柴的两个老邻居几乎没有过年，他们既没有洒扫庭院，也没有买酒备菜，大门上甚至没有贴春联。大年初一，他们结伴来到英大爷灵前，陪他喝酒、抽烟、谈白。

牌楼习俗，遇到白事的人家，当年春节是不贴春联的。两个老邻居的古君子之风，成了两代牌楼人的谈资。如今，山高水远，老一辈人先后离世，今天的牌楼已经不是老一辈人生活过的那个牌楼了。

四十旺岁的英大娘一直没有改嫁。在一眼望不到头的贫瘠岁月里，她既当妈又当爹，辛辛苦苦地拉扯着一双儿女。那些年她吃了多少苦啊，披星戴月，风里来雨里去，腰都累弯了，一头黑发常年乱蓬蓬的，渐渐成了一头芦花。牌楼人没有想到，看上去病歪歪的英大娘竟然如此长寿，村里年纪比她大的，走了，年纪比她小的，也走了，她竟一直活着，一年又一年，阎王老子仿佛把她这个人给忘了。

她八字硬，一个人活了两辈子，霸了英大爷的阳寿……私底下，不止一个老人这样说。活着活着，英大娘竟发下宏愿，临终要剃"大寿头"，民谚说，"大寿头，大寿头，子子孙孙不用愁。"大师傅大吃一惊，走村串户几十年，他还没有剃过"大寿头"。英大娘当然足够高寿，但剃"大寿头"的都是德高望重的男性老人，这种坏规矩的事，他自然不肯应承。

"可是真不照啊？你做个好人……"她泪汪汪地望着大师傅，深长地作揖。

"真、真不照！你去访、访访，哪个女的剃过大、大寿头？"

大师傅话音刚落，英大娘"扑通"一声，朝他跪了下来。

这么重的礼，谁受得起哦，大师傅急了，越急越结巴，"你、你、你这样看、看、看得起我，照说我、我该答应，但、但我不能坏、坏规矩啊！"

英大娘一面抹眼泪，一面缓缓起身，哪有她不知道的规矩呢。

乡亲们七嘴八舌地，在一边帮腔——

"她老人，太不容易了，就算出点儿格，又有什么关系呢？"

"几个人能活到她这个岁数，活菩萨啊！你这也是积德的事。"

"讲句老实话，她剃，我们都没意见。她不剃，我们都不能剃。"

…………

大师傅默默地听着，欲言又止。

英大娘是三月里走的，说是白事，其实也是喜事了。乡亲们有钱的出钱，有力的出力，英大娘家房前屋后，经幡招展，雪白的花圈里里外外堆了好几层。那个入殓的夜晚，乍暖还寒，山顶上挂着一轮清冷的残月，山坳里黑魆魆的，暖坟的孤灯明明灭灭，萤火虫一样，闪烁着微弱的光晕。几条野狗在村子中央窜来窜去，呜呜呜，像突然间被谁扼住了喉咙。英大娘的灵床摆在堂屋中间，四个诵经的道士，神情肃穆地站在孝子贤孙后面，唱："阵阵阴风好凄凉，三魂七魄飘荡荡。望乡台上往下看，一眼看见自家院。高堂停放一花棺，亲戚朋友闹喧天……"停，为首的穿黑袍者起身敬酒，敬酒毕，又唱："望乡台上招招手，鬼师带路往前走。行路口渴好心慌，见一位婆婆奉茶汤。喝了这碗迷魂汤，阳间的事儿都不想……"正唱着呢，村口的石拱桥头，忽然响起一阵噼里啪啦的鞭炮声。这么晚了，谁来吊唁呀？大家一起望着，便见朦胧月色里，急匆匆走来一个黑影，近了，竟是大师傅。孝子急忙上前，正准备下跪行礼呢，被他一把拉住。他顾不上寒暄，急匆匆进了屋，"扑通"一声跪倒，朝灵床上的英大娘磕了三个头。

屋里屋外的人都望着他，将信将疑。他一言不发，从工具盒里掏出剃刀。

穿黑袍的道士一声高喊："大寿头！大寿头！子子孙孙不用愁！"

屋里屋外的人已经回过神来，跟着一起喊："大寿头！大寿头！子子孙孙不用愁！"

大师傅双手合十，将残月一样的剃刀举过头顶，朝东南西北四个方向拜了三拜。

拜毕，孝子呈给大师傅一大杯白酒。大师傅接过白酒，又朝东南西北四个方向拜了三拜。锣钹响了起来，四个道士侧身面对英大娘，诵经。诵毕，穿黑袍的道士慢慢掀开英大娘身上的红床单，大师傅含着一大口白酒，向英大娘脸上"扑哧"一声喷去。屋子里鸦雀无声。大师傅跪了下来，屏声敛息，右手悬腕执刀，拇指按住刀面，食指、中指勾住刀柄，无名指、小指顶住刀把，只听"沙沙沙"，剃刀在英大娘的额头上行云流水一样游走。"大寿头"只能一气呵成，不能剃第二次，而且只剃前面的部分，后面的部分得留着，叫"后发"。

祭台上，烛火摇曳，像夜晚幽深的心跳。

大家敛声屏气地看着大师傅。他的额头上，沁出一层细密的汗珠。

时间在夜色里慢慢流逝。摇曳的烛火，一次次舔亮大师傅的剃刀。临了，大师傅慢慢站了起来，向剃刀上喷了一大口白酒，然后便折起剃刀，塞进工具盒。

穿黑袍的道士领唱："剃完大寿头，子子孙孙不用愁。出门就是望乡台，你慢慢走来慢慢行。"

众道士合唱："你慢慢走来慢慢行，望乡台后面就是大桥东。小路别走你走大路，一路风调又雨顺……"

…………

入殓了，孝子贤孙伏地恸哭，四个举重山呼海啸着将英大娘的遗体慢慢移进棺椁。谁也没有留意大师傅，死神带走了他的得意之作，此时，他已经在凉薄的月色中，独自消失了。

那是我最后一次见到大师傅，不久之后他便收起剃刀，不再走村串户帮人剃头。

牌楼人上街赶集，见过几次大师傅，他默默地蹲在街角，茫然地抽烟，面前摆着几只菜篮子，篮子里盛着黄心乌、青萝卜、香芹、小葱、大蒜……怎么会这样呢？有一次，我问明师傅，明师傅长叹一声说，"老规矩，可守可不守的，毕竟时代不同了。他非守不可，你有什么法子呢……"

那一刻，我忽然理解了大师傅——他敬畏剃刀，敬畏生命，敬畏神明——那是一种骨子里的敬畏，源自一颗纯粹的匠心。

"匠"，从匚，从斤，意为工具箱子里放着一把斧子。斧子，既是有形的工具，也是无形的律令，星宿一样悬在头顶。

明师傅迟迟没有收起剃刀。大学时代，暑热的傍晚，野泳归来，我时常看到他站在余晖里，慢条斯理地帮老人剃头。也只有老人还念着他的老手艺，隔三岔五来找他剃头。对于老人来说，老手艺既承载着一片知根知底的深情，也承载着一种墨守成规的生活。那时候，小街破罡已经有了第一家理发店，闪烁的霓虹、喧闹的音乐，进出其间的，是发型新潮的红男绿女。

是的，那时候年轻人已经"理发"了。从"剃头"到"理发"，年轻人以自己的方式，迎来了一个热火朝天的新时代。

执刀四十多年，明师傅最大的遗憾是没有剃过"大寿头"。"你是不敢剃吗？"我问，他"呵呵呵"地笑了，说，"大寿头，那也不是谁敢剃就能剃的哦！不光要有手艺，人品还要好，光手艺和人品还不行唉，得有机缘……"我一时语塞，又不禁想到，明师傅迟迟没有收起剃刀，是在等那个不可测的机缘吗？

世事难料。因为殡葬改革，遗体一律火化，城乡一刀切，"大寿头"被视为封建陋习，如今已经无人问津了。

去年清明，回牌楼扫墓，我问五婶，"明师傅可还给人剃头啊？"五婶眉毛一拧，"明师傅？明师傅早就化成灰了！"

我有些黯然。人到中年，时常要面对各种各样的离别。我没有再问大师傅，他比明师傅年长，想来已不在人间。

小村岑寂。一座座青砖瓦屋落着大铁锁，院落空空。山坳间偶有鞭炮炸响，一碧如洗的树冠上烟霭袅袅，像朋友圈里那些如诗如画的乡村。

选自《安徽文学》2023 年第 4 期

王兆胜

人体的哲学

王兆胜

文学博士、博士生导师。中国作家协会会员。南昌
大学特聘教授,《中国文学批评》副主编,国务院特
殊津贴专家,鲁迅文学奖评委。出版专著 18 部,散
文集多部。获首届冰心散文理论奖、全国报人散文
奖等。

人们总觉得对自己的身体比较熟悉，所以有"了如指掌""胸有成竹""心知肚明"等说法。医生更不用说了，整天与人打交道，与人体频繁接触，其熟知程度自不待言。不过，人体仍然是个谜，医术再高明的医生也有不了解的地方，普通人更是一知半解，难以达到哲学的高度。

头部解码

在人体中，最具权威性的是头部，即脖子以上部分。它高高在上，被脖子和两个肩膀支撑着，仿佛是一座高山的峰巅，具有天然的优势。因为处于人体的高位，可一览众山小，也常傲视群雄，还能优先"出头"，当然也容易被"枪打出头鸟"，成为被打击的首选部位。当狂风吹过，不少人会戴上帽子或扣上头套，以御风寒。拳击、击剑、散打等运动往往也将头部作为重点保护对象，这是人体中最致命的部位，一击就能决出胜负。头部的大小因人而异，有的人头头大如斗，有的人头小如枣核，很难以此简单衡量智愚。一个大头被安在一位将军身上，就会显得威风凛凛，若是换了小头就显得有些滑稽。按照民间说法，头部最为难得的是饱满，特别是头角峥嵘，头部凹陷就不被看好，除非是个奇才。我的导师林非先生曾说，习惯于给自己戴上帽子，极不利于养生，因为过于重视护头，久而久之，头部就会缺乏抵抗力，更容易生病。

头部最显眼的是面部。因为人种不同，面部也有明显区别。不过，一张脸就是一张名片，给人的印象最为直接和深刻。有的人见过一面，就不想再见了，那种僵硬、凶狠与戾气仿佛是个大阴天，让人心生厌倦与寒意。有的人却让人如沐春风，仿佛遇到和煦的阳光，喜庆与福运如成熟的苹果一样自内往外透出。圆满的一张脸，特别是额头平阔并高高隆起，那就充满喜悦与智慧。还有的人长着一张长脸，显得潇洒英俊，让人过目不忘。如果是锥子脸、黄瓜脸、猪腰子脸，往往给人的感觉就会差一点儿，但不可否认的是，这样的人难保没有才华，还可能是奇才。面色常被作为判断一个人善恶、美丑、曲直甚至性格命运的标准，于是有了红、白、黑、紫、黄、蓝、绿等不同解释。其中，土色最让人担心，表示身心不佳。总之，不论如何，一张脸上有人气、喜容、神采，让人感到充满正气，可感、可信、可爱，这是最重要的。

　　一张脸如同一张地图，可遍览万里江山。鼻子是脸上的高山，它离外界最近，能以嗅觉快速感知世界，别人也能直接通过鼻子获得一些信息。圆润丰实的鼻子被称为"福鼻"，鼻子处于脸的正中央，也是生命的三角区，它的沉稳平和最为重要。高耸的鼻子很有气势，往往代表着干练，也充满男子汉气概，给人一种浩然之感；但当鼻子过于高耸，特别是干硬得如骨似刀，那就会让人感到不快，容易给人一种受到威胁之感。至于狮鼻、鹰鼻、悬胆鼻、牛鼻以及塌鼻、翻鼻、朝天鼻等，那就各有讲究了。眼睛是心灵的窗户，它没有鼻子高昂，但处于鼻子上方，也高出鼻子一格。眼睛因人而异，形状、大小、黑白、明暗、清浊、凸凹、美丑不同，所谓"巧笑倩兮，美目盼兮"指的就是眼睛之美妙。当一个人有一对双眼皮，那就显得喜庆，单眼皮则显得精明强干。但不管怎么说，一个人的目光如炬、精气饱满、颇有神韵最为重要。当然，目光内敛，能够葆光，神如珠玉，也很难得。那些目光如豆、见识浅薄之人，即使再有光彩，也会因过于外露而很快烟消云散了。眉毛在眼睛上方，如山石之植被一样映照着一个人的风姿。一平如水之眉代表温和平明，剑眉有剑气傲骨，柳叶眉多了风姿绰约，八字眉属于自然安顺型。当然，眼眉的浓密散淡、整齐杂乱、宽窄高低也很有讲究，特别是双眉的间距大小与胸襟有关。眼眉如风，它的飘动会在眼波中留下涟漪，投入倒影，更显出眼睛的特殊风光魅力，所以对一个人来说眼眉就显得特别重要。嘴在脸的下方，比鼻子、眼睛、眉毛都低，也更世俗化一些，这是个用来吃喝、说话、呼吸、咳嗽的地方。与眼睛用来观看不同，嘴是要尝尽酸甜苦辣咸淡的，它的感受力最为直观。有智慧的人都知道，贪吃必输，言多必失。阔口与樱桃小口给人的感受不同，嘴唇的厚薄、颜色、形态也代表不同的趣味以及身体的好坏。还有口中的舌头，这是关键的关键，它是古人望、闻、问、切中"望"的关键。饮食、说话、亲吻都离不开舌头。当舌头下面有清泉般的唾液溢出，那是玉液琼浆，也是生命的活水，其中有元气存矣！短舌头说话含糊，长舌者惹是生非，无舌头难以发声。一个人的面部如竹林中的竹叶，平静安顺时最为美好，即使在风中也应发出玉质金声，绽放一个时代的一片光芒。

耳朵本应属于脸的五官，但它不长在脸上，而是生于头部两侧，顺风耳从脸的正面几乎看不到，招风耳又仿佛是与脸无关的独立器官。也就是说，于脸，耳朵仿佛是多余的，有时越看越感到怪异；于头，耳朵是从侧面生出，像木耳、叶片，是耳提面命的抓手。耳朵这个看似多余的器官，其实一点儿也不多余，因为它是脸获取信息的重要器官。中国古代智者老子，名耳，字聃，其中有双耳；《义勇军进行曲》的作曲家聂耳有"四只耳朵"，因为繁体字的"聶"由三个耳组成。当然，老子也说过"五音令人耳聋"的话，希望通过"闭目塞听"达到真正的智慧。王充在《论衡·自纪》中就说过"闭目塞聪，爱精自保"的话，表达了同样的意思。

当然，头部还包括更多信息，如头发、胡须、痣、人中、泪水，它们各有讲究，各显神通。从关公、托尔斯泰等人的长髯，到清代人留的长辫子；从日本人的小胡子，到鲁迅的唇髭；从割须弃袍的曹操，到蓄须明志的梅兰芳，都不只是身体的事情，更与历史文化与哲学思想相通。陈忠实写过一篇文章《晶莹的泪珠》，这是将"泪水"赋予了文化精神哲思，远超出简单的物象范畴。

头部与大脑相关，是思想的代言，也是灵魂与哲学的飞翔之地。当"头脑风暴""数字大脑"兴起，人体的头部就会获得哲学意义，在时空意识、思维方式、创造智慧等方面带来一场轰轰烈烈的革命。

上半身蕴含

人的上半身是人体的中心，也是直面世界的主体。许多核心部件都藏在这里，这是人体发动机的动力源。仔细观察和细心品味人的上半身，将有助于我们加深思考，获得精神的超越。

关于肚子。在不少人看来，肚子除了装载食物，没有多少用处。所以，肚子大了，就会用"大腹便便"加以讽喻。其实，肚子除了物质性，还有精神性，是包含了思想智慧在内的。所以，林语堂认为，中国人的智慧主要不在大脑中，而是在肚子里，是肚子孕育、培植、升华人的精气神。妇女肚子大了，是已经怀有身孕，一个生命在子宫里开始发芽、开花、结果，成为一个新的生命体。苏东坡是"一肚子不合时宜"，所以才能发思古之幽情，产生他的浩然正气，然后化为天地至文。古人常说的"宰相肚里能撑船"与"大肚能容，容天下难容之事"都是哲人关于肚子的思考。

关于心。西方人重视大脑，而中国人特别是中国古人更看重"心"，对心灵有一种特别的崇尚与敬意。因此，有许多与"心"相关的词语，像"中得心源""心心相印""心有灵犀""心安理得""心悦诚服""心花怒放""全心全意""心潮澎湃""赤子之心""心领神会"等都是如此。如"心明眼亮"将"心"与"眼"贯通，于是"心"为"内眼"，眼为"心窗"，这可谓中国文化哲学的妙悟。另外，中国人为文和治世也都离不开"心"，像刘勰的《文心雕龙》、王阳明的"心学"、张载的"为天地立心"，都以"心"为天地人生的中心镜像，是一面体悟天地人生的"心镜"。更重要的是，在"天心"与"人心"之间形成一种互动、互通、互化模式，所以林语堂有"两脚踏东西文化，一心评宇宙文章"的名联。于是，肉体之心即转换成一种内在的情感、思想、文化、哲学、智慧、精神。其实，古人所言的"云在青天水在瓶"讲的也是关于"天心"与"人心"的互证关系，是一种形而上的哲学精神。

关于五脏六腑。严格讲，"五脏六腑"是包括心的，在此着力探究别的器官。从食物与生理来说，五脏六腑是"杂碎"与"下水货"，是趋于肮脏性质的理解。但从文学、文化、精神、灵魂来说，五脏六腑是关乎天地生命以及人的生命精华的。读一个作品，我们会说"感人肺腑""沁人心脾""肝肠寸断"；说一个人坦荡，人们会说"肝胆相照"；评价一种风貌，大家会说"疏瀹五藏，澡雪精神"。其实，性灵说、神韵说、魂魄说都与五脏六腑有关，就如张君房在《云笈七签》中所言："每坐常闭目内视，存见五脏六腑，久久自得，分明了了。"这是心眼相联、内外打通、宁定观心的重要方法。

关于胸怀。有的人身宽背厚，有的人长了一个鸡胸，于是有了关于"胸怀"的不同理解、判断、评价。不过，生理与心理、精神、气度往往不成正比，而是有着复杂含义的。换言之，有的人长得膀大腰圆，但心胸狭窄、小肚鸡肠；有的人文弱书生一个，却能容天纳地、心怀天下。

苏轼在《黠鼠赋》中说："人能碎千金之璧而不能无失声于破釜，能搏猛虎不能无变色于蜂虿。"说的就是那些复杂的人性与人格。陈子昂在《登幽州台歌》中说："念天地之悠悠，独怆然而涕下。"王勃的《滕王阁序》中有："襟三江而带五湖，控蛮荆而引瓯越。"这些句子都是发自肺腑的，有天高地迥、万里清秋的天地胸襟，是一般世俗之人难以达到的。

　　关于手。从上半身的肩膀上生出胳膊和双手，如同机翼一般仿佛可以起飞，将人的双臂与手说成是鸟翼的退化也未尝不可。不过，物理的退化却换来了实用与精神的进化，特别是手的灵敏度与创造性是鸟儿无法比拟的。双手含有十指，每个指头都有特殊功用，可以生产和操作各式各样的复杂工具，也可以创造任何动物都不能完成的新奇。一些大国工匠靠的是双手，一些艺术家也是用双手绘制出美好的作品，有的人的手握上去非常绵软，还有的作家有着纤纤玉手，更有小说描写赌徒那千变万化的手，不一而足。茨威格有一张照片，他微偏着脸看着读者，举起凝脂般的左手，食指与中指夹着雪茄，无名指上戴一枚钻戒，那是一只生机勃勃、活力无限的手，一如他动人的诗情。另有一张照片上，茨威格用右手轻托下巴，伸出的食指与露出的手腕如一只和平鸽，仿佛展翅欲飞。在《一个女人一生中的二十四小时》中，茨威格这样描述赌徒的手："这两只手像被浪潮掀上海滩的水母似的，在绿呢台面上死寂地平躺了一会儿。然后，其中的一只，右边那一只，从指尖开始又慢慢儿倦乏无力地抬起来了，它颤抖着，闪缩了一下，转动了一下，颤颤悠悠，摸索回旋，最后神经震栗地抓起一个筹码，用拇指和食指捏着，迟疑不决地捻着，像是玩弄一个小轮子。忽然，这只手猛一下拱起背部活像一头野豹，接着飞快地一弹，仿佛啐了一口唾沫，把那个一百法郎的筹码掷到下注的黑圈里面。那只静卧不动的左手这时如闻警声，马上也惊惶不宁了；它直竖起来，慢慢滑动，真像是在偷偷爬行，挨拢那只瑟瑟发抖、仿佛已被刚才的一掷耗尽了精力的右手，于是，两只手惶惶悚悚地靠在一处，两只肘腕在台面上无声地连连碰击，恰像上下牙齿打寒战一样。"此时的手仿佛已脱离了生物的生理机能，进入诗意的艺术殿堂，成为哲思的化身，因为灵性与美感使艺术生命升华了。

　　一个人照相与造像时，往往主要显示的是上半身与头部，这是稳定的基座，也是最能显示主体性的部分。仿佛有了心与脑，这个世界、人生就完整了。与圆的头部相比，上半身是方的，也可以说是方正的，这正好形成了方圆结合、有规矩方圆的意涵。加之双眼、双耳、双乳、双臂、双手的协调，有一种均衡之美，其价值魅力也是在此得以生成。

下半身隐喻

　　人的下半身往往是个人们羞于谈论的话题。那是因为有隐情于先，加上颜色后产生了许多联想。其实，包括"性"在内的一些方面并不是不可以说，关键是自己内心是否健康。就像劳伦斯所说，"性"本身并不淫猥，当谈"性"之人心理淫荡，才会有所谓的"淫"。下半身隐喻是形而上的，有时也是有诗意的。

　　男女生殖器官在肚子下面安家，两面有双腿保护，成为整个身体最安全隐秘之所。像三面环山安营扎寨一样，生殖器官是需要保护的，也是最重要的生命之源。当一个个生命在此诞生，响亮的婴儿啼哭打破宁静，弱小的生命逐渐变得健壮，儿女的个子及智慧超过父母，一代一代如长江后浪推前浪，男女之性、之情、之爱仿佛渲染了生命的四季，我们就能理解"生命之根"与"万物之母"的真正含义。

在人体中有个特殊情形，那就是：真正的入口只有一个，是嘴，让生命的活水与食物从此处而入。如果再加上一个，那就是鼻孔，但它在吸气时又出气，于是一进一出、一呼一吸，此间有道存矣！这就是所谓的"一呼一吸谓之道"。而人体真正的出口则在下半身，是生殖系统的"出口"，一前一后的大小便的出处。众所周知，当人不能进食与喝水，当人无法呼吸，生命也就完结了。然而，当生殖系统出了问题，生命同样无法生成和延续。由此可见，下半身的"出口"要完成口鼻的入口交给的重任，也有着其他器官无法代替的生命的生成功能。

腿是下半身的支撑部位，整个头部与庞大的身躯都要靠双腿之力，以人体的柱石来形容腿之巨大功用并不为过。我们常说的"肱股之力"中的"股"就是大腿，"肱股之臣"是指像"肱股"一样有力辅佐帝王的重臣，说明"大腿"的重要性。在动物界，靠四腿或多条腿支撑身体的居多，靠双腿支撑又能直立行走的恐怕只有人，这是人类的进化使然。人之不同凡响在于双腿支撑身体成为一条直线，而且能直立、快跑、旋转、跳跃，这是人生命创造力的集中体现，也是一种超常的智慧。武术非常讲究下盘功夫，练习各种腿法，站马桩、太极步伐、跆拳道、谭家腿等都很有代表性。有谚语云："手是两扇门，全凭腿打人，弹腿四只手，人鬼见了都发愁。"据说，弹腿的技术有十路歌，从中可窥"腿"之妙用："头路冲扫似扁担，二路十字巧拉钻，三路劈砸倒拽犁，四路撑滑步要偏，五路招架等来意，六路进取左右连，七路盖抹七星式，八路碰锁跺转环，九路分中掏心腿，十路叉花如箭弹。"这种弹腿简直是将"腿"艺术化和哲学化了，从中可见文化智慧的凝聚与升华。人的"腿"又是生命力的象征，所以说"人老先老腿"，又说，"人老了最怕跌倒"。容易摔倒的老人说明腿脚不灵便了，也是整体生命力衰退的反映。

　　脚是人体下半身的支撑点。它们看起来远远小于其他部分，甚至不值一观，不过，其价值却不可低估。因为整个身体都是由两只脚支撑，还要走路、跑步、跳跃，这是何等困难之事，也是充满神秘感的。更神奇的是，芭蕾舞是用脚尖支撑身体跳舞，并做出各种高难动作，从而形成谜一样的优雅舞蹈，这让小小的脚变得更加充满魔力。中国古代女子缠足是一种病态，但其目的与摩登女郎穿高跟鞋一样，都是为了那种悠然之美，此时的脚下已经生成一种艺术了。足球是关于脚的体育运动，也是脚的艺术的集中体现，它使一双脚更加灵活敏感，脚与球融为一体，也达到了哲学的高度。在手上，乒乓球、排球、手球、围棋、击剑、射击可发挥巨大作用，而足球则独领脚之风骚。可以说，在人体的艺术化过程中，可能只有手能与足相媲美。林语堂曾用"天足"之美倡导自由与自然的重要性，反对缠足的"小脚"。我曾在《论足》一文中，这样谈"足"里所包含的哲学意蕴："知'足'难矣！'知足'亦难矣！'知足常乐'更难矣！'足'在脚下，在心中，在道里。"

　　一般人都觉得，下半身远不如上半身和头部来得重要，因为大脑与心脏是核心与灵魂，是须臾不能离开的主要部件。但是，人们忽略了生命之本源的作用，特别是根基本体的价值。当一个人的脚出了问题，腿不能动了，其机能与活力就会逐渐丧失，更不要说直立行走、跳跃、旋转，以及让人体成为艺术哲学和生命哲学的载体了。

关联处的价值

　　严格意义上说，将人体分为头部、上半身、下半身，这是表面化的，也是比较机械的。因为人体与万事万物一样，是不可分割的，其相互关联处更为重要，分三部分只是为了叙述与理解方便不得已罢了。人作为一个整体，关联处所显现的相关性与内在性不可不察，这有助于对生命哲学、人生哲学、天地之道产生更深的理解。

脖子是连接头部与上半身的通道。通过脖子，头部得到血液、氧气等滋养，否则就会出现脑死亡；同理，有了大脑的控制，人的上半身与下半身不至于被感性与欲望淹没。事实上，脖子还是一个特别富有变化的所在，也是有着哲理性的部件，只是一般人不太注意而已。比如，脖子可粗可细、可长可短、可硬可软、可前可后、可左可右，还可以顺时针与逆时针旋转，人体的所有部件恐怕都没有脖子灵活、富有弹性与变数。人们可以发现：练武之人将脖子练得如老树根般坚韧，即使将锐器扎在喉结上也安然无事。如今，许多人的脸已变得面目全非，涂脂抹粉或整容让人无法从脸上判断美丑与年龄，然而，脖子却很难遮蔽。因此，看一个人的真面目，脖子是最好的镜像。一个浮肉堆积、如老树皮般皱着、松弛无光的脖子，是多少脂粉和整容都无法遮盖的。从这方面讲，一个人的脖子非常重要，它更多地保持了本真自然。

腰部是上半身与下半身的关联处。本来，腰既属于上半身，又属于下半身。前者与肾有关，后者与生殖系统相关，这就带来它的关联性。另外，腰是上半身与下半身的重要转折点，弯腰、转身、踢腿、翻跟斗，都离不开腰，这仿佛是个可以不断变化的中轴线，也像"流水不腐，户枢不蠹"的户枢，有着极大的变数和能动性。有的人膀大腰圆，有的人杨柳细腰；有的人腰缠万贯，有的人则为五斗米折腰；有的人把腰杆挺得很直，有的人则点头哈腰。在世俗的人眼里，一个男子虎背熊腰是福相，一个女子长着水蛇腰就是水性杨花。日本人向人行礼，腰弯曲得厉害，点头时点得很低。林语堂将中国传统作揖之礼概括为关于弯腰的体操，通过这一礼仪，人的腰身变得越来越有弹性，也变得越来越容易服从。李白曾有"安能摧眉折腰事权贵，使我不得开心颜"的名句，倡导的就是一种傲骨精神。

膝盖与脚腕是下半身的两个关节点。其实，下半身要支撑上半身与头部，确实压力很大，难乎其难。不过，有了脖子、腰部，再加上膝盖和脚腕这些环节，沉重的压力就会得到舒缓，这就是力量的缓冲，也是以柔克刚的关键。不过，无论如何，膝盖与脚腕都要承受重负，这也是膝盖与脚腕最容易受伤的原因。人们常说，儿孙绕膝，这时的膝盖成为中心，也是尊贵的代名词。中国古人还说，"男儿膝下有黄金"，也是在强调"膝盖"的重要性，不能轻易向人下跪。真正要跪，就是"上跪天地，下跪父母"，所谓"上跪天地"，就是跪天地神灵；所谓"下跪父母"，就是跪祖先、父母、前辈。由此可见，膝盖所包含的天、地、人、心、道。

总之，在人的周身实际上存在着这些常为人所忽略的关节点，它们既起到联结作用，使分离着的部分得以成为一体，又与经络、血脉、神气相关，从而产生一个完整、均衡、协调、化合的物理与精神世界。这颇似书法的形成，它是通过一个人的手中之笔，将全身心的精气神融会贯通，然后通过腰、臂、腕、手、指传达到笔杆与笔尖，再渗透于柔软的宣纸上。这是一个极为复杂的过程，也是一个不断凝聚、化合、精纯、渗透、表达的生命形式，缺少任何一个环节都难以达到应有的艺术效果。同理，当太极拳调动全身心的每个部分，特别是通过各个关节的运动，然后将全身心的力量汇聚并发挥出来，达到一种气吞山河、力拔山兮的壮志豪情，这不是靠生理器官就能达到的，必须有内在动力的生成与激发。这就是人体内在的精气神的巨大作用。

一般而言，人体就是由一些骨骼与血肉组成。然而，站在哲学的高度看，人体是天地间最完美的组合，也是生命最内在的集聚与表达，其间充满科学性，也包含科学难以解释的神秘，还有一些只可意会不可言传的内容。对比一些动物，人体是开放的、发展的，也是不断趋于完美的，还是一个被抽象化的形而上的有机体。某种程度上说，人体也是天地间的精灵，即使在无风的时刻，也会被天地之气奏响，成为生命的美妙乐章。

选自《清明》2023 年第 4 期

弋舟

这埋葬一切正经
与不正经的大墓

弋舟

当代小说家，中国作家协会全委会委员、小说专业委
员会委员，入选中宣部文化名家暨"四个一批"人
才。历获第七届鲁迅文学奖等多个重要文学奖项。

　　盛夏黄昏，那馆远远望去竟略有秋意。这馆，因着一个人的大墓而建。此刻，公元 2022 年的夏天，我从长安而来，防疫管控部门的电话，正如影随形地追着我跑。而这大墓的主人，在公元前 74 年的初夏，从山东起身奔赴长安，去做西汉在位时间最短的一任帝王。时隔 2096 年的这一来一往，被我在心里面数算出确凿的时距，当然不是出自妄比帝王的狂悖，仅仅是，大疫当前，作为一个卑微的生命，我不由得要在浩渺的时空面前恍兮惚兮。

　　彼时，大汉的这位继任天子 18 岁。他是那位彪炳千古的汉武帝之孙，四五岁时，就做了西汉的第二位昌邑王，幼童嗣位，在世俗的价值体系中，是荣光与尊崇，是老天爷的褒赏，而在最为朴素的人伦世界里，却是不折不扣的倒霉事儿，简单地说，就是"打小没了爹"。伏笔就此埋了下来——他在 18 岁的那一年，既要荣光尊崇地打马入朝，承袭皇帝的尊号，又将倒霉地在短短的 27 天里，被权臣例数出万般罪恶，仅征索物品一条，就多达 1127 起。27 天，1127 起，同样是数字所记载下的历史，真相却全然失去了意义，所表征着的，只是人类抽象而虚妄的本质。

　　假作真时真亦假，无为有处有还无。这人，这 18 岁时做了 27 天皇帝的人，无端地总令我想起那位含玉而生的公子哥儿。不错，他与贾宝玉，堪可在太虚幻境里彼此映照。甚而，他们那一派天然的顽劣，都各自在虚空中发出令人似曾相识的哂笑。相对于那煌煌历史的"正经"，他们的价值与意义，却全然在于"不正经"，他们反向而行，混沌地躲避着日凿一窍的巨锤。属下日复一日地向他谏言，让他还是正经点儿吧，正经点儿吧，终有一日，他掩耳走掉，撂下一句："郎中令真会使人羞愧。"你瞧，他没有发飙，没有巨锤回过去砸烂聒噪者的狗头，而是逃遁一般地捂着耳朵跑开，用一种"不听不听我不听"的态度，远离那"正经"

的勒索。他知道"羞愧"了，但他拒绝这种感受，拒绝一切以"正经"之名让人惶惶不安的压迫。

他全无阶级观念，没完没了地赏赐仆役，和下人们吃喝玩乐，正正经经地盘剥，不正正经经地挥霍。"正经人"又来劝谏，双膝跪地，低声哭泣，周围侍候的人都被感动得直落泪。于是，王与臣的一番对话，尽显正经与不正经之真谛。

他道："郎中令为什么哭？"——不，他不是装傻，他是真的不晓得。

正经人回答："我伤心国家危险啊！希望您抽出一点儿空闲时间，让我把自己愚昧的意见说完。"——多正经，大事要小说，要私下里说，要避讳着说，要自认愚昧地说。

这样啊，好吧，他叫周围的人避开。

正经人问："大王知道胶西王不干好事因而灭亡的事情吗？"——明知故问，欲擒故纵，这才是正经的套路。

他说："不知道。"——或者，他是知道的，但在套路里，人也难免跟着套路起来。

于是，正经人便开始口若悬河，所举之例，从"正经史"中任意截取一段，都大差不差。最后，正经人推荐一批正经人与大王一起生活，坐时就一道读读《诗》《书》，立时就共同演习演习礼仪。他同意了，跟一群正经人待上几天，再把他们统统赶走。就是这样，他能够流畅地穿行于正经与不正经之间，间或给正经一些面子，然后，重新回到不正经里。

这样的一个人，创下大汉皇帝最短的在位纪录，还有什么好奇怪的呢？六月癸巳日，他混了 27 天，搞出成千上万条罪过，在史书上以"汉废帝"之名，被废为庶人，重新打马回了故地。

公元前 74 年 7 月 18 日—8 月 14 日，这 27 天，在整部"正经史"中实为绝唱。那是一个不正经的人不给正经人面子的 27 天，是全部的正经人以数算不正经来自诩何为正经的 27 天，是历史难得的、混沌的 27 天，是人如何与庞然大物周旋而生发出可能性的 27 天。窃以为，那也是贾宝玉在大观园中于梦里翻云覆雨的一天。

这个不正经的人遭到了废黜，被从正经的世界驱逐了出去，依然还是要蒙受忌惮。新帝即位，派人密查他的行止，密使分条禀奏，说明他的废亡之状：奴婢 183 人，关闭大门，开小门，只有一个廉洁的差役领取钱物到街上采买，每天早上送一趟食物进去，此外不得出入。一名督盗另管巡查，注意往来行人，用故王府的钱雇人为兵，防备盗贼以保宫中安全……

后来，他二十六七岁了，在密使的眼里脸色很黑，小眼睛，鼻子尖而低，胡须很少，身材高大，患风湿病，行走不便，穿短衣大裤，戴着惠文冠，佩玉环，插笔在头……

没办法，他还得和正经人一次次对话。

正经的密使又来了，两人坐在庭中，正经人想用话触动他，观察他的心意，话术从鸟儿开始："昌邑有很多枭啊，呵呵。"他答："是啊是啊，以前我西行到长安，根本没有猫头鹰。回来时，东行到济阳，就听到猫头鹰的叫声了。"继而，他跪着禀报了家属的情况，尽管他还有着 16 个妻子，22 个儿女，但在正经人看来，已然"白痴呆傻"，几近正经了。

在这一次次看似正经的对话中，尽管，他唯唯诺诺，但是可能还会在一些时刻，不正经地想起自己封国为王的那些日子：那时候，他常常见到不正经的玩意儿。他曾看见白色的狗，身高三尺，没有头，脖子往下长得像人，还戴着方山冠；他看到熊，可是他的左右随从却谁也没看到；有成群的大鸟飞集于宫中，他问这是怎么回事，被正经人教导说："这是天帝的告诫。"他仰天说："不祥之物为什么总是来啊！"内心却发出了对正经世界里正经的劝谕方式的叹息。

他貌似正经了，便避开了凶险，公元前 63 年，他受封海昏侯，食邑4000 户，四月壬子日，前往其封地海昏就国。几年之后，他口不择言，又一次轻度不正经，食邑被削为 3000 户。公元前 59 年，封侯 4 年之后，他死在了自己的 33 岁。

海昏，汉代设置的县，为汉豫章郡十八县之一。现在我立于此地，不由得再次感叹汉语的奇妙。那个死在了 33 岁的不正经的人，你难以想象，除了成为一个海昏侯、除了葬于此地，神州茫茫，还有哪块土地是合适他的？海、昏，这两个汉字，就是你想象这个人一切的能指与所指，多加阐释，既无必要，亦无可能。它在大地上具体的位置处于江西省北部，范围大致包括南昌市新建区北部、永修县、安义县、武宁县、靖安县、奉新县。

2016 年 3 月 2 日，历经数载考古发掘，位于此地的一座汉代大墓的墓主，得以确认。内棺被打开的那一刻，历经 2000 多年，墓中人只剩下了依稀可辨的些许遗骸残迹，专家在其腰部位置，发现了一枚凸起的小物件，方形，似玉。谨慎地提取出这枚小物件，专家最终确认这是一枚玉印。玉印上，清晰地篆刻着"刘贺"两字。

没错，是他。刘贺，大汉帝国在任时间最短的皇帝，第一代海昏侯，那个 2000 多年前的不正经的人。

他在死后还不正经地和这个世界周旋着。"大凡汉墓，十室九空。"但是，他成功地绕开了 2000 多年来世道人心对他的觊觎和偷窃，躲过了大水，躲过了地震，躲过了大湖入江、沧海桑田，躲过了历朝历代盗墓者打下的孔洞，让自己的埋葬之地，成了中国迄今发现的保存最好、结构最完整、功能布局最清晰、拥有最完备祭祀体系的西汉列侯墓园。

大墓如今已是考古博物馆的规制。"甲"字形大墓中，大型实用真车马陪葬坑中清理出了大量的青铜器和车马器，还有 20 匹马的遗骸残迹；主椁室，回廊，衣笥库，随葬品按照不同的功能被放置在了外回廊藏阁的各个区间，每个藏阁中的物品都堆积如山：编钟、铜鼎、宝剑、伎乐俑、竹木器、漆器、厨具、钱币、陶器……凡此种种，既是尘世之富贵，亦是人间之疾苦，是一切的正经与不正经，也是一切的实在与虚无，有如鲁迅先生将一部史书统归为了"吃人"二字，这一切，也只写下了"荒凉"——荒唐，荒诞，凄凉，悲凉。

此刻，立于博物馆的阶前，我举目四望，在这疫情肆虐的盛夏黄昏，倏忽记起，95 年前，就是在这块土地上，终于有一群人，打响了那埋葬一切"吃人"与"荒凉"、一切正经与不正经的第一枪。

选自《美文》2023 年第 4 期

王樽

黑乌鸦，白乌鸦

王樽

散文随笔作家、评论家。创作涉及多种文体及绘画、
跨文体实验。为《收获》《看电影》《城市文艺》（香
港）等杂志撰写专栏。主要著作有《与电影一起私
奔》《带电的肉体》《人间烟火》《远方的雷声》等。

一

河水被冻成了冰雕，雪花已不再飘落，山林肃然竦峙。万籁俱寂，天地皆白。唯一跳动的，是雪原上黑色的碎片——如墨迹，如音符，如梦幻，时静时动，时高时低，时聚时散，那是乌鸦觅食的身影。而在林间最高的树梢，偶有光斑闪亮，微渺、模糊得近乎不见，细看，确有灵动的光——那是乌鸦大睁的眼睛。几乎所有的禽兽，此时都龟缩在隐蔽的巢穴，等待机遇，等待太阳，期盼危情过去，企望暖日重来。只有乌鸦，像虔敬勤勉的修士，在虚无、绝望、不见生气的世界，寻寻觅觅，执着地要发现生命的活水与食粮，或许还有生活的真理。

作为世上古老的生物之一，此情此景中的乌鸦，想必已经存在了数万年，虽然不断被诅咒，仍顽强而固执地存在着，若天地不灭，应该仍会继续存在下去。奇妙的是，在人类所能抵达的观察和想象里，乌鸦始终是迥然矛盾与对立的生物，比如：既象征了大恶，又象征了大善；有瘆人的丑陋，亦有撩人的酷炫；是大的悲声，也是大的佳音；忍耐并享受着最低温的酷寒，也忍耐并享受着最高温的灼烤。

国人几乎都知晓"后羿射日"的故事。其实，其"日"与今天的"太阳"并非等同，而是9只大鸟——"羿射十日，中其九日，日中九乌皆死，堕其羽翼"，其中的"乌"即为乌鸦。或许是真有神灵附体，古今中外，不少艺术家会以不同形式让乌鸦——这不断被诅咒的鸟儿复活，在日常言说间，在神话书写里，在不同的绘画或雕塑中。某种意义上说，乌鸦是人类视野里最具活力、最具象征性，也是最具争议的"不死鸟"。

16世纪尼德兰地区伟大画家彼得·勃鲁盖尔的杰作中，常常出现不速之客——乌鸦。或林间或空中，几只寒鸦，让画面平添了别样的色彩与声音。四百多年后，伊朗电影大师阿巴斯完成了其最后绝唱《24 帧》，影片没有人物，没有叙事，而是联结的 24 个画面与片段。暗喻电影的"每秒二十四格的真理"，在静态与动态、情境与内涵、感性与理性之间，深入浅出，游弋探寻，梳理生命的真相和电影本质。该片的第一帧画面，就是勃鲁盖尔的《冬猎》图，静止的画作被彻底激活——纷纷的落雪，奔跑的猎犬，顶风而行的猎人，当然，还有那飞来飞去的乌鸦。

　　勃鲁盖尔笔下的乌鸦，是灵异之鸟——既送去生命的希望与光明，也带来死亡的绝望与黑暗；也许是否极泰来，也许是秽行噩兆。更多的，可能是亦悲亦喜，喜忧参半，或谓悲欣交集。勃鲁盖尔 1558 年创作的《有伊卡洛斯坠落的风景》，画面近处是高地上策马扶犁的农夫，旁侧有牧人放羊，右下角有渔夫垂钓，稍远的左侧和正前方有数艘扬帆的海船和渔舟，远近则有两只乌鸦在飞。山林、岛屿，劳动或休闲的人们，各在其位，各司其职，恬静祥和，相安无事。若不是画名点出，观赏者很难注意到有人的坠落。果然，画的右下角，浅海的涡流中，露出一双挣扎的大腿。那是落水的伊卡洛斯——借助蜡和鸟羽制的翅膀，他本已逃出了被困的海岛，却由于忘乎所以、飞得太高，蜡被太阳熔化，竟失翼坠落。故事结局悲情，残酷中说明世界与事实的真相——每个人都以自我为中心，无视或忽视他人的悲惨。以为若自己不在，天地万物都会变异，世界会不再是应有的世界。殊不知，悲欢生死，都是无足轻重的个人事件，没有人为你痛不欲生，即使一时泪如雨下，也会转眼破涕为笑。对世界来说，自我的存在与否根本没有自以为的那么重要，每个人都注定孤独的来去。就像伊卡洛斯的坠落，公众照样各行其是，世界依然祥和恬淡。

乌鸦的出现并非偶然，其声与行，都与其灵动的预言性及生死本能的把握相关。不论是勃鲁盖尔的画，还是后人的影像演绎，乌鸦总是对应着生命的隐喻，尤其是与生死大限相互应和。勃鲁盖尔另一名作《行往受难地》，描绘了背负十字架的耶稣正走向受难场。2011 年，波兰导演莱彻·玛祖斯基拍摄了名为《磨坊与十字架》的电影，该片围绕《行往受难地》的创作过程，以写意手法，呈现了画家创作此画的生活与时代，他的观察感悟、心得心境。画中所有的人物和风景，都在电影中鲜活流动起来。画家与画中人同在，观众也宛若置身画中。画家亮相时，先是观察随后触动一张蜘蛛网，他在纸上构想图景，边画边思忖——"我像今早看到的蜘蛛一样，开启我的工作——首先，要找到一个核心点……"。核心点即背负着十字架的耶稣，他在画面中间位置，是蛛网般散射的焦点，也是画中较远的部分，若不是有十字架，这个被压倒的先知，可能会完全被人忽略。收藏家问画家："为什么要将耶稣隐藏起来？"画家说："因为他是最重要的人物，是救世主，但并不是每个人都知道……"画面最高的实景是一座嶙峋山岩，顶上是有风车的磨坊，磨坊基座上有个站立的人影，因为高而远，人影近似个黑点儿，比耶稣还要小约十倍。在勃鲁盖尔看来，那小小的黑影，就是上帝，他居高临下、俯瞰人间，操纵着繁复精密的磨坊——生产着人们需要的粮食。电影中的画家站在画中平地处，当他挥动手臂，代表上帝的磨坊主看到了，就对着风车高扬双手，停滞的风车扇叶便重新转动起来。原画中的乌鸦都是极醒目的存在，如同连接天堂与地狱的信使。除了栖息在地上或树梢的数只，还有两只在由晴到阴的空中飞翔，其体型之大，甚至超过了画面中间的耶稣。电影中乌鸦有多个特写，这些肥硕的鸟儿，不仅在生死树上频繁地飞起降落，还无所畏惧地啄食受难者的血肉，或如说话般咕咕低吟，或如唱歌般呱呱鸣叫。

二

越是聪明、优秀或杰出的物种，越是可能成为被攻击的首选对象。对于同类而言，你的能力超群，就意味着对其他人构成威胁。因此，各从其类时，大家彼此相安无事；一旦同台，优异者往往不能被同一起跑线上的人所见容。中国的古老神话、寓言、俗语里，此类告诫比比皆是。老子《道德经》里，有被其视为"三宝"的处世箴言，总体是以不出头为前提，得以"持而保之"，即所谓"一曰慈，二曰俭，三曰不敢为天下先"。以退为进，以静制动，以柔弱胜刚强，明哲保身，换取自身相对长久的存在。大到国家的长治久安，小到个人的立命安身，中国式的祥和与稳定，多与如此的低调隐忍、韬光养晦相关。从甘受"胯下之辱"的韩信，到忍"阉割之耻"的司马迁；从三国的蜀国先帝刘玄德，到改革开放的"总设计师"邓小平，莫不如是。或许，老子的"三宝"源于自身的体验或观察，更大的可能，是这位大哲人的神启顿悟、先见之明。

然而，万事万物总要有人在先，有前驱，有领袖，有出头，有异类。此"在先"的"异类"，自然就成了"出头鸟"。而先知不被在地者悦纳，已是放之四海而皆准的定理。那么，"在先"的被污名、被贬斥，甚而被绞杀，就成了约定俗成的"宿命"。

人世如是，畜界亦如是。若在禽鸟界找个典型，最具代表性的，似乎可首推乌鸦。

与鹦鹉的斑斓炫目，鹩哥的乖巧悦人，麻雀的庸常易活相比，乌鸦因其身黑貌丑而为人所不屑。如将百灵、夜莺、喜鹊等鸟儿的叫声，理解为欢快和喜庆，那么，乌鸦的嘶哑、哀泣就是闹心的聒噪，那是沮丧、悲苦、幸灾乐祸、不合时宜，讯消里含着谩骂或挑战，如同某种咒语，甚而是将至或已至的噩兆。

不论是否出于事实，客观或偏见，抑或也有不少相反的例证。人类对乌鸦既厌又惧的态度由来已久，唯恐避之不及，尤其是不愿听到象征灾难的鸦鸣。早在汉朝的《易林》中，就有乌鸦叫声含着"破家""召毒""患灾"等意涵；唐朝的《酉阳杂俎》亦有"乌鸣地上无好音"的判断。此说并非空穴来风，而是有科学依据。勃鲁盖尔的众多名作已有明示，有生物学家对此亦有研究佐证——生物濒临死亡三天左右，身体会散发出某种独特气息，即古代医书中的所谓"尸气"，依此说法，乌鸦是对这独特气息超级敏感的禽鸟，因此，当人与动物将死时，嗜食尸首的乌鸦便能追寻气味而来。由此观之，将其与死亡相联，进而延伸出不祥、凶险的预兆，亦属情理之中。

乌鸦以敏感、聪明著称，其智商近乎儿童。这就使其跃然于所有"笨鸟"与"菜鸟"之上。因而有"鸟中爱因斯坦"之誉。其智慧的最好证明，就是可借助环境、工具或其他物种为自己服务。传闻如叼石子入瓶饮水、借飞车碾碎核桃，以及给狼丢羊粪以引诱狼去捕杀羊的故事，均非向壁虚构，而是多见真实的发生。

通常，身大力不亏，是谓人畜的基本定律。力强或凶猛的禽兽，大多体型壮硕。乌鸦则是少有的例外，体格不大，却是禽鸟的凶悍代表，这与其机灵善战有关。与鹰隼、秃鹫等相对头脑简单的猛禽不同，乌鸦懂得知己知彼、攻其不备。不少典籍记载，一只小小的乌鸦敢于在高空中与凶猛的老鹰较量，且常能以弱胜强，靠的就是智取。比如，它会绕到老鹰头顶，在其视线的盲区发起攻势，致使对方难以还击。仰仗群体精神、鸦多势众，每每让老鹰疲于应付。比如，群鸦会先以和声发动"声音战"，用尖利的聒噪将老鹰耳朵震聋，再乘势攻其巢穴，抢劫雏鹰。

聪明和智慧，未必招人待见，尤其是，当对方用自己的聪明攻克我们的短处时。此理人畜共通。

尽管智力超群，人们仍不愿与乌鸦发生关系。其重要原因，除了乌鸦对人的侵扰，更多的是人自知短处，比如没有乌鸦的敏感远见——超前预知某些不祥信息。人们不愿正视灾难，不愿惹祸上身，对灾情祸讯知道得越晚越好，哪怕灾情已经迫近。

这种渗入骨髓的鸵鸟习性、人性弱点，不仅导致人缺少未雨绸缪的敏锐，也缺少正视问题的勇气。表现在与乌鸦的相处上，就是眼不见心不烦。因此，即使与乌鸦偶尔相遇，也禁不住会犯疑，嘀嘀咕咕，生恐有邪魔或厄运相随。而对于乌鸦来说，人类这种惹不起、躲得起的心态，让其与人类相安无事，规避了人类的杀戮天性。在被众生冷落和排斥的同时，亦获得了相对广阔的空间，或独立自处，或同气相求。

三

与"既不种也不收"却仍被神所眷顾的众鸟相比，乌鸦是神秘异类，它动作犀利诡谲，仿佛随时伺机劫掠。其样貌鬼祟乌黑，丑怪且多疑，凸显其阴险、狡黠。不仅以其形成为暗黑代表，还以其呱呱哀鸣成了凶险传声筒。

如果说，墓碑、枯树或十字架可以直接昭示死的寂静。那么，树上飞来或落上数只乌鸦，其飞翔的灵动和鸣叫，则是关于亡魂最具声色的鲜活见证。

对此，人们不会细查，不必也不值得去用心探究。只需将其随手拈来，便会获得立竿见影的效果。古今中外，在无数的文学作品中有相近的表达，如包括"后羿射日"在内的东西方常见的神话、寓言，早期的恐怖小说，爱伦·坡的诡异诗歌等。即使是经典现实主义之作，也往往喜欢让乌鸦成为某种象征的背景或道具。比如，鲁迅早期的启蒙主义之作《药》，在其最后部分，看似漫不经心地写到了乌鸦，让其作为悲剧象征物——此时的革命者夏瑜已被处斩，愚民华老栓的病儿也没能靠吃人血馒头获救。烈士的母亲意识到，人们都冤枉了死去的儿子。她在黯然神伤中思忖，四面观瞧，就见到有只乌鸦正站在"一株没有叶的树上"，面对虚无中的儿子，她自言自语——"我知道了。可怜他们坑了你，他们将来总有报应，天都知道。"她祈祷儿子能安详闭眼，儿子若真能听到，便教那乌鸦飞上坟顶。然而，母亲的期待落了空——那乌鸦停在笔直的树枝间，"缩着头，铁铸一般站着"。而与此同时，失去病儿的华大妈也在坟地里，她在大惑不解中走着，忽听得背后"哑——"的一声大叫——她与烈士母亲所见的似是同一只乌鸦——"张开两翅，一挫身，直向着远处的天空，箭也似的飞去了"。

停滞和飞翔的乌鸦，如此富有象征性，乃至不少电影人都涉嫌懒惰地将其拿来，作为渲染哀丧或不幸的意象，简约、形象又省事。根据《药》改编的电影，果然没有忽略这一点，不仅在剧中进行渲染，甚至在海报中也刻意突出——这令人生畏的噩兆之鸟，以体现时代和人心惶恐的精神镜像。

如同某些先知先觉者，乌鸦有着敏锐天赋，总是能率先嗅到死亡、夭折或血腥的气息，并能迅捷抵达悲剧现场。乌鸦当然无意招惹世界，这最先的知情，必然招来人们的惊悚、厌烦与恐慌。当衰亡的气场尚未完成，乌鸦却已率先出现，如同先导部队。虽说日光之下并无新事，其不请自到，还是携来令人猝不及防的新痛与悲伤。更恼人的是，这些浑身漆黑的家伙不是来救援、抚慰，而是聒噪异常，凑热闹，趁火打劫，取利夺食，满足口舌贪欲。因此，它的亮相可谓来者不善，善者不来。那是不幸、哀痛的前兆，或意味着哀痛的将至与生成，亦是灾祸的症候、先声或预演。

四

一般说来，身形小巧的禽鸟，大多性情乖巧，饮食、习性也颇为简单。乌鸦是个例外——智商超群，性情凶猛。这些行踪诡秘的鸟儿，其饮食习惯、思维方式，竟多与人相近。比如，口味驳杂——活的、死的不拒，素食、肉食通吃。习性伶俐——兴趣广泛，喜欢观察，善于学习，勤于实践。懂得利用外力，懂得团结，如借助异类力量，取长补短，共同对敌；谙熟"敌进我退，敌疲我打，敌驻我扰"等智胜战略。与敌较量时，常施巧计，攻其弱处。

乌鸦的婚恋与寿命，也与人相近。它们是禽鸟中"一夫一妻"的践行者，雌雄相伴，"白头偕老"。如果某只雌鸦或雄鸦先死，另一只则孤老终生，不再找寻异性伴侣。《聊斋志异》里有书生与神女痴心相爱，化身乌鸦相伴终生的故事，可见作者蒲松龄是懂乌鸦的。中国古典文学中表达孝情的范文《陈情表》（李密）中有"乌鸟私情，愿乞终养"，即是将心比心，以小乌鸦对老乌鸦的反哺侍奉，表明尊亲敬老的拳拳之心。

作为颇具迷惑性的猛禽，乌鸦以形体小、韧性足著称，其多谋善断，酷似人类社会的帮派大佬，气场强大，软硬兼施，不择手段。懂得弱肉强食，善用资讯环境。其隐晦、隐蔽，后发制人的个性与共性，使之天生就是阴谋家和战略家。抑或，正因与人类有太多相似，按照同性相斥定律，人类与其天然不睦，不愿与之亲善。不同类型的作家或艺术家，则喜用其形象隐喻暗黑杀机，制造惊悚情境，或渲染惶惑、神秘的氛围。

想到鸟兽与某些代表作家的关系，冥冥之中，仿佛都有剪不断理还乱的某种连接。比如，想到爱伦·坡就会将他与乌鸦联系起来，他的《乌鸦》讲述的是丧失爱侣的男子与乌鸦的邂逅，乌鸦是主宰、是力量核心，躲在暗影里或雕像上，貌不惊人却有通神异能，其决绝，使整个情境充满不可控的力量。夜色中乌云般伸展双翼，书写者的惊恐回眸，书桌上摇曳的烛火，成了乌鸦到来的标识符号，贯穿其人其作的基本风貌。爱伦·坡曾撰文讲述该短篇的创作缘起与过程，起初构想的是鹦鹉，后改用乌鸦，因为乌鸦远比鹦鹉更能与"悲郁的情调"保持一致。试想，如果当初选择鹦鹉，必然基调迥异，从阴郁的悲戚化为轻飘的嬉闹。正如马尔克斯的《霍乱时期的爱情》的开头——作家让医生去追逐顽皮的鹦鹉，而不是阴沉的乌鸦，医生爬树登高，并因此失足跌落，一病不起，直至一命呜呼。在各方面都春风得意的医生，最终因鹦鹉的轻啄而意外离世，如此便铺就了其寿终正寝的喜剧底色。

鹦鹉还是乌鸦，存在抑或消失，悲情或嬉闹，污名与美名，都使乌鸦成为特定的格调和符号。

五

事关乌鸦的呈现，总是引人瞩目与怀想。当然，不同作品，有着深浅优劣的具体表现。有些直白浅露，有些讳莫如深，更多则有某种隐晦、含蓄、曲折、多意。也有些特例，干脆不让乌鸦现身，却植入了其标识与概念，让作品与其发生若即若离的关系。

有种发人深省的生命现象——智商越高越能洞悉生命的人，亦容易厌世或轻生。与此相反的例证是，智商低或弱智的人，鲜少有抑郁症患者。苛求自己与他人，是不少高人的特征。同时，越是智商超群，越可能萌生自卑。比较他人与环境，动辄会自轻自贱。典型的如现代主义先驱弗兰兹·卡夫卡、费尔南多·佩索阿，两位充满创新意识的伟大作家，却同时有着极自卑的情结。

有意味的是，卡夫卡与乌鸦有着不解之缘。他的名字在捷克语里即是"乌鸦"与"寒鸦"的意思，其父亲开的店铺也以乌鸦的形象作店徽。与乌鸦的积极乐观不同，卡夫卡的一生都在自卑、自轻、自贱的心理阴影中纠结。直至生命结束前，还在叮嘱好友将其一生的手稿全部烧毁，因为，在他看来，其作品的流传只会令后人耻笑。他总是忧心忡忡，担心并认为一切的事物都能毁灭自己。在某则笔记中，他写道："乌鸦们宣称，只要一只乌鸦就可以毁掉整个天空。这话无可置疑。但对天空来说，它什么也无法证明，因为天空意味着乌鸦的无能为力。"

或许，正是这种自我轻贱和秘而不宣，启发了人们对乌鸦形象的别样塑造。有些表面自轻自贱的影像，却可能另有所指。或是形势所迫，或是"曲线救国"，总之，每部作品都有自己通向彼岸的路径。

影史上有部难以复制的特例——西班牙的《饲养乌鸦》，影片讲述马德里一个普通家族的故事——女童安娜与两个姐妹在父母去世后被过继给姨妈抚养，种种不堪记忆和死亡臆想，让安娜内心严重扭曲。她恐吓生活不能自理的祖母自杀，又将目标对准了为情所困的姨妈……影片借饲养乌鸦，讽喻黑暗、专制的佛朗哥独裁政权，却静水流深、不着痕迹。

乌鸦只是影片的概念，没有具体的影像踪迹，若不是片名标示，甚至看不到作品与乌鸦的联系。该片中文又被译成"姑息养奸"，似可对应一句西班牙谚语——你饲养的乌鸦，长大以后会来啄你的眼睛。该片的创作本身即如一场乌鸦与强权的斗智斗勇，在佛朗哥政府的严苛审查中，导演在多重角色中转换，闪转腾挪，避实就虚。最终，以丰饶的影像，含蓄、象征的多种技巧，成功绕过了雷区，居然未经删减即通过了审查。放映后，更是话题多多，还一举获得了1976年的戛纳国际电影节评审团大奖。

这仿佛是一次饲养乌鸦的胜利。没有如卡夫卡一样被自我轻贱的压抑所击垮，相反，歪打正着，殊途同归，艺高人胆大。是绕过枷锁、迷惑审查，成功得以突围的少数侥幸成功的典型。此中确有真意，也饶有趣味，却也难以复制——讽刺独裁政权的用心之作，却被独裁政权一路绿灯护送出来，在更广阔的空间，获得出奇的影响和传播……

六

人与乌鸦，本是风马牛不相及的两个物种。然而，二者的内在精神气质，却有诸多相近，观察人性与"鸦"性的联系——或从人性的视角分析其隐藏的"鸦"性，或从"鸦"性的视角挖掘其中深蕴的人性，或许是件有趣而耐人寻味的事。

除了强烈的群体意识，乌鸦有个鲜明的外在标志，几乎无一例外地浑身黑色。集体的趋同一致性，不能容忍我行我素、特立独行。因此，在东亚及俄罗斯等地区和国家，"白乌鸦"的称谓，意为另类、不合群，是对异己、异端的贬义与不认同。

1961 年 6 月 16 日上午，法国的巴黎布尔歇机场发生了一起轰动世界的"白乌鸦"叛逃事件。23 岁的苏联舞蹈家纽瑞耶夫逃离了克格勃控制，成功出逃西方、寻求庇护。纽瑞耶夫后来一直致力于推广经典芭蕾舞剧，是西方公认的最杰出的舞蹈家，1993 年因艾滋病辞世，享年 55 岁。

当纽瑞耶夫叛逃已成陈年旧事，人们几乎已将其淡忘时，2018 年，英国、法国、塞尔维亚联合制作的传记片《白乌鸦》横空出世，让近 60 年前的惊天事变重现大银幕。一切宛若刚刚发生，每个人物似乎都能对应当下。影片以简约流畅的套层式结构叙事：纽瑞耶夫童年在故乡的穷苦生活、青年在圣彼得堡苦学芭蕾，以及去巴黎巡演，三线交叉并进。每一层以不同色调对比区分，使得三线既彼此关联又悬念迭出，既清晰交错又扣人心弦。

电影开始，通过其导师到克格勃汇报情况，为纽瑞耶夫的叛逃做了点题式定调——他对政治不感兴趣，他的出逃只是为了艺术。事实上，他此后的生活都是其结论的注脚——与舞蹈相关。围绕主人公的生活故事，片中用多个细节刻画了其与后来叛逃的微妙联系。比如，故乡时期的父亲归来，父子俩的相认与隔膜；圣彼得堡和巴黎时期的美术馆参观，在籍里柯《梅杜萨之筏》和伦勃朗《浪子回家》等名画前的凝思，莫不预示或酝酿着那尚未可知的机场一跃。电影中间，他与法国同行在凯旋门观光，同行说，"你的首演只有一个敌人，就是恐惧"。这何尝不是在说——他的人生、他的选择和他的最后的叛逃。每个人的真正敌人，或者说真正的阻碍，不都是源于自我的犹疑与恐惧吗？

纽瑞耶夫是个叛逆的另类，是货真价实的"白乌鸦"——叛逃前是，叛逃后依然是。当生养的故土，国家的政体，长期被教化、被训诫，乃至被承袭的无脑与笃信，一旦在千疮百孔中分崩离析，还有什么东西不会被质疑，还有什么守则值得迷信？如果，人连自我的直觉判断都不能相信，那么，自我在哪里？"见吾心"的"觉悟"在哪里？所谓人这根"芦苇"，还能被称为是"有思想"的吗？

时光荏苒，或许无须再纠缠纽瑞耶夫叛逃事件的是是非非，只要看"这一个"——他的过往与当下，真实命运带给每个人的映照。无论如何，很少人能承受和体味，"白乌鸦"所能置身的"非我族类"的恐惧；很少人能理解和同情，"白乌鸦"所能承受的孤独与悲伤。

黑乌鸦仍如夜的碎片纷纷扬扬，白乌鸦则少有同类，踟蹰在孤寒的荒野……

选自《天涯》2023 年第 4 期，有删减

黄其龙

舞台、商场及原野

黄其龙

广西作家协会理事。散文发表于《美文》《民族文学》
《星火》《广西文学》《黄河文学》等刊物，有作品被
《散文海外版》转载，入选《原浆散文精选》，曾获
《广西文学》2021 年度优秀作品新人奖。

舞台

舞台是水上舞台。

数百名观众围在舞台下观看舞台上的表演。我被挤在人群之中，浑身被挤出酸溜溜的臭汗，双脚几乎被架空成一对悬挂的火腿。

舞台上演的是一个王带领七八个武士与河妖抗衡的故事。王轩昂立于圆形舞台正中央，武士在四面转圈奔跑，随后迅速向王靠拢，用双手将王托举至半空。王集权力与巫气于一身，披着粗布风衣，身材魁梧奇伟，背负着黎民百姓的期盼。王将长杖刺向天空，使出一个霹雳打雷的动作，引来闪电震慑河妖。

王面露凶色，鼓着嘴腔向河妖喷出熊熊的大火。我身旁有一个扎着辫子的小女孩，她被吓得发愣，忽然回过身来埋进妈妈温暖的怀抱。妈妈立即用手捂住她的头，说："不怕不怕。"小女孩却又转身将目光重新投向舞台，欢快地指着舞台上的王说："妈妈，妖怪！妖怪！"小女孩与我当年一样，分不清谁是好人，谁是坏人。

河妖掀起巨浪，鬼一样狰狞的头部浮出水面，它张开血盆大口，欲要吞没往船只和游人。王再次将长杖刺向高空，几道闪电劈入河妖嶙峋的脑门，河妖遁入水里。

这是流传于当地民间的一则传说。据说，这只是其中的一个剧情，往下的剧情还包括一对阿哥阿妹在王的庇佑下喜结连理，产下哭声洪亮的婴儿，打开鲜活的人间幕布。

舞台表演是热闹的，我爱往热闹里挤，爱舞台上漫卷的烟火，爱人间的传奇故事。有时候半夜做噩梦醒来，觉得人好不容易活着，我不能把自己往孤独和寂寞里赶，过着牢狱式的生活。一个人随时都可以在菜市场、大街、商城瞎逛，在街边餐馆、火锅店、烧烤摊就餐，在红白喜事的席间喧哗或悲恸，才算握住了最具烟火味的生活。

　　我真切地需要这样的热闹，白天帮助我度过昏昏沉沉的日常，夜晚助我抚平纷乱如麻的思绪。我看见除了小女孩之外，人们在舞台底下挨挨挤挤，他们和我一样，都在伸着脖子向舞台索取故事。我们立起脚尖，睁大双眸，绷紧着脸皮，呈现生命的每一处寂寞、惶惑和饥渴。我们大都过着黑白色的日常，那些具有饱满色彩的日常，需要我们出门去寻找，去到舞台、去到野外、去到海平面、去到高峰、去到丛林、去到人群、去到荒地、去到梦境、去到意识的边缘地带……

　　我们害怕孤独，极度渴望热闹。我知道我刚出生之时，肯定热热闹闹地哭过，向世界宣告生命的开端；在二三十岁的年纪，我奔赴一场热热闹闹的婚礼，开始走向人生的拐点；外祖母逝世的那一天，我看到一群人围在她的躯体周围热热闹闹地哭。人生的每个阶段都是舞台，它上演我们的出生、婚姻、死亡，以及善恶、美丑。它是如此贴近我们的一生。而我们一贯以为幽静是审美场域，更多的时候不愿意接纳热闹，认为热闹是俗气，是吵闹，是打搅，它破坏了美的氛围。

　　我和瑾已步入而立之年，然而我们的婚礼迟迟没有办成，母亲很着急，她已连续三年催着我和瑾办酒。父亲逝世后，母亲的寡妇"身份"使她在村里抬不起头，她需要我和瑾的婚礼来证明她这一生是热闹的，而非沉寂的，因为她培养了这么出色的儿子——她曾经向村里的人炫耀她的儿子在某某局机关担任重要工作。她还分别从大姑、大伯那里借来几万块钱，把老家的房屋装修了一番，体体面面地用来做我和瑾在农村的婚房。我们的婚礼能扫荡她过去十二年所受的委屈，成为她人生大放异彩的舞台，然而疫情没结束，我和瑾就没办法办酒。后来我想走折中的办法，提议简单办，只请几桌亲戚到场。母亲说："那怎么成？几桌人，那还叫办酒吗？"民间需要故事传说，落实到具体生命个体，则需要热闹。母亲年近六十，守寡十余年，我知道我终究拗不过她，她和那个小女孩一样，有向舞台索取热闹的权利。

商场

裹着浑身的汗臭味，夹着似散未散的烟味，我从人群中抽身离去，走上二楼的民宿房间。

离开餐桌时，还有半杯白酒立在我面前，一颗炒熟的花生米掉落在杯里，浮起一层泛光的油花。从下午四点喝到现在晚上十点多，我实在喝不动了。

民宿就在景区里头，设置了三十九间房，是睿哥呕心沥血经营的实体。我们连续两天在楼下的餐馆聚会，吃遍了他家几位烧菜师傅的拿手本地菜，酸粥鸭、芋头扣肉、白切猪手、牛尾巴汤、青竹鱼生……这会儿，几位文友还在餐馆包厢里饮酒，他们谈小说的开头与结尾，影视剧中的情节表现，哲学与宗教信仰，女人和女性主义。他们借助酒精的作用，涨红着脸极力构想自己的故事，出现不同观点时，氛围甚至转变成"耳赤的争论"，谁也不服谁。我从楼梯往下瞄一眼，看见睿哥坐 C 位（中央位置），忙着递酒点烟。

我很后悔喝下那么多的酒水。我知道第二天我会起得很晚，然后早餐和中餐一起将就着吃，喝点儿粥水解酒。

睿哥经营的民宿和餐馆，其时经历急流险滩。景区里的另一头设置了舞台，每天晚上都进行舞蹈表演，热热闹闹的，他这头的民宿和餐馆却出奇的冷清，生意全靠我们这些朋友关照。睿哥忍着没有和我们吐露他的艰难，只是在朋友圈里发些明暗交织的说说：

"做自己内行的事，外行的学费很贵。"（1 月 22 日）

"'山雨欲来风满楼'（唐·许浑《咸阳城东楼》）。"（睿给这条说说配了一张衰败后的木槿花图。我见过木槿花，他家民宿墙沿就种养有一排，只是图片上的木槿花花体软塌塌的，陷入暗黄的恐慌。）

"咬牙再坚持。牙却要疼起来，深夜无眠。"（4 月 17 日）

我们早已洞穿睿的慌乱、艰难、迷惘、疼痛，想到他胸中万状情绪，就像密闭容器里的蛊虫，纠缠着、撕咬着、扭拧着。后来得知他苦心经营的民宿和餐馆，是他与几位兄弟合作投资的项目，那几位兄弟开会选他做经理，他一人的成败牵扯到兄弟们的兴衰，因此他如履薄冰，长时间陷入失眠和恐慌的状态。此前睿哥有一份很不错的体制内工作，养活自己不成问题。

我的思绪像一块幕布，有时飘去很远的地方，有时又飘回头顶上悬着的灯，它并不能气定神闲地停靠在某一件事情上。或许电灯通了电才会发光，人生通了运才能发光吧。

房间摆放着一张书桌和一张椅子，书桌出去是一扇镂空格子的木窗。木窗是打开着的，它朝着清幽冷峻的明江。江水在夜幕笼罩之下，弥漫着神秘幽远的气息。星星在幻境似的天宇闪烁，我靠着窗户坐在实木圈椅上闭目，抖音里的"深空探索"忽然萦绕在脑子里："我是旅行者 1 号，我在太空中孤独地旅行了 45 年，这一走就是 229.8 亿公里。我在无边的黑暗里见过木星的宏伟，也见过土星的耀眼，我已经接近太阳系的边缘，可以肯定的是，这是我最后一次和你们道别。我的旅程偏离了航道，从此飞向幽深黑暗的未知，还记得我给你们看的最后一张相片吗？照片上 0.12 像素的蓝色小点儿就是你们生活的地方。"我想趁着酒劲，把旅行者 1 号的这段告白念给睿哥听，或者编成一条信息，在他朋友圈说说的下方发表评论。然而这段配上电影《泰坦尼克号》主题曲《我心永恒》的告白，虽内透"渺小"和"卑微"的真理，却表现出强烈的悲观主义色调。

我能做什么呢？什么也不能。

他的说说，我并没有评论，商场是他的战场，他必须走过这段深邃的黑暗。

原野

《清明上河图》这样的长卷铺展在眼前，我通常极尽想象，把自己当成里头忍饥挨饿的落榜书生，穿过汴京城最热闹的商铺、街道、人群，趟过彼此起伏的叫卖声，走上横跨汴水的虹桥（木拱廊桥），孤零零地去人迹稀疏的郊野——汴京城最边缘的地带。至于去郊野做什么，我也没有一个很好的打算，汴京城的郊野能让我自由散漫起来，不必接受来自现实的监视。

伫立于郊野春光，水雾漫卷、万物复苏，卑微的人拥有生命上的饱满气力，困厄的人实现心境上的清明豁达。

教外国文学的老师把我的这种情怀归到逃避型人格的一类。她摆出美国记者舒尔茨（普利策奖得主）批判《瓦尔登湖》的例子，舒尔茨认为梭罗身上沾满伪善、厌世、自恋。我并不接纳她的观点，原因是我非常讨厌把一个人在情感驱动之下好不容易培育而出的审美倾向放到道德的层面去烟熏火燎，就好比一个上了初中的男孩子开始对女性的乳房充满想象，表现出发育状态下的正常心理，母亲站在男孩子的面前大声训斥："那个东西很污、很龌龊。"那次交谈后，我担心我的老师看过诸多西方文学评论著作后，对中国文学艺术最核心的内容丧失自己的判断。

我爱原野。我无法拒绝原野对我的召唤。倘若一周不去一趟原野，我坐立不安。

那日我和瑾驱车 60 多公里，去市外的峙内水库露营垂钓。水库落在数十座山的夹缝里，水面很像透亮的蓝宝石的断面，也像孩童清澈的眼眸。水库中间有座长满了灌木丛的孤岛。我和瑾刚把车停在坝头，管理员迎上来，递一张微信收款二维码到我们面前，说露营 60 元，钓鱼 60元，总共 120 元。他身材粗矮，戴一顶暗黄色的草编遮阳帽。遮阳帽下面是他被太阳晒黑的圆脸。他身后有一间用木板拼架起来的简陋屋棚，屋棚只能挡风，雨要是下得大，会浇渗进去。那是他蛰居此地的居所。周边没有村子，没有人间烟火，只有崎岖延绵的山峡，他一个人白天黑夜地守着，正在过着梭罗在瓦尔登湖捕鱼般的生活，但他是否伪善、厌世、自恋，是否想逃离这个地方去市区生活，他和梭罗有本质上的区别。

我跟他说没问题，并指着水库中央的岛，向他提出想去岛上扎营的请求。

"我划竹筏送你们过去，但要加 20 元人工费。"他吧嗒着吸一口烟，黝黑的脸犹豫了片刻，随后扔掉烟蒂。

"离开之前把垃圾带走。"他同时向我们提出保护环境卫生的要求。

我和瑾还在竹筏上漂，蓦地发现对岸山脚下栖息着一群白鹭。我们能看见它们曲着修长的脖子，头往洁白的后腰埋去，用铁色长喙梳理身上的羽毛。它们如同偶然落入凡间的云，缥缈如雾，也如女子身上的轻纱，轻柔如肌。它们有高度的洁癖强迫症。

我已经多年没有遇到过白鹭。年少时见到白鹭在刚耕种过的水稻田里觅食黄鳝，我极为顽皮，握着一块石子朝白鹭远远打去，对白鹭没有半点儿敬畏之心。我只担心它们衔走祖母刚撒下的谷种。

白鹭并不挨着栖息，它们栖息在不同的灌木丛上，或同一株灌木的不同枝丫层。除洁癖强迫症外，它们还执着于孤僻，迷恋私人空间。忽有七八只白鹭"呱呱"叫了几下，蓦地从栖息的枝丫飞出来，舞蹈学院的女子一般，整好了衣装，妆好了头发，这会儿成群结队去参加露天舞会。它们在空中排成"V"字形阵仗，于山谷之中向东翻飞，后又向南回旋。我的头脑中只有它们娴静的模样，这样的感觉奇妙得很。倘若我也变成一只白鹭，仅以一只白鹭的意识，存活在这样特定的时间和空间里，那么我会不会获得最高尚的文明，最广阔的自由？

我有想过去对面的山脚，也就是白鹭的栖息地，去那头扎营垂钓。我完全可以将这个想法付诸实现，因为只要我回到刚才登岸的地方，冲着那破落的屋棚喊，那位黝黑肤色的管理员就会把竹筏划过来。我和瑾会和他商量价钱，请他将我们渡到对面山脚。等到去那头扎帐篷，我就可以像管理员那样，掌管山脚下的大片水域，而轻盈的白鹭就在我们头顶的枝丫上栖息——只要它们不嫌弃我们这对刚刚从城市逃出来的夫妻"邻居"。我仰头对白鹭说心里话——"我们需要在枝丫间栖息的本领。"

我盯着白鹭出神的时候，一只马陆经过瑾的脚跟。她忽然大叫一声，又突然伸出脚去，用鞋底将它戳压在草地上。那只马陆的外形像蜈蚣，只是比蜈蚣的个头要瘦小得多。它背部黝黑油亮，腹下长出密密的脚足，比蜈蚣的脚足要多得多。它在低矮的草丛中穿行，似乎要赶着去某个神秘的地方。

它几乎被压成肉酱，瘫死在地上一动不动，连尸体都不得以保全。我的鼻腔甚至闻到一股腐肉的味道，被熏得酸溜溜的。

"它要钻进我的裤脚！"瑾的脸上冒着些豆大的汗珠。其实她的裤脚与那只马陆，有十厘米左右的距离。

瑾一直很喜欢动物。她养过一只黑白相间色的兔子——"巴巴"。巴巴养在我们家有大半年，她好吃好喝伺候着，后来巴巴被一只突然挣脱绳栓的金毛犬咬到脖颈，头颅瞬间悬挂下来。她一边用手捂着兔子的头颅，一边转过身来厉声指责遛狗的肥胖女主人，眼泪从她眼里奔了出来。她把兔子装进一个油纸箱，让我跑去城乡接合部的一个菜市场买来一把锄头，驱车二十多公里到一条河的岸边将其掩埋。她还养过三只从农村带来的猫仔和一只葱绿色的鹦鹉，猫仔因为不适应城市生活环境纷纷从门缝中逃走，鹦鹉一直养在木色的吊笼里，她早上、中午和傍晚都在逗鹦鹉让其学问候语。我决不相信她有杀戮之心，只是马陆乍一看真像只长腿蜈蚣，蜈蚣有毒，内心的恐惧促使她本能自卫。人与动物无异，都是鲜活的生命，都有恐惧的时候。

她的失声叫喊，没有惊吓到灌木丛上的白鹭。白鹭还在优雅地使用长喙梳理羽毛，享受幽闭的秘密，迷恋孤僻的性格。我能想象，优秀的摄影家只能躲在隐秘的芦苇丛或灌木丛，忍受蚊子和蚂蚁的叮咬，借助长焦镜头才能欣赏到它们孤傲的身躯。

选自《美文》2023 年第 4 期

黄长江

郁蒿树

黄长江

中国作家协会会员、中国散文学会会员、北京作家
协会会员，北京房山区作家协会副主席。发表文学
作品约 300 万字，出版作品集《凉拌散文》《小炒诗
歌》等十余部。获冰心散文奖等奖项。

　　我 5 岁那年，土地陆续下放下来。母亲带我去看那些新分给我家的田地、树林和草山、荒地。一是指望我认边界，二是她也熟悉熟悉那些田、地和树、草，辨认辨认它们的边界，熟悉熟悉它们的肥瘦厚薄。

　　大大小小有三四十块呢，七零八落地散落在离家十来里路范围内的山山岭岭和沟沟坎坎上。其中的一片荒草山林名字叫"打磨子"。

　　母亲带我去看打磨子的时候，我被那里的一切给吸引住了。只见那里雀鸟欢歌，草木葳蕤，黄范、乌范、酸范、公鸡范、刺梨等刺灌丛生。不时还会有个把野兔从身边蹿出来惊跑而去，也会有成群的野鸡"突"的一声从离我们不远处起飞，一边"勾勾勾"地叫着，一边向对面的山航去，犹如阅兵时掠过上空的机群。

　　母亲在离我不远处的草丛里找新立的边界石，她左瞄右看一番后叫我："小卯，你过来。"

　　我听见了母亲的话，却没有答应她。我是被一株怪怪的东西吸引了呢。我看着它，轻轻地摸着它的小叶片儿，发起呆了呢。

　　母亲又喊我："小卯——"

　　"唉——"我才如梦初醒般回应母亲，并说，"妈，这是哪样？"

　　母亲没有继续过去看边界，而是朝我走过来，见我爱怜地摸着那叶子，说："郁蒿。"

　　自此，我记住了这个名字：郁蒿。不过我当时并不知道这名字是怎么写的，直到以后的很长一段时间我都以为这株怪怪的东西是叫"夜蒿"。

　　我当时以为郁蒿就是蒿枝中的一种，与我们常见的米蒿、青蒿等一样，属于草类，可以喂猪、喂牛。

　　后来母亲带我去那里挖生地、种小米、摘小米，以及再后来我赶牛到那里去放，我都常常会有意无意地去看它。它越来越高、越来越大了，俨然成了一棵小树的模样。这时我断定它不是那种属于草类的蒿枝，就更加注意起它来了。

它的叶子呈椭圆形，比槐树叶子细长，但也像槐树叶子一样整齐有序地排在叶柄延伸出来的一端两侧。叶柄长在新长出来的青绿色树干上，很是有个性，不像周边的其他树。

只是我觉得它长得比周边的泡桐、梓木、角角楸、樱桃等其他树都慢。就想：既然要做一棵树，为什么不长快些呢？

后来我识得了一些字，就常常琢磨它的名字是怎么写的。我先知道那个"蒿"字是草字头，同时结合起课堂上学习到的"虚心"和"骄傲"两个词，就暗暗地对它生出了一些敬意，认为它很谦虚，名字里就带个速朽草类的"蒿"字。但我还不知道它名字中的第一个字是怎么写的。问大人吧，很多大人是连自己的名字都不会写的。父亲可能知道怎么写，他又常常不和我一起，和我一起的时候我又想不起来问他。

我干脆拿字典来查，不知道怎么写，母亲说的读音又未必准确。怎么查呢？

我把声母是 y 韵母是 i 或 e 的字都挨个地读了一遍，结合着它呈现在我大脑里的模样，哪一个字也不适合用在它的身上。

后来我学到了"忧郁"这个词，不知怎的，一下子就觉得它名字的第一个字一定就是这个"郁"字。

我再到它身边时，仔细地看它，它的确有些忧忧郁郁的样儿。我就会轻轻地抚摸着它的叶柄儿，呵护着它的叶面儿，问它："你忧郁什么？怎么整天有些闷闷不乐的样儿呢？"

抚摸过它后，我把手放在鼻孔前嗅，手上会有一种清香——那是它给我的回赠。

一阵风吹来，它的叶面上荡漾出了浅浅的笑容，回击了我的问话。我无语了，只是风一过，它马上又回归到了忧郁的模样。

我远远地站在它的身旁，想：它哪里来的那么多忧郁呢？想不明白。我干脆坐到离它不太远的一墩大石头上，适时地看着它，思索：为什么不高兴起来呢？像有风来的时候一样，乐呵呵地绽出笑容来，多好。

在一次一次地这样看它，久久思索的时候，一天，我突然向自己发问：能不忧郁吗？随即又对自己说：你看！便仔仔细细地打量起它的四周来。

它的身边，没有树，离它最近的一棵树大约有四五十米远。而那棵树与那些离它更远的树组成了一片大森林，不与它为伍。

那些树都是长在泥土上，脚下有深厚肥沃的泥土。

那些树都有长着与自己同样肤色的树皮和同样叶子的同伴在身边。

而它，这棵郁蒿树，脚下是牢固地伸入山中的石头，腿脚就伸展在那没有多宽的石壤缝中，只有一点儿紧巴巴的黑土。

身边呢，除了一些茅草和杂草外，就是公鸡范、酸范、红籽等刺型植物。要说再长得起眼一些的，那就是马桑树和羊舌条——两种都是长不了米把高就弯腰驼背地弓下了身子的柴型植物。对，还有杨花柴是始终挺着腰杆长的。不过这杨花柴总是喜欢拖家带口地长，所以也总是长不粗壮和长不太高，总是长着长着就被割砍了，或者自己就干枯了，结束了一生。

我放牛的时候，常常会带着一本书去看。那天，我坐在离它不远的一墩较高处石头上看书，天空晴朗，也时不时地有白云飘过，远处盘江两岸，正有朵朵的白云在慢慢地游动，在伺机爬到天上去，江里还有白云在蒸腾起来。

我的眼睛和心灵在书本、白云和那棵郁蒿树之间走走停停地切换、游荡。

那郁蒿树则不时地朝我翻着片片的小叶子忽闪忽闪的。那哪里是叶子，那分明是眼睛，是它在向我挤眉弄眼呢。看，它这是在嘲笑我不好好读书呢。

我明白了它的意思，忙埋头专心地读起书来，它也欢欣了起来。一阵微风过后，它停止了欢笑，只默默地伴我阅读着。当我正沉浸着不知是在思索还是在打盹儿的时候，忽地一阵风，它的叶子抚摸到了我的脸，我顿时想起奶奶在高兴的时候用手轻抚我脸蛋的样子。这时候，奶奶常会说："好好读书吧，有了知识文化，长大了可以去很远的地方。"郁蒿树分明就是听了奶奶的话而在学着我的模样。

天快黑了，牛吃饱了，我合起书给牛戴上嘴笼回家，它默默地注视着我，目送着我，好似在说："明天再见！"接着又一阵小风，它又微微地荡起叶子，笑了起来，送行的目光里饱含着期待。

一天天如此，一年年这样，我简直忘记了它名字中的"郁"而认为应是"悦"了。在它的悦伴里，我读了厚厚薄薄的几十本书。有的甚至读过了若干遍，用母亲的话说，书都读成了像油炒过的一样。

我上初中了，因要上晚自习而很多时候住在离学校近的镇里（当时叫乡，是以前的区府驻地和公社），放牛的事交给了弟弟们，我很少到打磨子去了。

一个假日，母亲问我能不能去放一天牛，我突地想起了那棵郁蒿树，欣然答应了母亲，饭后便赶着牛往打磨子去了。见了那棵郁蒿树，我有些惊讶：它已经长得有两层楼的房屋那么高了，树干也有了碗口那么粗，枝丫上的叶虽不是很多，却也嫩绿着，郁郁葱葱的样儿。很明显，它已经进入了青壮年时期。

只是看不出了它的那些欢悦，从它身上读出的仍然是一种忧郁感。你忧郁什么呢？我心里对它发问后看着四周的山，进而感到它是在想要走出这山里，但又不知如何走出或者担心走不出去。

尽管忧郁，它还是在生长着，努力地生长着。而且给我的感觉是，在没有人陪伴的时候，它更是在加倍地努力。

回到家后我对父母说起那棵郁蒿树，父亲说："等再长几年，砍来做张犁头，郁蒿树做犁头好。"

我说："那多可惜啊？我长这么大就看到过一棵那种树。"心里却想：那太残忍了吧。

再一天我又去打磨子放牛，带了书去却没有看，只是在郁蒿树旁坐着，借助它的叶子遮住太阳，陪它坐着。似乎浮想联翩地想了许多东西，又似乎什么也没有想。直到午后很久，我仰望西边即将落山的夕阳，又看着它，说："我爹说要拿你做犁头。"郁蒿树不知是否听见，或者是听见了但没有听懂，一点儿也不惊讶，一点儿反应也没有。

那天它一直是默默的，忧郁郁的，像我一样。或许也在浮想联翩地沉思些什么。

高中是在县城上的，县城离家有一百多里的路程，交通又远不如现在方便。三年时间，我一直没有去看望那棵郁蒿树，甚至没有去过打磨子。

高中毕业后，我要赴京之前，特意去把我少年的足迹都尽可能地走一遍。当然也特意地去了一趟打磨子，特意去看了看那棵郁蒿树。

它的皮肤已经长成了深色，远远看去接近炭黑。枝叶茂密，像黄山的迎客松一样远远地伸出手来，摇摇晃晃地以一种欢欣鼓舞迎远客的姿态迎接着我。

走到跟前，只听一片"叽叽喳喳"，原来它还请来了一支"乐队"在为我演奏。只见那枝条上、树丫上全是些连蹦带跳的小鸟。它们格外地兴奋，嘴里滔滔不绝，有的嘻嘻哈哈地嬉笑逗趣着，脚下不停地移动和跳动，翅膀也不时地小扇起来，牵起翩翩的舞姿。

我陪它坐了一会儿，只见它皮肤明显变得粗糙了、皲裂了。可见这几年，它是何等的辛劳！这是为什么呢？仅仅几年时间，它就长得这么的粗壮，树干都快有脸盆口粗了。它何以要这么用功呢？

直坐到傍晚时分，小鸟们送了我些米粒般的"礼物"而纷纷离去，我才起身回家。

几年后我回老家，在父母亲堆放农具的小屋里见到两张犁头。父亲很得意地告诉我，那都是郁蒿树的，是砍了打磨子那棵郁蒿树请匠人来做的。一共做了四张，还有两张卖了。这两张够用两辈人。

我高兴地应了父亲后久久无语，只想着那棵郁蒿树。莫非，这就是它的出路？或者说，这就是它当初的梦想？难怪当我告诉它父亲要砍它来做犁头后，它似乎格外兴奋，长得也很快呢。这时我想，或许它不是叫郁蒿树，也不叫悦蒿树，而是叫"义蒿树"。

一晃二十余年过去了，去年我和妻回老家，八十岁的父亲已早就不耕种田地了。母亲带着我和妻到山上转转。打磨子已成为一片茂密的森林，除那条拴腰而过的小路因有人做农活而时常走着外，其他地方已无处可以下脚。我特意向长过那棵郁蒿树的地方望去，那里已长出了好几棵树，树都不大，但都是那片森林中的成员。从它们身上看不出半点儿忧郁的样子。它们也都不是郁蒿树，当然也不会是义蒿树。

　　回到家，我走进父母堆放农具的小屋。房子已经翻盖过，小屋已经变得干净整洁了，也明亮了很多，大多农具都还在，仿佛以一种似熟非熟的微笑注视着我，生怕我对它们指指点点，或者将它们乱扔一气。然而我没有，我只用目光扫视，在它们中慢慢地来回寻找着……我没有找到那两张犁头。

　　我纳闷着回到父亲身边，父亲正在往一只新洗干净的杯子里倒他熬制的大罐茶。他把满上茶的杯子递给我后慢慢地坐到小桌边的凳子上，看着我。我问他那两张犁头怎么不见了。他许是觉得奇怪，我为什么会问犁头的事呢，或者是以为自己听错了，眼睛注视着我，好久以后才以问作答："犁头唉？"我说："啊。"

　　父亲立刻振作了起来："那两张犁头，有一次有两个人过路遇到下雨，我让他们进屋躲躲，他们进屋来看到了就说要买，我想反正放着也没什么用，我耕不动了，你们也不耕田，就卖给了他们一张，还有一张我怕别人惦记着，就让汉位藏起来了，将来给小下的做个纪念。"

　　汉位是我的二弟，为陪伴父母而在离家不远的镇上开了个门窗店，要晚点儿才回来。

　　我说："现在都用机械耕种了，他们买去做什么呢？"

　　父亲兴奋起来了："做什么？他们说要拿去收藏，拿到大城市去展览喽。"看着父亲脸上洋溢着的得意感，我品味出了"幸福感"三个字的含义，思绪像那江岸的游云一样朵朵地蒸腾起来，去追寻那张被人买走的犁头。

　　它或许正驻扎在哪家的藏宝屋里，或许正在开往大城市的列车上，兴许还乘坐了动车、高铁乃至飞机，或许正在哪个博物馆或者展览馆里展现着，有一群群的观众围观。

　　我是一个爱逛博物馆和展会的人，或许哪一天，我会在北京、上海、西安或者其他某个城市的博物馆或者展会上与那张犁头相遇：我欣喜地看望着它，直到看出它在打磨子时用"小手"轻抚着我、朝我甜笑的模样；它默默地注视着我，直到注视出我在打磨子放牛，携书在它身边看、陪伴它的时光。

选自《生态文化》2023 年第 4 期

陆
源

火星札记

陆源

著有长篇小说《祖先的爱情》《范湖湖的奇幻夏天》
和中短篇小说集《南荒有沛竹》等，译有中短篇小
说集《苹果木桌子及其他简记》和长篇小说《骗子的
化装表演》等。

1. 某篇幻想主义文学的虚假开头

读者，如果你感觉本文疏诞古怪，无根无底，有似飞蓬，请勿过分惊诧，因为它并不是生长在地球的人类所写，而是生长在火星的人类所写。我们火星的人类，面对不同的天空、大地，思想深深地打上了火星的烙印，语言漂移得愈发遥远，恰如我们的跗骨形状漂移得愈发遥远……

2. 火星文学简论及其他

大体来说，火星文学也属于郊区文学：太阳系郊区文学。实际上，以"地球"和"火星"称呼彼此的家园，默示了某种后殖民时代不受待见的落伍观念，以及源于杜撰的星际朝贡体制。恕我不再展开，毕竟掰扯概念很容易，抒情却很难。非正式场合，选择中性词"蓝星"和"红星"确乎更安全稳妥。你好，尊敬的蓝星驯兽师，在下是红星爆破师。老一辈也喜欢"卷星"和"躺星"这样的称谓，它们古朴、粗糙、烟火气十足。另外，太阳系郊区文学还有意无意地避开"人类"一词，可能是因为它过于专断、过于傲慢，可能是因为地球的宁静空气让火星的旅行者惶惶不安，而在我们的橙红色老家，狂风像抽击陀螺一样把众多闪烁的天体抽击得面目模糊。当然，无须再提百分之四十地球重力下生活的种种差异，那太琐碎，根本写不完，我们也无意向读者提供廉价的猎奇风味文章，如今此等内容的汤汁和涎液到处飞溅。

骂人时，躺星民众不说"猪脑袋""狗杂种"，而说"鹈鹕脑袋""虱杂种"。他们对猪对狗抱有莫大的敬意和深挚的感情。

火星汉语圈的文学青年，往往把车槿山译本的《马尔多罗之歌》列为必读书目。我们——火星汉语圈的文学青年，或远或近，大多是矿工后裔，而《马尔多罗之歌》的作者洛特雷阿蒙，史称"大天使般的爆破手"，他引领新生代写作者，以爆破方式找到一条条丰饶的文学矿脉。这位夭折的鬼杰让我们意识到，自己脑袋里装满了真实而又不可解释的矛盾，他说漫画是一群大胆的虱子，笑是一只无情的袋鼠。

没错，火星除了虱子，还有袋鼠。有时候你简直说不清，是我们人类移民了火星，还是虱子、袋鼠移民了火星。为适应新环境，火星的变种虱子越来越巨大而凶猛，变种袋鼠越来越微小而迅捷，它们排列成一个个密集立方体阵列，在荒漠中举行庄严阅兵式……很显然，若要了解火星的生活，仅披览英语作家的《火星编年史》可不行，查看汉语作家的《中国火星纪事》也远远不够。况且，在火星上研读《论语》让我辈意识到，开篇头三句其实是递进关系，不是并列关系。对，火星上妇孺皆知，必须"学而时习之"，才可能"有朋自远方来"，必须收获前两种快乐，才可能做到"人不知而不愠"。少了前两种快乐，即使"人不知而不愠"，你们也不是一位位君子，只是一头头怪物……

3. 火星语言学分析及其他

很抱歉，这一节纯属多余，因为文本自身，才是语言学研究的最佳临床病例，无须饱学之士再多嘴多舌。好了，随便扯几句吧，权且凑数。

生长于火星的人类，匆匆来到地球，大多得患上白噪声依赖症。我们眼瞳的虹膜，也早已适应火星上半昏半暗的昼光。有句古谚说得好：东南西北，我们的火星。哦，红星爆破师的平凡生活，粗朴似一张明代风俗画。同时，我们又向往蓝星，因此或多或少，不免以自己的出身为耻。大移民时代初期，按《疯狂的奥兰多》所言，月球是地狱边境，世人把各种垃圾丢到她原本空荡荡的山谷和平原上。如今，我们又说火星是炼狱边境。类似说法弥漫着机械命定论的冷酷色彩。去吧，星辰大海，发疯的拓殖集团，太空流浪汉共同体，去木卫六碰碰运气，莫反顾，莫掉头，何不瞎闯一通，丈夫志四海，万里犹比邻。至于蓝星向往者，请聆听红星先贤的谆谆告诫：要在地球过上自由的生活，你首先得拥有坚韧的踝骨和发达的颈肌。

哦，自由。火星文学之远祖《失乐园》说得好，劣者谁能自由？伪善的自由主义者在火星完全吃不开。我们为何来火星？火星文学之远祖《失乐园》说得好，与其在天堂里做奴隶，倒不如在地狱里称王！最初，火星上只有矿工群体的穹形阴影，而那些宇宙飞船里休眠的冒险家，声名固然广大，其本质不过是一伙光阴死囚。我们保留了大部分地球祖邦的语言习惯，性别平等意识已深入骨髓，实际言行也尚合仪范。骂架时，我们从不说"去你妈的"，只说"粉笔擦"。来自地球的旅行者会听到一个火星本土居民对同胞说："粉笔擦！你再敢放屁，老子送你上泰坦星！"足见泰坦星甚于炼狱。脏话、俚词、俗语，诚可谓地方文化的石蕊试纸。在火星，不擅游泳者，我们不说他是"旱鸭子"，而说他是"黑水鸡"，终究火星上很少有谁淹死。三不五时，或能看到一两个男女驮着铅块，泅浮于古旧人工河道那铁腥气冲鼻的浑波之中。此乃高收入阶层流行的运动，旨在进一步锻炼肌肉，以免将来一旦去地球生活，肢体过于疲累，身板走样变形。据说，躺星人在卷星过得很吃力，仿如蜗牛……

4. 火星百科全书派

在火星，无法伪造学问，折腾一部《火星全集》。更何况火星的大气甚至不再发红泛橙了。正因为如此，火星文学才不宜归入乡土文学、地方文学之列，而应视作郊区文学。没错，郊区，这个称谓与火星的资源禀赋和产业定位相符。毋庸赘言，如果只谈谈矿脉，谈谈星际货运，那么将本文改名为《月球札记》或者《泰坦星札记》也并无不妥，反正矿脉啦、货运啦，此类事务在太阳系乃至在整个银河系任何角落，实质大同小异，乏善可陈。而想专谈火星，我以为，理当再回头谈虱子。这一判断，无疑仅出自文学家惹人嫌恶的职业敏锐。

在火星，每一座小镇都相当于一个虱窝。只要是虱子，无论猪虱、羊虱、牛虱，抑或人虱、狗虱、马虱，不分科属，已统统适应火星的恶劣天候。其实，每一只虱子背上，皆寄生了数量不等的水熊虫，它们是生命力极顽强的虱骑士，好比传说中高贵的龙骑士，堪称物种进化的奇迹和精华，它们驾着虱子，率先达成了真真正正的太空漫游。火星的变异虱群，在水熊虫驱驭之下，大肆袭击野驴、野兔、野豚鼠，它们让翱翔于乌托邦平原上空的鸟类瘦得仅剩下两根翅膀。当年，我在该平原东端的火宁市居住，养过一只雕鸮，它非常害怕虱子。这种猛禽，在蓝星号称暗夜杀手，在红星却适合做宠物，因为它很懒，只要有肉吃，根本不爱扑腾。

如今，火星经济仍然是典型的殖民经济，火星生物圈更不必提，呈现明显的输入移植特征。我们的孩子在显示屏上认识白枕鹤、金眶鸻、鹬嘴鹬。漫长的冬季和严寒，深刻塑造着火星居民的意识基底。比方说，如果我们读到曹子建《洛神赋》中"瑰姿艳逸，柔情绰态"等词句，不太可能联想到什么仙媛玉姝，而很可能联想到一袭黑裳、妆若烟熏的夺命天魔女。所以，洛特雷阿蒙在火星大行其道，我相信与当地的炼狱气质有关。"哎，什么是善？什么是恶？两者是一回事……"

若干时日之后，不劳文学史家们费神，地方年鉴的编撰小组将为我潦草写下三五句评价，权当盖棺论定：陆愚痷，生于乌托邦平原火宁定居点，写过几十首诗，赞美那些为行星农业机械化做出了贡献的商人以及种植者。

5. 火联殖民理论，或曰红星政治学

诸位，卡尔·马克思说过，历史往往重复，第一次以正剧的面貌出现，第二次则以闹剧的面貌出现。然而，当初认为星际大移民时代之前，必定先经历国家消亡及世界政府成立的所谓大整合阶段，这一预判，今天我们已看到，实乃闭门造车，错得十分离谱。近几年，美国火星属地发生过新"波士顿倾茶事件"，但是当地老百姓并不准备闹独立，他们思盼着会哭的小孩有奶吃。奈何理想之温情不敌现实之冷酷，华盛顿那伙选票精算师早就想给火星属地断奶了，甚至，为了彻底断奶，连小孩都可以一抬手扔掉。无非面子上过不去：我们中国火星行政区还在硬撑，他们怎能先拉胯，顾头不顾腚。联邦和属地的关系，宪法上写得明明白白，理应是也必须是两星一家亲，是血浓于水，是打断了骨头连着筋，不分彼疆尔界，不可须臾暌离……

这个泛地球联盟时代，离莱姆《未来学大会》描述的时代还颇为遥远。天才科学家已解决星际间同步通信问题。这帮脑袋瓜极其好用的混蛋，搞出一套特别棒又特别讨厌的智能系统：结合意念预读技术，外加

超大数据检索技术，事先计算出人们打电话的交流内容，存储于云端，可供提前发送。如此一来，基本克服了光速上限造成的沟通困难，且准确率达到百分之九十九点九九九九，余下百分之零点零零零一的差错率，借助记忆修复及创生技术很容易处理。自然，难免闹过两三次笑话，但平民阶级往往只关注补偿款孰多孰少。试举一例，通话人分别位于火星和地球，若他们同时暴毙，那么在短暂的几秒钟之内，负责预存并发送信息的程序仍会一丝不苟地继续工作，传输死者已经不可能吐出的某些词句，而它们是否也具有法律效力，众说纷纭。毕竟，量子网络的速度再快，认定生命状态总需要一个过程。听上去颇为怪怖？哈哈，反对耽于佚乐的诸位蓝星居民，别介意，别多虑，抛开怀疑，日子更美好。克尔凯郭尔认为，每个人都活得太过沉重，切勿期望过殷……

　　数百年前，在墨西哥一座古城里，有位酒足饭饱的贤者，夜间伏案时写道，如果缺少全新的发狂情绪，地球将停止转动，群星将不再眨眼。好吧，真知灼见，于是人类以全新的发狂情绪拓展了全新的炼狱边境。穹窿间似有巨石滚动。各区域、各殖民点陆续召开严肃的代表大会，商讨下一个五年计划。好不热闹的大会季节！邀请、贺电、声明、贡表、盟约满天飞。那位酒足饭饱的贤者还称言，我们是一只今天的老母鸡在孵化昨天的巨蛋。贤者果真这么说？无所谓。说也罢，不说也罢，总之，明天的鸡崽儿啊，你必须搞清楚，上帝仍处于假死状态，暗中蛰伏，他绝非一位隐秘的慈善家。

6. 火星风俗画及其他

　　在火星，清晨看到的景物往往游移不定，空间仿佛是一块融化的乳酪。天空泛青，山野泛黄，但感觉很假，犹如一位绝望的餐饭提供者将木块锯成蛋糕形状，涂上奶油的色泽，端给饥肠辘辘的流浪食客。这清晨，这宁寂，总让我想起小时候，星期六上午同父亲下棋，那些巨大的白色几何体耸立于远方云际，乍露真容，苍凉奇诡。说实话，鄙人厌倦乡村的静谧，如果乡村尚足以称静谧，相比这贫乏的静谧，城市的喧嚣更尘俗，更亲切。我还记得，家乡社区的运河上，装有一台阿基米德螺旋泵，覆盖着盐壳，不停翻搅着咸涩浪花。据说它能用来发电，其实呢，只不过一道景观，之所以还在隆隆转动，全赖一名退休机械师的不懈维护和修理。河面上长年漂浮着两三只装装样子的烂木筏，蜿蜒的堤岸旁稀稀疏疏地栽植耐碱树种，保存了我们初尝禁果的纯真欢乐，如今那些忍受过太多虮咬的同林鸟，早已雄惊雌飞，各奔天涯……

　　眼下，我身在地球，妄想闯出一点儿名堂。年轻人啊，他们笑道，加油干，往前冲。依照卷星的标准，我确乎还算年轻，但依照躺星的标准，老夫早该抱孙子孙女了。有一位前辈——年轻的前辈——说过，没人搭理，你提高嗓门，企图引起注意，直到喊哑嗓子，直到吼破喉咙，有用吗？适得其反。愚瘫老弟，年轻的前辈拍拍我肩膀，认命，扎扎实实折腾些好东西。也是，蓝星驯兽师好歹挺友善，虽然技术没那么过硬。管你什么年轻人不年轻人呢，前辈说，年轻人全是些野心勃勃、假模假样的大傻瓜。然而，跟这类清醒的大傻瓜相比，糊涂的大傻瓜更多。在同一栋公寓楼的各个房间里，许多大傻瓜诚意十足，把自己当成宇宙史图表的绘制者，当成文明学巨幕的拉拽者，其中不乏猛士、怪胎、疯狂的圣徒。听啊，三更半夜，那名患了陈旧性肛裂的孤独男子，正通宵朗诵古文："林有朴樕，野有死鹿……"痔疮的折磨使之脸庞蜡黄，可是他偏不去医院，只用猪胆汁治疗顽疾。此人激动时，全身浓密的汗毛根根倒竖，得靠一把去静电的梳子安抚它们，将它们打理平顺，令它们复原。他大概刚刚从炼狱边境来到尘世，因此躯体沉甸甸、热腾腾，两只眼睛似乎有点儿错位。这家伙喜欢把自己埋在糖槭树肥大、枯脆、轻盈的众多落叶之中，无忧无虑地白日做梦，醉看无穷无尽的幻象组成他另一副躯体，静待它不断膨胀，充斥全部空间，而真实的躯体转为透明，逐渐化作前者的液态养料。不，亲爱的读者，诸位想岔了，这并不是鄙人可悲的自画像，并不是……

火星的玫瑰色朝晖啊，澄澈如净火天，我究竟要等到何年何月，方能与你重逢？我们全家去乌托邦平原秋游的情景，至今历历在目。那几乎是一处圣地，当初"祝融号"火星车即着陆于此。我们的越野地行器，好似硅肺病奴隶挨了主子的皮鞭一样震颤。外公和父亲坐在前排，母亲、姐姐和我坐在后排。荒原低缓，可一目望尽，甚至隐约看得到几百公里之外的烟焰，看得到一片悬空的炎湖，极远端延绵着鳍状岩峦。日常，外公说，让我们领悟到时间深远，而深远的日常，则让我们领悟到时间深远之二次幂。老人是动脉粥样硬化患者，他顶着心肌梗死的风险与儿孙辈一同出行，我那时候并不怎么珍惜。父亲跟自己的岳丈有一搭没一搭地闲聊，表情在大愚若智和大智若愚之间来回切换。姐姐，正值青春叛逆期，又因为不怎么漂亮，所以她如同《布斯托斯·多梅克故事集》的某个人物那样，始终保持着牛粪般瘫软的姿势。母亲在上网，关心遥远蓝星的新闻时事。乌托邦平原，渊静如贤者省思，它见证过火星的第一代人类的出现和消亡。岩块受到大风的蚀损，无不千疮百孔、千奇百怪。越野地行器上方，是蔷薇形状的苍穹，崎岖旧公路直指一片海市蜃楼，可以看到坼裂的云空、嵯峨的岩岭，覆载万象的天地宛如一个无比巨大的圆锥体，底面尤为光滑，顶点镶嵌着一颗耀眼的极昼恒星，似有无限权力。

7. 异乡人在蓝星

如果有人说，陆愚瘫，你小子不过是人生方程式的一个可替换的单纯算符，如果有人这么说，我不会吃惊，也不打算反驳。自从来到蓝星，我一直练习吹唢呐，邻居嫌吵，纷纷怒目相向，控诉这声音足以把他们送走。蓝星的语言环境复杂，非常复杂，须多多实践。关于文学创作，我如精卫含石，我祈盼拥有清晨的简明，但至今还做不到。物有甘苦，尝之者识。道有夷险，履之者知。我也曾卷入拉斯维加斯金沙集团的洗钱圈套之中，跟一伙骗子终日切磋。蓝星，衰败的种子已包孕在兴腾之中，富足的一代，同时也是如果不富足便无法生存的一代。有一阵子，我天天被某个女人掐伤、咬伤、踹伤。哦，紫铜色的肉欲，狂暴猛戾的蛋白质！她喜欢火星的硫磺皂，那份淡淡的甜臭，让情侣感觉彼此很邪恶。我不再抽烟。丹尼尔·哈尔姆斯说过，抽烟的男人永远达不到他自身地位的顶峰。今天下午，公寓楼底层，入驻了几个顺着厄加勒斯暖流来到世界东方的南非原住民。远方，京畿建筑群朦朦胧胧的虚线，如琴弦在我们乏味生活的深处拨响，散发着秘密烟光。地球的气候一变再变，渐与火星趋同。猛烈的西北风吹得我们一个个不似人形，往我们头脑里塞进虚幻往昔，宣告某种秩序那天长地久、无始无终的持存状态。直到黄昏，尘寰万物才终于静息片刻，暮空一片金焰，万千燃烧的棉块不断向穹顶垒积，仿若一根根阐教仙人云中子催动的通天神火柱，把闻太师烧死在绝龙岭的通天神火柱中……

8. 故土，闪耀于夜空

众所周知，躺星的夕阳更小、更冰凉，白昼将尽之际，它从老天爷的秃颅慢慢滑向他似有似无的尾椎骨。傍晚，愣神的时刻，槐花满树满街，使城镇披上怀旧的鹅黄色。定居点衰败下去，几度濒于覆灭，河川常常断流，给人们带来真切的炼狱景致。不过我家还算走运，毕竟许多地域早已经退化为一片片戈壁，零星点缀着长满异形植物的狭小绿洲，或者不妨称作"伪绿洲"，它们富含毒素，只有一些巨大、笨拙的等足类动物在其间存活、繁衍。若以火卫一的鸟瞰视角观察，会发现这成百上千个生命群落，好比一条条可爱青绶，缓慢摇摆，相互纠缠。平原上，不乏文明遗址，倒塌的大桥和废弃的社区随处散落，旅行者将看到人生的全景，所有烙印于灵魂的事事物物，无不次第显现。在辽迥荒漠的深僻之地，还出没着一些亚达伯拉象龟的火星变种，它们仿佛是冥土原住民，茫无目标地巡游于偌大的红色沙海和山石嶙峋的亡灵世界。

秋游那日，默默吃完一顿颇具仪式感的日暮野餐，我们登舟启程，前往另一处定居点，似乎是去走亲访友，又似乎是去讨账索债。晚空明净，犹如大洪水时期，起初极为遥远的星座离开巢穴，简直近在眼前，探手可摘。入夜的旷原，向旅人展现它幽昧的一面：古战场般惨淡、荒冷，若真若幻的诸多景象。天体闪烁，星穹的脉管搏动不已。铁锈色云团暗示行路者，没准儿可以从空气中挤出番木鳖的鲜红浆汁。大地的坏血正不停流淌，但游骑兵比这股妖氛更令你毛骨悚然，这些人是无情杀戮的代名词，所以母亲祈祷千万别遇到他们。

越野地行器沿着黑夜眼睑的边缘疾驰。寂静环火而伺，如一头头巨熊，挤挤挨挨围拢于四周。我睡意蒙眬，感觉大地变成了无底的湖水，能看到下方影影绰绰的石柱、屋顶、路衢，能看到死者的暴动，以及一圈圈一层层的广阔冥狱。据说，在乌托邦平原某处，有一块庞大的玄武岩，上面居住着老老少少一百八十人丁，他们修造石屋、石床、石凳，使用石刀、石箸、石碗，夜间绝少交谈，只在巨岩上横陈偃卧。平日里，他们依靠阳光的颤动来辨别方向。这一返祖团体，行政官员称之为"玄武岩部落"，但实际上，它是一个神国。恍惚间，我隐约觉得，可能人类根本没来过这里，甚至根本没来过火星，正如一句日耳曼谚语所言：事情只发生过一次等于从未发生。

选自《滇池》2023 年第 4 期

周文林

大地的脐带

周齐林

中国作家协会会员，鲁迅文学院第 41 届高研班学员，
有作品近 200 万字见于《作品》《十月》《中国作家》
等刊。曾获第三届三毛散文奖、第四届在场主义散文
奖等，著有散文集《大地的根须》等 5 部作品。

1

残阳如血的黄昏，阳光透过窗户斜射在厚厚的被子上。瘦骨嶙峋的祖母躺在被子下，她已连续五日粒米未进，靠输液续命。一旁曾经落满灰尘的桌子被擦拭得光可照人。覆盖在祖母脸上的那层灰却擦拭不净，有些东西正慢慢消逝。

一墙之隔的厨房烟熏火燎，阵阵香味随风涌荡而出。父亲正蹲在门槛前默默抽烟，屋内忽然响起一阵细微的呼喊声。

"志佳，志佳。"祖母有气无力地喊道。父亲摁灭烟头，匆匆进屋。

"志佳，我想吃红薯。"祖母浑浊的眼忽然变得明亮，她看了父亲一眼，缓缓地说道。父亲听了心头一紧，祖母这是回光返照。

这看似平常的黄昏危机四伏，我紧跟在父亲身后，匆匆上楼，四处寻觅，却看不到红薯的影子。以往二楼的一隅总是堆满了红薯，暗夜里饥肠辘辘的老鼠撕咬红薯的声音不时回荡在耳边。

家里已多年未种红薯。薄暮中，父亲匆匆出门，挨家挨户问，终于在五额婶家讨来五六个红薯。

红薯去皮，剁碎，加入少许大米，半小时后，母亲把一碗热气腾腾的红薯粥端到祖母面前。

祖母喝了小半碗，颤抖着把它搁置在一旁的床头柜上。她看了父亲一眼，又说想吃烤红薯。灶里的火星通红，父亲把红薯放进去。几分钟后，一股香味弥漫开来。祖母骨瘦如柴的手紧握着微微发烫的红薯，啃食了几口，朝窗外深邃的天空望了几眼，眼神又涣散下来。

次日中午，祖母在父亲的怀抱里去世，眼角溢出一滴浑浊的泪。

祖母去世时正是初春，空气中弥漫着丝丝寒意。

　　几日后，父亲去墟上买了几十块钱红薯苗，带着我来到山上，在祖母墓地旁的那块空地上驻足。开垄，挖沟，挖坑，下苗，埋土，阵阵山风吹拂下，一棵棵红薯苗在风中轻轻摇曳着。

2

　　红薯的根须深深扎入家族的土壤里。

　　1962 年的盛夏，烈日长久的暴晒下，土地龟裂开来，细长的裂缝如一道道饥饿的深渊。

　　午后的村庄寂静无声，栖息在树梢的蝉发出有气无力的呐喊声。年幼的父亲瘦骨嶙峋，青筋暴露，豆芽般耷拉在祖母身上，他面色苍白，有气无力。祖母的乳房干瘪下去。彼时祖母年方三十四。

　　祖母抱着饿晕的孩子不时起身，踮起脚，不时朝不远处的石路张望一眼。

　　三天前，祖母捎信给娘家，告知家里已多日揭不开锅，四个孩子饿得晕头转向，靠吃野菜度日。

　　在频繁的张望里，她期盼的心渐渐凉了下来。当她抱着孩子准备进门，转身回望的那一刻，小路尽头一个熟悉的人影映入她的眼帘。她心跳加速起来。模糊的人影越来越清晰。

　　是曾外祖父。他扛着一个沉重的袋子缓步行走在尘土飞扬的石路上，汗水湿透了衣衫，额头上布满细密的汗珠。

　　把袋子放在地上，曾外祖父喘息片刻，接过祖母手中那瓢清凉的井水，一"咕噜"喝了下去。"省着点儿吃。"曾外祖父解开袋口紧紧缠绕的绳索说道。一个个沾满泥巴的红薯露了出来。

一年后祖母才知道，这是曾外祖母当掉两个银镯子换来的一袋红薯。曾外祖父歇息片刻，咬下一个洗净的红薯，重新积攒一些力气，踏上了回家的路。祖母望着他瘦削的背影，心里百感交集。祖母抱着年幼的父亲站在门前，一直望到曾外祖父消失在小路的尽头，才返身进屋。

窗外炽热的阳光透过窗棂斜射进祖母眼底，她却感到一丝柔软。

祖母取出两个大红薯，在井边洗净，沾满泥土的红薯立刻变得红艳艳。将红薯斩碎，放进盛满水的锅里，放入剁碎的马齿苋，满满的一锅。

干裂的柴火迅速燃烧起来，火舌吞吐，舔舐着黑漆漆的铁锅。多日前的一场大雨，池塘边和田野里重新长出了许多新绿。祖母带着年幼的孩子们挎着竹篮四处寻觅，割下满满几竹篮马齿苋。马齿苋是长在乡村田间地头常见的一种野菜，叶子肥厚鲜嫩，入口一点儿也不涩，亦是一味中药。

祖母站在装满红薯的袋子前，左挑右选，取出一个个头较小的红薯，小心翼翼地将它放入灶坑里烘烤。片刻之后，厨房里弥漫着一股久违的香味。

年幼的姑姑、父亲、大伯和二叔刚从睡梦中醒来，他们靠睡觉来节省精力。烤红薯的香味随风扩散开来，他们迅疾从床上跳了下来。

祖母在厨房里忙碌着，眼前的一幕让几个孩子惊讶。他们疾步走到冒着热气的铁锅边，红薯的浓香不时从鼻孔沁入心里，喉咙里的口水上下翻滚着。

用火钳取出已烤熟的红薯，放入清凉的井水里浸泡片刻，祖母小心翼翼地将红薯掰成四份，一一递给孩子。他们迅速接过红薯，狼吞虎咽起来。只有年幼的姑姑细嚼慢咽着。吃完了的三个眼巴巴地望着姑姑。祖母见状，关紧大门，把四碗红薯野菜粥放上桌。她在粥里放了一小勺盐，搅拌，调味。"吃吧"，祖母看了孩子们一眼说道。四个孩子伸出瘦长的手臂，揽过饭碗，呼噜的声音很快此起彼伏。四碗红薯粥转瞬便一扫而空。

祖母把四个孩子叫到里屋，叮嘱他们不要把家里有一袋红薯的事说出去，一定要严守这个秘密。孩子们默默点头。

次日，晨曦微露时，祖母手持一把锄头，在院落里忙活开来。院落的泥土坚硬，板结，荒芜了一年有余。祖母从井里取水，泼洒在干燥的泥土上。泥土如干渴的农人般"咕噜，咕噜"把水吞入腹中。七八桶水下去，祖母终于把这块地喂饱了，干燥的土地变得湿润轻盈起来。

松土，开垄，挖坑，一切准备就绪后，太阳缓缓升起来，将柔和的光线挥洒在寂静的村庄。祖母进屋取出曾外祖父带过来的红薯苗，小心翼翼地把它们插入土坑里。施肥，填土，望着在晨风中微微摇曳的红薯叶，祖母嘴角露出一丝欣慰的笑。

日子一天天从指尖流逝，半个月后，祖母欣喜地发现，孩子们脸上慢慢有了一丝血色。

五月末种下的红薯苗，九月才有收获。数了一遍又一遍，祖母沮丧地发现袋子里只有六十一个红薯。这意味着他们每两天才能吃一个红薯。横亘在中间的一百二十多天，如一道巨大的沟壑。他们需要借助这一袋红薯跃过饥饿的深渊。祖母把这一袋红薯藏匿到二楼仓库的一个隐蔽处。她担心饿得头昏眼花的孩子们趁她不在时偷吃。她每天早晨做的第一件事就是上楼数红薯的数量。确认无误后，她才放心地下楼。这一袋红薯是一家人的命，在外干活时、夜晚躺在床上望着窗外的那轮明月时、清晨醒来时，一想起楼上还藏着一袋红薯，她就倍感踏实。

祖母担心的事还是发生了。几日后的黄昏，她外出干活归来，匆匆上楼，数来数去，发现少了四个红薯。她的心一下子凉了下来，转而一股愤怒在心中升腾而起。

孩子们在房间里嬉戏。祖母拉长着脸进屋，一声不吭地看着几个孩子。孩子们顿时没了声响，耷拉着头。

在祖母的一再逼问下，姑姑站出来，咬着唇，承认了偷拿红薯的事。"跪下。"祖母厉声呵斥道，转身出了房间，再进来时手里拿着一根细长的柳条。祖母迅疾走到姑姑跟前，撩起她的衣服，扬起手中的柳条，抽打在姑姑瘦弱的身体上。很快，柳条在姑姑背上留下一道道带血丝的印痕。

年幼的父亲、大伯和二叔被祖母愤怒的样子给吓住了，他们惊恐地围在一起，大哭起来。

"妈妈，刚才小红来我们家井边打水时饿晕在地，姐姐见了，就上楼拿了四个红薯给她，你不要再打她了。"父亲惊恐地说道。

祖母扬起的手停了下来，她沉沉叹息了一声。

深夜，夜风袭来，烛光摇曳。昏黄的烛光下，祖母弓身给姑姑的背上药水。

"妈妈错了，以后再也不打你了。"祖母说道。

"我以后再也不拿红薯了，妈妈，要拿就先跟你说一声。"年幼的姑姑说道。

一周后的那个午后，寂静的村庄，风百无聊赖地四处游荡，祖母坐在门槛的石凳上静静凝望着院落的那一片绿。

"兰娇，那天幸亏你家闺女给的四个红薯，不然我这小孩命都没了。"五额婶的话把祖母从悠远的思绪中拉了回来。五额婶朝祖母走过来，把祖母拉进屋，藏在背后的手递给祖母一小碗大米。

几经拒绝，祖母还是收下了。祖母没想到孩子拿出去的四个红薯换回来一碗大米。

傍晚，祖母给孩子们做了一顿红薯粥，红薯和米饭混杂在一起，大火烧，小火熬，红薯粥黏稠，入口香甜。看着孩子们吃得津津有味的样子，祖母心底感到很踏实。

一周后一个落雨的深夜，夜色漆黑，屋外寂静无声，只听见雨水掉落在地发出的吧嗒声。院落的这抹绿慢慢生长，一点点一滴滴，蔓延开来，覆盖住整片土地。

九月的风开始有了些许凉意，院落里的红薯藤蔓彼此交缠在一起，当初的一小片绿如长了脚一般爬满了整个院落。

当初曾外祖父带回来的几十株红薯苗，在祖母日复一日的浇灌下，变成了两大竹篮的红薯。靠着新收获的红薯，祖母带着孩子们熬过了那段艰难的时光。

3

年幼时，昏黄的灯光下，祖母经常给我们讲红薯的故事。在频繁的讲述里，红薯的故事慢慢深入到家族记忆的肌理中。

红薯靠根茎和细长的藤蔓来输送养分，这常让我想起一个准母亲腹中的脐带。脐带是母亲给腹中的孩子输送养分的通道，更是情感的纽带。

1984 年深冬时节，屋外寒风呼啸，怀胎近十月的母亲抚摸肚子，发现腹中悄无声息，以往此时正是胎动最厉害时，调皮的孩子在腹中以拳打脚踢的方式与她互动。在母亲的一再坚持下，她被紧急送到医院。一番详细检查，母亲迅速被推进产房，剖腹产，才发现是脐带过长绕颈。幸亏送医及时，不然孩子难以保住。这个孩子就是我。

脐带是有形的，当腹中的我脱离母体，呱呱坠地，一根无形的脐带把我和母亲紧紧地联系在一起。

母亲在村后的牛角屏山上种满红薯。晨雾散去时，母亲就带着我们哥俩儿往山间走去。

松土，开垄，挖坑，栽苗，施肥，填土，几道工序下来，母亲的额头上布满细密的汗珠。松土开垄时，母亲叮嘱我们哥俩儿耐心点儿，把垄挖高点儿。"高垄结大薯，深水养大鱼。"只有肥沃厚实的土壤才能长出好粮食来。

栽植时，母亲叮嘱我们哥俩儿千万不要深栽。"浅栽结个金元宝，深栽一堆草。"母亲站起来，笑着跟我们说道。

"哟呵。"烈日高悬，山间茂密生长的草木密不透风，面色红润的母亲扶着锄头，扯起嗓子，朝山间吆喝着。风像是感应到了，空气中立刻响起细微的颤动，附近的草木发出阵阵哗哗声。风吹弯了草木，吹拂着母亲的发梢，阵阵凉意瞬间在母亲身上弥漫开来。她紧蹙的眉头也跟着舒展开来。

灵动的风让年幼的我和哥哥感受到了乐趣。我们跟风玩起捉迷藏来。我学着母亲的样子朝山间吆喝着，风像是听到指令迅疾而来，吹拂在脸，凉意袭人。当哥哥也模仿着母亲的样子吆喝时，风却藏匿起来。

母亲时刻惦念着山间的红薯苗，担心它们的生长。遇到雨水充沛时，母亲手持剪刀忧心忡忡地往山间走去。

红薯遇水，藤蔓便肆意生长。母亲手持剪刀，这里剪掉一小段，那里剪掉一小段。

"红薯的藤蔓长得太旺，容易流失营养，无法给根茎提供营养。"我听了似懂非懂地点头。

1999 年，父亲扛着木工箱去了南方打工，母亲靠卖红薯饼来贴补家用。遇上开墟的日子，夜色还未散去，母亲就起床了。在昏黄灯光的照射下，母亲在厨房里忙碌起来，她的身影在墙上左右晃动着，一会儿大一会儿小，一会儿直立一会儿又歪斜。

母亲把十几个红薯在井边洗净，去皮，再将红薯切成一块块，放入锅里隔水蒸熟。红薯的香味弥漫开来，在暗夜里飘荡着。母亲在蒸熟的红薯上撒上一层白糖，而后用光滑干净的木棍将红薯压成糨糊状，加入适量的面粉、鸡蛋液和水，不断地揉搓，直至硬度合适。

母亲娴熟地用手揪出一小块面团，将其搓成圆球形，用手掌按压成饼状。如此循环往复，一个个红薯饼井然有序地排列着，等待着母亲发号施令。锅里的油发出"滋滋"的响声，油烧热后，母亲沿着锅的边沿将饼缓缓放入油中，小火炸，一番煎炸，红薯饼漂浮在油面上。母亲用铁筛子迅疾捞出，放在一旁的竹篮里晾。

晨曦微露时，母亲挑着担子出门，一直到晌午时分才归来。

不赶集的日子，母亲常去中学校门口卖红薯饼。镇里的中学位于村后的黄土高坡上。做完早操的间隙，班里许多同学拥到学校后面的铁门前买红薯饼。有一天，我看见自己喜欢的女生兰也往铁门前走去，我前行的脚步忽然停了下来。我更不敢与母亲相认，害怕面色黝黑、目不识丁的母亲丢了自己的脸。

学校是封闭式管理，为了给教师的家属增加收入，不允许校外的商贩进入学校，只允许教师的家属炒菜售卖给学生。同学们为了改善伙食，通常去教师的家属那里打菜或者吃早餐。

迟疑的瞬间，我看见剃着光头的门卫疾步朝铁门走去，朝拥挤的人群厉声呵斥。同学们见了，如鼠见到猫一般，纷纷逃窜开来。

"下次还敢再来就全部没收掉。"门卫咬牙切齿地说。他一抬腿，隔着铁门的缝隙，踢在盛放红薯饼的脸盆上。"哐当"，脸盆落地发出的刺耳响声在我耳畔响起。

门卫瞪了母亲一眼，头也不回地走了。我呆呆地站在原地，心如刀绞。红薯饼滚落在地，沾了灰尘，受惊的母亲迅疾弯腰一个个捡起来，脸上满是惶恐。这一幕长久地留在我脑海里，以致许多年后，身在异乡，每每看见在寒风中瑟缩着身子叫卖烤红薯的小贩，我脑海里就会浮现出母亲的身影。

上课的铃声尖锐地响了起来，我迟疑着，远远地看了铁门外的母亲一眼，转身跑进了教室。

进教室，刚坐下不久，丙卫忽然走过来，把一小袋热气腾腾的红薯饼放在我桌上。丙卫与我同村，跟我同班。

久久地看着桌上的红薯饼，母亲委屈的身影浮现在我脑海里。

星期五回到家，母亲正在厨房里忙碌着。每次我从学校归来的晚上，母亲总会做一桌子我喜欢吃的菜。"正是长身体时，得吃好点儿。"昏黄灯光下的母亲笑着说道。

"那天在你们学校门口卖红薯饼，好多学生买，一下子就卖光了。"母亲说道。

此后，学校门口再也没出现母亲的身影。母亲开始走街串巷地叫卖起红薯饼来。

盛夏之夜，屋外凉风习习，清凉的月光洒落在大地上，萤火虫在半空中一闪一闪。我和哥哥躺在清凉的竹席上，静静地凝望着深邃清澈的夜空。一旁的母亲忙碌着，把在清凉的井水里浸泡了一下午的红薯打捞上来。这口深井夏天清凉，仿佛一台天然的冰箱。

　　母亲把井水凉过的红薯去皮，切成片，撒上醋，搅拌一番。片刻之后，醋的酸味慢慢渗透到红薯里，一道美味就成了。凉凉的月光下，我左右手各拿一块醋泡过的红薯，大口咀嚼起来。醋的酸味和红薯的甜味在唇齿间弥漫。

　　红薯饱腹感强，几块红薯下肚，年幼的我摸着肚子躺在院落的竹席上，静静地看着萤火虫在半空中划下一道道优美的弧线。夜渐渐往深处走去，我在清凉的夜风中悄然入睡。

　　初秋时节，是红薯的收获期。把山间的红薯挖下来，挑回家，母亲又忙碌起来。天气晴朗的日子，母亲把红薯洗净，煮熟，切成一条条，放在院落干净的稻草上暴晒。几日的暴晒下来，薯条就做成了。返校的日子，母亲总会给我准备好一大包的薯条，叮嘱我晚上复习功课到深夜时吃上一些。

　　一个个深陷在黑暗中的红薯时刻呼唤着救援者的到来。红薯收获的季节刚过，母亲常扛着锄头、挎着竹篮带着我们去山上捡漏。一些红薯还隐匿在泥土深处，等待着被挖掘。刚被挖掘过的红薯地一片混乱。经验丰富的母亲放下肩上的锄头，目光掠过眼前的红薯地，忽然像是发现了什么，几锄头下去，一个带着根须的红薯就被挖了出来。这块红薯地主人一时粗心，把这一两个红薯遗留在了土里。

　　一个下午下来，到薄暮时分，翻遍整个山野间的红薯地，我们收获了满满一竹篮的红薯。母亲红扑扑的脸上露出欣慰的笑容。

　　从年头到年尾，红薯时刻陪伴着我们，它渗透到生活的每个角落里。

　　进入隆冬时节，晒干的稻子早已入仓，田野上只剩下冷风四处游荡着，从天而降的雨水掉落在地，发出"噼啪"的响声，仿佛是在为风神奏乐。在泥土里劳作了大半年的村里人正蜷缩在屋内烤火，冷风从窗的缝隙蹿进来，钻进他们的脖子里。他们不由得抱紧了身子，离炉火更近了。时光的脚步仿佛停滞下来，他们深陷在悠远的回忆中。在日复一日的劳作下，生锈的锄头被打磨得闪闪发光，此刻，被扔在库房里的它们正静静地等待着春天的到来。

在外打工的父亲已归来，家中弥漫着幸福的气息，母亲脸上时刻洋溢着灿烂的笑容。屋外寒风呼啸，我们一大家子躲在屋内烤火。

暖意驱散冷风，炉火烤红了我们的脸庞和脖子，暖意开始弥漫整个身体，疲乏上头的母亲缓步走到窗前，怔怔地望着窗外苍茫的大地。雨水没有停歇的意思，在她仰望的瞬间反而下得愈加密集起来。大年三十将至，过了年，父亲又要奔赴异乡。在广阔的田野上忙碌时，母亲的身体是轻盈的，当忙碌结束，在炉火旁静静地凝望远方时，她的心思变得沉重起来。母亲舍不得父亲远行。

在母亲的吩咐下，我来到库房，匆匆取出几个沾着泥巴的红薯重新回到通红的炭火旁，来不及瞥一眼一旁的锄头和铁锹。我把红薯放到炭火旁烘烤，片刻后，红薯的香味弥漫整个房间。

这一幕长久地浮现在我的脑海里，它意味着家的温馨。

随着成长的脚步，我逐渐远离故乡的土壤，慢慢离母亲越来越远，一根无形的脐带却始终牵扯着我的心。

4

2008 年 5 月，一场罕见的金融风暴席卷全球，处于暴风眼的珠三角，许多工厂陷入裁员和倒闭的边缘。我所在的道滘的这家港资厂，员工由鼎盛时期的五百多人锐减到一百多人。往日的我，陀螺一般马不停蹿地穿梭于车间，忙得喘不过来气。次贷危机后，通常一个礼拜见不到一个订单。

三个月后，宣传栏上贴出了一张猩红色的裁员名单。厂门口顿时喧闹起来。人们纷纷在宣传栏前驻足停留，面露恐慌。在工厂干了近三十年的辉叔忽然蹲在角落里失声痛哭起来。他已年近六旬，身患严重的腰椎间盘突出，离开意味着永远的告别，带着满身疾病回到陌生的故乡。

站在人群外，踮起脚跟，我看到了自己的名字。伤感迅疾在心底蔓延开来。

次日，收拾行李，离开工厂，我来到智通人才市场对面的八元店。八元店狭小的房间里霉味扑鼻，四张铁架床，分上下铺。我所在的小房间住着六个人，湖南、湖北、江西和贵州的口音混杂在一起。白天，房间里寂静无声，舍友们大都怀揣简历奔波在面试的路上。夜幕降临时，面试归来的舍友们满身疲惫地躺在锈迹斑斑的铁架床上。

两个月后，为了省钱，我开始每顿只吃两个馒头，经常在深夜饿醒。窗外夜凉如水，透过锈迹斑斑的窗棂，十几米外的大排档人声鼎沸，灯火辉煌。烧烤味、高度白酒的气息弥漫在空气里，不断冲击着我的嗅觉。

我挣扎着爬起来，浑身仿佛虚脱了一般。来到门外，拧开一旁的水龙头，猛喝了几口自来水。水迅速流入体内，饥饿感仿佛缓解了一些。我在夜色中静坐了一会儿，复又走进房间躺下。为了缓解饥饿感，我换了个睡姿，趴在床上，用枕头顶着肚子。我在昏昏沉沉中睡去。

半夜，饥饿感愈来愈强烈，它变成一根细长的绳索，时刻紧勒着我的脖子，让人窒息。我迅速起身，疾步走到一百米外的美宜佳便利店，买了一包方便面。时间一秒秒过去，来不及等待，顾不上滚烫的开水，我狼吞虎咽起来。

午夜的路面上闪烁着一层淡白的光，车流稀少，远处的灯火摇曳阑珊。回八元店的路上，一个卖红薯的大叔依然守在烤炉前。我驻足，看了一眼红薯，大叔渴求地看着我。最终我花五元钱买了一个烤红薯。

我舍不得吃，将它放在胸前，双手紧抱着，仿佛抱着故乡。

两日后，在八元店寄居数月的我终于看到一丝曙光。在人才市场，位于虎门北栅的一家塑胶厂的经理决定录用我跑外贸业务。次日，我收拾行李来到了工厂，当天晚上吃上了热汤热饭。躺在温暖的被窝里，回想起颠沛流离的日子，恍然如梦。

这关于饥饿的记忆嵌入我的生命里，挥之不去。

一切慢慢安定下来。阳光透过树叶在地上留下美丽的剪影。

5

入职虎门的那一刻，我不仅听见大海咆哮的声音，还看见红薯苗在微风中摇曳的身影。

红薯又称番薯。一个"番"字暴露了它的来处。番薯的故乡，在遥远的墨西哥和哥伦比亚。陈益是中国引进红薯的第一人。明万历十年（1582 年），陈益冒着生命危险从安南国（越南）偷偷带回来红薯，放在自家的院落里。红薯从此在华夏大地安营扎寨。

当我得知陈益就是虎门人，他的墓地离我曾经工作的地方不远时，一股暖流在我心底涌动，我仿佛找到了久违的亲人。

一个阳光灿烂的午后，我离开工厂，乘坐公交车辗转颠簸一个多小时来到陈益的墓前。墓由半圆形的水泥护栏围绕着，温暖的阳光照耀在墓地上。我把买来的六个红薯轻轻地放在墓碑前，默默鞠躬。我神思恍惚，分不清是在祭奠陈益还是逝去的祖母。

远处的树林传来"哗哗"的响声，我仿佛置身梦境。站在墓前，低头的瞬间，我脑海里浮现出几百年前陈益携红薯逃出安南国的场景。

红薯看似卑贱，却极易扎根生长。我远不如一个红薯，红薯适应性强，能迅速扎根异域的土壤。在异乡漂泊多年的我，心始终悬空着。

多年后，我在城市定居下来，每晚往返于各种饭局和应酬。饥饿感早已离我远去。端坐在装修考究的饭店里，看着满桌子的菜，我常有一种饱腹厌腻感。喧闹的包间里，面对着他人的频繁敬酒，我内心深处常生出一种疏离感。直至一日，一盘嫩绿的清炒红薯苗端上桌，我瞬间被击中，那些关于红薯的记忆浮现在脑海里。

2021年初春时节，祖母过世后不久，我的女儿出生了。生老病死，新旧更替，血脉在这里传承。

因我和妻子工作繁忙，女儿只能暂时寄放在老家由母亲喂养，在思念的驱使下，我常驱车千里回故乡看望她们。

黄昏时分，母亲在厨房里忙碌着，缕缕炊烟透过烟囱缓缓朝天际飘去。母亲走出厨房，进入仓库，出来时手里多了两个红薯。她把红薯放入火舌吞吐的灶坑里。半个小时后，母亲用火钳夹出一个烤熟的红薯，放在清凉的井水里浸泡。烤熟的红薯在清凉的水里冒出阵阵热气。几分钟后，母亲满是老茧的双手小心翼翼地掰开红薯，递到我两岁女儿的手中。女儿津津有味地吃着，不时看母亲一眼。家族的血脉就这样通过无形的脐带一代代传承。

落日的余晖斜射在她们脸上，映照出两张清晰的面容，温暖而深情。

选自《星火》2023年第5期

张莉

新鲜风景与故人山河

——纪念孙犁 110 周年诞辰

张莉

北京师范大学文学院教授、博士生导师。中国作家协会散文委员会副主任。著有《中国现代女性写作的发生》《小说风景》《持微火者》《我看见无数的她》等。曾获鲁迅文学奖文学理论评论奖、中国女性文学优秀成果奖。

"别开生面"

1936 年，二十三岁的孙犁离开家乡安平，在安新县同口镇教书一年，虽然只在那里生活了短短的一年，但白洋淀的生活让他难以忘怀。1939 年，在太行山深处的行军途中，孙犁将白洋淀记忆诉至笔端，写成长篇叙事诗《白洋淀之曲》。诗中的故事发生在白洋淀，女主人公叫"菱姑"，她的丈夫则叫"水生"。他们和《荷花淀》中的年轻夫妻一样恩爱，但命运不同。在这首诗中，水生牺牲了，菱姑丧夫后拿起了枪："热恋活的水生 / 菱姑贪馋着战斗 / 枪一响 / 她的眼睛就又恢复了光亮。"《白洋淀之曲》写得并不成功，只能说是孙犁对白洋淀生活的尝试写作。那一年，孙犁二十六岁。他热情洋溢，但文笔青涩。——白洋淀的生活如此刻骨铭心，可是，怎样用最恰切的艺术手法表现？此时年轻的孙犁还未做好准备。

孙犁重写白洋淀故事，是在延安。1944 年，孙犁来到延安工作，他听说了故乡人民经历了空前残酷的"五一大扫荡"。1945 年，他遇到了来自白洋淀的老乡。他们向孙犁讲起了水上雁翎队利用苇塘荷淀打击日寇的战斗故事，孙犁的记忆再次"活"起来。多年后，孙犁回忆起当年听到老乡讲故事的心情："我离开家乡、父母、妻子，已经八年了。我很想念他们，也很想念冀中。打败日本帝国主义的信心是坚定的，但很难预料哪年哪月，才能重返故乡。"《荷花淀》等篇，是我在延安时的思乡之情、思亲之情的流露，感情色彩多于现实色彩。"因为雁翎队员们的讲述，也因为孙犁本人对家人的思念，孙犁连夜写下短篇小说《荷花淀》。

《荷花淀》中的人物依然叫"水生"，故事依然发生在白洋淀，依然有夫妻情深和女人学习打枪的情节，但小说的语言、立意、风格和早期的《白洋淀之曲》迥然相异。题目"白洋淀之曲"改成了"荷花淀"，用"荷花淀"来称呼"白洋淀"显然更鲜活灵动，读者们似乎马上就能想到那荷花盛开的图景——这个题目是讲究的，借助汉字的象形特征为读者提供了想象空间。《白洋淀之曲》中死去的水生在《荷花淀》里活了下来。故事情节的重大改动是否因为他对妻子与家人的挂念，是否因为他渴望传达一种乐观而积极的情绪？

　　完成《荷花淀》那年，孙犁刚刚三十二岁。哪一位丈夫愿意打仗，哪一位妻子希望生离死别？但是，当战火烧到家门口时，他们不得不战。当作家想到远方的妻子儿女、想到家乡人民时，他要怎样书写生活本身的残酷？没有人知道战争哪一天结束，这位小说家、年轻的丈夫唯一能做的就是在纸上建设他的故乡、挂牵和祝愿。于是，小说家选择让水生成为永远勇敢的战士，而水生嫂则可以在文字中享受属于她的安宁和幸福，哪怕，这幸福只是片刻。

　　时任延安《解放日报》副刊编辑的方纪后来回忆说，读到《荷花淀》的原稿时，他差不多跳了起来，"大家把它看成一个将要产生好作品的信号"。谈到孙犁作品给延安读者带来的惊喜时，他多次使用了"新鲜"二字："那正是延安文艺座谈会以后，又经过整风，不少人下去了，开始写新人——这是一个转折点；但多半还用的是旧方法……这就使《荷花淀》无论从题材的新鲜、语言的新鲜和表现方法的新鲜上，在当时的创作中显得别开生面。"把《荷花淀》视作孙犁创作生涯的分水岭是恰当的，此前，他是作为战地记者和文学工作者的孙犁；此后，他是当代中国独具风格的小说家。

　　1945年5月，《荷花淀》在延安《解放日报》首发；紧跟着，重庆的《新华日报》转载；各解放区报纸转载；新华书店出版单行本；香港的书店出版时，还对"新起的"作家孙犁进行了隆重介绍。——这篇不仅写给自己，也写给亲人，写给"理想读者"的小说有如长出了有力的"翅膀"，安慰着战乱时代背井离乡的人们，也安慰着那些为了和平不得不战的战士们。而尤其令人心生喜悦的是，《荷花淀》发表三个月后，1945 年 8 月 15 日，日本军队宣布投降，"水生"和"水生嫂"们对拥有安宁日常生活的愿望终于不再是愿望。自此，中国文学的版图上，有了名为"白洋淀"的文学故乡；自此，那里成为新的"中国风景"。

冀中新景

《白洋淀纪事》是孙犁影响广泛的一部作品集，收录了他从 1940 年到 1948 年间的小说、散文及纪实性作品共计 26 万字，先后在 1958 年、1962 年出版过两个版本，到 1964 年，印刷了 6 次共计 18 万册。今日重读，有许多角度可以讨论《白洋淀纪事》的魅力。但无论从哪个角度讨论，你都不得不承认，孙犁以《白洋淀纪事》构建了一种新的中国文学风景。在孙犁笔下，冀中平原的自然、风光与人民相互映照，成了中国文学史的标志性所在。

《白洋淀纪事》勾勒了冀中平原四季风光，生动、真切，有如临其境之感。春天来了，"春天过早挑动了小桃树，小桃树的嫩皮已经发紫，有一层绿色的水浆，在枝脉里流动"。（《正月》）"太阳照着前面一片盛开的鲜红的桃树林，四周是没有边际的轻轻波动着就要挺出穗头的麦苗地。"（《游击区生活一星期》）"这一带沙滩，每到春天，经常刮那大黄风，刮起来，天昏地暗人发愁。现在大雨过后，天晴日出，平原上清新好看极了。"(《光荣》)到了夏天，"滹沱河在山里受着约束，昼夜不停地号叫，到了平原，就今年向南一滚，明年往北一冲，自由自在地奔流。河两岸的居民，年年受害，就南北打起堤来，两条堤中间全是河滩荒地，到了五六月间，河里没水，河滩上长起一层水柳、红荆和深深的芦草"。(《光荣》)到了秋天，"满天满地霜雪，草垛上、树枝上全挂满了。树枝垂下来，霜花沙沙地飘落。河滩里白茫茫什么也看不见"。(《碑》)到了冬天，"村里村外，只有些小小的荍麦秸垛，盖着厚雪。街道上，担水滴落，结了一层冰。全村只有一棵歪把的老树，但遍山坡长着那么一丛丛带刺的小树，在冰天雪地，满挂着累累的、鲜艳欲滴的红色颗粒"。(《嵩儿梁》)

孙犁所使用的词语是家常的，他喜欢用逗号和句号，句子短而凝练，有一种奇妙的音乐性和节奏感。所写当然是自然风光，但在书写自然时，他有意写下明亮之色，厚雪与结冰的世界里，突然看到一丛丛累累的红色果实；大黄风之后紧接着是大雨，大雨过后天晴日出，即便是陈述所见，但风景并不给人荒芜、孤独之感。在他的笔下，风景从不只是自然风景，风景里包含了平原上农民们的耕耘与劳作。"田野里，大道小道上全是忙着去种地的人，像是一盘子好看的走马灯。"(《光荣》)"常常发水，柴禾很缺，这一带的男女青年孩子们，一到这个时候，就在炎炎的热天，背上一个草筐，拿上一把镰刀，散在河滩上，在日光草影里，割那长长的芦草，一低一仰，像一群群放牧的牛羊。"(《光荣》)

"要问白洋淀有多少苇地？不知道。每年出多少苇子？不知道。只晓得，每年芦花飘飞苇叶黄的时候，全淀的芦苇收割，垛起垛来，在白洋淀周围的广场上，就成了一条苇子的长城。女人们，在场里院里编着席。编成了多少席？六月里，淀水涨满，有无数的船只，运输银白雪亮的席子出口，不久，各地的城市村庄，就全有了花纹又密又精致的席子用了。

大家争着买：'好席子，白洋淀席！'"（《荷花淀——白洋淀纪事之一》）

劳作的人与自然在一起，构成了冀中平原上的最为日常的乡土生活。他写人如何在自然面前生存，同时也写人如何创造环境。战争对日常风景进行了破坏，大地上突然出现了炮楼，像"阔气的和尚坟"，"再看看周围的景色，心里想这算是个什么点缀哩！这是和自己心爱的美丽的孩子，突然在三岁的时候，生了一次天花一样，叫人一看见就难过的事。"（《游击区生活一星期》）战争对生活进行了摧毁，"自从敌人在白洋淀修起炮楼，安上据点，抢光白洋淀的粮食和人民赖以活命的苇，破坏一切治渔的工具，杀吃了鹅鸭和鱼鹰；很快，白洋淀的人民就无以为生，鱼米之乡，变成了饿殍世界"。（《采蒲台》）"生活史上的大创伤是敌人在炮楼'戳'着的时候，提起来，她们就黯然失色，连说不能提了，不能提了。那个时候，是'掘地梨'的时候，是端村街上一天就要饿死十几条人命的时候。"（《织席记》）他写炮声就在不远处，"东西北三面都有了炮声，渐渐东南面和西南面也响起炮来，证明敌人已经打过去了"。（《光荣》）甚至，炮声来到了家门口，"当大娘正要转身回到屋里的时候，在河南边响起一梭机枪，这是一个信号，平原上的一次残酷战斗开始了"。（《碑》）但是，乡村并没有被真正摧毁，人们拿起了枪，"这一村的青年自卫队往大场院里跑步，那一村也听到了清脆的口令"。（《小胜儿》）

《白洋淀纪事》里，孙犁将笔触延伸到战争年代的"毛细血管"，写下战争对每个人、每个家庭的毁灭，更写下冀中村庄的勇气和反抗。当然，尽管站在百姓角度感同身受，但是，他毕竟不是农民，而是革命干部，他有作为革命者的自觉。事实上，《白洋淀纪事》里的叙述人，是一位渴望改造世界、对未来有着必胜信念的写作者。于是，从他的自然风景里，你能清晰地听到一位革命作家的声音，意识到小说里的风景在某种意义上是革命者的心理映射。"在外面的大地里，风还是吹着，太阳还是照着，豆花谢了结了实，瓜儿熟了落了蒂，人们为了未来的光明，正在田野里进行着斗争。"（《"藏"》）"许多高房，大的祠堂，全拆毁修了炮楼，幼时记忆里的几块大坟地，高大的杨树和柏树，也砍伐光了，坟墓暴露出来，显得特别荒凉。但是村庄里的血液，人民的心却壮大发展了。一种平原上特有的勃勃生气，更是强烈扑人。"（《嘱咐》）

这样的视角和眼光，带着改造和建设一种新世界的信念，也影响了其所见。风物常常是希望的隐喻："太阳刚刚升出地面。太阳一升出地面，平原就在同一个时刻，承受了它的光辉。太阳光像流水一样，从麦田、道沟、村庄和树木的身上流过。这一村的雄鸡接着那一村的雄鸡歌唱。"（《小胜儿》）"我望一望那明亮的三星，很像一张木犁，它长年在天空游动，密密层层的星星，很像是它翻起的土花、播散的种子。"（《纪念》）雄鸡、星星、翻起的土花和播散的种子，都来自一位战士的心灵风景，是主观化的自然。在这里，贫穷是暂时的，饥饿是暂时的，恐惧也是暂时的，信念感在每个人心中。对必胜信念的确认与确信，成为《白洋淀纪事》一书的灵魂，也是打动万千读者的隐秘动因。

战争、自然、人与时代如何在孙犁笔下构成风景？以《荷花淀》里的故事为例："后面大船来的飞快。那明明白白是鬼子！这几个青年妇女咬紧牙制止住心跳，摇橹的手并没有慌，水在两旁大声哗哗，哗哗，哗哗哗往荷花淀里摇！"与之前轻划着船"哗，哗，哗"不同，鬼子来之后，"水在两旁大声哗哗，哗哗，哗哗哗""哗"已经不再只是拟声词，它还是情感和动作，是紧张的气氛，是"命悬一线"：

　　"往荷花淀里摇！那里水浅，大船过不去。"

　　　　她们奔着那不知道有几亩大小的荷花淀去，那一望无边际的密
　　　密层层的大荷叶，迎着阳光舒展开，就像铜墙铁壁一样。粉色荷花
　　　箭高高地挺出来，是监视白洋淀的哨兵吧！

　　"铜墙铁壁"和"哨兵"是比喻，但也是所处风景的态度。荷花、荷
叶和人一样，都是有生命、有气节的，成了作品中不可缺少的角色。——
孙犁笔下的风景是心灵风景。景色当然是真实的存在，更是白洋淀人民
不屈意志的投射。"一切景语皆情语"，他要写下的是反抗的决心，胜利
的决心。

　　"所谓风景，乃是一种认识性的装置。"柄谷行人说。这句话用在孙
犁小说的风景上也是合适的。《荷花淀》的色调是明朗和乐观的，那是
作家对战争前景的认识。而这种认识早已渗透在他的血液里。早在 1939
年《论通讯员及通讯写作诸问题》中，他就谈起过一种必胜的信念。"我
们可以写我们要胜利，因为我们一定能胜利。""我们的通讯里，应当流
露着乐观，兴奋，顶多是悲壮；因为实际上是这样的。""要使自己感觉
到并训练为一个民族解放斗争火焰之发动者。"从青年到晚年，这是孙犁
不断重申的写作职责："我的职责，就是如实而又高昂浓重地把这种感情
渲染出来。"但这样的职责并不意味着某种高蹈。孙犁作品之所以深入
人心，成为解放区文学的优秀代表，在于作家"所见者大"而"所记者
实"，而着墨于细微；在于他朴素、日常、切实的美学观。即使他深知要
用高昂、渲染的笔墨，但落在笔端时，他依然从"小"着眼，写身边所
见之人，所见风物。于是，枣树，野花，桃树，荷花，苇子地，呼呼的
从远方刮来的风构成了冀中平原富有生命力的大自然之景，既是故事的
发生地，也与主人公的命运和精神、情感相互交织。正是他笔下这些真

切的花草、真切的天地、真切的人事，最终构成了他魂牵梦萦的土地和家园，构成了他终生热爱的"中国的幅员"。

写作时的孙犁，将"自我"完全浸入了革命战士的角色之中。作为抒情者，他与作为革命战士的"自我"和后方百姓的"自我"融为一体。正如研究者们都认识到的，《荷花淀》之所以拥有如此多的读者，在于他在壮烈的抗日故事里含有迷人的、柔软的情感内核，即夫妻之情、天伦之乐。与其说《荷花淀》是一个故事，不如说是孙犁以小说形式写就的一封充满思念之情的家书，这封信里有着一位丈夫、战士最深沉的情感。

故人山河

我喜欢孙犁的那张革命青年的照片，羞涩诚恳，朝气蓬勃，那时候，这位青年响应时代的召唤，投入到抗日的大潮中去；当然，我也喜欢晚年的他在书桌前面对窗外沉思的那张。与前一张相比，后者场景日常而普通，可是，在那平静的面容之下，却埋藏着一颗终生致力于自我完善、自我守持的心灵。——孙犁经历了那么多世事沧桑，他是从枪林弹雨中摸爬滚打活下来的人。他从那里走过，并不让黑暗和丑恶沾染他。这位写作者自然看到了世间的灰暗，人性中的晦暗，但是，不让自己与它们同流。世界和人的关系到底应该是怎样的？这是孙犁在作品中一直渴望探索的。"但愿人间有欢笑，不愿人间有哭声"是他的文学愿景。——看惯了生离死别与鲜血淋漓，最终这位作家希望在文字中展现世界的"应然"，展现世界应该有的样子，人应该有的样子。

所以，要记下所遇到的那些珍贵的人，那些故人与山河，那位穿着鲜红衣服的有着爽朗笑声的姑娘，那田间地头顶着破帽子的农人们的脸，那辽阔无垠的大淀里突然出现的渺茫的歌声……冀中庄稼的样子，平原上曲曲折折的小路，路边盛开的杏花和梨花，青水与黄土，田野上呼呼刮过的风，都是美，都是人间馈赠，都最终变成了他笔下的好风致。

抒情性是孙犁作品的重要特质。这一特质也使他的写作进入了中国抒情传统的脉络里。写作之于孙犁而言其实是抒发自己对世界的深厚情感。不过，在晚年，他的作品风格开始发生变化。《芸斋小说》里的他，冷静而几近客观，与当时流行的"伤痕文学"风格并不相近。对"恶"的描写，并不单纯的呈现，而是进行艺术性的处理，其中蕴含了作家的思考和对人性的审视。谈到《芸斋小说》的创作时，他说："我有洁癖，真正的恶人、坏人、小人，我还不愿写进我的作品。……一些人进入我的作品，虽然我批评或是讽刺了他的一些方面，我对他们仍然是有感情的，有时还是很依恋的，其中也包括我的亲友、家属和我自己。"《芸斋小说》里，他喜欢在每篇小说结尾处设置一段"芸斋主人曰"，以简洁的文字记录下对所见之人、所遇之事的感悟、感慨和思考。这与新笔记体小说的形式追求极为趋近。某种意义上，笔记体小说是他另外一种意义上的抒情写作。

写作对于晚年的孙犁意味着什么？是一场漫长的疗愈。修复难以修复的情感伤口，治愈那些不吐不快的心结。他的叙述视点发生了位移。他开始记下那些深藏在记忆深处的故里乡亲。包括"乡里旧闻"在内的大量回忆性文字，构成了孙犁晚年散文的代表作。这些散文，少了亮色，多了微苦。此时，情感依然是他散文的内驱力，情感也依然有浓度，但那是被高度浓缩过的，更接近于一种情感的结晶体。篇幅不长，但字字句句都见情谊。他带我们看到那位叫"干巴"的穷苦人。"冬天，他就卖豆腐，在农村，这几乎可以不要什么本钱。秋天，他到地里拾些黑豆、黄豆，即使他在地头地脑偷一些，人们都知道他寒苦，也都睁一个眼，闭一个眼，不忍去说他。他把这些豆子，做成豆腐，每天早晨挑到街上，敲着梆子，顾客都是拿豆子来换，很快就卖光了。自己吃些豆腐渣，这个冬天，也就过去了。"（《干巴》）如果说，早期的写作里他喜欢使用彩笔，那么，在这些追怀旧时光的文字里，他更喜欢使用简笔，寥寥数语勾画出普通人的鲜活。

那位叫"小杏"的青年女性，长得俊俏，眉眼秀丽，但是，"小杏在二十几岁上，经历了这些生活感情上的走马灯似的动乱、打击，得了她母亲那样致命的疾病，不久就死了。她是这个小小村庄的一代风流人物。在烽烟炮火的激荡中，她几乎还没有来得及觉醒，她的花容月貌，就悄然消失，不会有人再想到她"。（《木匠的女儿》）他叹息她的离去，伤感她的生不逢时，写下遗憾和同情，以及同情的理解。但并不居高临下，他看到她生不逢时，"贫苦无依的生活，在旧社会，只能给女孩子带来不幸。越长得好，其不幸的可能就越多。她们那幼小的心灵，先是向命运之神应战，但多数终归屈服于它。在绝望之余，她从一面小破镜中，看到了自己的容色，她现在能够仰仗的只有自己的青春"。（《木匠的女儿》）

旧社会村子里的那些穷苦人、可怜人，那些命运不济之人，他忘不了他们。他在纸上纪念这些人。穷困是外在的，他最终写下的是人们的活着、人们生命中曾经有过的光泽。在很多人的故事之后，他喜欢写上一句"祝他幸福"。那是浸润在文字中的深情厚谊。当然，还有他的家人，尤其是那篇令无数读者难忘的《亡人逸事》。他写下与妻子的第一眼相见，记下记忆中的点点滴滴，并没有直接抒发与妻子的情感，但情感却贯穿在字里行间，尤其是结尾。

时间虽然流逝，但场景却历久弥新。这是刻刀般的记述。同样给人鲜明记忆的，是《母亲的记忆》里那朵明艳而美丽的月季，"抗日战争时，村庄附近，敌人安上了炮楼。一年春天，我从远处回来，不敢到家里去，绕到村边的场院小屋里。母亲听说了，高兴得不知给孩子什么好。家里有一棵月季，父亲养了一春天，刚开了一朵大花，她折下就给我送去了。父亲很心痛，母亲笑着说：'我说为什么这朵花，早也不开，晚也不开，今天忽然开了呢，因为我的儿子回来，它要先给我报个信儿！'"从古至今，写母子亲情的文字数不胜数，可是，将母子之间久别重逢的喜悦用月季来表达的，恐怕只在孙犁笔下有。以淡笔写浓情，孙犁将这样明亮的、喜气洋洋的母子情深永远镌刻在我们的散文名篇里。

　　读《乡里旧闻》，会看到世间众生。他的字里行间有沧桑孤寒之意，但清冷中有热闹，寂寞中有欢乐。很多人说孙犁的作品有清新之美，那自然是对的，但《乡里旧闻》里的清新是沧桑之后"本来"犹在的清新，是水流过乱石荒野之后的清澈凛冽。好似历经酷寒的山野里的风，包含着暖意，裹挟着质朴。人们都说晚年的孙犁发生了重要的变化，的确如此，他的语言风格和审美都在改变，但内在里他有他的不变——他终生怀念冀中平原的风景和乡亲，挂牵那些贫苦和卑微的姐妹弟兄。某种意义上，孙犁将他的革命生涯、将他在中国幅员上的行走，最终浓缩成了独属于他的文学意义上的有情天地。

革命者的有情

　　孙犁有一篇关于契诃夫的评论，在他眼里，作为作家的契诃夫，"真正拥抱和了解了他那国土的全部事物，表现在他对人的美丽的和善良的品格的发扬和维护，对于弱小的和不幸的抚养和同情。他常常为美丽的东西被丑恶的东西破坏而痛心，即使是一棵小小的花树，一只默默的水鸟或一处荒废了的田园"，某种意义上，这些评价用在孙犁身上也是合适的。

今天想到孙犁时，我们当然会想到清新、严肃、澄澈，会想到沉郁，也会想到中国文脉中的"无邪"。"无邪"是形容中国诗歌的——尽管孙犁并不是诗人，但是，他用中国诗一样的意境写出了好的作品。孙犁将现实主义写作美学、中国抒情传统与一种雅正的汉语之美结合在一起，在他那些最著名的篇什里，有属于中国美学的清新、留白与写意。

当然，想到孙犁，我们也会想到那永远的"荷花淀"：绿色的芦苇一望无际。如果是七八月间，你将看到荷花盛开，鲜明纯净，像梦一样。有渔船从水面上倏忽划过，半大孩子们一下子就跃进了水中。这是白洋淀最自然、最日常的风光，它们仿佛从大淀出现就一直在，一直这么过了那么多年。想当年，白洋淀里曾经有过许多抗战传说，但只是口耳相传。直到有一天，这些故事被孙犁写成小说，永远刻在纸上。

想来，真是没有比这更好的相遇了。——白洋淀风光滋养了这位作家的成长，这位作家也以自己独具一格的文字构建成了名为"白洋淀"的文学故乡。

选自《人民文学》2023 年第 5 期，有删减

陈登

雪夜航班

陈登

古代文学研究生在读。作品见《散文海外版》《散文
选刊》《诗选刊》等刊及选本，获徐志摩微诗歌奖、
中国作家网 2022 年度文学之星、野草文学奖等。

通往机场的公路灯火灿烂，高于半座城市。南方夜晚湿润的风有韧性地在耳边拉扯出了磨砂质地的啸声。第一次夜航，二月二十八日，我从南昌起飞，前往兰州。

在被座椅和地心引力剑拔弩张地拉扯的缓慢几秒后，机舱无声地黑下来。舷窗外的灯火灿烂如星汉，渐次联结为网罗，一座城市无意裸露的夜晚，我贸然看清它繁复的骨架。夜云如边缘羽化的涂层，悄无声息地将大地掩埋。最终，脚踏密不透光的深紫，头顶层叠发黑的冥蓝，我们是航行其间的暗室。如同被铺在织机上的散线，短暂地被扎为一束，共享经纬以及一个密闭的船舱。

穿过舷窗的视线有一块浑浊。某任舱位持有者将额头轻轻抵上了这片玻璃，竭力地向外望去。这是常有的印痕，人类可以目见的雀跃残留。每每飞机抬升，低矮或高耸的楼房都渐次面目模糊。脚下是它们的集合体——一座闪亮的、庞大的、星罗棋布的、被丝缕云气覆盖的倾斜城市。离地面尚近时，人在世界的装置中被倒错，仿佛身穿降落伞，要像一杯酱油般被泼下去。

四年前，我也这样奋力凑近三层的冰冷窗户，要用眼睛的镇纸推平一处北方的城市。

敦煌飞兰州的行程，是我第一次踏足西北。天宽地阔，地球的茧阵和褶皱在冬季都趋于透明。微蓝的轻薄雪层覆盖深黑山峦，有交相辉映的金属质感，远处陡峭的地平线呈深蓝光泽，云流在机翼下慢慢浮动，舷窗上的划痕如反光的破碎蛛丝。推起遮光板的那刻，机舱被无人区的雪光簇拥，世界猛地与我彼此清白映照。一切辽阔于微小人类而言似乎只需一个臂展。北方真正的神圣、宏大和清净在那个白昼悄然露面，大音希声，轰然击中我半梦半醒的蒙昧胸膛。

那年的张掖，祁连山上。我走一阵，又弯腰抄起一把雪洗手，空气有棱有角地撞入鼻腔，肺如此滚烫。山脚雪野有佛寺和神殿安静沉睡，鹰从头顶飞过，五彩风马被雪擦得锃亮，经文在光里扑闪如鸟翅。

我心中空无一物，却在这样广大无垠的天地里边走边落泪，也许是因为劳累，或者说是遥远，太遥远了——远处的冰河与台地白到极致，平旷坦荡，像这个贲狂心脏上最纯净寒冷的祭台，不被切分的风阵缓缓滑过，从深山带出最平静稀有的大地回声。

生在西南，感受过的最辽阔的场景是冬天站在村庄丛路的中途远眺，天空被擦成厚厚的雾白，城市生活涌动的河流之外，我看见对岸的火车铁轨、工厂和烟囱喷出紫黄色的晚霞。前面是去无可去的微距远方，身后是谙熟的土地。而我这样小，如挂在树枝上摇晃的袖珍苦胆，在高处的寒冷与抛掷之外吸着通红的鼻子。我知道一座山外有另一座山，树林后是别的树林。蚊虫，雨水，土黄色的夕阳，湖泊和村庄密布。无尽当然有无尽的去处，但十八岁前直径两百公里的生活圈里，到处都是尽头。

尽管后来的俯瞰都布满荒芜与尘暴，只有那一刻的惊艳和钟情惬当无比，我由此甘愿成为常年周旋于北部机场的旅人。曾经敲开闭塞胸肋的辽远旷豁，站在脐带另一头。

二〇一八年，清明，乘坐只有三人的空空班机，我和朋友前往西宁。

青海湖高出地平线，盐晶和冰块在半解冻的青色湖块中遥遥望去如飘零的白鸽。停留黑马河看日出的前一晚，简陋的镇子忽有大风，夹带高密度沙砾扑面，所有人都用帽子和围巾周全地捂住口鼻，要是在风里对望，只能看见彼此的眼睛。

小小的宾馆全是粗糙平房，洗澡须得经过一段残破走廊，到薄木板搭起的卫生间去。女浴室的花洒滴滴答答，损坏已久。天色昏黄，四下无人，院落寂静，我和朋友勇敢地钻进无人的男浴室，占用了唯一相邻的两个洗澡板房。零下几度的天气拥有热水真是幸福的事。窘迫境况下，两个人仍然聊天唱歌，中途有人经过敲门，我们立刻闭嘴，抬头就是水汽蒙蒙，向单薄的屋顶升腾。

生命中最幸福的睡眠就是黑马河之夜，旅途中难得洁净，大家跳着脚钻进被窝。六人间尽是萍水相逢的人，窗外狂风啸鸣，间有石子凶悍地敲打屋顶，我严严实实地包裹身体，只露出脑袋。六个人偏安一隅，在青海湖边坐拥十五平方米的袖珍温暖人间。

巨量的寒冷是带有大静的。而今在闷热的狭窄宿舍回忆青海湖，时隔四年的凌厉、粗粝和真正令人惧怕的生命力又缓慢在肺腑中汹涌。原来我在荒凉的青海湖边驱赶过暗黄的羊群，天幕低垂，湖水澎湃，冰块还未解冻，垒出动人的山丘。

肮脏裤管结出坚硬盐块，我抱着双臂走在寒风里，被一些破碎的诗句撞倒：

"大静似鼓，擂我肚腹"

"羊群啃食石头上的阳光"

"啜饮一个冬天粗糙的表面"——

还有海子，无数个海子。想起"马鼻子下，湖泊含盐"，想起"青海湖上，我的孤独如天堂的马匹"，想起"只有五月生命的鸟群早已飞去，只有饮我宝石的头一只鸟早已飞去""只剩下青海湖，这宝石的尸体"……

水面暮色苍茫，千万次远眺被冬天翻新，又被冻得晶莹剔透。

被高原大陆性气候淘洗过后，人轻盈干燥。在返回西安相对静止的航程里，随手翻看航司杂志，草率地在随身笔记本上摘抄下两句话：

"人生的怀疑与相信同等重要。"

"黑夜给了我们黑色的眼睛，我们不该用它去相信琴声。"

成年后的节奏无非围绕几个机场，反复整理行装，反复穿针引线，将意义各异的地理方位串成粗细不均的珠链。升降，失重，擦肩千百种云层，与光棱相互映照，结伴一切短暂而对个人意义重大的改写，我们往往会在机场停留与航程相等的时间。

同样是二〇一八年，浓浓夜雾包裹长水机场，蠕动雾群在明黄灯盏下璀璨夺目。我懵懂地发出赞叹，站在路边反复深呼吸，不时举起相机。风里有颗粒感的水汽，清凉世界如此温柔，干净的潮湿附在人的颈发和胸膛，空荡漂亮的夜里，好像四面八方都有软和的未来在耐心等待。

当然，这是飞行经验欠缺的稚嫩想象。候机厅天花板高悬，浓雾致使航班延误的广播数次放送。人们聚集，排队，争吵，沸腾，对一次声势浩大的堵车毫无办法。航站楼好似一个臃肿的虫腹，蠕动又翻滚。混乱的临时延迟，使我第一次在机场周边滞留两天之久。

也曾在咸阳机场过夜。金属座椅单薄坚硬，令人无法入眠，我保持神经质的高度清醒。于是知道了有凌晨三点登机的旅游团，参团的老年人们扭头高呼着彼此确认时间。旅客们整个夜晚不间断地随机械的通知声分拨离开，而我座椅对面是一家三口，孩子太小，断断续续地哭喊，略微肥胖的年轻父亲穿着微黄背心发出微鼾，瘦削的妈妈头发蓬乱，数度蹲下哄慰孩子。

已不记得商店几点熄灯。整个机场半明半暗。我抱紧了双肩包蜷在黑暗里，这黑暗将强行扭过了的世界的涩意和拮据的背面送到我跟前，直到矿蓝色晨曦从玻璃外轻轻降临，再度在萧山机场航站楼遇到抱着孩子坐在航站楼门口号啕大哭的女人时，安保站在一旁手足无措，旅客们纷纷避开，我也只敢远远地看。拎着沉重的行李箱在托运处发呆，心想，原来人间烟火也是这样苦的。

许多年都是如此，我被不同的时区拉扯成一根弦，紧绷在大片深浅不一的南北航行里，甚少被弹响。生在西南，所有想象过的远方都是北方，机场如田字格，我手拿铅笔，在格子后的横线一字一句写着长长短短的稚嫩编年。偶有错字，便用橡皮擦得一塌糊涂。

二〇二一年后，我长居兰州。

黄河如同血管，兰州则是伴随血管的一段长长的增生，皮肉已经风干，只剩密匝的肋骨南北伸展，沙砾使之表面已然粗糙不堪。我曾于过去三四年里的冬天和春天离开甘肃，每次临行，总有飘雪相送。有时在张掖——去火车站的出租车上，窗外脉脉洒下碎雪。我一个人拖着行李箱站在马路边，交通信号灯的红与绿变换跳跃，暖黄色的车灯与落雪细腻铺开，一地柔光。呵气成霜的冬夜，火车站外不过几个行人，天空突然洒下雪来，车轮在新的白色上碾出长长的痕迹，我搓着手望了半晌，回头，"张掖站"三个鲜红灯字在雪里默默亮着，隔着风和灯光，一种笃定而软和的静谧。

也有兰州。去云南的航班总在凌晨，旅客早早被送至停机坪。那时的天是朦胧混沌的深蓝色，红蓝色的警示灯在远处闪烁，寒风呼呼迎面，登机前五分钟，机场忽然开始飘雪，盐般细碎的雪带着微小的冲力洒在睫毛上，我抬起手掌接住几粒，如同接住了一首诗的标点。

远古时代，我的祖先逐水草而居，昼夜不息，终生寻找温暖湿润的理想部落。而因几片雪的情谊，我一厢情愿来到西北，置身春秋极短、披肝沥胆的莽莽荒芜之中，和祁连山脉结为七百公里的远亲。这里的风沙和桃花同时开放，所有云穿着同一身衣裳，在充斥着凋敝意象的长夜里发出低频的呜咽。我学会每日按时饮用热水，预防穿过人群时留下蜗牛黏液般的鼻腔气味。

　　二〇一八年冬天，我在嘉峪关车站等待去敦煌的列车，站台对着一座公园。零散的游人从湖边走过，干枯的柳枝微微摇晃如散乱笔画。不知是芦苇还是什么植物，浩浩荡荡地簇拥了一面闪闪发光的结冰湖泊。空旷的车站也被映得洁白崭新，一切如在梦中。我理所当然地以为，只要移居，就能坐拥整个冬天的温柔雪光。

　　然而没有雪，一片都没有。在我到兰州的第一个冬天，只有被大幅昼夜温差均匀包裹的阴沉。满墙五叶地锦或凋谢，或红得陈旧悲哀，五米每秒的西北风终日盘旋，将梧桐叶贴地拖行。入夜后，公路旁的水果摊位各自撑一顶小帐，小而冷的红黄灯光挤在人群和车流之间，偶尔有鸟在未黑得彻底的夜空飞过。路人被苍老矮小的街景压缩得更加苍老矮小，只能呵着寒气，躲进厚厚的衣领中，抱肩踽踽。

　　我被一场大规模的水土不服重重袭击。也许来自季候，但更多的，源于心理。曾臆想自己与这片土地的熟谙。祁连山、冰冻的溪流、临行的雪、风筝和老年乐团……临松薤谷的某块干净雪地上，我的脚印曾与一只小羊的足迹并列；零下二十度的凌晨无人区，和青旅认识的姑娘在戈壁滩上撞了租来的车，只能停在哨所外听了半夜胡杨林里的虫鸣；某次赶夜里的火车，凑巧跟旅游包车的司机师傅一家五口在火锅店吃饭，玻璃窗蒙着雾气，他小小的外甥女兴奋地与我讲新疆见闻；而大佛寺的壁画上，千百个栩栩如生的信众那样温和且脉脉地，把我这淡季唯一的访客注视——七八次旅行，朝圣般，我一个人千里迢迢地来，只为与这片土地见上匆匆一面。自以为是地，认定这里一定记得我，甚或爱我。

直至进入深冬，兰州依然没有下雪。荒山脚的校舍正对高架，有时我会悄悄乘电梯从三楼到十五楼去，竭力想看到山的那边是什么。可由黄土堆积而成的山群如驼峰，拖着臃肿躯体死死拦住目光的去路，黑蓝色的夜色中，山脉本身的颜色比夜海更深。每每半夜洗漱，我站在窗台前，一边刷牙，一边看各式各样的货车随风声寂寞穿行，淡黄色的灯光呈粉末状空空地洒下，它们沉重地疾驰，转眼便溜进了山障背后，不见踪影。

荒芜不再是拓展边界的方式，终日朦胧的天空伴着灰尘驱逐人间枝叶，终于我蜷起来，慢慢地，缩进狭小的圆心。

转眼十二月。一个虚弱的夜晚，我倏然脱力，离开图书馆，想四处走一走。园圃中的植物们渐次枯萎，不再容纳任何抒情，留下最缄默简练的姿态熬此长冬。满耳梧桐叶破碎的声音。边漫无目的地游走，边低头翻阅手机页面，冻红的手指在屏幕上麻木地乱点。

冬天太长了。我第一次产生了这样的想法。

忽然，额头有一瞬的冰凉触感。我一吓，猛地抬头，便看见无数雪花闪亮温柔地飘飘荡荡、缠缠绵绵涌来。

我看雪的经历不多，但如果把过去的每一场雪攒起来重新放下，不论多么隆重洁白，都不会比那一刻震撼。

大群雪片以灯为单位一朵又一朵，连绵曲折地追赶我的方向。就像一位蓦地想起遗失已久的女儿的母亲般转过身来，轻抚着哭泣的孩子的额头。入冬后，查看天气预报已成习惯，但这次没有任何征兆。我独自走在雪里，看见花坛中的银杏叶被雪一点一点埋藏，忍不住掉下眼泪。

第一次登祁连山流泪的记忆呈抛物线状重临，被世界安慰的、相似的动容，前后跨越了三年，原来卒章显志在这里。

熟悉的寒冷拥我入怀，祁连山携带雪讯的、宽敞的风拂过，将那个久远壮阔的下午，再次逐字逐句地念给我听。

雪在第二天日出前便消失殆尽，仿佛从未存在。也许我可以自私一点儿，理直气壮地说，这是我一个人的雪，夹带着无数次虔诚仰望换来的余温。它是西北和我共有的，神迹般的秘密。

随后的寒假，我返回云南。无意间，我拥有了候鸟的人生：相似的迁徙路径，一年两次跨过八百毫米等降水量线。不记得是第几次相同的航班，窗外变幻的地形展览令人麻木。不再执着于地理方位变换的意义，我学会选择临近过道的边位，头脑发木地昏睡半途。

再次回到曾视为乡土根脉的村庄，小小的七线城市竟也下起雪来。我站在承载数次远眺的起点，铁轨、工厂和烟囱依然。听妹妹说，这道铁轨仍有火车在深夜驶过，远远抛来如哀戚绵远的汽笛声。也许是长高的缘故，南方湿润的寒气中，我发现城市的碗碟这样浅，致使孩子们太容易翻墙而出，承受别的严寒。

整个下午，一盏不甚明亮的白炽灯下，我陪外公外婆围坐在炭火边，细小的雪粒纷纷坠下来，转眼便融化。晚饭前，我穿过半个村庄，去山上的寺庙看了看。

这是座年轻的庙宇。曾经大年三十的夜晚，上至外婆，下到我和表姊妹，全都要到这来。那时所有人都年轻且簇新，疾病、颠沛与罅隙尚在门外。我们打起手电筒，相互手挽手穿过村里漫水的小路，在水坑与水坑之间辨别月亮的影子，屋檐外是大山的连绵乌影，它们拱着轮廓清晰的巨大脊背。寺庙烟雾缭绕，香案金黄，荷花状油灯排在台阶上一盏盏闪烁。高处的清寒悄悄裹住佛像金身，暖灯下的人们低头填名册，山下则是小小的山城，有烟花从楼房间迅疾地蹿起迸裂。万象更新，好似所有新年胜旧年的愿望都会被神灵听见。

如今它红门紧闭，滑溜溜的琉璃瓦不断有雪滑下。寺庙外静悄悄，四下无人，只有雪块砸碎在石阶上。一旁山林中低低的棚户里，一尊深色的菩萨塑像静立。万物都透出沉入冬眠的枯寂和冰冷。

呵出一团霜气，于庙前寂寞的铜香鼎前立定，我当然知道，在目不能及的远处，仍有无数蛰伏的北方正悄无声息地缓慢攒动，它们袖中藏着晦暗不明的雪意，只等我收拾行装，提足踏上下一趟雪夜班机——再度开始未知的、折旧的漂泊与飞行。

而此刻，只有脚下村中人家的炊烟轻轻地、静静地飘起来。

选自《草原》2023 年第 5 期

艾平

在那百花盛开的
草原上

艾平

中国作家协会会员，作品多发于《人民文学》《文汇
报》等报刊，出版《聆听草原》等 9 部散文集，多篇
散文入选各种选刊和教材，《草原生灵笔记》《隐于辽
阔的时光》获得第七届、八届鲁迅文学奖提名。

朋友，这一切就发生在你眼前的草原上，遗憾的是你作为一个旅游者很难看到。

你在百花盛开的呼伦贝尔大草原上漫步，眼前是一望无际的绿色海洋，每一株草都在奉献花朵，那摇曳的繁花，犹如漂浮在海面上的星星，五光十色，熠熠楚楚，每当风儿吹过，她们便翩然起舞，一闪一闪地把阳光撞成叮咚响的琴弦。此时你会想起很多歌儿——"在那百花盛开的草原上，肥壮的牛羊像彩云飘荡……""羊群驮来六月雪，马群奔腾起波澜，啊哈啊哈呵，花儿像火团……"你沉醉在久违的诗和远方里，你的眼里是辽阔，你的心里是唯美，你情不自禁，飞跑着去拥抱那些赤橙黄绿青蓝紫的野花，便以为亲近了草原。

你亲吻着芳香四溢的野花，欣赏着她们浓妆淡抹的妩媚，端详着她们仪态万方的婀娜。你把一种又一种的野花逐一拍照，然后使用花草识别软件，叫出了这些花的名字，也知晓了这些花的习性——淡雅的薄荷花，多年生芳香草本植物，微紫色，像一团绒球似的被茎秆串起来，生在水边草甸，放在嘴里嚼嚼，微辣，蒙医用以清热止痛，中医用来疏散风热；最能够点染草原的该属红彤彤的萨日朗花了，这种百合科植物，可谓不鸣则已一鸣惊人，在她们没有绽放的时刻，你只有使用微距寻觅，才能够发现她们，不知道是哪个画家用红和绿给她们调成了暗色的衣裳，更不知道是哪个孩童，笨拙地把这蓓蕾捏成了丑丑的子弹状，缘于低调的好处，萨日朗的蓓蕾躲过了风，躲过了鸟，总是在湿漉漉的清晨完美盛放，只见她们反卷起玲珑的花瓣，以小红灯笼的样貌，弥漫了山坡、林原和草甸，也许这萨日朗觉得自己的美丽，还不足以报答赐予她生命的长生天，于是她用千百年的时间，慢慢地告诉了蒙医和中医，清热解毒，养阴润肺，是自己的长项……还有，小黄花菜，就是那种在内地人嘴里叫作萱草的喇叭状鹅黄色花朵。从姿色的角度看，小黄花菜和萨日朗、赤芍、野玫瑰、狼毒花可以说是草原花海中最耀眼的仙女，而这小黄花菜的非凡之处，还在于她的秀色可餐，既是一道草原上的家常菜，可凉拌、可烹炒、可做馅，又是一种味甘性良的原生态草药，被中医用于利尿养肝，被蒙医用于清热解毒、愈伤止咳；还有，吊钟样的蒙古黄芪花，白玉盏一样的玉竹花，给干旱草甸铺上一层莫兰迪纱巾的马蔺花，黄翡蕊宝石蓝叶的阿尔泰狗娃花，一串串琥珀吊坠般的蒙古黄芩花……镜头徐徐推进，你发现草原花荟萃成海，每一种花都精美绝伦，别开生面。

于是你久久地徜徉在草原的花海里，沐风闻香，看不够——蓝蓝的天空飘着那白云，白云的下面是那雪白的羊群，羊群好像斑斑的白银……在云朵的影子里，几匹红骏马凝固了似的站在草原上睡着了，只有鬃毛微微飘动；九曲十八弯的河水倒映着天上的雄鹰和碧绿的芦苇荡，于是你把河水想象成一条缭绕在翡翠上的缎带；一头挂着铃铛的骆驼驾车而来，车上的奶桶口不时漾出一丝洁白的乳汁，一群旱獭子立在坡地上远远张望着奶车，像淑女那样双手抚胸，你特想知道它们是在朗诵还是在唱歌……大地之美，美不胜收，此时你即将结束草原之旅，如醉如痴，心满意足，止不住地面对草原放声抒怀——啊，美丽的大草原，你是花的海洋，药的宝典，你的怀抱博大如天，你的馈赠像母亲的慈爱永不干涸，总是明春再见！

且慢，亲爱的朋友，你的话虽然发自肺腑，却仅仅是浮光掠影的感受。让我来告诉你吧，草原的伟大不仅仅在于她的富庶和美丽，更重要的是，作为一幅意蕴深深的生态彩卷，草原让人类在漫长的岁月里找到了人与天地的吻合点，形成了天人合一的价值观。

　　我多年在草原上行走，亲眼看到的事实是，草原是很脆弱的，挖一锹，一场大风过去就成了一个小沙坑，不几年就漫延成一块沙地，你眼前如此绿意葱茏，那是千千万万的草彼此在地下根连着根，在地上手挽着手，编织造就的天衣无缝，草原上的每一棵草都不可或缺。

　　是的，草原上的草如烟波浩渺，俯拾皆是，每一棵草都平凡渺小，于是人类往往无意中轻视了她们，看看人类的习惯用语吧——无名小草，衰草、寸草、草芥、草菅、草草、草创，当然，我们也有"离离原上草"，也有"疾风知劲草"，也有"野火烧不尽，春风吹又生"，然而，谁见过和草相依为命的人对草的认识登上过文书典籍？自古以来，人类逐水草而游牧，就像婴儿一样依偎在草原的胸前，靠草的给予繁衍生息，所以牧人从来不会自以为草原的主人，深知绝不可以在草原上肆意获取，乃至竭泽而渔。

　　亲爱的朋友，当你观赏过了风景，请跟我来。让我们像一个小学生那样去聆听草原的记忆。

　　我在林草结合部的撒欢牧场采访，牧场主人赵红松妈妈在我临走时装了一包柴胡草给我，让我平日沏水喝，说柴胡水是他们家每天的饮品。牧场的饮食，无肉不欢，无酒不欢，这里的农人和牧民，年年岁岁依赖山野草药养生。回到家中，我百度了一下柴胡。百度上说，柴胡为《中华人民共和国药典》收录的草药，有和解表里、疏肝升阳之功效，药用部位为柴胡的干燥根。那么，在柴胡遍地的草原森林交错带，人们为什么不选择使用药典提示的柴胡干燥根呢？后来我翻书，看到一个信息——在蒙药中，龙胆的药用部位为其花，在中药中龙胆的药用部位为干燥根。这个现象让我十分好奇，便继续翻书，得知同一种草药，往往中医和蒙医都使用，但是蒙医一般使用其地上部分，中医则大都使用地下部分。使用瞿麦是这样，使用北乌头是这样，对蒙古栎的使用更为典型，中医在春秋两季剥取树皮、夏秋季摘树叶入药，而蒙医只是在秋季果实成熟后采摘入药。后来看了草原专家刘书润的访谈，佐证了我的认知。他说"像黄芪、甘草、黄芩都是挖根，蒙医是不肯用的，牧民用蒙药，都是用地上的部分"。我想，不论游牧文化中以植物之根为草原命根的理念，还是农耕文化中"为国之数，务在垦草"的理念，对于原初的人类生存都有着生死攸关的意义。

正所谓生态决定生存，生存决定历史，历史孕育文化，文化不可以一夜打造而成，就像风霜雪雨中的大树一样，唯有饱经沧桑，才会历久弥新。当初为什么会有成吉思汗《大札撒》行为法的第五十六条——"保护草原。草绿后挖坑致使草原被损坏的，失火致使草原被烧的，对全家处死刑。"如此严酷的法令？皆因人类知道只有草原可以给他们牛羊，只有河水能够给他们乳汁，只有森林能给他们猎物，这样的记忆渐渐变成了血液，变成了智慧，变成了铭心刻骨的理念。

遥远的记忆，依然在绿野长风之中栩栩如生。

一个四月天，阳光普照草原，残冰变成了一洼一洼的清水，旧年的衰草像小狗的胎毛一般绒软软地铺在地上，每一棵小草的根部都透出淡淡的新绿，到处弥漫着清冽的暖意。我想这天气正适合在阳坡上放牧接羔，牧民们应该都在那里。当我驱车走近道尔吉弟弟的牧场时，竟然没有见到预想的那种喧闹。草原显得有些空空荡荡，地平线上只有蒙古包和那个醒目的大草垛，上面有个人正挥舞着一把长齿草叉子一捆一捆地往下卸草，正是道尔吉弟弟。道尔吉虽然挺年轻，但从他父亲手里接过这片牧场已经十年有余，用他自己的话说，也是个老牧民了。我是在一次那达慕大会上认识他的，当时他正手捧奖状从主席台上下来。他得到旗里的嘉奖，不是因为赛马得了第一，也不是因为摔跤拿了冠军，而是因为他家的羊肉在一个展销会上获得了最大的订单，给呼伦贝尔草原增了光。我说：为啥你们家的羊肉那么好吃呢，你有什么妙招？他的话很少——听阿爸的话，少养呗。我理解，他的意思就是不能在有限的草场上超载养羊。如果草原百草充裕，羊儿会根据自己身体的指令，在不同时节，选择不同的草吃，因此营养均衡，羊儿终日饱食，就不会啃食草根，草原上便始终有各种各样的草在长，各种各样的花在开，各种各样油汪汪的草籽在成熟，那么产出的羊肉自然是营养丰富、肥而不腻、让人齿颊留香的了。道尔吉的牧羊经验，来自他的阿爸。阿爸走了，他留下的草原在儿子手里永续年年。

见到我的车，道尔吉从草垛上下来了，他满头大汗，一脸笑容，心情不错。我问他，不是刚刚接完羊羔吗，羊妈妈需要牧草，羊宝宝需要奶水，你怎么能把它们整日关在圈里呢？

他说每年这个季节他家都要休牧，因为草地一放绿，吃了一冬天干草的羊对嫩草的气味非常敏感，这时候把羊放出去，它们会使劲啃食刚刚长出来的草心，草就没法儿再长了。休牧到五月下旬，草长到半尺来高，营养也丰富，就不怕羊啃了，恰好小羊羔也已经学会了吃草，这时把羊群放出去，正值水草丰美，恰到好处。休牧圈养，每天投草喂养，定时给羊饮水，人是辛苦点儿，但是到了入冬羊出栏的时候，看看膘肥体壮的羊，就知道春天的辛苦值得了。

我说大姐给你点个赞吧，你是响应政府号召积极休牧的模范。道尔吉说，政府号召在后，阿爸留下的习惯在前，政府是根据草原的规律，总结传统游牧的经验，出台了草原春季休牧政策的。

三伏天快过去了，我又一次来到道尔吉的牧场。天气见凉，早晨草尖上出现了凝结的露珠，很多家牧民开始打草了。草原这个季节常常秋雨连绵，随时有可能下霜，长了一个春夏的牧草有可能被泡在水里，说不定还会被冻在地上。谁都知道储存牧草对于牧民的生计有多么重要，但是道尔吉说，再挺两天，再挺两天，让草籽落一落……我说，要是下雨怎么办？道尔吉抬头看看天、看看地，不吱声。他说看见鼢鼠出洞囤草籽，看见绿头鸭钻进草丛里不抬头地吃，就开动打草机。在他家七千亩的草场上，我们用直升机看他开着拖拉机打草，感觉像在写一卷书、画一幅画——每隔三百米，就会留下一条十米宽的草籽带，不刈草，让草自然衰枯，为了不伤草根，他打草时不贴地皮，刻意留下七厘米高的草茬子。只见他留下的草籽带呈现一条浓墨重彩的黑绿，而他身后割过草的地方就像一幅灰绿色的天鹅绒，草原每个季节都有博大的美。阳光之下，草场上道尔吉收获的一个又一个大草捆，排成队一直延伸到天边的云里，就像书中的标点，也像印象派画家修拉的点彩。转年春天你再看他的牧场吧，一场春雨，打过草的地方茵茵碧绿，没打过草的草籽带金黄透绿，那些随风而去的草籽，在四面八方绿了个无边无际。我的兄弟牧民道尔吉，他每做一件事的时候，心里时时刻刻装着未来的春天。

远方而来的朋友啊，此时此刻，你为什么陷入沉思？

在你即将离开草原的时候，我还要带你到草原非物质文化遗产博物馆，看一件牧民的衣服。

这是一件额吉的额吉留下的蒙古袍，白茬的皮面在岁月的剥蚀中已经枯黄，朱红色的玛瑙扣子已经残裂累累，袍子的裙袂失去了大半，那是马镫和草尖长期磨划的结果。在这件来自岁月深处的蒙古袍胸襟上，有用三种颜色——蓝色、黑色、红色镶嵌的横条图案特别醒目。这些色彩在你眼前闪耀，亘古如初。仿佛是谁从远去的时光里跳出来跟你说话。

一个笑眯眯的解说员出现了，白皙端庄，谈吐不俗。她是鄂温克牧民的女儿，身上的蒙古袍是高级织锦缎的，典雅又华丽，和博物馆温暖的灯光十分匹配，在她的胸襟上我们又看见了由蓝色、黑色、红色组成的三道横条图案。

解说员姑娘告诉我们，蓝色代表天空，黑色代表大地，红色代表火。古老的游牧民族就是这样把对大自然的敬畏和崇拜带在身上、放在心中，赶着牛羊，唱着牧歌，穿过霜天雪雨，穿过历史，走进了崭新的生活。

这一切都发生在百花盛开的草原上。亲爱的朋友，如果你能了解，便是不虚此行。

选自《美文·青春阅读》2023 年第 6 期

彭程

亲爱的乔乔

彭程

光明日报高级编辑，中国作家协会散文委员会委员，
中宣部文化名家暨"四个一批"人才。国务院特殊
津贴专家。出版散文集《急管繁弦》《心的方向》等。
曾获中国新闻奖、冰心散文奖及第八届鲁迅文学奖提
名等。

"每个生命都存在两次：第一次是肉体的存在，活在现实世界中；第二次是灵性的存在，活在挚爱亲人的内心里。"

告别之地

当寻找过去的记忆时，有很多次，散漫飘忽的思绪经过一番游移，逐渐聚拢到一个场所，仿佛照相机镜头聚焦于一点，原本模糊的景色变得清晰。

这个地方，就是北京首都机场三号航站楼。

从你十六岁出国留学算起，你的生命中将近一半的时间，频繁地与它发生关联。十多年来，每年的暑假、圣诞节假期，个别时候还有春假，往返来回，接送你都是在这个地方。区别只是在于，接机是在二层进港大厅，送机是在一层出港大厅。

接机时总是充满期盼，仿佛迎接一个节日。我们提前几天就开始准备，把你的房间收拾整齐，床单、被罩、枕巾都洗干净换上。到了那一天，总是在航班到达前很早就出发了。我们的理由是怕路上堵车耽误，但内心清楚，其实是急于将心情调换到快乐挡位。

国际航班通关要验证身份，加上等行李的时间，因此过程较长，在国际出口处等待时，通常要站上一个多小时。但这对我们来说也算不了什么，想着一会儿就会看到你，等待也成了享受。有几次时间更长，延期兑付的愿望，让期待的滋味更加浓郁，直到终于看到你推着行李车出现在出口。

你在护栏外接站的人群中搜寻，看到我们时，你通常是眉毛一挑，咧嘴微笑，挥一挥手，然后又抿上嘴唇，扭过头去，腰板挺得直直的，仿佛很平常的样子，跟着人流走向出站口，从来不像有些女孩那样高声喊叫，喜笑颜开。我们微笑着，欣赏着你的小把戏，清楚这其实只是一种故作的矜持，因为意识到正被众多接站人的目光注视着。你这个年龄的青年男女，自我意识最强，很在乎自己在别人眼中的形象。

我从你手里接过行李车，你挽着妈妈的胳膊，三人一同走向地下停车场。从此刻开始直到到家，一路上的一个多小时，是我们最为快乐的时光。妈妈像以往许多次一样，不厌其烦地问你，在飞机上坐在什么位置，邻座是什么人，吃了几顿饭，睡觉没有，难受不难受。你总是敷衍地回答，然后急切地问一些你关心的事情，比如你喜欢的那只猫"掸子"怎么样了。你也会在说起学校里近期的趣闻时放声大笑。这一刻，你也成了一个再本色不过的女孩子。

接下来就是长短不一的假期，长则两个多月，短则只有十多天。这段时光，从机场开始，最后又要在机场结束。

送机时的心情显然又不同于接机时。几十天的相伴，思念你的心愿满足了，此刻离别在即，更多的是对你下一段生活的嘱咐。信息联络的方便与多年间的数次往返，让这样的聚散变得习以为常，早已没有旧时送别的浓郁伤感，最多只是一种轻微的怅惘。

在值机柜台办完行李托运，如果时间还宽裕，我们会到境外出发通道入口旁边的那家星巴克喝上一杯咖啡。更多时候，是直接把你送进去。但无论是哪种情况，在走进海关通道栏杆前，一个固定的项目是要拍照合影。地点和背景也是十几年一直不变的，都是在值机大厅中，那一座模拟古代浑天仪造型的"紫微辰恒"黑色金属雕塑前。我先给你和妈妈拍，然后妈妈再拍我与你的合影，最后是三人站在一起，请旁边经过的人给我们拍照。

拍完照片后，我们转身走到十几米外的通道入口，与你告别。你拉着小行李箱，有时只是背着双肩背包，迈着轻松潇洒的步子走入海关旅检通道，然后停住脚步，转过身向我们招手，依然和回来时一样，表情中带着几分漫不经心。在这个地方不需要面对众多目光，因而此刻你的动作表情中没有什么造作的成分，正是内心真实的投射。至少有一点可以解释你的这种漫不经心，今后还会有无数次的相逢相聚。你和我们，都是这样想的。

挥手告别后，你转身前行。我们看着你走进海关安检门，配合着做出举臂和转身等动作，身影很快走出视野。那一道门的背后，是你未来的生活。在那一时刻，不论是你还是我们，都确信它一定是非常美好的。那些不确定，反而为之增添了一种诱惑、一份魅力。

十多年来，在这个地方拍摄的照片已经有几十张。我为此专门建了一个文件夹，将照片精心挑选出来，按时间顺序存放在里面。

你十多年的人生历程，均匀地展现在这些照片中，和生命的成长节律恰好吻合。第一次送走你时，你还是一副幼稚青涩的中学生模样。不久后进入明显的青春发育期，身体丰满了不少，脸蛋也添了几分婴儿肥。然后到了大学时光，节食减肥让你的身材高挑起来，你的发型不断变化，衣着打扮也开始讲究，随意而又时尚。

照片上的表情也有明显区别。最初的几张，眉眼间还有一些懵懂、几分迷惘，那该是混合了离开亲人的不舍，对即将迎来的陌生生活的忧虑。随着时间推移，你的表情变得越来越轻松自如、开朗欢快。笑容最为灿烂的一组，要算在高中毕业后的秋季开学日，那年你被心仪的大学录取，这次离京返美后，你又将走入一个崭新的天地。

看到这一组照片，我想到了四十年前的那个秋日。在老家县城东边的长途汽车站上，你的爷爷带着我等待一辆班车，要送我到几十公里外的一个城市换乘火车，去北京读大学。候车室里简陋破旧，拥挤嘈杂，劣质烟草的味道呛人，但我心中完全被快乐填满，眼前一切都是那么美好。你我身处的两种环境有天壤之别，但我相信你和我当年的心情并没有多大不同。

在我们看来，这样的一幕，将来会不断地重复，这样的合影，也将无休无止地延续下去。那时自然谁也不会想到，那年从海南旅游回京后不久，送你经由重庆飞回美国，会成为最后的一次分别。

从此以后，这个地方对于我们来说，不再有未来，只有过去；不再有展望，只有回忆。

机场，与古代的驿站一样，都是人流聚散离合之所，最容易让人产生漂泊之感，洞悉人生如寄的本质。"天地者万物之逆旅，光阴者百代之过客。"你匆匆地走了，过早地结束了人生之旅，离开了这座旅舍，不情愿，却又无可奈何。而我和你妈妈，还要在这个世界上滞留或长或短的一些时日，直到某一天，重新与你会合。

今后，因为出差、旅行等各种缘由，我还会多次去机场，而那个留下许多合影的地方，是必经之地。它不应该有明显改变，它永远会是那么热闹喧哗。走过那里时，我会想起许多次送别的情景，想起你的身影和模样。

只是，我不再会满怀憧憬地想到未来，不再会有与你相关的种种向往，不再因为这种期待而萌生出幸福的感觉。我反复体验到的，将是幻灭，是无常，是世事的难以逆料，是人生的无从把握。

一种沉甸甸的虚无感，过早地袭击了我们，如同一场不按时令节气降临的大雪。

永远

乔乔，亲爱的女儿，你回到这间屋子里，不知不觉已经几个月了。

你离世后不久，有几位朋友来家里看望我们时，小心翼翼地问起你的墓地是否选好。我回答先不着急，过些日子再说。但我心里十分清楚，这间屋子，不是你的骨灰暂时存放之地，而是你灵魂的长久居所。

也有亲友建议，为了避免睹物伤情，可以考虑把房子卖掉，搬到别的地方居住。新的环境中，没有勾起回忆的熟悉事物，有助于早些从哀痛中走出来。我同样含糊作答。

他们当然都是好心，但事情并非这样简单。想象哀痛与亲历哀痛，大为不同。只要你在我们心里，就没有任何办法能够让我们忘记你。那么，靠变换居所驱散记忆，也就只是一厢情愿。或者说，如果真能够成功地将你忘记，那么不论住在哪里，其实也都一样。

但我们为什么要把你忘记呢？

自从你出生那一天起，我和你妈妈就不再是原来的自己了。不仅仅是两人世界变为三人，更重要的是，我们生命的质地从此也不同了，仿佛嵌入了一种重要元素，发生了一场化学反应，诞生了一个全新的精神天地。而人之为人，最核心的特质，不正是作为精神性的存在吗？你的离去，已经让这个生命共同体变得残缺破碎，如果再忘记，你，仿佛此前并不曾存在过这样一种构造、一张版图，这样的态度，不是我们能够想象的，隐约中它有着某种背叛的味道。

　　且不说遗忘无法做到，即使可以做到，它的目的又是什么呢？许多人都会说，是为了避开悲伤、痛苦。但悲伤和痛苦，作为最真切也最强烈、最深刻的情感体验，正是生命存在的见证，正是一个人活着并鲜明地感知到这一点的表征。因此，如果说随回忆而来的痛楚，是让你得以在我们灵魂中永驻的残忍代价，我们也认了。

　　所以，我们宁愿每天看着你的遗像，不断地回忆关于你的一切。厄运夺去了你的生命，却无法剥夺我们的回忆。你被记忆，那么你的生命就仍然在以另一种形式存在。每个生命都存在两次：第一次是肉体的存在，活在现实世界中；第二次是灵性的存在，活在挚爱亲人的内心里。

　　我想到了你的爷爷长眠的那一座墓园。爷爷墓穴的右边，埋葬着一个不幸早夭的六岁小姑娘。在墓碑上的照片里，她天真可爱，笑容甜美。每次去给爷爷扫墓，总能看到小姑娘墓穴的盖板光亮洁净，上面堆着簇新的玩具和新鲜的花卉，像是刚刚放上去的。每次看到这些，我们都有一种感觉，仿佛孩子刚刚离去不久。

　　记不得是从哪里看到过这样一句话，但此后就牢牢地记住了：这个世界上最深的痛苦，是你一直在我心中，但我到处都找不到你。

　　从你化为一缕青烟、几块碎骨那一刻起，我们知道，余生与圆满幸福再也无缘，苦难会给今后所有的日子，打上一层浓重的底色。每一个昼夜，我们都将被对你的思念裹挟，它们像从四面八方吹来的风，像从脚底下汩汩涌出的水流，让我们无所逃遁。

　　但是，我们也知道，那种诀别之际的悲恸欲绝，不会是永远的。

　　几十年人生的耳闻目睹间，我们知道了什么是生命的自卫机制。一个人从苦难的深渊中挣脱出来，靠的是本能。《论语》里也称，"上天有好生之德"。"子不语怪力乱神"的孔子是现实主义者，这里的上天，指的是一种冥冥中的力量。我们愿意相信这一点，期待有一双手将我们救出苦海。因此，我们相信，随着时光的流逝，将来想起你时，不会再总是摧肝裂胆，而会逐渐弱化，被隐隐的疼痛替代。

它仍然是痛苦，但是可以忍受。

可以忍受，就是继续活下去的理由。

你将在这里永远住下去，不必考虑再换个地方。

此前十几年，我们与你聚少离多，此后若干年，我们将和你在一起，相守相望，为每一个日子创造出质量和密度，用尽此生的时间。你的肉体消失了，不再有具体可感的形态，我们今后只能在想象中抱紧你，直到有一天丧失想象的能力。

现在，在你回到家里几个月后，钢琴台面上，又换成了几张别的照片：

你站在上海东方明珠电视塔下面的台阶上，双手交叉，姿势乖巧。短头发上别着三只纽扣式的小饰物，鼓鼓的脸蛋上露出微笑。你穿的是一件黑色的圆领半袖衫，胸前印着一幅卡通动物图案。

你穿着宽大的白色睡袍，抱着你最喜爱的掸子，从阳台上走过来。掸子在你臂间蜷缩成一团，眯缝着眼睛，一副逆来顺受的慵懒表情，一只眼角上挂着一点儿眼屎。

你背后是一面漆成雾霾蓝颜色的墙壁，墙根下的长方形花坛里，几丛月季摇曳着粉红色的花朵。你戴着墨镜，身着深蓝色圆领长袖衫和一条泛白的牛仔裤，腰杆挺直地站着，阳光在裸露的左脖颈和肩胛处投下一片阴影，映衬得右半边脖子格外白皙。微微斜仰的脸庞上，是一种带着几分傲气的神情。那是你读研究生第一年的夏天，你正要去旧金山的一家医院实习……

这些照片，还有数量更多的留下你的印迹的各种物件，是你的生命曾经存在的见证，同时，也成为一道拦阻吞噬我们记忆的忘川之水的堤坝。

平时，我会定期清理手机里的照片，将打算保留下来的那些分门别类地建成文件夹，存入移动硬盘后，再从手机里删除。但这一年多你患病期间的照片，不论是我拍照的，还是别人发来后下载的，我都留在手机里，随时可以点开看。它能够让我感觉到，白天黑夜，行走止息，我须臾都没有离开你。

这样的时刻，我总是愿意想象灵魂的存在。

你飘浮在虚空中的目光，就会看到我们每天走进屋子，擦拭干净钢琴的盖板，栗色的漆面永远闪光锃亮。每隔几天，你会看到我们在一只餐盘中放上几个新鲜水果，摆到骨灰盒前面；你会看到我们向一个高筒玻璃花瓶里插上几枝时令鲜花；旁边还有一个欧式花瓶，里面插着一束紫色干花。你会看到我们将三支檀香插到小香炉里的小米堆中，点燃，馥郁的香味随着青烟袅袅升腾。你听到我们在祷告，祝愿你安宁喜乐。

你在某一个遥远的地方望着这一切。我想象不出，那会是一种什么样的视角，视野中又会呈现为几维的景象。你不说话，你说不出话，但你应该能够感受到我们对你的爱。

即便阴阳原本隔绝，天国只是幻影，即便一切都是虚空，你更是虚空之上的虚无，又有什么关系呢？只要你在我们心中，你就仍然还活着；只要你在我们的记忆中，你的生命就没有真正消失。

而做到这一点并不困难，眼前的几张照片、脑海里的数个画面，更有将近三十个春秋中的故事和场景、细节与片段，都为思念提供了丰富的薪柴，足以让回忆的火苗幽微而持久地闪烁。

我担心的只是，将来某一天，衰老和疾病导致我们神志昏昧，不再能记起你，那样，你就是真正地消失了。为此，我们祷告上苍，让我们能够避开这样的灾祸，始终保持一种清明的理性。

如果一切正常，没有意外发生，能够依循自然的生命流程，再过十几年、二十年，我们也将离开这个世界，走进你所在的那一片广袤虚空。

那时，生与死的界限亦将消泯，我们与你又相聚在一起。主体与客体、回忆与期待、呼唤与应答、真实与想象，所有的一切，也都将融为一体，浑然无间。

也不再会有任何力量，能将我们分开。

选自《散文》2023 年第 7 期

陈冲

孤独和欲望的
颜色（上）

陈冲

华裔女演员、导演、作家。主演、执导的电影多次获
国际、国内大奖。1982 年发表小说处女作《女明星》。
2021 年起在《上海文学》开设专栏《轮到我的时候
我该说什么》，并荣登 2021 年《收获》文学榜长篇
非虚构榜。

一九八○年我在做些什么？

M，你好！

来信收到。知道你在组里一切都很好，我当然很高兴。我已放假一周，在家里看看书，看看电视，和陈川一起去游游泳，大有无牵无挂一身轻松的味道。这次考试成绩不很理想。主课英语笔试：良（八十分刚挨上良）。口试：优。历史：优。政治：优。语文：优。

我到老闵家去过几回，她也来过我这儿，我们好久没在一块儿玩了，现在遇上我真是高兴坏了。她也许要去演一个农村丫头，在是《车水马龙》中的一个角色。愿她也有上帝保佑。

我原来打算去庐山玩的，这样可以回避一切可恶的社会活动，但是姥姥不让去，我也只好算了。不过我不管，反正不再搞演员工作了，我什么活动也不去参加，只答应帮影协翻译一篇文章，这是我十分乐意干的。但是这工作花去我很多时间，却到现在还没有完成，太难了。接下来该是去旅游局实习口语，这一定很有趣。下学期我们新开一门课：日语。我在暑假里就开始先学了，挺好玩的，不过以后一定很艰苦。开始凭兴趣，以后得有真的刻苦精神才行。我是很爱玩的，这下就苦了。

关于你上戏的事，千万得斟酌一下。一个戏一演就近一年，整整一年时间得换一些什么才对。我以前也认为，演员只要在表演上自己认为满意就值得花半年一年的时间，在演技上有所获就行。但现在我觉得演员需要成功，需要吸引住观众，这也是将来更好工作的一种条件。一旦成功了办什么事都方便。也许我这种想法很错误，但我还是说出来了。看完后把信撕掉，好吗？

　　我觉得《大风歌》不一定有太多的观众喜欢，但如果你在戏中能给人这样的感觉："这戏没太多意思，演×××的演员倒真不错。"那也值得干。好，不多写了。

　　祝

　　愉快！

陈冲

　　M，你好！

　　接到你的信，我很高兴。

　　这些日子我和师大的一帮留学生在一块儿工作、学习，说穿了是一块儿玩儿。我们一同去了杭州，他们大部分都是很好的青年，有文化，有教养。但有时他们太傲气了，作为一个中国人，我真有点儿受不了。真的，平时我并不是什么民族主义者。但是和他们在一起，我就有更强的民族感。

　　我每次和他们在一块儿玩儿总是挺快活，还可以学习英语口语。但每次回到家里总是那么灰心丧气。中国不如别国强，别人就看不起我们。有时我跟他们解释许多事情，甚至还想骗他们，但别人十分了解中国。

　　有一个外国留学生想留在国内教一段时间的课，但是许多单位都没有宿舍，就不能留。他说国内有朋友，想住朋友家。另一个朋友告诉他，外国人不能和我们住在一起。他问为什么，朋友说没有什么为什么，就是不能住。他说这很愚蠢，应该得到改变。是的，说不出为什么，但它就是存在，但愿有人会改变，会问为什么。

　　我也挺生气，但是我又能干什么呢？他这个只是一个小小的例子，类似的事情还有许多。当然，这也许是他们的偏见，但形成偏见也是有原因的。

你看我说了些什么没意义的笨话。但每次从他们那儿回来我总是不愉快。我不想再去了，我得抓紧时间学习，以后比他们懂得都多，看他们再傲气。

但是我现在忙于许多杂事，又因这种环境而不能安心学习，也不知为什么坐着就是读不进书，这真是最危险的。

最近，上海的"大学生艺术团"要到庐山去活动，姥姥不让我去，可我心里想去。我想那一定会是十分愉快的。这也会影响我的学习，但是我实在不愿放弃这次机会。我们几个大学的学生一起去，多热闹。如果去的话，十二日或十三日可回沪。我的"雄心壮志"还比不上庐山，多差劲！

老闵昨天来我家，在家里住了一夜。天导演和她一起搞的那个剧本基本上好了，她昨天给我，让我今天读，明天一早给她的，但我还没看哩，多对不住朋友。她到底还是去演《车水马龙》了，希望她成功。她会的，我想。

你的戏一定拍得很顺利吧？祝你成功。我觉得男演员最主要的是内涵、深沉、稳得住。男子汉的魅力就在于此。当然也要有个性、激情、火花，但火花只能闪一下、两下。我不太喜欢《他俩，她俩》中的那个男主角。男子汉如果老是活蹦鲜跳的，别人大概不会喜欢。（这只是个人意见。）

夜深了，不多写了。

陈冲

庐山——我恍惚看到那片雾蒙蒙的青山绿水，听到淅淅沥沥的小雨声，还有哗哗的瀑布声……

翻出四十多年前在那里拍的照片，一群朝气蓬勃的青年，在山涧、树丛、岩石旁嬉耍，我的身边经常站着个大眼睛女孩，我们有时拉着手，有时搂着肩，笑得像盛开的花朵。看上去，我们一定分享过非常欢乐的时光。她是哪个大学的学生？叫什么名字？我们都聊了什么？我一点儿都不记得了。记忆如此薄情。

离开庐山的那天，我在九江的轮船码头被影迷围得水泄不通，警察开道才终于登上了回上海的长江客轮。我注意到，有一位同是"大学生暑期艺术团"的人，一路都在默默观察着我。好像在快到上海的时候，他跟我说"其实你生活得并不好"。我很震惊，没有别人会这样跟我说话。我也因此跟他交换了联络地址。

我在这里就称他为Z吧。"文革"十年停止了高考，所以当年的大学生中，有不少三十多岁的学生，Z就是这样一位高龄大学生。他和几个复旦、师大文学系的男生，常在吃饭的时候谈论"存在主义""意识流"那样神秘而引人入胜的话题。后来到西影厂拍《苏醒》，导演滕文骥和编剧徐庆东也经常提到"存在主义"和"意识流"的表现方法。现在回想起来，"存在主义"的哲理——尤其是个人自由、个人责任和自我等核心概念——在当时集体主义盛行的中国风靡一时。

Z借给我和哥哥一些书籍，其中有卡夫卡的《变形记》和泰戈尔的《飞鸟集》。这些今天的人可以随便找到的书，在一九八〇年是极其珍贵的——有新书到的日子，消息传开来，新华书店还没开门，外面就开始排长队了。Z翻开《飞鸟集》中他折过的一页，给我看"道路虽然拥挤，却是寂寞的，因为没人爱它"。这句话击中了我的心，它为我莫名的孤独感找到了语言和画面。Z还跟我引用了一句伏尔泰书里的话，"我们必须开垦自己的园地"，在那之前，我不知道自己不可名状的欲望，原来是想"开垦自己的园地"。

《变形记》令我彻夜不眠，或者用现在的话说，它令我脑洞大开。一个很普通的早晨，一个很普通的年轻人，醒来发现自己变成了一只巨大的甲壳虫。我从来没有想象过这样离奇、荒诞和悲哀的叙事，但是本能地认同其中的异化、疏离、内疚和孤立的感觉。

朋友不知从哪里翻找出一篇我写的短篇小说，叫《女明星》，我差点儿忘了有这么回事。一九八二年二月小说发表的时候，作者简介写了："陈冲，女，二十岁，电影演员，这是作者的处女作。"

几十年后重读这篇小说，我仿佛看见"妹妹"趴在桌上，钢笔握得很紧，头向左边歪着。她写得非常幼稚，也缺乏文采。这一事实并不让我惊讶，那是理所应当的，但她的企图让我有些好奇，这是她本能的叙事，还是有设计的尝试？故事没有什么"情节"，女主人公"她"的外在动作是晚饭后走路去看某个神秘的"他"；路上遇到的一切，都只为了勾起"她"的思绪——"她"的"意识流"；在公共汽车两站地的路程里，她描写了"她"与周围环境、人群的异化和疏离。

当时我是外语学院的学生，主演过三部电影。为什么突然写短篇小说？之后又为什么不写了？知道这事的朋友也问过我同样的问题。坐在电脑前，我半天也想不出个合乎逻辑的答案。

于是我顺便问了一下GPT-4，为什么在处女作后我几十年没有再写作？它一秒钟内回给我六个可能性，并一一解释：

1.缺乏动力……

2. 缺乏时间……

3. 害怕失败……

4. 写作障碍……

5. 缺乏灵感……

6. 个人或健康问题……

这个人类AI（人工智能）的里程碑真的挺无趣的，不过我发现它的中文进步了。我接着说："我觉得那部短篇小说是我与写作的一段'庐山恋'，你懂吗？"

它说："我理解您说的是您与文学之间的特殊情感，这种情感可以被形容为'庐山恋'……"

算了，不为难它了。它没有参加过一九八○年的"大学生暑期艺术团"……

不久前，我偶然看到诗人W.H.奥登的话："卡夫卡对我们的重要性在于，他的困境就是现代人的困境。"庐山湿漉漉的山水浮现在我的脑海，我们曾经如此需要文学，如此热衷地谈论过文学。

　　姥姥说：记得前几天我带你去蔡上国家吗？我说：记得。她说：他家的那个女人不简单。我当时一心专注在蔡上国画的静物里，根本没有注意到有什么女人。蔡上国的景物有法国自然主义的风味，和我们当时受的苏派的教育方法不一样。我随口说：可能是他老婆吧，姥姥说：不是的，那个女人不简单，你就不懂了……

　　　　　　　　　　　　　　　　　　　　　　——陈川笔记

那个时期，我们家是一盘散沙，父母在美国进修，我常出外景、参加社会活动或在外院上课，固定人口只有姥姥和哥哥。也许姥姥认识到自己作为"唯一"家长的重任，对我和哥哥管头管脚，但我们年轻气盛，把她的话全当耳边风。偶尔，姥姥的朋友来家里时会问到陈川、陈冲，她就叫我们去陪客人坐坐，我们只好去应付一下，聊两句。

我那只价值连城的白玉手镯，就是在这种情形下收下来的。

我有这样一个印象，姥姥坐在书桌旁抽着香烟，一位老先生坐在小沙发上，茶杯冒着热气。我们寒暄了些什么？我完全忘了。老先生拿出一个小小的锦盒，打开给我看，说：这只手镯四百年了，你到美国留学实在需要钱的时候可以卖掉。姥姥没有什么特别的表示，好像这件礼物并不比一块火腿或一支钢笔更贵重，我也就没把它当回事。好几十年以后，我才会留意到它的美与独特——椭圆的形状有一点点方，神秘的颜色随光线变换，雕刻的双龙戏珠精致而抽象。我到美国后搬了许多次家，马马虎虎丢失了很多东西，有些也是很珍贵的，比方史家祖上传下来的铜镜、外公从捷克带回来的水晶烟灰缸、景泰蓝的百花奖奖杯，这只手镯倒是幸存下来了。

我仿佛能看见一位老人儒雅的身影，逆光坐着，但无论如何也看不清他的脸。姥姥认识不少有名望的文人，她年轻时跟沈从文、巴金都有交往，她曾去探望他们，但我不记得他们来过家里。

这位老先生到底是谁呢？哥哥说：我觉着是蔡上国，他有时会来找姥姥讲章（聊天）。我问：除了他还有什么老人可能送这样的古董？他说：要么是程十发，他送给我一张他的画，我觉着画得戆戆（很傻）的，要它做啥，后来也不晓得被啥人拿去了。程十发不是姥姥的旧友，他先认识的是哥哥。哥哥有个叫王青的画友，住在程十发隔壁，有时候他去找王青，家里没人，就坐在程家等，这样几次就熟悉了。我说：那天姥姥房间里的肯定不是他。哥哥说：程十发出身比较清贫，不太像会做这种事的人；蔡上国出生在富贵人家，这种东西大概没那么稀奇，应该是他送的。我也许永远都不会知道这只手镯的来历。

我们年轻的时候，对物件的金钱价值都很无知和麻木。我们当然知道大饼、油条、菠菜、带鱼的价格，也体会过没钱买东西吃的难受，但那是具体的生活。手镯的价值，对我们来说太抽象了。

哥哥第一次想努力挣钱，是为了送给我一件貂皮大衣到纽约时穿。那时他刚刚被分配到上海交大美术系教书，工资很低，从我开始办理留学手续，他就开始画连环画挣钱，然后把所有的钱都用在了那件大衣上。当时我不知道貂皮大衣要好几千块钱——在那个年代是个天文数字。在我箱子整理到差不多的时候，他交给我一只鼓鼓的布袋子，跟我说：这是貂皮大衣，纽约的冬天比上海要冷得多。我抱怨：这么大一包，怎么装啊？我又要重新理箱子。

我在电话里跟他说：这件大衣到今天还油亮松软，四十多年了，跟新的一样。他说：我在交大有个学生是从东北来的，他精通皮草，从当地挑了最好的貂皮带到上海，我再把貂皮拿到南京路的"第一西比利亚"定制的大衣。之前我完全不知道，他在大衣上费了那么多心思。

我在姥姥的房间里度过了很多时光。我们无所不谈。但姥姥从来不跟我聊文学。据说她年轻时，沈从文、巴金等作家都是她的相识。她书橱里放得最多的是莫泊桑的剧本和笔记。莫泊桑是以短篇小说著名，收藏他剧本和笔记的人一定不多。还有契诃夫的小说和笔记。可以想象姥姥年轻时一定很有志向。八十年代出了一些世界"现代"文学。卡夫卡的《变形记》和加缪的《陌生人》等。我很想知道姥姥的想法，但每次她都把话题扯开。我只能凭我的感觉猜测，因为我也很少跟人谈艺术。

和画家朋友在一起的时候只谈些技巧和材料上的问题。只有很少几个人，我们可以坐在一起说你喜欢某某画家吗？我说喜欢，我们之间立刻产生一种同感和默契。我想艺术带有一点儿宗教的色彩，是我每天早上能够起床的动力。好像一种能量压在我体内，压力越大，我工作的欲望越大。我不知道放出来会是什么东西。我对艺术的概念越来越模糊了。我不知道姥姥当时对文学是否有类似的感觉。

有一次，姥姥跟我说起她当年从意大利坐游轮到法国的经历。她坐的是头等舱。她从舱内的窗帘说到家具，从男人的服装讲到女人的服装，说得我目瞪口呆。她又从头等舱的菜单说到奶酪。我知道姥姥喜欢吃奶酪。而奶酪中她最喜欢的是 blue cheese。她说意大利的 blue cheese 叫 Gorgonzola；英国的叫 Stilton；法国的 blue cheese 叫 Roquefort，比意大利的更鲜，是羊奶做的。正宗的 Roquefort 只有在头等舱的菜单里才有。而只有罗克福尔村的岩洞中发酵的蓝霉干酪才是正宗的。洞里岩石中的天然蓝霉菌使奶酪产生一种特别的鲜味。我当年没吃过奶酪，但还是被她说得口水直流。我想姥姥也把自己说饿了，她走到壁橱前，拿出我们家里最好吃的东西：一小碟红烧五香肉皮。平常怕我偷吃，每次都要藏在不同的地方。偶尔跟我分享，我总觉得受宠若惊。肉皮切成小丝。再加上一盘花生。我们一人一双筷子，坐在火炉边……

冬天的阳光从地上爬到墙上。墙上的钟滴答滴答地走。时间像一群小鱼悄悄地从我们身边游过。火炉上的水又开了。我吃着肉皮，想着那只神秘的船在地中海上漂荡。沉思中，我和姥姥，一个在梦想，一个在回忆，一起悄悄地走出了现实。可能我的枯寂的现实太平淡了，生活中的 small magic（小小魔法）就变得很有吸引力，恍如萤火虫在昏蒙中闪烁。

——陈川笔记

电影《苏醒》中苏小梅这个角色需要弹钢琴，我因此去了离家不远的音乐学院学琴，认识了几个学生和老师，他们也成了家里的常客。有一个叫刘建的作曲系学生，永远穿着西装、打着领带。他弹得一手好钢琴，现在想起他，我耳边似乎还能听到他弹奏的肖邦的《小夜曲》。在认识他之前，我没有听过肖邦的音乐，没有想象过世上还能有这么优美、丰富、深情的旋律。在我成长的年代，西方古典音乐是被禁的东西。

第一次听贝多芬、德沃夏克、拉赫玛尼诺夫的音乐，都是在西影拍电影《苏醒》的时候，导演滕文骥是我当时认识的人中，唯一有古典音乐唱片和音响设备的。我依稀看见，窗帘紧闭着，我们几个演员聚在昏暗的电灯泡下，全神贯注、一动不动地听着交响乐《新大陆》，只有滕文骥一个人，在气势磅礴、摧枯拉朽的段落，奋然起身指挥；在温婉细腻、柔情似水的段落闭起眼睛，张开鼻孔，抬起手臂，好像在延伸某一个音符传递给他的欣喜若狂。没有任何语言可以形容那些时光给我带来的感动与渴望。也许音乐正是语言和沉默都无法涉及的一种表达，它那么抽象，又能那么直接地穿透心灵最隐秘、最柔软的缝隙，融化世上哪怕最顽固不化的铁石心肠。

二十世纪八十年代中期刘建到纽约留学，靠送外卖养活自己。刚到加州时，我也在一家中餐馆打工，负责领位和接外卖电话，一两个拥有二手车的中国留学生负责送餐。在纽约送外卖都是坐地铁、骑自行车或者走路。拎着大包小包的鱼香茄子、排骨面、宫保鸡丁，挤在地铁里的刘建，仍然西装革履。一天晚上，他在送餐的路上被两个不怀好意的人尾随，为了甩掉他们，他围着一辆停在路边的大卡车兜圈，那两个人就跟着他兜，几圈后刘建终于还是被抢劫了。事后我们总是说，如果他没有穿西装打领带，是不是就不会被盯上，是不是就能躲过那一劫。

让我回到音乐学院的时候吧。刘建介绍我认识了拉大提琴的马新桦，她不但琴拉得好，气质和样貌也很出众。哥哥为她在音乐学院图书馆画了一幅肖像。在一栋二十世纪二十年代建造的老洋房中，马新桦穿着简单朴素的白衬衫、白裙子，一手扶着大提琴，一手拿着琴弓，低头站在厚实的、雕木的楼梯拐口，柔和的光线透过几扇彩色玻璃窗洒在她的身上，仿佛记忆的尘烟。她是谁？在想什么？你如果看到这幅画，一定会好奇她的身世，会想认识她。

本来说好了这幅油画先挂在上海交大，但最终是要送给马新桦本人的。后来，一位美国佛罗里达州的教授到上海交大访问，看到这幅肖像画后多次表示喜爱，校长就要把画送给他。当时哥哥正在申请留学，一直没有得到批准。校长跟他说，如果你把这幅画贡献出来，学校就可以给你公派留学的资格。他只好去跟马新桦商量，虽然她很不情愿，但是为了他能留学，就把自己的肖像画送给了那个陌生的外国人。

哥哥年轻时候的不少作品，经常这样那样到了各种人手里，他也并不觉得可惜。他画画，就像夜莺唱歌，本性而已。他最大的梦想，就是画得好。

哥哥是奶奶爷爷唯一的孙子，他们为他起名为陈川，以纪念故乡的山水。很小的时候，他不知从哪里认了一个画图老师，那人个子很矮，背上拱起很高的一块。一开始哥哥见到他有些害怕，等后来习惯过来不再害怕的时候，这个老师跟他说：你进步得很快，我已经教不了你了，带你去找鲍老师吧。就这样，哥哥拜到了新的师傅。鲍老师常去看一个姓许的画家，有时把哥哥也带去那里。据说许老师原来在上海美校读书，画得很好，但因为谈恋爱被开除了，后来就在上海闵行电影院画海报。当年很少有人买得起油画颜料，哥哥开始学油画的时候，用的就是许老师画海报的颜料。

小学的美术老师发现哥哥有绘画天赋，就把他送进了少年宫学习。哥哥九岁时就在那里办了他人生的第一个"画展"。少年宫的绘画老师叫夏予冰，他教了陈川几年后，觉得他在少年宫学不到什么了，就带着他和他的画，去了孟光老师的家。哥哥就像个在江湖上寻找武林高手的孩子，终于拜到了一代宗师。从此，艺术就成了他的挚爱、他的生活。

他如果看到我这么写，肯定会抗议：侬瞎写啥啊？哥哥极其谦逊、害羞，尤其对于内心深处最在乎的东西。

哥哥画画从静物开始：画屋里的椅子、厨房的洋山芋、晒台上的葱。然后他开始画动物和人，有几次，他背着画架长途跋涉走去动物园里写生，画老虎、狮子，画大象、犀牛。当然，更现成和方便的是画我和家里的猫。父母为我们俩分配好了饭后隔天洗碗，为了让我给他当模特，哥哥只好被我敲诈勒索，每天洗碗。

从平江路走去孟老师家大概需要半个小时，我多次跟哥哥去那里给他们做模特。孟老师在美校的得意门生，比方夏葆元、魏景山、陈逸飞等都在那里画过我。不知那些画都去了哪里？

我问哥哥：你从前画了那么多张我，怎么都没有了？他说：好多都留在孟老师那里了，那时，画能被孟老师看中收下来是老开心、老骄傲的事，画留在自己屋里有什么用？我没钞票买纸，没画过的纸才是更宝贵的。十多年前，有人在拍卖市场看到几张陈川画我的素描，那是在孟老师去世后不知被谁拿去卖了？

　　那么多的肖像画，我自己只有一张陈丹青画我的油画。当时他好像刚完成了西藏组画，我们坐在姥姥房间里——为什么不是在客厅？也许楼上自然光更好一些，也许姥姥要我们在她屋里，记不清了。我穿了一件自己做的连衣裙——红白条纹的棉布，宽而低的方领，无袖贴身的裁剪。我们画了多久，聊了什么，也记不清了。

　　画完这幅肖像画后，我们都陆续到了美国，没有什么来往。但我脑中有这样一个模糊的场景：晚饭后，路灯下，几个在纽约的上海画家——陈丹青也在其中，站在唐人街一个昏暗的报刊亭前，一排排的杂志中有《花花公子》，他们互相调侃着……再次见到陈丹青是几十年后的事了，我们居然在上海一家什么商店里偶遇，停下来聊了几句，提到了画肖像画的事，我跟他要画，他就慷慨地答应了。几天后，画就送到了我家。

　　我有一张那天画肖像画的照片，我和哥哥面对面坐在姥姥房间里，他一手拿着画笔看着我，一手扶着正在画的肖像画，我挺直了腰望着前方的白墙，好像在考虑什么严肃的问题。每次看见这张照片，我都会想起那天窗外知了的聒噪，屋里颜料的气味，坐在我对面的哥哥和陈丹青，他们的头发都很短，脸颊都很瘦……

　　不知为什么陈丹青不在那张照片里。这么些年来，我一直以为是拍照的人把他放在了画外，只拍了我们兄妹两个人。最近跟陈川说起这件事，他说：拍照片的是一个《解放日报》的摄影记者，他请你换上画里的衣服，然后让我们摆拍的，那时陈丹青已经走了。

　　难道我记住的不是实况，而是照片中的情形？那些生动的感官印象也是虚构的吗？美国摄影师莎莉·曼，在她的《留住这一刻：莎莉·曼自传》中这样写道：早在一九〇一年，爱弥尔·左拉就指出了摄影对记忆的威胁，他说，如果你没有拍下来，就不能声称你真正看到了某物。然而，一旦被拍下来了，无论你"真正看到"的是什么，都永远不再会被记忆的眼睛看到。莎莉·曼称之为"照片的背叛"。我们总以为照片能保存过去，其实它们把某些瞬间从人生长河中截出来，取代并腐蚀了真相，同时创造了它们自己的记忆。

未来的照片就更不可靠了，人工智能将为我们提供无数美妙诱人和雄辩的虚拟场景，指引或代替我们去思考、记住、回忆……我们会发现，人类最引以为豪的理智和清醒，原来是如此的脆弱。

让我回到那些未曾被拍下来的时光：

哥哥他们围着书桌，看孟老师借回来的苏联画册，边看画册边热烈地讨论。我也跟着看，听他们讲。记得哥哥很喜欢列宾画的他的女儿的肖像，也非常喜欢尼古拉·费申的画。客厅的墙上有一张模模糊糊的照片，就是尼古拉·费申的画被不同的人，一而再，再而三地翻拍后的版本。回看少年时代哥哥画的我，多多少少都受到苏联画家的影响，我也喜欢让他把我画成那个样子。

有一次，哥哥不知从哪里得到一张伦勃朗人像素描的照片，兴奋得不得了，每天照着临摹。多年后，一个美国记者非常好奇，陈川在那么狭窄、贫瘠的环境中长大，怎么会有这么娴熟的欧洲绘画技巧。其实，他对巅峰时期艺术大师的艺术，远比同代美国画家要钻研得更深、更多。在富足和开放的文化中，哪里会有他那样饥渴的眼睛、那样不弃的注意力，他看到那些作品，就像在沙漠里看到玫瑰。

母亲有时会仔细审视哥哥的画，好像在研究什么；有时会催他出去玩玩，不要整天画图；有时会说，学会一技之长是件好事；有时又莫名地发脾气，不给他买画纸和炭笔的钱。哥哥把给他坐公共汽车的钱全省下来，横跨半个上海到福州路的美术用品商店买纸，每次买两三张，来来回回，春夏秋冬，风雨无阻。因为纸不够用，他总是画完了一面翻过来再画。

韩浩月

他乡且旧居

韩浩月

出版"故乡三部曲"《我要从所有天空夺回你》《世间
的陀螺》《错认他乡》等20余种。上海电影节传媒
大奖、白玉兰奖、华鼎奖等影视奖项选片人,媒体评
委。中国电影评论学会理事。获第十八届百花文学奖
散文奖。

一

老旧小区改造，物业通知要我们回去配合，工人拆掉了旧窗户，新的还未装上，站在失去了窗户的阳台上，挺直腰杆儿，顿觉开阔爽朗，二十年前种的槐树，今夏已经长到四层楼高，槐花开得正盛，香味被夏日的风送到室内，满屋槐花香。

我怔怔地站在阳台上，久久不愿离去，人生难得有惬意时刻，得到了就要抓住它，好好体会。不曾知道，一所老房子居然可以给人带来如此宁静的感受。二十年来，在此做饭、洗漱、睡眠、会友，晨晨昏昏，来来回回，不知道多少次锁上或打开房门。收房时的四面白墙，被孩子用各色画笔涂满，装修时，几桶乳胶漆用大刷子刷上去又是一片洁白，没承想十年后又一个孩子出生，白墙又成画布……往事种种，如电影画面，在脑海中明明暗暗了一番，一生中最珍贵、最值得努力的二十年，已成过去。

作为七十年代出生的人，对房子没有什么概念，又兼及年轻时有个漂泊梦，把四海为家当作理想，更是对拥有一套房子嗤之以鼻——蜗牛要不是背着沉重的壳，说不定它早成马路上奔跑的兔子了，房子就是一个人身上重重的壳。但人总是容易被改变的，男人容易被女人和婚姻改变，女人需要一间小小的房子，男人就要去为之奋斗，这间房子来之不易，有了它之后便知道，心安了。

做饭炒菜时散发的蒸汽、油烟，那些未来得及被油烟机排走的部分，留在了房子里。厚厚的窗帘布，因为沾满了土显得更重。种植过的花，在枯萎之后被拔走扔掉，剩下几个空空的花盆，堆在厨房的角落中。外出露营时的帐篷和躺椅，落上了一层厚厚的灰尘。一辆硕大的遥控玩具汽车，倒车镜和轮胎均有破损。碗盏杯盘用过的痕迹，被时间划了一道又一道，看样子已经洗不出来了……叹息一声，开始收拾旧房子，把该扔不该扔的全部扔掉，扔掉之前，用目光巡视一遍，大小每个物件，都串着一串回忆。

用装着神奇的化学制剂的喷壶，喷一喷橱柜底下、地板表面，然后用湿抹布一擦，顽固的污渍就消失了，这鼓舞了人的打扫积极性。奋战了三天，等新窗户重新装回到原位置的时候，老房子也被彻底打扫了一遍，它像是被洁癖患者"拯救"了一般，几乎是一尘不染，到处都被擦得明晃晃的，阳光透过新窗户的玻璃照进来，更是显得这洁净有点儿不真实，戴着艳黄色的厨房用手套，站在老房子的中央，内心充满成就感的同时，也有些恍惚。

杜甫在《得家书》中写道："今日知消息，他乡且旧居"，诗风沉郁惆怅。"旧居"一词因沾染了杜甫的情绪，自带氛围，每每被提到或被想到，也总让人感怀。"他乡"与"旧居"的组合使用，更是因为一份临时感而给人以一种无法安定的仓皇印象。要不然怎么说旧居可以有多个，故居只能有一处呢？不少人分不清旧居与故居的说法，对比旧居，故居的含义显然更丰富，故居可以被理解为——（去世者）最后住过的房子；出生以及成长阶段住过的房子；居住时间最长的房子；在故乡的房子……而旧居的定义就简单多了——在世者过去住过的房子。

故居是永久的，旧居是临时的、暂时的、过渡的。可为什么还是有那么多人，对旧居念念不忘，重逢时仍然流连不已，甚至又产生了想重新在此生活的冲动呢？

二

杜甫的诗成了"旧居"一词的出处。他一生颠沛流离，旧居无数，但他的故居通常被认为是成都的杜甫草堂。杜甫草堂并非杜甫的出生地，也非杜甫的故去之地，杜甫只在那里居住过四年，虽然写出来包括《茅屋为秋风所破歌》在内诸多脍炙人口的代表作，但严格来讲，草堂不能算是杜甫的故居，而是旧居。

我曾去过成都的杜甫草堂两次，每次去都会在大门口拍照留念，是的，这儿已经是一个旅游景点，更像是一个大型文化公园，每逢节假日人满为患。按照现在的规模，杜甫草堂堪称杜甫唯一的"大宅"了，可按过去的描述与记载，杜甫草堂真是一间普普通通的茅草屋。想想如此伟大的诗人，栖身于一阵大风就能把屋顶掀翻的草屋里，令人忍不住唏嘘。

如果从出生地的层面去理解故居，那么杜甫的故居是在河南省巩义市站街镇南瑶湾村，这个小院子，是杜甫的曾祖父杜依艺从襄阳来巩县（今巩义市）当县令时所建，杜甫不但出生在这里，童年和少年时期也是在这里度过的。杜甫写故乡的诗句有许多，比如"露从今夜白，月是故乡明""烽火连三月，家书抵万金""白日放歌须纵酒，青春作伴好还乡"，这些诗虽然写作时间、地点、情境不一，但诗句中的故乡指向，往往会被默认为巩县。以苏武牧羊为代表，古代文人心目中的故乡只有一个，对于故乡的忠诚，也会被当成一个人好品质的构成部分。

如果从去世地的层面去理解故居，那么杜甫的故居很可能是一艘佚名之舟——是的，杜甫生命的最后两三年，很多时光是在船上度过的。他在陆地上的容身之所只能是一间茅草屋，有的时候连一间茅草屋也寻觅不到，所以，以船为家对他而言，也并不算简陋。况且，由一艘船换到另外一艘船，漂泊于江河之上，虽无奈，却也颇为符合杜甫的性情。杜甫之死，据说就发生在一条船上，一个说法是杜甫到长沙访友不得，为躲避叛乱，于是从长沙南下郴州，想要投奔他在郴州的舅舅，结果船行至耒阳时遇到洪水，不幸身亡。另有说法是杜甫暂居耒阳时穷困潦倒，三餐难以保障，于是写信给聂姓县令求助，聂县令崇敬杜甫的名气，于是请他去船上吃顿大餐，没承想杜甫喝不了高度酒，醉后跌落河中，又因当晚河水暴涨，尸体不知去处。

　　杜甫最后在陆地上的居所，很有可能是位于耒阳的一处旅馆，但这一旅馆，肯定早已无迹可寻了，不但这个旅馆找不到，就是杜甫究竟埋骨何处，相关学者也曾争论过一段时间，河南巩县和偃师、湖南耒阳和平江、陕西富县和华阴、四川成都、湖北襄樊这八个地方都有杜甫墓祠。后来几经论证，位于偃师市首阳山下杜楼村北的杜甫墓，被认为是杜甫的埋骨之地，这儿是杜甫的祖居地，他的祖先都埋在这儿，他的儿子也埋在这儿，依据传统文化中叶落归根的概念，杜甫埋这儿名正言顺。

　　人们拜谒古代名人的墓地，大多还是希望能找到正确的地方，把思悼之情用对地方，虽然无法与古人穿越时空对话，但一草一木皆有情，人在一种无形气场的感染下，才会被激发出真正的感怀。出于旅游目的修建的古代名人墓祠，虽然够排场，但那种故意做旧的印象，总是让人走神，无法沉浸其中。有一年到秦岭深处的蓝田县辋川镇拜谒王维墓，那儿一片荒凉，仅余一块墓碑，墓碑前没有任何围挡，如不是上面刻着"王维墓"三个字，谁也不会认为这是唐代大诗人的长眠之地。

　　对比之下，杜甫在后世得到的待遇，要比王维隆重多了，凡有杜甫行迹的地方，都被画了个圈标记了出来，大兴土木，让杜甫尽享哀荣。

在甘肃天水，有个东柯谷，杜甫的侄子杜佐在此有座草堂，"安史之乱"后，杜甫为了糊口，受邀来到侄子口中的这个"瓜果丰盛之地"，在东柯谷住了三个多月，于是，杜佐的草堂也成为杜甫的旧居了，杜甫在这里一共写了一百一十七首诗，创作灵感大爆发。天水人把杜甫旧居利用得很好，把当地的白水涧更名为"子美泉"，在草堂遗址旁办了所"子美小学"，把附近的一棵槐树命名为"子美树"。

杜甫走到哪儿，便会给哪儿写诗，不知道是他居住的地方景色美，还是他的诗更美，反正一些地方因为被杜甫的诗描绘过，就拥有了一笔无形而巨大的财富。杜甫一生对故乡有很浓的概念，但对于居所的观念却很淡薄，其实这不奇怪，你让一位一生中有很多时间住在茅草屋中的诗人，如何有居所、大宅、别墅的想法呢？

天下没有不漏雨的茅草屋，杜甫的愁绪，有不少来自屋顶的雨滴吧？那些雨滴穿过茅草，落在打扫干净的纯土地面上，不一会儿，就会滴出一个小水坑，着实让人抓狂。现代人有居所概念，也就是这二三十年来的事情，感谢贷款买房政策，让无数人拥有了居民楼或者公寓楼中的一间房子作为住处，受益于钢筋水泥，雨倒是不怎么会漏了，愁绪大抵也多来自每月的房贷，现代人的愁和杜甫的愁，于是也有了那么一些相通之处。

美剧《神秘博士》第五季第十集中，凡·高穿越到了当代的一家博物馆，当他看到自己沥尽心血完成的画作被精心装裱后挂在墙上，博物馆长介绍他的作品艺术价值的同时也说出这些画作的天价时，凡·高哭得像个孩子，那一刻，他那曾千疮百孔的心被治愈了。我想，如果杜甫能够穿越回来，重走自己当年的漂泊路线，看见人们蜂拥而来在他的旧居地徜徉、讨论、怀念他时，不知他是否会像凡·高那样哭出声来。杜甫一生多磨难，没住过一所好房子，要是他穿越回来，给他在公园安个家吧，就安在成都杜甫草堂公园里，没有钱的话，咱们众筹。

三

从县汽车站下了长途汽车，沿着人民路走，拐向建设路，走到自来水公司丁字路口那儿，向左转弯往里再走几百米，是我居住县城时的家。在长达十多年的时间里，每逢春节，我都会从外省沿着这条路线返乡回家，在一排排建造得一模一样的水泥平房中，曾有我的一间房子。

那套房子是爷爷摆书摊，我和六叔杀猪挣来的钱建造的，在一九九二年建成。房子一共有四间，外加一处偏房，住了七八口人。院子的角落，支起了一口硕大的铁锅，每天凌晨五点前后，爷爷、奶奶起床把杀猪锅里的水烧至滚烫，然后叫醒六叔和我，把前一天从乡下收来的生猪杀掉，烫水，刮毛，分割，把肉送到街上卖。

我厌恶又依赖这所房子。厌恶的原因是，一年到头这小小的院子里弥漫着猪屎的臭气，以及猪毛被热水烫过之后散发出的温热气息。这所房子与前后左右邻居们的房子完全不一样，他们的院子里摆满绿植和鲜花，而我们的院子则时常遍地污浊。依赖这所房子的原因是，我们这个家庭久居乡下，那里更加贫穷和脏乱差，好不容易回到县城，有了一处安身之所，已经很不容易，所以分外珍惜。

我把属于自己的那间屋子布置得与众不同，除了把屋子打扫得干干净净外，最大的不同是，我从百里之外的市里，买回来一大卷红色地毯，在房间里摊平了，仔细地铺到每一个角落，其他叔叔家的孩子们，最喜欢到我的房间的地面上嬉戏打滚，每次被我看到，我都会作势用脚踢他们。很早我就学着在一个困顿的大环境里营造一个较为舒适的小环境，这已经紧紧跟随我，成为一个习惯。夏夜我会在房顶铺一张席子，带上收音机和蒲扇躺在席子上仰望星空，后来为了满足自己拥有一间阁楼的愿望，我又在屋顶加盖了一层有坡度的阁楼，没事儿藏在那里读书。

刚住进房子的那年为了解决用水的问题，请人过来在院子里打井，谁知钻头刚下地没多深，就再也打不下去了，工人认为遇到了岩石，换了几个地方仍然打不下去，于是他们开始深挖打算看个究竟，结果几天挖下去，发现院子下面有座古墓，挖不动的那几块地方，是石棺。这事惊动了县文物局，立即有人过来在院里拉起了禁止入内的警戒线，文保单位的十几个人在警戒线内工作了十几天，说是发现了一座汉墓，但墓内空空，早些年被盗墓贼光顾过多次，里面已经一无所有了。

那些个夜晚全家人都在惊惶中度过，毕竟没有多少人能承受居住之地有一座墓洞开着。我睡在房间里，半夜有时会惊醒，外面月光如洗，终于有一晚我没忍住走出房间，静静地站在墓洞口往里面看，那个幽深的洞口，散发着潮湿泥土的腐败气息，不知终点通向哪里。从开始时的惊骇不已，到逐渐平静，再到淡然处之，我终于夺回了对这所房子的"拥有权"，是的，这儿属于我，谁也不会把它夺走。后来那个洞口被填死了，填了一车又一车的沙子，买沙子的钱足以让爷爷紧皱眉头，院子里打了一层厚厚的水泥，水泥抹平凝固之后，用水冲刷干净，地面有着令人愉悦的反光，从此地下的事与地面上的烟火生活再无关系。

我二十三岁那年在这所房子里举办了婚礼，亲朋好友把不大的院子挤得满满当当。一年后，孩子出生，孩子三个月的时候，我离家外出谋生。十多年后，城区改造，那片房子被铲车全部铲平，取而代之的是一片十几层楼的小区。铲车莅临的时候，我不在现场，在千里之外想象铲车所向无敌的样子，居然没有惋惜的心情，反而有如释重负的感觉——我居住时间很长的那所房子，从此在这个世界上彻底消失了，仿佛我也可以与那段生活永远作别。

四

去过天津许多次，但一次也没有去李叔同的故居看过，这有点儿不应该，下次再去天津，一定要去那看看。从相关的传记书中了解到，李叔同故居有房六十余间，占地一千四百平方米，是座豪宅，李叔同在出家成为弘一法师之前，在这里住了十六年，享尽了"衣来伸手，饭来张口"的公子哥儿的日子。

想看李叔同故居的愿望不甚强烈，是因为看多了弘一法师的旧居。而弘一法师旧居之地最多的地方是泉州，每次去泉州，都能看到一个不一样的弘一法师旧居。在华表山南麓的草庵，弘一法师曾在这里短居，喜欢题字的弘一法师，他足迹与笔迹所到之处，无不成为他的主场，他的字气场太强大，在草庵，弘一法师的手迹以雕刻在摩尼佛雕像前的两根石柱上的对联最为显眼："草积不除，便觉眼前生意满；庵门常掩，勿忘世上苦人多。"

在位于泉州老城的"小山丛竹"，有一间大小不过几平方米的简陋房子，据说是按照弘一法师圆寂前的居室原样复制的"晚晴室"。那是一间小小的卧室，仅有一张床、一张小桌子、一个凳子、一个箱子，简朴到令人动容。想想李叔同出家前春风得意的翩翩才子形象，再看看眼前的"萧条而枯素，寂实而荒寒"，很是能让人内心安静。我在那所旧居门前久久站立，不愿离去，觉得整个人正处于一个无形的时间瀑布当中，接受了一番洗礼。

黄永玉讲过他青年时偶遇弘一法师的故事，他们发生过这样一次对话——"哎！你摘花干什么呀？""老子高兴，要摘就摘！"这次对话就发生在弘一法师居住过的开元寺，好像黄永玉还对正在写书法的弘一法师做出过评价——"写得还行"，并当场讨要，哪知黄永玉事后没有守约在四天后去取，八天后拿到字时才知道写字的僧人是弘一法师，当场拜倒，号啕大哭。我去开元寺的时候，正好玉兰树开花，黄永玉翻墙要摘的，恐怕就是这玉兰花吧，想到这一老一少曾在这儿有过如此交集，额外有了一些亲切感。

据不完全统计，弘一法师在泉州，先后住过雪峰寺、开元寺、承天寺、铜佛寺、弥陀岩、碧霄岩、清源洞、草庵、净峰寺、普济寺、福林寺等数十座寺院，这些都是他的旧居，如果逐一驻足拜访，恐怕得去几十次泉州才行。弘一法师离开故乡天津后，就再也未回去过，与他关系并不亲近的父亲去世，他没有回，他所依赖并深爱的母亲去世，他也没有回，只是在寺庙抄写经书悼念母亲。所谓故乡与故居，有时候是一个人的伤心之地，哪怕超凡如弘一法师，也无法心无旁骛地再度踏上故土。

弘一法师在他的居所里，主要做三件事情：一是抄经，抄《金刚般若波罗蜜经》《佛说阿弥陀经》《药师琉璃光如来本愿功德经》等；二是写信，给师友写，给学生写，给日本妻子写；三是写毛笔字，写好的字，遇到有前来拜访的人，随手就送了。我时常想，弘一法师其实并不孤独，当然他也不忙碌，他只是一个把居住之地良好利用的人，房间对他来说如同洞穴，打开房门，他要面对滚滚红尘，关上房门，他拥有一个独享的宇宙。

什么时候，才能到达弘一法师境界的十之一二呢？我在家里，时常心浮气躁，想要出去，有多远走多远，可刚离开家到河边散步一两个小时，就累得急急忙忙要回来，窝在书房里发呆，呆够了又烦。可能人就是这样，房子无论新旧，都是长在身上的壳，旧的壳蜕掉了，回忆起来空空荡荡，正在用的房子是长在身上的新壳，一旦强行脱离，就会生疼。

五

一位作家回到了故乡，看见自己童年住过的房子被夷为平地，她流泪了。那座房子其实十多年前就不再住人了，房子失去了人气的浸润，就会破败得特别快，这十多年来，那座房子有目共睹地一年比一年"老去"，就像人会变老一样，房子也会逐渐萎缩、呆滞、倒塌……

之所以知道这座房子的状况，是因为这位作家朋友每次回乡，都会发一张旧居的照片到朋友圈，顺带简单讲几句与旧居有关的人或事，时间久了，她的那所旧居，仿佛成了朋友们共同的旧居，朋友们有时会开玩笑说，让她快组织一次"故乡行"，好让大家去看看她住过的房子和以前生活过的村庄。

还没来得及去她的村庄，她的房子就没了。在她最后一次发布的旧居照片上，只能依稀看到点儿地基的样貌，俨然废墟，比这一小片废墟更让人触目惊心的是旁边的一洼脏水，那水面上的倒影，破碎而恍惚。她说她看着这个画面哭了很久，哭得很伤心，像是亲人去世了一般。有那个破房子在，她在故乡还有个家。后来她没再发布与故乡有关的文字。再后来，她去了国外，在国外，她只会有新居，永远不会有旧居了。

由这位作家朋友，我想到了张爱玲。张爱玲在美国住了四十年，晚年定居于洛杉矶，一九九五年九月八日去世于洛杉矶西木区罗彻斯特大道一幢五层公寓的 206 号房间，这个房间因此被当作张爱玲的故居，但有人若要去访问，极有可能吃闭门羹，因为张爱玲只是租客，公寓现有其他人居住，想要登门，必须经过现租客的同意才行。

张爱玲恐怕是全世界拥有旧居最多的一个名人，她在美国搬过一百八十次家（另有一说是搬过两百三十次家），有一段时间，平均每个星期她都要搬家一次，按照只要住过都算旧居的说法，张爱玲的旧居可谓星罗棋布，可能正是因为如此，那些到达洛杉矶想要拜访张爱玲旧居的人，会无从寻找。想要拜谒张爱玲墓的人，也无迹可寻，因为她的骨灰撒进了太平洋，太平洋底成了她的长眠之地。

有一年，我在上海静安区街道上闲逛，抬头遇见一处楼房颇有特色，仔细观察时，在一块牌匾上看见了"常德公寓，常德路 195 号"字样，才知道这儿是张爱玲旧居。常德公寓原名林登公寓，始建于一九三三年，张爱玲曾在此生活了六年，写出了《倾城之恋》《沉香屑：第一炉香》《金锁记》《封锁》等作品。这儿的张爱玲旧居，也是不能进去参观的，好在一楼有家书店，橱窗张贴的海报上写着"旧家是张爱玲文字的原乡"，推门进去，书店的张爱玲元素浓厚，这儿恐怕是全世界能够最近距离接触张爱玲的一个地方了吧。

还有一次也是在上海，路过同样别致的一处公寓，同行者不经意地说了一句，"张爱玲在这儿住过"，时间是傍晚，夕阳的余晖正洒满长街，我不禁回头又多看了几眼，看楼顶，看窗户，看灯光，恍惚间仿佛看见了某个窗户内张爱玲的影子一闪而过。后来知道，这儿是原来的上海开纳路的开纳公寓，现为武定西路 1375 号武定公寓，张爱玲在这座公寓里开启了她的"女性公寓生活"。后来我再去上海，还一直想去开纳公寓看看，不只是看看公寓，还想体会第一次看到公寓时，那瞬间的心荡神驰。

如何看待自己居住过的房子，也会因人而异吧，但普遍看来，居住越久的房子，越是让人牵挂得深。行走在大城市的老胡同里，两侧都是拥挤破落的房子，从舒适和卫生的角度考虑，都符合不宜居的标准，早晨我看见过有人在门口刷牙，夜晚看见过有人在门口泡脚，游客从他们眼前经过，不免好奇地四处打量，而他们则视不断走过的陌生人为空气，丝毫不影响他们的生活节奏。在胡同的中间或者尽头，总会有一棵令人惊讶的参天大树，它像座巨大的挂钟一般，记录着时间和历史，看见这些树的时候，往往便理解了那些不愿意离开胡同的人，他们的生活已经和胡同深度地绑定在了一起，那些砖瓦，青石板路面，一抬头就能看见的大树，早已深深地写进他们的生命里。

如此，更彰显那些离开故乡、旧居去远方的人的勇气，他们中的每一个人，在决定连根拔起要远走他乡的时候，都要忍受分割般的痛楚吧，他们在他乡暂居的房子，无论住多久，都因为缺失了童年与少年的成长记忆，而缺少一份温情与温度。"他乡且旧居"，杜甫这句诗写得直白、平淡，但确实让人感慨万千。等意识到这句话的万般滋味时，一个人的心，恐怕也足够苍老了。

选自《湖南文学》2023 年第 7 期

筱敏

无论星光
还是烛光

筱敏

作家。著有散文集《阳光碎片》《成年礼》《捕蝶者》
《涉过忘川》《灰烬与记忆》等。

　　我孤陋寡闻，非常迟的时候才读到陈善壎老师的文章。2018 年，张鸿编了一个广东散文小辑，在公众号"小众"上推出。我在那里读到了陈善壎的散文。有十余年了，我的状态相当低迷，感觉相当迟钝，生活是封闭式的，很少翻读当下作家的作品。这几篇散文让我吃了一惊。我向黄金明询问，得知陈善壎有一个集子新近出版，于是上网搜寻，购得陈善壎的书《痛饮流年》。阅读的过程我发觉自己多年的麻木似乎褪去，我重又有了痛感，重又体验到震撼和惊喜，仿佛遭遇一个罕见的、丰富且明澈的灵魂。我深为愧怍，许多年来，我竟然错过了这般卓越的文字，错过了这般独立于文坛之外的高人。

　　回想起来，二十世纪八十年代我就拜见过陈善壎的夫人郑玲老师，彼此亦有诗集互赠。诗人郑玲是个奇迹，她在诗坛小荷初放便遭遇了二十余年的狂风骤雨，重现诗坛时已五十开外。诗歌是年轻人的领地，而郑玲的诗是超脱年龄的，她始终葆有少女的纯净和敏感，青年的热忱和激情。她是不老的。身为晚辈的我却很快就老了，离开了诗，在郑玲老师面前自惭形秽。三十年来，郑玲在诗坛如星辰生光，我远远仰望那星光，却没有看见另一个质量巨大的星体，陈善壎隐在她的光芒后面。

　　《痛饮流年》出版时郑玲老师已经离世。陈善壎将郑玲的一首诗放在首页为序：《爱情从诞生到死亡》——"我们相互给予的 / 是半个世纪短暂的相守……我们挣扎在巨大的阴影下 / 通过一连串的失败感到胜利 / 感到的胜利如海市烟云。""两个互为生命的敌手 / 在争吵中获得力量 / 我把最后的力量使出来 / 激发你的散淡 / 散淡的回忆甘美。"陈善壎在诗后以加注写道："两个生命的全面融合才可体会这样恰切。"爱情这种奢侈品世间稀有，一对伴侣互为生命，便生成了双倍的生命能量，这大约是诗人不老的原因。

陈善壎的文章常有一个主要人物郑玲，最为文友称道的是《你这人兽神杂处的地方》。那一段故事堪称传奇，陈善壎的笔力恢宏，诡谲，似密林般幽深，又似涧水般澄澈，毫不辜负他们的故事。这篇作品的写作过程也是一个传奇，二十世纪六十年代后期，落入灾难而困居深山的郑玲，曾写过一首长诗，名为《你这人兽神杂处的地方》，因为诗人特别珍视此诗，不忍将其像其他诗作那样亲手焚毁。危难中她把诗藏在他们住所的砖墙缝里，期盼日后取回，然而命运并没有给她这样的安慰。后来，她企图重写那诗，但不管如何努力，再找不回当初的感觉。诗遗失了，那是她最好的作品。三十年后，陈善壎返回江永深山去寻找那首不为人知的诗，所获终是遗憾。他写道：

> 或许是不甘心，我还是去"我家"门前默哀般站立好久。那诗已彻底毁灭。我木然地看着那座房子，看着那诗的墓地。有喜欢郑玲的诗的朋友说她的这首诗那首诗是他们喜欢的；在我的心里，他们可能最喜欢的作品已被埋葬。诗的死，在我心中掀起波澜。灯下创作这首诗的情景在微明中浮动。

这般哀痛和不甘，促使陈善壎动笔写下同一个题目——《你这人兽神杂处的地方》。他不分行，写实寄意诗情饱满。那是他们二人共同的诗，共同的日夜，共同的苦难和财富。他不能任其在风中散失。

郑玲的诗文里也常有一个主要人物陈善壎，有时他没有名字，有时他另有其名。譬如《野刺莲》中这一段：

> 和陈萱结识于穷途末路，那时，我刚被释放出来，前路茫茫，

一筹莫展，好不容易在职工夜校谋得一个临时教书的工作以维持生计，陈萱也在夜校任课。我早就听说过他的身世，四岁死了父亲，母亲守寡将他和妹妹养大，三人每餐共吃一片腐乳或一碗白菜。他的童年是在漫长的幻想和严格的自学中度过的，十岁就开始在印刷厂当学徒，用妈妈给他买蚕豆的钱去看连环画，从躲在碎纸堆里读辞典入门，自学数学，经过有关方面的考核，达到大学数学本科毕业水平，而且酷爱文学。……我倾听他的谈话，犹如倾听自己的思想。我觉得再没有另一个人的气质比他和我更相近的了，年龄上的差别和其他的一切关系也就随之隐没了。

诗人写到自己遭受流放，年轻的知己坚持要求下乡，毅然与其同往，在荒蛮的山野里给她一个家，帮助她建造人的生活。从前我们听过十二月党人的妻子追随蒙难的丈夫去往西伯利亚的故事，然而，男人自毁前程追随妻子共赴苦难，这样的故事委实鲜有听过。他们相伴半个多世纪。晚年郑玲用文字描摹他们的生活，譬如《诗与丈夫》一文：

　　我与丈夫的姻缘是诗为媒的，几十年来，他虽然从事其他职业，却渗透了我的文学活动，充当我作品的第一个读者。而我们并非总是"琴瑟和谐""相敬如宾"的，争争吵吵时或有之。每次，我把定稿给他看，他俨然面临经典，逐字逐句地读，但是，只说一声"好"或者"不好"。我要求他说得系统一些，他一脸肃杀："普通读者都是这样说的，只有评论家才系统，难道你是为评论家写诗的？你是个真诗人么？"如此简单粗暴，使我大为光火，推翻椅子，将枕头被盖扔满一地，他反而哈哈大笑："你没有摔电视机、录音机，可见还清醒，醒者能悟！如果你已经培养起你所追求的第一流审美才能，自然就会从'好'与'不好'这简单的评语中悟出得失……"一瓢冷水，教我冷静下来，再三修改之后，求他修改，他当真点笔成金，动了三五个字，诗便焕然生辉了。

我一向以为，对一个写作者的了解，单读他的作品就够了，何况这里还有两位作者的互文。然而这回似乎例外。读了《痛饮流年》，我很想去看望一下这位作者，于是请为此书作跋的黄金明帮忙介绍引路，我得以见到我本该在三十年前拜见的陈善壎老师。

交谈必定首先致意郑玲，陈老师郑重地说道："她有诗集送你。"然后双手端出郑玲老师的诗集《让我背负你的忧郁》。我于惊惶中接过，翻开诗集，看见扉页上的题字：

> 筱敏吾友，知你来我好高兴，嘱善壎代签此集赠你慰我平生对你的神交。
>
> 郑玲二〇一八年八月七日

我说不出话来，没有语言能够表达我心里的震颤。两个生命的全面融合，原来是这样在一枝一叶的细微中显现。

谈起我们记忆中的那个年代，陈老师有许多故事，由此延伸到我尚未出生的年代，他有更多的故事。在天翻地覆、波谲云诡的时代，有故事的人很多，但能讲故事的人很少。大多数人并不理解发生在自己身上的故事。人是脆弱的芦苇，但只有少数人是会思考的芦苇，知道自己在宇宙中的位置，在人类文明发展史中的位置。没有历史感这一束光的照射，人们往往看不到自己的故事，意识不到有故事在自己身上发生。讲故事的人需要有透视世事的锐利目光，超乎于常人的记忆力，难以麻醉的痛感，还需要有建构能力和个人化的语言。这些陈善壎都具备，而且样样出色。

他的家族史堪称一部中国现代史，一篇《老娘娘和她的后人》可以为证。剽悍的老娘娘从光绪年间走来，"身处有清而天足"，顶门立户，浪迹四方，教训后人志在天下，"有她喜欢的青年来，不拘长幼，豪饮移时"。"经常应邀与谭嗣同、唐才常、沈荩几个人登岳麓山呼啸"。后人中有随蔡锷举义帜的，"她驾一辆马车拖一副棺材，随护国军进退"，收儿孙的尸骨。"她的后人，像一群荒原上的迷途者，有的朝左走，有的朝右走。"或参与组建共产党，或投效国民党位列要员，或阵亡于抗日战争的长沙会战，或沦为地主遭新社会种种斗争……中国近百年历史往还的重大剧目，总有这家族后人的身影。

我不禁想起《百年孤独》中的老祖母乌尔苏拉，老娘娘是不死的。她驾风云来去，为每一名离世的后人送行。她把自己活成一个传奇，让后人的传奇驶向世界，她在传奇中出没，让传奇不绝繁衍。

陈善壎以区区万余字驾驭了如此浩阔、如此纷繁的故事，他穿梭于虚实之间，笔锋峭拔，建构奇绝。结尾时他下了这样一笔："老娘娘或许还在。她的每一个子孙的命运，不过是她的尝试与探索。我们最终会发现，她不是什么。"

我们所见的陈善壎的文章篇幅均不长，他的文章望去好似海面的浮冰，待近前去看，却是一座冰山，细读之下，可知露出水面的仅仅是冰山的一角，巨大的山体连同绵延的山脉，都沉默在海水下面。

《我的音乐老师》写的是二十世纪五六十年代的故事。曾经留学法国的音乐家风采耀目，其高雅的作品在维也纳被演奏，通俗的作品在工人合唱团被歌咏，他指挥过庞大的乐团，也谱写过曲目痛斥反动派、歌唱农民翻身。命运跌宕。倏忽之间，备受人崇敬的音乐家，沦落为一个出没坟山，寻捡尸骨用以制作人类骨骼标本的酒癫子。其中自然有悲惨世界的故事，来龙去脉需要繁多的注解。陈善壎在这里却只下了一笔："我一眼认出此人就是曾老师。一点儿没有惊诧。他落到这步田地我马上有一个解释。"

如此俭省的一笔倒让我惊诧，但我也马上领会了这个解释，并领会了这样一跃而过留白的道理。我们都经历过那个时代，我们已知许多同类的故事。

陈善壎的笔墨能至简如此，浓稠时却又是一番景色。他写酒癫子酒后在木楼上的动静：

> 果然，约莫晚上9点钟的时候，楼板响起踢踏声。我记起他的烂皮鞋是钉了铁后跟的。这声音开始极轻，有如一只被风浪击得千疮百孔的小船躺在沙滩回忆往事，一圈圈波澜从他内心的深处向空中扩展。踢踏声的节奏慢慢激越，楼板缝里有灰尘落下。驼子端茶避开去，独自坐坪里抽烟。
>
> 节奏变得紧而密的了，逐渐变得狂热、炽烈，变得多情而贪婪。整座楼房都在抖。我全身紧缩，怕一根牵系他生命的弦突然断裂。
>
> 楼板上的节奏越来越疯狂，土地微微颤动。我相信只有入了魔才能这样表现。只有入魔才能把生命倾泻得这样彻底。他是在舞蹈，以一种特别的方式寻求自我的解释。此刻，他是一个舞蹈着的音乐家。一个只有脚功能的舞蹈家在阐释失去旋律的音乐家。他的音乐只留下硬朗节奏，犹如生命只剩下叩击有声的骨头。驼子说，这是他最快活的时候，并不容易碰上他这样快活。

时代的齿轮，把音乐家从音乐中撕开，抛到了贱民之下。为了果腹，他为医学院及大学的生物系制作人类骨骼标本。他携一只麻袋和一把钉耙，揣一个扁酒瓶，潜入开掘的工地，无主的荒坟。他的劳作是沉闷的，他的存在是无声的。然而，无尽的旋律在他体内回荡，他禁不住自己的回忆和梦想。在荒僻之地的木楼上，他以荒诞的方式组建自己的乐队，创造自己生存的希望。这一段描述令人过目不忘：

　　　　没有天花板，瓦缝里不时漏出闪电的白光。一个整齐的阵容摆在我面前，那是一群制作精良的人类骨骼标本。它们按照舞台上乐团那样布置。每具标本的颈椎骨上用绸带系了领结。这些标本有站的有坐的。旧钢琴前也坐着一具标本，摆出弹奏的姿势。他摸着它的指骨要我看。
　　　　"不够修长，对吗？做粗活的。"

陈善埙的文章时常会出人意料，从天外飞来一笔，骤然将叙述的域限打开。这或许是叙述技巧，但我的感觉是，作者心中有太多故事，汹涌翻沸，随时可能从任何裂隙冲腾而出。还是这篇《我的音乐老师》，篇幅本来不长，作者说着音乐家的故事，忽然荡开写了这样一段：

　　　　此后，我去了南门大古道巷的工艺美术厂。谁介绍的记不清楚了，可能是钟叔河。这家街办厂有点儿意思，是个"藏污纳垢，牛鬼蛇神成堆的地方"。正在天井里做石膏胸像的年轻人，是写《火烧红莲寺》的平江不肖生向恺元先生的孙子。躲在后院墙角煮骨头的是湖南师范学院生物系讲师郑英铸。做几何教具的陈孝弟是某大学数学老师，他一边工作，一边给姓仇的大学没毕业的年轻右派讲傅立叶级数。旁边小房里埋头钉板板鞋的是鲁迅先生在《记念刘和珍君》一文中提到的"一样沉勇而友爱的张静淑君"。她满脸沧桑，沉默，高贵。钢琴家罗世泽不知做的什么业务，跑上跑下。至于钟叔河夫妇，做的字画装裱。他们裱糊手艺精到。与钟叔河莫逆的朱正戴着高度近视眼镜描图，他是解放后第一本《鲁迅传》作者。

与文中的音乐家相关的自然是那位煮骨头做人类骨骼标本的人，而与我们的记忆相关的远不止此。我看到张静淑君的时候心里"突"的一跳，因为鲁迅先生的《记念刘和珍君》太熟悉了，先生文中记念的几位女学生何其壮烈：

> 听说，她，刘和珍君，那时是欣然前往的。自然，请愿而已，稍有人心者，谁也不会料到有这样的罗网。但竟在执政府前中弹了，从背部入，斜穿心肺，已是致命的创伤，只是没有便死。同去的张静淑君想扶起她，中了四弹，其一是手枪，立仆；同去的杨德群君又想去扶起她，也被击，弹从左肩入，穿胸偏右出，也立仆。但她还能坐起来，一个兵在她头部及胸部猛击两棍，于是死掉了。
>
> 始终微笑的和蔼的刘和珍君确是死掉了，这是真的，有她自己的尸骸为证；沉勇而友爱的杨德群君也死掉了，有她自己的尸骸为证；只有一样沉勇而友爱的张静淑君还在医院里呻吟。当三个女子从容地转辗于文明人所发明的枪弹的攒射中的时候，这是怎样的一个惊心动魄的伟大呵！中国军人的屠戮妇婴的伟绩，八国联军的惩创学生的武功，不幸全被这几缕血痕抹杀了。

几乎贯穿我的一生，她们都是我所仰望的英雄。我以为她们只存在于鲁迅的时代，然而不幸的是，并非如此。身中四弹的张静淑君幸存下来，许多年后，当鲁迅的读者都淡忘了她，是陈善壎讲述了她后续的故事。

写作是一种独白，也是一种回应。陈善壎不在文坛，他不在乎文坛的回应。但浩瀚的时空总有他在乎的灵魂，更重要的是，穿越时空而过往的，还有需要这般质地文字的人。

《痛饮流年》有一个前言，这是我所见过的最短的作者前言，全文如下：

> 假如抄袭鲁迅先生的意思，把这集子叫作"坟"是可以的。鲁迅当时造"小小的新坟"的时候，有被"踏成平地"的假设。那是他把"坟"筑在人烟稠密的地方了。我这坟，在深山野岭，人迹罕至。它将被藤萝花草覆盖，在鸟语花香中渐渐隐匿。若有人偶然得到消息来此探幽，那是了无痕迹的了。

面对这样通透的人，许多言辞都是多余的话。但是我依然想要絮叨：人世苍茫，雾霾或暗夜时常降临。怀中或还揣有一点儿光的人们，无论是星光还是烛光，请举起来，好让友人彼此看见。

选自《广州文艺》2023 年第 7 期

孙
郁

遗失了些什么
在万寿寺

孙郁

本名孙毅，现任中国人民大学文学院教授。著有《鲁
迅与周作人》《走不出的门》《往者难追》等。曾获第
十二届华语文学传媒大奖年度批评家奖、朱自清散文
奖、丁玲文学奖等。

一

我对北京学界的了解，是从万寿寺开始的。

1986 年暑假，师姐李玲告诉我，北京有个文学讲习班，可以去听听。我那时候新婚不久，便与妻子商定一起到北京去，顺便看看外面的世界。

讲习班设在海淀区的万寿寺，中国现代文学馆筹备处就在这里。这个地方很古老，数间老屋形成几个院落，还有一块开阔之地。万寿寺建于明朝万历年间，每个朝代都经历过大修。据说，乾隆皇帝多次在这里为母亲祝寿，多年后，这里成了慈禧太后的行宫，皇家之人到颐和园时要在此歇脚。我们第一次到此，就被建筑物所吸引，它们精致而厚重，只是略显沧桑，有一点儿清寂的感觉。我与妻子住在一间大房子里，夏天虽热，这里却很凉快。老北京的建筑神奇得很，人在上百年的老屋里，好像呼吸到了丝丝古风。

来这里听课的都是全国各地的硕士生。师姐带着丈夫也来了，他们住在我们隔壁。大家白天听课，晚上闲聊，感到天地忽地大起来。四川大学有位同学是研究冯至的，他外语很好，听他谈自己在北京搜寻材料之苦，感到他治学态度的严谨。在会上，我见到长春来的李兄，我们过去见过面，他很爽朗，有学问，喜欢踢足球，典型的东北人性格。我与他一见如故，话题无非关于先锋小说、康德主义、域外诗歌等。那时候我们感慨，青年喜读新出来的作品、关心国家命运、勤于思考改革的路径。虽然众人是学习现代文学的，但兴奋点多少与当下的社会思潮有关。

万寿寺的位置有点儿偏，但因为离几所高校近，所以请来的老师也很多。几天下来，我认识了多位不同年龄的学者，知道了一些学界的动态。严家炎讲的是海派小说，他讲课"一板一眼"，无一字无来处，我被他的朴学风格吓住了，才知道什么是学院派的特点。林非授课的题目是《论现代观念》，他有南方人的飘逸感，授课主旨透出浓郁的鲁迅思想，谈吐中有点儿散文家的气质。黄侯兴主要介绍郭沫若研究的动态，他手中有许多别人不知道的资料，听起来还是有趣的。那时候的学生喜欢看的是中青年学者的文章，比如钱理群、赵园、吴福辉，他们的文字里有老学者没有的鲜活感。

巧的是，这几位也遇见了。钱理群胖胖的，个子不高，眼睛亮亮的，讲话声音很大，激情四射。吴福辉是南人北相，高高的个子，他的眼睛似乎不好，但说话中气十足。赵园是最安静的一位，她好像不太喜欢热闹，在公众面前话很少。同学们很希望赵园能够登台授课，但这次文学讲习班没有安排。在那时候的青年眼里，王瑶的弟子是引领学术风气的。

中国现代文学馆筹备处人才济济，并非学院派的天下，这和馆长杨犁的风格有关。杨犁是一个和善的老人，对业务十分熟悉。杨犁似乎觉得，文学馆不仅要有文学，还得有人懂博物馆学，人员自然杂一点儿为好。舒乙好像是他调来的，给馆里带来不少人脉。舒乙是老舍的儿子，他那时正值壮年，那几天一直和我们这些学员在一起，对大家有所照顾。有一次，一位讲课老师家里有事不能到场，他便临时登台救场，讲的是老舍与北京，课题不是从书本讲起，而是从北京的地理说到气候，涉及风俗、语言和建筑，老舍的形象仿佛从那语调里慢慢走了出来。

二

万寿寺这个地方看似荒凉，其实也有点儿文气。东面有条古道，古道旁残留着几块古碑，字迹已经模糊了。北边新建的中国剧院很漂亮，晚上总有一些节目在剧院上演。记得我与爱人一起去那里听过一次巴洛克乐队的演出。那是我们首次现场感受外国人的演奏，旋律间跳跃的意象唤起观众不少幽思。我对西洋音乐感到神奇，可惜没有什么知识储备。我师姐入学前是歌舞团拉小提琴的，她的丈夫是音乐学院的钢琴家，他们是音乐通。靠着他们的介绍，我才对西洋音乐的情况了解一二。

没有想到，两年后我们来京工作，妻子单位宿舍在香格里拉饭店对面，我们就住在万寿寺旁。

我偶尔到中国现代文学馆筹备处看看，还参加过多次会议。那里平时没什么人，好像是个被人遗忘的地方。许多人路过这里，并不知道这是什么单位，有一点儿神秘感。有一次我去借书，正赶上下雪，走在院子里满眼都是白色。房顶上见到几只野猫，它们发出的声音有点儿古怪，显出上苍的空幻。记得我的一位同事曾画过万寿寺的冬景图，他将背景画得很幽深，仿佛里面藏着许多的秘密。这个地方易让人产生一些联想，王小波后来写过一篇小说《万寿寺》，题旨颇为怪诞。他的想象力大概受到卡尔维诺的影响，翩翩飞动中神意纷纷。同样一个地方，带给人的意象不同，说起来颇有意思。

中国现代文学研究会有本刊物，每期编前会都在万寿寺举行。到会最多的是严家炎、王信、钱理群、王富仁、吴福辉、王中忱、李今、刘慧英、高远东、刘勇、解志熙、王培元等。因为专业的原因，我也被拉到编委会中，与大家渐渐成了朋友。天气暖和的时候，大家围坐在一棵老树下讨论每一篇稿件。微风吹来，茶叶飘香，氛围是热的。钱理群每每发现学术新人就兴奋不已，也由此选出许多佳作；吴福辉似乎最懂得学术江湖，谈论编稿与选稿时能够照顾各地区的学者，也因此要费口舌说服大家；高远东善于改标题，对于论文题旨与表达方式常常会提出各种修改意见；令我印象最深的是王信，他永远微笑着，并不多说话，只是大家争论不休的时候他才插话谈谈看法，大家最终都统一到他的思路里去了。二十世纪八九十年代，学术杂志经费紧张，也无编辑费用，大家编刊都是义务的。然而，众人还是乐此不疲。

三

我在中国现代文学馆筹备处最熟悉的人是舒乙和吴福辉，其中舒乙与我的关系比较特别。舒乙早年留学苏联，学的是林产化学专业。他转行到中国现代文学馆筹备处工作，是十分卖力的。我觉得在各种称号中，说他是社会活动家也是不错的。他善于和学者、作家、官员打交道。他说话的声音与老舍很像，听他们父子的录音，有时候无法分辨彼此。印象中他对于小说写作没有什么经验，但他的散文别具一格，满篇京味儿的氛围。因了他特殊的人脉，文学馆征集到不少文物。这座文学馆初创时期之所以有声有色，与他的背景有点儿关系。

我记不清去过多少次万寿寺了，有个时期，它是北京作家与学者常常聚会的地方，凡有重要的活动，舒乙都会通知我去。有一次召开聂绀弩纪念会，黄苗子、尹瘦石、吴祖光、舒芜都在，会议因舒乙的主持显得十分活跃。听各位长辈回忆与聂绀弩的交往，我神往之余增长了不少见识。舒乙和京派、海派还有延安派的作家都有不少联系，因此他看文学史的眼光自然不同于从象牙塔里走出去的人。说他身上折射着活的现代文学意味，一点儿也不为过。多年间，他帮过我许多忙，比如有一次我参与主编了一套丛书，他替我请了巴金、冰心等人当顾问，那些文化老人是很信任他的。但凡开会讨论作家作品，只要有他在，就会热闹起来，因为他善于讲遗闻轶事，且他娓娓道来，过去的风云仿佛历历在目，显得形象而逼真。多年后，他做了中国现代文学馆新馆的馆长，我成了鲁迅博物馆的负责人，我们搞过多次合作，我竟然被他拉到老舍基金会里挂了常务理事之名，此是后话了。

四

万寿寺旁的新建筑一直不多，曾经建过一所幼儿园，我女儿就是在那里第一次过上了集体生活。过了不久，幼儿园的房子就被拆除了。老北京人能够保留下这个地方，很不容易。它的周围，可发思古之幽情的地方不少，比如旁边有一条河清澈而美丽，这条河是通船的，船可以直接划到颐和园。春天一到，河水清清，两边的柳树摇曳多姿，像一幅古代的水乡图。

我在河边住了三年，最难忘的是夏天，可以在河边游泳。我的水性一般，但跳进水里爽快极了。北京的河水不像我老家的河水那么急和凉，很温和的样子，大地的气味与水的味道杂糅着，游起来令人兴奋。现在这条河已经不准野泳，成了供人观光的水渠。当年的野趣已经不多，这里成了城市里的精致风景。

万寿寺的第一代学者，有多位已离开世间。有时候，我想起舒乙与吴福辉生前的样子，不禁感慨良多，许多旧影久久难忘。记得中国现代文学馆搬到新址前，舒乙与吴福辉请我和几位朋友在万寿寺聚过一次。大家都舍不得这个地方，好像有什么东西遗失在了那里。新建的文学馆位于朝阳区，像一栋栋别墅，有点儿摩登的味道。据说因为巴金老人的推动，才有了这个新去处。

如今，这里规模可观，大概是世界上最大的文学博物馆吧。这座新馆的出现，舒乙等人出力甚多，功不可没。不过，我还是怀念万寿寺那个筹备处，我觉得作家的手稿放在那样有文脉的地方，与老北京的味道是相符的。在古朴的地方想象历史，好像可以闻到远去的时光深处的气息。物与神合，人与文近，感觉总还是不同的。

选自《朝花时文》（微信公众号）2023 年 7 月 7 日

蒋蓝

三片落叶

蒋蓝

诗人，散文家，思想随笔作家，田野考察者。中国作
家协会散文委员会委员，四川省作家协会副主席。已
出版《苏东坡辞典》《成都传》《蜀人记：当代四川奇
人录》等专著多部。散文、随笔、诗歌、评论入选上
百部当代选集。

堆在南山高坡上的光

2023 年 1 月 21 日，大年三十。

中午时分，我驾车抵达老家自流井。回家路上，母亲给我打了好几次电话，问我到了哪里。我一一回答，她不停地发出笑声，"那就快到了"。

保姆吃过早餐就放假回家了，桌子上什么也没有。我说："妈妈你看电视，我来做饭。"她笑盈盈地看电视，没有说话。看得出，由于老年性疾病的不断发作，她大脑有些发木了，她什么也没准备，也不知道今天是什么日子。我提醒她，"今天是大年三十啊！"她笑盈盈继续看电视，没有说话。

等我买菜回来再把年饭做好，已是下午 4 点了。她只喝了一碗鸡汤，说："儿子能干，鸡汤真好喝。"然后，她就看着我吃。

我说："妈妈，你这一阵也没有出过门，我们下午去看看父亲。"

她脸上出现了犹豫的表情，说："我怕，爬不上那个高坡……"

我说："你上得去的。儿子在！"

开车来到市郊的南山公墓已近 6 点了。夕光四散，在数千块花岗岩的墓碑上点燃了十万根烛火。我买了 2 束菊花，搀扶母亲往南山高坡上走。

祭扫的时令已过，偌大的墓区只有声声鸟鸣。鸟鸣山更幽，但鸟鸣中的墓碑，正在被声音一点点放大。

一个穿银灰色套装的女人走在我们前面，西王母式的贵妇头，她手里的菊花非常大，显然不是本地品种。她的身段摇晃在树荫的间隙，一会儿银光漫过了人影，一会儿灰色大面积地覆盖了她的腰身。她凝重地走在前面，我猜不出她的年龄与模样。连她悄无声息的高跟鞋，也是银色闪烁，仿佛大西王张献忠沉在岷江江口五百年的银锭，突然与阳光对视。

母亲说："前面这个人，也是来扫墓的？"

我说："妈妈，歇息一下。"其实我们仅仅上升了五六米。母亲脸色潮红，连皱纹也舒张开了，喘得很厉害，我听得见她的肺叶剧烈的运动声，那些气流在鼻腔里发出怪响，就像一只蛰伏的昆虫醒过来了。

我们再走。她的脚在颤抖。拐杖在石头上发出急促的叩击。由于这一段台阶没有扶手，我紧紧抓住了她的胳膊。隔着羽绒服和毛衣，她的手臂好细啊！就像我抓着三四岁的女儿时那种感觉。

母亲大口喘气，鼻腔里的那只"昆虫"发出的声音更为响亮了，几乎是在鸣叫，有翅膀扑打树叶的声音，有羽翅撕裂的声音，也有昆虫把鸣叫器干脆倒翻出来的那种声音。最后的五六米，她实在是走不动了。我夹住她，几乎是用一只手提着她走。她不重，至多 80 斤。

来到最高处的平台，母亲的脸就像一张被水浸泡过的红纸。汗珠从稀疏的白发间流下来，我赶紧用餐巾纸给她擦拭。我才注意到，我的手心全是汗水，那是透过她的羽绒服渗透出来的。

我给母亲点了一支烟。这是母亲的嗜好，也是唯一的嗜好。她发乌的嘴唇颤抖着，布满干裂的细纹。她猛抽了几口。

通往父亲墓地的甬道两侧，有两株蜡梅花树。花朵半开半闭，毫无香气。显然，这是拒绝吐香的梅花。梅花树上的黄叶片还没有落尽，也许它们还沉浸在深秋的长梦里难以返回深冬，或者找不到回来的路，抑或将香气提前吹往一场更为遥远的回忆。我伸手触碰头顶的梅枝。花瓣纷飞，带来了一场"细雪"。呵呵，这棵梅树终于松口了，我闻到了几丝幽香。三尺之外，迎风即匿。恍若花树缝隙间露出的美人之腰，一弯一曲，融于灯火与黑夜交织的间隙，徒剩一团淡雾。淡青色的砂岩石板，在松枝与柏树的簇拥下，山风打扫了上面的所有落叶。

通往父亲墓地的道路，我陪母亲走了16年，每年来两次。

以前每次来，母亲总会带几个水果和糕点作为祭品。现在，金属拐杖在石板上发出毫无节制的叩击声，她的腿抖得很凶。母亲说："酒呢？"我把一瓶酒缓缓倒完。酒香四溢，酒在干燥的大理石上乱走，画出了一幅奇异的图像。

这个墓穴是20年前父母买下的合葬墓，并不大。记得16年前安葬父亲时，在管理处刻制墓碑，按习俗，父亲的名字排在上面，下面预留母亲名字的位置，当时母亲明显就不高兴。我立即说父亲的名字就正列，就不预留母亲名字的位置了。这一说，母亲的表情就自然了。

母亲弯着腰，突然说："蒋寿昶，我很快就要进来与你见面了。儿子，你每年肯定会来看我们的。"

我怔了一下，说："妈妈，你喜欢甜食，我都会带来的。"

她说："水果就不要带了。可以带些桃片糕！"

一步一步下山，天光顺山势向高空斜照，就像一场露天电影，喜怒哀乐都在天上幻灭。我抓住母亲的胳膊，一步一步走向深水区。燕子、蝙蝠以及白鹭在山踝一线起起落落，不断把暗处的线条高抛起来，一旦进入夕光的边际就迅疾被溶解了，成为暖光的同盟。就连那些蓝花楹的顶端，似乎也被浸染成红枫。

那个穿银灰色套装的女人，毫无声息地跪在一个墓前，双膝前垫了一张毛巾。她双手捂脸，我看不清她的模样。她挺直上身，像一个学生那样全神贯注。听到母亲拐杖扣地的声音，她很快起身拐进了下山的甬道。她每走一步，高跟鞋就会抛起两片银箔的翅膀。银光从来就是拒绝透视的。昏暗的暮色里，她的气韵透露出来的不屈不挠，似乎比身影更为坚硬，焕发出白蜡虫的底色。

夕阳已彻底落山了，但西天倒映着一抹红霞，这是一幅描红作业，为上空堆积的大片暗云镀上了一层暖色蕾丝，在等候一个神奇的图景降临。看上去，云与天光和谐统一。

灰色的回忆之云，让顶上的光照继续徘徊。在一再抗拒的过程里，灰色逐渐被光渗透，从内部颠覆，逼出了东躲西藏的一根根亮丝。这样，逐渐在铅灰色的色泽上落定。而光在继续涌入，并与云达成了深度和解，在空中就铺成了跃动的银灰色，宛若一袭大氅，独自空飞。

银归银，灰归灰。银子如人参、如地精在浸入的视觉里不断奔跃、不断异形换位。灰色是银拉长的影子。银是什么，是母亲散乱而稀疏的白发。

广场上的刺桐与蓝花楹

2023 年 1 月 22 日，大年初一。

一早我清理了她必须服用的药，餐前、餐后有 12 种。

买早餐回来，发现母亲在看书。这十几年来她只读了几本书，全是我的作品：《成都笔记》《蜀地笔记》《锦官城笔记》……她读得最熟的是我写亲情的散文集《至情笔记》，她可以复述全部细节。《至情笔记》里写了父亲，写了姐姐，写了青青，没有单独写她。

母亲说："我们家开设有大糖坊，都是你外公、外婆亲自动手，家里糖遍地都是，堆成山。家里还有电话……"

　　母亲的出生地是银山，属资中县（今资中市）辖镇。唐朝置银山县，宋朝废县设银山镇。1911年改银山乡，1951年复置镇。银山位于沱江之畔，历来是蔗糖的主产区。记得几年前我带母亲、姐姐、女儿一道回银山镇探访。

　　老宅宛在，几百平方米的大庭院曾经用作县粮食局的仓库，现在改做幼儿园。今天是周末，我们得以进入。母亲站在庭院里，没有说话。她看着两棵老桂花树，良久，才说："我记得离开老家到成都去读书，那是1952年吧。我和一个女同学结伴走了两天才到华西坝……"

　　姐姐问："那时外公外出拉纤，死在三峡。你们一大家子怎么办？"

　　母亲说："那时候正在修公路，碎石可以卖钱。敲碎石有很多窍门，初摸此路的外婆，带着我几个兄弟，她就认为有力气，还打不烂一块石头？他们举起锤子就敲，光秃秃的石头一滑，正好砸到腿上，立即痛得龇牙咧嘴！后来他们熟练了，都用一个草绳编的绳圈，或者草袋子，把石头四周箍住，用锤子猛敲，碎裂的石子就不会四处乱跳。鹅卵石、石灰岩十分坚硬，要加快碎石的速度并非易事，很熟练的人，从天蒙蒙亮干到天黑，很多人在碎石工地吃两个红薯，顶多也只能完成一个立方……"

　　我们来到江边，江边还有卵石场，但都是碎石机在操作，看不到铁锤在卵石上碰出的火星，那个黑乎乎的吞口里发出惊天动地的碎裂声，那是石头的叫喊……

　　中午我们在街头一家小店吃沱江鱼，一个老人对老板说："六小姐回来了！菜整好哈。"说完笑笑就出去了。结账时老板优惠了不少，说是他父亲的意思。

　　…………

我说："今天天气好，我们出去散步吧。"

来到汇东停车场，附近有一个不大的广场，因早已禁止燃放鞭炮，所以广场上甚是整洁，几排座位成了落叶与鸟儿的栖身之地。我们坐下来，母亲微笑，不说话。

母亲熟悉这个小广场，这也是附近唯一的广场。18 年前女儿青青出生，我在成都工作，经济并不宽裕，只好请求年迈的父母代为照顾。他们没有多话，我放下几个月大的女儿就走了。记得是夏季的一个下午，我回到家乡，直奔汇东小广场而来。

我看到父亲、母亲正拧着青青在学步。父亲心细，用几条软毛巾结成一根绳子，缠在青青腰背上，这样就不会勒着柔嫩的身体。父亲用力提着，母亲在青青身前，手舞足蹈。

父母看到了我，指给青青看，说："这是谁呀？"

两个月不见，青青静静地看我，然后跌跌撞撞地朝我走来……倒在我怀里。"爸，爸。"

记得去年母亲病重了，我带女儿几次回自流井。也是一个早晨，我带女儿来到广场，坐在同一把长椅上。女儿身高 1.75 米了，还是一个孩子。青青说："真的，我记得你来看我的时候！那时你的头发很长、很浓……你给了我一把酸酸糖。"

我转过身，打量母亲。她眼光低垂，地面瓷砖的缝隙笔直，她的思绪似乎从这里出走了，而且游走到了一个陌生的所在，几个拐弯后，找不到回来的路了。

我说："西汉时期，蜀地大文人司马相如对四川人有一句评语，非常之人做非常之事立非常之功。什么意思呢？"我准备自问自答。

母亲说："不是一般人，做的就不是一般事！"

见她舒缓了，我才说："我正在写一本苏东坡的书，准备去湖北黄冈市考察……"

她反应极快，说："你什么时候走？"

我有点儿嗫嚅，说："要不就今天下午动身，我早点儿回来。来回刚好 3000 公里。"

回家路上见到几棵蓝花楹，绿树婆娑，可惜没到开花的季节。我说："你要记住这种树的名字。"母亲随身背着一个小包，里面装的除了手记就是一个小笔记本，那还是我几年前给她准备的。凡事，有意用笔记录一次，这是抵抗记忆力衰退的办法。她本能地掏出笔，我写上了。

我计算了下时间，还是决定下午出发。

母亲坚持送我，这是多年来形成的习惯。来到地下车库，我本准备跟她挥手。我突然决定，"妈妈，你上车！到了出口你再步行几步回家"。

母亲一听，很高兴。从地下车库到出口，二三百米的距离，我突然产生了一种预感：这是她最后一次乘坐我的车了。

停车，为她开门。她没力气独自从座位上站起身了。

"你路上慢点儿！你是非常之人。"母亲说。

后视镜里，母亲扶着拐杖，挎着小包，戴着羊毛软帽，雪白的头发在帽檐下欲飞，她还是那个银山镇镇长的六小姐！她向我挥手。她的嘴唇在蠕动，似乎在说什么。

是在重复"非常之人"吗？

直到汽车拐弯，看到母亲还站在原地，手已放下了，正对我的方向。

天黑了，我要休息了

2023 年 1 月 25 日，大年初四。

站在黄冈遗爱湖畔，尽管是零度，但湖水深碧而微澜，明丽的阳光散落在偌大的湖面上，恍得人有些睁不开眼。看到家乡表哥的来电，我就估计不妙。

他说母亲今早起不了床了！但人很清醒。

我决定中断考察，立即返程。我原来准备过完春节，送她再回到成都那家医养结合的医院。那个地方去年母亲住了一个月，但闹着坚决要出院，她给每一个亲戚打电话发牢骚，说死不算什么！我实在没办法，才把她接出来……现在，我又跟这家医院联系好了床位。

我 26 日深夜 12 点抵达成都。翌日中午到达自流井。

见我匆匆走近，母亲笑起来。她的手支撑身体，她想坐起来，但没有成功。脸很红，呼吸急促，肺部应该有炎症。我背她下楼。

临出门，她问："我的书呢？"

她说的是我的那几本书，无论多少次在成都与老家之间折返，书总是随身而走。

一上车，我从倒车镜里就发现她的异常。她在拼命扭动拐杖。表哥问："姑姑，你在干啥？"母亲笑了一下，欲言又止，但停止了扭动。

我心急如焚，车开得很快。天光渐渐暗下来了。

母亲说："天黑了，我要休息了！"这是她说的最后一句清醒之语。

5 天之后的深夜，母亲病逝。重症监护室的医生对我说："你母亲是核酸阳性，加上老年性疾病并发……"这一个月里，妈妈的家族走了 3 个人。

现在，母亲的骨灰盒就在书房里，距离我 2 米。记得完成《苏东坡辞典》时，恰是清明节。我在"后记"里说："我没有时间，我也没有心情，因为我来不及去悲痛了……处理完母亲的后事，我开始全力以赴地写作。但母亲派发的落叶，在我眼前摇摆起伏，成了本书叙事时断时续、文情阴晴突变的唯一原因。母亲的骨灰盒一直放在书房里，每每写到卡顿之际，我常站在她面前凝望，上面镶嵌着她青春时节的照片……"

我写的过去都是风雨的字迹，一不小心就碎在窗户上，散成了灯火阑珊的回忆。今年是往年的折射，梅花依然飘香，蓝花楹注定会绽放。透过玻璃，重床叠屋的图景可以让玻璃成为一面镜子。由此，我看见无尽的长日其实只是一日。

你和你自己谈话，一地听不见的词语都涌入镜中，都破碎了。

我和我自己谈话，满是听得见的词语都涌入笔端，都装满了。

我和你说的碎语，道得明、听得清，是诀别，而不是再见。

选自《人民文学》2023 年第 8 期

刘琼

南京，南京

刘琼

学者，作家，艺术学博士。人民日报文艺部副主任、
高级编辑。中国作家协会小说专业委员会委员、中国
文艺评论家协会理事。曾获汪曾祺文学奖、全国报人
散文奖、《文学报》"新批评奖"等奖项。著有《花间
词外》等。

　　人的记忆与情绪一样，都有"路径"可循。

　　人这一生，不管走到哪里，最终能够记住哪个地方，一定是有某种特殊原因。这种原因，有时候很微妙，甚至有些琐细。比如一种食物、一个场景、一件偶然的事、一个或几个人，都极有可能让你产生持久的记忆和联系。就我自己而言，这些年，一去再去、去得最多的地方大概就是南京了。南京朋友多，也贴心，有合适的活动大多会发邀请。只要时间许可，我大概率也会到场。南京离芜湖近，顺道回趟家，这是客观动力之一。此外，某种程度上，南京在我的记忆里一直占据着重要地位——这也是我第一次公开承认。记忆是信息的处理机。打开我的这台记忆机器，人生中的许多"第一次"都与南京有关。

　　我这一生，第一次拥有一件类似于礼服的成衣，是九岁的时候，生产厂家就是南京小红花儿童服装厂。

　　父亲年轻时是个极细心的人，因家中有小孩，每次出差，总会带回来一些当地特产，偶尔是玩具，大多是零食。比如从合肥回来，他会带回麻饼以及烘糕，这两样都是合肥从前最典型的糖食。麻饼的做法不难，全国许多地方都有生产，但只有合肥的麻饼叫"合肥大麻饼"。个头敦实，布满冰糖粒，咬起来嘎嘣脆响，这两个特点，使合肥大麻饼在食物并不那么充裕和丰富的年代脱颖而出。今天，由于营养过剩等原因，低糖、控糖成为养生的重要话题，韩国甚至发布糖使用超标的处罚条例。其实，糖既是人体发育的需要，也是调节情绪的良药，吃糖食能让人快乐、放松。我对糖食的爱好由来已久，童年的口味伴随一生。就在前两天，我的案头还摆着一碟糖、油成分都高的烘糕，它的甜香让我无法抵抗。

　　其他零食如高粱饴、香蕉等，也都是七八岁时父亲到山东、广州等地出差带回的礼物。记得第一次吃香蕉，因为稀罕，一根香蕉居然吃了很久很久。彼时正值改革开放之初，各地食品市场慢慢活跃起来，但南国的水果依然鲜能出现在长江沿岸。其他生活用品同样如此。应该也是从广州回来，父亲给母亲和我带回一打长筒袜。长筒袜以及"一打"这种计算方法，我们都是第一次见到，算是开了"洋荤"。

南京挨得近，父亲当然更是经常去，而且每次回来都有礼物。九岁那年春天，父亲从南京回来，带回一个专属于我的大礼盒。父亲很兴奋，完全不在意那件叠得很洋气的衣服花了他将近半个月的工资。给九岁的孩子买这么贵的衣服，要搁以往，母亲肯定会有异议。但奇怪的是，母亲似乎也很兴奋。九岁也许是个特殊的年龄，父母都是小知识分子，对于仪式，有他们自己的理解。但我那时确实太小，一点儿不懂父母的心意，当然也不会欣赏这件衣服的好。今天回想起来，客观地说，那件衣服实在是太漂亮了，即便放在今天，也很不普通。颜色是淡粉色——也叫水粉色，款式是西装和风衣的结合体，面料既挺括又有弹性，洋气的西装驳领，左右两个斜插外翻口袋上各缝了一枚闪亮的银扣。衣领内侧的商标上写着"南京小红花儿童服装厂"，千真万确，我记得是这一行字。后来也有人纠正我说，不对，应该是"南京小红花儿童服装商店"。这让我困惑。南京小红花儿童服装商店确实存在，就在南京新街口，是二十世纪中后期儿童服装界的"网红"之一，现在大概早就没了。但我一直信任一个九岁儿童的记忆。南京小红花儿童服装厂与南京小红花儿童服装商店是不是隶属于同一家企业？可以找机会求证一下这个问题。总而言之，那件淡粉色的成衣像彩球一样突然砸下来。

父亲毕竟是男性，对于服装尺码不熟悉，也许是应母亲的要求，买回来的这件童装尺寸是一百四十厘米的。今天的孩子们营养供给跟得上，发育早。在当时，一百四十厘米，大概是十二三岁孩子的衣服尺寸。九岁的我，瘦、弱、矮、小，身高最多也就一米出头。于是，从九岁那年开始，每年春秋两季，这件衣服都要拿出来穿一段时间。一开始当长风衣穿，慢慢地，穿成了一件大外套，再后来成了小西装。小学毕业了，在穿，初中二年级了，还在穿。喜新厌旧真是人的本性，小孩子丝毫不例外。通常，一件棉质的衣服，穿着穿着，不消一两年褪色或破了，就有理由换新衣服了。对小孩子来说，这就是盼头。我的这件小礼服也不知是什么材质做的，似乎总也穿不坏。这件原本洋气漂亮的童装成了我的噩梦。终于，干坏事的胆子大起来，周日穿着这件衣服外出郊游时，偷偷地用火柴在右下摆烧了一个黑色小洞，回家后告诉母亲被树枝剐破了。母亲似乎看了一眼，说："好吧，不穿了。"从此，我再也没见过那件小礼服。

"南京小红花儿童服装厂"这一行字，也被记忆收藏了。多年以后，提起这件事，母亲居然一点儿印象也没有。

第一次长途远行，同样与南京有关。

1987 年，十七岁的我从南京浦口站出发，远赴兰州读书。那年高考，志愿是"盲填"：根据标准答案估分，然后填志愿。我在家中排行老二，老二们都有"离心"和"反骨"，我也难免。记得当时我只有一个强烈的愿望，"离家越远越好"。于是，在提前调档这一栏填上"解放军洛阳外国语学院"——这是要当兵，在重点院校这一栏填上"兰州大学"——这是要去大西北。普通院校，以及大专、中专——当时还有这两级，一概没填，丝毫不留退路。这当然是离经叛道之举。分数出来后，按我当时的成绩，北京大学上不了，北京师范大学绰绰有余。结果，解放军洛阳外国语学院是军校，因为身高不够，没录。被兰大录取，我很开心。但祖母和母亲都极不高兴。祖母一辈子跑得最远的地方大概就是上海，过了长江，只要往北，在她嘴里那些人就都是"侉子"。我去兰州上大学，在她看来无异于充军发配。祖母逢人提起就流眼泪。母亲因为我的自作主张，直到我上火车，都不肯跟我说话。按照她的愿望，我的第一志愿应该填"南京金陵女子学院营养系"，南京是母亲的大本营。后来我了解到这个学院和这个专业那年确实恢复招生，校址是今天的南京师范大学。

兰州即便在今天，也还是远方。母亲虽然生气，还是与父亲一起，在那年 9 月，把我送到南京浦口，送上开往兰州的 187 次列车。空间是被时间改变的，我一直有这个感受。通高铁后，从南到北，从东到西，空间距离被极大地缩短。但在绿皮车的时代，南京也是远方，从芜湖到南京也要将近四个小时，从南京到兰州则要走整整三十六个小时。当时贯通东西交通的主动脉陇海线，起点是兰州，终点是连云港。187 次列车从南京浦口出发，往兰州去，首先向北，途经蚌埠，走到徐州，并入陇海线后一路向西。这一路各种地形地貌都要经历，越往西，越复杂多样，穿山越岭，隧道极多。1987 年，大学开学前一周，陇海线宝鸡站附近，有辆油罐车在隧道里爆炸。整个陇海线瘫痪了三天左右。交通运力本来就不够，积压下的乘客加上高校开学大量学生返校，导致每辆西行的列车都严重超载。当时的交通部门安全底线低，旅客不限数。以 187 次列车为例，从南京出发时列车里已经连站人的地方都很局促，沿途，各站还是不断大批量地涌上乘客，以致整个车厢人贴人，连晃动一下都不可能。就是在这样的条件下，我登上了西去的列车。

此后四年，每年寒暑两季，这是雷打不动的行程。浦口老站的傍晚以及南京的凌晨，由此成为我曾经最熟悉的时间和空间。

　　当年在浦口火车站来来回回时，并不了解它曾经的历史。比如孙中山的灵柩曾经在此短暂停放并由此进城，安放在中山陵。比如朱自清在散文《背影》里写的父亲艰难翻越的月台，就是我脚下的月台。比如1949年陈毅、邓小平等由此进入南京城，中国历史从此改朝换代。许多资料显示，当年我上学时热闹繁华的浦口火车站曾在1968年停办客运，直到1985年，也就是我上大学的前两年，才又部分恢复。这就是说，我上学那四年，浦口火车站的客运正处在恢复期。可惜，数年后，此站客运彻底关停。2013年，浦口火车站被列入第七批全国重点文物保护单位。这些年，作为文物以及风景，它的名气似乎越来越大。

　　当年上学时，父亲还有专车，从家中走的时候，往往由那辆老式桑塔纳先送我到浦口。时间还早，父亲会在浦口火车站附近街巷走来走去，最后挑好一家馆子，坐下来，点上一桌菜。不管我饿不饿，一定要在上火车之前让我好好地吃一顿，这是父亲的仪式。父亲的这种特殊心情，我这些年，特别是在自己的孩子远行读书后，倒是越来越能理解了。吃完饭，送上车。大概是晚上七点四十分左右，列车开动。每次从浦口出发的时候，都是夜灯初上。所以记忆中的这座始建于清末的"英范儿"老火车站，是灯光中的火车站，也是小贩们的火车站。老式的路灯，还有摊贩活动板车上挂着的汽灯，影影绰绰，形成了我对火车站起初的印象。梧桐树密密匝匝，再炎热的夏季，这里似乎都能找到荫凉地。商铺很多，倒不显凌乱，主要是没有嘈杂恶俗的高音喇叭。城市大概跟人一样，见过世面与没见过世面，表现终究不太一样。浦口火车站现在以英式建筑整体性保护完好出名，当时没太留意，毕竟芜湖开埠早，传教士以及外国商人进城后，修建的医院以及其他一些建筑似乎也有类似风格。

　　"咣当、咣当"走整整三十六个小时，列车到兰州。在这三十六个小时的咣当声中，透过车窗玻璃，向外，我看到了许多地图上的名字。青春年少时期，过目不忘，走一趟，沿途的地名都一一复刻在脑海里。进入河南后，郑州是第一大站，停留时间最久，偶尔会在这里换车头。车在荥阳、巩义、偃师似乎都停，然后大一点儿的站是洛阳。渑池、三门峡过后，很快就进入陕西境内，潼关、西安、咸阳、宝鸡、天水、陇西……对了，三门峡过后，还有一站叫"渭南"。或许是因为渭水的原因，我对这个地名印象深刻。若干年后在北京认识一个朋友，一说是渭南人，顿生熟悉感和好感。第一次在火车上看到司马迁《史记》里秦赵会盟的古地名"渑池"，竟有一种说不出的欣喜，大概就是理性知识和感性经验碰撞的感受。

每次放假从兰州回家，搭乘188次列车，到达浦口的时间是凌晨五点左右。所以，很多年以来，我一直不能忘记的是凌晨的南京城。

坐了一天两夜的火车，刚下车的时候，脚都肿了。出站，路边的早点铺已经支起来两三家，馄饨、面条、五香蛋以及油锅里现炸的油条、糍粑，都是久违了的熟悉的滋味。不知道是一夜没睡，还是起床起得太早的缘故，也可能是南京人本身性格就如此，印象中，火车站的摊贩干活利落，桌面碗筷擦得干干净净，话不多，也不使劲拉客。当然也不需要拉客。这个时间点下车的旅客，要想进城，还得等一个小时才有早班轮渡。我拖着行李，是不是拉杆箱已经不大记得了，随便找个小马扎或者长条凳坐下来。这一个小时，正好是坐下来呼吸呼吸新鲜空气，闲闲地喝碗粥、吃根油条的时间。不远处，环卫工人已经干完活，准备收工了。摊主远远地问一句"吃什么"，不卷舌，是地道的南京话。南京话，与其周边的苏州话、无锡话、常州话都不同，属于"官话"，好懂。小摊是夫妇俩经营，女人负责记账、端碗，男人负责炸和煮等技术活。我一般只喝一碗白粥，再加一个五香蛋，在火车上憋得太久，胃口不好。

认真地回想一下，我这一生，十七岁以后，但凡去远一点儿的地方，比如读书、工作，都是先到南京，从南京坐火车、搭飞机，到兰州或北京。北京到芜湖通高铁是近两年才有的事，不通高铁的时候，每次回芜湖，我也都会先搭高铁到南京南站，然后站内转车到芜湖。南京成为我回家或远行的"交通枢纽"。也因此，这些年对南京南站越来越熟悉，站内转车时，顺便在车站二楼坐下来，吃碗想念很久的鸭血汤或牛肉粉丝汤。

南京人的口味跟芜湖人比较接近。南京菜也叫"金陵菜"，是不那么纯粹的淮扬菜。北京有家馆子叫"南京大排档"，既好吃，又实惠，许多像我这样的在京安徽人也是这家馆子的粉丝，非常火。我每次去，都要点一道菜，这就是"金陵烤鸭"。金陵烤鸭也叫"红鸭子"，是这家馆子在大众点评上排在第一位的招牌菜。南京属于"下江"，出产水鸭子，为此发明出各种吃法，盐水卤鸭、烤鸭、糯米八宝鸭，等等，风味多样，各有千秋。前几年，网络上有段子笑称"没有一只鸭子能够活着从南京离开"，虽是笑话，由此可见鸭子在南京人的食谱中占有重要地位。相传北京烤鸭也是由南京传入北京，是十四世纪明成祖朱棣迁都北方之后的事。北京虽贵为六百多年的都城，但没有自己的本土菜系，流传至今，最著名的无非是铜锅涮肉和松木烤鸭。铜锅和松木都是前置定语，究其本源，就是涮肉和烤鸭。明太祖朱元璋酷爱吃鸭子，"日食烤鸭一只"，上有所好下有所效，南京城里烤鸭业于是一时为盛。朱棣迁都北京后，年少时养成的口味难改，包括烤鸭在内的一些南方饮食也由此被带进北京城。

北京烤鸭界有两大传统老字号，一是全聚德，一是便宜坊。嘉靖年间，在菜市口米氏胡同挂牌开业的老"便宜坊"，据说当时在布幌招牌上还写了一行小字，叫"金陵烤鸭"。由此可见，便宜坊出山，还借用了"金陵烤鸭"的名声。

芜湖和南京地理位置相似，属于吴头楚尾，物产近似，吃的东西差不多。芜湖人也爱吃鸭子。端午的餐桌上一定要摆上红烧鸭子，这叫"见红"。入伏后，要喝老鸭汤以败火。小的时候，听得耳朵都起茧的一句话是"鸭子是凉性，多吃无碍"。这是民间生活经验智慧的体现，多少有点儿道理。芜湖、南京这一带人喜欢吃鸭子，就好比生活在水边的人爱吃鱼一样，是自然而然的事。土地上大量产出的东西，成为食物的来源，慢慢形成饮食的习惯。长江下游河道纵横，家鸭、野鸭到处都是。印象中，鸭子比鸡皮实、好养，不费太多人力和财力。早晨放到水里，晚上上岸，腆着肚子，自个儿摇着小尾巴就回来了。鸭子究竟有多少种，我不太清楚。我只认识两种。一种是麻鸭，这种鸭不好看，像人群里的麻脸女人，但生长期长，肉质瓷实，好吃。还有一种鸭子叫"百日红"，顾名思义，一百天就可以下蛋。从投入产出角度来说，养"百日红"当然比养麻鸭更合算。"百日红"也不难吃，但讲究的芜湖人养"百日红"，通常只为吃蛋，若论吃鸭肉，"百日红"比麻鸭差远了。这就好比一年两熟的稻米与一年一熟的稻米之间的差别，道理是一样的。

南京在坊间被称为"徽京"，有戏谑的成分，但南京确实与安徽关系密切。芜湖人对南京人的情感很复杂，是既爱又妒，扯不断理还乱的关系。爱是因为许多亲朋挚爱可能都在南京，妒是因为芜湖是商业城市，市民味重，在芜湖人的心里，大概只有同为商业城市的上海才是芜湖的榜样。市民出身的芜湖人，不大欣赏南京人的旧都做派，嫌弃他们"死性"。体现在生活中，哪怕是吃鸭子的时候，芜湖人也会半带不屑地说：

"南京板鸭哪有什么好吃的？还不如我们冰冻街王老奶做的卤鸭有味道。"我把这种心理理解为嫉妒。南京毕竟是大城市，在南京面前，芜湖像个小弟，心里不服气，实际生活中却还要仰人鼻息。

设想，当年高考，若是顺应了母亲的安排，直接去南京读书，此后的人生大致应该是留南京工作、嫁人、生子、在南京和芜湖之间来回走动，像每一个今天生活在南京的芜湖人一样。南京既是远方，又近在眼前，是我当年竭力想摆脱的对象。谁又能料到，我这样一个叛逆者，仅仅过了几年，考研时居然一门心思只想报考南京大学中文系。分数倒是考够了，后来由于种种原因，被调剂到浙江大学。浙江大学当然不错，但未能在南京上学，始终是我这一生的遗憾。这大概就是人生的轨迹。走过去，回头看，才发现有那么多的必然存在。

选自《雨花》2023 年第 8 期

阿微木依萝

盛大的事情

阿微木依萝

彝族。自由撰稿人。巴金文学院签约作家。作品见
《钟山》等刊。已出版中短篇小说集、散文集 9 部。
获第十届广东省鲁迅文学艺术奖中短篇小说奖、第
十二届全国少数民族文学创作骏马奖等奖项。

他们说那是盛大的事情，就把我们的朋友比土嘉豪叫去了。

比土嘉豪并不是他的户籍名，这也许只是一个较有情怀的、追思性的别名。

他的身份按照他自己的说法，是非常神秘的，如果要追究得紧，他也许会给你说，他是月亮女神后代的后代。所以我们觉得他特别酷，觉得他身上有了这种传奇性的家族历史而格外多了些引人注目的气质。他的长相是否符合我们的审美已不重要，我们都一致认为，他就是这片区域（也许是全世界）特别好看的那个男生。

在过去的某些时候，我们无时无刻不在这样想象，想象比土嘉豪祖上尊贵无比，不管他是否同意有这样的祖上，我们都强硬地要他承认他就是个了不起的贵族公子。凭空塑造的形象似乎真的可以给人带来成就感，在荒凉险峻的土地上，就像有一枚自己亲手放在头顶的星辰，每天照着我们这群小穷人———就是这种感受。我们有时穷得心慌，尤其在找不到新鲜的游戏时，更会怀疑我们父母造人的意义，有时会猜测他们因为抵抗不了艰辛的日子而特意生下我们，作为新一代人类，他们可能在无限地幻想，在不久的将来，在我们身上必然会发出比他们优质的力量，扫除贫穷而获得高尚富足的美好生活。但眼下呢，我们还没有长大的眼目前儿，就只能尾随父母在贫穷的道路上，过一种什么忙也帮不上、整日无所事事、惹恼长辈、每天讨打的日子。父母永远不会知道我们已经过早地学会了思考人生的意义，但这几乎成了笑话，如果我们问，人活着为了什么，他们就会嫉恨地瞪着双眼，不许我们有这样的念头，不许我们问一些难题。不问难题不代表我们就不去暗自揣测，长大后的人们永远不肯承认，人生的意义和全部的生活真相早已在孩童身上显现并且在我们这种年岁的时候，已经疯魔般地做着成年后的无聊游戏。所以在我们听到一首歌词里说"一场游戏一场梦"的时候，就格外激动和悲伤，更把所有成年人不敢说的话和做的游戏说了个遍也做了个遍。成年人大多以"天真无邪"和"童言无忌"来解释我们的行为。如果我们问父母世界的样子，他们一定会说，世界是圆的，但问这个圆如何形成以及圆圈里的内容是什么，他们就茫然无措。变幻莫测是我们的能力，这是少年时期才有的能力。很快就没有人去为难父母了，不再问一些在他们看来是大而不当的问题，问他们只不过是浪费时间。我们更热衷于自己去编造我们的"生活"，因为在某些时候，我们觉得已经开始理解了世界的面貌，理解了如何才能让自己在圆形世界中生活得更饱满和舒适，所以我们很健忘，甚至在童年的更早期，我们的记忆力还不如一条鱼。在比土嘉豪身上，我们体会到了获取某种"编造"的权利的快感，在那个时期，我们都还没有出过远门，对圆形的世界还没有基本的把握，这就让我们一个个变得"胆大妄为"，尽情（不近人情）地发挥了我们的想象。可能我们的确如父母所愿，拥有着比他们更勇敢的力量，我们希望在熟悉的群体中出现一个有来头的人，他有好的生活背景，啊，无所谓好的生活背景，他有故事就行啦，有"长远"的人生经历，最好他的祖上是原始人 1 号或者 2 号，他是我们之中最传奇的那一个就行——是某种希望的象征，一个精神依靠，一个光环。比土嘉豪那"模棱两可"的家族历史特别吸引我们，我们喜欢这样的人，愿意把他捧到莫须有的高处，如果他不介意，我们都愿意喊他"大王"。他其实也不介意，在做游戏的时候他非常兴奋地站在一旁，我们呢，诚心诚意地排成一队，再一个一个走上去喊他：我们亲爱的比土嘉豪大王。那时候我们虽然小，但这个游戏玩得相当快乐豪壮。有时候我们也让比土嘉豪扮演乞丐，一个人一直顺风顺水，就连他自己也觉得很没意思，所以扮演乞丐的比土嘉豪特别卖力，本身嘛，我们的穷样也足够胜任这个角色，他演得特别动人。

我们的父母最大的优点是对下一代人进行盲目的无止境的想象，他们放肆地坚信下一代能够"封侯拜相"甚至改变世界（宇宙），成为英雄人物而光宗耀祖。他们从来不考虑自己的智慧问题、遗传基因问题、教育问题甚至天赋问题，以及更多其他的问题，喝醉了似的，时常夸耀他们的幼子如何聪明，如何机智和勇敢，如何比别人家的孩子都漂亮和能干，却难以给他们这些"漂亮"的幼子以足够的成长时间，没有耐心和才能去开发他们幼子的前程，满了十八岁以后呢，这些可爱的父母们，似乎把所有当初的宏愿忘得一干二净了，开始转而关心细小的鸡毛蒜皮的事情。比方说，我们的比土嘉豪刚刚十八岁，他的父母一转常态，不再要求比土嘉豪去改变世界，而是督促他去找个姑娘结婚。比土嘉豪已经到了成亲的年纪，他的父母用那古老的传统经验说：早栽秧早打谷，早生儿子早享福。

成亲比改变世界重要吧，也许的确是这样一个道理，在我们这个山区，改变世界这种意识和抱负永远只寄存于我们十八岁之前——父母短暂不实的理想主义。在我们很小的时候，他们还愿意这样去寄望，一旦过了十八岁，他们立刻就要所有的孩子接受现实世界，教我们放弃不实际的人生理想。不思考、不追逐、不探索生活，是一种最为幸福的人生模式，这就是他们要传达给我们的意思。他们其实根本不相信自己的幼子有多聪明和机智，不相信儿子们的雄心，也不相信女儿们的美貌和聪慧能给她们带来什么真正的爱情和幸福日子，肯定是这样的，所以呢，如果这样去理解，那所有的父母没有一个不是骗子，也没有一个不是可怜的人。想要获得安全感的唯一路径就是放弃所有的愿望，蒙头大睡，只看眼前。

比土嘉豪唯一的缺点（如果这算是缺点的话）就是没有结婚，如今这已然成了他父母的心头病。

我们无所谓。我们还有那么两三年才能达到谈婚论嫁的年岁。比土嘉豪被带去相亲，我们的心理活动是：好戏要开始了。

等着瞧，看我们的比土嘉豪大王如何去面对那样的场景。他永远是我们的"探路者"。他今天的任何反应都会被我们今后用来作为参照的例子。如果他反抗，我们就反抗；如果他顺从，我们或许也会说，比土嘉豪都顺从了，他能过的日子，我们为什么不能过。一个被我们亲手推上去的"星辰"，确实会影响我们的命运。

就是这种"依赖"思维把我们带到了相亲现场的大门外。鬼鬼祟祟的，我们五个人假装在门口打纸牌，故意大声喧哗，好让屋里相亲的两家人放松警惕（他们有时特别小心地维护自己的隐私，即便相亲活动通常选在人事喧哗的地段进行），就这样，他们如我们所愿，放松了心情，在巨浪般的声音之下尽情说话。

比土嘉豪的父母已经开始显现出"家有剩男"的自卑感了。我们偷眼看到，那就是无比自卑的感觉，生怕对方看不上比土嘉豪；或者，他们也同时担心对方女儿的品行配不上比土嘉豪。

后来，双方的父母走出门，留下比土嘉豪和他的相亲对象以及媒婆。媒婆一个人在那儿有说有笑，这是她常干的事儿，本职工作的需要，她已经练就了一张可以形容为看透了人情世故的"滚瓜烂熟的笑脸"。她非常清楚姑娘们内心的小算盘打着什么玩意儿，也明白比土嘉豪这样的愣头青遇到这种场合都在磨蹭什么。双方的条件，她都会说到明面上，关于彩礼，关于婚后所遇到的一些麻烦，她都必须像个中间人那样，进行一部分的责任担当，必要的时候必须充当和事佬；她像个售后员，三年之内，她所保媒的婚姻都还受着她的"保护"，在"有效期"内，双方家庭的矛盾，都得依靠她来化解。

姑娘低着头，或抬头跟媒婆搭两句话，比土嘉豪懒洋洋地看着门外，看着我们，他的眼神里倒是没有发出什么"求救信号"，空空的，悲哀和茫然。媒婆的嘴压根儿没有停过，她不断地输送两边的有利信息，以确保两个年轻人在得知对方的这些"优渥的生活条件"之后，对未来产生兴趣。是的，她需要的就是两个人突然对未来产生了兴趣，而不是感情。她肯定知道婚姻的真相并非感情，这一点，我们的父母就是一本极好的教科书，他们的结合顶多是为了传宗接代以及打发一个人孤独的生活，那些琐碎的生活真相早已确定了这一点，有的人早已经不去谈什么感情了，就像我们的父母根本不正面回答这个问题，比方说，我们的问题是"您爱我的父亲吗？"或者"您爱我的母亲吗？"得到的要么是沉默要么是冷眼。媒婆像个老江湖那样掏出她的经验，试图说服两个年轻人不要再渴望别的，就像国与国之间的建交条约，婚姻需要的永远是强大的经济利益或双方友好互利的创造功能。她要表达的正是这个观点。但也许她曾经说了太多这样的话，终于，某个时刻，她像是疯了一样自己哈哈大笑起来，把两个相亲的人笑得有些不知所措。

但不管怎样，哪怕媒婆也短暂地怀疑过即使具备了坚实的经济能力之后，婚姻是不是就一定能获得幸福和稳定，但比起另外一种情况，假设，人们不再去需求物质，而仅仅随心所欲去依赖感情，是不是就建立了深厚的婚姻之情，在这一点上，两者相比较，她更不会信任后者，因为在她的面目上，我们丝毫没有看出一个女人拥有过爱情的那种喜悦和哀伤的痕迹。她那扁平的五官就像扁平的婚姻生活一般，并不会令人看了多么舒服或者多么不舒服，就是我们父母的那种样子吧，我们瞧不上，却又不便将一切说得一无是处。总之，她卖力地想要给相亲者"指路"

的心思是一目了然的，也毫不吝啬，她分享了一些自己在生活中如何体面地与丈夫经营家庭的经验，比方说，没有了夫妻之情，那么就分床分房而眠，仍然生活在同一个屋檐之下，这样便可以始终保持着物质生活质量的不变，亲情（孩子）关系的不变。她可能觉得这些经验具有很高的价值，因为普遍的，人们确实套用了彼此的生活模式，而得以把家庭发展和事业发展向前推进。

只有少部分人还在奢望感情的产生，既然依靠物质和依靠感情同样都无法保证婚姻质量，那又何必要选择依靠物质这种本身就不正常的关系。既然人是高等动物，那必然具有较高的感情（精神）追求，但对此，媒婆是嗤之以鼻的，她根本不相信婚姻中还能长久地保存这种被称为"感情"的东西。如果将两个人单纯地"绳之以情"，那么，这根情感的绳索早晚会断掉。为了强调这个东西的无用，她特意清了清嗓子，把一口老痰投到垃圾桶里。

只有我们最了解比土嘉豪，他根本不可能爱上眼前这个姑娘。即便对方的优质条件放给别的任何一个人，恐怕那人一口就答应了结婚。他不能。我们相信这个人一定有他的妙招对付眼前的境况。如果他那么轻易就接受了这些安排，做一个软弱无能的物质奴仆，那么，他还会是那个跟我们一起进行过丰富多彩的游戏的少年吗？他需要什么样的生活，去爱什么样的人，一定有他自己的想法，虽然这个时候他的想法还有些稚嫩，也不具备任何权威，也不被父母尊重，他也不懂得如何捍卫它，可他一定会想办法令自己巧妙地脱离这场相亲活动。我们来这儿守着，也就是想要看一看，这一次（这已经是他的不知道第几次相亲了）他如何脱身。

媒婆已经看出了比土嘉豪的想法——关于爱情，关于他可能会遇到世界上最好的姑娘这件事儿……大概就是这些事儿吧——她都瞧在了眼里，因为这一切被她瞧在眼里，因此，从某一瞬间开始，她的眼光变得轻蔑起来。这不是她对比土嘉豪的轻蔑，这是她对整个有关男女感情的想法的轻蔑。就像是受过重大情感灾害那样，她抱着一颗仿佛是"复仇者"的心，这也是有可能的，不然呢，为何她如此"糟蹋"年轻人所向往的东西呢，仿佛是一个挖宝藏空手而归的人，她回来跟每一个遇到的路人说："不用瞎折腾了，路上随便摸一颗石子儿都比浪费时间强。所有的地方都找遍了，根本没有什么珍宝。"要是这么说来，也许我们轻看了媒婆，没准儿，爱情曾经像大风一样把她刮倒过好几回呢。

比土嘉豪那不死心的样子给了我们希望。他让我们想到对于真理的苦心追逐和经营，保持信仰不是一件容易的事儿，有时候，别人会把错的方向当成目标指给我们，甚至给我们枷锁，给我们负担，给我们诱惑，从而使我们成了背离真理的人。这已经不是在说爱情的事儿了。而是说人生，是说选择的意义，是说理想主义者必须具备的勇敢和狠心，为了向着那条路去，要辜负多少"好心人"。小事犹豫不决的人，面临大事必然手忙脚乱。所以我们已经走到相亲现场了，要参与其中。是真正的现场，而不是在大门口围观，我们就盘腿坐在比土嘉豪的身边，媒婆没有阻止，因为这会儿她也看出来了，眼下特别需要几个年轻人进来暖一暖场，她一个人自说自话太累了。

在我们的山区，这种相亲活动进行的频率要比城市里多一些，乡下人依旧讲求"知根知底"。因此在这个地方，"爱情"这种东西很难扎根，很难有立足之地，甚至关于"我喜欢某个人"这样的话，也最好不要告诉自己的父母。父母很多时候就是我们的"敌人"，但这个真相，有时候就连我们自己也不肯承认或不敢承认，必要的时候还要进行掩饰，用更多的赞美来麻痹和推进父子关系、母子关系的进展。如果不给我们设定规矩，那么，人的原始性就会爆发，最简单和温和的做法往往是从"离家出走"开始，我们的父母把这些行为称作叛逆，在寻找自由的道路上，我们会因为这种出走而尝到一些甜头，当然也包含了一些苦头。整个少年时期被这样的"敌人"管束和提供着一日三餐，这样的关系使得我们即使长到一百岁，也要对这些"敌人"永葆感恩之心，并且是真心实意的感恩。就像越是叛逆和出走的少年后来越是珍爱他们的父母、越不听话的孩子越有创造力那样，我们也会给父母带来一些惊喜，如果这有可能就是"改变世界"的大事，那这就是惊喜了。但很少有人理解我们的出走。我们的父母很难认为必要的出走和叛逆是人类智慧期的阵痛，形成初级智慧的方法一定是经历苦痛，去吃一些自己都摸不着头脑的亏，从而升华心灵。但现实中，我们又很少有机会和胆量去开创我们的"出走之路"，因为这同时也很冒险，我们很容易走上违法犯罪的道路，这里往往需要父母的"放行"，意思是，他们最好能给我们一条自由并且安全的道路去释放我们的野心，让我们在这样的路上既体验到了出走的快乐也始终还是个正派的少年。没有任何一个天性善良的少年首先想到的是去作恶，他想的一定是去行侠仗义。英雄主义很早就产生于年幼的心灵。但我们确实无路可去，在这片高海拔的山地上，所有的见识都源于我们没有多少见识的父母，他们的生存经验永远是如何将农作物在合适的季节播入土壤，但从没有别的才能去形容大地和那些他们所播种的作物。粗糙的审美观念根深蒂固，从而他们不太在乎我们的理想，也不在乎他们自己的理想。如果我们要是敢挑战父母的权威，或者不去实现他们那些"脚踏实地"的想法，不去管顾他们的晚年，那么，我们一定是大逆不道，走在社会的任何一条道路上，在父母们看来，都是不正经的人。"顺从"永远是我们的第一要义，当然，我们也经过考量之后得出结论：奉养父母的晚年，确实也是我们应该做的，并且要尽量做得漂亮，只不过我们非常不乐意的是，到了一定的年龄，比方说现在十八岁的比土嘉豪，就被捆绑在相亲活动的椅子上了，而我们本身的想法是，这个年纪，正是比土嘉豪出去大展拳脚、见识世界和拯救银河系的年龄。他肯定是想拍拍屁股就走人了，但碍于多年来父母的养育之恩（刚才说了，那些辛劳的一日三餐，确实会起到极大的作用，这一点可以从犬类身上得到共鸣，但无人敢做如此大胆的比喻，也无人敢于承认自己的某些受困局面，与犬类相同，即谁提供了粮食，就得受困于谁），令他不能做出有失体面的事儿。他干巴巴地坐在那儿，就连目光都快像干草那样倒塌了。可他总会爆发的，一个人一旦陷入这种干巴的局面，就一定会有反弹，这是我们的经验，也是对比土嘉豪的了解。

我们接下来要观看的就是他如何反弹。少年时期做游戏，转换角色几乎不用旁人提醒，他自己就能控制以及带动整个游戏，这一点才能，我们是相信他的。

而谁也没有想到，比土嘉豪竟然会选择这样一种方式来结束这场活动。这是盛大的事情，在我们父母的眼中，这种活动简直可以称为"人生的转折点"，是比较神圣的，值得所有人尊重。

可我们的比土嘉豪在椅子上突然屁股一歪，放了一个响屁———就在所有人瞠目结舌的时候，他又来了几下。这就麻烦了，媒婆也来不及救场，甚至她第一个气得满脸通红，因为生气，也因为臭屁蔓延，她走出了现场，到了门口，气冲冲地就去找比土嘉豪的父母理论了。她可能都不知道怎么形容现场发生的事儿，到了外间，我们过了好长时间才听到媒婆说："我没有办法做成这件美事了，你们另请高明吧。"

气走了媒婆的瞬间，比土嘉豪的父母冲了进来。当他们搞清楚发生了什么之后，也不知道该说些什么了。

相亲的姑娘并没有立即拔腿离开，她倒像是终于得到了放松，就好像，刚才那些放肆的响声出自她的身体，她慢悠悠地把目光落到比土嘉豪的身上，我们等着她说话呢，结果，她开口哈哈大笑了几声，站起来走出了门。我们倒是没有从她的目光中看出半点儿嘲讽比土嘉豪的意思，反而，她似乎有些欣赏这种行为，就好像她想做的事情，只有比土嘉豪敢真正做出来。

我们也是第一次看到比土嘉豪用这样可笑的方式结束了这场盛大的事儿。

后来，如他自己所料，再也不会有人替他说亲了，因为很快，媒婆就会告诉附近所有的年轻姑娘，比土嘉豪是个脑子有点儿不正常的人，如果他正常，又怎么会在相亲现场，一会儿一个屁，一会儿又一个屁呢。渐渐地，他的名声就会被传开：一个傻子。

我们现在明白了，拯救银河系的开端是先要拯救自己，可有时候拯救自己的方法没准儿只能是闹出各种各样的大笑话。比土嘉豪把这个事件称为"一屁解千愁"。这也是没有办法的办法，毕竟，银河系可能没有那么多屁事，而自己，屁事挺多。

我们没办法继续待在村庄里了，所有没把中学读完的人，在十七岁之前就离开了高山。像撒种子那样把自己撒出去的人，要么死在远方，要么活在远方。爱和生活，都是越远越圆满。我们在那个时期最有冲劲儿，我们都相信去远方看到大海的人，一定会成为世界上最幸运的人。

选自《草原》2023 年第 8 期

潘向黎

过沙溪急，霜溪冷，
月溪明

潘向黎

小说家，文学博士。出版长篇小说《穿心莲》、小说
集《白水青菜》《上海爱情浮世绘》等多种，随笔集
《茶可道》《看诗不分明》等30余种。获第四届鲁迅
文学奖等文学奖项。现为上海作家协会副主席、专业
作家。

富春江到底是富春江。不论来几次，我每次都会在心里把吴均的《与朱元思书》默诵一遍："风烟俱净，天山共色。从流飘荡，任意东西。自富阳至桐庐一百许里，奇山异水，天下独绝。……"富春江是严子陵的，也是吴均的。这么觉得的，不止我一个吧！

船过七里滩。我知道七里滩又叫七里濑、七里泷，这一段南起建德市乌石滩，北至桐庐县芦茨溪口，全长23公里。两岸青山夹峙，以"山青、水清、史悠、境幽"为主要特色，有"小三峡"之称。除了吴均的礼赞，这里的风光一直有口皆碑，宋代叶梦得《避暑录话》卷上写有"（七里滩）两山耸起壁立，连亘七里"；《太平寰宇记》卷七五引《舆地志》云："桐庐有严陵山，境尤胜丽，夹岸是锦峰绣岭，即子陵所隐之地，因名。"

在船上，两岸"锦峰绣岭"，前后"水皆缥碧"，倚窗眺望，满目清亮。半晌，低头喝茶，方信手拿起一份介绍风景的册页，却赫然看到一首熟悉的词：

《行香子·过七里滩》

苏轼

一叶舟轻，双桨鸿惊。水天清，影湛波平。鱼翻藻鉴，鹭点烟汀。过沙溪急，霜溪冷，月溪明。重重似画，曲曲如屏。算当年，虚老严陵。君臣一梦，今古空名。但远山长，云山乱，晓山青。

我大吃一惊，立即起身，走到另一排座位旁，问当地的朋友："苏东坡写的是这里？"人家是专家，很淡定地答："是啊。"我还不放心，追问："苏东坡写的七里滩，就是这个七里滩？"此语一出，我自己也觉得问得呆，笑了起来，于是几个人一起笑了起来。

再坐回自己的位置，心情完全变了。啊，居然就是那阕《行香子》里的七里滩。眼前的七里滩，居然是苏东坡写过的七里滩。来过好几次富春江，但是过去，我从未把七里滩和苏东坡的这阕词联系起来，今日突然闻知，不禁有他乡遇故知的惊喜，又有些许醍醐灌顶的眩晕和满足。

好你个富春江，原来你不但是严子陵和吴均的富春江，你还是苏东坡的富春江啊。这个苏东坡，是一个中国人个个都想和他做朋友的人，是我们多么熟悉、多么膜拜、多么珍爱的神仙人物啊！七里滩，你何不早说？今天我才知道，咱们从此就亲近多了，不是吗？

那是宋神宗熙宁六年（1073）二月，在杭州任通判的苏东坡，巡查富阳、新城，放棹桐庐，"过七里滩"而作的词。

双桨鸿惊，并不是有些人所解释的什么"双桨划过，惊飞了鸿雁"，而是化用了《洛神赋》的"翩若惊鸿"之典，描写船桨掠水如鸿雁惊飞。藻鉴，说的是水下长满水草而表面平滑如镜的江水。烟汀，是烟雾迷蒙的小洲。除此之外，这阕词不但没有晦涩冷僻的字眼，反而相当清畅易懂。第一次读，我就觉得自己读懂了，很明晰、很愉快地读懂了。但是，后来，又觉得似乎没有完全读懂，再看各路人的解读，发现这阕词的主旨，历来见仁见智。

苏东坡笔下，富春江山势之美、江水之美，俨然一幅水墨画。自然而然，他也想起了严子陵。那么，他对严子陵和刘秀是赞是弹？对仕隐的矛盾和进退的选择，他是怎么看待的？

对严子陵的评价，历来"云山苍苍，江水泱泱，先生之风，山高水长"的仰慕是主调，但不是全部，也有一种看法说严子陵在富春江垂钓是在"钓名"，唐代韩偓《招隐》诗中就直说："时人未会严陵志，不钓鲈鱼只钓名"。受这个看法的影响，也有人揣测苏东坡在这首词中也隐隐讥讽了严子陵。但依我看，苏东坡心里一直没有放下归隐山水的向往，说苏东坡讥讽了严子陵，大概率是想多了。

有人则觉得苏东坡是感叹不论刘秀是求贤若渴还是故作姿态，严子陵是遗世独立还是沽名钓誉，终究只是留下缥缈的虚名罢了。这层"人生虚幻"的意思很可能有，毕竟"人生如梦"是苏东坡的调子。

有人读出了一种调侃，觉得苏东坡在说严子陵当年白白在此终老，不曾真正领略到山水佳处。这个显然不对，"虚老严陵"是惋惜，惋惜他没有施展大才。

有学者的看法公允平和：

> 词作用清冷的笔触，描绘旖旎如画的富春风光，词作弥漫着淡云疏烟般的惆怅，同时又体现出一种疏放的气度。这时的作者三十七岁。仕途的磨难既是后来的事，壮年的心中不免充满希冀。他感慨于"君臣一梦，今古空名"，更在为严光"算当年，虚老严陵"惋惜时不经意透露了内心的志向。不像后来艰辛备尝之后，他说的就是"几时归去，作个闲人，对一张琴，一壶酒，一溪云"了。（《苏轼词》刘石评注，人民文学社 2005 年 3 月版）

距离往往是相对的，七里滩有时候会变成七十里滩。往日这里滩险流急，行船难以牵挽，快慢要看风力，当地有个谚语："有风七里，无风七十里"。而人生的道路也如此，机遇、时运就是那难以预测而影响巨大的"风"。

苏东坡的一生，风波迭起，行船不易，所幸他的一生也是渐渐摆脱

"有风无风"绝对影响的过程。有风七里时，他顺势从容扬帆，心里有入世的抱负和兼济天下的能力；无风七十里时，他坚韧豁达，不强求不执着；无缘无故翻了船，他也能想得开，干脆弃了船登了岸，"也无风雨也无晴"，坐在岸边，悠然看江水溶溶流过。他知道，不论在水上或者岸上，所经历的皆是人生，而那不为任何人停留的流水，是时间。在宇宙范围内，一切都是小事。"人生如逆旅，我亦是行人"（《临江仙·送钱穆父》）有风无风，水上岸上，无非是人生。天地是旅舍，谁又不是行人呢？而大自然是永恒的，对优美山水的热爱和抒写是永恒的。

多少代人走过了，而富春山水依然旖旎如画。有一种美，叫作富春江。有一种美，叫作人文记忆。当我再次游赏七里滩，突然领悟这种融合了山水和人文的大美，才是美的国度里至高无上的。这种美，如一个风华绝代而淡然出尘的佳人，超越了时光，在比严子陵钓台更高的高处，不经意地露出笑颜。

选自《文汇笔会》2023 年 9 月 19 日

李广宇

让我们活在电影里

李广宇

现供职于大连电视台。出版有《大山深处——一个青年志愿者的手记》《山里山外》等纪实文学作品，在《青年文学》《北京文学》等杂志发表过中短篇小说，并有作品被《小说选刊》《中篇小说选刊》等转载。

曾经有五年时间我放弃写作，跑去拍电影，当时很多人都在怀疑我的选择，而我却在一次次打击之后，最终坚持下来，于是有了剧组，有了摄影、主演、灯光、录音，甚至是路人甲乙丙。这个过程里有太多的苦和累，但到最后才发现，只要想做，一切皆有可能，和年龄无关，和能力无关，只在于你内心的那个梦有多大。

电影里是编造的故事，而电影之外却是真实的人生。

写剧本的老孙

认识老孙已经超过十年，那时他还被喊作小孙。我在报社的时候，他在某部门当公务员，等我退职以后，他还像图钉一样扎在那里，除了被喊成老孙外，其他什么都没有变化。老孙平常的工作就是给单位写材料，那种干巴巴的文字写得腻烦了，他也写点儿散文，只当一种调剂。

等我开始拍电影时，他突然来了兴致，非要给我写剧本，我问：你能写什么？他就掰着手指跟我说：官场剧、穿越剧、爱情剧，哪个我都可以写啊！我笑，说：那你先写写看。当时只是随口一句玩笑话，没想到老孙却当真了，几天后就给我发来一个剧本。剧本很糙。我不知怎么答复他，便放下去忙别的，当时跟剧组，经常不开手机，等打开手机，总有老孙发来的短信，追问剧本的事，实在令我不胜其烦。

写剧本，看着很简单，其实挺不容易的，不但有结构上的技巧，还有对故事内涵的挖掘和深化，常写公文的老孙实在不适合写剧本。这话却不好直接说，我退回了他的剧本，只说，再试试。之后，他不断发来长长短短的剧本，无一例外都没法儿拍摄。有一次他急了，电话里跟我吵，说了很多气话。放下电话，我松了口气，以为老孙会就此罢休，谁料那天晚上他就跑来我家，非要请我吃饭，赔礼道歉，还要拜我为师。

算起来老孙跟我差不多年纪，却还这般执拗于一事，真令我感动。拍电影和写剧本对我们这些中年大叔来说，都仿佛重新开始的人生，追求的执念里，满含的是对庸常生活的不满足，以及和平凡人生的角力。

那一次，喝多了酒，我说了很多体己话，也算是鼓励他。看他一脸茫然，我内心不忍，直接给他指定了下一个剧本的内容，我说：你只要把这个故事写出来就行，我帮你改。

约好三天以后交剧本，谁知老孙那边一直没动静，我打电话过去，是老孙妻子接的，说老孙受伤住院了。我去医院看他，他腿上绑了绷带，人却有精神，跟我说他设计了一个特别棒的剧情——男主角站在奔驰的火车旁边，仰天大哭。他比画着，我打断他，问：你怎么受伤的？他有点儿不好意思，说：去火车站找灵感来着，不小心从站台上摔了下去。我笑，说：写剧本也没必要这么拼啊。他却认真，说：不去现场怎么会有感觉？怎么知道列车呼啸而过的那种感觉！老孙瞪大了眼睛的表情有些孩子气。

老孙的剧本拍成了一个十分钟的短片，片名为《遥远的站台》。拍摄那几天，老孙一瘸一拐地跟剧组，一句台词一句台词跟演员较真儿，比我还上心。短片剪好了，我第一个发给他，等深夜给我打电话，他带着哭腔问我：这真的是我写的故事吗？我很肯定地说：是的。顿了一下，我又说：写得非常好。

以前老孙跟我们喝酒，难免抱怨单位领导的种种，比如他们领导不喜欢老孙写散文、写小说，阻止的理由竟然是要保密。那时老孙总想请长假去西藏旅行，他们领导却让他连续加班，只因为他是单位里毫无背景的一个。那时我们都劝他忍耐，何必为了写作或者一时兴起的旅行而失去了稳定的工作呢！这么劝了很多年，直到我们都变老了。

人这一生总是面临很多选择，适合与不适合只有在时间的长河里才见得最终，只是短暂的生命由不得我们迟疑，就好像老孙，如果他真的执着写作，会是很好的作家，真的执意旅行，会有更美好的人生解读，但他都放弃了，错失人生种种际遇，该是一种怎样的遗憾。

"如果站台真的那么遥远，不如我们今天就出发。"这是老孙剧本里的一句台词，很好，我喜欢。

像在电影里一样活着

那天我和摄影师一起往回走，他背着摄影机，提着器材箱，我扛着三脚架。天寒地冻的，两个人都不想说话。上午的场景在海边儿，太冷了，管道具的小张在海边生了篝火，一场戏断断续续地拍，主演是个又瘦又高的女人，换了裙子，来来回回走了半个多小时，冻得鼻涕一把泪一把，听我说要再来一次，人就疯了一样地骂，发誓再不干这种没钱又遭罪的活儿了。起初我们都劝她，直到我火极了，狠训了她几句。

我们拍的是一个挺文艺的短片，没钱，只有梦想，只有激情，可一遇到挫折的时候，每个人心里的怒气就会被激发。分手的时候，摄影师小心翼翼地问我怎么办，我说：还得继续拍。他看我的眼神都变了，分明感觉不可思议。

那天晚上我去找女主角，当面道歉，请她一起吃饭，她喝多了，毫不留情地骂我，其实她跟我拍了好几部长长短短的电影了，一直很默契。她骂的话我都默默地听着，心里是真的觉得很抱歉。

那时候，在我们生活的城市里，与我们一样在拍电影的人很多，每次参加圈子里搞的电影节，我们这个团队的平均年龄最大。大家都是拖家带口的人，忙里偷闲聚在一起，只因为一份对电影的爱——谁也不知道未来会怎么样，谁也不去想着还有什么未来，大家只是埋头去做一点儿事儿，这和年轻时追求的成功很不一样，那时焦急万分，如今心平气和却一直在默默努力。

过了几天，女主角给我打电话，说在医院里，得了很重的肺炎。我放下别的事情去看她，在病房里遇到她的丈夫。她丈夫和我很熟，也支持妻子的拍摄，有时需要服装，还都是他帮忙买的。这一次见我却皱了眉头，一声不吭。女主角见我，却笑，说她没事，只是拍摄要拖延一段时间。等我出来的时候，她丈夫跟我来到医院院子的花坛边，递给我一支烟，我们两个人就凑在一起抽烟，到最后也没说别的。

离开医院没多久，女主角给我打电话，问我，那天她老公说了什么。我说：什么也没说啊。她就笑，说：他说了什么那都是他说的，反正我还会给你当女主角。听这话，我的眼泪差点儿掉下来。

记得更久以前，我们拍片，用过好几个女主角，那时选人看的是脸蛋，这个很不靠谱，记得有一次拍恐怖片，弄了一大盆新鲜猪血，剧情里要浇在女主角身上，可当时那个女孩死活不同意，说多了，还摔门而去。就在我一筹莫展的时候，现在的这个女主角站了出来，那时她当剧务，跑前跑后的，谁也没太在意她。

每个人都希望自己的人生有那么一点点的意外和曲折，就好像电影里的人生一样，或悲或喜，都有着与众不同的曾经。以前学电影编剧的时候，老师就讲，电影是一个梦，拍电影是在制造一个梦。那时还不理解，等自己写了故事，拍了电影，才知道电影里的梦是多么美丽，它令我们忘却现实生活里的琐碎、庸常和卑微，让我们在另一个世界里扮演自己，舒展人生，并成为传奇。

像在电影里一样活着，该是多么美好的期待。

永远的路人甲

老赵去北京的前夜，我们几个给他送行。他有点儿激动，话都说不完整，我们也不打断他，他想说什么就说什么。以前大家凑在一起拍电影的时候，老赵从来都是路人甲，连一句台词都没有的那种，到了现在，我们都想给他一次当主角的机会。

老赵不是我们这个圈子里的人，只是偶然才和我们混在一起的。那时候，我们几个中年哥们儿百无聊赖，又不甘心就此成为沉默的大多数，于是商量拍电影。老赵是送朋友过来的，一起吃饭，听我们山呼海啸地聊，他一声不吭，等饭局结束，他低声问我：你看我能不能演点儿什么？我说：没问题。

老赵人长得糙，虽然他在日企里当副经理，但换下工作服，就像地道的农民，所以他能演的角色差不多都是形象很差、面目狰狞的那种，打手、赌徒、催债人或者假土豪，老赵却拍得认真，从来不觉得自己可有可无。有一次拍恐怖片，饰演看门人的老赵要从楼梯上滚下来，看老赵也不年轻了，我打算改剧本，老赵却不同意，说：没事儿，我受得了。那天老赵摔得鼻青脸肿。

一开始拍电影没钱，有时还要自己掏钱买盒饭，每次老赵都会抢着出钱，我们过意不去，他却摇头，说：这钱大家一起喝酒是花，大家一起做事也是花，价值不一样。他的话让我们特别感动。时间久了，其他几个朋友就怂恿我，让老赵当回男主角。

　　后来真有了一个机会，拍《火车，火车》的时候，我让老赵当男主角，可一进画面，我就知道他不合适。呆板、木讷又紧张，像块木头一样。拍到一半儿，我终于忍不住发了脾气，老赵就那么站着，小学生一样委屈得快要掉眼泪了。

　　老赵跟我说过，他喜欢黄渤，喜欢王宝强，他们演的电影他都看过，还拷进电脑里，一格一格地看、研究。他说：我以后要是真的演电影，就演他们那种类型的。但我心里却觉得老赵并不适合演电影，虽然他那么热爱演戏。

　　秋天以后，拍电影的几个朋友又聚到一起，喊了老赵，才知道他已经辞掉了工作，说是要去北京学习，问他学什么，他兴奋地说学表演。原来他报名参加了一个表演班，要在北京待一年。老赵说：那个班和大导演都有联系，我可以去当群众演员。

　　人过中年的老赵为了演电影而去当"北漂"，换在别人是多么想不通的一件事儿。但对我们这些了解他的朋友来说，却只有实实在在地佩服与祝福——我们都是中年以后才想起心里还有一点儿梦想，那一点儿梦想便再次燃起了全心投入的激情，这种被唤醒的快乐真是很难用言语来描述。

　　放大到人生里，哪个人甘心一辈子做路人甲？只是庸常的生活，常常令我们内心的怯懦和懒惰泛滥，令我们甘愿忍受没有梦想、没有追求的庸庸碌碌。见多了拿"为了别人如何如何"作借口的中年男女，他们藏身安逸、拒绝改变，这种状态本身就是对自己成为人生主角的放弃——同在一个美丽的世界里，要么成为自己生活的主角，要么努力证明你曾经为成为主角而努力过。

　　送别那天老赵喝得多了一点儿，兀自站起来，说要给大家表演一段，大家静下来，老赵跳上椅子，开始大段背着《火车，火车》里的台词。那一场离别之宴上，他成了唯一的男主角。那真是一个人的好戏啊。

一天到晚游泳的鱼

那天拍最后一个镜头时，老蒋的号啕大哭惊呆了我们所有的人。当时我只想让老蒋表现出一点儿绝望而已，没想到他哭得那么伤心，剧组里，他的年纪最大，年轻演员都有点儿怕他，没人上前劝，他就那么哭了很久。

老蒋是我多年的朋友，拍短片找不到更合适的演员时，就喊他来临时帮忙，开始还怕他拒绝，没想到他很爽快地答应了。角色很小，一个被逼卖肾的赌徒，要求枯瘦，形容落魄，他几乎是最适合的人选。和他讲这个人物时，他听着，眉头紧锁，说：哪里有那么多卖肾的人。老蒋就这么认真，从来不会扭转角度看待一件事儿，我也懒得解释，问他：你卖不卖吧？他大笑，说：卖，卖。

二十多岁时认识老蒋，到现在却一直弄不清他具体在忙些什么。当年从我们一起工作过的外企辞职后，老蒋换了很多工作——带民工给高楼擦玻璃、四处推销酒店用品，然后是做传销、卖海参，最新的职业似乎是在卖蜂花粉。那几年为数不多的见面中，总是他一个人和我们这一群朋友在吵，为他直销的产品，为他四处奔波的生活，还有他的前妻和他的女儿。

后来我们再见面，谁也不说这些了，只是淡淡地聊天，他也很识趣，不再提他正做的工作，有时他无意中说起什么，我们就说：不要多说，东西拿来，我们买。其实总是他在送我们东西，比如各种各样的保健品。

　　进剧组以后，年轻人私下里都喊他"卖肾的"，他听了，也不计较，跟着笑。第一次拍戏，他很紧张，反复几次，他的表演更僵硬了。我生气了，大声训斥了他几句，他就涨红了脸，问我：你到底要我怎么做？我脱口而出：我要你哭出来！

　　其实让老蒋演电影有点儿难为他了，在现实里，他或许从不曾哭过，我记得那时一家酒店欠他的钱，不给也就算了，还找人追打他。医院里只见他咬牙切齿，却见不到他落过一滴眼泪，于他来说，即便流落街头，即便真的为生活所迫卖肾，也不过是人生的一种选择，毫无伤感可言。然而在我的镜头之下，老蒋要成为那样一个人：一个穿着破旧、蓬头垢面，一个必须为自己犯下的错误负责而向强人低头，甚至走投无路时，不得不卖肾求生的中年男人。

　　于老蒋，电影和现实仿佛他人生的两个极端，他或许并不理解这种对立的背后，其实就是人生的两个侧面，我们需要坚强地面对，也需要勇敢地妥协——哭，不一定因为失败，相反，哭也是一种人生的表达。老蒋终于哭完了，站起来，抹一把眼泪，问我：可以了吗？我点头，觉得那是这一天的拍摄中最精彩的一个镜头。

　　有时和老蒋聚会后，会去 K 歌（去 KTV 唱歌），老蒋喜欢给我们唱《一天到晚游泳的鱼》，那时还真听不出这歌里到底藏着什么用意，直到拍摄那天老蒋哭完，我才感受到他内心里对于自己生活的某种寄望，那是我们这些活在所谓主流社会中的人所难以想象和了解的。

　　鱼是不会哭的，哭也不会让你看到。

　　…………

　　没有梦想的人生该是多么空洞和无聊，直到我们遇到了电影，才发现我们可以用影像留住我们的向往、留住我们的渴望、留住我们真正想要的那种生活。电影给了我们一种重新开始的勇气，哪怕只有短短的十几分钟，我们依然可以自由地穿越时空，进入到另一种完全不同的人生体验当中。

以前听汪峰的《春天里》，最感动的就是那句"请把我留在春天里"。对于大多数普通人来说，春天是一种模糊的意象，空洞而难以触摸，相反，在电影里留下人生的片段，才更具体而现实，如果活着是我们的幸运，那么请把我们留在电影里，让我们活得更美好、更有希望。

选自《海燕》2023 年第 9 期

傅菲

失散的鱼会重逢

傅菲

当代散文家，资深田野调查者，专注于乡村和自然领域的散文写作，出版散文集《深山已晚》《元灯长歌》等 30 余部。曾获三毛散文奖、百花文学奖、江西省文学艺术奖，及《北京文学》《山西文学》等多家刊物年度奖。

2月26日，午饭后，从凤凰湖野游回来，途经红山桥，我对纪荣富老师说：看看河里有没有鱼？

纪荣富老师说：你还有这样的好奇心？

我嘿嘿地笑，伏在栏杆上，看着桥下的河面。这是一座多年老桥，有四孔圆拱，距河面十余米高。我恐高，不敢直起身子，便斜伏着栏杆。栏杆长了厚厚的苔藓，蚂蚁像个棺夫一样抬着死虫横着慢爬。暖阳有些猛烈，正当空照，河水白花花翻卷。其实，河水并不汹涌，且清浅，露出了砾石滩，水跃过凹形砾石，显得湍急，溅起层叠的水花。水是一层层摊下来的，冲出水窝。水窝黑黑，闪着一道道白光。

黑黑的东西拥挤着，在动，看起来，是一丛狐尾藻。狐尾藻被水荡着，像被风吹动的长裙。砾石滩把河水分出两条水道，有八丛这样的狐尾藻。我仔细看，那不是狐尾藻，而是鱼群。这么多的野生鱼，聚集在一起，我还是第一次见识。我估摸了一下，一个鱼群至少有三百尾鱼。鱼翻一下身，便闪出一道白光。

鱼太多了。我惊叫了起来。

纪荣富老师俯身看另一侧河边，也惊呼：河里全是鱼，乌黑黑。

这是什么鱼？纪荣富老师问我。

不是鲩鱼，不是鲫鱼，不是鲤鱼。不知道是什么鱼。我说。

鱼是巴掌大，白腹黑脊，从体形上看，是麦鱼。我又说。

不知道什么是麦鱼。纪荣富老师说。

麦鱼是土名，学名叫圆吻鲴。还不确定是不是麦鱼。我说。

河里这么多鱼，怎么没人钓鱼、捞鱼呢？鱼是从哪里游上来的呢？一个下午，我都在心里嘀咕这个事。这截河段，我三五天就沿着河岸走一次。河滩上站着高高的芦苇和白茅，岸坡上被乡人种了时蔬。大批的树鹊、乌鸫、白头鹎在桥头的乔木林夜宿。南岸有一片荒园，残瓦断砖遍地，一棵苍老的冬青在荒园中央被密密的芒草包围，倒塌的瓜架爬满了劳豆藤。入荒园处，两棵百年古樟枝丫斜倾而出，覆盖了离乡人的记忆。

第二天早晨，我去了集市的渔具店，买了一根路亚、一瓶918饵料、两盒红蚯蚓、一板小鱼钩、一个鱼篓，花费290元。沿着埠头下了桥，理了渔具，站在石块上钓鱼。鱼线抛出去，坠子缓缓下沉，鱼线顺水下滑，浮标下沉又浮上来，我滑动轮子收线。滑了三转轮子，收不动了。我抖抖鱼竿，鱼钩挂住石头了。顺了顺，绷紧鱼线拉了拉，还是收不了线。水底无沙，全是石块。

砾石不是圆石，有挫裂的棱角，很容易挂钩。我走到下游，顺流收杆，猛拉一下，鱼线断了。坠是锡，圆柱状，嵌入棱角，如钉入木。我剥下衣服的拉链扣，穿在鱼线上作为坠子，抛竿钓鱼。饵料是蚯蚓，抛了五竿，也没鱼吃。我又换918饵料，抛了五竿，还是没有鱼吃。鱼就在脚边，密密麻麻，可就是不吃钩。每次抛竿，都抛在激流处，是不是斗水的鱼不吃食呢？

往上游走了二十余米，把竿抛到河中间的静水处，让钩完全沉下去，不动它。钩沉了十几分钟，浮标也不动，倒立着悬浮。我把鱼竿插在地上，赤脚下水。水不冻脚。鱼在水底翻拱，拱起脏脏的泥浆水。

收了鱼竿，细细地看着游鱼。这是什么鱼？鱼怎么不吃饵料呢？在约五百米长的河段间，数万尾鱼在摆尾、斗水而上。鱼是同一类鱼，体长相当。它们在河堤是孵卵还是吃食呢？

淡水鱼在草丛孵卵，在石缝孵卵，或在甲壳动物体内孵卵，不太可能在河堤孵卵，那样的话，卵会被水冲走，被鱼所食。那么它们就是在吃食。它们在拱食，翻出白白的鱼腹，闪电一样在云缝忽闪忽闪。

河叫泊水河，西出大茅山山脉东部的泊山，向西九曲而去。两岸群山绵绵，层层叠峦，陡峭壁立，形成幽深绵长的河谷。自新营镇而西，群山合围，有了开阔的盆地，河也壮阔。红山桥横跨在盆地的入口。吃了午饭，我又去河边。河水暴涨，水浪推着水浪。上游水坝，泻出数丈之高的瀑布，哗哗哗，震耳欲聋。水坝在放水。

水坝南边坝头有一栋闸房，房底下有约十米宽的泄洪道，水冲击出来，轰轰隆隆。提着渔具，我快速跑过去，抽出路亚，挂钩上饵，抛出鱼线。鱼线嘶嘶嘶，坠子落入急浪，转动轮子收线，饵标在激浪上滑动，竿头突然下弯下垂，手感很重。我抬高手腕，抖动竿头，绷紧鱼线，慢慢收线、拉紧，一条鱼身长长、鱼头尖尖的白鳞鱼跃出了水面。是一条翘嘴巴。翘嘴巴即翘嘴鲌，生活在中上水层，浪越急越搏水，吃浮游生物，吃小鱼小虾，吃蛙类昆虫，吃软体动物和动物内脏。翘嘴巴跃起，又沉下水，尾鳍扬起水花。越拉它，越沉下去。我突然打开滑轮，翘嘴巴拽着鱼钩忽溜溜跑，溜出十余米之远。我又收鱼线，慢慢收紧，绷直竿头，再打开滑轮，翘嘴巴沉下水。我拽它，回拉。

收了鱼，又放了它。它几个摆尾，消失在浪涛之中。

钓了两个多小时，收了竿，渔获八条翘嘴巴，1斤~4斤不等。乌黑黑的鱼群不见了。水太急太深，鱼藏在我看不见的水底。

过了三天，中午，我又去钓鱼。浅水激流。鱼在水窝挤挨着斗水。我放下了渔具，看着它们戏水。一个站在桥上看鱼的人，对我喊：鱼好多啊，你怎么不钓啊。他的声音很大，还比画着。

我数了9个鱼窝，一窝鱼，约有80~190尾。桥洞下，水回旋，形成了潭，潭底黑黑一片。初春，是鱼孵卵的季节，有的鱼从大湖洄游上来，回到支流的上游，择滩、择草产卵。鳤鱼、鲤鱼、鳊鱼、鳜鱼、鲫鱼等，在早春洄游，逐水草而栖，繁衍生息。鱼在洄游的时候，结群。它们是以什么方式结群呢？不得而知。天鹅以家族方式结群，黄腹角雉以种群方式结群。

一个妇人用筲箕抱来蒌蒿，在石埠上清洗。蒌蒿幼嫩，芽叶尖尖。河边、田边、菜地边，春雨催发蒌蒿幼芽，一蓬蓬一蓬蓬，伏地而生。在惊蛰前后，乡人剪了蒌蒿做清团。妇人见我一副对鱼无计可施的样子，说：筲箕给你用，可以捉好多鱼上来。

我说：看鱼，不捉鱼。筲箕确实是一种很适合捉鱼的器物。石块拦截河水，留一个出口，筲箕固定在出水口，在前面以木棍或竹稍赶鱼，鱼就落在筲箕里，直接端上岸。很多日常的东西，都可以作为捉鱼的工具，如草席、竹片、塑料桶等。

但我确实很想钓一条鱼上来，看看密集在河里的，是什么鱼。

水坝之下，有一块一千余平方米的砾石滩。石滩凹凸不平，有很多槽沟。河水上涨，石滩被淹没。世界上，所有的河流都一样，很少上涨。沿河面而飞的白鹭，落在石滩上歇脚。我挨着山边无可行走的小路，去石滩。

许多白鹡鸰，在石滩飞飞停停，唧唧叫。它们在找小鱼吃。石滩有三个锅状的水洼，齐腰深。昨天放闸，鱼游了上来，关闸，水急速退去，潜在石洞里的鱼来不及退水，留在了水洼。鱼闪着白腹翻动。水洼有鲫鱼、鲤鱼、马口，还有那种我尚未认知的鱼。在水坝之下，有一条长四十余米的水坑，深不见底。水底白闪闪。

把鱼篓沉在水洼。水漫漫渗入篓底，漫上来，在篓底沉一块石头，水没了篓腰，没了篓颈脖，左摆右晃，沉入了水底。我抓住篓绳，坐在石墩上晒太阳。阳光葵花黄，石滩苍白色，矮山冈的阔叶林苍郁。樟树、柞裂槭、香椿、甜槠贪婪地吸着阳光，幼叶齐刷刷地长了出来。树，一刻不停地刷着山冈，一遍遍地刷，刷一遍绿一遍。绿越来越深，凝结了，酝酿出油汁汪汪的墨绿。山川的颜色是阳光和时间酿造出来的。这是大自然伟大、生动的叙事。

篓里有一条巴掌大的鱼了，我提了上来。水从篓底漏下去，水啪啦啪啦，打在洼面。水里的鱼四处乱窜。是一条圆吻鲴。圆吻鲴以尾鳍的颜色区分，分青尾、黄尾。这条是青尾。

圆吻鲴体侧扁、略长，头部尖圆而小，脊黑，吻圆钝突出，鱼鳞细白，腹部银白。在南方，圆吻鲴是常见的淡水鱼。因其肉质绵实，鱼刺绵密，汤汁寡鲜，无人食用，却深受垂钓者喜爱。圆吻鲴是击水者，韧性极强，在水中挣扎，可产生超出体重30倍的力度，给垂钓者沉实的手感。出水面，约十分钟，圆吻鲴便会死去。它是耐氧性极低的鱼类。

这是一种特别的鱼，结群栖息于河石杂乱的河道，在0.5~1.5米深的水域活动，虽杂食，尤喜丝状硅藻、蓝藻、绿藻等藻类，以及腐殖物。红山桥下，河床就是一块巨大的砾石滩，藻类、浮游生物以及腐殖物，极其丰富。

洎水河不是一条多鱼的河。夏秋的傍晚，我常去河边散步，也看乡人钓鱼。钓上来的鱼，大多是鲫鱼、马口、黄颡、白鲦，鲤鱼和鲩鱼很少见。早春，河里有了那么多的圆吻鲴，为什么呢？

一日，河边有老人钓鱼，我看他钓鱼。他捻着饵团，鱼钩挂一下饵料，捏实捏圆，抛在深水处。我说：你这是钓鲫鱼、马口吧。

老人身材高大，腰身笔挺，鱼线抛得又直又远。他说：这里的马口有筷子长，很少有这么大的马口。

我提起他浸在水中的网兜，抖了抖。网兜里有九条马口、三条鲫鱼。马口胖乎乎，在蹦跶。我说：你怎么不钓圆吻鲴呢？

什么圆吻鲴？老人说。

就是翻白身的那种鱼。我指了指水底下的鱼群说。

哦，青尾鱼。青尾过了清明，才咬钩。老人说。

你对这河里的鱼熟悉。你知道在什么时间钓什么鱼。我说。

我十五岁钓鱼，钓龄五十七年。老人说。

这么多青尾，是什么时间聚集在这里的？我问。

桃花开了，会下几场春雨，河里有了桃花汛。鱼赶汛。鱼比人更守节律。老人说。

你要看青尾，去泄洪口，那里有一个深潭，鱼一团一团，多得触目惊心。老人又说。钓鱼人不会多话。据说，鱼可以听懂人在说什么。2019 年 9 月，在鄱阳，当地人这样对我说。当地人说，鄱阳湖有一个渔民，捕鱼从不带网，也不带其他渔具，他坐在船上，脸浸入湖水，在水里叽里咕噜说话，鱼就直接跳上船。这就是神秘的"喊鱼"。把鱼直接喊上船。当然，我是不信的，世界上，哪有通"鱼语"的人？哪有通"人语"的鱼？但我又信了。因为世界上有非常多的东西，是常理或科学无法解释的。人类对客观世界的认知，十分有限。人类的局限性，就是客观世界的无限性。

3 月 11 日，我从宁都回来，去红山桥，不见了鱼群。没有鱼群的河，空空荡荡。圆吻鲴在砾石之间产卵，卵一泡泡，黏附在砾石上孵化。河中的砾石滩，是它们的产房。发桃花汛的季节，正是气温在 18℃~25℃的时候，与圆吻鲴繁殖的气候条件契合。它们听从了汛期的召唤，从下游各个角落，斗水而上，来到了河坝底下。它们在无人知道的角落生活，隐身于砾石、砂砾之间，吃藻类，吃腐殖物，吃昆虫，吃鱼卵，抑制鲤鱼、鲫鱼、鲩鱼等鱼类的繁衍。

东坡先生写《惠崇春江晚景》：

> 竹外桃花三两枝，春江水暖鸭先知。
> 蒌蒿满地芦芽短，正是河豚欲上时。

植物、动物比人更敏锐地感知了自然的脉息。圆吻鲴听到了桃花缓缓飘落的声音，听到了早春的落雨声回荡在河面。它们像一群失散多年的人，日夜兼程，逐水而上。只要有河还在浩荡，它们就会重逢。

暮春多雨。暴雨落下来，我就去看河水，看河水一毫米一毫米地上涨。雨水从荒园冲下来，从峡口溪冲下来，汤汤洋洋，翻卷着柴枝、破衣服、死野兔、落叶。水浑浊。涨了五天，河水淹没了岸边的菜地，冲走浇菜的水桶、长木勺，也冲毁了芦苇上的鸟窝。日晴，我也去看河水，河水滔滔地败退，一天下来，水恢复原位。就像古罗马大厦，建起来，需要百十年，坍塌下去，只要数分钟。

洪水把鱼送往迢迢的不明之处。像另一个无从知晓的人间。

选自《作家》2023 年第 9 期

李青松

得耳布尔

李青松

生态文学作家，中国报告文学学会副会长。代表作
《北京的山》《相信自然》等。

得耳布尔，是大兴安岭林区的一个小镇，隶属于内蒙古自治区呼伦贝尔市。从版图上看，它已经很靠近边境了，西边的界河就是额尔古纳河。

一

得耳布尔的情况有些特殊。在这里，先有林业局，后有小镇。也就是说，得耳布尔林业局的开发历史要早于得耳布尔建镇的历史。得耳布尔小镇是在得耳布尔林业局发展到一定程度后，才有的行政建制。当地人把得耳布尔林业局简称"得局"，把得耳布尔小镇简称"得镇"。

对于大兴安岭林区来说，得耳布尔的生态地位非常重要。大兴安岭的朋友恩和特布沁告诉我，得耳布尔这种复合型的生态系统主要有四大生态作用——大兴安岭生态功能区的重要依托，额尔古纳河流域的水源涵养区，呼伦贝尔草原的生态屏障，大兴安岭重要的物种基因库和生物多样性保护地。

当年，那些向各地延伸的铁路，哪个没有用大兴安岭林区的木材做枕木呢？那些向地下深处开掘的矿山，哪个没有用大兴安岭林区的木材做矿木呢？那时候的大兴安岭林区，真叫热闹非常，工人们也忙碌非常，铁路线上汽笛声声，一列列装满木材的火车不停地驶向各地。

在林区，说到树，无法绕开落叶松。老舍先生曾说："兴安岭上千般宝，第一应夸落叶松。"1961年，老舍来大兴安岭林区采风，盛赞落叶松的品格和精神。

在得耳布尔，乃至整个大兴安岭林区，森林的主体都是落叶松，分布面积大体占森林面积的七成，有落叶松分布的森林，又被称为"明亮的针叶林"。通常，松树属于常青树种，而落叶松绝对是个例外。落叶松喜光耐湿，夏季的松林间清爽葱郁。入秋后，一簇簇针叶迅速变黄，灿烂明媚。紧接着，变黄的针叶相约飘落，在地面累积成厚厚的"松毯"。

落叶松的球果，每颗有三十二个鳞片，每个鳞片裹着两粒种子。种子长着翅膀，御风而飞，能达百余米。风是落叶松种子的主要传播者。除此，还有松鼠、桦鼠、黑琴鸡、花尾榛鸡等野生动物，也在觅食时不经意传播落叶松的种子。在得耳布尔，越是阴坡，落叶松越是长得茂盛。落叶松品性坚韧而内敛，在秋天集中落叶是为了保存能量，以度过严寒的冬季。

与落叶松伴生的往往是白桦树。白桦树是阔叶树，在落叶松林里散落分布。在林区，我们通常看到的白桦树，往往都是以个体面貌出现，很少有成片生长的情况。让我想不到的是，在得耳布尔的卡鲁奔山上居然有成片的白桦林，而且面积很大，非常壮观。近年来，林区人还开发出了桦树汁饮料——从成年白桦树干中提取汁液，制成饮料，口感微甜微涩，涩不压甜，回甘绵润，且有一种奇异的芳香。

二

把目光投向得耳布尔小镇吧。

一座座崭新的楼房之间，体现林区风格的木刻楞建筑尚有遗存，木板条围栏也间或可见。小镇有两条主干街道，横一条，竖一条。横竖之外还有若干条，但那些算不得街道，应该归类为小巷子了。主干街道两边店铺林立，多是些饭店酒馆，以及土产山货行和日用品超市。若问当地有什么美食，连娃娃也能脱口而出——柳蒿芽炖排骨、黄花菜炒鸡蛋、老山芹包子、四叶菜馅饺子。

　　这里常住人口不过一万人。当年刚刚开发时，伐木人来自四面八方，有本地猎户，有转业军人，有闯关东的汉子，有刚毕业的大学生……他们怀着不同的梦想，操着不同的口音，在得耳布尔落户安家。

　　现年八十八岁的徐殿荣曾经是一名志愿军战士。1959年，他转业来到得耳布尔青年岭林场，成为一名林业工人。先是做运材司机助手，后来做了小工队的物资管理员，一串钥匙挂在腰间，一走路，哗哗直响。那时，考虑到家里人口多，劳力少，日子拮据，他主动要求去当伐木工。不过半年，他就成了林区里远近闻名的出色油锯手。

　　1991年11月，徐殿荣光荣退休。

　　晚辈们问他："爷爷，你这辈子伐了多少木头啊？"

　　"伐了多少木头？——咦呀，没数！"他看了一眼置于墙角的那把锈迹斑斑的油锯，自言自语地说，"堆起来是一座山，放倒了是一片海！"

　　徐殿荣有两个愿望，一个愿望就是希望儿女们吃喝不愁，日子过得平安幸福；另一个愿望就是盼着林子快快长起来。林子大了鸟才多，林子大了，林区才像个林区。

　　徐崇方是林二代，徐殿荣的四儿子。1986年高中毕业时，因为林场小工队有一个接班名额，他放弃了高考，当上了采伐工。由于他头脑灵活，手脚勤快，2021年，被调到林业宾馆当经理。现在呢，担任康达岭民宿的店长。

　　我问他："你父亲对你有什么影响？"

　　徐崇方沉思片刻，说："他教我们怎样做一个好人。"他接着说："他们那一辈人，肯吃苦，对林子有感情，对国家的林业事业怀着赤胆忠心。"

　　"我有时间的时候，会陪他去林子里转转。只要一进林子，他就兴奋，眼睛就发亮！"徐崇方说。

三

得耳布尔，因得耳布尔河而得名。

得耳布尔是宽阔的河谷之意。得耳布尔河发源于得耳布尔境内的青年岭林场，全长二百七十二公里，由东北向西南流经得耳布尔镇，以及二道河、康达岭、永青等林场，汩汩滔滔，于额尔古纳市注入额尔古纳河。

得耳布尔河的水源来自森林里的融雪和降雨，每年发生两次汛期，一曰春汛——由于积雪融化时间过于集中，地下永冻层无法渗透，导致5、6月间河水暴涨；二曰夏汛——夏季里，森林里腐殖层含水量达到饱和，加之降雨继续增多，至8月初时，夏汛暴发，河水横冲直撞，甚至发出呜呜的叫声。

得耳布尔河里鱼很多。当地朋友说，河里能叫出名字的鱼有哲罗鱼、细鳞鱼、柳根鱼、老头鱼、鲇鱼、狗鱼等。我在林区行走期间，吃过红烧哲罗鱼、酱炖细鳞鱼，还有油炸柳根鱼。哲罗鱼与细鳞鱼肉质细腻紧实，入口极香。柳根鱼个头不大，长不过一个指头，经油炸后，酥香脆爽。这几种鱼都是冷水鱼，别处很少见，但在大兴安岭林区，在得耳布尔这样的地方，却可以吃到。

须笼是林区人捕鱼的渔具。须笼是用柳条编制的，小口窄颈，腹阔而长，颈前装有柳条倒须。捕鱼时，用木壳子将河水横拦，中间留一小口，将须笼小口与之对接，鱼进入笼内，因有倒须而不得出。人们为了把鱼诱进须笼内，常常将一块骨头置于笼中。

不过，得耳布尔人更喜欢冬天凿冰眼捕鱼。有史料记载："冬则河水尽冻，厚四五尺。夜间，凿一隙如井，以火照之，鱼辄聚其下，以铁叉叉之，必得大鱼。"——那大鱼，想必是哲罗鱼吧。

凿冰眼捕鱼，也有用丝网挂的。有经验的捕鱼人往往选择水深流急的地方凿冰眼——每隔两三米凿一个冰眼，冰眼凿妥后，用长杆把丝网一个眼一个眼地穿过去布网。布网完毕，尽可回家睡觉。次日清晨，再把冰眼凿开起网，丝网上就会挂满鱼。

四

在得耳布尔，有两个卡鲁奔，一个是卡鲁奔山，一个是卡鲁奔湿地。卡鲁奔，意思是有宝藏的地方。早年间，当地的猎人在这座山上狩猎，遇雨，就到一个山洞里躲避，并拢起一堆篝火，烘烤衣服。离开时，却发现灰烬下的石块融化了，那融化了的东西又凝结成大小不一的颗粒。猎人看着那些闪亮的颗粒惊愕不已，于是，就给这座山起了一个名字——卡鲁奔。

卡鲁奔山确实是一个奇特的地方。

卡鲁奔山的东坡山腰上有一个洞，洞口阔不到一米，洞深则不可测。为何说不可测呢？因为现有测量工具都无法测到它的底通到什么地方。

山洞名曰冰凌洞。由洞名就可以看出，这个山洞并不温暖。洞口终年挂霜，寒气袭人。洞里更是如同冰窖，厚冰相叠，且有怪音回响。于是，这个冰凌洞就不免有了一些传奇的味道。

早年间，当地猎人捕到大动物，不方便弄下山去，就存放在冰凌洞里，待得耳布尔河结冰后，再用马拉爬犁运回去。伐木人作业期间，带的食物也存放在冰凌洞里保鲜。

这里更是雷电密集区域。每逢雨季，卡鲁奔山的上空常常雷声轰鸣。据当地人说，雷声是与地下的金属矿物质对应的，雷声密集的地方，一定有丰富的矿藏。

果然，后来地质勘探部门探得，这里既有铅、锌、铜等金属矿，也有黄金、白银等稀有矿藏，成矿带蜿蜒数里，矿脉深厚，面积广阔。

有宝藏的地方，就有看守宝藏的眼睛。

卡鲁奔山上耸立着一座瞭望塔，有十八米高，常年有护林员在上面值守。这里曾多次发生由雷击木引发的火情，幸亏被瞭望塔上的护林员及时发现，迅速扑救，才没有酿成大的火灾。过去，护林员在山上的生活相当艰苦，所需物资都要靠马匹驮载运上山去，生活用水则要到山下的得耳布尔河里打取。

为了解决山上护林员的吃水问题，某日，林场请来水文专家进行勘探，在卡鲁奔山北坡找到一个点位。可是，钻探设备和打井机器轰隆隆凿了七天，生生凿了八百米深，也没有凿出一滴水，大家极为沮丧。就在打井队停止操作、拆卸设备、准备次日下山的时候，有人说，再往下打一米看看情况。结果，一米下去，奇迹出现了———一股水流喷涌而出。

我在卡鲁奔山上，找到了那口井，特意留影纪念。刚要转身的时候，有人悄悄告诉我："这口井通着得耳布尔河呢！"

"是吗？"我瞪大了惊愕的眼睛。

"喏，那就是卡鲁奔湿地。"

站在卡鲁奔山上，向南看到的得耳布尔河谷，就是卡鲁奔湿地了。

湿地，被称为地球的"肾"，是一种独特的生态系统。湿地既有涵养水源和净化水质的功能，又有蓄洪防洪的功能。湿地，还是鸟类和水生生物的重要栖息地。

二十世纪，卡鲁奔湿地曾施行过"湿地改造计划"——在湿地上种落叶松、白桦树。可惜，湿地含水量大，落叶松和白桦树容易烂根，种下的落叶松和白桦树活了几年后，就大片大片枯萎了。

时间改变一切。如今，"湿地改造计划"的痕迹已经踪影皆无，取而代之的是天然生长的蒿柳、兴安柳和茂盛的小叶樟。

卡鲁奔湿地边有一处牧场，被改造成了"康达岭林场民宿"。我在那里住过一夜，被安排在一顶帐篷里。那里的夜晚安静得很，打开帐篷的小窗，可以望见天空的星星，一颗一颗，清清楚楚。渐渐地，星星就密集了，就成了星星的河了。我甚至怀疑，夜晚泛着亮光的得耳布尔河，是一些野性的、不守规矩的星星，把天上的银河掘开一个口子，悄悄溜下来造成的吧。

忽然，天上的星星一下就隐去了。星星呢？星星的河呢？起雾了，大雾遮蔽了星星，也遮蔽了星星的河。帐篷的小窗口有浓重的雾气往里涌，我明显感觉到寒意袭身。

我赶紧关上小窗，回到床上，倒头便睡。

次日清晨醒来，听到外面同行的朋友们正在议论早起看日出的情景，话语间满是兴奋之情。

我虽没有去看，但我不后悔，因为在得耳布尔，处处都有美景。

得耳布尔，森林涵养美。

得耳布尔，生态涵养传奇。

选自《人民日报》2023 年 10 月 16 日，原篇名为《美丽的得耳布尔》

江子

一件袍子

江子

本名曾清生，中国作家协会全委会、散文委员会委员，江西省作家协会副主席、秘书长。有数百万字发表于全国各类文学报刊并获奖。出版长篇散文《青花帝国》、散文集《回乡记》等。

1

同事 W 爱穿袍子，直襟直统，长过脚踝。她经常穿的一件是黑底红花，交领，右衽，扣子是一字盘扣。袍子的黑底并非深黑，而是厂家着意做旧，仿佛是穿过多次，经过反复水洗后的颜色，黑中带黄，这就显得特别有历史感。袍子也的确被 W 穿过多次，W 说买下来至今已经有些年份了。听 W 这么介绍，再看这件袍子，就感觉到了时间的力道。

W 略比我年长，是已经过天命之年的人了。很早的时候，我在乡下教书，爱写作，她是省城文学刊物的编辑，自然，她就是我的老师了。后来我调入省城，与她成了同事，她依然是我敬重的老师。与我爱瞎折腾不同，W 是个安静而有定力的人，说得文气一点儿，她是一个心中有道的人。她独来独往，少交际，无意惹尘埃，所谓办公室政治，市井恩怨，于她是不搭界的。领导换了几届了，但对她了解的真是不多。她却对阅读与写作始终如一，爱用一双冷眼暗察人世。她的文字，常于无声处听惊雷，于灰烬中见珍宝，在凡常间见深情与大义。她还真写过一篇名为《珍宝的灰烬》的文章，写她经常路遇的一个有着傻儿子的白发母亲。她如此写这位母亲在寺庙里的神色："她的背影肃穆得就像是只有她一个人，她是一个人站立在空阔的原野上，站在离上苍那些能够洞察人世苦难并可解救他们的菩萨最近的地方。""生活的火焰并不能够总是燃烧得旺盛与鲜艳。尤其对于小人物而言，更多的时候，它是灰烬的代价和化身。然而，当你于灰烬里埋头寻找，尘灰扑面呛人的刹那，你能发现的，总有一块心一样形状的钻石或珍宝，让你怦然心动。"

她这样的人，与袍子结缘，是早晚的事。——这件源自久远、相比其他服饰十分严实并有凛然力道的袍子于她就是一堵墙，或者是一座让她获得安全感的微型建筑。她在这建筑内，免于尘世的喧嚣，守着心中的道。靠着这袍子，她大隐隐于市，等于是自造了一个天地。在她自己的天地里，她甘之如饴。

2

"百度百科"如此解释"袍"：直腰身、过膝的中式外衣。一般有衬里。是中国传统服装——汉服的重要品种，男女皆可穿用。

袍在中国的历史很长，东周时期的墓葬品中就可见袍。《诗经》《国语》中已出现"袍"的名称——《诗经·秦风·无衣》："岂曰无衣？与子同袍。"袍子证明了战友的生死之交。有古书记载："秦始皇三品以上绿袍、深衣，庶人白袍，皆以绢为之。"指出袍是官员与百姓共同的服饰，却以颜色区分。袍在古代分龙袍、官袍和民袍。龙袍为皇帝专用，袍为官家朝服乃是东汉永平二年（公元 59 年）开始的事情，以所佩印绶为主要官品标识。民袍乃日常生活中所穿之袍。

这里专说民袍，也就是直襟直统的长袍。

东周以来，袍活了两千多年。活了两千多年的袍，自然就有了性格，有了魂。我们说到袍，除了衣襟之用，肯定还与精神有关。

刘义庆的《世说新语》中的"王子猷雪夜访戴"："乘小舟就之。经宿方至，造门不前而返。"如此放浪形骸的王子猷，想必是穿着袍子的。袍子还得是新的，色泽还深，袍领和袖口甚至还缀了用以保暖的兽毛。

苏轼的《记承天寺夜游》："元丰六年十月十二日夜，解衣欲睡，月色入户，欣然起行。念无与为乐者，遂至承天寺寻张怀民。怀民亦未寝，相与步于中庭。庭下如积水空明，水中藻荇交横，盖竹柏影也。"那晚苏轼与张怀民的穿着，必须是袍子，而且是色浅而薄层、风吹起来有飘荡感的袍子才对。

张岱的《湖心亭看雪》中，张岱自然也是穿袍子的，而且是厚袍子，衬里缀了很厚的棉絮，否则抵御不了西湖的风雪，担不了文中的天云山水和湖心之亭："余拏一小舟，拥毳衣炉火，独往湖心亭看雪。雾凇沆砀，天与云与山与水，上下一白。湖上影子，惟长堤一痕、湖心亭一点、与余舟一芥，舟中人两三粒而已。"

…………

在中国古代服饰文化里，袍子关乎斯文、教养、态度、责任乃至更广阔的精神指向。换句话说，袍子即人。一个灵魂没有分量的人，是担不起袍子的。

3

近百年前的中国，当是袍子的世界。

蔡元培、胡适、林语堂、朱自清、钱穆、沈从文、陈寅恪……他们都是穿袍子的。他们袍子上的立领，从来都凛然竖立，右肩上的布扣，从来都严严实实。袍子是他们的民族、国籍、语言、时代，也是他们共同的性格、风度、操守与命运。穿着袍子，他们就像是一个家族的子孙。

中国现代文明启蒙先驱胡适是师从著名哲学家约翰·杜威的留美学生，美国哥伦比亚大学哲学博士，后来还担任过中国驻美大使，毕生着力倡导民主、自由思想和理性主义，称得上是二十世纪中国最为洋派的人，也是最有资格穿西服的人。

胡适先生当然经常西装革履。穿着白色衬衫、深色西装、打着领带、戴着圆框眼镜的胡适先生，挥洒自如，风度翩翩。他以西装为标榜，站在时代前沿，批判中国传统，在世界外交舞台驰骋。

可是他经常穿着袍子。西装和袍子，两种完全不同价值观的服饰，奇妙地统一在一个人身上。百度上看他的诸多照片，袍子穿在他的身上，竟和西装一样妥帖。

与他同样有很深的西学背景的人是林语堂。林语堂的父亲是个牧师，母亲是个虔诚的基督徒。

他最早接受的是西式教育，17 岁入上海圣约翰大学就读，后又在美国和德国留学，先后获哈佛大学文学硕士和莱比锡大学语言学博士学位。回国后，他先后在清华大学、北京大学、厦门大学任教，所教科目也多是外文，曾任北京女子师范大学教务长和英文系主任，外交部秘书，上海东吴大学法律学院英文教授等。1948 年，他赴巴黎出任联合国教科文组织艺文组主任。1954 年，他到新加坡筹建南洋大学，任校长。1975 年，被推举为国际笔会副会长。

林语堂几乎一辈子与西方文化打交道，据说他懂西方胜过中国，他直到 30 岁执教北大时才知中国孟姜女哭长城的传说。如此西化程度厉害的林语堂按理是长年穿洋装才对。可在网上搜索林语堂，其穿袍子的照片数量远超过穿西装的。就连他的祖籍地（福建省漳州市芗城区天宝镇五里沙村）纪念馆前的塑像，也是穿着袍子的造型。

一个人的着装往往潜藏着他的身份认同。我想胡适、林语堂虽然有各种身份，但他们认定袍子里的人才是他们真正的自己。或者说，西装于他们不过是一场场旅行，而袍子才是他们出发和最终要抵达的故乡。

在中国文化的语境里，鲁迅绝对是个异数。他是被解读最多的人，也可能是被误读最多的人。认同他的人，把他当作以笔为刀的思想者、革命者、民主斗士，当作"民族魂"，不认同他的人，说他性格偏执阴郁，对中国传统（包括中医）的批判过于凌厉无情，对与他论争过的人，"一个都不宽恕"。

真正的鲁迅是怎样的，只要看他留下来的许多照片就知道了。照片里，他都穿着袍子，中国的袍子。

他只有赴日本留学时穿着制服。那该是学校的校服，短装、铜扣，衣着挺括而生涩。但那时候，他还不叫鲁迅，叫周樟寿。

袍子应该是鲁迅认知中国的起点，也可能是终点。他几乎终生穿着袍子，也终生审视袍子。袍子是他的精神母体，也是他要反抗的敌人；是他要反抗的囚室，也是他驰骋一生的战场。袍子于他，也可能是思想的悬崖——袍子耸峙，他的目光与思考，正建立在这危险的悬崖之上。

袍子也是他的铠甲。他一生得罪人无数，是袍子护卫着他，让他免于伤害。

鲁迅穿着袍子，参加朋友的宴会，给穿着校服的学生讲课，看戏，回故乡，在书桌上完成各种报刊的稿约，给年轻作者的新作写序，订正准备付梓的书稿，躺在摇椅上与前来拜访的萧红有一句没一句地聊天。天气很热，他也不松开脖子下的那粒布扣，忙的时候，却会挽起宽大的袖管，露出青筋暴出的、指间被烟卷熏得焦黄的手。烟灰落在袍子上，他会手忙脚乱地拍打袍子。一辈子，他与袍子相生相克，直到最后，袍子也就成了他的墓碑。

有一张照片是他与英国戏剧家萧伯纳的合影。那是1933年初萧伯纳到上海访问时二人的合影。照片里，77岁的萧伯纳身板硬朗，个子魁梧，风度翩翩。他白发，白眉，白胡子，穿着一套笔挺的西服，打着领带，左手握住右腕，样子俨然一位战功卓著、解甲归田的老将军。这个老头子，气场真是强大得很！

而相比萧伯纳，鲁迅太矮了，也委实普通。从照片看，鲁迅只到萧伯纳的脖子处，相当于比萧伯纳矮了一头。鲁迅平头，一字胡，发须皆黑，右手指间夹着烟，就是一名中国寻常老伯的样子。在威风凛凛的萧伯纳面前，鲁迅的风度，眼看着要被萧伯纳比下去了。

可是鲁迅穿着袍子。那件袍子浑朴绵厚，却又威风凛凛。穿着袍子的鲁迅，样子就像是一座石塑的雕像，一座古老的碑。萧伯纳个子再高，发须再酷，也根本压不住他。

二十世纪二十年代至四十年代的中国，军阀混战，列强逼迫，民众如同蝼蚁，国家衰弱到了极点。袍子们纷纷奋起，从课堂、书斋走向街头，走向面目模糊的民众，走向无尽的远方。他们眉头紧锁，目光机警，步履匆匆。在街头临时搭起的演讲台上，他们慷慨陈词，袍子宛如风中高举的旗。在风声鹤唳的巷道里，他们匆匆走过，衣袖里可能藏着秘密的情报，一个通知某个群体秘密转移的消息……为防被人认出，他们戴着礼帽，帽檐压得很低。为防风雨，他们把油纸伞别在身后。不幸的消息纷纷传来：一件叫陈独秀的袍子，被押进了监狱；一件叫李大钊的袍子，被绞死在绞刑架上；一件叫闻一多的袍子，被罪恶的子弹打出了十几个破洞……

4

1938 年 2 月，一群袍子领着千名学生从长沙出发，开启了终点为云南昆明、路途为近两千公里的远征。

他们的身份，是国立北京大学、国立清华大学、私立南开大学的教员。他们怎么从北方流落到了长沙，却又为何要领着学生从长沙前往昆明？

事情的前因后果关乎国运：1935年，北京的局势日益危急，为了防止突发的不利情况，清华大学秘密预备将学校转移至长沙，拨巨款在长沙岳麓山山下的左家垅修建一整套的校舍，预计在1938年初即可全部完工交付使用。并在该年冬秘密南运几列车图书、仪器等教学研究必需品到湖北汉口暂时保存，随时可以运往新校址。

1937年不仅是中国的多事之秋，也是中国教育的多事之秋。该年7月7日卢沟桥事变，7月29日、30日，南开大学遭到日机轰炸，大部分校舍被焚毁。考虑到北京大学、清华大学、南开大学三所大学的安全，鉴于清华大学此前为预备转校在长沙所做的努力，以及长沙当时的局势，教育部分别授函三所学校的校长，令三校在长沙合并组成长沙临时大学。

三所学校的1600名师生经过长途跋涉陆续到达长沙，开启了乱世中的文明重构之旅。10月25日，国立长沙临时大学正式开学。学校租借圣经学院和涵德女校，本部择于长沙城东的韭菜园。韭菜园，多好的地名呀，正好印合了人们的祈盼。大家希望，即使烽火连天，中国的人才，依然可以像具有强大再生能力的韭菜一样，可以一茬又一茬地生长出来。

可是局势在几个月后发生急转，南京失守，华北沦陷，中原动荡，画着红色膏药旗的飞机一次又一次在长沙市区上空扔炸弹，学校是办不下去了。1938年初，教育部决定，国立长沙临时大学西迁昆明。

师生们出发了。他们的迁徙何其艰难：他们分成三路，第一路走水路，部分老教授领着女同学从长沙小吴门的粤汉铁路上车，坐火车南下广州转道香港，再从香港上船，坐船到越南海防，再坐火车经过滇越铁路到达昆明。第二路师生坐汽车，从长沙走湘桂公路，经过桂林、南宁、镇南关，到达越南河内，再从越南河内上火车，经过滇越铁路到达昆明。

最悲壮的是第三路，一群中青年教授领着男学生，336 人编成 3 个连，以湘黔滇旅行团的名义从长沙出发，靠着两只脚一步步经益阳、常德、沅陵进入贵州，跨越湘黔滇三省，费时 68 天，于 1938 年 4 月 28 日到达昆明。

这是无比仓皇的流亡之旅。正是初春，天气寒冷，又是三千多里远的征程，袍子们的遭遇可想而知。无法正常洗澡，正常洗涤、晾晒，在长沙时整齐的袍子，到昆明就邋遢了，在长沙时还算崭新的袍子，到昆明就暗旧了。在长沙时还散发着太阳的香味，到昆明就臭烘烘的了。从长沙出发时是柔弱的、蓬松的、温顺的，到后来就铁一般硬了。一路上的风霜、泥泞、汗水、菜渍、烟味，都可能在上面留下痕迹，一路奔波造成的脱扣、掉线、破洞、起味、改色，也是时有发生。昆明人见到他们，肯定会认为，他们和叫花子差不了多少。真正是有辱斯文！

可是没有人不对他们肃然起敬。他们虽然手无寸铁，但他们是真正的战士。他们进行了一场真正意义上的战斗。他们为文明而战。他们的流亡，乃是为文明的图存。他们衣衫不整，却是乱世中国的文明引擎。那一件件脏兮兮的袍子，乃是英雄的史诗，威风凛凛的战袍。种种迹象表明，今天的我们，是这些袍子的受惠者。

应该记住这些袍子的名字：梅贻琦、汤用彤、冯友兰、金岳霖、吴宓、陈铨、吴达元、钱锺书、杨业治、傅恩龄、刘泽荣、朱光潜、叶公超、朱自清、罗常培、罗庸、魏建功、胡适、杨振声、刘文典、闻一多、王力、浦江清、唐兰、游国恩、许维遹、陈梦家、吴有训、陈寅恪、傅斯年、钱穆、萧涤非、余冠英、贺麟、黄钰先、袁复礼、李继侗、曾昭抡、吴征镒、陈岱孙、华罗庚、陈省身、吴大猷……

5

绕了这么大的弯子不过是序曲，我终于要说到正题了。我要说的是另一件袍子，一件蓝色的棉袍。袍子是传统标准制式，交领，右衽，一字盘扣，白领口和袖口，直腰身，下摆及脚。袍子宽大，可见是按照身材高大挺拔的人的身高做的。袖口衣厚，有夹层，衣服表面，有细细的棉絮从针脚处探头探脑，可以想见夹层里铺了厚厚的棉。这使得这件袍子，特别有质感，特别煞有介事和义正词严。

袍子崭新，应该是成衣后没有洗过，布面还发着光呢。

平心而论，今天的袍子，已经很少见了。从二十世纪以来至今，中国发生了太多的事情。西装、夹克、裙子、裤装，各行其道。只有少数像我的同事 W 那样的人，才会不管不顾地穿着袍子招摇过市。只有演艺界需要塑造特殊的时代、特殊的人群时，才会煞有介事地把袍子穿上——那时它有另外一个说法，叫作道具。

这一件棉袍还真是一件道具。它穿在一个宋姓的先生身上。

正当花甲之年的宋先生是江西颇有名气的表演艺术家。他个子高大，仪表堂堂，国字脸，一字胡，两鬓斑白，双目炯炯，两道剑眉让整张脸显得特别有力道。我知他在不少电影、电视剧里饰演过让人印象深刻的角色。那些角色，有老谋深算的警察卧底，虽千万人吾往矣的古装英雄，久经磨难不肯屈服的江湖侠客，铁骨柔情的边防军人，或者古道热肠的邻家老伯。

他也多次在江西排演的话剧里担任主角。他在话剧中饰演最成功的一个角色，是方志敏。

宋先生这次是受邀来参加我所在的文化单位举办的一个诗歌朗诵会。

朗诵会以百年中国为主题，十余首诗歌作品由不同的朗诵者担纲演绎，面向社会公演，网络同步直播。宋先生朗诵的诗作，关乎民族大义，洋溢着旧中国志士的慷慨激情。几次彩排时，我看到宋先生的表演，他时而紧锁眉头，时而举起拳头，时而昂起头颅，完全是烽火岁月里为苍生为民族请命无惧生死的人的灵魂附体。他的声音略带沙哑，越发接近那个特定年代为中国前途命运奔走呼号者的本相。

正式演出在晚上七点半。我们——包括所有演职人员和我这样的工作人员都已用过盒饭。在等待演出的时段，我和穿着袍子，正抽着纸烟的宋先生有一句没一句地聊着天。我们说到袍子。首先说到他身上的袍子。他告诉我说这件袍子是与他们有着长期租借关系的道具公司专为他本次演出量体裁衣定制，他穿起来觉得特别合身，款式、布料和针脚也特别让他满意。然后我们说到袍子的功用、品行与文化，说到中国古代袍子之所以流行两千年，肯定是袍子和中国自然与文化的高度契合。它上下一体，衣长过膝，适合遮风御寒。它从领子到袖子到下摆都严严实实，正是含蓄、隐忍、崇礼、中庸的中国文化在服饰上的反映。它是美的，是适合入中国山水画的，想想如果中国山水画中的文人墨客，都是西装领带，或者 T 恤夹克，那会成何体统！它的退场，何尝不是中国文化的一次遗憾……

宋先生发现了我对袍子有着别样的情感，突然说，这件袍子，你要不要试试——

说话间，他就作势要脱给我。

老实说我的确对他身上的袍子充满了觊觎，就像我对那个频出志士的时代充满了向往。可是我突然间感觉到了一股强大力量的逼迫。我知道这件袍子对于真正的袍子来说不过是个赝品。可是它难道仅仅是赝品吗？它经过宋先生的数次彩排，已经与原生态的关乎袍子的精神谱系接上了头。它虽然崭新，但它已经有了这个谱系里的袍子的脾性。我配穿上这样一件袍子吗？我是否准备好了，接纳这样一件袍子，随时准备成为这样一件袍子中的人？

慌乱中，我冲宋先生摆了摆手。

选自《北京文学》（精彩阅读）2023 年第 10 期

周荣池

大地的

角落·稼穑

周荣池

中国作家协会会员。江苏省扬州市作家协会主席。著
有散文集《一个人的平原》《村庄的真相》《草木故
园》《村庄对我守口如瓶》等十多部，曾获百花文学
奖散文奖、紫金山文学奖散文奖、丰子恺散文奖、三
毛散文奖。

庄稼并不全是粮食，耕种和收获也并非全为果腹，也有一言难尽的滋味。尽管稻麦占据着平原的大多数空间，但生活是由更多貌似平凡的角色支撑着。那些生长在"十边地"的草木有它们自己的果实，有些也试图成为主角而最终未能如愿。但它们仍是村庄里的一部分，不管是离开了还是依旧生机勃勃地站在田野的角落。

一

油菜花开得很突然。平原上一夜之间被花朵分割成无数的独立王国。从来没有一种色彩这么霸道，铺天盖地般把土地遮盖了起来，除了村庄和麦地，油菜花和河流一起在那十数天尽情铺张。

就像信风一样到来的放蜂人，在村庄的边缘安营扎寨。他们一定也见过很多珍贵的花事，但平原的花海有自己的格调。油菜是很少种在大田里的，田头路边以及所有能到达的空白地，都可以让人发挥想象。这里有很多被水隔绝的地，叫作垛田。垛田上装着人们的想象力和创造力。他们把大片平坦的土地交给口粮，其余的每一处间隙都用油菜花装点起来。因为油菜的播种和收割都是手工的，所以人们并不畏惧零碎与散漫。油菜也不计较什么，阳春一到便拼命地开放，就像妇人放肆地大笑。

我喜欢奔走在花丛里，让黄色的花粉沾满朴素的衣裳。其中有一种很美妙的情绪。是执拗和倔强，在浓密的花窠里奔走。这并不是爱美的样子。但村庄里是不需要美的。譬如你要是和一个农人说这些花美，他只会说：这些花开疯掉了。花是会疯人心的。那种密集的纯黄在大地上铺陈，一直萦绕在脑海里，让人有透不过来气的感觉。所以便要奔跑，要深入，要逃脱。我不害怕父亲的指责。他可能也觉得村里的孩子不应该是那种体面的样子。他总是这样反问计较的邻居：不顽皮的怎么能叫孩子呢？

我感觉到叶下沉积的阴凉，叶片上残余的露水，还有花瓣撞在脸上的轻柔。无边的花香令人眩晕，所以我想不停地奔走。日后回想一切如同梦呓。但这些滋味是不能说出口的，否则村庄就会笑话我煽情与蠢笨。油菜的花时很短，也似乎是一瞬间它们就会消失得无影无踪，留下几只掉队的蜜蜂在其间无聊地嗡嗡作响。放蜂人已经走了。他留给队长半斤蜂蜜，此外没有卖掉一滴。这里的村庄不信任过于甜蜜的东西，人们觉得不真实可靠。他走后还留下蜂箱压过土地的印记以及做饭时候滴下的油污。只要一场雨洒下来，这些会和花事一样突然消失。这里毕竟不是他的村庄，所以不需要留什么证据。他的村落在路上，在花瓣里才对。

收菜籽是一件辛苦的农务。一刀刀地割下来，就像是一次次耐心的谈话。植物里那些细小的种子就像心思一样绵密。在改良的种子没有进入村庄之前，油菜的收成十分艰难。一切与这贫瘠的土地境况相像，瘦弱的本地种子榨不出多少油水。人们也并不计较什么且还嫌弃新来的种子并不香，打算卖给城里人去吃。村庄里很长一段时间有这种习惯——把本地的种子单独留着自己吃，又把那些轻易得到的品种都卖到城里去。其实他们大概忘记了，那些在城里扎根的人们，也曾经是老家土地里长出的种子。

每一棵庄稼都是辛苦的。棉花是从另外一个遥远的村庄引进的。每一个村庄大概都有自己的特色，因为水土不同且人的秉性各异。村庄从外面新引进一种植物，有着新老更替的悲情意味。人们被一如既往的辛苦折磨得疲惫不堪。他们也并没有完全指望新来的植物会带来翻天覆地的改善。种地总是被觉得是一种无奈的办法。棉花种植的过程要比粮食种植更为繁复，一道道手工程序在人们的忍耐中与时光周旋。农民甘心在日复一日中等待：浸种、制钵、育苗、移植、锄草、施肥、打枝、摘花、晾晒及至装袋，最后等待的是收花站里的定级。最辛苦的还有最后一道程序，要在秋风中把那些棉秆拔上来。其时它们已经一无是处，可还要一棵棵拔出来，把土地还给季节。父母们手上起了水泡，粗线白手套里有十指连心的疼。他们咬着牙，就像在努力地拔除穷根。

可是贫困是扎了根的，比任何植物都顽强。桑本是早就长在村庄里的。它们轻薄的叶片常被捋来喂鱼。除此之外，还有几枚初夏时候瘦弱的紫色果子受孩子们的青睐。长得像样的桑树会被用来制成扁担。它们也害怕承受太多的负担，所以一般都是随心所欲地生长。这是一种明哲保身的方法。看起来没有什么志气，但默默地保全了自己，可能是一种古老的智慧。后来湖桑进了村庄，人们养起蚕来。养蚕也并不是新近的事情，平原上早就有这种营生。秦家垛出生的秦少游一定是干过这种辛苦生计的。他写出了《蚕书》，又好像和他风流才子的气质不符合。农民认为会读书算是有才华，没有人把会务农当作有才气。后来他的子孙有一支迁到了附近的东角墩，却又做起打渔的营生，虽远近闻名，但也没有被认为是有才华。

好日子当然也不是养蚕人过的。那些精致的茧子后来成了城里的衣裳。湖桑老了之后，叶子也就不那么精神。人们就放弃了那些肥胖的虫子。那些树就被遗忘在远处，和村里的野树一样，不再值得被提起。这大概就是这些外来植物的必然命运，因为人们始终还是信赖粮食。薄荷也曾热闹过好一阵子。那时候每个生产队都有巨大的炉灶，林立的烟囱让人误以为是城里的工厂。薄荷占据了部分良田，村庄里到处都是清凉古怪的味道，连河流里的水都变了滋味。可城里人突然降低了价格，让辛勤的人们绝望起来——最后将那些清香的植物斩草除根，没有留下任何一点儿念想。

庄稼不能固守自己的村庄，是充满着险情的。

二

因为经济作物总是显得不可靠，人们就认命地回想起能充饥的植物。粮食不管行情如何艰难，总是可以留着果腹的。山芋就是这种实诚的植物。集市上买回来的藤苗，就着雨水栽在垄子上便不必理会，它们会自己默默地生长。要是长得太欢快了，人们就会不满意地打了茎叶去喂猪。村庄里是忌惮过多快乐的，长得太欢就像孩子太闹腾，需要板起脸来教育。在农人的内心，默默无闻地生长才像个样子。茎叶长得欢天喜地，长在根上的力气就少去很多，一些无用的欲望就要被镰刀镇压。

山芋还没有长大的时候，孩子们就迫不及待地去用手扒。这是放学路上最常见的事情。饥肠辘辘的一天快要过去了，脑子里全是对于食物的渴望。沾满铅笔灰的手，插到干巴巴的泥缝里。手指的倒刺被泥块擦出血来也全然不顾。那些染了血的土非常冷漠，总不愿慷慨地拿出什么像样子的东西来。直到寒凉的深秋，农闲的人们才来理会这些野蛮的生长。在草木已经枯黄的时刻，泥土里和盘托出的一切，给了生活莫大的安慰。那些长得笨拙的块根被挖出来，成为见证一茬生长的证据，也是季节中一道附加的得分题。

山芋是一种万能的庄稼。可以生食，也可以入菜，与粥煮更有清香。人们害怕流年不利，就把它们切片晒干了装在网袋里挂在墙头，以备需要的时刻取用。山芋干煮粥似乎是一种通行的办法。有一次到达某个遥远的海边村庄，那个地方出产一种很有名气的菜刀。主人送了每人一把，嘴里说的却是："到我们村里来别的没有，山芋干粥菜饭紧吃。"看来这种吃食已经有了代表平常事物的意思。"平常"这个词对于村庄来说极端重要。平凡或者平庸并不可怕，只要是常有，日子就能生生不息地接续起来。山芋也似乎能证实和担当这种接续。它们又会被做成山芋粉。山芋的浆汁在水缸里沉淀之后，父亲用刀切成方块，像豆腐一样放在门口的被面上晒。阳光耐心地一照，那些粉就会坍塌成细小的碎块，抓在手上就像用来育苗的酥土。

山芋粉装在布袋里。清明、中元和冬至的时候祭祖，必有一道烧山芋粉。人们平时也吃，所以做了亡人之后，还愿意歆享。至于用来做肉丸的辅料，那是不可多得的机会。

人们还学着种花生，尽管知道里下河的黏土并不适合这种植物。但空白的土地有时也会生出些有趣的想法。种子也不知道哪代传下来的，反正没有断过。花生出苗的时候就显得并不蓬勃，那些瘦弱的叶子好像起了思乡之情。可是人们倔强地让它停留下来。它就像被拐卖的小媳妇，满肚子的不如意。秋后收起来晒干了，那些干瘪的种子真是令人担心。到年节来的时候，便掺了沙子在铁锅中炒。沙子也是外来的，是砌墙多余了遗在路边的，是那种粗粝的品种。它好像也不满意自己的遭遇，在锅里毫不情愿地和高温周旋。最后还是炒煳了，但闻着很香，足以用来应付时节。

外来的东西到底心里是隔膜的，这是没有出过远门的南角墩人难以理解的。

玉米和土豆也是远来的。玉米在村里就叫棒头，长得和本地的芦穄相像。芦稷并不刻意去多种，人们收来它的穗头制成扫帚。这是一种很繁复的手艺。芦稷的秆有甜味，孩子们折了在嘴里嚼，模拟出甘蔗一样的滋味。玉米进入村庄之后，也有孩子嚼秆子的，但秆子粗糙少汁水。玉米还没有长成就有人惦记。掰开来那须上有清甜的味道，还不饱满的玉米粒生食很甜嫩。煮食之外，老了就不食，掰下来喂鸡鸭。对于这种作为副食的庄稼，人们似乎并没有什么热情。土豆也不是什么重要的菜蔬，地里的产出也不饱满，谓之"洋山芋"。人们对这些庄稼缺乏热情，似乎也懒得对它们发挥什么想象。日后我想到城里把土豆做成那么多样式，觉得村庄是轻视了这种可以作为主食的庄稼。说到底，人们对这些庄稼是有态度的——南角墩的人认为种稻麦才是正事。土豆作为菜蔬，多和豇豆去烧。农忙的时候买了肥白的肉一起下锅，那是款待帮工的好菜。一个人家的菜好不好，也是一种态度，人们心里是有盘算的。

　　当然有时候人们也会突发奇想，种植一些奇怪的作物。比如父亲就曾经种过一丛甘蔗。甘蔗种是从另外一个生产队讨来的，也不知道它的老家究竟在哪里。父亲先把它窖在田头，到了开春的时候埋进土地里。庄上人对此并不看好，好像这片土地上就不可能长出甜蜜的东西。即便其他生产队也种出了甘蔗，但这似乎也并不能成为可靠的证据。人们看他忙碌着，轻轻念叨说："还是吃些死粥死饭安心。"但那甘蔗倒也和父亲一样倔强，不消多久就真的抽出新苗来，硬是长成了田野之中的异数。在平坦的田野上，这一丛甘蔗显得很突兀，就像是一篇平静的文章，贸然地出现了一个叹号。父亲也并不管它们，倒是我常去关注那红皮植物的生长。

　　到了秋后，父亲用割完稻子的刀割了一根，站在地里就咬了一口，满意地说："谁说这地里就长不出好东西呢？"他把甘蔗砍回来佐酒，端着碗大口地痛饮。不知道那到底是什么滋味。母亲看桌上实在有些寡淡，把新收的花生抓给他一把，他摇着头说："生花生吃了会耳朵聋。"

那些甘蔗断断续续地在这个地点长了好几年。我有时候连稍子都认真嚼完——它比芦稷或者玉米秆甜多了。

三

村庄里有许多低洼的水田，像一种别扭的情绪，总是无精打采的样子。人们是通过抓阄分割田地的，抓到了那些水田也只有跺脚认命。人们也有自己无奈的办法。他们去北乡马棚湾买回来慈姑和荸荠种。马棚湾这个地方在运河边，是洪水冲出来的大湾。据说某处潭水深至七斤七两麻线也沉不到底。这个地方粮食总是绝收，但慈姑、荸荠长得好。"马棚大慈姑"几乎是一种固定的称呼，还暗指一个人的夯。慈姑顶芽便可作种。这一段也是慈姑味道特别的地方，乡间桌上常闹笑着"以形补形"让男人吃。荸荠作为种子似乎更娇惯点儿，要用药拌了土防虫。关于慈姑、荸荠，在田头专门有一块秧池育种，出苗后移栽至大田繁衍铺陈开去。

慈姑常种一大片，荸荠不过捎带几棵。荸荠其时是没有太大市场的。慈姑可以卖到城里甚至外地。荸荠好像是零食，这是村庄不在意的事情。只种几棵给孩子"杀馋"。慈姑叶子有庄稼的端庄模样，箭头一样的叶片茂密地覆盖着水田，只有青蛙的叫声可以透出来。荸荠叶子是简洁的圆柱形，一簇荸荠的叶子像土地庙插上的一炷香，很有些特别的意境，但缺少朴素的扎实。收获的时候很辛苦，慈姑都是妇女们用手扒。村里有俚语说"人之初，扒慈姑"。荸荠则更狡猾一点儿，要赤脚去"崴"，和采藕一般。

慈姑装满了船舱，用河水淘干净了，就装到城里去卖。有些人家为了得个好价钱，一直撑船送到下河的盐城。那个地方村里人都嫌弃，"到兴化心就慌，到了盐城不像家"。日后我去盐城，人问到从哪里来，一说对方就念叨："那个地方出马棚大慈姑。"慈姑做汤奶白，和咸肉红烧或者切片炒，虽然味苦但清口得很。父辈们怨恨慈姑，一年饿极的时候每天都是烀着吃。到了年三十家里也不见一点儿肉丁。末了，要吃汤圆应应时节，无奈又把慈姑削皮煮熟，圆滚滚的就算汤圆打发日子。荸荠久贮干瘪了更甜，但等不到多少时日就被消耗殆尽。母亲们总骂"好吃不留种"。稻子收获了后耕田时，拖拉机后就跟着嬉闹的孩子，巴望着稻田里有些"懒棵子"的荸荠。湿润的土地被掀开来，就如翻开了书发现难得的秘密，是件很甜美的事情。耕田的二叔见我抢不过别人，低头拾起一两个扔过来，如拿到两个大苹果一样令人兴奋。不用回家洗了再吃，上手就去了泥土咬起来，很甜。

这些零散的庄稼帮衬着人们度过很多艰难的日子。人们也并非完全不想有更多的营生，只是膀子上就那么一点儿力气。也有人种菜，种大白菜或者大青菜，挑到城里去卖进陌生的厨房。村子里叫大白菜为黄芽菜，叫青菜为大白菜。青菜是有些市场的，因为各家入秋之后都要腌制咸菜。咸菜有春冬两季。春天用野生的麻菜腌。野菜在河岸的护坡上很常见，往往是漫山遍野的形势，它们会欺负懦弱的野草。麻菜要在开花之前掐来，雨水足时三两日就新长一茬，但也极易开花。花一开叶片就失了滋味，大概气力都着在花事上了。切碎的麻菜吸足了盐分，不几日就丢掉轻微的麻味。挑出来淋几滴麻油即可食，喷香。入冬后腌咸菜场面更壮观一点儿，每家门口都挂着待入缸的青菜。从集市买回来的海盐味道最好。一层层码在水缸里，最后压上一桶水，只等着熟了。

平原上有专门的村庄种菜，它们多在城市近郊的菜园。至于其他的村庄，间或也种一些但不成气候。特别像父亲这种暴躁脾性的，受不了城里人的脸色，也不会讨价还价地争辩，只能恨自己吃不了这碗饭。他也是和菜园子打过交道的。有几年他在三荡河做护林员，两岸的芦竹都由他来收割抵作工钱。收好的芦竹用船运到菜园去卖。先前说好的价格总是要扯皮，货到地头死，一咬牙就算了——都是地里长的东西，不值钱的。由此他就认为菜园子的人狡猾，自己学不来这种营生。他还种过一些黄芽菜。入冬后收了用草绳捆起来，放在朝阳的猪圈窝里。过两天就跳进去拿一棵出来烧咸肉吃。被吃的猪也曾是在这圈里生长的。

庄稼是饱暖也是滋味，日子就靠这些辛苦的植物得以延续。它们生长在泥土里，也生长在锅碗瓢盆的滋味里。比如一棵菜好像已经在盐水里失去了生机，其实它又是在另一个世界里开始生长。村庄有很多的办法保护这种生长。当咸菜在卤水里有了怨气，长出了酸臭的霉点，人们会把它们煮熟了，再请回到阳光下暴晒。阳光就像当初爱护它的青苗一样，继续给它们以耐心和气力。梅干菜切断又回到了幽暗的坛子里，它们还能生长出很多的岁月。

这就是那些顽强的庄稼，在稼穑之中保我们的命。

选自《湖南文学》2023 年第 10 期

刘亚荣

隐匿者

刘亚荣

中国作家协会会员，编辑。作品见《散文》《散文选刊》《湖南文学》《黄河文学》《山东文学》《山西文学》《天涯》《美文》《雨花》《文学港》《广西文学》《文艺报》等报刊。出版散文集《与鸟为邻》。

一

三十多年来，我把雅姐雪藏了，就像上瘾者拒绝罂粟的诱惑。

那天在吧台结账，我注意到一盏青花瓷瓶灯，六棱形羊皮灯罩，光照在栗色博古架上，三彩马、粉彩瓷瓶、梅瓶、将军罐闪烁着幽幽光彩，一尊嘴对嘴接吻的青瓷娃娃赫然入目。久违的熟悉味道猝不及防地涌上来。穿桃粉色连衣裙的身影从时光深处不顾一切地钻出来，悄然无声地凝望我暗暗遮掩的惶然。

而偶遇恰如触动记忆齿轮的按钮，拼命想遮蔽的，陡然晴天惊雷般重现，令我的记忆波浪起伏，山呼海啸。

思忖间，竟然看到一个背影，穿着与我同款的旗袍……躲来不及，冲上去非我所愿，或者我还没找到足够的理由与她面对面。她突然回头，脸上现出惊诧，接着，笑成一朵牡丹花，毫不迟疑地叫出我的名字，奔过来，不由分说搂住我。果真是不老的雅姐。在她的拥抱中，我被动地叫了声"雅姐"。我无法表达那一刻的心情，有点儿尴尬，也有点儿手足无措，意料之外、并不被期待的相遇，在我，连寒暄也显得迟疑。

雅姐拉着我的手说：我以为这辈子再也见不到你了。

时隔三十年，雅姐真像一个梦。如果不是衣柜里的橙色短袖上衣时时提醒，我会误以为青春的光阴里从来没她。这些年，从乡下到市里，数次搬家，淘汰无数东西，唯独那件产自上海的短袖上衣我不舍得丢弃。方领，领口与开襟都是同色反贴边，开襟别出心裁开在右前方，胸口上方绣着一簇牡丹花。这是我年轻时最洋气的衣裳。更为重要的是，它是雅姐送的。

那时节，我和朱正谈恋爱。送给朱的第一张照片上，我就穿着那件上衣，亭亭玉立的样子，连我自己都喜欢。我如此珍爱一件衣服，却没动过联系雅姐的念头，一个县能有多大，况且早已进入信息时代。其实下意识里，还是在躲避。

当初狠心远离雅姐，不似眼下的轻描淡写。当依赖成瘾，一日不见就难过时，突然断交，真像瘾君子戒烟。此前并无预兆，我邀请雅姐做新婚嘉宾，由她去送我。

雅姐之于我，就像盛开的牡丹，有雍容华贵之美，有芳香的味道，释放着无限的魅力。与雅姐相依相伴的一切，像涨潮之水，汹涌而来，退潮之时，带着不甘的涛声。

但一切还那么鲜活，没有被岁月隐匿。

那个下午，太阳无奈地困在云深处，终于避开一朵云，从玻璃窗爬进来，在注射室的东墙画出个写意的长方体，顺手涂上淡淡的土色。草木葳蕤的夏季，让人瞌睡的季节，适合痴想，我倚在椅子上思念远方的朱，跟太阳一样懒洋洋的。

一个很好听的声音飘进来，甜美略带肃宁味儿。院长在前，一身橄榄绿警服的派出所所长在后，陪着一个身穿桃粉色连衣裙的漂亮女子走进来。她像一朵美丽的彩云，照亮了土乎乎的四壁，让我不禁为注射室的简陋感到尴尬。一张掉了漆的桌子，一张坐上去咯吱咯吱乱响的竹板木床，还有丑小鸭一样的我。

处方笺是院长的笔迹，龙飞凤舞的，却只有两种药：青霉素钠加生理盐水。皮试观察期间，我悄悄打量眼前的美丽女子，乡里从没有人穿那么艳丽的衣服，低领、圆口、长袖，袖口及裙摆是同色系蕾丝边。柔和的阳光下，桃粉色清丽而典雅，配上她雕塑般立体的脸，美得像光彩照人的影视明星。

医嘱签上写着"李雅"，单字，洋气又雅致，这在四周小花、小朵、大红之类土里土气的名字里，又是一种别致美。令我欣喜的是，这么美的一个人会对我好。她拉住了我的手，让我叫她雅姐，看着我的脸夸："好俊的小姑娘。"被雅姐这么美的人夸，虚荣感瞬间填满了我青春期的心。我又黑又瘦，除了眼睛大，几乎没有长处。家人喊我的昵称是"大门楼头"，下意识里，我是抗拒的，觉得带有贬义，其实是我不敢承认自己有个大脑门这个事实。娘也叫我书呆子，虽然书没读多少，在泼辣能干、长相俊俏的妹妹面前，我手不能提肩不能扛，大丑丫一个。也许是从那一刻开始，我喜欢上了雅姐。

院长吩咐，皮试没事儿，去派出所输液，观察一会儿再回来。

次日，有人隔着后窗户喊我，亲切地叫着一个字，我踩上"咯吱咯吱"响的竹板床，看到仰着头喊我的雅姐。

"下班来我这儿吃饭。"

我推托。

她不许。

我提着配好的液体，拿着新洁尔灭棉球、胶布、止血带，来到后院，闻到一股奇特的香味，是肉香，却不是飞禽或猪羊炖在锅里蒸腾而出的味道。雅姐男人正往蒸锅里放小饼，饼茶缸口大小，粗布一样薄，每张饼都油汪汪的。这个穿着警裤和白色背心的男人，操作起这些来比家庭主妇都娴熟，蒸出来的饼几乎透光。雅姐笑盈盈，在茶几上摆放碗筷，说：今天咱们吃烤鸭。烤鸭此前只是我脑海里的一个名词，它跟首都的全聚德联系在一起。在雅姐家，二十一岁的我头一次看到现实里的烤鸭，虽然是片状的，也不是全聚德的，但肯定不是庄户人家饭桌上能有的菜。这只烤鸭，是雅姐男人骑着摩托车从皮毛之都留史买来的，香气四溢，还热乎着。我明白，这是雅姐特意招待我的。她一家想吃，大可以骑摩托车呼啸着去留史，直接在烤鸭店品尝刚出炉的。

雅姐家的天蓝色摩托车停在廊下，白色补花床罩在铁丝上摇摆着，是乡政府大院的一道独特风景。

偶尔，雅姐一双纤细嫩白的手泡在大铝盆里，被斑斓的洗衣粉泡沫包围着，飘着好闻的气息，她身上也散发淡淡的香。更多时候，雅姐坐在椅子上看书，两个孩子在纸上乱涂着房子、汽车，折纸飞机。我端着雅姐男人做的喷香的豆角焖面，品尝着，羡慕着。面条粗细匀称，带着黄色的铺面，绿豆角赏心悦目，平常的食材做出了艺术品的水平。最主要的是颠覆了我的认知，在村子里，大多数男人是从不烧火做饭的，在我家，只有大年初一父亲才煮饺子熬菜，主厨一天。我希望朱有姐夫那样的厨艺，也渴望着拥有如雅姐所拥有的美好安逸的生活。

二

我的审美之旅，从认识雅姐启程。

我的婚房里，靠北墙摆着一列组合柜，罕见的栗色，乍一看古朴大气，和雅姐那套实木镶玉石的相仿。只是，有质的区别，我的是三合板的。组合柜中间放着朱的燕舞牌录音机，旁边，是那尊我无比珍爱的嘴对嘴接吻的青花瓷娃娃，他们戴着帽子，弯着腰翘着小屁股，两个小脑袋伸向对方，小脸洋溢着幸福，陶醉地吻着，好像从宇宙洪荒爱到现在。最为动人的，是他们的无邪，男孩的手插在裤兜里，女孩的小手背在身后。我把它们当成我和朱，我们也要天长地久，像雅姐夫妻一样。那时不知幸福有时只是表象，难言的隐秘藏在不为人知之处，夜深人静时小兽般跳出来折磨人。

我还有一对古色古香的镜子，也是栗色，镜面长椭圆形，镜缘雕着游龙戏凤。小瓷人和镜子，都是跟着雅姐从保定工艺美术品店淘来的。雅姐的审美水平让我佩服。

那个艳阳高照的秋日，我和朱领了结婚证。朱不在家，新房里的小物件，大都是雅姐帮我买来的。我是那么依恋她，这种情谊，不仅是雅姐家的美食和赠予我的漂亮衣服构建的，她让我有感应，是来自心底的喜欢。也许，我是一面镜子，雅姐在我身上看到了年轻时的自己。年轻的我之于她，也许是良药的引子，具有特殊的疗效。

雅姐陪我从保定百货大楼买了大红色绣花羊毛衫、咖啡色呢子大衣，雪花呢短大衣的对襟和衣兜都用红呢子绲边，左胸一串红呢子葡萄，很别致。庙会上，买了红色针织秋衣秋裤。这些衣物，把土得掉渣的灰姑娘，变成了美丽可人的白天鹅。

为满足我买一身毛料衣服的心愿，雅姐陪我去了北京。那个严冬的早上，天还黑蒙蒙的，我们两人深一脚浅一脚，去村北赶唯一一趟通往保定的班车。一个趔趄，两个人一起倒在雪后滑溜溜的路上，摔倒的那一刻，雅姐还没爬起来，就问我摔坏没有，互相搀扶着站起来，手挽手接着走。天渐渐亮起来，喜鹊在路边的大杨树上叽叽喳喳，我暗暗庆幸，有个姐姐真好。

在王府井大街，我成了初进大观园的"刘姥姥"，到处都感到新奇。我一口保定方言，实在开不了口，雅姐考虑到我干瘪的钱袋子，带我东奔西走，货比五家。在一个比较僻静的柜台，我看中了一条紫红色黑格子短裙，更看中了裙子的价格，八元。雅姐懂我的意思，用普通话问售货员，却被抢白"大冬天买什么裙子"。天使一样的雅姐，为我受了委屈。晚上，我们住在雅姐亲戚家，怕我从床上滚下来，她抢着睡上铺。

九月县城庙会，我和朱花四百块钱买来一张席梦思床。又按雅姐的意思，配上了淡粉色绣花床罩。温馨的色彩，让低矮的小屋瞬间洋溢着喜庆幸福之光。

我和朱谈婚论嫁，雅姐万般支持。她说，朱爱看书，喜欢围棋，是有文化的人，知书达理的人比莽汉子体贴人。那时，只觉得是她对我和朱的祝福。没想到，是她的婚姻伤到了她，我也没意识到，她说这些话时的神态不似往常愉快，清澈的眸子暗淡下去。也万万没想到，她输液是公开的"隐秘"。只有我被蒙在鼓里，朝夕相处的温婉的雅姐之于我突然成了罂粟一样的存在。

三

当流言子弹一样飞来，我霎时晕了，眼前漆黑一片。

我不相信。

我屈起食指，将指关节放进嘴里咬了一下，疼痛和牙痕告诉我，这不是幻觉。

流言与现实叠成一种错综复杂的画面，理不清，把我绕在里面。雅姐安静温婉，对爱人很呵护，与婚外情、杀人命案能有什么关系？美好和凶恶是两极，是根本不可能有交集的天堂和地狱。这样的反差，于年轻的我是一个严峻的命题。在我非黑即白的世界观里，没有为模糊的灰色地带预留位置。初闻这个消息，比贾医生以男人之身穿我的连衣裙还恐怖。这种撕裂，让我痛苦不堪。

我在心里喊了无数次——这怎么可能？这怎么可能？

这不是真的！

有可能是别人泼向雅姐的一盆污水。

雅姐对我那么好，人那么好。任谁也不能把一个贤惠的人推到恶毒的深渊。我想替雅姐辩白，找县城认识雅姐的同学求证。他大概早听说过相关的"绯闻"，沉吟了片刻，说：还是少和她在一起，影响不好。接着他说：你想想，她为啥隔一阵就输液，你看看她的扁桃体有问题吗？是梅毒，你应该知道，梅毒的特效药就是青霉素。也许她没病，青霉素上瘾。心病……

断断续续地，雅姐的不雅传闻渐渐灌满耳朵。雅姐长得漂亮，被某公子哥看中，不到二十岁就嫁给在派出所工作的他。男人粗鲁、嗜酒，大醉后没有深浅，雅姐身上常常青红紫皂的。她不得不忍受着对孩子的牵系与其离婚。遇到意气相投的男子，那人却有家室，离婚不成，杀妻未遂入狱。雅姐随后又被有钱人包养。几年后复婚，做回了一双儿女的妈妈。

这些流言，故事简单，线条粗犷，碎片化，情节却起伏。让我惊悚、失落，觉得雅姐欺骗了我。阅尽沧桑后，虽对她有所理解，却再也没有动寻她的念头，我和她仿佛隔着"万水千山"。

我曾无数次把自己眼里的雅姐与传言中的她区分开。

雅姐父母是乡村教师，她有个文学梦，天天抱着诗歌小说，偏科严重，初中毕业升高中未果，靠父亲关系进了某企业当会计。这与我的读书从业路径有点儿相似。怪不得，我和雅姐有很多契合之处。她在文学殿堂沉醉的时候，我还没长上翅膀。她的床头柜上有一摞小说，我当时贪玩，偶有借阅。有一本绘画我记得清楚，叫《永远的尹雪艳》。我为尹雪艳的绝尘美而惊叹，纳闷世上竟有如此八面玲珑的人，胜过《红楼梦》

里的王熙凤。当时并未关注作者和绘画者。多年后读《台北人》，才知是白先勇先生笔下的尤物。

我买青瓷对吻小瓷人的时候，雅姐买了一尊更大的，又选了淡青色小巧的长颈花瓶。她的花道应着时节，花瓶里盛开着杏花、桃花，插着金黄的麦穗、雪白的棉花。她的手像拥有魔法，普通的物件经她摆置，立刻出尘脱俗，上得厅堂。我读《永远的尹雪艳》时，常常发呆，脑海时时会冒出雅姐的形象来，难道她是尹雪艳的替身？雅姐实在有动人的地方。我就是她那时唯一忠实的拥趸。而她，恰是我在痴痴迷迷的恋爱期倾诉衷肠的人。我和她讲与朱怎么认识，朱会下围棋，会写诗；讲我的思念和对久不见面的怨艾……她刮着我的鼻子耐心安抚，说：傻丫头有福气，找这么个好人，还不放心。我就把嘴角弯成个月牙儿，痴痴地傻笑，以分享我的快乐为乐。

雅姐善解人意，我和她在一起是微醺的，说不出的美妙。我没能窥出她的一丝丝不如意，更遑论她的婚姻和命运的渊薮。

偶遇雅姐，心底满是涟漪，那件绣花上衣就是我依恋她的证明。因为雅姐，我再次捧起《台北人》，"尹雪艳永远不老"，雅姐也不老。她俩让我想起了罂粟花，芳香、美丽、娇艳欲滴，却有毒，让人欲爱不能。而它的毒，是出于自我保护，还是报复，是我认知里的一个谜。按斯宾诺莎的说法，欲望是人之本体。至于罂粟的功效，乃至它杀人般的作用，终究是人利益驱使的结果。可是，美有什么罪？我蓦然一惊，我怎么能如此冒犯对我照顾有加的雅姐，竟然把她与人人谈之色变的"罂粟"联系到一起！

一直以为雅姐男人厨艺无敌，雅姐只上厅堂，不料她包的烧卖皮薄如纸，盛开如康乃馨花一样，一咬一嘴油，香得人停不下嘴。我盯着雅姐一双手赞叹。雅姐男人难得浅笑着说：孩子爷爷得绝症想念家乡的烧卖，一家人束手无策，还是你雅姐一次次琢磨着做，解了老人的馋。从此，羊肉馅烧卖成为雅姐在婆家的"压轴菜"。烧卖与心满意足的老人，传递出一个温暖画面。

晚霞里的雅姐，坐在廊檐下给她男人织毛衣，长长的眼睫毛微微翘着，饱满的脸庞覆着一层绒毛。毛衣针一上一下行走在光阴里，雅姐投入的神态令人陶醉。这油画一般的织衣图，令人心情舒畅。以我的审美观，微笑的蒙娜丽莎不如此时的她美。

哪里有半分尹雪艳的煞气？

四

撇开悲欢、聚散，雅姐的确丰盈了我的世界。

在朴素的乡村生活里，雅姐无疑给我推开了一扇门，关于生活的、艺术的。还有她的雍容、典雅、安静，以及书卷气质，都令我痴迷。

在我家还点十五瓦灯泡的时候，雅姐就用上了卷着荷叶边的台灯。平心而论，亲近雅姐是本能，是对安逸生活的向往，谁能拒绝美好呢？

雅姐让我想起一个传统意象——凤凰。落魄的凤凰不如鸡，她在熟悉的人群里过街老鼠一般声名狼藉。在新环境遇到我，欣赏我的她，人性中的良善重新焕发，她用优雅美丽的羽毛把过去遮掩起来。

一别数年，我和雅姐竟然不约而同买了同款旗袍。深蓝色底子，暗黄色大牡丹花，花与花间由缠枝相连，繁而不乱，美得热烈又朴素。多像我们渴望的婚姻爱情，温馨浪漫却满含烟火气息。

我曾邀请雅姐送亲，她特意添置了新皮鞋新衣裳。在得知她的离奇经历后，我有意时时躲着。她冰雪聪明，借口有事去北京，避免我为难。而后随男人调走，淹没在嘈杂的人潮里，隐匿在时光中。

人至中年，经历见识逐渐丰厚，尤其与朱的爱情，由炽烈变为恒温的亲情，我对婚姻的看法有所改变。而雅姐的境遇更令我反思，灯红酒绿中，但凡稍有姿色、性子又好的女人，哪个没遇到过诱惑？面对这些罂粟花般美丽的蛊，有些人确实迷失了自己；有些则是男人的错，他们是女人失足的推手。雅姐的事，或者与她男人酒后失德有着千丝万缕的关联。

我在乡医院工作，婚后与朱两地分居，着实领略了生活之不易。

母亲因病去世，孩子的棉衣棉鞋都没了着落。我陷在生活的困境中，朱书信里的卿卿我我远远解决不了世俗里的窘，柴米油盐尚能应付，情感上的无所依托让我感到孤独无依。最莫名其妙的是，数次遇到借酒装疯闯到宿舍强行搂我的人；也有人说，你为朱守洁，说不定他早搂着别人呢。幸好，朱是棋迷书痴，但有着超乎寻常的情感洁癖，绝不会允许自己发生任何越轨行为。我开朗外向，朱内向寡言，婚后三十年，朱有二十余年在外面。一旦回家，他又日夜沉浸于围棋的世界，两个相爱的人却没有多少体己话，甚至越来越没有话说，诸多委屈充斥在我心底，婚姻幸福感荡然无存。天天盼着团聚，三五天后开始为琐事争吵，互相都觉得苦恼，常常是一边和解，一边产生新的矛盾，爱情专列成了无法控制的过山车，在喜悦和恼怒间穿梭。当爱成瘾，更唯恐失去，越想握紧，越像手中的沙簌簌而下。有段时间，我曾一度对当初无悔的选择有所质疑。

朱多才多艺，正直，是好男人，但我还是觉得有遗憾。我喜欢文学，朱也沉浸在文字的海洋，《中国大历史》《昭明文选》《唐诗鉴赏辞典》《全宋词鉴赏辞典》是他的枕边书，在工作中校对稿子时常遇到生僻字，我常常求助于他，几乎没有错过。可是我俩还是没有多少共同话题。我活在现代，却倾慕相依相伴心有灵犀的日子。故而，我经常觉得烦闷、孤苦。

疫情期间，朱在家的时间多起来，这个油瓶倒了不扶、吃饭只拿自己筷子的人，走进了厨房。黄瓜丝、豆角丁、尖椒粒、蒜泥、芝麻酱、酱油、醋，他满头大汗、笨手笨脚、忙忙碌碌做凉面的背影，恍惚间似乎让我找回了丢失的爱情，那个对我呵护有加却闲云野鹤般活在云端的朱回来了。当朱开上车，载着我走入太行山中，我们一起寻觅韩信的白鹿泉、土门关、秦皇古驿道，数次走进于谦后人的石头村，这些车辙和脚印良药一般又治愈了我。朱修长的手指执黑白子落在棋盘上，一人互搏，"啪啪"的声音让我心安。朱说，退休后换台新车，拉着你四处去看看。

我就一心盼着朱退休与我相守。且又有了新的心愿，回老家置一小院，过果蔬满院、在花丛中坐着秋千听鸡鸭鹅鸣、一起读书的日子。

一日，忽又想起了雅姐，不知她现在过得如何。一直感念她对我的好。雅姐热心帮我，可能是对自己婚姻不幸失望，不想让我走她的路。

那个暖暖的午后，房前的桃花扑啦啦开得灼人，麻雀和蜜蜂成为桃树的客人。雅姐穿着一身笔挺的毛蓝色毛料西服坐在廊下椅子上看书，桃粉色的衬衣领子露出来，和桃花呼应着。微风中的雅姐桃花一样美，我不由自主地读了一句应景的古诗"人面桃花相映红"。雅姐"扑哧"一声笑了，"也成诗人了。崔护是俺们老崔家人。博陵崔护，姿质甚美，而孤洁寡合。举进士下第……"雅姐男人一脸不屑，嘟囔了一句，"酸酸唧唧的，有什么用？"我有点儿吃惊，雅姐博学竟得不到男人的赞许。

　　对于我选择朱，雅姐不止一次夸我有眼光。她说，女人不能依附男人。那时我懵懵懂懂。

　　而当时雅姐的处境，有谁怜惜，又有谁肯了解雅姐的苦楚。当和爱情有关的荷尔蒙消失，生活一地鸡毛，她选择离婚没错，每个人都有追求幸福的权利。雅姐离婚后确实在皮毛之都留史闯荡了几年，她曾把裘皮大衣销往俄罗斯等地，积攒了余生所需的财富，故而可以优哉游哉地过日子。至于其他是非，并无确凿证据，大都是一众人等道听途说、添油加醋而已，我相信雅姐并没有趟过男人河。如若雅姐有错，但她已悬崖勒马，相夫教女，为什么人们还不肯原谅她？好像男人都是无辜者……我摇摇头，不肯把这些足以湮灭一个人的暗流再推向雅姐。生活的原浆芬芳、辛辣、五味杂陈。活着不易，雅姐与我都在命运的河里自我救赎。这让人悲欣交集的光阴和爱情，我和她都是瘾者。

五

　　上瘾者，隐匿者，尹雪艳，雅姐，相干又不相干，混沌又清晰。

　　记忆像一棵树，总是在不经意的时候蹿出新芽。梦境中的罂粟花开到天边，像红彤彤的火烧云，动人心魄。或许它的美本身就是一种原罪。

　　数次把玩罂粟壳，从没见过罂粟花，它却在脑海呼啦啦生根。在夜深人静时，开得漫无边际。也无阳光也无风，妖冶的罂粟花兀自摇曳，红艳艳的，铺天盖地。花海由红变得漆黑，我孤零零陷在罂粟花海里，身体在旋涡里下沉，几乎窒息。突然看到雅姐，她背对着我，我喊她救我，却发不出声。雅姐瞬间不见，我被空旷吓呆了，慌忙追赶，一脚踏空，惊醒，冷汗淋漓。现实里，我躲避着雅姐，梦境里却不断重复罂粟花的画面。有的油画质地，清晰、艳丽，有的萎靡在地，没有生机。这些梦，反反复复，奇奇怪怪，我不知道它的隐喻意义。心里就又生了拒绝的念头，可是，谁又能控制梦呢？

莫名的罂粟，莫名的梦魇。这打破现实逻辑的虚幻梦境，数次重复出现，让我困惑不已。

罂粟本无罪。

把雅姐与罂粟联系在一起并不是本意，我相信雅姐床头出现的"尹雪艳"是一个偶然。我把几个版本的因果罗列在一起：贪图安逸，自食没有爱情的恶果；遇到真爱，飞蛾扑火，又跌入对方行凶的泥淖；自甘堕落，傍大款，梅毒报应；遭众人厌弃。

究竟是雍容华贵的牡丹变异，还是误植入了罂粟的基因，百思不得其解，故而，我只能一声叹息。人生阔野，飞蓬各自飞。

我依然爱着那个美好的雅姐，她赠予的春光明媚了我的青春岁月。那次相遇，我们互加了微信，但雅姐并没有主动联系我。母亲节那天，我在朋友圈发了一条某刊物推送我文章的链接，雅姐留言："士别数年，刮目相看，我变主妇，你成作家。"我竟不知如何回答，思忖一会儿，说："亲爱的雅姐！没有身份的区别。咱们都是好妈妈。闲暇的时候拿起笔来吧，'作家'不专属于谁。节日快乐。"

罗大佑说，流水带走了光阴的故事。人生本没有圆满，那么，就让时间之水带走那些令我难以置信的荒谬吧。

郜元宝

暂别乐园

郜元宝

复旦大学中文系教授，教育部"长江学者"特聘教
授，中国鲁迅学会副会长，中国当代文学学会副会
长，先后获冯牧文学奖、唐弢文学奖、王瑶学术奖、鲁
迅文学奖。著有《拯救大地》《遗珠偶拾》等。

1

高二下学期开学不久，我偶染微恙，差点儿放弃了高考。

那是二哥来城里务工，见我一副萎靡不振的样子，就说你跟我去澡堂洗个澡吧，狠狠"蒸"一下，保管精神起来。

我就跟着他，第一回进了城里的澡堂。

别的不必细述，只说在乡下，除了小伙伴"大肚子"，我还从没见过那么多男人奇形怪状突起大白肚尖的裸体。他们都怎么了？长了肿瘤？吃饭不消化？

二哥很相信"热蒸汽"，我却有点儿招架不住。穿过大白肚尖的丛林，下到大池子里，没泡多久，就坚持要出来，害得二哥也"没蒸透"。

不料就这么简单的泡澡，竟惹下大祸。原来几天前我大腿上有一处擦伤，还没愈合，在藏污纳垢的池子里一泡，顿时发炎。身体忽冷忽热，跟"打摆子"一样。起初以为回姑妈家盖上厚被子，捂身汗就好了。谁知两三天高烧不退，这才不得不去医院问诊。

医生说是病菌感染，开了一星期的抗生素肌肉注射，我每天忍着高烧和浑身酸痛，去校医院打针，然后看身体状况，或直奔教室，或打道回府——回姑妈家休息。

这样折腾了十来天，才逐渐好清爽。某位领导人以登泰山为核心隐喻的"改开"总动员讲话录音，我是在打针之后卧床休息期间，断断续续听姑妈家附近高音喇叭播放的。

经此一"疫"，严重脱课不说，身体也更虚弱。本来就病病歪歪，现在雪上加霜，越发打不起精神了。

父亲接到消息，特地从乡下赶来。那时离高考还有两个月，他见我一脸忧愁，就说你也别多想了，干脆"垛（复读）一年"，明年再考。

"垛一年"的说法，让我很得安慰。我后来一直认为，高考之所以能超水平发挥，跟父亲这种"托底"的许诺有直接关系。解除了后顾之忧，才能轻装上阵。

父亲还考虑再三，同意了我的一项请求，就是最后两个月，要从姑妈家搬去学生宿舍。我认为这样才会提高学习效率，弥补过去十来天的损失。

横竖两个月，开销再大也得扛过去。二哥进城务工做泥瓦匠已经半年，多少有点儿收益，正好给我交了押金。就这样赶在高二最后半年最末两个月，我住进学校大门右手边的学生宿舍，体验了一把集体生活的滋味——这才是我要求搬进学生宿舍的真正目的。

这里真热闹！我认识了文科班之外其他三个理科平行班的不少住校同学，包括歌神 CM，接受了他足足两个月"女声独唱"的熏陶。姑妈家的早饭通常是"坚硬的稀粥"或稀粥加馒头榨菜，现在，早饭也由我擅自改为校门口个体户食摊上的豆浆油条。午饭和晚饭由学校食堂统一供应，周末两天大多数仍回姑妈家蹭饭。

光阴似箭，紧张的三天高考一结束，我就卷好铺盖，去姑妈家打了声招呼，立马赶回乡下老家。

两年的高中生活，终于画上了句号。

难道就剩下这点儿记忆了吗？当然不是。太多遗漏，无法追回。太多未知，都随雨打风吹去。倒是毕业之后，跟过去的同学通信，或者碰到一起吃饭聊天，偶尔还能牵带出某些当时大家都茫无所知的秘密。

比如跟我一起翻围墙的 Wu 同学，高考前居然自说自话，瞒着家人，搞了一次现在年轻人所谓的"说走就走"的旅行。他偷了父母的钱，独自乘小火轮逆长江而上，爬了一趟江西庐山。虽然庐山几乎紧挨着铜陵，但那时交通不便，一个高中生在学期中间，大考之前，居然独自去游玩，实在太奢侈了。试问哪个等待大考的高中生敢这样放飞自我？Wu同学高考成绩不尽如人意，但他后来能在并非其所学专业的实业界大展身手，很快实现财富自由，这跟他高考前表现出来的大胆果决，是否也有一定关系？

又比如有一个时期模拟考试成绩始终跟我难分伯仲的某女生，居然神不知鬼不觉，在校外经历了一场惊天动地的恋爱，高考前闪电式结婚了。据说男方身份神秘，谁也摸不清底细。这位女生当然没到法定结婚年龄，不知通过什么门路，或者只是订婚，以讹传讹，变成事实上结了婚？传递这个信息的人自己也没有明确结论。

她的高考当然只是走过场，分数不可能太理想。但在举国视高考为"自古华山一条道"的二十世纪八十年代初，这位女生高瞻远瞩，服膺"男怕入错行，女怕嫁错郎"的道理，在如意佳婿和高考夺冠之间毅然选择了前者。若她心无旁骛，铆足了劲儿跟我拼到底，地区文科状元花落谁家，还真不好说。

听了这段秘闻，我不禁心中暗叫一声惭愧。感谢这位女生主动让贤，遂使我成名。

2

从七月初走出考场，到八月底离开家乡去上海读大学，这一段将近两个月的空闲，对我实在具有特别重要的意义。

我从来没有那么放松地忘怀一切，重新扑到家乡"小圩"旱地和

"老圩"水田，重新融入我少年时代的乐园。

当时万万没有想到，这次短暂的回归，其实乃是日后与故乡长久分离的开始。

1982 年从盛夏到仲秋，我纯然就是一个披星戴月、早出晚归参加"双抢"的农民。年少气盛，又觉得新鲜，什么活都拣最重的去做。不仅睡得安稳，胃口更大得出奇，一扫高中两年的焦灼颓靡。母亲一直对我放心不下，常说我是"子（鸡蛋）壳里的小鸡"，现在看我收工后满头大汗狼吞虎咽的样子，也很欣慰："这回总算'通了'（血脉畅通身体结实的意思）。"

从我读初中到高中毕业那五年，家乡变化之大，真可谓天翻地覆。但头三年我在"和平乡中学"读初中，后两年到"铜陵市一中"读高中，虽然也有寒暑假，但毕竟被学业牵扯着，即便目睹农村的变化，也心不在焉，感触不深。高考结束，扛在肩上的重担终于卸下，我这才一身轻松地回到亲人们的身边，得以深切感受初期改革政策指导给家乡农村带来的巨变。

说起当时农村新经济政策，无非就是包产到户，更多的惠民新规尚未出台，后来所谓的"三农"问题也没有完全浮出水面。国家为重启现代化建设走出的第一步棋，是让农业生产返回类似上古时代农户单干的方式，这从现代化农业经营的角度看，仿佛是退了步，但由此将农民从长期盲目低效的大集体生产中解放出来，激发他们为自己种田的积极性，无疑又是向前迈出了一大步。

更重要的是，农业生产效率的显著提高也迅速解放了生产力。越来越多的青年农民可以进城务工。尽管进城务工或找到其他门路的农村青年毕竟是少数，但哪怕给他们争取更多的闲逛的余暇也是好的。青年农民挣脱土地的捆绑，相对于他们的父辈，这意味着他们获得了极大的自由空间。尽管新的社会问题接踵而至，譬如进城务工的机会太少，允许花钱和想要花钱的地方太多，"大锅饭"时代没钱也无处花钱，现在越来越觉得钱不够花了。即便如此，八十年代初的乡村整体气氛还是积极乐观的，人们对于未来充满了美好的憧憬。路上到处能看到穿戴一新的农村青年跑东跑西的身影。露天电影逐渐被激动人心的一两台慢慢现身于乡村的黑白电视所代替。沉寂多年的几个村子合伙"唱大戏"的传统也复活了。

正是在这个大背景下，我度过了高考过后特别安稳喜乐的将近两个月的时间。

那年夏天，一个巡回乡村的个体户摄影师给我们全家拍了合影。我进大学前没有一张单人照，因此这幅珍贵的合影也就成了我那段时间影像记忆的唯一证据。

我站在后面第二排，脸圆滚滚的。毕竟熟悉自己的眉眼轮廓，否则还真不敢认，那个胖墩墩的少年就是高中刚毕业的自己。后来进大学，考研究生，找工作，成家立业，生活的拼搏一轮接一轮，毫无喘息机会，我很快又被打回原形，重新变得瘦弱委顿了。

3

我写过许多遍的家乡"老圩"水田尤其"小圩"旱地，真是我一生的牵挂，无论怎样的语言都无法形容我对它们的珍爱与怀想。

在乡村长大的人都有这样一片儿时的乐园。不管我们离开多久，一旦回归，原以为早就失去的乐园，总会像母亲接纳儿女一样无条件地再次接纳我们。

　　自幼生长在城市的人有没有他们的乐园？或许也有吧？否则那些城市作家为何总喜欢创作一些城市生活的"怀旧"之作呢？世界各地都有以城市命名的人群，比如"北京人""上海人""广州人""台北人""香港人""巴黎人""伦敦人""纽约客""都柏林人""东京人"，等等，还有不少以这些"人"为题的小说，这岂不就说明他们都有一种非乡土化的"都市的乡愁"吗？

　　可见人类共同拥有的儿时乐园并不取决于其空间方位，主要在于其独特的时间性。我们的乐园可以是乡村，也可以是城市，只要它是我们的出生地，是我们童年和少年时代生活的所在。一旦这个时代过去，虽然这个地方还在，但已物是人非，你记忆中的童年和少年时代的乐园跟你后来看到的故乡之间，就会出现永远难以弥合的裂痕。

　　所以不管我们一直住在故乡，还是离开它四处漂流，长久"蛊惑"我们的都只是造物给予每个人的普遍恩典，并非我们灵魂的最终居所。留在故乡的人们养于斯，长于斯，终老于斯，晨夕相对。远别故乡的游子也可以经常回归，或在他乡异地魂牵梦绕。但总有一天，我们都要永别这乐园。我们视为乐园的故土，如同我们后来不断变换的居住地，都是暂时寄居之地。

　　据说天下"郤"氏原出"姬"姓，因周文王第十三代孙封于郤国（今山东菏泽），遂以国为姓。我们这支"五松（铜陵）郤氏"则是随宋室南迁，逐渐从浙江南部播迁而来。以古代"郡望"或现今"籍贯"论，我是安徽省铜陵人。以出生地论，我是"铜陵县和平乡上丰村人"。在铜陵本地，我应该自称"和平人"，而其他乡镇的人则会说我们是"老圩里的人"。但现在"铜陵县"已撤销，成为铜陵市下属的"义安区"，"和平乡"则与其他几个"乡"合并为"西联镇"。这些年回乡，对于上述地名的改变，总是有点儿不大适应。

我究竟是哪里人？"铜陵人"吗？但我只是出生于铜陵而已，只在铜陵连续生活了十六年。"上海人"吗？那可真是"反认他乡是故乡"。跟所谓的"老上海"眼里的"外地人"一样，我至今仍然难以走进生活了四十多年的上海。然而回首往事，我对于自己的故乡铜陵又还记得多少、认识多少呢？

暂且不说上海吧，就说1982年夏我离开之时的"铜陵县和平乡上丰村"，也已经发生了沧桑巨变。我对于它的过去固然所知甚少，就是现在每次回乡，也只能看到一些留守的老弱，其余都是陌生面孔。不仅幼年的玩伴星散，就连基本的地形和地貌也改变了不少。

十多年前，"小圩"旱地作为实际上的泄洪区已变作一片森林，招来各种飞鸟和小动物。有一年春节，我跟几个亲友在冬日暖阳下步行穿过"小圩"的树林和偶尔保留的几块菜地，走到江边，居然在"小圩埂"的草丛中看到一窝小刺猬。这种动物以前只有在山上才能看到，现在居然也迁移到了临江的洲圩地区。

"大圩埂"后来增高加宽的幅度很大。许多拐弯处一律拉直，过去"圩埂脚下"（"大圩埂"南侧底部）的村庄和水塘荡然无存。"大圩埂"的顶部铺成柏油马路，不停地有各种车辆疾驰而过，这在以前根本无从想象。为了确保"大圩埂"的安全，"圩埂脚下"原先稀疏分布的自然村落全部拆迁到靠近"老圩心"的水田，沿着一条新修的东西贯通的"村村通"公路两侧，一户挨着一户，建成密集的居民点，绝大多数是造型相似的两层楼民居。

这都不能仅仅用"物是人非"四个字来概括了。

我与出生地的关系，就这样说不清道不明。我们想念和夸耀各自的出生地，并非要将它当作灵魂的归宿来祭拜，只是把它视为将来真正乐园的影儿。既爱慕这影儿，就表明我们想要寻找一个更美的家，只有在那里才能安然居住。

4

邮递员通常两周跑一趟我们村。这回与往日不同，前几天刚来过，怎么又来了？

原来他是受了"一中"的委托，专门过来给我这个文科状元送成绩单的。

接下来的一切就跟做梦似的，身不由己，随波逐流。

先是由父亲陪着，赶到熟悉的"一中"校园。大家都向我道贺，我也随着父亲说了一箩筐感谢的话。父亲还想知道铜陵第一名在全安徽省算第几名，吕老师很自豪地说，"您老管它是安徽省第几名呢！反正这成绩，任何一所大学的中文系，随便填，都会录取！"

原来除了"体检"，还须"填志愿"。既然吕老师提到中文系，那就填中文系吧。其他专业？听都没听说过，谁知道能学到啥！

预备用作"体检"的教室，四面墙上都贴着本年来安徽招生的全国各所大学的简介，令人眼花缭乱。只记得当时我看中的有北京大学、厦门大学、中山大学三所"名校"的中文系，但都被父亲否决了。"路太远，以后来来去去，买不起车票！距离最近的还有哪些好学校？"吕老师扳起手指头数了数说，"那就填上海复旦大学吧，严老师的同学就在这所大学"。

填好志愿，"体检"的程序就比初中毕业时简单多了。肺部钙化点还在，但并没有引起什么麻烦。这让我觉得"读技校"才需要好身体，"上大学"就无所谓了。后来才知道并非如此。那些年考上大学的许多人都曾经因为"体检"不过关，被迫顺延一年，"养"好了之后才被录取。

不管怎样，我的体检很顺利，只是慌忙之中，本家堂哥交代的抿一口醋、半个屁股斜坐在凳子上以防止被查出贫血这一类的招数，全都没用上。

又过了半个月，快到八月底，复旦的录取通知书终于来了。父亲办了两件大事。一是给邻居亲友们"包场"放映了热热闹闹的露天电影《喜盈门》，二是次日傍晚在家里摆了几桌酒，宴请来给我饯行的亲戚们。

说是宴请，按不成文的规矩，也就到了众亲戚们必须拿出贺仪的时候了。毕竟是全乡第一个大学生，应该"包"多少喜钱？谁也说不准，又不好彼此商量。但最终大家还是都拿出了适当的数目。做砖瓦匠的大姐夫从那年开始，就毫无保留地在经济上支持我，一直到我大学毕业。

陪酒、敬酒、千恩万谢、千叮咛万嘱咐，正弄得我晕头转向，不可开交，小妹突然告诉我，外面有个老同学要跟我说话。我红着脸出去一看，昏暗的墙角一棵树下，站着过去很要好的P同学。他初中毕业做了木匠。两年不见，身量竟长了一倍。他坚决不肯入席，说屋里都是他不认识的亲戚。他来只有一个目的，就是正式祝贺老同学，希望老同学学业有成，前程似锦。接着不由分说，递给我一张用红纸包着的百元大钞，然后拱拱手，扬长而去。

第二天，母亲很早就准备好了半年要用的所有衣服杂物，都用二哥准备结婚的木箱装着。左邻右舍以及昨晚没有回家的几个亲戚都在门口为我送行。父亲显出难舍的样子，这时候刚从大队领导岗位退下来的老崔依旧像伟人似的披着外衣，趔过来对父亲说，"还有什么舍不得嘛，他现在已经不是你的儿子，是属于国家的喽！"

母亲又递过一只装有十几个茶叶蛋的布袋。我说天热，恐怕火车上就要馊掉。母亲坚定地说不会，路上可以当饭吃，到了上海分给同学们，就算见面礼。我晓得这是母亲所能拿出的最贵重的临别赠品了，只好装在随身的大书包里。那里面有亲友们馈赠的全部贺仪，母亲连夜仔细缝在一个隔层里，反复叮嘱别弄丢了。木箱则仍由二哥挑着。我们一路小跑赶到顺安古镇的火车站。匆匆告别之后，我就踏上了铜陵开往上海的绿皮火车。

多年以后读到荷兰作家望·蔼覃的《小约翰》的结尾，"他（小约翰）逆着凛冽的夜风，上了走向那大而黑暗的都市，即人性和他们的悲痛之所在的艰难的路"，实在佩服鲁迅那拗口的翻译。离开铜陵来上海那年，我十六岁，比小约翰大多了。我将要去的上海当然不会是"大而黑暗的都市"，至于"人性和他们的悲痛之所在"，我那时可是做梦也不会想到啊。

选自《山花》2023年第10期

王国华

沙上的井

王国华

中国作家协会会员、中国散文学会理事,"城愁"散文的倡导者和书写者,已出版《街巷志:行走与书写》《街巷志:深圳已然是故乡》《街巷志:拥挤的影子》等 20 余部著作。

沙井

沙井原为深圳一镇，一度以产蚝（北方称海蛎子）著称。乡镇又改成街道，招商引资，工厂林立，常住人口最多时达一百三十万。后一分为二，一名沙井，一名新桥。"沙井"二字之得来，非常直接：此地原为入海河道，掘井时屡屡见沙，故称沙井。今日深圳，高楼广厦，人流密集，快递小哥紧贴着你的脚边，"嗖"一下掠过去了。汽车你来我往，找停车位全凭运气。一万个事物迎面扑来，视野里挤得满满的。谁能知道，在这一派浮躁的景象下，还暗藏着几十个、几百个水井呢。它们有的躲在城中村的墙边，像被墙体踩在了脚下；有的大大咧咧站在路中央，仿佛在挑衅路人；有的安卧于一圈儿建筑物中间，似盆地之"眼"，那圈儿建筑物却面目模糊，房不像房，楼不像楼，毫无章法地拥在一起，难以描述。

还有人留意这些大地的窟窿吗？它们在如何，不在又如何？

有几年时间，志鹏和几个同伴开始了寻井之旅，走遍一条条巷子、一座座宗祠、一个个城中村，每发现一口井，便测量它们的周长、深度、记录它们的材质，打听与其相关的故事，做了很多记录。深圳颇有一些这样的年轻人，做一些看似无用之事。问其原因，答案只有两个字：喜欢。

周边

志鹏带我看了许多口井。

单独打量任何一口井，都是一个完整的、丰满的事物。拆开来，每一个细部亦具完整之美。

蕨类植物。一般都长在井口，碧绿细长的羽状叶片像一个手掌，根须插入两块砖头中间那一点儿缝隙。缝隙里一定还有什么东西，紧紧拽住了它。蕨类植物永远斜着身子，永远潮湿。在它周围，一些更浓、更绿、更细小的苔藓，成片地铺于井口，以手触之，毛茸茸的，若用力，手指上会沾上星星点点的绿。

井中常见的活物是青蛙。坐井观天嘛。哪里是坐着呢，应该是漂在水面上，或者扒住滑溜溜的石块，仰望烧饼大小的星空。那个姿势，想想也够累的，没准要得颈椎病。它们能看到星星吗？我们在这么广阔的空间里都看不到，它们的眼睛还能比人的眼睛看得更远？但也不好说。在狭小之地长时间打坐，冥思苦想，总能参透点儿什么，捎带着身体上也跟着基因突变，视觉、听觉、体感都不同于地面青蛙了。另一种活物：一只小小的蜥蜴，皮肤苍褐。掀开井盖，它在井壁上慌张地爬来爬去，迷失了方向。此物可能从一出生就一直在井中捉蚊子吃，不知世上还有其他活物。乍一见人，如人见鬼。自此心灵上留下伤痕，跟其他同类聊起来，同类既不感其伤，也没甚兴趣。蜥蜴注定要孤独后半生。

水面上漂着糖纸或者塑料袋。

偶尔一群蚊子在井边飞起。偏僻太久，会寂寞。一群静静地簇成一团的蚊子，连翅膀摩擦空气这种本能都丢掉了（也许，它们的世界里原就没有这种本能，所以也无所谓丢失），并无嗡嗡声。

不知是否还有其他活物，比如说，蛇；比如说，微小的病毒……

它们全部隐没于这些废弃的井中，过世外桃源的生活。上面闷上一个盖子，材质分别为木板、铁板、石板等。最易损坏的其实是铁板，有的已经被锈穿，中间翘起的铁片随时可能刮破人手。木板被湿气越浸越重，滑溜溜，抬起时容易砸脚面。石板最沉，也最残酷，它一盖上去，里面的一些动物就死掉了，不过同时也许会衍生一些新的生物。生生死死，总有轮回。

救命

　　沙井临海，海风都带着盐味，时间长了，房子腐蚀严重。挖井常出咸水。有人推断，此地原来一定有山，山泉渗透，为深井提供了可用水源。今日此地已难见山峦，工业社会的强大机器，削掉了一个个山头，但康熙年间的《新安县志·地理志》中"井泉"条记载："云林仙井，在参里山侧，成化间，布政陈选爱其清冽。"嘉庆版《新安县志》中亦有"慈云寺在新桥尖峰顶山，内有石洞，洞中有石，如神像，旧传仙石于一夕飞来"，都提到了山，堪为佐证。此外，沙井多河多雨，也可供水井一时之需。天地造化，损有余以补不足。沿时光回溯，当年挖井的那些人，趴在地上侧耳倾听，小心地铲开地面，拈起一点儿土，放在嘴里嚼一嚼，探听地下的信息。焦渴的人们，对甜水几近崇拜。挖好一口井，地下的水喷涌而出，人们舀出一碗，一饮而尽，由此与深处的事物建立了直接联系。

　　一口井为一个坐标，井井连接，勾出一个地方的基本架构。当年的沙井成为繁华之地，与这一口口井不无关系。在农耕时代，这就是巨大的财富。吾乡华北平原，多年以前（其实也不算远，距今不过三四十年），多次见证井水战争。一旦天旱，人们凌晨起床，在暗无星光的夜色中跑到井边排队，扁担把肩膀压出红肿的印子，一点儿也没诗意。水筲碰着水筲，叮叮当当。碰撞声越来越响，叮当当，叮当当，终于发展为人和人的战斗。没办法，那一抔浑黄的泥汤（回家镇上一天，才能稍微变清）终归有限，抢到的人才能活命。这样说并不夸张，抢不到水，即便没渴死，也会因为干渴大大削弱劳动能力，逐渐走向衰亡。不同的村庄之间，同一村庄里的不同家族，甚至同一个家族的人也会为水反目，大打出手。井水充足的地方，人心安泰。虽然今日沙井的水井几乎都已死去，但井的主人们曾经的富足，还是让我羡慕。和志鹏并肩走在一个个巷子里，计数一个个水井，呼吸着潮湿的水汽，我暗暗对比：几十年、几百年前的沙井，和我的老家相比，简直一个天上一个地下啊。人家，比我们幸福多了。

残喘

需要说一说井的生死。活着的井有一个共同特点：流动。一个井挖好，不断地有人站在井边打水，落几个汗珠在井中，碰撞的声音被青砖没收。汗珠被井水吸收，井就丰满了一点儿。青砖后面和下面的水源源不断地钻出来，无声地翻滚、无形地搅动，井更丰满。郁积的水在井口内多待几天就要发霉，需尽快逃离深井，更深处的水还在往外挤。人用辘轳一桶一桶将其摇上地面，随后它进入人的身体、狗的身体、驴子骡马的身体，在里面转一圈儿，通过皮肤或者排泄器官重新落在地上，渗透到地下，或者蒸发后变成雨水，回到井里。水井是个节点，不断进入水，输出水。一旦憋住，井就死了。

我看到，那些用石块或者砖块垒出的井壁上常有一些凹槽。早些年，主人要定期踩着凹槽下到井中，淘尽积水以及逐渐沉淀在下面的泥，仿佛搓掉皮肤上的皴，让深处的水可以更轻快地冒出来。一个个小水珠迅疾地连缀成一股清泉，成为坦坦荡荡的新的井水。多好啊，被使用才是生命力的象征。

今天的井其实还没有死透，它们的废掉，仅指不再成为饮用水井。很多井通过各种方式苟延残喘，或曰半死不活。

我在沙井的上寮社区看到一口井，附近放着很多铁盆和水桶，里面泡着衣服、蔬菜，井壁上挂了好几条白色的水管，一直连接到附近的好几个楼层。我问，这水可以喝吗？答曰，这里工厂很多，地下可能有污染，所以不怎么喝。他说得犹犹豫豫，我忍不住要尝试一下。喝了一口，又喝了一口，甜丝丝的，口感不错。我想，其实他们可能也喝这水，烧开即可。但大家都以"讲卫生"为由，故不方便说出来。他们吃的那些蔬菜，农药残留超标，奶茶里暗藏添加剂，哪个比井水更卫生呢？房东悄悄告诉我们，井水可以让附近的住户每月省下一二百元水费。大家还是在乎这些小钱。我看到水井周边的房子和人，也相信了这个说法。

名字

沙井老街中有一口井，名"全胜井"。多年前井边住一户人家，主人名为肖全胜，热情好客。每每看到井旁排起长队，他便招呼等水的村民到自家坐，泡泡茶，聊聊天。日子一天天过去，村民全都认识了全胜。街巷没有门牌号，一声"全胜井"，是大家的心照不宣。另一井，位于新桥大庙四巷，徐志鹏等人踏勘时发现井口有两行小楷："人和风清井水甜，晨暖园静花草鲜。"并不出奇的两句，对于枯燥的水井来说已是难得。徐志鹏团队的人遂称之为"诗井"。永兴桥附近的小巷中有一口井，一个来自湖南的家族住在小院中，以做扫把为生。井边总是堆着一捆捆扫把，志鹏团队将其称为"扫把井"。上寮大道路中间有一口井，正正当当，不偏不倚，像一个肚脐眼。早先不仅可供取水，还是本地村民的风水井。修路时，村民坚决不同意将井填埋，一度在井旁专门立了一个红绿灯，故名"红绿灯井"……

这些名字并不具有普遍性，比如"诗井"和"扫把井"，只是一个寻访者的信口一说，而在路人乙心里或另有其名。但这些名字让面目趋同的水井们有了区别。更多的水井则如同农家养的鸡，谁有闲心一只只给它们起名字？都是羽毛和鸡头、鸡翅、鸡腿的综合体。这些幸运的水井，不但有了名字，还附带了传说。一个名字有一个传说，有一个悲欢离合的故事。你顺着名字的纹理往里面走，可以看见血泪和呼喊，看见一个个房间里睡着的人。

如今这个寻井团队已各奔东西。做扫把的家族不知所终，水井被困于铁栅栏内。"全胜井"淹没在一堆杂物中，扒拉半天才能找到。"红绿灯"井旁的红绿灯已经撤掉，井周围加设了围栏，并被盖上了一个沉重的井盖……有一天，它们总会全部消失，那些单薄而孤独的传说也不会再流传下去。

其实，我对所谓的传说并不感兴趣。那么多的故事，虚弱、缥缈，点点滴滴，没有一个能超越我的想象，没有一个跟得上我的趣味。我甚至决绝地想，所有的传说，都配不上水，污染了水。此地此水此砖此石，一说，便俗了。

命名者"拥有"过水井，发现了弃井，有资格赋予其传说，增强它们的传播效果，延长其存在，但也因此令水井深陷市井生活，无法自拔。一群群的人来了又去，去了又来，绕着水井发生点儿这个，发生点儿那个，让水井不得安宁。尽管水井正在无可避免地逐个消失，但如果将剩下的串联起来，互相之间依然有严密的逻辑关系。而水井一旦诞生，就不应该只是为人提供水源这种无聊的物事。它是造物的尝试，是造物在天空画下一个圆，然后落在了地上。

向下或向内

坐在井边，头靠近井口，停留几秒，感觉一股凉气蔓延上来。随手扔下一颗石子，沉闷的声音传上来，是"咚"的一声，还是"轰"的一声？这个拟声词让我纠结了一小会儿。它打开了一个通道，暗示井或许无底，一直往下，往下，再往下。

人类的两个动作：仰望和俯视，一个向上，一个向下。（也可理解为向外与向内。天空是外，深井是内。）此为真理的两极。显然，向外（向上）更轻松些，那里是敞开的，大朵云彩后面还有建筑或者故事，终究一览无余，实在不行就用望远镜，高倍望远镜。而向下是闭合的，探索之，相当于闭着眼摸黑走路。别用单薄的"泥土"两字来概括一路遇到的事物，它们有着无限的可能：名目繁多的岩层、涌动的岩浆、微生物、洞穴、沉静的水……站在井边，总隐隐有跳下去的冲动。井越深、越黑，冲动往往越显著。这种生物本能，就源于井的神秘力量。

当年苏联要探索地下世界，在科拉半岛邻近挪威国界的地区开始科学钻探。这个被钻出的洞深达一万两千多米，名为"科拉深孔"。有人将录音器材送到最下面，录制的声音播放出来，竟似浩大的惨叫声，此起彼伏，凄厉恐怖，人们称其为"地狱的声音"。后又有人证明，那个声音实系造假，来自一部电影。我从不相信一个地狱存在。即使有，也不应该在地下而该在天上（所谓的天堂的隔壁），也不是现在我们想象的这种境况，人类所能感受到的一点儿痛苦，便是地狱了？笑话。哪有这么简单的表达？时下的人们拥有的恐惧，还是地面上的，非常表面化的，与天高之处和地下深处的情绪迥异。"天高地厚"这四个字，需要掰开了揉碎了去理解。

井，是通向未知世界的一个路径，名义上由农人挖成，为了那一点儿水。实际上，它们一旦建立，便成了一个路径、一个向往。水井到了一定深度，就不是人类所能掌控的了，井自己会往深处走，走啊走。那些水中的鱼、边沿的蚂蚁和蜥蜴、簇成一团的蚊子，都比人类要敏感。它们已经看到了什么，却无法跟人类交流。它们会在自己的世界里传播这些信息，只有极少的人能听懂这些信息，并在水井中突然发现另一个自己。

那些井边的细节，都是滚滚大江中的一滴水，荒漠中的一粒沙，被时光碾压，被宇宙湮没。它们存在的意义，便是陪伴同样渺小的人类，以免彼此太过孤单。它们被填埋、损毁或以其他方式消失，亦非我们理解的那种"死去"。它们，去了更多的地方。

选自《散文》2023 年第 11 期

蒋殊

段医生家的墓葬

蒋殊

太原市作家协会副主席。著有《阳光下的蜀葵》《重
回 1937》等作品 10 部。多篇作品被收入中国年度散文
年选、初高中语文试卷及语文读本。曾获赵树理文学
奖、《小说选刊》年度大奖、连续三届长征文艺奖。

对于墓葬，我并不陌生。

早在 2014 年，就与母亲一同回乡，看过她与父亲催着早早砌好的墓葬。

深秋的地头，与走向暮年的人一样，散发着庄稼收割之后的淡淡悲凉。偶见一些农人在收拾残局，三两只喜鹊立在树梢，预报着人类并不关注的信息。天空也一样，铺满与人间无关的瓦蓝。

人生第一次，走向墓葬，我的内心布满悲凉。

墓葬所在的地头，狭长。远远地，即将大功告成的掘墓工用铁锨支着下巴立在那一头，脸上是完成了一件浩大工程的松弛与满足。他笑盈盈一双眼望过来。我才知道，墓地的交流，可以不忧伤。

"嗨！"

"嗨！"

我努力像他一样，愉悦地回应。

"下去看看，哪里不合适！"他直入主题，我无法接茬。倒是母亲，笑着答一声"哎——"，便迫不及待地顺坡而下。此刻，腰腿不好的母亲身手很是敏捷，我努力从后面拉着她的衣服，跟着下滑。

经历过许多亲人的死亡，比如爷爷奶奶与叔叔，但从未下过墓葬。里面的格局，就如小时候的地窖，并不深，已用青砖砌好，窑洞一样的形状，只是高度无法站直身子。空空的墓葬，母亲却半蹲着这里看看，那里瞧瞧，再用手摸摸那些青砖。

不知道母亲的想法，不想问母亲的想法。就那样沉默跟着，在墓葬里细细看了十几分钟。

"嗨！没东西没人，有啥看头？"掘墓工的声音吼下来，依然玩笑的语气里，满是催促。

　　"就上，就上啊——"母亲一边应着往出口走，一边回头对我说，"以后就在这里了啊！"

　　一句话，说出我一直憋在心里的一把泪，哗啦啦滚进脚下那片土里。

　　8 年之后，我行走在山西稷山宋金墓中，却想到那一次的母亲。

　　那一次的母亲，也永久定格成记忆。

　　这是完全无法比较的两种墓葬。眼前的宋金墓，叫马村砖雕墓，因为墓葬内最大的看点就是华丽的砖雕，来自 840 多年前的金大定二十一年（1181），高大宏阔，占地 1.8 万平方米。

　　与其说是一座墓葬，不如说是一座从地上移到地下的宏伟院落。

　　只是，缺了阳光。我告诉自己，缺了阳光的院落，不在人间。

　　继而就想，墓葬建成之时，主人们是不是也像当年的母亲一样，淡然下去细细看过？这样的规模，要看上多久？每一个人，是不是要提出自己的诉求与建议？

　　是不是，有人想看戏，有人想赏花，有人说必须有酒？他们一定是热热闹闹、嘻嘻哈哈、七嘴八舌之后，才在一瞬间想到墓葬的归途，才突然间闭了口，在凝重的空气里独自安抚内心涌上的落寞。

　　实在是，这样风格的墓葬，很容易让人忘记它的用途。

　　在有限的生命里，亲手给自己建造一座死后的世界，都像母亲一样坦然吗？我知道，母亲坦然的背后，必然是无奈的忧伤。她在墓葬内的十几分钟时间里，一定无数次在内心涌上曾经的青春，以及她亲手送进墓葬的——她的母亲。

　　不复返的青春与亲情憋在心里，一滴滴化为哀伤。

　　谁能不走这一步？那么，给自己建造一座考究的墓葬，以便死后还能如活着时一样生活娱乐一应俱全，是不是对短暂生命最好的告慰？

毕竟，死后便成为永久。

无人以经验告诉我们，那个世界，有没有光？

马村，一个普普通通的村庄名字，距离稷山县城仅有 4 公里。我们或许可以想象出，840 多年前一个普通乡村是什么模样，也可以想象出马村每一户人家在修建房屋时是什么样子，但难以想象一个村庄在大兴一座墓葬时的盛大场景。需要用几年时间选择一块好地吗？需要请一位资历高深的先生择一个好日子吗？需要一个华丽的开工仪式吗？需要一场浩大的鼓乐阵势吗？需要外村的亲戚与本村的乡民前来祝贺吗？需要一碗一碗的大酒吗？需要一声一声呐喊的号子吗？

多少作物，从此完成了使命，不再涉足那片土地。

在一群喜鹊的见证下，一位德高望重的长者将通往那个世界的第一镢深深刨入土里。

一项浩大的工程，轰轰烈烈启幕。

可以想象出的是，每到饭时，在地下忙碌的工匠与工人就会从地下转入地上，甩着尘土飞扬的身子鱼贯走进一座院子。那里，有一锅一锅庞大的饭菜阵容在热气腾腾列队迎候他们。而他们，则在酣畅而快速补充体力后，又鱼贯出得院子，消失在地面之下。

一张张手工图纸，在细碎的泥土中精细布局。

那是一场漫长的体力劳动，也是匠人们精美的艺术历程。当地下的空间掘到足够广阔，一块块精心烧制、精挑细选的青砖便整齐列队，像战士般昂首进入，开启了它们的另一种征程。它们都是经过严格"体检"的，它们必须要经得住没有阳光的浸润，耐得住永久没有人声的寂寞，还要承受刀刻的疼痛。

这是有理想、有抱负的一群青砖啊，它们将在匠人的手里涅槃重生，为此它们甘愿承受匠人们一双又一双眼睛的挑剔，一道又一道工序的筛选。握在手里，它们强健的身躯，忠诚的姿态，让艺术家们露出满意与欣赏的笑容。

当锐利的刀锋在它们身体上划下第一痕，便有了曾经的同类仰望的身份，从此跃上同类无法企及的新高度。

工匠们亦然，此刻他们就是艺术家，将要在一块块青砖上开启他们的艺术旅程。他们的目标，是把墓主人死后的生活设计得有滋有味，打磨得璀璨出彩。他们中间一定有不少人，遗憾自己一双巧手只能给别人构筑这样华丽的殿堂。

那段时间，通往地下的那个入口，一定是村人眼中的神秘之所。当年，一定有好奇的小孩子要争相下去一探究竟，却被紧随而来的大人吆喝着制止。

大功告成之日，是什么样的季节？是花儿初开，小麦正黄，还是落叶遍地？经主家权威人士集体验收过后的一座华丽墓葬，像一座地下宫殿，成为小小马村及方圆数百里村头巷尾议论的热点。

这座不同寻常的墓葬，在地下至少沉默了几百年。它的发掘，源自1973 年冬天的一场暴雪。一场暴雪，降临在马村的大地上。雪或许是一夜之间下来的，或许又接连下了一个白天，总之是一场少见的暴雪，让房头，树枝，院落，小道，山梁……都化为白茫茫的世界。白茫茫的大雪，掩盖了地面的无序，包括柴火，包括各种动物粪便。

在村庄，这样一场暴雪落下，能积聚一个冬天不化。

可是，马村有一片神秘的土丘，像以往一样竟然在两天左右便不见了积雪。光秃秃的一处山坡，在雪的世界里散发着怪异的气息。

一定有村民叹，"呀，瞧那个怪坡！"

一定有村民答，"嗨，真是个怪坡！"

周围树上，有喜鹊喳喳叫，或许还有乌鸦在寒风中奔走呼号。

村庄的雪后太美，也太忙碌，以至于村人根本无暇顾及这个怪怪的土丘，然而有一个人却坐不住了。他姓李，这茫茫大雪中独一处融化的土丘让他动起心思：这片土地下面，到底有着怎样的能量辐射，让此地不受外界温度影响，寸草不生，大雪不留？

当然，李姓人不是搞研究。许是他之前就有过类似经历，许是他多次动过这个念头，他隐隐觉得，来了发财机会。

今天，不得不叹服他眼光的毒辣，足以抵得上考古人员。

今天，我们也需要感谢他用尽心机的这一歪心思，让一个神秘的世界浮出地面。

打定主意后，他悄然开始了向神秘的土丘挺进。一个又一个夜深人静之时，他独自在野外向下掘进，像当初的工人一样。只是，当年是一支庞大的战队，头顶有艳阳高照。而今独有他寂然一人，唯有星空注视。一寸一寸，一尺一尺，从无月到有月，从弯月到月圆。寂静的村庄暗夜里，只有风声，只有虫鸣，只有他急促的呼吸声，以及汗水悄然滴落的声音。空旷的田野，偶尔会有什么动物的声音传来，他一惊，再一定。如果心思纯正，他绝对称得上一个优秀的发现者、发掘者。他摒弃各种恐惧与杂念，他一定还不住口地祈求着菩萨神灵的护佑，刨呀刨，挖呀挖，一日日满含希望的深掘过后，眼前的世界豁然开朗。

他当然不知道，自己打开了一扇绝世的墓葬之门。幽深的洞口像一道光，如愿出现在他眼前，他压住心脏的强烈跳动。

他多想，给自己开一场盛大的庆功宴，以将他强于这片土地上所有人的聪慧与远见公之于众。他多想让马村所有人为他欢呼，为他喝彩。

可是，他不能，他只能悄然享用这一成果，他也只想独自享用无数次想象过的那些宝藏。他一定以墓葬的思维猜测与审视这个世界，他一定以为那个世界的主人们在沉睡。于是蹑手蹑脚，或许嘴里还乞求着墓主人的原谅，向想象中的宝藏迈进。

他一步一步，向墓葬深处摸去。

"吱——呀——"，他听到推门声了吗？对，一声尖利的、好奇的、欣喜的、探寻的推门声，就在那个时候刺耳地响起，打破墓葬内怕人的静寂。

一束明晃晃的电光中，一位红衣女子迎他而来。

不知道他当时发出了怎样的惊叫，不知道他失魂而去时有没有摔跤，总之，他想象中的惊喜万千被失魂落魄取代。

那个晚上，有月亮吗？他逃离那个世界之后，或许连瘫坐在墓地的力气也失去了，跌跌撞撞、魂飞魄散地回到家。

那夜他的梦里，一定是一个红衣女子，只有一个红衣女子。

49 年之后，我下到由他开掘出的这处墓葬。他惊慌失措的足迹，已经被一批批游客踩得没了踪影；他最初掘出的通道，已经被修整得更加精致，恢复了 840 多年前工人们精心修筑的样子。弯腰，低头，不大的 2 号墓室出现在眼前，顾不得看四周精美的砖雕，顾不得望望顶棚上的两层斗拱，也顾不得看看上层的屋檐出檐多深多高，只呆呆注视着迎面那名红衣女子。这就是当初把李姓人吓退的女子吗？她是那么端庄，华贵，从容。

这个女子，让这个墓葬更显绝世惊艳。

女子淡然啊，右脚轻抬将踏向门槛，右手轻扶左侧门边，兰花小指娇翘着，半个身子微微探出，发髻精致，衣裙飘飘。她无视众人的穿越围观，从门楼上鲜红色的彩绘门中优雅探身张望。

一座青砖的世界，独一扇鲜红的大门，独一位绝美的红衣女子，惊艳了这座墓葬，惊艳了这个世界，惊艳了时空。

她在望什么？有专家解读：她在替主人打探对面戏台上的戏是否开场，因为她的对面，就是一座戏台。戏台上，就是一场即将上演的好戏。当然也会有其他可能，比如她是不是刚刚送别一位客人？比如她是不是怀着欣喜的心情打探那位说好要上门看望她的意中人？

她绝没想到，有一天会有一位大活人穿越时空而来。此人举止猥琐啊，完全不似她的意中人。她也不知道，时光已经到了1973年。冒险进入墓室的李姓村民本就惴惴不安，一片漆黑中一位女子以血红的形象站在眼前，未待对方开口，一颗惊喜的心早已被摧毁到崩塌！

与母亲看过墓葬之后的8年间，我经历了父亲与母亲的相继离世，也几次下到那个简洁的墓葬。曾经空空的一个墓葬，先是有了父亲，5年后又有了母亲，墓葬里什么都没有，两座棺椁与青砖互为装饰，静静伴着父母，他们二人以另一种方式继续在那个空间相依相偎……

同样是一块一块的青砖，却无一丝修饰。父母的世界，是不是太清寡了？他们的一天又一天，是不是只能互相聊聊天？

稷山马村的这座墓葬就大不同，每一处墓室都是一个风格不同的四合院落，想必是依墓主人的身份与喜好而设计。那些仿木质的枓、拱、枊、杪、枋、橡，精美绝伦。房屋，餐厅，戏台；主人，佣人，孩童；花鸟，猫狗，酒茶；盆栽，瓶插，墙绘；帐幔卷帘、屏风桌椅、杯盘茶酒；戏中人，佛中人，行军人；盛开的牡丹，奔跑的小羊，入迷的观戏人……整体画面集建筑、艺术、生活、美学、信仰于一体。

一个永久居住的世界，确实需要铺陈出繁华热闹的舞台，也需要辟出清心雅静的空间。一方方精致的砖雕，是墓主人的生活，也是一个斑斓的艺术世界。这就是让人敬佩之处，墓葬的繁华仅仅限于青砖之上，仅仅止于艺术呈现，不仅最早发现的李姓村民没有在墓葬内寻到珍稀古物，就是之后的考古发掘，也仅见少量瓷碗、瓷枕、瓷灯盏等简单用具。

就连墓主人，也是直接"睡"在青砖砌的炕头上。

一切，都是活着的模样，简洁，却有烟火气。

墓葬主人，追求的只是精神生活，寻常日子。或者说，他们只是换了一处地方生活，他们还要看戏，要下棋，要赏花，要宴饮，要狩猎，怎么能把自己装进沉闷的棺椁里？

也因此，行走在其间，总是恍若尘世。

那个下午，若不是偶有胆小者一声"等等我，不敢一个人走"的声音传来，我便时时忘记自己行走在另一个世界。一来眼前总有父母的影子，二来这建筑何尝不是一处古院落，以至于我在众人远去后独自拐入另一条通道，就是想看看另一处墓室主人过着怎样的生活。

每一处墓室主人的生活，都让人无限好奇。

这极其考究却又无比简约的墓主人，是谁？

据说是随着 7 号墓的出现，墓主人才终于低调现身。7 号墓内，考古人员发现一段并不起眼的《段楫预修墓记》，"夫天生万物，至灵者人也，贵贱贤愚而各异，生死轮回止一……"

一段话中，出现了"据父传曰上祖先嫡字讳先……"的字样。

段先，这个名字浮出水面。他是谁？寻遍马村，无人得知。当年兴旺无比的大户人家，是官，还是商？去了哪里？

墓葬现世，主人现身。神秘的氛围，却在马村的土地上继续笼罩了 31 年。

直到 2004 年，稷山县东 4 公里洞东村的段登科闻讯进入墓葬，才彻底将谜底揭开，也解了他家族几代人的谜团。他终于知道，《段楫预修墓记》中的"段先"，与他家中世代珍存的两块方砖上的"段先"，是同一个人。

段家几代人寻寻觅觅的先祖，原来近在咫尺。

段家人小心取出珍藏了几百年的方砖，果然如此："据父传曰，上祖先，嫡字讳先……"

墓葬中的段先，方砖上的段先，合二为一，拼接出 800 多年前的墓主身世。

医学养生世家——稷山段医生家，重回马村。

1181 年便注定要惊艳世人的马村，重现三晋大地。

人们奔走相告，包括墓葬中生活了 700 多年的段家先人们，他们一定在那个世界欢欣鼓舞，在一座又一座戏台上拉开了一场又一场精彩庆贺大戏的帷幕。

看啊，舞楼启幕，舞厅开场，大鼓、腰鼓、笛、拍板跃跃欲试，元杂剧演员正在上妆……那左手执笏的官员已经坐定，模样儿端庄的女主人手执茶碗闪动着期待的眼神，顽皮的小孩也已经被佣人按定。

只是，1973 年立了大功的李姓人，却只能以仓皇而逃的方式被载入史册。

段医生家族从何处去到马村，无从得知，只知在马村辉煌了 300 年。而在这座墓葬建成的 40 多年之后，却永久消失于此。

是段医生家族的命数，也是马村的命数。段医生家族从马村的消失，堪称悲壮。

那一天在墓葬中，我突然听到清晰的马蹄声，由远而近。

　　就如当年的马村人，也是突然之间，被急骤而来的马蹄声惊醒，这马蹄声撕裂了村庄的宁静。

　　蒙古人入侵了，他们趁着收复河北的东风，越过太行山，带着风，带着雨，带着刀，带着战车，带着杀气，一路攻入山西。

　　那是 1218 年。《元史·木华黎传》明确记载："戊寅，自西京由太和岭入河东，攻太原、忻、代、泽、潞、汾、霍等州，悉降之。遂徇平阳，金守臣弃城遁。"

　　金军节节败退，蒙古军一路攻一路胜。一年时间，大蒙古开国名将木华黎率队几乎扫遍整个山西。当然，也扫到稷山。

　　这段历史，1994 年出版的《稷山县志》一书中也有记载："蒙古木华黎率兵进犯稷山，部分村落遭劫。"

　　无疑，马村就是遭劫的部分村落中的主要村落。《元史·木华黎传》又记，1219 年，木华黎派兵沿山西西部南下，一路攻城略地，拿下了平阳以西的重镇绛州。

　　1219 年的稷山县，便属绛州范围，也因此可以推断，木华黎的蒙古大军，就在这一年攻占了稷山。

　　这一年的稷山，烽烟滚滚。

　　这一年的稷山，民生多灾。

　　当然，过程中，蒙古军队并非战无不胜，比如许多战士出现了水土不服的症状，于是很快有人推荐了大名鼎鼎的段家。

　　没想到，段家人耿气，不给入侵者治病！

　　好风骨啊！即便 840 多年之后，这霸气的拒绝声依然如雷贯耳，让人忍不住要大声喝彩！

　　段家大胆！木华黎大怒！

诛杀！诛杀！诛杀！

段医生家代代相传的治病良方，却无法保全自家人性命。面对蒙古大军无情又愤恨的大刀，悬壶济世几代的段医生家族，死伤无数，东奔西逃，就此从马村消失。

木华黎赢了。

可他没想到，4 年之后的元太祖十八年（1223）春，他却在渡黄河至山西闻喜途中病逝，年仅 54 岁。

这，也是一代蒙古名将的命数，要将生命终结在山西这片他屠杀过无数生命的大地上。

大好年华的木华黎，葬送了大好年华的段氏家族。

只留下这座墓葬。好在，有这座墓葬。

那么，段家人在 1219 年逃离马村之时，是把墓葬入口封了吗？还是随着时间的推移被掩埋？以至于几百年沉默在地下世界。从墓葬中《段楫预修墓记》中得知，从段楫的曾祖父开始，几十年时间内这里安葬了段氏四代家族。

四代段家人，必定是一个庞大的数字，他们延续着生前的信仰与习惯，和睦相处，自上而下生活在 14 座墓室中，安然来到 1973 年，直到那位李姓人出现。

带进阳光，带进空气，连通了两个世界，却终结了地下的安宁。

医学世家段氏家族，该是长寿的吧。后人段登科手中的两块方砖上，赫然刻言："……上祖先，嫡字讳先，著有贯通食补方一册，上行宋太宗年间，救人济世，康人益寿，方圆数百里妇孺皆知也……"

原来，2004 年寻进墓葬的段家后人段登科手里的两块方砖上除了记有先祖姓名，还刻有方圆数百里妇孺皆知的养生良方，是《贯通食补汤方》《贯通宴锅汤方》和《贯通妇疾汤方》几个看上去似乎很平常的药膳秘方，却是段家几代人辉煌的秘诀。只是段家先祖当初不会想到，有一天会遭到劫难。

命可丢，良方不能毁啊，于是仓促之下，段家先祖含泪刻下，"孰料贯通如饵，官索夷掠，实难保之。故刻砖四块，择方于其上，分付二子，预留后人继之矣"。

段登科，无疑是其中一子之后。另一子保存的两块方砖，何在？

从今天的结局看，当初两个儿子一定是在乱世中各奔东西，此后再无会面，也便无法延续段家 300 年之后的再辉煌。

辗转几百年留下的两方青砖，成了段家最后的绝笔。

除药膳方之外，方砖上还刻有《段祖医铭》："万物有吉也有凶，万物有凶也有吉，万药养人亦伤人，万药救人亦毒人，人食五谷可染病，世间万物可疗疾。"

几代段家人，把药学上升到哲学境界。

两块方砖上，又见《段祖善铭》："孝养家，食养生，戏养神。"

也因此，在这座墓葬内，才有二十四孝图，才有一桌桌的美食，才有那么多的好戏，才有那个像戏中人一样的红衣女子。

1219 年的马村，马蹄声声，鲜血遍地，哀号不止。家中佣人与弟子们催促逃命声声紧急！段家先祖却依旧不慌不忙，用颤抖的手最后刻下《段祖伦铭》："和家，睦邻，容人。"

"人"字落笔，放下方砖，热泪长流！

几代人的心血，交代在四块方砖上。

四块方砖，承载了段家祖辈的希冀。

读过段医生家的"三铭"，便必然能够理解 1181 年建造的这座墓葬，为何几无名贵物品陪葬，只是一座华丽的艺术世界。

万物有吉也有凶，万物有凶也有吉。谁能说得清，另外两块刻着段家养生秘方的青砖，不会像这座墓葬于 1973 年的一天一样，哗然现世？

出得墓葬，夕阳正西下，染红了墓葬广场上几位老人的笑脸。

走过去问，"是姓段吗？"

有人点头笑过来，"有空再来看"。

恍然，我并非从谁家串门归来，而是走出了段医生家的墓葬。

选自《作品》2023 年第 11 期

王雪茜

大漠行歌

王雪茜

中国作家协会会员，一级作家。辽宁省散文创作委员
会主任。在《上海文学》《北京文学》《中国作家》等
刊物发表大量散文，多次入选各种选刊和选本。曾获
第十一届辽宁文学奖。出版有散文集《折叠世界》等。

沙漠迷路与日月同辉

去满深的途中我们的车掉了队。目的地塔科 1 井似乎越来越远了。看不见任何油田的路标，手机没有信号，前面的三台车联系不上。我与同车的贵州作家陈丹玲都是第一次进沙漠，初次见到浩瀚的沙海，她不由得脱口而出，"大漠孤烟直，长河落日圆"。事实是既无人烟、更无狼烟，落日呢，更早着呢。掠过眼前的，只有或粗或细的胡杨，聚拢着身前或大或小的沙丘。交替闪过的还有开着粉红色细花的红柳、靠近路边的骆驼刺，以及枯黄错落的芦苇草格。胡雁声断，驼铃路赊，还真的是，"云山万兮归路遐，疾风千里兮扬尘沙"。

前一天从库尔勒去轮南时，在塔里木沙漠公路边见到的青杨挺拔得令我吃惊，所有的枝叶一律紧密地向天空刺展，树身瘦削冷硬，好像随时准备出征的列兵。在西部，我见过的树大抵如此，馒头柳、圆冠榆、沙枣、槐树……可以统称为"冲天树"。而在东北，几乎所有的植物，即便是白杨，也都是枝条懒散、旁逸斜出。矿工诗人陈年喜送过我一本散文集，书名叫《活着，就是冲天一喊》。他说，再低微的骨头里，也有江河。当天我们在塔里木河附近见到的那片胡杨林，无疑是这句话最恰当的注解。

并不枝繁叶茂。有的看似枯死，没有一丝绿色，可根荄牢坚，枝干仍旧保留峭拔的样貌，苍劲有力，即便是最细瘦的弱枝也在冲天长啸。它们或如身披铠甲的武士，长矛在手，虎目炯炯；或如仰头的黄羊，奋蹄疾行；或如竖角的獐鹿，腾挪跳跃。而更多的胡杨半生半死，有的树身已枯，只在斜枝上鼓出一丛绿色；有的上下身皆已苍黄，却在树腹部刺出新枝。当地人称胡杨"三千年不死，死后三千年不倒，倒后三千年不朽"，想来树同人一样，也是有气节的。

俗世显达轻如土，凛凛风骨不可欺。

此时，我们已在大漠里盲转了四五个小时。漫漫黄沙无边无际，无论哪一个方向都是同样的样貌，寂静和焦虑像一张纵横交错的大网，越收越紧。我们再也无心对窗外的风景指指点点，也不再对发现的陌生植物大呼小叫。偶尔路过的运输车喘着气呼啸而过，只留下一股决绝的黄烟。

沙漠深处的路凹凸不平，我们的身体机械地上下颠簸，耳朵里灌满了风声。更糟的是，我们的霸道车发了脾气，发出拖拉机一样的轰隆声。"可能是消音器破了。"司机小方说。小方是个新手，难免有点儿紧张无措。车里一阵沉寂，我感觉身体的某一部分像车窗外炙热的光线一样抖了起来。

"兔子！"小方低声喊道。果然，车子的左前方蹲着一只毛色青灰的野兔，直愣愣地盯着渐近的车子。

"它是有多久没见到人了？竟不知道躲车。"

"可能它连自己的同类都很难见到吧。"

是的。在沙漠腹地，别说是人，连一只鸟儿都很难见到。

第一天进沙漠参观西气东输第一站，刚过轮探 1 井时，一只全身乌黑的大鸟，从左侧的树林中飞出，越过公路，向高处的沙丘飞去。起初我以为是乌鸦，问了轮南 2 井的工程师，说是乌鸫。这让我着实吃了一惊。进疆前，我正读法国作家缪塞的小说集，在兰州转机去库尔勒值机间隙，恰巧读到小说集的最后一篇《白乌鸫》。我生活的鸭绿江口湿地是众鸟迁徙的"加油站"，鸟类资源极其丰富，却从未见过乌鸫鸟的踪迹。未料，机缘巧合，一入西部，就与乌鸫不期而遇。后来我知道，乌鸫是南疆地区常见的鸟类，它与乌鸦明显的不同处是，它的嘴是黄色的。

有时，偶然的确会巧合到令人不安的程度。如果此时遇见缪塞，我会问他，没有什么比偶然的相遇更必然的事吗？也许他会像科塔萨尔一样回答，偶然只是尚未揭晓的必然。

比如沙漠迷路，比如猝然出现的野兔，比如与乌鸫的邂逅。

远远地，终于望见一座钻塔。此时在沙漠腹地望见钻塔的心情，不亚于在埃及见到金字塔，有了钻塔，沙漠就有了心跳，就永远不会死去。沙丘上出现了两个红点儿，红点儿渐近，是两个石油人，四十多度的烈日下，一人手执一卷图纸，一人身背一捆设备，不知在探测什么。他们像当初那些在沙漠中开山辟路、建塔设站的石油人一样，在大漠中如一粒沙一样渺小，可此时在我们眼里，他们却无比伟岸，我第一次觉得生命是如此顽强而伟大，令人敬畏。

不记得哪位作家说过，读懂了沙子，就读懂了生命。我想说，读懂了生命，也就读懂了沙子。

手机有了微弱的信号，时断时续。两天的沙漠奔行，我发现，有钻塔和采油树的地方，手机才会有一点儿信号。联系上队友，让我们导航到当天的起始地哈得一联合站，与他们会合后重新向塔克拉玛干沙漠中唯一的小镇塔中进发。

车子一入柏油路面，立即停止了颠簸，心脏仿佛被柔软的绸缎轻轻拂过，久违的幸福感涌上心头。看了一眼时间：二十一点四十分。此时，视线右边的沙谷里仿佛忽然间金光漫溢，浑圆金黄的太阳渐渐靠近沙平线，视线左边的沙谷却被青灰色笼罩着，一轮与太阳同样硕大的银色圆月从云层里钻出来。在同一沙平线上，日月同辉，遥相呼应。俗世的一切烦恼刹那间烟消云散。平生第一次见到如此壮美的画面，我们惊叹不已，直觉地感到，这一定是上苍对我们沙漠迷路的额外赏赐。

车行至沙漠公路 288 公里处，在左侧的沙丘半山腰上，赫然出现了两行醒目的大字：只有荒凉的沙漠，没有荒凉的人生。而我，再也不觉得这不过是一句毫无温度的口号而已。

大漠水井房与李乃君的口琴

大漠行车，常常六七个小时才能到目的地。看着天山就在前方不远处，却似乎怎么也走不到山脚。司机小方说，看山走死马，真的是这样。寂静塞满了每个空隙，像正午的温度一样越升越高。一片黄沙中，除了胡杨、红柳、骆驼刺、蓼子朴、苦马豆、蓬柴草等沙漠植物，见不到寻常花草。去桑吉途中，视线意外地碰上了五颜六色的花朵，领队贴心地让我们停车休息。这些花儿种在沙漠路边的水井房前，填满了房前屋后，尽管只有蔷薇和太阳花，却色彩浓烈，开得正旺。

在塔里木，我觉得万物都竭尽全力，太阳和月亮远大于其他地方，水果的甜度值达到极致，天蓝得很不真实，云朵如同油画家随意涂抹的杰作，就连白昼都要拉长两个多小时，晚上九点半，太阳才会渐渐落下沙丘，以至于我的身体和作息竟完全适应了这种错觉，夜半三更仍不觉疲倦。

这条沙漠公路每四公里设一个水井房，抽取地下的盐碱水浇灌路边的护沙植物。之前我们也路过几个水井房，要么房门紧锁，要么只有一条拴着的狗，寂寞地眼皮都懒得抬。

我们一行人欢悦地涌向铁皮小房子。看守水井房的是一对老夫妻，六七十岁的样子。他们从老家西安来到这里工作已经九年了。房前的土台上晾着新摘下的黑枸杞，六七平方米的房间里放着两张简易单人床，一只猫卧在靠墙的床上，闭着眼睛，一动不动。床边水桶里是新摘的枸杞枝。两位老人热情地邀我们品尝枸杞，我第一次尝到新鲜的枸杞，成熟过猛的果实甜而不腻，甫一入手，便汁水横流，手指即刻被染成了青紫色。

水井房旁边是一间杂屋，摆着老人自己采摘晾晒的枸杞、肉苁蓉、锁阳、罗布麻、野西瓜等。这里离塔里木河不远，老太太每天早晨六点多出门拦车去塔河附近采摘，有时到八九点钟才能拦到车，采摘期只有短短的一个月，他们靠卖这些滋补品贴补生活。"水每两周运来一次，两桶。"老太太说。相比于老头儿的沉默，老太太的话匣子一开，便像是雨水季节塔河的水奔涌出来。大家围在老太太身边，听她介绍各种滋补品的功效，只一会儿工夫就把她的存货买空了。货架虽然空了，老太太的话却越发多了。一下子见到这么多人，她兴奋得眼睛发光。

而我，却被她种的花草吸引了。在这样人迹罕至的沙漠地带，他们弄来这么多花土，想来是颇费周折的。他们为什么背井离乡，来到这荒无人烟的沙漠，成为一个没有根的人？恐怕没有人知道。花儿们自顾自地开着，鲜有人欣赏，而让花儿落地生根，也许意味着，他们已经坦然接受了自己将落叶不归根的命运。临行时，加了老人微信，他的微信名叫大漠6号井。

每天吃过晚饭，不管多晚，我都要在周边走走，去寻找菜园子，看看油田人在沙漠里种下了什么蔬菜。在我有限的人生经历中，从没有像现在这样，如此热爱菜园子，如此珍惜每一种瓜果蔬菜。桑吉公寓、克深公寓、博大公寓，都有自己的菜园子。西瓜、甜瓜、豆角、黄瓜、南瓜、茄子、大葱、卷心菜、油麦菜、西红柿，应有尽有。他们也种玉米、向日葵、山楂、桃树。

"沙漠里色彩太单调了，我要种点儿菜。"库车负责种菜的阿布来提说。他是新疆本地人，三十岁。汉语不太熟练，腼腆老实。他挑了一个又圆又大的西红柿，塞给我。在菜园的一角，他种了成片的月季花，而库车公寓的大门外，是一片向日葵和翠菊组合而成的花海。

在沙漠里填土，种菜种花，难道不是一件令人感动的事情吗？

我不禁想起，参观库尔勒石油展览馆时，在各种岩心、钻头及各年代各式采油用具中，我的目光猝然被一支青灰色口琴吸引住了。它孤零零地躺在那些冷硬的工具中，显得另类而渺小。尽管铜身斑驳，字迹仍清晰可辨，琴身左上角刻着几个繁体字：群众超级口琴。左下角的字是：原名石人望。右下角写着中央口琴厂出品。这是一支建国初期出厂的口琴，展品备注是烈士李乃君用过的旧物。我端详着李乃君的黑白小照：短发，戴着一顶红五星棉帽，眉眼敦厚，目光平和。

我急切地在网上搜索她，却只有零星片语。1958 年 8 月 18 日，依奇克里克地质勘探区遭遇山洪袭击，五名地质勘测队员遇难，其中就包括李乃君。资料显示，依奇克里克油矿位于新疆南部，属于塔里木盆地北缘、天山南麓的大涝坝区域。1958 年开始钻探依奇克里克构造，依奇克里克油田是在塔里木盆地发现的第一个油田，也是塔里木石油勘探史上的第一座里程碑。李乃君当时是塔里木地质队 114 队队员，毕业于新疆矿业学校，时年二十岁。

当年在没有路的沙漠，女孩们是如何在生命禁区工作和生活的？没有详细记载。只说，那里地质十分复杂，陡崖壁立，水沟纵横，从驻地到工作地点，要走六七个小时，翻山越岭，跨沟爬崖，收工回来只能顺原路返回。有时她们返回较晚，遇到陡坎阻隔，只能在野外的沟底过夜，靠点燃梭梭草取暖熬到天亮。同事回忆她工作很能干，性格活泼，爱唱爱跳。

在大漠的落日下，我的眼前浮现出一个年轻的姑娘，吹着口琴，眉眼敦厚，目光平和，望向黄沙深处。有谁知道她在想些什么呢？

人迹罕至的大漠，一抹绿色可以浓情如干邑，一朵鲜花可以燃放似烈火，而一支口琴同样可以让尘土吐露出星辰的声音。

沙尘暴与一卷手绘地质剖面图

在新疆，一天经历四季，是常态。从塔中出发时，还是艳阳高照，刚过塔里木河，便见前方乌云堆积，像一群黑色的蛇四散游动，一会儿乌云又消散了。过轮南时，车前方一团浆白色尘雾由远及近，急速聚拢过来，刚刚还湛蓝的天空，完全被尘暴吞没了，雪白色的云朵亦被这一团呼啸而至的暗白色沙尘裹住了。风不大，没有想象中飞沙走石、黄沙弥漫的场面，路两边的沙尘被风的手捋成一缕缕白烟，贴着路面波纹样追着前车的尾巴飘散而去。能见度越来越低了，路两旁的植物也完全隐身在沙尘中，天地之间只有渺茫混沌的一片，仿佛鸿蒙初辟，令人一时间神思扶摇，恍惚不知身之所在，不禁自问，"吾谁与从，归彼大荒？"

不容多想，前方却又豁然开朗，沙尘暴散去，植物脱去丧服，天空和道路霎时恢复了本来的样貌，像什么也没发生过。

"沙漠里几乎每天都有一场沙尘暴。"小方说。

"我错过了什么？"从睡梦中醒来的陈丹玲一脸遗憾。

她错过的当然不仅仅是一场突如其来的沙尘暴。

老子言，飘风不终朝，骤雨不终日。孰为此者？天地。在大漠，我更深切地体会到，敬畏生命，必得要先敬畏天地。

　　从主干道转到伴行路，"轮台"两个字像两颗被敲落的星子，闪烁在眼前。边塞诗人岑参有两次从军西域的经历，他的"轮台诗"使轮台成为千百年来高挂在西域边关的一轮明月，有谁不会背诵他的名句，"轮台东门送君去，去时雪满天山路""轮台九月风夜吼，一川碎石大如斗"。一想到我们与岑参一样，"忽来轮台下"，望着同样的边月，吹着同样的边风，便觉天涯相逢，古今同脉，必当"相见披心胸"。而边功已竟，吹角已熄，都护府旧址已成宾馆，龟兹小镇商贾熙攘。白驹过隙，沧海桑田，延续的，唯有心胸中那股不变的浩然之气吧！

　　在克深 31 井，钻头已深入地下 7952 米，还将继续深入至 8115 米。带着地温的岩屑样品闪着暗色的金属光泽，按不同深度摆在小木格子里，油味依稀，陌生又新鲜。经施工队允许，我捏了几粒来自地下 7952 米深的岩屑，用废图纸包好，留作纪念。前几天参观深地塔科 1 井时，小说家荆歌捡拾了一小块来自地下 5856 米深的小石子，并拍照在朋友圈发文说，"带回家镶金当个挂件"。地下究竟埋藏着多少秘密，这或许已经不是一个秘密。我们难道不应该与土地息息相通吗？毕竟，我们自己也终将是泥土的一部分。

　　工程师拿出一卷随钻地质录井剖面图，令我吃惊的是，这是一卷全手绘剖面图。图纸是一截一截粘贴接续起来的，接口细致，展开大约有 16 米长，1 厘米代表 5 米的深度。且随着钻井深度的不断增加，手绘图也将继续延长。我仔细观察图上的各种数据：钻时、岩性、气测显示、井身结构、伽马、电阻率、声波录井剖面、全烃、c1……对我来说，这些陌生的专业术语因这卷手绘图而有了温度。

　　工程师说，如今只有在塔里木油田的施工现场，才能见到手绘地质录井剖面图，这是塔里木油田的传统。这卷图纸并非一人所绘，而是多位工程师接续而成，但手写的字体、字号却像是出自一人之手，图纸的每个细节都浑然一体。

我后来在塔里木油田油气工程研究院看到过很多设计图，可没有一张是手绘的。在电脑绘图已十分成熟并完全普及的当下，为何在探井工地要手绘剖面图呢？

工程师说，电脑绘图打印出来尺寸小又不连续，现场实际用起来不方便，手绘剖面图不管是在桌子上还是在地下一展开，整体的趋势和规律看起来便一目了然。最重要的一点是，凡是新到工地的工程师，都要加入到手绘图的队伍，自己手绘的图，心里面比谁都有数，手绘的过程，也是加深数据印象、熟悉地下状况的过程。

我心里一热，是啊，手绘图带着手的温度，心的温度，当然是一卷倾入了感情的图纸。

小时候，我妈亲手给我织的毛衣，几十年了，我始终不舍得丢弃。凡是手工制作的物品，已不仅仅是物品了。在各项技术突飞猛进、凡事讲求效率的今天，手工行为本身已显得弥足珍贵。有时我们需要慢下来，才可以看到生活本真的模样。

手绘图最下方的一行小字，让我的心不由自主地动了一下。图纸来自辽宁的印刷厂。一卷手绘图，便一下子拉近了故乡与大漠数千公里的距离。又一个巧合吗？我再次想起了科塔萨尔的话，偶然只是尚未揭晓的必然。

之前在塔克拉玛干沙漠腹地，我们见到了一条由10400块钢板铺成的飞机跑道。长800米，宽45米。是二十世纪九十年代初塔里木油田为勘探开发塔克拉玛干沙漠油气资源，在沙漠中铺设的一条飞机跑道，成千上万吨油田设备器材源源不断地被运送到大漠深处。

我想说的是，这条沙漠腹地的飞机跑道，正来自我现在工作的城市——丹东。当时，塔里木油田负责引进钢板跑道的刘翼，与当过抗美援朝飞行员的空军司令部司令王海，曾是在丹东工作时的战友。刘翼找到王海，空军司令部支援了三套跑道，分别在满西 1 井、塔中 1 井和塔中 4 井。我们见到的，就是塔中 4 井的跑道。

落日时分，我们终于到了天山脚下，这儿是天山南路支脉秋里塔格山，山脚下便是 579 国道，我们入住的克深公寓离最近的乡镇克孜尔乡铁提尔村近 30 公里，天山上流下的雪融水滋润了这里的土地，克孜尔河和卡苏拉河环绕下的草甸子绿植丰茂，骆驼成群。

选自《西部》2023 年第 6 期

任芙康

叙事

任芙康

编审。曾任《文学自由谈》《艺术家》主编，天津市写作学会会长，天津市文艺评论家协会主席。曾获全国艺术科学规划领导小组"优秀编审工作奖"。国务院特殊津贴专家。第七届、第九届茅盾文学奖评委。

　　"叙事"，原本平和的两个字，抑或安静的一个词，可它们于我，带着一份良善与庄重，天奇地怪地入心入肺，已满三十一年。

　　暮色将黑未黑，恰是午后四时许，我搭乘新加坡航班，飞离哥本哈根。九十分钟过去，降落苏黎世。此地为经停，下客、上客的扰攘，全然莫得，唯见谦谦有礼。

　　座位紧倚左首舷窗，望出去，停机坪灯火稀疏，似无传说中的奢华，亦非想象中的精致。苏黎世被冬夜的雨，淋出了俗李凡桃。此刻，像有劲风刮起，雨丝纷乱飘洒，隐约有人在冷雨中忙碌。一切悄无声响，令人泛起莫名苍凉，甚而不合时宜地想到"凄风苦雨"。

　　飞机重新起飞，尽头新加坡，中途再无停顿，会有十三小时航程。除我之外，整机乘客，统统欧人面孔。他们不肯慢待闲暇，挈妇将雏，远走高飞，往往只为换得十天半月的暖和。

　　因口舌拙笨，我于所有外语均属外行。曾经接触俄文（初中学过三年），后来奉还老师。但我愚而自励，不怵异邦远行。即如此刻，面对临时旅伴的所有致意，纵然不甚了了，但仍是明白，萍水相逢，便有这般斯文，是一种涵养，更是一种秉性，心下生出可靠的安然。新航空乘女孩儿，尤有无华的婀娜，察觉我英语生分，便将配赠的吃食饮品，用悦耳汉语讲解给我听，让人领受真心的体贴。虽说，夜半独行不怕鬼，我其实亦需他人帮忙。就此趟远行而言，抵达狮城，略作勾留，还会继续游走，天晓得会碰到什么难处？

　　舱里暗下来，众人已摆出睡姿。我轻轻推起舷窗挡板，没有皓月，没有繁星，眼前黑得无穷无尽。回想醒事以后，从未滋生过体面的"志向"，也就不曾遭逢人生挫折的失意，或是享受红尘顺遂的得志。只要有点儿余钱，应付起码的吃喝，便不太理会吉凶，任天涯茫茫，抬脚可走。

语言不通，属交际白痴，本会心虚，但早早脱褪自惭形秽的家伙，就是那个不知天高地厚的我。无知，多半连着无忌，即或万米高空，依旧拒绝妄自菲薄，很快沉沉入睡。

一夜无话。

当瞌睡将尽，尚在醒盹，忽听前边有人欢叫开来。睁眼看去，一束光芒，已闯进舱内。人们纷纷起身，启开两侧窗挡。瞬间，迥异于欧罗巴的艳阳，让人们从里到外，透透亮亮。我贴窗顾盼，先有些眩目，天海一色的蔚蓝，涌动出无垠壮阔。天幕的蓝，海面的蓝，多看一阵，便都变得不再是景致，只是大自然的慷慨。哎呀呀，这不就是鼎鼎大名的"南洋"吗。

早先读过些闯荡东南亚的陈年往事，多少志士、枭雄的故土，不是海南、福建，便在浙江、广东。他们令人惊骇的乱世漂泊，早已隔膜眼前的天下太平。我本西南大巴山人，与东南沿海素不沾亲带故，哪想世事难料，自己竟然来到这方，并不明不白，生出思古之幽、思亲之忧。东想西想，索性用生造句子来表情达意：有缘不嫌天涯远，千帆过尽亦乡亲。

忽地，旷远的左前方，阳气蒸腾处，大洋托起一片不甚真切的陆地。只是眨眼工夫，陆地幻化为阔大的坟山，布满竖立的墓碑。再眨眨眼，所有墓碑已变成壮观的大厦，甚至能分辨出粒粒移动的车影。心旗摇动，新加坡到了。

陡然，眼前一切消失，重现蓝天白云。感觉飞机开始爬升，右拐，再右拐，持续右拐，显然在兜一个大大的圆。莫非这城矜持，不肯轻易见人；或是这城讲究，来客得先行叩拜。

很快，仍是左前方位置，重现"墓园"，重现高楼，重现街市。景象新鲜，见所未见，绝非等闲城郭。但跟魔术一样，有形的一切，再次倏忽无影无踪，唯有碧空如洗。

飞机第三度兜回来，悄无声息地贴近城市。机身在下降，高低错落的大厦，从眼前疾疾退去，心中留下的，只有都市如画，富庶入骨。似乎飞机再未犹豫，抱着坚定的锐气，义无反顾。随之，柔和触地。稍事滑行，稳稳终止。整套动作，一气呵成，毫不逊色于一场飞行表演。刹那间，满舱沸腾，人们在狭窄的空间击掌、拥抱，仿佛此番同机，区别以往，彼此牵手，缔结了生死之交。

其实，所有这些情绪翻转，我都懵懵懂懂，不明就里。但愉悦总是合拍的，长途飞行圆满收尾，毕竟值得庆幸。

人们夏装着身，鱼贯而出。舱口一侧，站着仪表堂堂的中年机长。他脸带微笑，接受几乎每位乘客的握手道别。当我挨近他，直接汉语相问："刚才，飞机有什么事吗？"对方甚为吃惊，亦用汉语反问："有广播呀，你一点儿不知道吗？""我不懂英语。"机长一下变得低声："哦，对不起。起落架出了麻烦，后来没事了。"

顿时大梦方觉，自己刚刚跨过差点儿"一了百了"的门槛。我的生父，抗战中入编远征军。由缅甸开拔去印度，飞机起飞便坠落，满机官兵，死伤各半。生父醒来，巧属"伤"中一员。而今我步前尘，预示本乃沧海一粟，破茧成蝶，竟已是见过"场面"的人了。我最清楚自己，在这烟火人间，分量几近于无，倘若某日忽然飘零，除却亲朋感伤，企望刊登一则免费讣告，都恐怕力不从心。故而，当时我虽觉侥幸，并无惊悸，放下提袋，趋前抱住机长。我必得相拥一回，表达敬重，甚或敬畏。我怀抱的英雄，是带给我们否极泰来的恩人。

一步步走下舷梯，暑热中终是悟出，飞机兜出的那三个大弯，就是延缓时光的良方，只为消耗燃油、腾空场地、调集救护。当摆渡车启动，验证了我的猜想。

西侧椰树林边，一道道路口，完结使命的消防车、救护车、工程车、警用车……闪耀着如释重负的光亮，次第驶离。如同高明的导演，构思出一幕峰回路转的大片，我们的座驾，才敢于开启希望的着陆。

浩大的停机坪，空空如也。空旷、简洁里，仅有行进的两辆摆渡车，叫人回味业已消散的凶险。车子向航站楼驶去，椰林茂密，阳光灿烂，草木不惊，祥云瑞气，所有的危殆，未留下一丝踪迹。粗粗一想，乘客的无恙，雄鹰的无损，当然不是造化，不是福分，不是天意。我崇奉唯物论，起落架最终服从人的意志，只是凑巧。但从那以后，我信服一个常识，只要飞上天去，没有三长两短，最终正常落地，便堪称头号"幸遇"。也便是从彼时开始，我对航行，反倒愈觉寻常，二三十年间，总在飞来飞去，将升空、降落视若家常便饭。

我们这群人，一场未遂空难的幸运者，已成特殊乘客，一路由专人交替引领。下车进得二号航站楼，自助人行道将我们送进"迷你"火车，凉爽、洁净，使得安抚与压惊，臻于至妥至诚。

一号航站楼的入境查验，谦和，简便。近旁便是行李领取处，只见大箱、小包，与各自的主人天路重逢。移步自动扶梯，缓缓下行中，迎面墙上，一幅红底白字撞眼——"如果你是华人，请用华语叙事"。

这让我大为惊异：怎会有如此提醒？四顾前后左右，勉强可称华洋杂处，但"华人"确实唯我一位。于是乎，这条标语就像特地挂给我瞧的，顿觉身份添了稀客的显达。其实我知道，自己已经来到一个"有话可以好好说"的地方。前边就是出站口，不想急于离开，一步三回头，心中浪打浪，浸润着莫名慰藉的、险些夺眶而出的泪水。入住酒店当日，我便知晓，以英语为主要语言的新加坡，自 1979 年开始，推广华语运动，替代方言，已有十三年之久。

是日，1992 年 2 月 10 日。没有兵荒马乱，但我似有不幸殉难之后的新生。斯地，新加坡樟宜国际机场。这是本人当时见识过的顶级空港。

从那天开始，我钟爱于"叙事"二字。每每读到听到，总会享受几分温文尔雅。叙事不是抒情，所以朴素。如今有人爱在"叙事"前头冠以"宏大"，无非沽名钓誉，亦是对叙事的扭曲。当自己将叙事移用于做饭，就仿佛获得一种章法，常常喜欢将燃气开到最小，以文火熬炖灶上的食物。当自己将叙事专注于伏案，又仿佛被灌输一种态度，便不论笔下事物多么刺激，总要心平气和，努力平实素朴。不光斟酌用字遣词，甚至从标点符号做起，让述说进入从容。比如，惊叹号，通常只有呼喊口号，才会与叹号挂钩；而上乘行文，则应避免口号。于是，在文字表达中，往往有意为之，情绪交由安稳驾驭，成功远离惊叹。

2023 年 5 月 5 日　津西久木房

选自《文学自由谈》2023 年第 6 期

张抗抗

桑

张抗抗

1979 年起从事专业文学创作至今。国家一级作家；
第七届、八届、九届中国作家协会副主席；第十届、
十一届、十二届全国政协委员；2009—2020 年被聘
为国务院参事。2023 年出版《张抗抗文集》10 卷本。
曾获全国多种奖项。

　　我家院子里有一棵桑树。

　　周围的树，槭树、栎树、元宝枫，都不是桑树。只有这棵桑树。

　　桑树高达八九米，超过了二楼屋顶。树干在一米左右分叉，伸出四根树杈，分别向上伸展，再分叉，再伸展，长成一株"小径分岔"的大树，树龄起码有几十年了。树叶稀疏凌乱，犹似一只披着绿色羽毛的大鸟。十年前，桑树刚来我家的时候，已经具有大树的雏形。树干修长，细枝繁多，在树叶里若隐若现，有如折叠伞的骨架，一截一截盘桓错接，没有修剪的痕迹。

　　缘起那年春天，路口停了一辆皮卡，有人在出售一棵树，一连三日，晾晒于骄阳之下。这棵树不知道从哪里挖来，无人识得是什么树，卖树的人，也不知其名，只说这树结一种小果子，酸甜好吃。刚好我家院里需要种一棵大树，这棵野树奇特的树形，吸引了我们的目光。

　　于是，果断买下了这棵价格不菲的无名之树，也存有怜惜之心，只怕它再晒下去，就要被风干了。再把大树费力地运进小区，动用吊车翻越栏杆把树在院里种下。一株来历不明的野树，在河边当空立起。当即给其灌了大量的清水，没几天，蔫蔫的树叶挺起来，树叶呈桃形，在风中轻轻拍起巴掌，质地薄软干爽。总觉得这树眼熟，似曾相识，却仍然无法想起它是什么树。

　　一直到五月中旬，树叶一天天浓密丰满，形成一团巨大的冠盖，投下阔绰的树荫，枝叶繁茂，未见开花。有一日，从叶片背后的贴梗间，钻出了一簇簇小米粒样的果实，白色粉色青绿色，五彩夹杂。隔几日再看，发现有几簇小果子已变成了紫色。浓浓的深紫色，饱含汁水，采一簇放进嘴里，酸酸甜甜。一抬头，叶片下躲藏着无数的小果子，密密麻麻紧紧簇拥。

　　那个瞬间，记忆全都回来了：桑葚！——原来，这是一棵桑树啊！果实泄露了桑树的秘密，以果识树，从此它以桑的名义在此安居。

　　幼时，坐船沿着大运河，去杭嘉湖水乡的外婆家。蚕桑之地，桑林密布。两岸的河堤，全都种桑，桑的河堤顺水蜿蜒。到了冬季，桑叶落尽，露出修剪得矮墩墩、齐整整的桑树干，像是河堤上一队队壮实的卫兵。二十世纪六十年代末，我也曾是采桑女，在德清东衡里蚕种场采过桑叶。初夏的桑林密不透风，一片片采下翠玉般的桑叶，轻轻放进背篓，背篓满了才能钻出桑林透气。只盼着能遇上一棵桑树，挂着又大又紫的新鲜桑果子，解渴又解馋。每日坚持采桑，其实只为桑葚，那是我吃过最甜的桑葚。然后把桑叶背回去，清爽的桑叶在蚕房外晾干，倒入宽大的竹匾，胖嘟嘟的蚕宝宝们，齐刷刷地趴在桑叶上沙沙啜叶。

　　多年前，曾在颐和园一座石桥下见过一株桑树，捡过几粒瘦弱的桑葚。没想到，如今它竟然悄悄潜入了我家。

　　桑葚成熟的季节，是我家的桑葚节。晨起，树下洒落一地熟透的小果，湿漉漉紫莹莹。弯腰蹲下一粒粒捡起，轻轻放在盆里。盆满，拿回家清水冲洗，即食。不似超市卖的桑葚，人工培育大如拇指。野桑果形小粒多，汁多新鲜，散发出树林的气息。每一个桑葚上都嵌满了细密的"米粒"。偶见半个桑葚，留着小鸟啄过的印痕。若是拌上酸奶，一大口一大口，吃得过瘾。碗里残留的奶汁，染成了黏稠的粉红。桑葚节可持续一月，眼看着树上青白色的米粒一天天变大变红变紫，陆陆续续成熟，又陆陆续续掉落，挂满桑葚的枝条沉沉垂下。每天都有桑葚可捡，余果分于亲邻，皆大欢喜。若是临时来客，未备桑葚，那么就直接走到桑树下去，晃动树枝，顷刻间，熟透的桑葚如雨落下，噼里啪啦掉了一地。不小心砸在衣服上，留下炸裂的紫色汁水痕迹。桑葚节前后一月，桑果子没完没了，不忍弃之，便煮桑葚加冰糖，做成桑葚果酱，留待冬季涂抹面包，据说还可酿成桑葚酒。

一年一年，这株野桑，在我家野蛮生长。大风来袭，树枝狂摇刮到屋角，不得不"截肢"。第二年，它的枝条又伸向另一个方向，继续自由生长。

自从确认了桑树的身份，凡有客来，兴冲冲带去院里参见大树，郑重说明这是一棵桑树。来客惊呼：好大的一棵桑树！好高的一棵桑树！

北方人不识桑树，情有可原。而我来自江南，何以不识桑树？

却原来，幼年在江南见过的桑树，是为养蚕，桑叶是蚕的食粮，植株高矮等人，伸手可及便于采桑。而我家这棵桑树似乎属于观赏植物，需要抬头仰望。

桑葚节进入尾声，桑树底下米黄色的石板上，出现了一幅大画。斑斑点点的紫色，洇染开去，残存桑葚的形状，犹似大理石图纹或是一幅点彩派作品。

桑，把自己的枝条作为画笔，在地面上任意涂鸦。

桑果子落完，已是满树浓密的绿叶，进入了桑树的全盛时期。一层压一层的桑叶，全都闲来无事，在树上招摇。不由得慨叹：如此巨量的桑叶，能养活多少蚕宝宝啊？想起幼时在杭州上小学，劳动课要求同学们学习养蚕。搞来十几粒菜籽般的蚕种，放在纸盒里，孵化出小小的蚕婴。然后把干净的桑叶放进去，叶片第二天就不见，留下叶梗残渣。小蚕很快长大，宝贵的桑叶一片难求，寻找桑叶成为我们每日的业余劳动。杭州城里密密的街巷，会有几家人种桑呢？拥有桑叶的同学很牛，需要用连环画、糖纸、橡皮去交换，那是我人生首次以物易物。蚕宝宝最后只活了三条，总算千辛万苦地养大了，浑身变得通体通明，它们不再吃桑叶，安静地匍匐等待。妈妈说蚕宝宝就要结茧子了，为我找来一只高筒套鞋的盒子，用几把稻草缠成草束塞在里面。过了几天，打开盒子，蚕宝宝不见了，变成了三只胖胖的白茧子，悬空在稻捆里。用一只轻巧的杭州小篮子，装了三只蚕茧交给老师。还有一年，家里的蚕茧破壳了，蚕宝宝变成了蛾子飞出来⋯⋯

望着院子里这些无所事事的桑叶，心里涌上了发展家庭养蚕业的冲动——采桑喂蚕，然后收获许多许多蚕茧，自己亲自缫丝、绷成丝套，做成一床丝棉被也说不定。或可出售蚕茧，送去丝厂织成美丽的丝绸⋯⋯可是，我能把蚕茧卖给谁呢？曾经是传统经济支柱的丝绸业逐年萎缩，即使在江南，桑树蚕房丝厂都已很少见了⋯⋯只能打消了养蚕的念头，任凭桑叶疯长，因而也对"沧海桑田"那个成语有了别样的体验，桑树也成为我的精神情感寄托。

不过这株独树一帜的桑树，其桑叶除了观赏，并非一无所用。桑叶刚刚发芽，采撷些许嫩桑叶，洗净晾干切碎，蛋清面糊细盐搅拌，用平底锅做成一个个薄薄的桑叶饼，金黄色的桑叶饼夹杂着桑叶末的淡绿色，咬一口，桑叶在齿下嘎吱嘎吱的响，韧韧的，有嚼劲，满嘴清香，喷吐出春天自然的气息。让我怀疑自己会不会变成蚕宝宝。

曾有一次好奇地询问德清外婆家的亲友：为啥江南人从不食桑？德清人笑我无知：当年蚕业兴盛，每一片桑叶都矜贵得不得了，只能用来喂养蚕宝宝，哪里轮得到人吃呢！近年我再去德清，在洛舍大桥头鱼庄，服务员竟然送来一盆"炸桑叶"，整片整片的桑叶，绿莹莹香喷喷，十分诱人。一抢而空，再来一份！江南水乡的人，也开始食用桑叶了，没有蚕食了，桑叶供人解馋。

秋天的桑叶耐冷，寒流袭来，桑叶面不改色，不黄不蜷。药典记载，经霜后的桑叶煮水，可降血糖。我采下一大包桑叶给父亲寄去，父亲告诉我，中药店就有卖干桑叶的，桑叶可药用，功效多多……

如此说来，桑树浑身是宝，各有其用。难怪以桑养蚕，吐出雪白的蚕丝。蚕花娘子、蚕花仙女，竟也魔幻！

桑树是落叶乔木。直到深秋，干爽的桑叶才慢慢变黄，在风中发出窸窸窣窣的响声。一树金黄色的桑叶，悠悠旋转飘落，依依惜别，连续多日举行庄重的告别仪式，直到树下落满厚厚一层黄叶……

等到桑树把它的羽毛全都褪尽，剩下一株光秃秃的桑树干，这棵桑树的高光时刻终于来临——明艳的秋阳下，粗壮粗粝的树干上，露出了高耸的光滑树枝。枝条曲里拐弯，旁支斜逸，一根一节往上扭动，似乎每根都接反了，就像蓝天下划过的闪电，让人想起凡·高的"日落时柳树""树根与树干"的画面。或是一座精心塑造的现代雕塑艺术品。没想到，桑树最美的形态，竟然是寒冬没有桑叶遮蔽的"裸体"，坦荡而天真无邪。

有一年去中亚，我曾在路边见到过几棵桑树，树叶落满尘土，显得疲惫不堪。

桑原产我国中部，土壤适应性很强，根系发达，已有约四千年的栽培史，从南到北都有种植，树龄可达数百年。我国的桑树种质，分属 15 个桑种 3 个变种，是世界上桑种最多的国家。其中有鲁桑、白桑、广东桑、瑞穗桑；野生桑种有长穗桑、长果桑、黑桑、华桑、细齿桑、蒙桑、山桑、川桑、滇桑……还有一些古老稀有的桑种。

可惜无处查问，我家院里这棵野桑，有没有学名？属于哪一种桑？

有人说，自家宅院不能种桑。桑与"丧""伤""殇"同音，理应避讳。然而，种桑的人家，人生记忆中已经存储了太多伤痛，还须面对时时传来各种令人心酸的信息。那么，种一棵桑树又何妨！院子东侧的那株桑树，有如一座四季运行的警钟，无论冬夏，时时刻刻提醒人间的苦难。

2023 年 8 月

选自《万松浦》2023 年第 6 期

图书在版编目（CIP）数据

年度散文 50 篇 . 2023 / 梁衡 , 谢冕 , 张抗抗等著 ; 陈建功主编 . -- 北京 : 北京时代华文书局 , 2024.3

ISBN 978-7-5699-5102-8

Ⅰ . ①年… Ⅱ . ①梁… ②谢… ③张… ④陈… Ⅲ . ①散文集 – 中国 – 当代 Ⅳ . ① I267

中国国家版本馆 CIP 数据核字 (2023) 第 253993 号

Niandu Sanwen 50 Pian 2023

出 版 人：陈　涛
总 策 划：张洪波　陈　涛
项目统筹：余　玲
特约编辑：胡　家
责任编辑：樊艳清　王凤屏
执行编辑：耿媛媛
责任校对：李一之
封面设计：好天气设计工作室
内文设计：程　慧
营销编辑：梁　希
责任印制：訾　敬

出版发行：北京时代华文书局 http://www.bjsdsj.com.cn
　　　　　北京市东城区安定门外大街 138 号皇城国际大厦 A 座 8 层
　　　　　邮编：100011　电话：010-64263661　64261528
印　　刷：北京盛通印刷股份有限公司
开　　本：710 mm×1000 mm　1/16　　　成品尺寸：153 mm×230 mm
印　　张：34.5　　　　　　　　　　　　字　　数：430 千字
版　　次：2024 年 3 月第 1 版　　　　　印　　次：2024 年 3 月第 1 次印刷
定　　价：128.00 元